HEYNE <

Das Buch

In naher Zukunft ermöglicht es uns die Nano-Droge Nexus unsere eigenen Grenzen zu überschreiten. Karatemeister werden, ohne sich dem anstrengenden Training zu unterziehen? Fließend Französisch sprechen, ohne sich monatelang mit Vokabeln und Grammatik abmühen zu müssen? Dank Nexus kein Problem. Eine Dosis der Superdroge, und der Konsument wächst förmlich über sich hinaus. Der Mensch 2.0 sozusagen ... Doch damit nicht genug: Nexus ermöglicht es den Menschen auch, sich mit dem Bewusstsein eines anderen zu verbinden und diesen so zu kontrollieren. Eine großartige Chance für die Menschheit, finden Wissenschaftler. Eine großartige Chance für die Menschheit, finden aber auch kriminelle Organisationen, schließlich kann man mithilfe von Nexus einen Menschen mir nichts, dir nichts in eine willenlose Killermaschine verwandeln. Die Regierung der USA und die Homeland Security arbeiten deshalb an einem dauerhaften Verbot der Droge, und jeder, der damit herumexperimentiert, wird schwer bestraft. Kade Lane ist einer der brillantesten jungen Wissenschaftler auf dem Gebiet der Nanotechnologie. Er findet, Nexus sollte jedermann zugänglich sein, und arbeitet im Geheimen daran, die Droge zu verbessern. Natürlich wird er erwischt und von der Regierung gezwungen, sich als Spion in kriminelle Kreise einzuschleusen, um herauszufinden, was diese mit der Droge vorhaben. Kade gerät in einen gefährlichen Strudel aus Gier, Macht und politischen Intrigen – und schon bald weiß er selbst nicht mehr, wer eigentlich die Guten sind und wer die Bösen ...

Der Autor

Ramez Naam wurde in Kairo, Ägypten, geboren und kam im Alter von drei Jahren nach Amerika. Er ist Computerspezialist, Futurist und mehrfach ausgezeichneter Autor verschiedener Sachbücher. *Nexus* ist sein erster Roman. Der Autor lebt und arbeitet in Seattle.

Mehr zu Ramez Naam und *Nexus* erfahren Sie unter:

diezukunft.de

RAMEZ NAAM

NEXUS

ROMAN

Aus dem Amerikanischen von
Bernhard Kempen

Deutsche Erstausgabe

WILHELM HEYNE VERLAG
MÜNCHEN

Titel der amerikanischen Originalausgabe
NEXUS

MIX
Papier aus verantwortungsvollen Quellen
FSC® C014496
Verlagsgruppe Random House FSC® N001967
Das für dieses Buch verwendete FSC®-zertifizierte Papier *Salzer Alpin* wird produziert von UPM, Schongau und geliefert von Salzer Papier, St. Pölten, Austria.

2. Auflage
Deutsche Erstausgabe 08/2014
Redaktion: Ralf-Oliver Dürr

Printed in Germany 2015
Umschlaggestaltung: Nele Schütz Design, München
Satz: Schaber Datentechnik, Wels
Druck und Bindung: GGP Media GmbH, Pößneck

ISBN: 978-3-453-31560-0

www.diezukunft.de

Für meine Eltern,
die mich auf diese Welt gebracht, mich aufgezogen
und bei jedem Schritt unterstützt haben

[1] Das Don-Juan-Protokoll

Freitag, 17. 2. 2040, 22.55 Uhr

Die Frau, die sich Samantha Cataranes nannte, stieg aus dem Taxi und lief zum Haus an der 23rd Street. Als die Tür aufging, drangen Licht, Musik und Stimmen hinaus in die Nacht. Zwei junge Frauen traten nach draußen, Arm in Arm, in ein Gespräch vertieft. Sie lächelten Sam an, als sie an ihnen vorbeiging, und Sam lächelte zurück. Die Gesichtserkennung identifizierte sie und blendete auf den taktischen Kontaktlinsen schwach leuchtend ihre Namen, ihr Alter und ihre Gefahreneinstufung in Sams Sichtfeld ein. Alles in Grün. Zivilisten. Keine bekannte Verbindung zu ihrer Mission.

Sam ließ den Blick über die Fassade des Hauses schweifen. In ihrem Sichtfeld tauchten Bauelemente, Strom- und Datenleitungen, mögliche Zu- und Ausgänge durch Türen, Fenster und Schwachstellen in den Wänden auf. Sie blinzelte es weg. Das alles nützte ihr heute Nacht gar nichts.

Sie spürte einen Stich im linken Knie, als sie die Treppe hinaufstieg. Eine Erinnerung an die verhängnisvolle Schießerei bei Sari. Als könnte sie diese Nacht jemals vergessen. Ihr Gesicht fühlte sich angespannt an. Ihre Lippen waren übervoll, die Wangen straff, der Unterkiefer seltsam angewinkelt. Ihre Nerven protestierten unter der Belastung ihres angestrengten Gesichtsausdrucks. Es wäre eine Erleichterung, die Muskeln zu entspannen und wieder ihre eigene Miene zeigen zu können.

Bruchstücke der Einsatzbesprechung für diese Mission blitzten ungebeten in ihrem Geist auf. Ein gesprengtes Gebäude, überall verstreute Leichen. Religiöse Anführer, die von alten Vertrauten ermordet wurden. Politiker, die plötzlich und nicht nachvollziehbar ihre Meinung änderten. All die Selbstmordattentate, die Erschießungen, die politischen Umstürze, die gesichtslosen Firmen mit unmenschlich loyalen Supersoldaten, die nicht nachdachten und keine Fragen stellten. Und hinter allen stand die übliche Bedrohung: die neue Nötigungstechnologie aus Beijing. Eine Technologie, die sie mithilfe dieser Zielperson vielleicht ein wenig besser verstehen und abwehren konnten.

Sam öffnete die Tür und tauchte in die Party ein, mit einem breiten Lächeln auf dem falschen Gesicht. Dröhnend laute Flux-Musik schlug ihr entgegen. Die Gerüche zahlreicher Körper überfluteten ihre geschärften Sinne. Identitäten schwammen über dem Meer der Gesichter. Irgendwo in diesem Haus würde sie ihren Mann finden.

Freitag, 17. 2. 2040, 23.10 Uhr

»Tanzt du?«, fragte das Mädchen. Sie beugte sich vor, nahe genug, um sich im Lärm der Party verständlich zu machen, nahe genug für einen Kuss.

Kaden Lane beobachtete mit klinischer Sorgfalt, wie Don Juan seine körperlichen Reaktionen anpasste. Ein leichtes Lächeln. Freisetzung von Oxytocin. Erweiterung der Kapillargefäße in den Wangen. Eine Mischung aus Zuversicht und Erwartung. Optionale Antworten schossen ihm durch den Kopf, ansatzweise von seinen Lippen gebildet, während das Konversationspaket der Software die Möglichkeiten durchging:

[Ja, ich tanze sehr gern.]

[Klar! Welche Musik magst du am liebsten?]

[Mit einem so hübschen Mädchen wie dir immer.]

Signale verbreiteten sich durch das im hohen Maße modifizierte Netz der Nexus-Knoten in seinem Gehirn. Die Nanostrukturen der Droge evaluierten Daten, verarbeiteten sie, transformierten sie. Innerhalb von Millisekunden traf Don Juan eine Entscheidung. Der Input erreichte die Nexus-Knoten, die mit Neuronen in den Sprachzentren seiner Stirn- und Schläfenlappen verbunden waren. Nervenimpulse rasten von den Sprachzentren zum Motorkortex und von dort zu den Muskeln seiner Zunge und seines Kiefers, seiner Lippen und seines Zwerchfells. Einen Sekundenbruchteil nachdem er das Mädchen hatte sprechen hören, zogen sich diese Muskeln zusammen, um seine Antwort zu formulieren.

»Ja, ich tanze sehr gern«, hörte Kade sich sagen.

Wer schreibt nur so lahme Dialogzeilen?, fragte er sich.

»Wollen wir mal sehen, ob es heute Nacht etwas Gutes gibt?«, fragte sie.

Frances. Ihr Name war Frances. Vor zwanzig Minuten waren sie sich in diesem Korridor begegnet. Sie war 26 Jahre alt, Sternzeichen Jungfrau, und sie arbeitete als Grafikdesignerin. Frances roch gut, berührte ihn gern, wenn sie sich unterhielten, und sie sah ziemlich sexy in ihrer engen Hose und dem tief ausgeschnittenen Top aus. Sie mochte Acro-Yoga, laute Tanzmusik, Reisen nach Mittelamerika und ihre zwei Katzen.

Noch nie hatte Kade jemanden nach seinem Sternbild gefragt. Und wahrscheinlich hatte er es in gewisser Weise auch jetzt gar nicht getan. Die Software hatte es mit seinem Mund und seinen Lungen gemacht. Zählte das?

Der ganze Test sollte demonstrieren, dass die Software ihr Interface auf Nexus-Basis dazu benutzen konnte, Sprache und Gehör in einer realen Umgebung zu kontrollieren. Es war Rangan gewesen, der darauf bestanden hatte, diese Dating-App zum Test der Plattform zu verwenden und dass Kade das Versuchskaninchen sein sollte. *Du wirst rauskommen und etwas Spaß haben, Kumpel,* hatte er gesagt. *Du hängst nur deprimiert rum. Ein Flirt mit ein paar Mädchen ist genau das, was du brauchst.*

Nächstes Mal, dachte er, kann Rangan den Feldtest selbst machen.

»Klar. Schauen wir mal, was los ist«, antwortete Don Juan.

Kade zog sein Telefon hervor und befestigte es an der Wand. Don Juan sprach hinein: »Die heutigen Tanzpartys in der Bay Area. Volle Projektion für zwei.«

Frances wandte sich der Kamera zu. Ein Partygast rempelte sie an, als er durch den Korridor an ihr vorbeirannte. Sie drückte sich gegen Kade, schmiegte sich an ihn. Ihr Körper fühlte sich wirklich warm und verlockend an, wie er sich eingestehen musste. Er legte einen Arm um ihre Hüfte, als das Telefon seine Anfrage beantwortete. Vielleicht hatte Rangan gar nicht so unrecht gehabt …

Netzhautprojektoren suchten nach ihren Augen. Gerichtete Akustik zielte auf ihre Ohren. Die Events rollten durch ihr gemeinsames Sichtfeld.

SEROTONIN OVERLOAD IV

Ein kurzer Werbespot für die Party überflutete ihre Sinne: pulsierende Musik, synkopiertes Licht, warmes Lächeln, Tanzende, die sich umarmten und im Gleichtakt bewegten.

Frances verzog das Gesicht. »Etwas zu ernst für mich.«

Kade gluckste. »Nächste.«

CYGNUS EXPRESS – FUNDRAISING FÜR PROJEKT ODYSSEUS

Die Weiten des Alls, Planeten, die um ferne Sonnen kreisen, Partygäste in schimmernden Nachbildungen von Druckanzügen, piepende Erstkontaktsignale im statischen kosmischen Hintergrundrauschen, überlagert von einem treibenden Trance-Rhythmus.

Frances schüttelte den Kopf. Verdammt, es fühlte sich gut an, wenn sie sich an ihn schmiegte.

»Im Weltraum«, sagte sie, »kann dich niemand tanzen hören.«

Kade zuckte mit den Schultern. »Nächste.«

CARE BARE von UNITED SKEINS OF SEXY

Neue Bilder und Klänge: sich windende, fast nackte Körper, Haut berührte Haut, stöhnende pulsierende Töne, aufblitzende Münder, Beine und Brüste.

Frances bewegte ganz leicht ihre Hüfte an ihm. »Also, das sieht ziemlich heiß aus. Oder?«

Kade lachte laut. An jedem anderen Abend hätte er nicht den Mut gehabt, sich in eine solche Szene hinauszuwagen. Aber zum Teufel! Er hatte die Aufgabe, die Plattform, die sie auf die Nanobereich-Elemente von Nexus aufgesetzt hatten, bis an die Grenzen auszureizen.

Das wird ein wunderbarer Testfall, sagte er sich. Ich mache das alles nur für die Wissenschaft.

Don Juan antwortete für ihn. »Vielleicht. Hast du vor, mit mir zu flirten?«

Kade ließ ihn machen, ließ ihn mit dem Auge zwinkern.

Frances grinste, zog eine Augenbraue hoch und wandte sich ihm zu, während sie sich immer noch gegen seinen Körper drückte. »Das würde dir gefallen, nicht wahr?«

Mit einem Aufschlag ihrer hübschen grünen Augen blickte sie zu ihm auf.

»Ach, ich glaube, die Freude wäre ganz auf deiner Seite«, erwiderte Don Juan. Kade legte auch den anderen Arm um ihre Hüfte und hielt sie fest, während er tief in ihre Augen blickte.

Frances biss sich auf die Unterlippe.

»Beweis es.«

Kade hätte vielleicht gestottert, wäre vielleicht errötet, aber jetzt hatte eine berechnendere Logik die Kontrolle übernommen. »Zu mir oder zu dir?«

Sie küssten sich im Stehen, Kade mit dem Rücken gegen die Wand des Raums, in den sie sich geschlichen hatten. Frances kicherte ständig. Sie machte es mit einem Spaß und einer Begeisterung, die Kade als ansteckend empfand. Sie küssten und küssten sich, sie kicherten und flüsterten. Kades klinische Distanziertheit schwand. Jemand öffnete die Tür zum Raum, sah sie und zog sich mit einer Entschuldigung schnell zurück. Wieder Kichern. Wieder

Küssen. Kichern ging in Seufzen über. Seufzen in Reiben. Tastende Hände. Die Hitze ihrer Körper steigerte sich. Frances' Atem ging kurz und schwer. Genauso wie seiner.

Die Dialoge sind sauschlecht, aber über das Resultat kann ich mich nicht beklagen, dachte Kade. Es gab noch einen weiteren Test, dessen Durchführung er Rangan versprochen hatte. Nun zum kinästhetischen Interface ...

Er hielt die Augen geschlossen, als er sie küsste und ins Nexus-Betriebssystem eintauchte, das er und Rangan auf die vielen Hundert Millionen Nano-Strukturen der Droge aufgesetzt hatten, mit der ihre Gehirne gesättigt waren.

Sanft schimmernde Zahlen rollten durch den unteren Bereich seines Sichtfelds. Rechts hing eine Säule aus Symbolen. Ein Fenster mit den Feldtestnotizen seiner Forschungsprotokolldatei war bis auf den Titelbalken komprimiert. Das gedämpfte Dröhnen der Party rauschte immer noch in seinen Ohren. Kades innerer Blick checkte den Puls, die Atemfrequenz, die neuro-elektrische Aktivität, den Interface-Status, die Werte der Neurotransmitter und der Nerven-Hormon-Systeme. Alles grün. Er konnte das Don-Juan-Programm sehen, das Rangan raubkopiert hatte, wie es die Situation modellierte, sich anständig benahm und nur die Ressourcen nutzte, die ihm zugewiesen worden waren. Er sprang weiter, suchte ein anderes Programm, das Rangan aus einem Cyber-Porno geklaut hatte, um es zu hacken und den Output an ihre Körperkontrollsoftware zu schicken. Peter North.

[Aktivieren: Peter_North – Modus: volle_Interaktion – Priorität: 1 – Schmutz-Level: 2]

Frances drückte sich noch begieriger an ihn. Jetzt kicherte sie nicht mehr. Ihre Lippen streiften sein Kinn, zupften feucht an seinem Mund. Heiß glühte ihr Körper unter seinen Händen. Ihre enge Hose war glatt und schlüpfrig und schmiegte sich vollkommen an ihren Hintern. Sie spreizte leicht die Schenkel, lehnte sich mit der Hüfte gegen ihn und rieb ihren Schritt an seinem Bein, während sie sich küssten. Ihr leises lustvolles Stöhnen drang direkt bis zu einem urtümlichen Teil seines Gehirns vor. Immer noch schwebten Zahlen und Symbole in seinem Sichtfeld.

Kade ignorierte eine Abfolge von Reizen und ließ sich von einer anderen mitreißen.

Peter North hatte jetzt das Kommando übernommen, ein Cyber-Porno-Bot, den Rangan aus dem Netz geklaut und an ihr Nexus-Betriebssystem angepasst hatte, um ihre kinästhetischen Interfaces zu testen. Das Programm spuckte Bewegungen von Gliedmaßen und Vektoren von Muskeln und Gelenken aus. Die Nexus-Knoten in Kades Gehirn leuchteten auf, Signale rasten vom Motorkortex zu den Armen und Beinen, und Kades Körper reagierte.

Frances stöhnte leise, bewegte ihren Hintern an seiner Hand, rieb sich an seiner Hüfte. Peter North ließ Kades Hand über ihren Rücken gleiten, über den Stoff ihres Tops und hinunter auf die glatte straffe Rückseite ihrer Hose. Die Hand drückte eine perfekte Pobacke, hob sich empor und fuhr mit einem satten Klatschen nieder.

»Ooooh«, murmelte Frances. Dann biss sie in seine Unterlippe, nicht allzu fest, und zerrte daran. Ihr Finger rieb über seine Brust, spielte mit einer Brustwarze. Zeigefinger und Daumen kamen zusammen und kniffen, immerhin so fest, dass es diesmal schmerzte.

Verdammt, dachte Kade. Wie konnte ich jemals glauben, dass dies eine schlechte Idee sein könnte?

Peter North packte Frances an den Hüften, dirigierte sie zur Couch und drückte sie auf das Polster. Die Software ließ seinen Körper über ihr niederknien, ein Bein zwischen ihren Schenkeln. Kades Hände hoben sich, wühlten sich in ihr Haar und ballten sich zu Fäusten. Peter North zerrte, zog ihren Kopf zurück, zwang sie, ihn anzusehen, wartete, bis sie die Augen öffnete und in seine starrte, wartete noch einen kleinen Moment länger und legte dann seinen Mund auf ihren.

Danke, danke, danke, Rangan, dachte er, dass du mich gezwungen hast, hierherzukommen und etwas Spaß zu haben.

Frances reagierte mit Fingernägeln auf seinem Rücken, scharf und selbst durch das Hemd schmerzhaft. Sie schob die Hüften auf der Sitzfläche vor, drückte sich noch fester gegen sein Knie, presste die Schenkel um sein Bein und schnurrte in seinen Mund, während ihre Hände seinen Gürtel fanden und sich unter sein Hemd drängten. Um nach Haut zu suchen, um ihn bluten zu lassen.

Kade bemühte sich um mehr Konzentration. Er zwang sich, weitere Notizen in seiner Protokolldatei zu machen. Schließlich war er immer noch Wissenschaftler, verdammt.

[Problemlose Muskelkontrolle. Feedback-Systeme exzellent. Möglicherweise unzulängliche Schmerzreaktion.]

Draußen ließ Peter North ihn eine Hand um eine Brust legen, die andere weiterhin in ihrem Haar verknäuelt. Sein Hemd war nicht mehr da. Frances biss sich über seine Brust und seinen Bauch nach unten.

[Eindeutig unzulängliche Schmerzreaktion.]

Jetzt lag ihre Hand an seinem Schritt. Kade war hart, so hart, wie die Sicherheitsgrenzwerte erlaubten, die er und Rangan im Interface codiert hatten. Frances schien es zu gefallen. Sie lächelte verführerisch, als ihre Hand ihn durch den Stoff seiner Hose drückte und sich bewegte, im gleichen Rhythmus, mit dem sie sich an seinem Unterschenkel rieb ...

Kade machte sich keine entsprechende Notiz. Das Erektionsmodul hatte er bereits ausgiebig getestet.

Mit einem koketten Lächeln blickte Frances zu ihm auf und drückte ihn lang und fest. »Ist der für mich?«

Sie leckte sich lasziv über die Lippen.

In Kades Vorstellung erschien ein Bild von dem, was geschehen würde. Sein Herz setzte vorfreudig für einen Schlag aus. Er öffnete den Mund zu einer Antwort.

[Interface-Warnung – Signalmaximum pro Sekunde > Parameter]

[Interface-Warnung – Paket verloren an Verbindung 0XE439A4B]

[Interface-FEHLER – Anschluss nicht gefunden 0XA27881E]

[Interface-FEHLER – Anschluss nicht gefunden 0XA27881E]

[Interface-Warnung ...]

Scheiße, dachte er.

Fehlermeldungen und Warnungen überfluteten Kades Sichtfeld. Die Parameter-Anzeigen schossen in den gelben und roten Bereich. Die intrakortikale Bandweite war gesättigt. Pakete wurden fallen gelassen. Die CPU-Zyklen wurden massiv von Fehlersuch- und Fehlerkorrekturpaketen beansprucht, die sich gegenseitig behinderten, während sie hektisch die Probleme zu beheben versuchten.

Draußen hatte weder Peter North noch Kade die Kontrolle über seinen Körper. Seine Hüften zuckten krampfartig vor und zurück, immer wieder. Seine Hände hielten Frances' Kopf fest gepackt. Sein immer noch bekleideter Schritt schlug ihr bei jedem Hüftstoß ins Gesicht. Sein Mund stand weit offen, sein Blick war unfokussiert. Inkohärente Laute drangen aus seiner Kehle.

»Ug. Ug. Ug.«

[Interface-Warnung: Signalmaximum pro Sekunde > Parameter]

[Interface-Warnung: Signalmaximum pro Sekunde > Parameter]

[Interface-FEHLER ...]

Scheiße scheiße scheiße!

[System anhalten], befahl er.

Nichts.

[System anhalten], wiederholte er.

Nichts.

[System anhalten] [System anhalten] [Scheiß-System anhalten!]

Die neuro-muskuläre Stimulation hörte auf. Kades interne Displays verschwanden. Seine Muskeln entspannten sich. Die Hüften stellten die Bewegung ein. Die Hände ließen Frances' Kopf los. Erfolg!

Kade schnappte nach Luft.

Dann zog ein weiterer heftiger Krampf sämtliche Muskeln seines Körpers zusammen ... und noch einer ... und noch einer ...

Was? Ach du Scheiße!

Kade ejakulierte.

Er warf sich von Frances herunter und brach auf dem Bett hinter ihm zusammen. Sein Rücken bog sich durch, und seine Zehen verkrampften sich, als irgendeine Nebenwirkung der Stimulation ihm eine Ganzkörperekstase verschaffte. Lachen platzte aus ihm heraus. Tränen liefen ihm über das Gesicht. Er drehte sich auf die Seite, erfüllt von Wonne, Verwirrung, Ausgelassenheit und einem tiefen, warmen, schläfrigen Gefühl des Friedens. Ahhhh.

»Was zum Teufel war das?« Frances war aufgesprungen und brüllte ihn an. Eine Hand lag an ihrem Gesicht. »Was zum Henker ist los mit dir?«

Kade rollte sich benommen herum, öffnete den Mund, um sich zu entschuldigen, sich zu erklären, und versuchte sich aufzurappeln. »Frances ...«

»Du bleibst hier, Wichser!« Sie richtete einen anklagenden Finger auf ihn. »Ich werde jetzt diesen Raum verlassen, und wenn du es wagst, auch nur einen kleinen Finger zu rühren, werde ich schreiend um Hilfe rufen!«

Sie zog sich zur Tür zurück.

»Hey, warte, es tut mir leid. Ich wollte nicht ... ähmm ...«

»Halt die Klappe! Blödes Arschloch! Schnellschusswunder! Wenn du das nächste Mal eine harte Nummer durchziehen willst, solltest du vorher *fragen*, Idiot ...«

Sie riss die Tür auf und schlug sie hinter sich zu. Von draußen hörte er sie sagen: »Hey, da drinnen ist irgend so ein kranker Irrer ...«

Nun ja, dachte er, das ist nicht so gut gelaufen.

Freitag, 17. 2. 2040, 23.47 Uhr

Sie kamen, um ihn zu holen. Das Corps. Seine Brüder. Er konnte die Hubschrauber und das Feuer aus kleinen Waffen hören. Sie hatten den Ort gefunden, zu dem man ihn gebracht hatte, wo man ihn festgehalten hatte, wo er einen langen und deutlichen Blick in die Tiefen der Hölle geworfen hatte. Niemals ließen sie einen von ihnen zurück. Sie kamen, um ihn zu holen, und nur Gott konnte denen helfen, die sich ihnen in den Weg stellten.

Watson Cole schreckte aus dem Schlaf hoch, in Schweiß gebadet, mit pochendem Herzen und einem Kloß in der Kehle. Er saß aufrecht auf dem Bett und hatte einen schweren dunkelhäutigen Arm erhoben, als wollte er einen Schlag abwehren. Er zitterte.

Scheiße. Nur ein Traum. Nur ein weiterer Albtraum.

»Licht«, sagte er laut.

Das kleine Zimmer erhellte sich. Das Licht drängte den Schrecken zurück. Das hier war nicht Kasachstan. Das hier war nicht jener Krieg. Das hier war sein Apartment in San Francisco.

Er ließ sich wieder auf die Matratze sinken. Die Laken waren feucht von seinem Nachtschweiß.

Atmen. Entspannen. Atmen.

Diesmal war es die Rettungsaktion gewesen. Die Rettungsaktion und das Mädchen. Lunara. Er hatte von ihnen allen geträumt. Arman, Nurzhan, Temir. Und hauptsächlich von Lunara. Von denen, die ihn gefangen genommen hatten. Von denen, die die Droge namens Nexus benutzt hatten, um seinen Geist zu öffnen, damit sie und so viele andere sich hineinzwängen konnten. Von denen, die seinen Kopf mit den höllischen Erinnerungen an die Opfer jenes Krieges vollgestopft hatten. Es war schon zwei Jahre her, aber er träumte immer noch von ihnen. Er träumte immer noch ihre Leben.

Warum ich? Warum ausgerechnet *ich?*

Er war zu falschen Zeit am falschen Ort gewesen. Ganz einfach. Wenn er nicht dort gewesen wäre ...

Dann wäre ich immer noch da draußen. Um für mein Land zu töten. Zu morden. Unwissend. Blind. Glücklich.

Und jemand anderer hätte diese Hölle in sich.

Atmen. Den Körper entspannen. Atmen.

Sein Herz schlug jetzt langsamer. Das Zittern hatte beinahe aufgehört. Er warf einen Blick auf die Uhr neben dem Bett. Noch nicht einmal Mitternacht. Er hatte nur eine Stunde lang geschlafen. Sein Blick wanderte zum Nachtschrank, er dachte an die Packung mit den Pillen in der obersten Schublade. Er konnte sich eine medikamentöse traumlose Bewusstlosigkeit verschaffen. Aber es wurde mit jedem Mal schwerer. Er brauchte immer höhere Dosen.

Er hatte nicht um diese Hölle gebeten, aber sie war trotzdem zu ihm gekommen. Er hatte nicht darum gebeten, dass ihm die Augen geöffnet wurden, aber so war es geschehen. Er hatte nicht darum gebeten, erlöst zu werden, aber man hatte ihm die Chance angeboten. In Gestalt dieser jungen, idealistischen Kinder, die ihn zu einem Teil ihrer Familie gemacht hatten. In Gestalt ihrer Modifikationen und Verbesserungen an Nexus, wodurch es zu einem noch mächtigeren Werkzeug geworden war, mit dem sich die Gedanken und Herzen anderer berühren ließen.

Nexus hatte ihn verändert. Es hatte ihm seine Handlungen durch die Augen von anderen gezeigt. Es hatte ihm das Böse gezeigt, das er und all die anderen Männer, die wie er waren, angerichtet hatten. Es hatte ihm den Drang verliehen, eine bessere Möglichkeit zu finden, eine bessere Welt zu gestalten. Und wenn es all das für ihn getan hatte, den härtesten aller Männer, was konnte es dann für andere tun?

Watson Cole stand auf und zog seine Laufsachen an. Er wollte seinen übermenschlich fitten Körper bis zur Erschöpfung antreiben. Er wollte sich nicht der Abhängigkeit von Medikamenten ergeben. Er würde dafür sorgen, dass er fit und hart blieb. Er musste noch einige Dinge erledigen, bevor er für seine Verbrechen bezahlte.

Die Droge, die ihn transformiert hatte, konnte die ganze Welt transformieren. Er würde dafür sorgen, dass das geschah.

Freitag, 17. 2. 2040, 23.55 Uhr

Verdammt, dachte Kade. Ein schlechter Moment für einen Programmfehler. Im Bad spritzte er sich Wasser ins Gesicht und versuchte sich zu sammeln. Es wurde Zeit, von hier zu verschwinden und zu versuchen, den Programmabsturz in Ordnung zu bringen.

Er verließ das Bad und trat wieder hinaus in die überfüllte Party. Die Hintertür war zweifellos der sicherste Weg nach draußen. Er hatte bereits die Hälfte der Strecke zurückgelegt und sich bemüht, jeden Blickkontakt zu vermeiden, als er hörte, wie jemand seinen Namen rief und eine Hand auf seine Schulter legte.

»Hey, Kade!« Es war Dominique, die Gastgeberin. Verdammt!

»Kade, ich möchte dir jemanden vorstellen«, fuhr Dominique fort. »Das ist Samara. Sam, das ist Kaden Lane. Kade, das ist Samara Chavez. Sam erzählte mir von einem

Artikel, den sie gelesen hat, was mich an deine Arbeit erinnert hat.«

Sam war Mitte oder Ende zwanzig, hatte olivfarbene Haut und glattes schwarzes Haar, das ihr bis zu den Schultern reichte. Sie trug modische schwarze Slacks und einen eng anliegenden grauen Sweater. Unter dem Stoff spannten sich Muskeln. Sie hatte den Körperbau einer Schwimmerin.

»Freut mich, dich kennenzulernen, Kade. Dominique sagte mir, dass du Doktorand bist und an Gehirn-Computer-Kommunikation arbeitest.«

Kade warf einen Blick zur Hintertür. So nahe ... »Ja. Im Sanchez Lab an der UCSF. Was war das für ein Artikel?«

»Über zwei Affen, deren Gehirne man teilweise drahtlos verbunden hatte. Der eine konnte durch die Augen des anderen sehen.«

Warwick und Michelson. Natürlich hatte sich die Presse darauf gestürzt.

»Ja, das war ein guter Artikel«, sagte er. »Gelegentlich arbeite ich mit den beiden zusammen. Sie sitzen drüben in Berkeley.«

»Cool«, sagte Sam. »Forschst du auch auf diesem Gebiet?«

Dominique wandte sich mit einem Lächeln ab.

Kade scharrte ein wenig mit den Füßen, während er sich sehr deutlich des Flecks in seiner Hose bewusst war.

»Ein großer Teil unserer Forschungsmittel wird für Interfaces zur Kontrolle von Körperfunktionen verwendet – Muskelkontrolle und solche Sachen.«

In Kades Erinnerung blitzte ein Bild auf, wie seine Hüften unkontrolliert in Frances' Gesicht stießen. Hastig fuhr er fort.

»Du weißt schon, um gelähmten Menschen zu helfen, damit sie sich wieder bewegen können. In meiner Dissertation geht es um höhere Gehirnfunktionen. Gedächtnis, Aufmerksamkeit, Wissensrepräsentation.«

Kade hielt inne, da er sich nicht sicher war, wie viel sie hören wollte.

Sam nahm den Faden auf. »Interessant. Hast du von dem Experiment gehört, wo man einer Maus beigebracht hat, den Weg durch ein Labyrinth zu finden, und dann haben es auch andere Mäuse gelernt, wenn man sie nur mit dem Gehirn der ersten Maus verbunden hat?«

Kade gluckste. »Das war mein Experiment. Der erste Artikel, den ich als Doktorand geschrieben habe. Niemand hat geglaubt, dass wir es schaffen würden.«

Sam zog eine Augenbraue hoch. »Im Ernst. Das war sehr beeindruckend. In welche Richtung forschst du weiter? Hältst du es für möglich …?«

Zu seiner Überraschung war Sam sehr an Neurowissenschaft interessiert. Sie löcherte ihn mit Fragen über das Gehirn, seine Arbeit, über seine nächsten Vorhaben. Kade stellte fest, dass er das Fiasko, das er soeben erlebt hatte, und seinen Fluchtplan vergessen hatte. Und nebenbei erfuhr er auch einige Dinge über sie. Sam arbeitete als Datenarchäologin. Sie half Firmen, fehlende Informationen aus alten oder gestörten Systemen zu bergen. Sie lebte in New York und war wegen eines Auftrags für die nächsten paar Monate in San Francisco. Sie war erst vor Kurzem angekommen und versuchte nun, hier neue Freunde zu finden. Sie war witzig, intelligent und attraktiv. Sie lachte über seine Witze. Und es stellte sich heraus, dass sie ein gemeinsames Interesse hatten.

»Also bist du ein Hirnforscher. Hast du schon von Nexus, dieser Droge gehört?«, fragte sie.

Kade nickte vorsichtig. »Ja, ich habe davon gehört.«

»Man sagt, dass es irgendeine Nanostruktur und eigentlich gar keine Droge ist. Und dass sie Gehirne miteinander verbindet. Ist so etwas möglich?«

Kade zuckte mit den Schultern. »Wir können es mit Drähten und per Funk machen. Warum also nicht mit etwas, das man schluckt? Hauptsache, es gelangt irgendwie ins Gehirn ...«

»Ja, aber funktioniert es wirklich?«

»Ich habe gehört, dass es funktioniert«, erwiderte Kade.

»Du hast es niemals ausprobiert?«

Er grinste. »Das wäre illegal.«

Sam grinste zurück.

»Hast *du* es ausprobiert?«, fragte er sie.

Sie schüttelte den Kopf. »Letztes Jahr in New York hätte ich die Gelegenheit gehabt, aber ich habe sie mir durch die Lappen gehen lassen. An der Ostküste sind alle Quellen versiegt.«

Eine Anfängerin, dachte Kade. Wir könnten für die Studie noch einige weibliche Anfänger gebrauchen ...

Er zögerte. »Sie sind auch hier versiegt. In letzter Zeit gab es viele Festnahmen.«

Sam nickte.

Kade hörte nicht, was sie als Nächstes sagte. Aus dem Augenwinkel hatte er etwas gesehen. Jemanden. Frances.

Ach du Scheiße.

»... absolutes Arschloch. Er war ziemlich grob.«

Sie stand mit dem Rücken zu ihm. Sie hatte ihn noch nicht gesehen.

»… Anfall oder so was. Er braucht Hilfe. *Professionelle* Hilfe.«

Die Hintertür. Er bewegte sich langsam darauf zu.

»Kade? Alles in Ordnung?«

Sam. Er sah sie an. »Ich muss jetzt gehen. Tut mir leid. Ich hoffe, wir sehen uns wieder.«

Er ließ sie stehen und verschwand durch die Tür nach draußen.

Samantha Cataranes beobachtete, wie Kaden Lane fluchtartig die Party verließ.

Habe ich ihn erschreckt?, fragte sie sich. Anscheinend.

Ihr Blick zuckte zu einer Anzeige am Rand ihres taktischen Displays. Sie leuchtete rot. Extrem rot. Der Sensor in ihrer Halskette hatte eindeutige Nexus-Signale empfangen. Ganz gleich, was Kaden Lane gesagt hatte, er hatte Nexus nicht nur bereits ausprobiert, sondern er hatte es an diesem Abend benutzt, in weit höherer Menge, als sie jemals bei irgendeinem anderen Menschen erlebt hatte.

Wie seltsam, dass er diese Droge hier benutzte, wo es sonst niemand tat. Was nützte es, Nexus zu nehmen, ohne dass ein weiterer Nexus-Konsument anwesend war, mit dem man eine Verbindung hätte herstellen können?

Die Zukunft würde es zeigen. Sam würde einen anderen Weg in ihren kleinen Zirkel finden. Vielleicht über Rangan Shankari.

Sie drehte sich um und suchte nach einem anderen Gesprächspartner. Ihre Tarnung verlangte es so.

Kade schwebte durch ein dreidimensionales Labyrinth aus Neuronen und Nanomaschinen. Antennen aus Nanofilamenten knisterten angeregt, als Nexus-Knoten Daten sendeten und empfingen. Enorme Energien sammelten sich in neuronalen Zellkörpern, erreichten kritische Grenzwerte, rasten durch lange Axonen, um in tausend weiteren Neuronen zu pulsieren. Offene Fenster um ihn herum zeigten die Veränderungen der Werte. Er beobachtete die Bewegungen der Parameter.

Nach dem Debakel auf der Party war es eine Erlösung, die Fehlercodes in seinem Gehirn zu beseitigen. Sein Körper lag sicher in seinem Bett. Sein Geist frohlockte in der Nexus-Entwicklungsumgebung und verfolgte die Spuren, die zum Fehler geführt hatten. Hier war er ganz in seinem Element.

Er rekonstruierte die Ereignisse der Nacht mithilfe der Protokolldateien und der Impulse der Nexus-Knoten und Neuronen in seinem Gehirn, bis er die Stelle fand, an der das Nexus-Betriebssystem abgestürzt war. Er verfolgte die Systemparameter rückwärts durch die Zeit, bis er verstand, was geschehen war. Als Reaktion auf die aufgeregten Neuronen waren die Nexus-Knoten überaktiv geworden und hatten eine unkontrollierte Kettenreaktion ausgelöst. Die Grenzwerte mussten strenger reguliert werden. Die Lösung war ganz einfach. Der Programmcode öffnete sich für ihn und änderte sich entsprechend seinen Gedanken. Er kompilierte den Code, testete ihn, reparierte einen neuen Fehler, den er eingebaut hatte, und wiederholte das Ganze, bis es funktionierte.

Widerstrebend verließ er die Welt seines Geistes und kehrte in die Sinneswelt seines Körpers zurück. Erst dann erinnerte er sich an das andere Mädchen. Samara.

Sie konnten trotzdem eine andere Anfängerin als Versuchsperson gebrauchen, um für das morgige Experiment die Veränderungen zu testen, die sie an der Kalibrierung vorgenommen hatten. Sie hatten das Minimum an Tests durchgeführt, aber ein weiterer konnte nicht schaden. Wäre sie geeignet? Ja. War es eine dumme Idee? Vielleicht. Aber sie konnten wirklich eine weitere Anfängerin gebrauchen ...

Außerdem war sie zufällig klug und witzig und sah gut aus ...

Er zog sein Slate hervor, projizierte es an die Wand und bezahlte einen Reputationsbot, um alles herauszusuchen, was sich über Samara Chavez aus New York City finden ließ.

Da war sie. Samara A. Chavez. Reputationswert grün.

Er vertiefte sich in die Details. Zwei Bekanntschaftsgrade von Kade getrennt. Eine Adresse in Brooklyn. Mehrere Tausend Fotos von ihr im Netz. Namentliche Erwähnungen bei verschiedenen Konferenzen über Datenarchäologie und in Online-Foren. Als private Beraterin ins Geschäftsregister eingetragen. Keine Erwähnung auf Drogenseiten. Keine Übereinstimmung mit den Gesichtern mutmaßlicher Drogenkonsumenten. Der Bot stellte ihr ein sauberes und anständiges Zeugnis aus.

Benutze immer eine zweite Quelle, hatte Wats gesagt.

Er bezahlte einen Kreditprüfungsdienst, den er ebenfalls auf Samara ansetzte. Er bekam dieselbe Adresse, eine Telefonnummer, die mit der übereinstimmte, die sie online angegeben hatte, ihre Kreditwürdigkeit war bestens, keine Vorstrafen, keine Lücken im beruflichen und schulischen Lebenslauf. Alles war stimmig.

Kade gähnte und blickte auf die Uhr. Es war fast zwei Uhr früh. Gab es noch irgendetwas anderes zu überprüfen? Ihm fiel nichts mehr ein.

Er schickte eine Einladung an Sams öffentliche Adresse. Ob sie gern zu einer Party am Samstagabend kommen würde? Zu einer Party, auf der sie vielleicht das fand, wonach sie gefragt hatte? Er konnte ihr nicht sagen, wo sie stattfinden würde, aber er wäre bereit, sie abzuholen.

Noch einmal lesen. Abschicken.

Dann zog er sich aus und ließ sich ins Bett fallen.

Sam trat, blockierte, schlug, duckte sich, trat noch einmal zu. Imaginäre Feinde gingen zu Boden.

Auf der anderen Seite des Raums ertönte ein Nachrichtensignal. Das programmierte Signal gehörte zu Kaden Lane.

Sam ignorierte es und setzte ihren rasend schnellen Weg durch die 108 Stufen der Kata-Übung fort. Ihre Gliedmaßen bewegten sich mit übermenschlicher Anmut und Präzision, als sie eine 400 Jahre alte Abfolge von Schlägen, Paraden und Ausweichmanövern durchging.

Konzentrieren, hatte Nakamura sie gelehrt. *Gehe ganz in deiner Aufgabe auf. Blende alles andere aus.*

Sie ließ die Nachricht warten, während sie die Kata weiterführte. Erst als sie damit fertig war und sich vor dem leeren Raum verbeugt hatte, drehte sie sich um, mit leicht zitternden Gliedern und Schweißperlen auf der Stirn, um ihr Slate aufzufordern, ihr die Nachricht zu zeigen.

Sie erschien vor ihr in der Luft. Eine Nachricht an Samara Chavez. Eine Einladung zu einer Party. Wo sie, wie er andeutete, Nexus ausprobieren konnte.

Anscheinend habe ich ihn doch nicht so furchtbar erschreckt, dachte Sam.

Sie winkte die Slate-Projektion weg, und die Darstellung löste sich auf. Sie würde morgen zu einer angemessenen Uhrzeit antworten.

Samantha Cataranes wandte sich wieder der Mitte des Raums zu, verbeugte sich erneut und begann mit der nächsten Kata.

Info

transhuman, Transhumane/r

1. Ein Mensch, dessen Fähigkeiten in einem solchen Ausmaß verbessert wurden, dass sie die normalen menschlichen Maxima in einem oder mehreren wichtigen Aspekten übersteigen.
2. Ein Fortschritt im Rahmen der menschlichen Evolution.

posthuman, Posthumane/r

1. Ein Wesen, das durch technologische Mittel so radikal transformiert wurde, dass es den transhumanen Status hinter sich gelassen hat und nicht mehr als menschlich bezeichnet werden kann.
2. Jedes Mitglied einer Spezies, die auf die Menschheit folgt, unabhängig davon, ob sie sich aus der Menschheit entwickelt hat oder nicht.
3. Der nächste große Schritt in der menschlichen Evolution.

Weltwörterbuch, Ausgabe 2036

[2] Tür schließen, Geist öffnen

Samstag, 18. 2. 2040, 6.12 Uhr

Die Schwellung an seinem Unterarm war gerötet und entzündet. Deutlich hob sie sich von seiner dunklen Haut ab. Sie fühlte sich hart und warm an. Hautfetzen lösten sich unter seinen Fingern. Darunter trat Blut hervor. Er musterte den freigelegten Tumor. Tief drinnen konnte er fast die zerrissenen DNS-Stränge sehen, seine zerfransten Chromosomen, die den Krebs auslösten, der ihn auffressen würde. Ein weiterer Knoten weckte seine Aufmerksamkeit. Und noch einer. Sein Handgelenk war voll davon. Seine Hände. Sein ganzer Arm. Entsetzt riss er sein Hemd auf. Rote Geschwülste wuchsen auf seinem Brustkorb, auf seinem Bauch. Er konnte zusehen, wie sie größer wurden, sich ausbreiteten, an seinem gesamten Körper ...

Wats schreckte aus dem Schlaf hoch.

Atmen. Atmen. Frühes Morgenlicht sickerte durch die Fenster herein.

Kein Krebs! Noch nicht.

Er blickte auf seine Arme. Sie waren glatt und unversehrt.

»Licht!«

Er schwang sich aus dem Bett und betrachtete seinen Körper.

Nichts.

Atmen. Die Augen schließen. Atmen. Reißen Sie sich zusammen, Sergeant Cole!

Er war schon sehr lange nicht mehr Sergeant Cole gewesen.

Wats ging zum Waschbecken und spritzte sich kaltes Wasser ins Gesicht. Die Reste des Albtraums abwaschen. Er nahm sich einen Einwegtester und schob einen Finger hinein. Ein kurzer, scharfer Stich. Ein Tropfen seines Blutes wurde in die Mikrofluidkanäle gesaugt. Das Gerät summte leise, während es arbeitete. Zytometer untersuchten jede einzelne Zelle mit Lasern und suchten nach verräterischen Schwellungen der Zellkerne, nach erhöhten Hormonwerten und abnormalen Chromosomen. Die Proteine und DNS geplatzter Zellen wurden daraufhin analysiert, ob sie krebsverdächtige Spuren enthielten.

Wats starrte auf das Gerät, während es die Untersuchungen durchführte. Er wollte, dass es Grün zeigte. Er wollte, dass es fertig wurde. Er wollte, dass es ihm genug Zeit gab, das zu tun, was getan werden musste.

Das Gerät piepte. Die Anzeige wurde grün. Kein Hinweis auf Krebs. Noch nicht.

Erleichtert stieß Wats den Atem aus und warf den Tester in den Müll. Eines Tages würde er für seine Verbrechen bezahlen. Aber noch nicht heute.

Samstag, 18. 2. 2040, 21.08 Uhr

Kade holte Sam um kurz nach neun in einem Autotaxi von Siemens ab. Der kleine Wagen aus Kunststoff und Karbonfaser brachte sie nach Süden und Osten über die 101, vorbei am SFO, an San Mateo, Menlo Park, Palo Alto, Stanford und dem globalen Zentrum des Risikokapitals. Sam verwickelte Kade in ein Gespräch. Sie fragte ihn nach seiner Arbeit, seinen Freunden, der Party, der Musik, die er gern hörte, und wann er zum ersten Mal Nexus ausprobiert hatte. Er beantwortete alle Fragen, nur nicht die nach Nexus, und wollte dann mehr über sie und ihr Leben wissen, über New York und ihre Arbeit als Datenarchäologin. Sie ging ganz in ihrer Rolle auf und antwortete genau so, wie es die fiktive Samara Chavez tun würde. Nach so vielen Jahren fiel ihr das Lügen leicht. Er lachte sich sogar schief über Samaras Missgeschicke in der Datenarchäologie.

Das Taxi fuhr sie nach Simonyi Field, dem ehemaligen Standort des Ames Research Center der NASA, und setzte sie vor dem riesigen Hangar 3 ab. Die Halle ragte hoch vor ihnen auf, länger als ein Footballfeld, höher als ein siebenstöckiges Gebäude.

Kade grinste. »Willkommen in unserer Party-Location.«

Sam nickte anerkennend. »Beeindruckend. Wie bist du dazu gekommen?«

»Unser Labor hat es für Experimente gemietet. Und das hier ist sozusagen ein Experiment.«

Sam zog eine Augenbraue hoch.

»Du wirst schon sehen.«

Kade führte sie durch eine Hintertür in den Hangar. Er klopfte dreimal in schneller Folge an, dann wurde die Tür geöffnet.

Dahinter war ein Korridor zu sehen, und auf einem großen Schild stand: »Willkommen! Bitte alle Telefone, Slates, Schreibstifte, Uhren, Brillen, Ringe etc. abschalten. Keine aktiven Datenverbindungen und Sender, bitte!«

Darunter hing ein zweites Schild: »Beim Eintreten Tür schließen und Geist öffnen.«

Rechts von ihnen stand der Mann, der ihnen die Tür geöffnet hatte. Eins achtzig, schwarz, muskulös und schlank, mit kahl geschorenem Kopf und in entspannter Haltung. Watson Cole. Daten rollten in pulsierendem Rot über ihre taktischen Kontaktlinsen. Gefahrenstufe: hoch.

Watson »Wats« Cole (2009–)

Sergeant 1st Class, US Marine (seit 2038 a. D.)

Einsätze: Iran (2035), Birma (2036–37), Kasachstan (2037–28) (...)

Spezialisierungen: Spionageabwehr, Nahkampf

Modifikationen: Kampf- und Genesungsverstärkung (2036, 2037, 2038)

Mit äußerster Vorsicht begegnen!

Cole schüttelte Kade die Hand. »Kade.«

»Freut mich, dich wiederzusehen, Wats«, antwortete Kade. »Das ist meine Freundin Sam. Sie müsste inzwischen auf der Liste stehen.«

Wats runzelte die Stirn, ohne den Blick von Kade abzuwenden. Dann nickte er langsam. Er schaute sie mit ruhigen, dunklen Augen an. »Samara Chavez. Du stehst auf der Liste. Ich bin Wats.« Er streckte ihr seine große braunhäutige Hand entgegen.

Sam hatte Coles Lebenslauf bereits gelesen. Ein Flüchtling aus den Kriegswirren Haitis, von einem Marine, der seine Mutter geheiratet hatte, in die USA gebracht. Mit achtzehn Jahren hatte sich Cole für das Corps verpflichtet, sich bei Missionen rund um den Globus hervorgetan und war auf persönliche Empfehlungen hin modifiziert und befördert worden. Dann war er in Kasachstan von Rebellen gefangen genommen worden. Es war ein anderer Mann gewesen, der nach den monatelangen Torturen zurückgekehrt war. Ein Friedensaktivist. Ein Buddhist. Ein Pazifist. Hatte die Gefangenschaft ihn verändert? Oder steckte mehr dahinter?

Sam schüttelte ihm die Hand. »Freut mich, dich kennenzulernen, Wats.«

Sein Griff war fest, aber nicht brutal. Doch diese Hände konnten Stahl brechen. Sie hatten auf zwei Kontinenten Menschen getötet. Selbst mit ihren neueren, streng geheimen Verbesserungen der vierten Generation war sich Sam nicht sicher, ob sie sich mit Watson Cole anlegen wollte.

»Bitte schaltet alle Sender ab«, sagte er.

Warum?

»Klar«, antwortete sie.

Sie nahm ihr offizielles Telefon aus der Jackentasche, schaltete es auf Stand-by und überspielte mit den Bewegungen, wie sie die Überwachungsausrüstung an ihrem Körper mit einem Blinzeln in den passiven Modus versetzte.

Kade steckte sein Telefon in eine Tasche. Er drehte sich um und lächelte. »Möchtest du die Halle sehen? Wir sind etwas zu früh eingetroffen.«

»Auf jeden Fall«, sagte sie. »Nach dir.«

Kade führte sie durch eine große schwere Tür, die für Sam so aussah, als wäre sie elektromagnetisch abgeschirmt, und schloss sie hinter ihnen. Auf der anderen Seite war ein Korridor. Kade öffnete die Tür am Ende, und sie traten in eine große Halle, den eigentlichen Innenraum des ursprünglichen Hangars. Er war mindestens siebzig Meter breit und hatte eine etwa 25 Meter hohe gewölbte Decke. Hier konnte man mühelos eine 747 unterbringen. An einer Seite des Hangars hatte man einen Kreis aus Sofas aufgestellt. An der Wand gab es eine Bar. Dort liefen ein Dutzend Leute herum, die anscheinend die Party vorbereiteten. Am anderen Ende sah sie eine DJ-Bühne mit vier großen Bildschirmen. Dahinter stand der DJ, ein dunkelhäutiger Mann mit gebleichtem blondem Haar und in vielfarbigem Sufi-Gewand.

Daten rollten in Gelb über ihr Sichtfeld. Eine Person von besonderem Interesse.

Rangan Shankari (2012–) alias »Axon« (Künstlername)
Doktorand in Neurowissenschaft im Sanchez Lab, UCSF
Technologische und wissenschaftliche Gefahrenstufe: mittel
[humane Intelligenzverstärkung]

Rangan winkte sie heran. »Hallo, Kade, könntest du mir mal helfen?«, rief er herüber. »Ich hab hier einen komischen Defekt in den Verstärkern.«

Kade nickte. »Klar. Einen Moment.«

Er führte Sam in eine andere Richtung, auf eine Gruppe von Leuten zu.

»Hallo, Ilya!«, rief er.

Eine Frau russischer Abstammung mit ernster Miene blickte auf, als sie ihren Namen hörte. Dunkles Haar, große nachdenkliche Augen, ein einfaches grünes Kleid, das durch ein hauchdünnes purpurrotes Halstuch betont wurde. Sie begrüßte Kade mit einem charmanten Lächeln, als sie sich ihr näherten.

Ilyana »Ilya« Alexander (2014–)
Postdoktoralstipendiatin, Janus Lab, System-Neurowissenschaft, UCSF (2039–)
Veröffentlichungen: Arbeiten über Meta- und Gruppenintelligenz
Technologische und wissenschaftliche Gefahrenstufe: mittel [post-/nonhumane Intelligenz]

Ilyana Alexander. Ein weiteres Mitglied der kleinen Gruppe. Vor den Säuberungsaktionen von Pudowkin im Jahr 2027 aus ihrer russischen Heimat geflüchtet. Eine theoretische Neurowissenschaftlerin, die sich auf Erkenntnisprozesse in Gruppen und Netzwerken spezialisiert hatte.

Alexander umarmte Kade zur Begrüßung. »Hallo, Kade!«

Kade lächelte. »Sam, das ist Ilyana Alexander oder kurz Ilya. Ilya, könntest du Sam bei den Vorbereitungen helfen? Rangan braucht mich wegen irgendwas.«

Kade berührte Sams Arm. »Wir haben eine Dosis für dich. Ilya wird dir helfen. Ich werde bald zurück sein.«

»Danke«, antwortete Sam. »Bis später.«

Kade machte sich auf den Weg zum DJ-Pult.

Ilya führte Sam aus der Haupthalle durch eine Tür mit der Aufschrift »Personal« und weiter zu einem gemütlichen Entspannungsraum.

Sie setzten sich nebeneinander auf ein Sofa. Aus ihrer Handtasche zog Ilya ein kleines Glasfläschchen. Darin befand sich eine dunkle, silbrige Flüssigkeit.

Sam spürte, wie ihr Puls schneller ging.

»Du hast noch nie zuvor Nexus benutzt?«, fragte Ilya.

»Nie«, log Sam. Nur während der Ausbildung, dachte sie.

»Das ist Nexus 5.«

Nexus 5?

Nexus 3 war die häufigste Nexus-Rezeptur auf den Straßen. Nexus 4 war ein kurzlebiger Fehlschlag eines Labors in Santa Fe gewesen und im Rahmen einer konzertierten Aktion des ERD und der DEA aus dem Verkehr gezogen worden. Nexus 5 war etwas, das Gerüchten zufolge existierte, die jedoch bis jetzt nie bestätigt werden konnten.

»Woher habt ihr das bekommen?«, fragte sie Ilya.

Ilya zögerte ein klein wenig zu lange. »Wir haben einen Freund an der Ostküste, der es uns besorgt.«

Sie lügt, dachte Sam.

»Du hast Erfahrung mit psychedelischen Drogen?«, fragte Ilya.

»Die üblichen Experimente am College. Aber nicht regelmäßig.«

»Wie gut verträgst du sie?«

»Gut. Es hat Spaß gemacht. Aber es ist nichts, was ich allzu oft haben muss.«

Ilya nickte. »Gut. Erfahrung mit psychedelischen Drogen macht die Sache einfacher. Wenn man Nexus zum ersten Mal probiert, kann es etwas desorientierend sein, vor allem während der ersten Stunde. Dein Gehirn muss erst lernen, wie es mit der Droge und anderen Gehirnen interagiert. Und wenn sich gleich mehrere Leute auf einmal in deinen Geist drängen, wird es noch viel intensiver.«

Sam runzelte die Stirn. »Ich dachte, Nexus funktioniert nur über kurze Distanz, auf Armeslänge oder so.«

»Normalerweise ja.« Für einen kurzen Moment wandte Ilya den Blick ab. »Aber es gibt Möglichkeiten, die Reichweite zu vergrößern.«

In Sams Kopf setzten sich die Puzzleteile zusammen. Das Verbot von aktiven Sendern. Die Verstärker, die Rangan erwähnt hatte. Diese Leute hatten es geschafft, die Signalstärke von Nexus zu erhöhen.

Gütiger Himmel!

»Klingt toll«, sagte sie. »Ich bin bereit.«

Ihr Herz schlug jetzt schneller. Ihr Magen hatte sich verkrampft.

Ilya zog den Stöpsel aus dem Fläschchen. Sam erhaschte einen Blick auf eine metallische Flüssigkeit, die darin schwappte. Die Brown'sche Bewegung vermischte Fäden aus Grau und Silber. Für einen Moment hatte sie den Eindruck, dass die Droge ein Lebewesen war, etwas Bewusstes, Empfindendes, Zielstrebiges.

Der Moment ging vorbei. Ilya reichte ihr das Fläschchen, dann ein Glas Saft, das sie vom Tisch nahm.

Sam schluckte die Droge. Die Flüssigkeit schmeckte sehr metallisch und leicht bitter. Sie fühlte sich schwer auf ihrer Zunge an, dann ölig, als sie ihre Kehle hinabrann. Sie trank vom Saft. Es war Orange und Guava. Die Früchte überlagerten sofort den Geschmack und das Gefühl von Nexus und hinterließen in ihrem Mund ein süßes, leicht säuerliches, tropisches Aroma.

Nun zum nächsten Teil, den ich nicht leiden kann.

Samantha Cataranes schloss die Augen, rezitierte das Mantra, das Teile ihres Gedächtnisses neu arrangieren würde, das sie davon überzeugen würde, jemand anderes zu sein.

Elefant. Wolkenkratzer. Ahorn.

Sie sah diese Dinge, während sie die Worte dachte, die sich gegenseitig überlagerten. Mentale Sperren rasteten ein und blockierten Wissen, das nicht in ihr Bewusstsein dringen sollte. Fiktionen wurden zu Realität.

Samara Chavez öffnete die Augen.

[3] Kalibrierung

Samstag, 18. 2. 2040, 23.14 Uhr

Samara Chavez flog. Mit geschlossenen Augen lag sie auf dem Sofa und schwebte über einer Landschaft aus Formen und Emotionen, Empfindungen und Erfahrungen. Unter ihr brandete ein pulsierendes rotes Meer der Erregung gegen ein scharfes, glänzend schwarzes Ufer der Mathematik, das in grüne und braune Hügel aus Spanisch, Mandarin und Englisch überging. Sie tauchte in diese Hügel ein, ließ sich vom Boden aufnehmen und weiterleiten, grub sich in die Erde, schmeckte Laute, Verben und Konjugierungen, spürte die Form von Buchstaben, Wörtern, Zeichen und fühlte, wie sich ihre Bedeutungen miteinander verschmolzen. Es war ein fantastisches Gefühl.

Sam war sich bewusst, dass sie high war. Dieser Trip war intensiver als alles, was sie erlebt hatte, seit ... seit ... Und gleichzeitig war sie völlig klar im Kopf. Jede Empfindung war eindringlich. Alles passte perfekt zusammen. Sie verstand, wo sie war und was vor sich ging.

Nexus bringt mir etwas bei, dachte sie. Das hier ist die Kalibrierungsphase.

Sie drang durch den dichten Erdboden der Sprachen und gelangte in eine Höhle der Abstraktion, erfüllt von einer hoch aufragenden, strahlend hellen Stadt der Begriffe. Breite Straßen der Zeit und des Raums teilten die Stadt in Viertel. Eine Glocke schlug in einem der Türme des Tempels des Ichs aus Kristall und Stahl im Zentrum der Stadt. Der Klang der Glocke enthielt den Klang all dessen, was sie jemals zu kommunizieren versucht hatte. Er pulsierte in der Luft, fast greifbar, und breitete sich in konzentrischen Wellen aus, die sie sehen konnte. Sie traten in Resonanz mit den Gebäuden der Stadt, wo Ideen zusammenstießen. Öffentliche Plätze der Kontemplation, friedliche Parks und elegante philharmonische Hallen des Gleichklangs und der Synthese, ausgebombte Ruinen der Zwietracht, der Verwirrung und des Missverständnisses. Ihre Gedanken breiteten sich in die Vorstädte voller Erinnerungen aus und darüber hinaus in die dunklen Wälder des anderen, das die Stadt umhüllte, sie isolierte.

Entzückt stürzte sie sich in einen öffentlichen Pool des Lachens, kam wieder heraus und lief eine Straße der Schönheit entlang, bog ab und betrat ein riesiges Museum der Belebten Dinge, gelangte durch die Hintertür auf eine Straße der Handlungen und erreichte wenig später den großen offenen Platz rund um den Tempel des Ichs. Wohin sie auch schaute, von überallher sah sie die Gläubigen auf den Platz kommen, als sie zum Gebet gerufen wurden. Die Gläubigen waren sie selbst. Es waren Hunderte von ihr, Tausende, Zehntausende, und alle knieten nieder, beteten sie an, verehrten sie und sandten Gebete an sie selbst.

Dann fuhr sie herum, nahm diese Stadt, ihre Stadt in sich, in ihren Geist auf. Sie wirbelte noch einmal und noch einmal herum, bis die Drehung von selbst weiterging, bis sie feststellte, dass sie immer schneller rotierte. Die Stadt verwischte, sodass sie nichts mehr erkennen konnte, aber ihr Geist dehnte sich aus, um alles zu umfassen, und die Zentrifugalkraft ihres Derwisch-Tanzes drängte den Rand ihrer Gedanken und Sinnesempfindungen nach außen. Sie breitete sich aus und wurde durch die straffe Leine ihres Willens zusammengehalten.

Sie war diese Stadt. Sie war die Millionen Ichs, die darin lebten. Sie schmeckte hunderttausend Erinnerungen. Erinnerungen an Orte und Zeiten und Dinge und Worte. Ihr sechster Geburtstag, als sie von ihrem Fahrrad gefallen war, wie ihr das Blut über das Knie rann, wie sie den Finger hineingetaucht hatte, ihn so nahe wie möglich vor das Gesicht gehalten hatte, weil sie die winzigen Zellen darin sehen wollte. Ihr College-Abschluss, der für sie unerwartet bedeutungsvoll gewesen war, die plötzliche Aufregung, der sichtbare Ausdruck des Stolzes auf den Gesichtern ihrer Tante und ihres Onkels, wie sie sich gewünscht hatte, ihre Eltern wären dabei gewesen, wenn nicht ... wenn nicht ... Das erste Mal, als sie Sushi probiert hatte, die unglaubliche Konsistenz von rohem Thunfisch, gefolgt vom intensiven Wasabi-Geschmack, der ihren Geruchssinn überwältigte. Ein Regenbogen in der Wüste, nur von ihr allein gesehen. Der Kuss eines Liebhabers an ihrem Hals. Die Befriedigung eines Sparringkampfes. Spiele ihrer Kinderzeit. Und Datenarchäologie – als sie um drei Uhr morgens den Schlüssel gefunden hatte, mit dem sie das Watzer-Archiv hatte knacken können, wie sich die Puzzleteile perfekt zusammengefügt hatten, sodass sie die Nachricht decodieren konnte, die Venter in seinem Genom verschlüsselt hatte.

All das bist du selbst – die Worte kamen unaufgefordert zu ihr. Die Erinnerungen kamen nicht einzeln, sondern parallel, sie überlagerten sich gegenseitig, verschränkten sich auf eine Weise miteinander, wie sie es noch nie zuvor gesehen hatte, und die Zeitachse ihres Lebens wurde dreidimensional.

Sie hatte das Gefühl, dass sie vor Glück explodieren würde, unter der schieren Intensität des Seins, unter der unglaublichen *Größe*, die sie spürte. Sie wollte noch größer werden, sich über diese Stadt und die Höhle ausbreiten, bis sie diesen ganzen psychedelischen Planeten ihres Ichs umfasste, bis sie jeden Augenblick und jeden Fetzen und das gesamte Potenzial ihres Seins gleichzeitig erlebte. Und noch über diesen einen Planeten hinaus, um alles von allen zu erleben!

»Sam?«

Ihre Augen öffneten sich. Sie glühte vor Aufregung. Ihr Atem ging schnell. Ihr Herz pochte. Sie war feucht zwischen den Schenkeln. Sie hatte sich noch nie zuvor so erregt oder so lebendig gefühlt. Außer ... außer ...

»Sam?«

Es war Kade. Kaden Lane. Der Mann, der sie hierher gebracht hatte, der ihr die Gelegenheit verschafft hatte, zum ersten Mal Nexus auszuprobieren. *(Zum ersten Mal?)* Dieser hübsche, große, verwirrende, schüchterne, naive junge Mann mit einem Geist wie Feuer und einer kindlichen Gleichgültigkeit gegenüber den Konsequenzen seiner Neugier. Er stand am Fußende des Sofas, auf dem sie lag, und musterte sie zögernd.

»Kade.« Es klang heiser. Sie versuchte es noch einmal, etwas gelassener. »Hallo.«

»Wie geht es dir? Tut mir leid, dass ich nicht früher kommen konnte. Ich habe Rangan bei der Fehlersuche geholfen.«

Rangan. Richtig. Der DJ. Sie war auf einer Party. Gut.

Komm klar, Sam.

»Kade.« Sie erwiderte seinen Blick, atmete einmal tief durch. »Das ist *Wahnsinn*. Ich war ganz weit weg, ich bin geschwommen, tief in ... ich kann es nicht einmal erklären.«

Noch während sie sprach, spürte sie den Wirbelwind, wie die Assimilierung und Kalibrierung in ihr weiterging. Ihre Haut war überempfindlich. Jedes Wort und jeder Atemzug waren elektrisch aufgeladen.

Kade lächelte. »Erzähl es mir. Was empfindest du?«

Sam schloss die Augen und sprach, ohne sie wieder zu öffnen. »Ich bin in mir selbst. Innerhalb meines Geistes. Ich sehe, wie die Teile von mir zusammenhängen. Die verschiedenen Begriffe. Die verschiedenen *Arten* von Begriffen, die ich erfassen kann. Und ich kann so viele Szenen aus meinem Leben sehen. Die Muster, die sie bilden, die Verbindungen, die mir nie zuvor aufgefallen sind. Es fühlt sich unglaublich an. Wenn ich bei der Arbeit so wäre ... könnte ich ganz einfach alles in mich aufnehmen.« Sie hielt inne. »Und ich bin richtig geil – richtig geil, meine ich.«

Sie öffnete die Augen. Kade errötete, wandte den Blick ab, schaute auf seine Schuhe, dann auf die Wand. Und Sam befürchtete, dass er sie bis zu ihren letzten Worten unverwandt angesehen hatte. Und dass auch er erregt war. Von ihrem Anblick. Sie sah sich, wie sie für ihn ausgesehen haben musste, mit geröteter Haut, erhitzt, mit harten Brustwarzen, schnell und hörbar atmend – und ihr wurde klar, dass dieses Bild mehr als nur Intuition war, dass es von Kade selbst gekommen war.

Wirklich? Hatte auch er Nexus genommen?

»Kade. Hast du auch etwas genommen?«

Dann kehrte sein Blick zu ihr zurück, ganz direkt und überhaupt nicht mehr schüchtern. Er ging um das Sofa herum, ohne ein Wort zu sagen, und setzte sich neben sie, ganz nahe, und legte eine Hand auf ihre Stirn. Und sie spürte etwas. Wie sein Geist ihren berührte. Eine Einladung, gefolgt von einer Öffnung, und dann offenbarte Kade sich ihr.

Wieder spürte sie seine Erregung. Sein Interesse an ihr. Und seine Schüchternheit. Seine Unsicherheit gegenüber Frauen.

Doch das alles war peripher. Im Zentrum sah sie deutlich seinen Intellekt, scharf und klar wie ein Diamant, die Rastlosigkeit seines Geistes, seine ständig brodelnden Fragen, seine Begierde nach Antworten ... und was er getan hatte. Er und Rangan und Ilya.

Sie schnappte nach Luft, als sie verstand. »Du bist immer so? Du hast es permanent gemacht? Mit dir selbst?«

Natürlich. Letzte Nacht. Sehr, sehr gefährlich.

Letzte Nacht? Gefährlich?

Kade sprach. »Das Potenzial ist vorhanden. Der Nexus-Kern ist permanent integriert. Aber er ist nicht die ganze Zeit aktiv. Er sendet nicht immer. Und wir erleben auf keinen Fall den Rausch der ersten Kartierung, in dem du dich gerade befindest.«

Sam verstand es, während er darüber sprach. Sie begriff den Sinn der miteinander verknüpften Gedanken hinter seinen Worten. Die semantische Kartierung. Die sensorischen und emotiven Verbindungen. Die Kalibrierung und Assimilierung. All die Dinge, die nötig waren, um eine umfassende Nexus-Konnektivität zu ermöglichen.

So hatten sie es geschafft, Kade und Rangan und ein paar andere. Sie hatten mit Nexus 3 angefangen und einen Teil des Codes geknackt. Sie hatten gelernt, Nexus-Kerne zu programmieren, sie konnten ihnen sagen, was sie tun sollten. Sie hatten mehrere logische und funktionale Ebenen hinzugefügt und das Ganze in eine Plattform verwandelt, auf der Software innerhalb des Gehirns laufen konnte. Dann hatten sie diese Sache auch in ihrem Kopf installiert.

Sie war baff. Sie spürte, wie stolz Kade war. Sie empfand seine eigene Ehrfurcht vor seiner Brillanz, vor ihrer gemeinsamen Leistung, vor ihrem Wagemut. Jetzt begehrte sie ihn. Sie wollte seinen Geist in sich aufnehmen wie die Stadt in ihr, sie wollte alles, was er war, gleichzeitig erleben, wissen, was er wusste, fühlen, was er fühlte, wirklich verstehen, was in ihrem Innern geschah.

Und sie verspürte Angst. Einen kalten Schauer, der ihr über den Rücken lief. Eine intensive Vorahnung.

Sam wischte es beiseite. Sie suchte nach Worten.

»Kade. Zeig mir die Party. Bring mich nach draußen, damit ich alle anderen kennenlernen kann.«

Kade lachte. »Du kommst gerade erst zu dir. Willst du das nicht lieber ein paarmal mit nur einer Person ausprobieren, bevor du es mit hundert anderen gleichzeitig machst?«

In seinen Gedanken las sie Belustigung und die Ermahnung zur Vorsicht.

»Ich bin bereit«, erwiderte Sam. »Ich will mehr. Damit komme ich klar.«

Ich will alles, dachte sie.

Kade gluckste. »Na gut, dann versuchen wir es. Die Party geht los.«

Er stand auf, lächelte und wich einen Schritt zurück.

Sam holte tief Luft, wappnete sich und setzte sich auf. So weit, so gut. Sie spürte, wie Kade sie beobachtete, sie evaluierte, ihre Reaktionen einschätzte, ihre Ausgeglichenheit, ihre emotionale Verfassung.

Sie blickte zu ihm auf, sah ihm in die Augen und hielt ihm eine Hand hin. Kade nahm sie und half ihr beim Aufstehen.

Ihre Berührung war elektrisierend, freimütig und offenherzig. Sie suchte nach seiner Sympathie für sie, wollte sie und fand sie unter seiner wissenschaftlichen Neugier begraben, unter seinem Engagement für das Experiment, von dem sie nun ein Teil war, unter seiner kühlen Beobachtung ihrer Person. Sam loderte für Kade auf, zeigte ihm ihren Hunger, ihr Verlangen nach mehr, ihren Wunsch, alles um sie herum zu assimilieren, angefangen mit ihm.

Er war gleichzeitig amüsiert und beeindruckt. Und sein Geist war fantastisch, voller Wissen und Erfahrung, die sie begehrte.

Sam kam mühelos auf die Beine. Sie hielt immer noch Kades Hand, die sie gar nicht brauchte. Sie stand wenige Zentimeter von ihm entfernt, in ihren hohen Stiefeln auf gleicher Augenhöhe.

»Zeig es mir«, forderte sie ihn auf. Er wusste, was sie wollte.

Er wurde rot, ließ ihre Hand los, unterbrach den Blickkontakt, lachte, um eine Verlegenheit zu überspielen, die er unmöglich empfinden konnte, und zog sich erneut zurück.

»Du bist etwas Besonderes«, sagte er. »So etwas wie ein Naturtalent. Aber es ist nicht so einfach, wie du denkst. Die interne Kartierung ist eine Sache. Eine solche Tiefe mit einem anderen Geist zu erleben ist im Moment einfach noch nicht machbar. Nicht genug Bandbreite. Das Protokoll ist nicht umfassend genug.«

Sam sah die Wahrheit dieser Worte in seinem Geist und sah auch, was er vor ihr zurückhielt. Da war noch mehr. *Enttäuschung.* Sie würde sich in Geduld üben müssen.

»Gut.« Trotzdem lächelte sie. »Gehen wir jetzt auf die Party?«

Kade nahm wieder ihre Hand, grinste und sendete Aufregung. »Sam, das wird dir sehr gefallen.«

Und sie sah, dass es so sein würde.

Er führte sie aus dem Entspannungsraum in den Personalbereich und dann hinauf zur schweren, abgeschirmten Tür, durch die es in die Haupthalle des Hangars ging.

»Zuerst werde ich dich nur ein bisschen spüren lassen und dann von Mal zu Mal etwas mehr.«

Kade öffnete die Tür. Musik schlug ihr entgegen. Elektronisch und tribal, rhythmisch und trancedelisch. Das Genre, das als Flux bezeichnet wurde. Intensiv genug, um danach zu tanzen, entspannend genug, um es nicht zu tun.

Gleichzeitig wurde Sams Kopf von einem anderen Summton erfüllt. Der Klang vieler Stimmen, die gleichzeitig sprachen, aber gedämpft und fern. Mehr als nur ein Klang. Information. Bedeutung. Emotion. Aufregung. Rausch. Vorfreude. Ehrfurcht. Ungeduld. Kummer. Begehren. Befriedigung. Alles zusammen. Und alles in einigem Abstand von ihr. Ganz anders als das, was sie in sich selbst erlebt hatte. Aber das hier waren andere Bewusstseine!

Kade führte sie durch die Tür.

Der Hangar war umgestaltet worden. Die Beleuchtung war jetzt mit langsam wechselnden Farben gesättigt, die sich durch das Spektrum bewegten. In ihrer Ecke verschob sich ein Tiefblau zu Indigo und Violett. Auf der anderen Seite des Hangars war es Rot, das zu Orange wurde. Und links ging Gelb in Grün über.

Über die Halle verteilten sich Menschen, viele Menschen. Zumindest genug, um einem zuvor großen und leeren Raum Leben zu verleihen. Sie waren passend für eine Partynacht in San Francisco gekleidet: kurze Röcke und enge Hosen, Samt, Vinyl und Kunstleder, Tattoos, Piercings und gerade noch legale Biomorph-Bodyart, die sich mit ihren Bewegungen fließend veränderte. Sam spürte sie in ihrem Kopf. Schwul, hetero und bi, Singles, Pärchen, Dreier und sogar noch komplexere Konstellationen.

Der junge Wissenschaftler hatte sie ins Herz der Gegenkultur gebracht. Und diese Gegenkultur hatte sich Nexus eingeworfen.

Über ihnen und um sie herum wogten die mit Smartstoff bedeckten Wände nun im Takt der Musik. Flüssiges Silber, Rot und Blau liefen über die gekrümmten Innenseiten des Hangars, wie Wellen, die von jedem tribalen, elementaren Beat der Musik ausgingen, die Rangan spielte. Es war faszinierend, organisch. Sam starrte darauf und wusste, dass es der Track »Buddha Fugue« von der Gruppe Apoptosis war. Der Rhythmus war inspiriert von Thai-Trommeln und dem Geräusch der Meeresbrandung, wie sie durch die vom Haschisch benebelten Ohren des Bandmitglieds Sven Utler gehört worden waren, während einer warmen Sommernacht am Strand von Koh Phangan.

Das alles wurde ihr mit einem Schlag bewusst. Sie wusste es einfach, als hätte sie es schon immer gewusst. Als hätte sie dieses Stück schon ein Dutzend Mal gehört, nachdem Sven oder Rangan oder Kade ihr die Entstehungsgeschichte erzählt hatten.

Sam hielt den Atem an. Der Track war großartig, genau das, wonach sich ihre Hüften bewegen wollten, nur dass es sie nicht interessierte. Das haben sie einfach in meinen Kopf gesendet! Was könnte man mit einer solchen Technologie machen! Wie wird das die Datenarchäologie verändern! Die Erziehung! Alles!

Sie wandte sich Kade zu, mit offenem Mund und erstaunt aufgerissenen Augen. Grinsend sah er sie an. Er wusste, was sie dachte, und sie wusste, was er dachte: ansteckender Enthusiasmus, Begeisterung über ihre Begeisterung, Stolz auf seine Leistung.

Wie ein kleiner Junge, der mit seinem Spielzeug angibt, dachte sie, und er wurde rot, wandte den Blick ab und lachte leise.

Dann nahm Kade ihre Hand und führte sie in die Menge. Sie kamen an einem Pärchen vorbei, das sich gegenüberstand. Sie bewegten auf seltsame und unbeholfene Weise die Arme und lachten und kicherten abwechselnd.

»Was tun die beiden?«, wollte sie von Kade wissen.

Er grinste sie an. »Wir nennen es Drücken-und-Ziehen. Sie benutzen Nexus, um den Körper des anderen zu bewegen. Sie schicken Impulse in den Motorkortex ihres Gegenübers. Beziehungsweise versuchen sie es. Für die meisten Leute ist es nicht einfach.«

Sie starrte die beiden an.

»Können wir das auch versuchen?«, fragte sie.

Wieder grinste Kade. »Später.«

Er führte sie weiter in den Hangar auf den Kreis der Sofas zu. Dort würde etwas geschehen, erfuhr sie von ihm. Ein Experiment. Und sie konnte Teil davon sein.

»Hier sind wir dem Ziel einer gegenseitigen Kartierung mehrerer Personen bereits sehr nahe gekommen. Einer Kalibrierung, die sich über mehr als nur einen Geist erstreckt. Willst du es ausprobieren?«

Ja. Auf jeden Fall! Sie wollte sie alle komplett schlucken.

Nein, protestierte eine leise Stimme in ihr.

Sie beachtete sie nicht weiter und nickte Kade stumm zu.

Ein halbes Dutzend Männer und Frauen hatte es sich bereits auf den Sofas bequem gemacht. Es war noch genug Platz für ein weiteres halbes Dutzend. Als sie und Kade näher kamen, verblassten die übrigen Bewusstseine im Hangar. Sie konnte diese sechs nun sehr deutlich spüren. Sie konnte Kade spüren. Der Rest der Party war in mentales Schweigen gehüllt.

Kade stand hinter ihr. Seine Hände berührten ganz leicht ihre Schultern. Er führte sie zu einem Sofa, half ihr, sich zu setzen, und hockte sich neben sie.

Andere trafen ein und nahmen Platz. Ein Dutzend auf den Sofas und ein paar Zuschauer in der Nähe.

»Bist du bereit?« Kade sprach die Worte laut aus, die nur an Sam gerichtet waren.

Sie nickte.

Etwas geschah. Elf andere Bewusstseine wurden in ihrer Wahrnehmung größer. Sie wurden heller und rückten vollständig in ihren Fokus. Sie waren so reichhaltig. So lebendig mit Gedanken und Erinnerungen, Gefühlen und Wünschen. Ihr Atem synchronisierte sich mit den anderen. Sie schloss die Augen, und sie konnte ihre individuellen Gedankengänge sehen und spüren.

Elf Bewusstseine berührten sie gleichzeitig in elf Teilen ihrer Psyche. Hier war Brians strahlende Freude über die verrückte, meditative, überschwängliche Empfindung, seine Freunde so intensiv zu erleben. Dort war Sandras großes Reservoir an Ruhe und Ausgeglichenheit, ihre Jahre der Yoga-Praxis, ihr Frieden, der allen um sie herum eine Verankerung gab. Für sie war es *samadhi*. Hier war Ivan, der als Physiker die Mathematik und Musik im Zusammenspiel und Tanz, in der Harmonie und der Dissonanz der Gedanken um ihn herum würdigen konnte. Dort war eine Vision in Leandras Geist, in Form von Proteinen und molekularen Windungen, Rezeptoren und Bindungsstellen, die Entsprechung von einem Dutzend Männern und Frauen, die sich geistig zusammengeschlossen hatten ... Hier waren Tränen auf Josephines Gesicht, die Tränen der freudigen Erinnerung an eine Szene aus der Kindheit, ein Feuerwerk mit ihrem geliebten Vater, den sie verloren hatte. Verloren wie ... wie ...

Auch aufs Sams Gesicht standen nun Tränen. Sie wusste nicht, warum. Sie konnte spüren, wie Kade sie besorgt beobachtete. Sie hatte keine Antwort für ihn.

Jede Person hatte nicht nur eine Bindung, sondern viele. Die Fäden waren parallel und mit allen anderen verknüpft. Gedanken und Erinnerungen flossen und verschoben sich. Sandras erste Fummeleien mit anderen Mädchen in jungen Jahren. Antonios Verständnis der Quantenprogrammierung, wie er *alles* verstanden hatte, noch ein gutes Stück über das hinaus, was Sam begreifen konnte. Jessicas Begeisterung für Freifallschirmsprünge aus zwölftausend Fuß Höhe, das Adrenalin während des Sturzes, die Ruhe, wenn sich der Schirm öffnete, ihr Glücksgefühl, wenn sie schließlich unter dem Flügel aus Stoff hing und dem Boden entgegenschwebte, singend, atmend und im Freiflug dahintaumelnd.

Sie kannte Sandras Liebe zur Stille, zum meditativen Ich-bin-in-meinem-Körper-Glück ihrer täglichen Übungen. Es rotierte in Sam, fand ihre Erinnerungen an Sparringkämpfe, die absolute Schönheit eines perfekten Schlags oder Ausweichmanövers. Die Abgeklärtheit der vollkommenen Form, das Adrenalin eines harten Nahkampfs, die Endorphin-Seligkeit des folgenden Runterkommens. Und ... und ...

Sie spürte Kade immer noch. Er war bei ihnen, bei ihr. Und sein Bewusstsein ... sein Bewusstsein ... Sie kannte die Schönheit des Nexus-Kerns. Die Erhabenheit seiner Konstruktion, die ihm vor Ehrfurcht den Atem verschlug. Sie schmeckte den rein abstrakten Raum in ihm, wo er seine beste Arbeit leistete, wo er einen kleinen Teil des Protokolls verstand, das er zusammen mit Rangan eingerichtet hatte, die semantische Schicht zwischen individuellen neuralen Verbindungen und kompletten Gedanken. Es war etwas Wunderbares, eine Landkarte aller

Arten von Gedankenbruchstücken, eine Ontologie des Bewusstseins. Es existierte in ihm, in einem Teil seines Geistes, ohne jeden Zweifel, ohne Furcht oder auch nur Rücksicht auf andere. Dieser Teil von ihm war so wunderschön und doch so fern und so fremd, und dennoch gehörte er so sehr zu Sam, zumindest für diese kurze Zeit.

Sie sah durch seine Augen. Sah den Fluss der Gedanken und Gefühle und Erlebnisse als Bits und Pakete und Verkehrsströme, nicht kalt und trocken, sondern als fantastisches Symphonieorchester. Es waren einzelne Instrumente, die im Zusammenspiel ein komplex strukturiertes Ganzes schufen, das größer als die Summe seiner Teile war. Sie sah seine Bestrebung, die Grenzen des individuellen Geistes zu überschreiten, sah, wie Ilya seinen Gedanken Form gegeben hatte, erhaschte einen flüchtigen Blick auf den Weg, den er gerade noch für möglich hielt, sein Erstaunen im Angesicht einer Zukunft, die nicht mehr mit der Vergangenheit zu vergleichen war.

Dann weinte sie. Sie weinte, weil Kades Geist so kristallklar war, weil seine Vision so rein und auf ihre Weise so Ehrfurcht einflößend und dennoch so erschreckend für sie war. Sie weinte mit Josephine über einen geteilten Verlust, über Eltern, die ihnen während der Jugend entrissen worden waren, über Verluste in der Kindheit. Sie weinte, weil Kade seine Eltern vor so kurzer Zeit verloren hatte. Sie weinte über eine Erinnerung an Schmerz und Furcht, die Sandra wiederentdeckt hatte, sie weinte über sich selbst, verwundet in der Nacht, der linke Arm hing nutzlos herab, Blut tropfte ihr in die Augen, sie hatte Angst, war sich nicht sicher, ob sie die Dämmerung erleben würde, ob sie an dem einen letzten Wachmann vorbeikommen würde ...

Sie war verwirrt, desorientiert. Erinnerungen kamen, die keinen Sinn ergaben. Josephine erlebte Sams Erinnerungen an die letzten Weihnachten mit ihren Eltern in San Antonio. Doch sie wusste auch von Sams Kummer über ihren Tod, viele Jahre in der Vergangenheit. Und das Erschrecken über etwas, das nicht rein, nicht schnell, nicht zufällig gewesen war ...

Leandras Erfahrungen mit der Proteomik berührten Sams Identität als Datenarchäologin. Sam arbeitete für große Unternehmen, für die sie den Wert ihres intellektuellen Erbes wieder zugänglich machte. Keine staatlichen Datenbanken in der Dritten Welt ... keine Aufzeichnungen über humane und transhumane Experimente ...

Sie spürte die kollektive Besorgnis der anderen. Insbesondere die von Kade. Spürte, wie sie weitere Fühler nach ihr ausstreckten, um sie zu trösten, zu stützen. Jeder Kontakt löste eine Erinnerung aus. Eine durchgemachte Nacht am College, als sie für die Zwischenprüfungen Differenzialgleichungen gepaukt hatte. Ihr erster Triathlon, der Zustand jenseits der Erschöpfung, jenseits der Seligkeit, jenseits von allem, außer ihren Körper immer und immer wieder zu bewegen ... als sie sich im iranischen Teil des Kaspischen Meeres nördlich von Sari genauso angestrengt hatte, völlig verängstigt, während sie versuchte, den felsigen Strand in Turkmenistan zu erreichen, ohne zu wissen, ob dort wirklich Hilfe auf sie wartete ...

Sam verlor langsam den Verstand.

Sie fuhr gern Rad. Sie schwamm. Sie hatte ihren Abschluss in DA mit Auszeichnung gemacht. Sie hatte liebevolle Eltern. Sie hatte die Erinnerung an eine Waffe, die sich in ihren jungen Händen riesig anfühlte, und der Mann, auf den sie geschossen hatte, lag in seiner eigenen Blutlache, in der er verblutete, denn er hatte genau dies und noch viel mehr für die Grausamkeiten verdient, die er begangen hatte ...

Dann erinnerte sich Sam an ihre Ausbildung für diese Mission. Eine Dosis Nexus, Nexus 3, nur ein blasser Schatten ihrer gegenwärtigen Erfahrung. Eine Einsatzbesprechung. Die Einweisung. Ein Mantra, das verschleiert hatte, wer sie war ...

Dann verstand Sam. Es überwältigte sie. Sie verstand, wer sie war, verstand den Verrat an ihr selbst, den diese Erfahrung darstellte. Völlig ungeordnet drang es in ihre höheren Bewusstseinsschichten. Sam spürte die Verwirrung der Bewusstseine, mit denen sie verbunden war, von denen jedes nur einen Teil sah. Sie spürte ihre zunehmende Besorgnis. Ihr blieben nur noch Sekunden zum Handeln.

NEEEEIIIIN!

Das Wort kam als Schrei aus ihrem Geist und ihrer Kehle, ungezwungen, perfekt für ihre Bedürfnisse. Sam zerrte ihren Geist von ihnen los, so brutal, wie es ihr möglich war, spürte, wie Dinge in ihr zerrissen, sah und wusste, wie benommen und desorientiert sie waren.

Sie erinnerte sich an ihren Namen. *Samantha.* Samantha Cataranes. Sie wusste wieder, wer sie war.

Die taktischen Kontaktlinsen gingen wieder online, waren die ganze Zeit online gewesen, überschütteten sie mit mehrschichtigen Gefahrenwarnungen, Empfehlungen, Fluchtvektoren und zusätzlichen Informationen.

[RÜCKZUG RÜCKZUG RÜCKZUG], stand in ihrem Display.

Pfeile zeigten Fluchtvektoren an. Alternative Auswege. Eine Dachluke zwanzig Meter über ihr. Mutmaßliche Schwachstellen in der Wand. Die Tür hinaus, durch die sie hereingekommen war. Sie entschied sich für letztere Option.

Samantha Cataranes stand auf. Mit reiner Willenskraft löste sie sich aus dem Chaos des Drogenrauschs. Ihr jahrelanges Training übernahm das Kommando. Sie ließ ihren Blick über die Szene schweifen, die sie umgab. Zahlreiche Namen leuchteten auf, Gesichter wurden erkannt, Lebensläufe scrollten. Alle in Grün oder Gelb. Keine bedenklichen Gefahrenstufen.

Ihre Finger fanden die Slimline in ihrem Schuh und lösten die Uplink-Sequenz für den Notfall aus. Gepufferte Daten pulsierten unverzüglich mit Notfallleistung hinaus. Alles, was sie gesehen und gehört hatte, wurde an ihre Beobachter übermittelt.

Das Telefon pulsierte dreimal und verstieß mit mindestens einer Größenordnung zu viel gegen die staatlichen Kommunikationsrichtlinien, als es ein Viertel der Batterieladung verbrauchte, um die Nachricht abzusetzen.

Weißes Rauschen schoss durch den geistigen Raum und zerriss die mentale Kohäsion. Sam sah ein oder zwei Leute, die mit den Händen an den Köpfen niedersanken. Auch ihr tat der Kopf weh. Die Musik verstummte.

Dann wandte sie sich der Tür zu. Die Stimmen und Bewusstseine um sie herum klangen nun gurgelnd, als sie aus ihrem betäubten und schmerzhaften Schweigen erwachten. Nur wenige hatten mitbekommen, was wirklich geschehen war, aber ihnen war klar, dass sich in der Tat etwas Schlimmes ereignet hatte.

Das war krank. Das war falsch. Ich kann nicht glauben, dass ich bei so etwas mitgemacht habe.

Sie sah Bilder der geistigen Verschmelzung, die sie erlebt hatte. Sie bereiteten ihr Übelkeit, erinnerten sie viel zu sehr an ... an ... an das, was sie getötet hatte, um entkommen zu können.

Jetzt hatte sie keine Zeit, daran zurückzudenken. Ihr Blick fiel auf Kade, der auf den Knien kauerte und sich auf den Boden erbrach. Sie verspürte einen Stich des Mitleids, des Bedauerns. Aber auch dafür war jetzt keine Zeit.

Sie lief zum Ausgang und schottete ihren Geist ab. Die Menge teilte sich. Dann spürte sie einen Geist, der ihren berührte, sah, wie er sich in Bewegung setzte, um ihr den Weg zu versperren. Watson Cole.

Er fühlte sich hart, selbstsicher und entschlossen an. Auch wenn er Pazifist war, wollte er sie auf keinen Fall entkommen lassen.

[Kampfgefahr. Äußerste Vorsicht]

Alternative Routen blitzten in ihrem Display auf. Pfeile, die andere Fluchtvektoren anzeigten. Sie konnte umkehren und losrennen, schneller als er einen Ausgang erreichen.

Aber Sam war nicht in Stimmung, sich von irgendeinem ausgebrannten Ex-Marine aufhalten zu lassen.

Sie leerte ihren Geist, wankte mit unsicheren Schritten in seine Richtung, legte die linke Hand auf ihren Bauch, die rechte ans Gesicht, täuschte ein desorientiertes Stolpern nach links vor, als sie ihn erreichte, ließ einen gemeinen Faustrückenschlag mit der Rechten gegen seine Schläfe folgen.

Wats ließ sich nicht täuschen. Der große schwarze Marine hatte den Schlag anscheinend vorhergesehen. Er hob eine Hand, um ihn zu blockieren, wich zurück und lenkte den Hieb nur leicht zur Seite ab.

Gut. Sie war schneller als er. Ihre Modifikationen der vierten Generation deklassierten die Techniken der dritten Generation, die vom Marine Corps benutzt wurden. Das ERD behielt das Beste allein den eigenen Leuten vor.

Sams nächste zwei Schläge waren bereits innerhalb ihres engen Abstands unterwegs. Ein harter Stoß in seinen Solarplexus, ein tiefer Tritt gegen sein Knie. Wats parierte den ersten, während er sich weiter zurückzog, hob das Bein und absorbierte ihren Tritt mit der Wade.

Cole war gut. Erfahren. Tödlich. Die viralen Upgrades der dritten Generation hatten ihn stärker, schneller und schmerzunempfindlicher gemacht als einen normalen Menschen.

Sam war kleiner, hatte eine geringere Reichweite, leichtere Muskeln, aber sie war von den Besten ausgebildet worden, und sie verfügte über die bessere Technologie. Die *post*humane Genetik der vierten Generation verlieh ihr Nerven wie Quecksilber, Muskeln wie Titanseile und Knochen aus organischen Carbonfasern.

Sie war zu dem geworden, was sie hasste. Sie hatte in den Abgrund geblickt und war dadurch verwandelt worden. Um das Böse zu vernichten, war sie selbst zum Bösen geworden.

Wats konterte ihr überlegenes Tempo, indem er zurückwich, Schritt für Schritt. Sam blieb nah an ihm dran und neutralisierte damit seine größere Reichweite. Sie bewegten sich in einer rasend schnellen Abfolge von Schlägen, Ausweichmanövern und Stößen, denen die Zuschauer kaum folgen konnten.

Jetzt sah sie, wie er näher kam, wie bei ihm die Wirkung des Adrenalins einsetzte, was ihn zu einem viel gefährlicheren Gegner machte. Hinter ihr spürte sie Mut und Zorn aufblitzen. Partygäste, die überlegten, ob sie sich an der Prügelei beteiligen sollten. Es würde nicht lange dauern, bis sie Sam durch ihre Überzahl niedergerungen hatten.

Also die Sache jetzt beenden. Ein Eröffnungszug. Ein Bauernopfer. Sie gab ihm etwas mehr Raum, damit er sich wohlfühlte, parierte drei weitere Hiebe, zielte mit Finten auf die Leistengegend, die Augen und den Solarplexus, dann kam sie offen und nachlässig heran, mit einem großen Loch in ihrer Deckung im Bauchbereich.

Wats sah es und rammte eine brutale Faust in die Öffnung, tief und unterhalb ihrer nahezu unzerbrechlichen Rippen. Sie ließ die Faust kommen, drehte sich, um den Schlag zu dämpfen, spürte Schmerzen aufblühen, als er sie traf. Während sie sich wegdrehte, hieb sie mit einer Faust auf sein Handgelenk, warf ihn aus dem Gleichgewicht, stellte ein Bein hinter seine Knie und schlug ihm mit der anderen Hand gegen die Schulter, um ihn zu Boden zu werfen.

Wats sah die Gefahr, aber es war bereits zu spät. Das Gambit hatte funktioniert. Er krachte zu Boden.

Sams Fuß schoss vor, und die Schuhspitze traf seinen Kopf, zweimal, dreimal.

Sie hielt inne. Nicht töten. Nur kampfunfähig machen.

Ihr Atem ging schnell, ihr Puls war erhöht. Sie hatte ernste, aber nicht unmittelbar lebensbedrohliche Verletzungen erlitten. Zeit zu gehen. Sie stieg über Wats' reglose Gestalt hinweg und lief auf die Tür zu.

Dann spürte sie es. Spürte *ihn*. Kade. Er war hinter ihr. Er war in ihrem Geist. Sie konnte seine Wut und seinen Schmerz spüren, seine Verwirrung, seinen Ärger über ihren Verrat, seine Selbstverachtung, weil er sich so leicht hatte hereinlegen lassen ... weil er im Interesse sehr vieler Leute so viel riskiert und sie enttäuscht hatte. Trotz allem hatte sie ein schlechtes Gewissen, weil sie ihn hintergangen hatte, weil er dafür bitter büßen würde.

»Nein«, sagte er.

Er wollte irgendetwas mit ihrem Geist anstellen, war Sam klar. Sie sah es in seinen Gedanken. Er war eine Gefahr.

Sie drehte sich um. Überwand die Entfernung zwischen ihnen mit drei langen Schritten. Nicht töten. Nur kampfunfähig machen. Sie stürmte vor, zielte mit einem harten Faustrückenschlag auf seine Schläfe.

Nein.

Sie hörte ihn in ihrem Geist. Spürte, wie sein Wille gegen etwas in ihr schlug.

Die Faust traf den Körper des Zivilisten. Alles wurde schwarz.

[4] Die Schlinge

Sam schwamm langsam zur Oberfläche des Bewusstseins hinauf. Dunkelheit. Ihre Augen waren geschlossen, ihr Kopf zur Seite gesackt. Sie blieb so. Es war besser, so lange wie möglich Bewusstlosigkeit vorzutäuschen, um mehr über ihre Situation zu erfahren. Sie war von Stimmen umgeben. Leute sprachen miteinander.

»Und was ist sie nun? Eine DEA-Agentin?« Das kam von Rangan Shankari, dem DJ.

»Auf keinen Fall DEA«, antwortete eine Stimme langsam. »Homeland Security. Emerging Risks Directorate.« Der tiefe Bass von Watson Cole.

»Vom ERD?« Ilya Alexander spuckte die Worte geradezu aus. »Scheiße.«

Rangan meldete sich wieder zu Wort. »Glaubt ihr also, dass diese Samara vom ERD ist?«

»Sie heißt nicht Samara.« Das war Kade. »Ihr Name ist Samantha. Samantha Cataranes. Irgendwie hat sie es geschafft, das zu verbergen. Ihre Erinnerungen waren auf irgendeine Weise maskiert. Doch in der Gruppenmeditation ist es aufgebrochen.«

Sie kennen meinen Namen, dachte sie.

»Sie ist wach«, sagte Ilya.

Dann protestierten Sams Muskeln. Gegen ihren Willen

ruckte ihr Kopf hoch, und ihre Augen öffneten sich. Jemand war in ihrem Geist und kontrollierte ihren Körper. Diese Erkenntnis machte sie hellwach, jagte einen Stromschlag der Furcht durch ihre Wirbelsäule. Sie hatte es mit sehr gefährlichen Leuten zu tun.

Sie befand sich in einem überfüllten Lagerraum und saß auf einem Stuhl. Ihre Arme waren hinter ihrem Rücken und die Füße an die Stuhlbeine gefesselt. Als wäre so etwas notwendig, wenn ihr mit Nexus vernebeltes Gehirn offen ausgebreitet vor den anderen lag. Ihre linke Seite schmerzte, wo Wats seinen Treffer gelandet hatte. Innere Blutungen wahrscheinlich.

Auf Ilyas Bemerkung hin wandten sich ihr alle Blicke zu. Rangan ragte links neben ihr auf, in seinem albernen Sufi-Gewand, die Arme verschränkt, die Augen zornig und konzentriert. Er war es, der sich in ihrem Geist aufhielt. Ilya hatte die herabhängenden Hände zu Fäusten geballt. Wats stand rechts von ihr, und ein hässlicher blauer Fleck bildete sich soeben auf der Seite seines Gesichts, wo Sams Schuh ihn getroffen hatte. Seine Augen blickten kalt und hart.

Hinter ihnen hockte Kade zusammengesackt auf einem Stuhl, mit einem Eisbeutel am Kopf, und starrte auf den Boden.

Rangan sprach wieder. »Du solltest lieber anfangen zu reden, Mädchen.«

Bei seinen Worten spürte sie einen schmerzhaften Stich und den Drang zu sprechen. Er machte irgendwas mit ihrem Geist. Alle vier waren für sie undurchsichtig. Sam konnte die harten Außenhüllen ihrer Bewusstseine spüren, genauso wie den Fühler in ihrem eigenen Geist, aber mehr auch nicht. Für einen kurzen Moment empfand sie Sehnsucht nach der Gemeinschaft, die sie zum Höhepunkt der Party erlebt hatte. Es bereitete ihr Übelkeit.

Sam räusperte sich und befeuchtete ihre Lippen. Sie schmeckte Blut. »Rangan Shankari, Ilyana Alexander, Watson Cole, Kaden Lane – ihr alle seid verhaftet.«

Wats schüttelte langsam den Kopf und konnte sich angesichts ihrer Verwegenheit ein Grinsen nicht verkneifen. Rangan gab einen unterdrückten Laut von sich. Ilya starrte sie nur an.

»Ihr seid verhaftet, weil euch das Verbrechen vorgeworfen wird, mit verbotener Technologie der ERD-Klasse Alpha und einer kontrollierten Substanz der DEA-Kategorie I gehandelt zu haben. Hinzu kommt die Entwicklung und Nutzung einer Nötigungstechnik, der Versuch der Konstruktion einer nach dem Chandler Act nicht genehmigten Nonhumanen Intelligenz sowie die Entführung und Nötigung eines Ermittlungsbeamten.«

Rangan erbleichte.

»Keine Miranda-Rechte?«, fragte Wats. »Kein Recht auf Aussageverweigerung? Was ist, wenn ich mit meinem Anwalt sprechen möchte?« Er klang auf gelassene Art amüsiert.

Sam nahm Blickkontakt mit ihm auf. »In diesem Fall gelten sie nicht. Eure Forschung ist als potenzielle Gefahr für die Menschheit einzustufen. In einer solchen Situation habt ihr keine Rechte. Es wäre das Beste für euch, wenn ihr jetzt aufgebt. Es wird einfacher für euch ablaufen, wenn ihr kapituliert. Ich kann für eure Sicherheit garantieren, wenn meine Unterstützungstruppe anrückt. Diese Leute werden nicht zögern, Gewalt anzuwenden.«

Wats kniff leicht die Augen zusammen. Er wandte sich an seine Kollegen. »Versteht ihr, was ich meine?«

Rangan wandte sich an Sam. »Deine Sendung hat dieses Gebäude nicht verlassen. Es ist keine Kavallerie unterwegs. Du sitzt hier bei uns fest.«

Sam versuchte den Kopf zu schütteln und stellte fest, dass Rangans mentale Schraubzwinge es nicht zuließ. Sie sprach entschieden und mit größerer Selbstsicherheit, als sie empfand.

»Denkt noch mal genau nach. Das ERD weiß, dass ich mich mit Kade in diesem Gebäude aufhalte. Man weiß auch, dass ihr anderen hier seid. Inzwischen dürfte man jede Person kennen, die während der vergangenen Woche in diesem Gebäude ein und aus gegangen ist. Irgendwann wird meine Rückendeckung hier anklopfen. Und wenn ich verschwunden bleibe, wird man hier alles auf den Kopf stellen und euch in die Mangel nehmen, bis man mich gefunden hat. Meine Leute halten sich bereit und werden nicht mehr lange warten.«

Jederzeit Selbstsicherheit ausstrahlen, hatte Nakamura ihr beigebracht. *Selbst wenn sie kräftemäßig die Oberhand haben, kannst du psychologisch im Vorteil sein.*

Ilya drehte sich zu Rangan um. »Was kannst du mit ihrem Gedächtnis machen?«

Rangan überlegte einen Moment, dann schüttelte er langsam den Kopf und blickte über die Schulter. »Kade?«

Kade antwortete nicht. Sein Blick blieb starr auf den Boden gerichtet.

»Kade«, fuhr Ilya ihn an. »Reiß dich zusammen. Kannst du ihre Erinnerungen an den heutigen Abend löschen? Sie verwischen?«

Kade sah Sam an, zum ersten Mal, seit sie aufgeflogen war. Ihre Blicke trafen sich. Sam wünschte sich wieder, sie könnte sein Bewusstsein spüren. Dafür hasste sie sich.

»Nicht auf subtile Weise«, sagte er. »Und wohl auch nicht besonders effektiv. Und es könnte andere Schäden anrichten.«

Sam gefiel diese Entwicklung nicht. Der kalte Schauder kroch ihr immer weiter den Rücken hinauf. Sie löste den Blickkontakt zu Kade und sah Ilya streng an. »Ich dachte, nicht einvernehmlicher Mentalsex sei Vergewaltigung. Hast du das nicht selbst letztes Jahr geschrieben? Die schlimmstmögliche Form der Verletzung?«

Rangan verdrehte die Augen. »Oh, dieses Miststück ist richtig gut.«

Ilya musterte Sam. Sie wirkte sehr hart und aristokratisch. »Ich würde eher deine Erinnerungen löschen als dich töten. Dafür solltest du dankbar sein.« Nun schimmerte ihr russischer Akzent wieder durch.

»Hier wird niemand getötet«, verkündete Wats.

Kade meldete sich zu Wort. »Es spielt keine Rolle mehr. Sie wissen, dass sie hier ist. Sie wissen, wer wir sind. Wir sind erledigt.«

»Was wäre also die Alternative, Kade?«, fragte Ilya.

Wats antwortete langsam und entschieden. »Wir müssen das Gebäude plangemäß evakuieren. Ihre Erinnerungen sind irrelevant. Es wird Zeit, das zu tun, worauf wir uns vorbereitet haben – von hier verschwinden und uns an einen sicheren Ort zurückziehen.«

Ilya lachte nervös. »Das war hoffentlich nur ein schlechter Scherz.«

»Nein«, erwiderte Wats. »Kade hat recht. Diese Frau ist nicht allein. Sie wurde hierhergeschickt. Mit unserer Geheimhaltung ist etwas schiefgelaufen. Das bedeutet, dass wir alle in Gefahr schweben. In diesem Moment zählt jede Sekunde. Wenn wir sofort handeln, könnten wir durch die Maschen des Netzes schlüpfen. Je länger wir warten, desto schlechter stehen unsere Chancen.«

»Hört mir zu«, sagte Sam. »Bleibt einfach ganz ruhig, okay? Ihr könnt nicht einfach von hier verschwinden. Dieses Gebäude wird von allen Seiten überwacht. Meine Leute haben jede meiner Bewegungen verfolgt. Auf jeden Ausgang sind Linsen des ERD gerichtet. Weglaufen wird euch nichts nützen. Gebt auf, dann wird für euch alles umso leichter sein. Wenn ihr abzuhauen versucht oder euch an meinem Gedächtnis zu schaffen macht, wird man mit der ganzen Härte des Gesetzes auf euch einprügeln.«

»Sie lügt«, sagte Rangan.

»Ich lüge nicht.«

»Dann gibt es etwas, das du uns verheimlichst. Was?«

Sam atmete tief durch.

Rangan drängte sich in ihre Gedanken. Etwas in ihrem Geist gab unter dem Druck nach.

Er macht etwas mit meinem Bewusstsein ...

Dann sprach sie wieder, ohne dass sie es wollte.

»Es geht um Kade«, erklärte sie ihnen und sah ihn an. »Meine Vorgesetzten wollen, dass du für sie eine Aufgabe übernimmst. Meine Mission hatte zwei Ziele. Ich sollte Informationen sammeln, welche Art von Forschung ihr wirklich betreibt, und ein Druckmittel beschaffen, mit dem wir dich zwingen können, an einer bevorstehenden ERD-Mission teilzunehmen.«

Kade sah sie überrascht an. »Wofür will man mich haben?«

Wieder spürte sie den Druck von Rangan. Sie versuchte Widerstand zu leisten, doch die Worte purzelten trotzdem aus ihr heraus. »Wir wollen, dass er mit jemand in Verbindung tritt. Jemand, der an einer Mentalkontrolltechnik arbeitet, die möglicherweise auf Nexus basiert.«

»So etwas werde ich nicht machen«, sagte Kade.

Ilya fuhr ihn an. »Moment, Kade, denk darüber nach. Wenn sie dich für irgendeine Sache wollen, kannst du sie unter Druck setzen. Du kannst fordern, dass alle Anklagen fallen gelassen werden.«

»Was ist mit all den anderen hier?«, fragte Kade. »Mit den Leuten, die zu der Party gekommen sind?«

»Wir sind keine normalen Polizisten«, sagte Sam. »Wir sind das ERD. Uns geht es nur um die Technologie. Wenn du kooperierst, bekommen deine Versuchskaninchen wahrscheinlich keine großen Schwierigkeiten. Und wenn nicht ... steckt ihr alle ganz tief in der Scheiße.«

»Ich will, dass alle anderen aus dem Schneider sind. Auch Rangan, Ilya und Wats. Keine Verhaftungen, kein Gefängnis, keine Bewährungsstrafen, nichts.«

Sam wollte wieder den Kopf schütteln, konnte es aber nicht. »Wenn ihr verhandeln wollt, seid ihr bei mir an der falschen Adresse. Kapituliert und kommt mit mir. Nur ihr vier. Sonst muss niemand erfahren, was hier los ist. Dann können wir verhandeln.«

Wats wandte sich an Rangan. »Kannst du ihre Wahrnehmung ausblenden? Damit sie uns nicht hören und auch nicht von den Lippen lesen kann?«

Rangan nickte. Sam wollte protestieren, aber sie konnte nicht sprechen. Ihr Sehvermögen ließ nach. Ihr Sichtfeld schrumpfte zu einem Tunnel, wurde grau und verschwand dann einfach. Sie sah keine Schwärze. Sie sah einfach gar nicht mehr. Genauso verblasste ihr Gehör. Jetzt war sie blind und taub.

Sam bemühte sich, ihre Panik zu unterdrücken. Es gab nur wenige Albträume, die für sie schlimmer waren, als die Kontrolle über ihren Geist und ihren Körper zu verlieren. Atme, sagte sie sich. Sie konnte ihren Körper immer noch spüren, wie sich ihr Brustkorb hob und senkte, wie ihre Arme hinter dem Rücken und die Füße an die Stuhlbeine gefesselt waren. Sie klammerte sich an diese soliden Empfindungen.

Wats atmete langsam aus. Wie sollte er diese jungen Leute davon überzeugen, was jetzt notwendig war? »Hört zu. Diese Frau wird alles zu euch sagen, um ihre Ziele zu erreichen. Sie hat von Anfang an gelogen. Und sie wird weiter lügen. Sobald die Leute vom ERD euch in Gewahrsam genommen haben, seid ihr ihnen ausgeliefert. Ihr werdet keinen Anwalt bekommen. Sie können mit euch machen, was sie wollen, und ihr werdet da nie wieder rauskommen. Habt ihr verstanden?«

Er blickte sich im Raum um. Ilya sah ihn an. Rangan nickte kreidebleich. Kade starrte wieder zu Boden. Wats konnte ihre Emotionen spüren. Rangan: Angst und Wut. Ilya: Trotz. Kade: schlechtes Gewissen und Selbstzweifel. Er gab sich die Schuld daran, sie in diese Situation gebracht zu haben.

»Kade. Setz dich gerade auf, mein Freund. Es spielt keine Rolle, wie wir da hineingeraten sind. Es ist so, wie es ist.« Wats sah, wie Kade nickte, und spürte, wie er seine

Gefühle ein klein wenig besser in den Griff bekam. »Wir haben einen guten Fluchtplan. Wenn wir bleiben, erwischen sie uns auf jeden Fall. Wenn wir jetzt abhauen, haben wir noch eine Chance. Entweder ein tiefes dunkles Loch oder die Möglichkeit zu entkommen. Wir müssen die vernünftigere Entscheidung treffen.«

Er hielt inne und blickte sich um. Rangan war bereit. Er wusste allerdings nicht, wie er Ilyas und Kades Emotionen einschätzen sollte.

»Okay, seid ihr alle bereit? Rangan, kannst du sie für ein paar Stunden ausschalten?«

»Ich gehe nicht«, sagte Kade.

Wats zögerte erneut. »Kade«, sagte er dann, »wenn du bleibst, ist es vorbei. Sie werden dich nie wieder freilassen.«

Kade nickte. »Ich weiß. Es ist nur ... wenn wir abhauen, was passiert dann mit allen anderen hier? Antonio, Jessica, Andy ... Die Freiwilligen, die die Portionen dosiert und die Verstärker eingerichtet haben. Wollen wir ihnen allen sagen, dass auch sie sich aus dem Staub machen sollen? Sie haben keine gefälschten Reisepässe. Sie wissen nicht, wo sie sich in Sicherheit bringen können. Sie kriegen einfach nur den ganzen Ärger ab. Verdammt, was ist mit Tania, Wats?«

Wats errötete. »Wenn du hierbleibst, kriegst auch du eine Menge Ärger«, erwiderte er.

Kade schüttelte den Kopf. »Ilya hat recht. Wenn sie etwas von mir wollen, habe ich ein Druckmittel. Ich kann mich dafür einsetzen, dass die anderen freikommen.«

»Es gibt wichtigere Dinge, um die du dich kümmern musst«, sagte Wats.

Jetzt strahlte Kade Wut aus. »Das ist eine faule Ausrede, Wats. Wir haben sie in diese Situation gebracht. Wir tragen die Verantwortung.« Er beruhigte sich und sprach etwas leiser weiter. »Eigentlich trage ich allein die Verantwortung.« Er schüttelte wieder den Kopf.

Wats atmete langsam aus. Er musste es ihm irgendwie begreiflich machen. »Kade ... es ist wichtig, dass du von hier verschwindest. Wir alle. Was ihr hier geschaffen habt, ist sehr mächtig. Es hat großes Potenzial. Damit könnten viele Leben gerettet werden. Es könnte Kriege beenden. Es ist viel größer als ihr. Es ist viel bedeutender als diese Party hier. *Du* bist viel bedeutender.«

»Ich bin nicht bedeutender als die hundert Leute da draußen«, sagte Kade mit schneidender Stimme.

»Aber deine Arbeit.«

Ilya mischte sich ein. »Wats, wir dürfen nicht zulassen, dass der Zweck die Mittel heiligt. Diese Leute haben nichts Unrechtes getan. *Wir* haben nichts Unrechtes getan. Wir müssen kämpfen. Wir können damit an die Öffentlichkeit gehen, an die Presse ...«

Wats schüttelte den Kopf. Wie naiv sie war! »Ilya, das wird man nicht zulassen. Verstehst du es nicht? Du hast keine Rechte in diesem Land, und schon gar nicht heute Nacht. Man wird verhindern, dass du auch nur in die Nähe der Presse gelangst. Und selbst wenn du es schaffen solltest, wird es niemanden interessieren.«

Ilya beharrte auf ihrem Standpunkt. »Wir müssen es versuchen. Wir müssen aufstehen und für unser Recht kämpfen.« Sie strahlte Entschlossenheit und Trotz aus.

So würde es nicht funktionieren, erkannte Wats. Obwohl er versucht hatte, ihnen Unterricht in der Realität des Lebens zu geben, würden sie es niemals verstehen, bis sie es aus erster Hand erfahren hatten.

Er wandte sich Kade zu.

»Dann gib mir den Code«, sagte er. »Die Entwürfe, die Pläne, die Rezepte, alles. Wenn du verschwindest, werde ich es in die Welt hinaustragen.«

Kade schüttelte den Kopf. »Es ist noch nicht fertig.«

»Kade, wenn du im Gefängnis landest, wirst du nie wieder herauskommen. Das ist vielleicht deine allerletzte Chance, mit deiner Arbeit etwas zu bewirken.«

Kade schüttelte weiter den Kopf. »Es lässt sich zu leicht missbrauchen. Schau dir an, was wir in diesem Moment mit ihr tun.« Er deutete auf die ERD-Agentin, die blind und taub an den Stuhl gefesselt war. »Wenn wir es jetzt publik machen, werden Menschen zu Schaden kommen.«

Wats bemühte sich, weiter langsam zu atmen und ruhig zu bleiben. »Dann werde ich jemanden finden, der vertrauenswürdig ist und die Arbeit zu Ende führen kann. Lass die Sache nicht vor die Hunde gehen.«

»Ich werde auch nicht bleiben«, warf Rangan ein.

Kade drehte sich um und sah ihn an. Das war keine Überraschung. Er nickte nur. »Okay. Ich bin der Einzige, der ein Druckmittel in der Hand hat. Ihr solltet von hier verschwinden. Auch du, Ilya.«

»Ich bleibe bei dir«, sagte sie. »Wir müssen für diese Sache kämpfen.«

Wats entspannte sich ein wenig. Rangan hatte sämtliche Codes und Pläne. Wenn auch er entkommen konnte, war nicht alles verloren. Dann ging sein Blick wieder zu Kade und Ilya. Sie waren seine Freunde. Die besten Freunde, die er gehabt hatte, seit er das Corps verlassen hatte. Er bezweifelte, dass er sie jemals wiedersehen würde. Er nahm ihren Anblick in sich auf.

Wats hob Kade mit einer festen Umarmung auf. Kade zuckte zusammen, dann entspannte er sich. Wats ging zu Ilya weiter, zog sie vom Boden hoch und wirbelte sie herum. Sie jauchzte trotz der ernsten Situation. Tränen standen in ihren Augen. Dann verabschiedete sich auch Rangan von den anderen.

An der Tür drehte Wats sich um und ließ noch einmal die Gesichter von Ilya und Kade auf sich einwirken. »Ich werde euch nicht vergessen«, versprach er. »Viel Glück.« Dann waren er und Rangan verschwunden.

Samstag, 18. 2. 2040, 21.08 Uhr

Department of Homeland Security – Taktisches Lagezentrum Westküste

Dreihundertfünfzig Meilen südlich beobachtete ERD-Spezialagent Garrett Nichols die Entwicklung mit einigem Interesse. Fünf Personen drängten sich in der Kommandozentrale des Taktischen Lagezentrums des Heimatschutzministeriums außerhalb von Los Angeles. Die Verbindungsleute der Drogenbekämpfungsbehörde und der Abteilung für Terrorismusbekämpfung des Heimatschutzes saßen schweigend hinter ihm. Die Mission war eine konzertierte Aktion, aber in Anbetracht der Umstände hatte das ERD, die Abteilung für drohende technologische Gefährdungen innerhalb des DHS, die Einsatzleitung übernommen.

Seine beiden Analysten saßen vor ihm an den Konsolen. An der Wand hing ein halbes Dutzend riesige Bildschirme, auf denen sie alles verfolgen konnten. Monitor 1 zeigte ein Luftbild in Falschfarben von Simonyi Field, aufgenommen von einem HQ-37, einem Himmelsauge der Küstenwache, das in tausend Fuß Höhe lautlos seine Kreise zog. Der Blick war auf Hangar 3 gerichtet. Das große Gebäude war an beiden Enden beleuchtet. Die noch warmen Motoren der Autos auf dem nahe gelegenen Parkplatz schimmerten in Infrarot.

Über Monitor 2 liefen Markierungen mit den Identitätsdaten der Besucher. Von jedem eintreffenden Fahrzeug wurde still und leise die Registrierungsnummer abgefragt. Jede Person, die aus einem Fahrzeug stieg, wurde per Gesichtserkennung identifiziert. Die Personendaten wanderten über den Bildschirm. Fast alle standen in irgendeiner Beziehung zu den Zielpersonen Alpha bis Delta.

Monitor 3 zeigte den Status ihrer zwei Einheiten am Boden sowie der drei Einsatzteams, die sie begleiteten.

Monitor 4 zeigte den Status und die Position der Leute von der California Highway Patrol und der Mountain View Police, die sich zur Unterstützung bereithielten.

Monitor 5, der die übermittelten Daten von Agent Blackbird zeigen sollte, war schwarz. Er würde ein Update erhalten, wenn sie die EM-Abschirmung verließ und ihre Überwachungsausrüstung sendete, was sie in der Zwischenzeit gesehen und gehört hatte.

Den Kontakt zu einem Agenten im Einsatz zu verlieren war etwas, das Nichols jedes Mal sehr nervös machte. Die heutige Nacht war in dieser Hinsicht keine Ausnahme.

Langsam kehrten Seh- und Hörvermögen in Sams Realität zurück. Zuerst hörte sie ihren eigenen Atem. Dann sah sie einen winzigen Lichtschimmer. Formen. Eine Wand. Sie blinzelte, und die Welt wurde bereits etwas deutlicher. Sie befand sich immer noch im selben Raum. Kade war da und saß zusammengesunken auf einem Stuhl. Keine Spur von Wats, Rangan oder Ilya.

Sie versuchte ihre Zehen zu bewegen. Nichts. Die Finger. Nichts. Sie war immer noch gelähmt.

Nichols und sein Team beobachteten aufmerksam den Hangar und warteten darauf, dass Blackbird herauskam. Es mochte noch einige Stunden dauern, bis die Nexus-Party zu Ende ging.

Die Kameras zeigten ein paar wenige Leute, die kamen und gingen. Eine Rauchergruppe verließ das Gebäude durch den Ostausgang. Drei Pärchen schlichen sich nach draußen, um sich irgendwo ein abgeschiedenes Plätzchen zu suchen. Ein Dutzend Nachzügler traf ein und wurde hineingelassen. Sieben Einzelpersonen gingen ungefähr zur gleichen Zeit. Alle wurden identifiziert. In den Gruppen befand sich keine der primären Zielpersonen.

Ein junger Mann mit Kapuzenjacke kam heraus. Sein Körper leuchtete in Infrarot, doch sein Gesicht blieb der fliegenden Kamera verborgen. Es folgte ein angespannter Moment, als er zum angrenzenden Golfplatz hinüberging. Dann pisste er gegen ein Gebüsch und schlenderte zur Party zurück.

Kurz nach Mitternacht tauchte ein weiteres Pärchen auf und spazierte in die gleiche Richtung. Die Gesichtserkennung markierte die eine Person als Tania Wellington, eine Kampfsporttrainerin aus San Francisco. Das

Gesicht der zweiten Person wurde von einem Kapuzenpullover verhüllt. Es war ein großer und breitschultriger Mann. Konnte das Cole sein?

Die zwei Gestalten überquerten langsam den Golfplatz und bewegten sich weder auf die Straße noch auf Sunnyvale zu. Schließlich führte ihr Spaziergang sie ans Ufer der San Francisco Bay. Im Infrarot war zu erkennen, wie ihre Körper miteinander verschmolzen, wie sich ihre Gesichter näherten und sie die Kleidung abwarfen.

Drei Individuen kamen durch den Ostausgang heraus, liefen an den Rauchern vorbei und hielten auf ein Auto zu. Die ersten zwei wurden erfolgreich identifiziert. Das Gesicht der dritten Person blieb im Schatten einer Kapuze. Die Wagentür öffnete sich, und für einen kurzen Moment fiel Licht auf den Mann.

Rangan Shankari.

»Setzen Sie die CHP auf diesen Wagen an«, befahl Nichols. »Nur verfolgen. Ich will sehen, wohin Shankari verschwindet.«

»Verstanden«, rief Jane Kim.

»Warum hast du uns das angetan?«, fragte Kade. Er saß wieder in sich zusammengesackt auf dem Stuhl und hielt sich einen Eisbeutel an den Kopf.

Sam atmete einmal tief durch, bevor sie antwortete. »Was ihr hier tut, ist illegal. Es ist mein Job, dem Gesetz Geltung zu verschaffen.«

Kade schüttelte den Kopf. »Das ist keine Antwort. Warum hast du dich für diesen Job entschieden?«

»Weil das, was ihr tut, gefährlich ist. Deshalb ist es mir nicht egal. Ihr spielt mit dem Feuer.«

»Das ist keine Waffe. Es ist eine neue Kommunikationsform. Um Menschen miteinander zu verbinden. Du hast es gesehen. Du hast es gespürt.«

Sam hatte es gespürt. Es hatte ihr sehr gefallen, bis sie entsetzt darauf reagiert hatte, bis sie erkannt hatte, dass sie nicht die war, für die sie sich gehalten hatte. Aber sie ging nicht auf diesen Punkt ein.

»Es kann missbraucht werden. Vielleicht würdet ihr es nie benutzen, um Menschen zu schaden, aber andere könnten es tun.«

»So ist es nicht«, sagte Kade. »Es ist eine Methode, die Grenzen zwischen individuellen Personen zu überbrücken. Damit wir gemeinsam intelligenter werden, als wir einzeln sein können. Damit erreichen wir kollektive Intelligenz, kollektive Empathie. Ilya spricht bereits von ...«

Sam schnitt ihm das Wort ab. »Ilya spricht davon, Dinge zu erzeugen, die nicht mehr menschlich sind, Kade. Nonhumane Intelligenzen.«

»Gruppen von Menschen«, gab Kade zurück. »Menschliche Netzwerke.«

»Schwarmintelligenzen. Borgs. Superorganismen«, erwiderte Sam verächtlich. »Was ist, wenn sie uns nicht mögen?«

»Wie könnten sie uns nicht mögen? Sie wären dasselbe wie wir.« Kade ereiferte sich immer mehr.

»Und was ist, wenn ich keinem Schwarm angehören möchte? Würde man mich dazu zwingen? Mich assimilieren? Könnte ich weiterleben, wenn ich es nicht tue? Würde es noch einen Platz für gewöhnliche Menschen geben?«

Kade stieß frustriert den Atem aus. »Das ist doch alles Paranoia. Es gibt auch positive Effekte.«

»Es ist keineswegs nur Paranoia, Kade. In diesem Moment hast du mich in der Gewalt. Du kannst mich zwingen, alles zu tun, was du willst. Auch Rangan ist dazu imstande. Das ist *Nötigung*, Kade. Ihr habt eine Nötigungstechnik entwickelt. Eine Methode, Menschen zu beherrschen. Und du willst mir sagen, dass es keine Waffe ist?«

Kade schüttelte den Kopf. »Das ist nur eine Sicherheitsvorkehrung. Das Ganze ist immer noch experimentell.«

»Nur eine Sicherheitsvorkehrung? Haben auch andere Leute diese Hintertür im Kopf? Könntest du jeden deiner Freunde auf dieser Party handlungsunfähig machen? Könntest du ihre Gedanken lesen?«

Kade sagte nichts. Er starrte nur auf seine Hände.

»Du könntest es, nicht wahr?«, fuhr Sam fort. »Wissen sie es? Hast du ihnen gesagt, dass die Teilnahme an eurem kleinen Experiment bedeutet, dass sie Rangan und dir den Schlüssel zu ihrem Kopf überlassen?«

Kade schüttelte wieder den Kopf und sah sie immer noch nicht an. »Es ist eine Vorsichtsmaßnahme, mehr nicht. In dieser Form würden wir es niemals auf den Markt bringen.«

»Wie kannst du nur so naiv sein, Kade? Du bist ein guter Mensch. Das habe ich gespürt. Aber wie sieht es bei anderen Leuten aus, die das hier in die Hände bekommen? Glaubst du nicht, dass sie das System rekonstruieren könnten? Glaubst du nicht, dass sie es benutzen würden, um Menschen zu versklaven? Selbstmordkommandos? Sexsklaven? Willige Anhänger?«

Schreckliche Erinnerungen stiegen in ihr auf. Die Ranch. Die Sekte. Wie ihre Eltern zu Vieh geworden waren. Oder zu Schlimmerem. Sie wollte Kade die Bilder aufdrängen, konnte es aber nicht. Er war für sie undurchsichtig. Sie hatte keinen Zugang zu seinem Geist.

Kade sträubte sich. »Das ist idiotisch. Man kann Menschen mit Waffen verletzen. Man kann sie mit Worten dazu bringen, grausame Dinge zu tun. Bücher sind genauso gefährlich wie alles, was ich hier mache. Wir *brauchen* es. ›Unsere gegenwärtigen Probleme können nicht auf der Ebene des Denkens gelöst werden, die sie hervorgebracht hat.‹ Das hat Einstein gesagt. Hiermit können wir auf eine höhere Ebene des Denkens gelangen.«

»Kade, das geht viel zu schnell.« Sam sperrte den Schmerz und die Verzweiflung alter Erinnerungen aus. Sie verachtete ihr Verlangen, seinen Geist zu berühren und es ihm zu zeigen. Sie hasste ihre Schwäche, weil es einfach falsch war. Diese verdammte Droge! Diese verdammte Mission!

»Du redest davon, die Menschen völlig zu verändern, ihnen auf einen Schlag alles zu nehmen, was sie hunderttausend Jahre lang gewesen sind. Du kannst die Konsequenzen nicht vorhersehen, du weißt nicht, wie sie es missbrauchen werden, du kannst nicht garantieren, dass die Menschheit es überleben wird. Wir müssen das Tempo *verlangsamen*, in dem wir zu etwas werden, das nicht mehr menschlich ist.«

Kade funkelte sie an. »Das musst ausgerechnet du sagen. Du bist selbst nicht mehr ganz menschlich, nicht wahr?«

Nichols wandte seine Aufmerksamkeit wieder dem Pärchen am Ufer zu. Die roten Kleckse in der IR-Darstellung hatten sich vorgebeugt und vollführten seltsame Bewegungen. Was machten sie da?

Dann klickte es in seinem Kopf. Sie zogen sich die Schuhe aus. Und nun die Hosen. Ein kleines Rendezvous am Strand. Nun schienen sich die beiden leidenschaftlich zu küssen, nur noch verwischte rote Linien, nur noch Köpfe und Gliedmaßen, die auf dem Bildschirm zu erkennen waren. Er wollte bereits den Blick abwenden, als sie etwas taten, womit er nicht gerechnet hatte. Sie drehten sich um, Hand in Hand, und rannten hinaus in die Bay. Wasser spritzte um sie herum auf. Sie rannten weiter, bis ihre unteren Körperhälften für die IR-Darstellung unsichtbar geworden waren. Dann tauchten sie mit dem Kopf voran ein und verschwanden komplett unter der Oberfläche.

»Ist es zu dieser Jahreszeit nicht etwas zu kalt zum Schwimmen?«, fragte Nichols laut.

»Ich habe gerade dasselbe gedacht«, antwortete Bruce Williams. »Es dürften kaum mehr als zehn Grad sein.«

Auf dem Monitor, zehn Meter weiter draußen, tauchten Kopf und Schultern des einen roten Kleckses wieder auf. Nichols hielt den Atem an. Abwarten ... Abwarten ... Nichts. Von der zweiten Person war nichts zu sehen.

»Scheiße!«, rief er. »Mobile 2 soll sich sofort darum kümmern! Starten Sie die Minidrohnen! Alle Scheinwerfer auf diese Stelle! Finden Sie den Kerl!«

Kim und Williams schlugen hektisch auf Tasten. Der Monitor zeigte, wie Mobile 2 die Scheinwerfer anschaltete und mit durchdrehenden Reifen losraste. Das Fahrzeug verließ die Straße und pflügte durch das manikürte Grün des Golfplatzes. Der schmale Strahl eines Suchscheinwerfers kam vom oben kreisenden Himmelsauge.

Die nackte Gestalt im Wasser drehte sich um, dann schwamm sie auf das Ufer zu.

»Und halten Sie den Wagen mit Shankari an!«, rief Nichols.

»Ja, Sir«, antwortete Jane Kim.

Eine angespannte Minute verging, dann noch eine. Mobile 2 traf am Schauplatz ein und nahm Tania Wellington in Gewahrsam. Ja, bestätigte sie, das war Cole gewesen. Und nein, sie hatte keine Ahnung, wo er jetzt war.

Cole war verschwunden. Wenn er ein Kreislaufatmer war oder sich auf dem Schwarzmarkt einer Bluthyperoxigenierung unterzogen hatte, konnte er stundenlang unter Wasser bleiben und sonst wo wieder auftauchen. Sofern sie nicht ganz großes Glück hatten, war er ihnen durch die Lappen gegangen.

Die California Highway Patrol hatte mehr Erfolg. Auf dem Monitor hielt ein Streifenwagen hinter dem Fahrzeug mit Rangan Shankari. Kurz darauf wurde er verhaftet.

Sam nahm sich Zeit mit ihrer Antwort. »Ich bin menschlich, Kade. Natürlich habe ich Kompromisse geschlossen. Ich habe Dinge akzeptiert, die für mich notwendig sind, um meinen Job zu machen, damit die Menschen sicherer leben können.«

»Komisch«, sagte Kade. »In deiner Gegenwart fühle ich mich kein bisschen sicherer.«

»Du siehst die Dinge aus einer anderen Perspektive.«

»Ich habe gesehen, was du heute Nacht getan hast.«

»Da draußen sind Monster, Kade«, sagte Sam. »Wir müssen sie aufhalten.«

»Ich bin kein Monster.«

»Du bist kein Monster«, stimmte Sam ihm zu, »aber da draußen sind welche. Es gibt Menschen, die mit dieser Technologie schreckliche Dinge tun würden.«

»Es gibt auch Menschen, die damit wunderbare Dinge tun würden«, erwiderte Kade. »Wir werden Sicherheitsvorkehrungen einbauen. Das hatten wir von Anfang an vorgesehen. Wir wollen genauso wenig wie du, dass diese Sache zur Mentalkontrolle eingesetzt wird.«

»Andere werden die Technik auseinandernehmen. Sie werden die Sicherheitsvorkehrungen entfernen oder herausfinden, wie man ein geklontes System baut, das keine hat. So ist es schon immer gewesen. Sobald der Geist aus der Flasche entkommen ist, kann man nicht mehr kontrollieren, was andere damit machen.«

Verzweifelt warf Kade die Hände hoch. »Man kann auch nicht kontrollieren, was bestimmte Leute mit Telefonen oder Flugzeugen oder dem Netz machen! Menschen tun damit schreckliche Dinge, aber die vielen guten Dinge wiegen es wieder auf. Sollten wir deswegen auch alles andere abschaffen?«

»Diese Techniken ändern nichts an unserer Menschlichkeit.«

»Willst du entscheiden, wer menschlich ist und wer nicht? Das ist verdammt arrogant.«

Sam versuchte, gelassen zu bleiben, schaffte es aber nicht ganz. »Arrogant? Du bist derjenige, der hohe Risiken eingeht, die Milliarden Menschen betreffen könnten. Du bist derjenige, der die Gefahr heraufbeschwört, dass echte Menschen obsolet werden. Hast du auch nur eine ungefähre Vorstellung, welche Folgen das alles für die Welt haben wird?«

Kade schüttelte verbittert den Kopf. »Du siehst das aus einer sehr rückständigen Perspektive. Ich nehme niemandem die Entscheidung aus der Hand. Ich biete den Menschen nur neue Möglichkeiten. Damit sie aus freien Stücken neue Entscheidungen treffen können. Du bist es, die die Freiheit der Menschen einschränkt. Du bist es, die Menschen ins Gefängnis steckt, weil sie die falsche Wissenschaft betreiben oder weil sie etwas Neues ausprobieren.« Anklagend zeigte er mit dem Finger auf sie. »Wenn es hier irgendwo ein Monster gibt, dann bist du es!«

Der Polizist dirigierte Rangan auf den Rücksitz seines Streifenwagens. Bruce Williams stellte für Nichols eine Verbindung zum CHP-Funk her.

Nichols setzte einen Kopfhörer auf. »Rangan Shankari?«, fragte er.

Schweigen. Auf dem Monitor war zu sehen, wie Rangan zu Boden starrte und nicht erkennen ließ, ob er ihn gehört hatte.

»Mr. Shankari, Sie befinden sich nun im Gewahrsam des Emerging Risks Directorate. Ich bin Spezialagent Nichols.«

Immer noch Schweigen.

»Mr. Shankari, befindet sich Samara Chavez immer noch in Hangar 3? Wie ist ihr Zustand?«

»Ich will mit meinem Anwalt sprechen.« Rangan sprach die Worte, ohne den Blick zu heben.

»Mr. Shankari, Sie stehen im Verdacht, schwere Verbrechen begangen zu haben, die gegen den Emerging Technological Threats Act verstoßen. In diesem Fall haben Sie kein Recht auf einen Anwalt.«

Schweigen.

Nichols redete weiter. »Im Moment liegt mir sehr viel an der Sicherheit von Samara Chavez. Befindet sie sich immer noch in diesem Gebäude? Wie geht es ihr?«

Rangan sagte nichts.

»Mr. Shankari, meine Leute halten sich bereit, das Gebäude zu stürmen und alles Notwendige zu tun, um meine Agentin heil herauszuholen. Außerdem befinden sich dort mindestens einhundert Zivilisten, von denen einige Ihre Freunde sind. Wenn wir gewaltsam eindringen, könnten Freunde von Ihnen zu Schaden kommen. Haben Sie mich verstanden?«

»Sie können mich mal kreuzweise.«

Nichols' Verärgerung wurde immer größer. »Rangan, Sie glauben vielleicht, dass Sie damit irgendwas bewirken, aber das ist nicht der Fall. Falls Sie Ihre Freunde decken wollen, muss ich Ihnen sagen, dass wir Watson Cole bereits gefasst haben«, log er. »Wir wollen nur wissen, ob Samara Chavez noch am Leben ist, und wir wollen mit den Leuten in diesem Gebäude kommunizieren, um sie herauszuholen.«

Rangan sagte nichts, aber er rückte sich auf dem Sitz zurecht.

»Wenn Sie mir nicht helfen, gehen wir rein, und dann werden mit hoher Wahrscheinlichkeit Menschen verletzt. Vielleicht gibt es sogar Tote. Haben Sie das verstanden?«

Rangan rührte sich wieder. »Ich will meinen Anwalt sprechen.«

»Vergessen Sie Ihren Anwalt. Wollen Sie uns helfen, oder sollen wir die Tür eintreten und um uns schießen?«

Rangan zögerte sichtlich, bevor er redete. »Man wird sie in ein paar Stunden gehen lassen.«

Nichols lehnte sich auf seinem Stuhl zurück. Also war sie am Leben. Und wurde festgehalten.

»Wir wollen diese Sache jetzt beenden«, sagte er. »Nicht erst in ein paar Stunden. Sie werden wieder da reingehen und Ihren Freunden Folgendes erzählen ...«

Fünfzehn Minuten später setzte ein schwarzer SUV ihn vor dem Hintereingang des Hangars ab.

»... wenn es hier irgendwo ein Monster gibt, dann bist du es!«

Der Knauf der Tür zum Lagerraum drehte sich. Kade und Sam blickten gleichzeitig erschrocken in die Richtung und sahen, wie Ilya mit frustrierter Miene eintrat, gefolgt von Rangan, der eine graue Kapuzenjacke und Jeans trug. Rangan wirkte bleich und unglücklich. Er hatte den Blick auf den Boden gerichtet. Mit ihnen drangen Partygeräusche durch die Tür.

»Sie haben mich erwischt«, verkündete Rangan mit zitternder Stimme.

Kade spürte seine Verbitterung. Die Worte schmeckten wie Asche in seinem Mund.

»Sie haben mich zurückgeschickt, um eine Botschaft zu überbringen«, fuhr Rangan fort. »Sie haben das Gebäude umstellt. Sie haben auch Wats geschnappt.«

»Uff.« Für Kade fühlte es sich wie ein Schlag in die Magengrube an.

»Sie wollen, dass wir drei zusammen mit ihr rauskommen.« Rangan deutete mit einem Nicken auf Sam, die immer noch an den Stuhl gefesselt war. »Sie wollen, dass wir die Party beenden, alle anderen unter irgendeinem Vorwand nach Hause schicken und uns ergeben. Nur wir. Auf keinen Fall sollen wir das ERD erwähnen. Wenn wir nicht innerhalb der nächsten dreißig Minuten herauskommen, werden sie den Laden mit Waffengewalt stürmen.«

»Was ist mit all den anderen?«, fragte Kade.

»Wenn wir kapitulieren, können alle nach Hause gehen.«

»Ich würde lieber eine Show abziehen«, sagte Ilya. »Sie zwingen, hundert Leute festzunehmen. Damit es an die Öffentlichkeit gelangt. Damit die Menschen sehen, was sie machen. Das ist unsere Art zu kämpfen.«

»Jeder weiß, was sie machen«, sagte Rangan. »Und niemanden interessiert es. Für sie sind wir nur irgendwelche Junkies.«

»Ich will nicht, dass irgendwer unsretwegen ins Gefängnis muss«, sagte Kade. »Das war der Grund für meine Entscheidung, nicht wegzulaufen.«

»Das war ein Teil unserer Beweggründe«, sagte Ilya. »Der andere Teil war der Kampf für die gerechte Sache. Wir haben nichts Falsches getan. Die Leute vom ERD sind hier die bösen Jungs. Das können wir dem Rest der Welt klarmachen.«

Kade schüttelte den Kopf. »Nein. Das ist einzig und allein unsere Angelegenheit.«

»Ich stimme mit Kade überein«, sagte Rangan leise.

Ilya neigte den Kopf. Doch sie schien nicht überzeugt zu sein. Ihre Gedanken fühlten sich für Kade wütend und trotzig an.

»Gut«, sagte sie. »Ich fange schon mal an, hier alles abzuschalten.« Sie verließ den Raum durch die offene Tür.

Rangan sah Kade an. »Alles in Ordnung mit dir?«

Kade nickte, sagte aber nichts.

Minuten vergingen. Schweigend warteten sie ab.

Warum dauert es so lange?, fragte sich Kade.

In diesem Moment hörten sie durch die Tür, wie der laufende Track ausgeblendet wurde, dann Ilyas verstärkte Stimme, irgendwas mit einer Beschwerde wegen Lärmbelästigung, die Party ist vorbei, Zeit zu gehen und fahrt vorsichtig.

Kurz danach kehrte Ilya zurück. Ihre Augen waren feucht. Hatte sie geweint? Er wollte sie trösten, aber sie fühlte sich hart und wütend an.

»Ich habe Antonio damit betraut, die Leute rauszubringen«, sagte sie. »Das dürfte eine Weile dauern. Also können wir genauso gut jetzt schon gehen.«

»Sie sagten, wir sollen den Hangar durch den Seiteneingang verlassen und dann zum Parkplatz vor dem Golfplatz gehen«, erklärte Rangan.

Ilya löste den Strick um Sams Füße und half ihr auf, während eine Hand an ihrem Oberarm lag.

Scharfe Stiche schossen durch Sams linke Seite, als sie sich erhob. Sie beachtete den Schmerz nicht weiter. Dann verließen sie zu viert den Lagerraum und bogen in einen Korridor ab, der von der Hangarhalle wegführte. Eine Minute später öffnete Rangan die Seitentür des Gebäudes, und sie traten in die kühle Nachtluft hinaus.

Sams Kontaktlinsen leuchteten unverzüglich auf und zeigten ihr die Positionen des Einsatzteams der DEA, das ihr bei dieser Mission als Rückendeckung diente. Die zwei Fahrzeuge standen etwa hundert Meter voraus. Zwei Agenten warteten bei den Fahrzeugen, und vier weitere hatten sich so verteilt, dass sie jeden möglichen Fluchtweg blockierten. Alle wurden als feuerbereit angezeigt, die eine Hälfte mit tödlicher Munition, die andere mit Betäubungsladungen. Ein grünes Symbol in Form eines Händeschüttelns teilte ihr mit, dass sie auch von ihren taktischen Systemen registriert worden war.

Sie blickte nach rechts zu Rangan, blinzelte, um ihn als Ziel zu markieren, dann zu Kade links von ihr, blinzelte erneut und aktivierte mit den Augen das Feuersymbol. Rangan drehte sich um, und sein Gesicht zeigte den Ansatz eines Stirnrunzelns. Sam spürte seine Anspannung in ihrem Bewusstsein. Dann feuerten zwei Agenten Betäubungspatronen ab, die beide Männer am Hals trafen. Sie gingen wie Slapstick-Schauspieler zu Boden, als sie die Hände an die plötzlichen Wespenstiche legten und gurgelnde Überraschungsschreie ausstießen. Dann wurden ihre Augen glasig, sie verloren das Gleichgewicht und brachen schließlich mit erschlafften Gliedmaßen zusammen.

»Miststück!«

Sam spürte, wie Ilya sie von hinten packte und einen Arm um ihre Kehle legte. Sam wirbelte herum, damit die Schützen die Frau besser anvisieren konnten, und hörte den schallgedämpften Einschlag eines Betäubungspfeils. Im nächsten Moment löste sich der Griff um ihren Hals, und Ilyas schlaffer Körper sackte zu Boden.

Watson Cole tauchte zum Luftholen unter der Dumbarton Bridge auf. Er ließ sich langsam zum Ufer des Menlo Park treiben, während er nach und nach das Gesicht aus dem Wasser hob. Mit etwas Glück würde die Brücke ihn vor visuellen oder Infrarot-Kameras abschirmen, die von oben nach ihm suchten. Er war mehr als sechs Meilen unter Wasser geschwommen, was auch zu seinen besten Zeiten eine anstrengende Leistung darstellte. Er brauchte Zeit, bis sich sein Blut wieder hyperoxigeniert hatte. Eine Weile ruhte er sich aus und begann dann mit der Druckatmung, die seine Sauerstoffaufnahme erhöhen würde. Er hatte noch einige Meilen vor sich, bevor er schlafen konnte.

[5] Druckmittel

Rangan wachte stöhnend auf. Sein Kopf tat weh. Seine Muskeln waren verkrampft, seine Eingeweide in Aufruhr. Mein Gott, was für ein Kater! Was hatte er letzte Nacht gemacht? Wie spät war es? Vorsichtig öffnete er ein Auge, um sich einen ersten Überblick zu verschaffen.

Das war nicht sein Schlafzimmer.

Langsam kehrten Erinnerungen zurück. Ach du Scheiße ...

Rangan fuhr hoch. Er lag auf einer dünnen Matratze auf einer starren Metallbank an der Wand einer kargen weißen Zelle. Scheiße scheiße scheiße. Er blickte an sich herab. Seine Kleidung war verschwunden, genauso seine Uhr und seine Schuhe. Er trug eine formlose graue Baumwollhose und ein zu großes graues Hemd. Krankenhauskleidung. Gefängniskleidung. Man hatte ihm sein Telefon, seine Brieftasche, alles abgenommen.

Denk nach, Rangan, denk nach.

Wenn es hier eine ungeschützte Netzverbindung gab, konnte er online gehen und vielleicht herausfinden, wo er war. Und vielleicht eine Nachricht als Rückversicherung absetzen ...

Das Nexus-Betriebssystem war in der Lage, eine offene Netzwerkverbindung zu lokalisieren. Aber das Programm lief nicht. Es musste vergangene Nacht abgestürzt sein, als man ihn betäubt hatte.

[Neustart Nexus], befahl er mental. Die Boot-Sequenz scrollte durch sein Sichtfeld.

[Nexus OS 0.7 von Axon und Synapse]

[Aufgebaut auf ModOS 8.2 von Free Software Collective]

[8.947.692.017 Knoten gefunden]

[9.161.412.625.408 Bits verfügbar]

[Visuelles Kortex-Interface 0.64 ... aktiviert]

[Auditives Kortex-Interface 0.59 ... aktiviert]

[...]

Weitere Daten wurden ihm angezeigt, als das Betriebssystem, das man an die Nexus-Plattform portiert hatte, zum Leben erwachte. Er lief auf und ab, als es hochgefahren wurde.

In einer streng geheimen Einrichtung außerhalb von Washington, D.C. starrten zwei Männer auf einen Wandbildschirm. Der eine war groß und fit, hatte ein kantiges Kinn, trug einen dunklen Anzug und hatte die Hände hinter dem Rücken verschränkt – Warren Becker, der Direktor der Enforcement Division. Der andere war ein Wissenschaftler in zerknitterter Kleidung, mit einer altmodischen Brille und einem unordentlichen weißen Haarschopf – Martin Holtzmann, der Leiter der Neurowissenschaft.

Auf dem Bildschirm ging ein dunkelhäutiger Mann mit blond gebleichtem Haar und in Gefängniskleidung in einer kleinen kargen weißen Zelle auf und ab. Rangan Shankari.

»Ich glaube trotzdem nicht, dass es notwendig ist«, sagte Holtzmann.

»Wir müssen wissen, ob unsere Waffe funktioniert«, erwiderte Becker.

Holtzmann schüttelte den Kopf. »Sie funktioniert. Wir haben gesehen, wie sie funktioniert. Viele Male.«

Becker drehte sich zu ihm um, dann blickte er wieder auf den Wandbildschirm, der Rangan Shankari zeigte. »Martin, wir müssen wissen, ob sie auch gegen Nexus 5 funktioniert. Wir wissen nicht, was sie alles seit Nexus 3 verändert haben.«

»Das können wir auch mit Tierversuchen herausfinden«, gab Holtzmann zurück.

Becker zog eine Augenbraue hoch. »Und wenn es bei Mäusen nicht genauso funktioniert?«

Holtzmann schwieg eine Weile. »Es ist gefährlich. Wir sollten erst die Tierversuche durchführen, das Risiko einschätzen und es dann an Menschen ausprobieren.«

Becker dachte eine Zeit lang darüber nach. »Wir wissen nicht, wann wir wieder eine solche Gelegenheit erhalten. Wenn es nicht funktioniert, müssen wir mehr Zeit investieren, um unsere Waffe zu verbessern. Und wenn sie sich doch gegen Nexus 5 einsetzen lässt, können wir uns umso sicherer sein, dass sie auch bei unserem letztendlichen Ziel funktioniert.«

Holtzmann brummte. »Warren, die ethischen Bedenken ...«

Becker hob eine Hand, um Holtzmann verstummen zu lassen.

»Vielen Dank, Martin. In Anbetracht der Prioritäten unserer Mission entscheide ich, dass wir weitermachen. Ihre Einwände habe ich zur Kenntnis genommen. Wir machen es möglichst kurz.«

Holtzmann senkte den Blick.

Becker hob die Stimme und sprach die Wand an. »Nexus-Disruptor aktivieren!«

Rangan konnte kein Signal finden, auf keiner Frequenz. Der Raum schien über eine vollständige elektromagnetische Abschirmung zu verfügen. Verdammt! Was nun?

Ein brennender Schmerz breitete sich in Rangans Geist aus. Sein Kopf stand in Flammen, war erfüllt von tausend Dezibel starkem statischem Rauschen und drohte zu platzen. Ein Schrei drang ihm über die Lippen. Jeder Muskel seines Körpers verkrampfte sich. Er kippte vornüber und schlug auf den Boden. Fehlermeldungen und Warnungen rasten in schnellem Tempo durch sein Bewusstsein.

[Interface-Fehler – Speicher nicht zugänglich]

[Interface-Fehler – Speicher nicht zugänglich]

[Interface-Fehler – Anschluss nicht gefunden 0XA49328A]

[Interface-Fehler – Anschluss nicht gefunden 0XA49328B]

[Interface-Fehler – Anschluss nicht gefunden 0XA49328C]

[Interface-Fehler – Anschluss nicht gefunden 0XA49328D]

... und so weiter und so weiter ... tausend Zeilen mit ernsten Fehlermeldungen scrollten durch sein Sichtfeld, ein schweres Systemversagen, wie es weder er noch Kade je zuvor erlebt hatten.

Rangan war sich vage bewusst, dass er auf den harten Betonboden knallte. Alles war nur noch ein Chaos aus Schmerz und weißem Rauschen. Sein Geist war völlig überlastet. Er schwamm in einem brodelnden Ozean. In der ganzen Verwirrung begriff er gerade noch, dass irgendetwas mit dem Nexus in seinem Gehirn nicht stimmte. Er musste es stoppen. Es gab etwas, das er tun konnte ...

etwas ... etwas ... Was war es? Scheiße, tat das weh! Scheiße scheiße scheiße.

Ein weiterer Schrei schoss aus ihm heraus, riss gegen seinen Willen seinen Mund auf, brüllte hinaus in die hallende Zelle. Gedanken gingen in einem Nebel aus Schmerz und Chaos unter. Es war einfach zu viel. Jede Kohärenz ging verloren. Es gab nur noch Lärm, Rauschen, nur noch ein chaotisches Durcheinander in seinem Kopf.

Und dann war es plötzlich vorbei. Der Schmerz endete genauso abrupt, wie er eingesetzt hatte. Der Ansturm des statischen Rauschens auf all seine Sinne war verschwunden. Der Speer, der ihm ins Gehirn getrieben worden war, hatte sich aufgelöst. Sein Kopf schmerzte, wo er auf den Boden geknallt war. Aber das war kein Vergleich zu dem, was er soeben erlitten hatte.

Rangan holte Luft, dann erschauderte er. Sein Körper war schweißüberströmt. Seine Muskeln zuckten. Sein Atem ging keuchend. Er lag zusammengerollt auf dem Boden und zitterte.

Auf dem Wandbildschirm stürzte Shankari zu Boden. Sein Schrei hallte aus den Lautsprechern. Er rollte sich zusammen, sein Körper wurde von Krämpfen geschuttelt. Becker wartete eine Sekunde, zwei, drei, vier ...

»Das reicht«, sagte Holtzmann verbittert.

Becker nickte. »Disruptor aus«, sagte er laut.

Shankari schrie nicht mehr. Er lag auf dem Boden, in Embryonalhaltung zusammengerollt.

»Sind Sie jetzt zufrieden?«, fragte Holtzmann. Seine Stimme klang säuerlich.

Becker nickte langsam und ruhig. »Ja.«

Kade wachte von einem hellen Licht und einer Stimme auf, die ihm mitteilte, dass ihm noch fünf Minuten bis zur Befragung blieben. Seine Mundhöhle schmeckte wie Dreck, sein Magen rebellierte, und sein Kopf fühlte sich an, als wäre er mit einem Vorschlaghammer bearbeitet worden. Er erleichterte sich, spritzte sich Wasser ins Gesicht, und dann wurde es auch schon Zeit. Zwei Wachen holten ihn aus seiner kargen weißen Zelle ab und führten ihn zu einem Konferenzzimmer am anderen Ende des Korridors. Der Raum war mit einem großen Kunstholztisch, Stühlen und einem Wandbildschirm ausgestattet. Kade nahm wie angewiesen Platz und wartete.

Eine knappe Minute später wurde eine Tür auf der anderen Seite des Raums geöffnet, und ein wichtig aussehender Mann mit Anzug und Krawatte trat ein. Er hielt ein in Leder gebundenes Slate in der Hand. Ihm folgte ein kleinerer, älterer Mann in zerknittertem weißem Hemd, mit einer Brille auf der Nase und unordentlichem weißem Haar. Dieser zweite Mann kam ihm irgendwie bekannt vor.

»Mr. Lane«, sagte der erste Mann, als er zum Kopfende des Tisches ging und sich setzte. »Ich bin Warren Becker, Direktor der Enforcement Division. Das ist Professor Martin Holtzmann, den sie möglicherweise schon kennen.«

Holtzmann!, dachte Kade. Er war früher Leiter der neurowissenschaftlichen Abteilung am MIT gewesen. Sein Labor hatte gute Arbeit auf dem Gebiet der Willensforschung geleistet. Was hatte er mit dem ERD zu tun?

Holtzmann grüßte ihn mit einem Nicken. »Mr. Lane«, sagte er mit einem deutschen Akzent.

Becker fuhr fort. »Mr. Lane, Sie stecken in sehr ernsten Schwierigkeiten. Sie haben Forschungen betrieben, die gegen den Chandler Act verstoßen. Sie sind weit über den erlaubten Rahmen Ihrer ERD-Genehmigung hinausgegangen. Sie wurden bei der Weitergabe und möglicherweise bei der Herstellung eines Rauschgifts der Stufe 0 beobachtet. Verstehen Sie, wie ernst Ihre Situation ist?«

Kade ließ den Kopf sinken, während Becker sprach. Sein Blick war auf die falsche Holzmusterung des Tisches gerichtet, an dem er saß. Er wagte es nicht zu sprechen.

Nach fast einer Minute redete Becker weiter. »Sie stecken ganz tief in der Scheiße, Kade. Die DEA will Ihnen den Prozess machen. Meine Vorgesetzten wollen Sie als Gefahr für die Menschheit klassifizieren. Der für diesen Fall zuständige Staatsanwalt will Sie in mehreren Punkten anklagen ...« Becker blickte auf sein Slate. »Wegen Verletzung Ihrer ERD-Forschungsgenehmigung, wegen mehrfachen Verstoßes gegen den Chandler Act, wegen der Entwicklung einer Nötigungstechnologie, wegen vorsätzlicher Anwendung einer Nötigungstechnologie, wegen Entführung eines staatlichen Vollzugsbeamten, wegen eines tätlichen Angriffs auf einen staatlichen Vollzugsbeamten und vieles mehr. All das summiert sich zu ... zu einem sehr, sehr langen Aufenthalt in einem Hochsicherheitsgefängnis. Wahrscheinlich sogar lebenslänglich. Ohne Bewährung. Dort ist es nicht besonders nett. Verstehen Sie?«

Kade nickte schweigend.

»Gut. Jetzt hören Sie zu. Die Beweislage in diesem Fall ist eindeutig. Wenn wir Druck machen, werden Sie mit der ganzen Härte des Gesetzes bestraft. Aber ich glaube nicht, dass Sie ein Terrorist sind. Ich glaube, dass Sie einfach nur dumm waren, mehr nicht. Ich stehe auf Ihrer Seite.«

Aber klar, dachte Kade.

Becker sprach weiter: »Es gibt eine Möglichkeit, wie Sie Ihrem Land und der gesamten Menschheit helfen können. Und wenn Sie es tun, können wir die meisten Anklagepunkte gegen Sie fallen lassen.«

Kade verzog den Mund zu einem verbitterten Strich. Erpressung, dachte er. Einfach nur eine verdammte Erpressung.

»Was wird aus meinen Freunden?«, fragte er. »Mit den Leuten, die auf der Party waren?«

Becker nickte. »Sie machen sich Sorgen um Ihre Freunde. Das ist gut. Auch sie stecken ziemlich tief in der Scheiße. Die DEA will jeden, der gestern Nacht dort war, wegen Drogenbesitz anzeigen, und jeden, der bei der Organisation der Party mitgeholfen hat, wegen Weitergabe von Drogen. Unser eigener Chefankläger will Sie, Rangan Shankari, Watson Cole und Ilyana Alexander wegen des Verstoßes gegen den Chandler Act belangen.«

Becker hielt inne und schüttelte den Kopf. »Aber wenn Sie mir Ihre bedingungslose Zusammenarbeit zusichern, würden wir uns dafür einsetzen, dass Sie alle ungeschoren davonkommen.«

Kade zuckte zusammen. Für den Besitz von Nexus war eine Mindeststrafe von zwei Jahren vorgesehen, ganz zu schweigen von Einschränkungen wie dem Ausschluss von jeder anständigen Lehranstalt und dem Arbeitsverbot in Wissenschaft und Forschung. Für die Weitergabe gab es mindestens *sieben* Jahre. Namen und Gesichter gingen ihm durch den Kopf. Antonio. Rita. Sven. All die Leute, die bei der Party mitgeholfen hatten, die dafür zuständig gewesen waren, die Dosen an die anderen Teilnehmer zu verteilen. Sehr viele Menschen mussten vielleicht für sehr lange Zeit ins Gefängnis.

Und Rangan, Ilya und Wats … sie alle würde man genauso hart bestrafen wie ihn. Jahrzehnte in einem Hochsicherheitsgefängnis. Vielleicht lebenslänglich. Sein Gesicht fühlte sich heiß an. Die Vorstellung weckte in ihm das Bedürfnis, sich zu übergeben.

Pokerface, Kade. Pokerface.

Er richtete sich ein wenig auf. Er wollte auf keinen Fall hier zusammenbrechen.

»Was erwarten Sie von mir?«, fragte er.

»Wir möchten Sie auf jemanden ansetzen«, antwortete Becker. »Einen Wissenschaftlerkollegen, der in einem anderen Land arbeitet. Nach Ihrer Promotion sollen Sie sich auf einen Posten in seinem Labor bewerben. Wir wollen, dass Sie uns über die Arbeit informieren, die dort geleistet wird.«

»Sie wollen, dass ich für Sie spioniere«, sagte Kade.

»Ja.«

»Warum?«

»Weil der Wissenschaftler, den Sie ausspionieren sollen, möglicherweise böse Dinge tut«, erklärte Becker. »Mord. Politische Attentate. Mentalkontrolle. Und Ähnliches.«

»Und warum ich?«, fragte Kade.

»Weil sich dieser Wissenschaftler anscheinend sehr für Ihre Arbeit interessiert«, sagte Becker. »Und nachdem wir jetzt wissen, was Sie wirklich gemacht haben, verstehen wir auch, warum.«

»Über wen reden wir?«, wollte Kade wissen.

»Das werden Sie erfahren, wenn Sie einwilligen. Wenn nicht, können Sie im Gefängnis rätseln.«

Kade trommelte mit den Fingern auf dem Tisch. Einen Wissenschaftlerkollegen ausspionieren. Das fühlte sich schmutzig an.

»Sie sprachen von den meisten der Anklagepunkte«, sagte er. »Was genau bieten Sie an?«

Becker nickte. »Jeder von Ihnen bekommt eine Bewährungsstrafe und muss sich drei Jahre lang regelmäßig auf Drogen testen lassen. Wenn Sie bestehen, wird alles aus dem Vorstrafenregister gelöscht. Sie, Shankari, Cole und Alexander stehen lebenslang auf der Überwachungsliste. Verpflichtende Tests. Keine Nutzung von hoch entwickelten Computer-, Bio-, Neuro- oder Nano-Systemen, einschließlich Nexus. Sie verlieren jeden Anspruch auf staatliche Wissenschaftsförderung. Keine Gefängnisstrafe.«

Vor Kades Augen wurde es dunkel. Keine Fördermittel. Keine Computer, keine Bioware. Kein Nexus. Sie nehmen mir alles weg, das mir etwas bedeutet, dachte er. Für einen Moment konnte er nicht mehr atmen.

»Es gibt allerdings eine Möglichkeit, weiterhin wissenschaftlich zu arbeiten«, bemerkte Holtzmann.

Kade blickte zu ihm auf. »Welche?«

»Sie könnten für mich tätig werden«, sagte Holtzmann. »Hier im ERD könnten Sie mit Ihrer Forschung Ihrem Land dienen. Natürlich nur unter strenger Überwachung.«

Ich würde mich lieber mit einem Löffel lobotomisieren, dachte Kade.

»Mir ist bewusst, dass diese Pille schwer zu schlucken ist«, sagte Becker. »Aber es ist bedeutend besser als ein Leben im Gefängnis.«

Wirklich?

Die Welt drehte sich um ihn. Er konnte nicht mehr geradeaus sehen. Es war ein einziger Albtraum.

»Es gibt noch eine weitere Bedingung«, sagte Becker. »Sie übergeben uns Ihre sämtlichen Forschungsunterlagen zu Nexus, und Sie zeigen unseren Wissenschaftlern in allen Einzelheiten, was Sie wie gemacht haben.«

»Ich ...«, begann Kade. »Ich brauche noch etwas Zeit, um darüber nachzudenken ...«

Becker nickte erneut. »Gut. Denken Sie darüber nach. Aber tun Sie es nicht zu lange. Wir können nur noch ein paar Stunden lang geheim halten, dass wir Sie in Gewahrsam genommen haben. Danach wird es schwierig. Und wenn bekannt wird, dass wir Sie haben, würden Sie für uns jeden Nutzen verlieren. Dann würde Ihnen so oder so der Prozess gemacht.«

Die Wachen brachten ihn in seine Zelle zurück. Kade legte sich auf die Pritsche und schloss die Augen. Abermals schwammen Gesichter durch sein Sichtfeld. All die Menschen, die am Ende waren, wenn er dieser Sache nicht zustimmte.

Und wenn er wirklich zustimmte, für sie zu spionieren? Wenn er es tat, half er dem ERD vielleicht dabei, irgendeinen Wissenschaftler zu erledigen, der sich nichts zuschulden hatte kommen lassen. Er würde mit einer Organisation zusammenarbeiten, die ideologisch das genaue Gegenteil von seinen eigenen Überzeugungen darstellte.

Aber ich habe keine andere Möglichkeit, dachte er. Ich würde nicht im Gefängnis landen. Ich würde im Ausland für sie arbeiten. Ich könnte mich vielleicht absetzen ...

Ich wäre Teil des Systems, das ich hasse.

Er wünschte sich, seine Eltern wären noch am Leben. Dennis und Cheryl Lane waren Wissenschaftler gewesen, ein Hochenergiephysiker und eine Forschungsbiologin, bis ein Highway-Unfall ihnen beiden gegen Ende des letzten Jahres das Leben genommen hatte. Er hätte jetzt ihren Rat gebrauchen können. Was würden sie sagen, wenn sie noch leben würden?

Ein Wissenschaftler ist für die Konsequenzen seiner Arbeit verantwortlich. Das hatte sein Vater ihm immer wieder eingebläut.

Die Konsequenzen meiner Arbeit wären Gefängnisstrafen für zahlreiche meiner Freunde. Es sei denn, ich tue, was das ERD von mir verlangt.

Seine Gedanken jagten sich eine Stunde lang im Kreis. Ganz gleich, wie er es betrachtete, es war auf jeden Fall besser, wenn er und seine Freunde nicht ins Gefängnis kamen. Sein Gewissen würde es nicht aushalten, so viele Leben vernichtet zu haben. Er musste es wiedergutmachen, dass er so viele Menschen in Schwierigkeiten gebracht hatte. Seine Entscheidung stand fest. Sie hinterließ einen üblen Geschmack auf seiner Zunge. Aber so sollte es sein.

ARISCHER AUFSTAND
(auch: ROTER DONNERSTAG)

[Ereignis] [Organisation] [Jahr: 2030]

Der Arische Aufstand (2030) war ein Versuch, den Großteil der Menschheit auszulöschen und den Weg für die Wiederbevölkerung der Welt durch eine Rasse genetisch veränderter transhumaner Neo-Nazis frei zu machen.

Am 16. Mai 2030 erwachte die amerikanische Öffentlichkeit mit der Nachricht von massenhaften Todesfällen in Laramie, Wyoming [s. ROTER DONNERSTAG]. Amerikanische Nachrichtensender und andere Quellen sendeten grauenhafte Bilder von Bürgern in Laramie, die Blut erbrachen und auf der Straße kollabierten. Die Nationalgarde und die Bioterror-Abteilung des FBI konnten zügig eine Absperrung rund um die Stadt errichten, die sie während des gesamten Zwischenfalls aufrechterhielten.

Erste Analysen ergaben, dass die Todesfälle auf eine stark modifizierte, durch die Luft übertragene Variante des Marburg-Virus zurückzuführen waren, auch als Marburg Red bezeichnet. Innerhalb von vier Tagen waren neunzig Prozent der Bewohner von Laramie gestorben, insgesamt 31 000 Personen. Heldenhafte Maßnahmen und die extrem kurze Inkubationszeit der Virus-Variante verhinderten, dass sich Marburg Red über Laramie hinaus ausbreiten konnte.

Nach dem Zwischenfall stießen die Ermittler westlich von Laramie auf eine Wohnanlage, in der sich 128 geklonte Kinder aufhielten, die auf acht Sechzehnergruppen aufgeteilt waren, im Alter von drei bis 15 Jahren, sowie mehrere Dutzend Leichen kürzlich verstorbener Erwachsener. Die weiteren Ermittlungen ergaben, dass die Kinder von einer Gruppe geklont worden waren, die sich selbst als »Arische Erhebung« bezeichnete. Sie hatten eine genetisch induzierte Immunität gegenüber Marburg Red, als Teil eines ideologisch motivierten Plans, der die Ausrottung »niederer Rassen« zum Ziel hatte, um sie durch ethnisch reine »Übermenschen« zu ersetzen.

Aus Aufzeichnungen aus der Wohnanlage ging hervor, dass eine Gruppe der Kinder absichtlich eine frühe Variante des Marburg-Virus einige Monate vor dem geplanten Einsatz freisetzte, wodurch ihre Erschaffer und die nahe gelegene Stadt ausgelöscht wurden. Wären die Erschaffer von Marburg Red in der Lage gewesen, ihren Plan mit einer längeren Inkubationszeit in die Tat umzusetzen, wären die Opferzahlen erheblich höher gewesen.

Die Öffentlichkeit reagierte zunächst mit Entsetzen und später mit schwerer Kritik an FBI und DHS, weil es ihnen nicht gelungen war, den Angriff zu verhindern. Der Zwischenfall ereignete sich zum Höhepunkt der Tues-Entführungen und verschiedener Fälle von Mentalkontrolle sowie im Gefolge des Ausbruchs des Communion-Virus in Yucca Grove im Jahr 2028 und des tödlichen Eschaton-Computeranschlags von 2029.

Die öffentliche Empörung über diese Konzentration von Zwischenfällen führte zu einem schweren Popularitätsverlust von Präsident Owen Asher und einer verstärkten Unterstützung neuer Gesetze, die Forschungen auf den Gebieten der Genetik, des Klonens, der Nanotechnologie, der Künstlichen Intelligenz und der Erschaffung »übermenschlicher« Wesen einschränken sollten.

Darauf folgten die Anhörungen des Chandler-Komitees in den Jahren 2030 und 2031, die Verabschiedung des Chandler Act und die Gründung des ERD. Diese Ereignisse spielten auch eine

Rolle im Präsidentschaftswahlkampf 2032, aus dem Gouverneur Miles Jameson als Präsident und Senator John Stockton als Vizepräsident (heute Präsident) hervorgingen, sowie beim Entwurf des Kopenhagener Abkommens über Globale Technologische Gefährdungen.

Die Geschichte der hoch entwickelten
technologischen Gefährdungen,
ERD Library Series, 2039 [Klassifikation: nicht geheim]

[6] Externe Bedingungen

»Ich werde es machen«, sagte Kade zu ihnen.

Becker nickte. »Gut. Sie haben die richtige Wahl getroffen.«

»Und wen soll ich ausspionieren?«

Becker tippte auf sein Slate, und der Wandbildschirm erwachte zum Leben.

WARNUNG!
DAS FOLGENDE MATERIAL IST STRENG GEHEIM.
DIE UNBEFUGTE BEKANNTMACHUNG
DIESES MATERIALS GEGENÜBER
ANDEREN PERSONEN WIRD NACH DEM
BUNDESGESETZ MIT BIS ZU 30 JAHREN
GEFÄNGNIS BESTRAFT.

Das Wappen des Department of Homeland Security mit dem darin eingeschlossenen Logo des Emerging Risks Directorate klammerten die Geheimhaltungswarnung ein.

»Ich werde nun streng geheime Informationen an Sie weitergeben. Ist Ihnen bewusst, dass die Bekanntmachung dieser Informationen gegenüber anderen Personen ein Vergehen ist, das schwer bestraft wird?«

Kade schluckte. »Ja.«

»Gut«, sagte Becker. Wieder tippte er mit dem Finger auf das Slate.

Der Wandbildschirm wechselte zur nächsten Seite und zeigte das Foto einer großen, eleganten Asiatin Anfang vierzig. Sie blickte zur Seite und bedachte jemanden außerhalb des Bildes mit einem warmen Lächeln. Kade hatte ihr Gesicht schon einmal gesehen.

»Ihr Name ist Su-Yong Shu«, sagte Becker. »Wahrscheinlich haben Sie schon von ihr gehört.«

Für einen Moment war Kade sprachlos. Su-Yong Shu? Eine Mörderin?

Su-Yong Shu war vielleicht die beeindruckendste Wissenschaftlerin auf dem Gebiet der Neurowissenschaft. Wenn man ihn aufgefordert hätte, einen Wissenschaftler zu nennen, der eines Tages den Nobelpreis gewinnen würde, hätte Kade sie genannt. Mehr als jeder andere lebende Forscher hatte sie dazu beigetragen, die neuralen Codierungen des abstrakten Denkens, der Glaubensvorstellungen, der Motivationen und des Wissens zu entschlüsseln. Kade hatte bei seiner Arbeit statistische Methoden benutzt, die auf Modellen aufbauten, die in Su-Yong Shus Labor entwickelt worden waren. Sie und ihre Studenten veroffentlichten ein Feuerwerk an erstklassigen Artikeln. Sie gehörte eindeutig zu den angesehensten lebenden Neurowissenschaftlern.

»Sie bezeichnen Su-Yong Shu als Mörderin?«, fragte Kade. »Wissen Sie überhaupt, worüber Sie hier reden? Haben Sie irgendwelche Beweise für eine solche Behauptung?«

Becker tippte auf sein Slate. Wieder wechselte die Darstellung. Nun war ein Mann zu sehen, der das orangefarbene Gewand eines buddhistischen Mönchs trug. Sein kahl geschorener Kopf war vorgebeugt, und er kniete in irgendeinem mit Steinen gepflasterten Hof.

»Das ist ein Archivfoto von Lobsang Tulku, dem buddhistischen Mönch, der 2037 den Dalai Lama und zwei seiner Leibwächter in Dharamsala erschoss und sich dann das Leben nahm.«

Kade nickte. »Ich erinnere mich. Er ist nur an diesem einzigen Tag ausgerastet, nicht wahr?«

»So heißt es«, sagte Becker. »Wir haben jedoch Grund zu der Annahme, dass es in Wirklichkeit ganz anders war. Wir glauben, dass jemand diesen Mann in eine Art Marionette verwandelt und ihn benutzt hat, ein politisches Attentat zu verüben.«

Becker rief das nächste Bild auf. Nun zeigte der Wandbildschirm das grausige Foto eines Asiaten, der vielleicht Mitte zwanzig war. Er trug ein Mönchsgewand, lag in einer Blutlache und hatte zwei Schusswunden im Kopf. Der Dalai Lama. Kade spürte, wie sich ihm der Magen umdrehte.

»Allem Anschein nach hat Lobsang nie zuvor Schusswaffen besessen oder benutzt«, fuhr Becker fort. »Soweit wir wissen, hat er bis eine Woche vor dem Ereignis nicht einmal eine Waffe angefasst. Trotzdem war seine Treffsicherheit tadellos. Er schoss sechsmal, je zwei Kugeln für die beiden Leibwächter und zwei für den Dalai Lama. Allesamt saubere Kopfschüsse. Keine einzige Kugel hat ihr Ziel verfehlt.«

Holtzmann sah Kade nachdenklich an. »Sie könnten so etwas schaffen, nicht wahr? Aus einem Menschen einen Roboter machen.«

Kade starrte das Foto an. Theoretisch ... mit genügend Zeit ...

Er sagte nichts.

Holtzmann musterte ihn eine Weile, bis er schließlich nickte.

Kade räusperte sich, versuchte skeptisch zu bleiben. »Vielleicht gab es einige Dinge, die Sie nicht über ihn wissen. Vielleicht hat ihn jemand über längere Zeit ausgebildet, oder er wurde eingeschleust.«

Becker legte den Kopf schief. »Lobsang war ein enger Vertrauter des Dalai Lama. Sie sind zusammen aufgewachsen. Er war ein offensichtlich ergebener Anhänger und Freund des Dalai Lama und ein tibetanischer Freiheitsaktivist, bis er eines Tages beschloss, seinen lebenslangen Freund zu töten, und zwar mit dem Geschick eines professionellen Killers.«

Kade schwieg.

»Wir wissen«, fuhr Becker fort, »dass Lobsang ein paar Monate vorher von den Chinesen in Tibet verhaftet wurde. Er befand sich achtundvierzig Stunden lang in ihrem Gewahrsam und wurde dann ausgewiesen. Lobsang behauptete, er hätte die meiste Zeit in der Zelle mit stummer Meditation zugebracht, aber falls jemand neurowissenschaftliche Methoden eingesetzt hat, um seine Erinnerungen zu verändern ...«

Das wäre möglich, dachte Kade. Nexus würde ein großartiges Werkzeug für Attentäter abgeben.

Wieder schüttelte er den Kopf. *Propaganda ist die wichtigste Waffe jeder Regierung*, hatte Wats gesagt. Skeptisch bleiben. Daran wollte er sich festhalten.

»Was hat das alles mit Su-Yong Shu zu tun?«

»Dazu kommen wir in wenigen Augenblicken«, sagte Becker.

Das nächste Bild zeigte ein Gebäude, das nur noch ein Trümmerhaufen war, anscheinend nach einer schweren Explosion. Leichen und Verletzte lagen herum, einige von ihnen in Militäruniformen.

»Grosny, Tschetschenien, 2038. Nach fast fünf Jahren Frieden zieht eine junge Frau namens Samira Sakajew los – eine Frau, die engen Kontakt zu einer entwaffneten und vom Friedensvertrag überzeugten tschetschenischen Unabhängigkeitsbewegung hatte – und sprengt einen Nachtklub in die Luft, der bei russischen Soldaten sehr beliebt war. Der Anschlag, bei dem vierundsiebzig Zivilisten und dreißig russische Soldaten ums Leben kamen, löste eine Welle von Repressalien aus, die im Gegenzug weitere Bombenanschläge provozierte. Russland verlegte drei Divisionen der russischen Armee in den Nordkaukasus. Die Lage ist bis heute kritisch.«

»Ich sehe keine Verbindung«, sagte Kade.

»Samira Sakajew war Anfang des Jahres nach China gereist und wurde ebenfalls zwei Tage lang ohne ersichtlichen Grund von der chinesischen Polizei inhaftiert.«

»Warum sollte China einen Klub in Tschetschenien sprengen lassen?«

»Um die Russen abzulenken. Um sie zu zwingen, ihre Aufmerksamkeit und ihre Truppen von China abzuwenden.«

Kade versuchte diese Informationen zu verdauen. Was hatte das alles mit Shu zu tun?

»Und noch ein Fall«, sagte Becker. »Danach kommen wir zu dem Grund, warum wir glauben, dass Su-Yong Shu daran beteiligt ist.«

Erneut tippte Becker auf sein Slate. Nun war ein Asiate im Anzug zu sehen. Er hatte die Faust triumphierend oder trotzig in die Luft gereckt, während er auf einem Podium stand, das von einer Menschenmenge umgeben war. Einige der Leute schwenkten Transparente.

»Das ist Chien Liu, der heutige Präsident von Taiwan. Dieses Foto wurde am Vorabend seines Wahlsieges im letzten Jahr aufgenommen. Präsident Liu war der Vorsitzende der DDP, der größten Oppositionspartei in Taiwan, und er führte einen Anti-Beijing-Wahlkampf. Er versprach, die bereits weit fortgeschrittene Integrationspolitik zurückzunehmen. Im Wahlkampf übte er scharfe Kritik an der chinesischen Menschenrechtssituation, der Außenpolitik und dem Mangel an inneren Reformen.«

Becker rief das nächste Foto auf. »Im Januar dieses Jahres reiste Präsident Liu nach Beijing, um sich zum ersten Mal mit dem vor Kurzem ernannten chinesischen Premierminister zu treffen.« Nun zeigte der Wandbildschirm Liu und einen älteren Asiaten, den Kade aus den Nachrichten kannte. Die beiden Männer saßen Seite an Seite in prächtigen rot-goldenen Sesseln und lächelten äußerst verhalten.

»Während des Staatsbesuchs«, fuhr Becker fort, »wurde Präsident Liu plötzlich krank, anscheinend eine Erkältung oder Grippe. Er wurde über Nacht von der Jadepalast-Klinik in Beijing aufgenommen, dem besten Krankenhaus des Landes. Am nächsten Morgen wurde er entlassen, wobei er lächelte und den Reportern zuwinkte. Offenbar war wieder alles in Ordnung. Davon abgesehen war die Reise ein großer Erfolg, zumindest für China. Denn nach der Rückkehr schlug Liu eine ganz neue Seite auf, was die Beziehungen zwischen Taipeh und Beijing betraf. Nun befürwortete er eine tiefer gehende und schnellere Integration und ließ alle Vorwürfe hinsichtlich Menschenrechten und Korruption fallen. Wir glauben, dass Beijing ihn bei diesem Staatsbesuch umgedreht hat, allerdings auf viel subtilere Weise als in den anderen zwei Fällen.«

»Er ist Politiker«, sagte Kade. »Vielleicht hat er einfach nur seine Meinung geändert.«

Becker lächelte dünn. »Das ist eine sehr vernünftige Erklärung. Wir haben das Gleiche gedacht. Aber wir wollten uns natürlich ganz sicher sein. Zum Glück wurde Präsident Liu auch während seines Besuchs in den USA letzten Monat krank.« Becker lächelte wieder. »Die CIA nutzte die Gelegenheit, um Lius Blut und Rückenmarksflüssigkeit einigen Tests zu unterziehen. Sein Blut war sauber, aber in seiner Rückenmarksflüssigkeit fand man Hinweise auf etwas, das verdächtig nach Nexus aussieht. Da im Blutkreislauf nichts gefunden wurde, vermuten wir, dass die nexusähnliche Substanz nicht abgebaut und wie üblich aus dem Gehirn gespült wird. Die Technik wurde permanent integriert. Etwas, das anscheinend auch Sie geschafft haben.«

Holtzmann meldete sich wieder zu Wort. »Wir freuen uns schon sehr darauf, von Ihnen zu hören, wie Sie das gemacht haben.«

Kade wurde übel.

Becker fuhr fort. »Wir haben noch weitere zwei Dutzend Fälle, von denen wir glauben, dass dabei chinesische Nötigungstechnologie zum Einsatz kam. Verstehen Sie jetzt, warum wir uns Sorgen machen?«

»Ja«, sagte Kade. Er verstand es tatsächlich. Er und seine Freunde hatten das Nexus-Betriebssystem entwickelt, um den Menschen neue Freiheiten zu geben, neue Möglichkeiten der Verbindung, neue Lernmethoden. Nicht als Werkzeug zur Beeinflussung oder Steuerung von Attentätern.

»Sie haben gefragt, was Dr. Shu damit zu tun hat. Jetzt kann ich darauf eingehen. Erstens haben wir geheimdienstliche Informationen, die darauf hindeuten, dass sie in den letzten Jahren zusammen mit der chinesischen Armee an irgendwelchen Nötigungstechnologien gearbeitet hat. Zweitens haben wir konkrete Beweise, dass sie in Verbindung mit dem chinesischen Supersoldaten-Programm steht.«

Becker rief das Foto einer Gruppe asiatischer Soldaten während einer Parade auf. Die Körnung und leichte Unschärfe des Bildes machte auf Kade den Eindruck, als wäre es aus großer Entfernung mit einem sehr starken Teleobjektiv aufgenommen worden.

»Fällt Ihnen irgendetwas Bemerkenswertes an diesem Foto auf?«, fragte Becker.

Kade betrachtete es, ohne genau zu wissen, wonach er Ausschau halten sollte. Die Soldaten waren Anfang zwanzig, muskulös und fit, trugen identische Bürstenschnittfrisuren und Paradeuniformen sowie irgendwelche hoch entwickelten Gewehre an den rechten Schultern. Alle verharrten mitten im Schritt, in aufrechter Haltung und völlig synchron, die Gesichter kalt und ausdruckslos. Er fragte sich, ob er vielleicht einen von ihnen wiedererkennen sollte. Doch asiatische Gesichter sahen für ihn ziemlich ähnlich aus. Diese allerdings wirkten nahezu identisch. Lag es möglicherweise an den Frisuren? Oder ...

»Sie sehen alle gleich aus«, sagte er schließlich.

Becker nickte. »Dies ist eine Abteilung der Konfuzianischen Faust, eines Bataillons der Spezialeinheiten. Es sind Klone, was bereits eine Verletzung des Kopenhagener Abkommens darstellt. Außerdem haben wir Informationen, dass dieses Bataillon, die absolute Elite der chinesischen Streitkräfte, auf unerschütterliche Loyalität gezüchtet wurde.«

Kade erschauderte. Ihm schossen Bilder durch den Kopf, Erinnerungen an Nachrichtensendungen seiner Jugendzeit, an die geklonten Nazi-Kinder, die versucht hatten, den Rest der Menschheit auszurotten. Wie sie reihenweise aus den Baracken marschiert kamen, mit eiskalten Augen. Zehnjährige Killer. Er drängte die Szenen zurück.

Becker bemerkte seine Reaktion. »Sie denken an die Arische Erhebung. Seitdem haben wir keine größeren Klonprojekte mehr erlebt. Nicht in diesem Ausmaß. Bis jetzt.«

Kade schüttelte den Kopf und zwang sich, wie ein Wissenschaftler zu denken.

»Es sind einfach nur Zwillinge«, sagte er. »Mehr sind Klone nicht. Die Nazi-Kinder ... sie waren darüber hinaus mental programmiert. Klone an sich sind nichts Böses ... genauso wenig wie Zwillinge.«

Becker nickte nachdenklich. »Klar. Sie haben recht. Nicht mehr als Zwillinge. Aber man muss sich die Frage stellen, warum jemand ein paar Hundert Kopien von einer bestimmten Person herstellt.«

Kade zuckte mit den Schultern. »Ich weiß es nicht. Vielleicht will man Bluttransfusionen erleichtern. Oder Organtransplantationen.«

Becker nickte wieder, als er darüber nachzudenken schien. »Oder man will Gleichförmigkeit. Beherrschbarkeit. Berechenbarkeit. Vielleicht will man eine wirklich invasive neuronale Nötigung erreichen. Und wenn die Gehirnstruktur so ähnlich wie möglich ist, wäre das leichter umzusetzen, nicht wahr?« Becker sah ihn mit hochgezogener Augenbraue an.

Kade musterte die kalten, harten, identischen Gesichter der Klonsoldaten noch einmal genauer. Beckers Antwort war leider viel zu plausibel.

»Und sie werden tatsächlich in verschiedenen Situationen eingesetzt«, fuhr Becker fort, »in denen absolute, bedingungslose Loyalität von Vorteil ist. Hier sind zum Beispiel zwei von ihnen.« Die Darstellung wechselte zu einem Foto des chinesischen Premierministers, neben dem zwei Leibwächter standen. Sie hatten die gleichen Gesichter wie die Soldaten, die Kade soeben gesehen hatte. »Und hier ist noch einer, zusammen mit Dr. Shu.« Das neue Foto zeigte Su-Yong Shu, wie sie in ein Auto stieg. Der Fahrer, der ihr die Tür aufhielt, war einer der Klone. »Und noch einer, mit Su-Yong Shus Ehemann Chen Pang, dem Direktor des Programms für Künstliche Intelligenz an der Jiaotong-Universität.« Die Aufnahme eines sehr sachlich wirkenden Chinesen im Anzug, der mit zielstrebigen Schritten einen Platz überquerte, an seiner Seite ein Leibwächter in dunklem Anzug, wieder mit dem gleichen Gesicht.

»Dass die Leibwächter von Dr. Shu und ihrem Mann der Konfuzianischen Faust angehören, ist für sich genommen nichts Ehrenrühriges. Aber schauen Sie sich dieses Bild an.« Nun waren Soldaten der Konfuzianischen Faust zu sehen, die sich in vier Reihen aufgestellt hatten, die Hände in Rühren-Haltung hinter dem Rücken verschränkt. Vor ihnen blickte eine lächelnde Su-Yong Shu in die Kamera, die Arme ausgebreitet, als wollte sie auf die jungen Männer hinter ihr deuten. Im Gegensatz zu den anderen Fotos lächelten die Soldaten diesmal.

»Das war eine Abschlusszeremonie für eine Klasse oder eine Serie der Konfuzianischen Faust. Warum sollte Dr. Shu anwesend sein, wenn sie nichts mit dem Programm zu tun hatte? Wenn man bedenkt, dass sie eine bekannte Neurowissenschaftlerin ist, die an Nötigungstechnologien arbeitet, und dass diese Soldaten im Ruf stehen, auf bedingungslosen Gehorsam gezüchtet worden zu sein ... dann ist es nicht allzu schwer, die Puzzleteile zusammenzufügen.«

Kade öffnete den Mund, um einen Einwand vorzubringen, aber Becker sprach einfach weiter.

»Und hier wäre noch ein Beweis«, sagte Becker.

Wieder wechselte die Darstellung. Nun war ein Markt zu sehen, irgendwo in den Tropen, vielleicht in Südostasien, und in der Mitte des Bildes Su-Yong Shu, die sich entzückt irgendeine exotische Frucht unter die Nase hielt. Neben ihr stand ein schlanker, großer Asiate, der eine dunkle Sonnenbrille trug.

»Dieses Foto wurde vor zwei Jahren in Chiang Mai in Thailand aufgenommen. Der Mann neben Dr. Shu ist Thanom ›Ted‹ Prat-Nung. Ted Prat-Nung stammt aus Thailand, wurde in den USA ausgebildet und hat sich auf synthetische Chemie und Nanotechnik spezialisiert.

Zweiundvierzig Jahre alt. Promotion an der Stanford University im Jahr 2024, wo er sich auf selbst organisierte Nano-Strukturen spezialisiert hat. Als Post-Doktorand war er von 2024 bis 2036 an der Jiaotong-Universität in Schanghai, wo er Su-Yong Shu getroffen haben könnte. Was er zwischen 2026 und 2034 getan hat, ist unbekannt. Nach 2034 taucht er als bedeutender Produzent von Nexus 3 wieder auf. Wir glauben, dass er es in einer oder mehreren Anlagen in den östlichen Provinzen Thailands synthetisiert, nicht weit von der Grenze zu Kambodscha. Er ist jemand, den wir sehr gern dingfest machen würden, aber die thailändische Regierung war in dieser Hinsicht nicht besonders kooperativ. Die Forschungsinteressen von Prat-Nung und Shu überschneiden sich kaum. Dass sie zusammen auftreten, ist fast eine Provokation, um es vorsichtig auszudrücken. Zusammengefasst glauben wir, dass Su-Yong Shu eine der maßgeblichen Koryphäen, wenn nicht sogar die führende Wissenschaftlerin hinter dem chinesischen Entwicklungsprogramm für neuronale Nötigungstechnologien ist und dass sie im Zuge dieser Arbeit irgendwie Nexus 3 adaptiert hat. Es macht uns Sorgen, was China mit dieser Technologie anstellen könnte, und vielleicht noch viel größere Sorgen, welches Wissen Su-Yong Shu an den Schwarzmarkt zurückgeben könnte, wenn sie Kontakt zu jemandem wie Ted Prat-Nung hat.«

Kade atmete tief durch.

Kauf ihnen nicht alles ab, was sie dir auf den Tisch legen, sagte er sich. Diese Leute sind bereit zu lügen oder die Wahrheit zu verbiegen, um mich zu überzeugen. Bleib skeptisch. Finde es selbst heraus.

»Warum also ich?«, fragte er.

»Sie werden eine Einladung zu einem speziellen Workshop über die Decodierung höherer Gehirnfunktionen erhalten«, antwortete Becker. »Er findet unmittelbar nach der bevorstehenden Konferenz der International Society for Neuroscience in Bangkok statt. Die Einladung kam von Su-Yong Shu. Sie werden der einzige Doktorand bei diesem Treffen sein, zu dem nur geladene Teilnehmer zugelassen sind. Alle anderen sind ordentliche Professoren. Das deutet auf ein außergewöhnliches Interesse an Ihrer Person hin. Wir wissen, dass Su-Yong Shu Stellen für Postgraduierte in ihrem Labor zu vergeben hat, und Sie werden im nächsten Jahr Ihren Doktor machen. Ihre Arbeit baut bereits auf den Forschungen von Dr. Shu auf. Also scheint alles wunderbar zusammenzupassen.«

Jetzt wurde Kade nervös. »Also wollen Sie, dass ich eine Person ausspioniere, die mich möglicherweise töten lassen könnte, wenn sie die Wahrheit erfährt?«

Becker zeigte den Ansatz eines Lächelns. »Seien Sie versichert, dass wir Sie unverzüglich herausholen, wenn wir den Eindruck erhalten, dass Sie in irgendeiner Art von Gefahr schweben. Außerdem werden Sie bei der Konferenz Rückendeckung haben. Und wenn sich irgendein Problem in Schanghai entwickeln sollte, werden Sie auch dort Unterstützung finden.«

Eigentlich bleibt mir kaum eine andere Wahl, oder?, dachte er. Vielleicht hatte Ilya recht. Wir hätten uns an die Presse wenden können, an die Öffentlichkeit …

Nein. Das hätte nicht funktioniert. Von wie vielen solcher Geschichten hatte Kade bereits in der Vergangenheit gehört? Hatte er irgendwie darauf reagiert? Er hatte ein paar Online-Petitionen unterschrieben. War er losgestürmt, um diesen Leute beizustehen? Hatten sich die Wissenschaftler im ganzen Land zum Protest erhoben? Natürlich nicht. Alle hatten einfach nur den Kopf eingezogen, ihre Forschungsanträge geschickt formuliert und sich bemüht, so nahe wie möglich am Rande des Erlaubten entlangzuschlittern, ohne ihre staatlichen Zuschüsse zu gefährden. Ihm war übel, er schämte sich für sich selbst und für seine Profession.

Becker klappte sein Slate zu und sah Kade an.

»Für den letzten Punkt und für die technische Einführung, die Sie erhalten sollen, überlasse ich Sie Dr. Holtzmann. Ich muss mich jetzt um andere Angelegenheiten kümmern. Dr. Holtzmann wird Ihre Rückreise nach San Francisco organisieren. Wir werden jemanden mitschicken, der sämtliches Material zu Nexus konfisziert, das sich noch in Ihrem Besitz befinden sollte. Ansonsten werden wir in Kürze wieder in Verbindung treten. Uns bleiben noch zwei Monate bis zur ISFN-Konferenz, und wir werden Sie noch eingehend darauf vorbereiten, hauptsächlich zu Ihrer eigenen Sicherheit.« Damit stand Becker auf, nahm sein Slate, verließ den Raum und schloss die Tür hinter sich.

In Kades Kopf drehte sich alles. Technische Einführung. Nexus-Material konfiszieren. Er hatte Schwierigkeiten, wieder normal zu atmen. Er konnte spüren, wie sein Herz in seiner Brust schlug. Sie nahmen ihm Nexus weg. Sie wollten es für sich selbst haben. Er übergab ihnen seine Macht und verzichtete auf alles. Er musste irgendeine Möglichkeit finden, den Schaden zu begrenzen, den sie anrichten würden.

Aber wie?

Ihm war vage bewusst, dass Holtzmann etwas zu ihm sagte.

Einen Moment lang hatte er nicht aufgepasst. Dann hatte er die Idee mit einem Mal als Ganzes im Kopf. Wäre es möglich? Ja. Blieb ihm genug Zeit? Er hatte keine Ahnung.

Holtzmann sagte wieder etwas.

Kade kehrte ins Zimmer zurück.

»Wie bitte? Ich war kurz in Gedanken.«

»Ich habe gefragt, ob es Ihnen gut geht«, wiederholte der ältere Wissenschaftler.

Nein. Es geht mir gar nicht gut. Aber ich werde auch nicht aus den Latschen kippen. »Ähm, ja. 'tschuldigung. Es ist eine ganze Menge, was ich verarbeiten muss.«

Holtzmann nickte. »Brauchen Sie eine Pause?«

Kade blinzelte. Was erledigt war, war erledigt. Er konnte jetzt nur einen Schritt nach dem anderen hinter sich bringen.

»Nein. Ich komme klar. Lassen Sie uns weitermachen.«

Holtzmann nickte noch einmal, öffnete sein eigenes Slate, tippte eine Weile darauf herum, und dann wechselte der Wandbildschirm erneut die Ansicht. Er zeigte nun ein einziges Diagramm mit dem Titel »Su-Yong Shu: Wirkungsfaktor neuer Publikationen«.

»Heute haben wir noch eine Hintergrundinformation für Ihre Mission«, erklärte Holtzmann. »Sie betrifft Su-Yong Shu. Sie ist eine außergewöhnliche Wissenschaftlerin. Das war seit dem Beginn ihrer Karriere offensichtlich. Doch vor einigen Jahren hat sich etwas verändert.«

Kade betrachtete die Grafik, während Holtzmann sprach. Shus Wirkungsfaktor stieg während ihrer frühen Karriere stetig an. Dann gab es einen Bruch, als sie drei Jahre lang der Wissenschaft den Rücken zukehrte und sich um ihre kleine Tochter kümmerte. Als die Linie wieder ansetzte, war sie merklich höher als vor der Unterbrechung. Und die Steigung war nun viel steiler – sie erhöhte sich von Jahr zu Jahr.

»Wie Sie sehen, Kade, scheint der Kurvenverlauf ihrer Karriere vor 2029 und nach 2032 sehr unterschiedlich zu sein. Diese drei Jahre stehen für eine auffällige Diskontinuität. Die frühe Su-Yong Shu wies alle Anzeichen für eine erfolgreiche Karriere auf. Die Su-Yong Shu von 2032 und danach geht weit darüber hinaus. Nun deutet alles auf eine fast ... *übermenschliche* Genialität hin.«

Kade dachte einen Moment darüber nach. »Vielleicht hat sie sehr viel nachgedacht, während sie zu Hause war? Vielleicht sind ihr in dieser Zeit ganz neue Ideen gekommen?«

Holtzmann nickte. »Das hätte zu einer zeitlich begrenzten Steigerung nach ihrer Rückkehr geführt. Doch was wir hier sehen, ist eine langfristige Beschleunigung. Jedes Jahr nach 2032 weicht immer stärker von der Kurve vor 2029 ab. Eine derartige Veränderung ist beispiellos.«

Kade legte den Kopf schief. »Sie glauben, dass sich etwas an ihr verändert hat. Dass sie intelligenter wurde. Vielleicht durch eine Modifikation.«

»Wir haben keinen Beweis ...«, sagte Holtzmann langsam. »Aber es sieht ganz danach aus.«

Kade nickte. Ihre Arbeit war in der Tat sehr, sehr gut. Sogar Ehrfurcht einflößend. »Die Art von Modifikation, über die wir hier reden ... es kann nicht nur eine kleine Gedächtnisverbesserung oder Konzentrationshilfe sein. Es geht um bessere Mustererkennung. Mehr Kreativität. Wir reden hier über Änderungen, die über alles hinausgehen, was heutzutage bekannt ist ...«

Holtzmann nickte. »Ja. Alles deutet darauf hin, dass sie auf eine Weise modifiziert wurde, die unseren derzeitigen Wissensstand weit übersteigt. Das ist etwas, das uns Sorgen macht.« Er hielt kurz inne, bevor er fortfuhr: »Und es ist interessant, dass die erste Meldung über Nexus 1 im Jahr 2033 hereinkam, erst vor sieben Jahren ... und ein Jahr nach Dr. Shus Rückkehr in die Wissenschaft.« Holtzmann ließ die Folgerung unausgesprochen.

Kade runzelte die Stirn. »Wollen Sie damit sagen, dass Su-Yong Shu Nexus erschaffen haben könnte? Sie ist keine Nanotechnikerin.«

»Kennen Sie irgendeinen Nanotechniker, der Nexus entwickelt haben könnte?«

Nein. Nicht einmal ansatzweise. »Ein Team von Technikern ...«, schlug Kade vor.

»Wir haben mehrere Teams von Nanotechnikern auf Nexus angesetzt«, sagte Holtzmann. »Sie sollten die Entwicklung rekonstruieren. Die Japaner, Deutschen, Briten und Inder haben das Gleiche gemacht. Niemand hat mehr erreicht, als ein bisschen an der Oberfläche zu kratzen.«

»Was wollen Sie damit sagen?«, fragte Kade.

»Ich will damit sagen, dass Nexus sich vielleicht deshalb dem menschlichen Verständnis entzieht, weil es nicht das Ergebnis normaler menschlicher Denkprozesse ist«, sagte Holtzmann. »Es ist das Ergebnis *posthumanen* Denkens.«

Und ihr wollt mich losschicken, damit ich sie ausspioniere?, dachte Kade.

Holtzmann tippte etwas in sein Slate. Der Wandbildschirm wurde dunkel, und die Zimmerbeleuchtung wurde heller. »Jetzt wird es Zeit, dass Sie uns alles über Ihre Arbeit an Nexus 5 erzählen und uns sämtliches Material dazu übergeben – die kompletten Entwürfe, Notizen, Testergebnisse, alles.«

Kade schluckte. »Das Material befindet sich in San Francisco.«

Holtzmann zog eine buschige weiße Augenbraue hoch.

»Eine Vorsichtsmaßnahme, die wir ergriffen haben«, sagte Kade. »Der Mastercode liegt auf einem System, das offline ist.«

»Nun gut. Dann werden wir jetzt mit der ersten Phase der technischen Einführung beginnen. Und wir werden Sie mit einem unserer Agenten zu Ihrem Labor schicken, um die Daten zu beschaffen. Sie werden diesem Agenten sämtliches Material aushändigen, das er dann zu uns bringen wird.«

Zum Zeichen des Einverständnisses nickte Kade. Es ging los.

Warren Becker öffnete die Tür zum Raum, in dem Sam stand und stumm Kades Befragung auf einem Bildschirm beobachtete. Becker trat zu ihr und legte ihr eine Hand auf die Schulter.

»Sam. Wie geht es Ihrer Verletzung?«

Sam nickte und berührte vorsichtig ihre Seite. »Sie verheilt, Sir. Die Wachstumsfaktoren tun ihre Arbeit. In einer Woche dürfte ich wieder uneingeschränkt diensttauglich sein.«

»Gut«, sagte Becker. »Was halten Sie von der Befragung?«

Sam schüttelte den Kopf. »Es ist eine ganze Menge. Ich wünschte, ich hätte schon gestern vor der Mission eine Vorstellung vom Gesamtbild gehabt.«

»Verständlicherweise hat man Ihnen nur gesagt, was Sie wissen mussten, Sam. Wir haben nicht damit gerechnet, dass es so abläuft, wie es gestern Nacht abgelaufen ist.«

Sam nickte. »Ja, Sir. Ich verstehe.« Sie zögerte kurz. »Sir ... ich bin mir nicht sicher, ob ich die richtige Person für die nächste Phase der Mission bin.«

Becker schnaufte. »Sam, Sie sind die perfekte Person für diese Mission. Sie haben mehr Erfahrung mit Nexus als jeder andere Agent. Und Sie haben ein wunderbares Pseudonym, das zu den Anforderungen der Mission passt.«

»Ich weiß. Es ist nur ...«

Becker wartete einen Moment, bevor er nachhakte. »Das Versagen Ihres Gedächtnisimplantats war eine wertvolle Lektion für uns, Sam. Wir werden das Implantationsverfahren jetzt verbessern. Sie sollten sich lieber auf eine Nexus-5-Verbindung vorbereiten, wie sie noch kein Agent zuvor erlebt hat.«

»Das ist es nicht, Sir. Ich meine ... dass ich es genossen habe, Sir. Ich zweifle an meiner Objektivität.«

Becker gluckste. »Wenn man Drogen nicht genießen könnte, würde niemand sie missbrauchen. Das ist nichts Neues.«

Sam blickte auf ihre Hände. Wie sollte sie es ihm begreiflich machen? »Sir, als ich gefangen gehalten wurde und meine ... Nexus-Verbindung zu den anderen unterbrochen war, hat mir etwas *gefehlt*. Ich wollte in den Kreis zurückkehren. Ich wollte ... etwas, das allem widerspricht, wofür ich einstehe.« Sam sprach stockend.

»Agent Cataranes«, sagte Becker im Befehlston.

Sam blickte ihm in die Augen.

»Samantha, ich weiß, wie Sie aufgewachsen sind. Ich weiß, was mit Ihnen und Ihrer Familie in Yucca Grove geschehen ist. Ich weiß alles über das Communion-Virus und was Sie über sich ergehen lassen mussten. Genau wegen dieser Erfahrungen haben Sie mein absolutes Vertrauen. Sie wissen um die Gefahren dieser Technologie. Ich weiß, dass Sie Ihre Pflichten nicht vernachlässigen werden. Sie wurden mit dieser Mission betraut, weil Sie von allen verfügbaren Einsatzagenten die meiste relevante Erfahrung und die beste Ausgangsposition haben. Sie werden gehen, weil ich mein hundertprozentiges Vertrauen in Sie setze. Und Sie werden gehen, weil es ein Befehl ist. Haben Sie mich verstanden?«

Sam stieß den Atem aus, den sie angehalten hatte. »Ja, Sir. Ich habe verstanden.«

Becker lächelte dünn. »Gut. Jetzt habe ich noch eine zusätzliche Information für Sie. Sagen Sie mir, was ich Kaden Lane noch nicht gesagt habe.«

Sam wandte den Blick wieder dem Gespräch zwischen Kade und Holtzmann zu, die langsam zum Ende kamen. »Nur eine vage Idee ... Bei dieser Mission geht es nicht nur darum, jemanden in Su-Yong Shus Nähe zu bringen, um mehr über ihre Arbeit zu erfahren. Nach Möglichkeit wollen Sie viel mehr erreichen. Sie wollen, dass sie versucht, Kade umzudrehen, mithilfe der Techniken, die sie entwickelt hat. Damit wir sie gründlicher studieren können.«

Sam zögerte einen Moment, dann führte sie ihren Gedanken zu Ende. »Was bedeutet, dass Kade nicht nur ein Spion ist«, sagte sie. »Außerdem ist er ein Köder.«

[7] Erklärungen

Transkript: Rangan Shankari, technische Informationen über »Nexus 5«, Sonntag, 19. Februar 2040, 9.51 Uhr

[Anmerkung: Befragter sollte als feindselig eingestuft werden.]

FRAGE: Okay. Lassen Sie uns noch einmal anfangen. Erzählen Sie uns von Nexus 5.

SHANKARI: *[Unverständlich, vermutlich Fluch.]* Na gut. Nexus 5 ist Nexus, aber mit aufgepfropfter Software.

FRAGE: Was bedeutet das?

SHANKARI: Wir haben eine Möglichkeit gefunden, es zu programmieren. Wir haben es geschafft, Daten und Befehle rein- und rauszubringen.

FRAGE: Was für Daten?

SHANKARI: Zu Anfang neurale Daten. Wir haben es dazu benutzt, die neurale Aktivitat im Motorkortex zu messen. Individuelle Neuronen, aber mehrere Millionen gleichzeitig.

FRAGE: Das geschah zu Forschungszwecken?

SHANKARI: Ja. Es war unser Ziel, die Daten aus dem Gehirn zu holen, sie zu decodieren und damit einen Roboterarm zu steuern.

FRAGE: Solche Systeme existieren bereits. Wozu also die Forschung?

SHANKARI: Existierende Systeme werden chirurgisch implantiert. Das schränkt ihre Wirksamkeit ein. Das Verfahren ist langwierig. Es besteht die Gefahr von Infektionen. Und man kann nur ein paar Zehntausend Neuronen anzapfen. Aber der Motorkortex besteht aus vielleicht zehn *Milliarden* Neuronen. Mit Nexus können wir viel mehr erreichen. Millionen. Mehrere Millionen. Die Steuerung eines Roboterarms ließe sich enorm verfeinern. Man könnte einen Ball fangen, mit der Hand schreiben. Das sind Sachen, die mit den derzeitigen Systemen nicht funktionieren.

FRAGE: Weiter.

SHANKARI: Wir wussten, dass wir auch Daten reinbekommen. Nexus-Knoten kommunizieren über Funk miteinander.

FRAGE: Wie machen sie das?

SHANKARI: Keine Ahnung. Diese verdammten Nanoröhren sind einfach kleine Funksender und -empfänger, Mann. Nexus hat ziemlich komplexe Nanostrukturen.

FRAGE: Okay. Die Software.

SHANKARI: Die Software ... Gut. Also, sie kommunizieren über Funk und synchronisieren sich. Jeder Knoten kann irgendwie mitteilen, in welchem Teil des Gehirns er ist. Jeder Knoten wartet auf Sendungen, die an seinen Teil des Gehirns adressiert sind, damit er weiß, wann er aktiv werden muss. Wenn wir es schaffen würden, das zu knacken, könnten wir die Hirnaktivitäten abhören, und dann könnten wir Neuronen in jedem beliebigen Teil des Gehirns gezielt aktivieren.

FRAGE: Warum sollte das für Ihre Arbeit relevant sein?

SHANKARI: Dafür gibt es eine Million Gründe. Noch viel mehr. Aber uns ging es um das Feedback. Dass das Gehirn Informationen empfängt, was der Arm berührt, wo er sich in Relation zum Körper befindet. Ohne das wären künstliche Gliedmaßen nutzlos.

FRAGE: Auch hier wieder der Hinweis, dass solche Systeme bereits existieren. Warum also haben Sie daran gearbeitet?

SHANKARI: Aus den gleichen Gründen. Mehr Neuronen. Höhere Bandbreite. Größere Empfindlichkeit, mehr Präzision, keine Chirurgie. Nächste Frage.

FRAGE: Die Software. Wie sind Sie auf die Software gekommen?

SHANKARI: Gut. Also, wir haben ein paar Mäusen Nexus gegeben und alle Signale aufgezeichnet ...

FRAGE: Woher stammte das Nexus?

SHANKARI: *[Pause.]* Wir haben es von irgendeinem Typ auf der Straße gekauft.

<Stresssensor deutet auf Unehrlichkeit hin.>

FRAGE: Ihr Puls ist gerade um zehn Punkte nach oben gegangen, Sie schwitzen, und Ihr systolischer Blutdruck hat sich um fünf Einheiten erhöht. Versuchen Sie es noch einmal.

SHANKARI: *[Seufzt.]* Wir haben es selbst gemacht.

FRAGE: Wie?

SHANKARI: Autosynthese.

FRAGE: Wie sind Sie am Zensurchip vorbeigekommen?

SHANKARI: *[Pause.]* Wir hatten Zugang zu einem alten Gerät. Die Lizenz war abgelaufen, es hatte seit Jahren keine Updates mehr bekommen.

FRAGE: Wer hatte die Lizenz?

SHANKARI: *[Seufzt.]* Das Crawford-Labor. Dort gibt es jetzt ein neueres, moderneres Gerät. Das alte stand nur noch in irgendeiner Ecke herum. Ich habe Zugang zum Labor. Die Leute haben nichts davon mitgekriegt.

FRAGE: Wie sind Sie an die Molekularstruktur gelangt?

SHANKARI: Die Chemie haben wir aus *Rezepte für die Revolution*. Eine Hartkopie habe ich aus Indien rausgeschmuggelt.

FRAGE: Und das Quellenmaterial?

SHANKARI: Von überall. Hauptsächlich sind es unverfängliche Substanzen. Das einzige Problem war, dass Nexus aus so vielen verschiedenen Molekülen besteht ... dreiundsechzig verschiedene Molekülelemente. Das Autosynthesegerät hatte nur einen Chemiereaktor. Wir mussten dreiundsechzig Durchgänge machen und das Ganze dann im richtigen Verhältnis mischen.

FRAGE: Okay, zurück zur Software.

SHANKARI: Ja. Gut. Die Signale haben wir aufgezeichnet. Eine verdammt große Datenmenge. Wir haben immer mehr Tests mit Mäusen gemacht, die Menge so weit wie möglich runterdosiert. Dann haben wir es direkt ins Gehirn injiziert, um mit noch geringeren Dosen arbeiten zu können. Dadurch wurde der Datenverkehr zwischen den Mäusen reduziert, womit die Analyse für uns einfacher wurde.

FRAGE: Wie lange haben Sie dafür gebraucht?

SHANKARI: Fast ein Jahr. Das Zeug haben wir jeden Tag kurz vor Feierabend injiziert und die Aktivitäten über Nacht aufgezeichnet. Aber die Resultate ergaben überhaupt keinen Sinn. Der Signalverkehr war ein einziges

Chaos. Ein riesiges Chaos. Es gab nichts, was auf die Position der Knoten hingedeutet hätte.

FRAGE: Und dann?

SHANKARI: Und dann ... dann stießen wir auf eine Goldader, Mann. Kade ist darauf gekommen. Die Knoten wissen gar nicht, an welcher Stelle des Gehirns sie sich befinden. Sie wissen nur, wo sie sich relativ *zu anderen Knoten* innerhalb eines Gehirns befinden. Die Menge der Positionsdaten, die sie senden, hängt davon ab, wie viele Knoten es in ihrer Nähe gibt. Und eigentlich sind es überhaupt keine Positionsdaten. Sie finden heraus, in welcher funktionalen Region sie sind, und teilen das in ihren Signalen mit. Das ist der absolute Wahnsinn. *[Schüttelt den Kopf.]* Aber als Kade darauf gekommen ist, konnten wir die Codierung knacken. Nun konnten wir uns die Gehirnaktivitäten anhören und neue Aktivitäten auslösen, wo wir wollten.

FRAGE: Und wie kam dann die Software ins Spiel?

SHANKARI: *[Trommelt mit den Fingern.]* Das war total krass, Mann. Nachdem wir die Codierung verstanden hatten, erkannten wir, dass in diesen Signalen noch genug Platz für viel mehr Daten war. Es gab jede Menge ungenutzter Bits. Also fingen wir eines Tages an, damit rumzuspielen, einfach aus Spaß.

FRAGE: Und?

SHANKARI: Und ... und dann ging es richtig ab. Nexus speicherte die Daten, die wir sendeten. Und wenn der spezielle Knoten aktiv wurde, bekamen wir die Daten in den Signalen zurück. Wenn wir speziell modifizierte Signale sendeten, konnten wir erkennen, welche zwei Knoten sich miteinander unterhielten. Dann haben wir einfach ihre Werte addiert oder subtrahiert. So konnten wir logische Operationen durchführen. *[Verstummt, schüttelt den Kopf.]* Ich bin immer noch völlig platt, dass es funktioniert hat, Mann.

FRAGE: Sie werden uns diese Codes geben, die gesamten Daten.

SHANKARI: Als hätte ich die freie Wahl.

FRAGE: Also konnten Sie Nexus dazu bringen, logische und mathematische Operationen durchzuführen. Weiter.

SHANKARI: Das war ein riesiger Schritt. Wir hatten eine Liste mit Anweisungen. Wir konnten Daten hin und her bewegen, Bedingungen definieren. Vieles von dem war machbar, was man auch mit einem einfachen Chip tun kann. Wir hatten den visuellen Kortex als Display. Das Hörzentrum als Lautsprecher. Den Motorkortex für unseren Input. Damit konnten wir dann jede beliebige Software schreiben.

FRAGE: Das haben Sie also getan? Sie haben das Nexus-Betriebssystem auf die Anweisungen aufgesetzt, die Sie in den Nexus-Knoten gefunden haben?

SHANKARI: *[Schüttelt den Kopf.]* Das wäre viel zu schwierig gewesen. Wir wollten neurowissenschaftlich arbeiten und kein Betriebssystem entwickeln. Also haben wir stattdessen eins portiert.

FRAGE: Und welches?

SHANKARI: ModOS. Es ist frei. Der Quellcode ist offen zugänglich. Es ist portabel und modular ausgelegt. Es ist so konstruiert, dass es auf jeder Art von Hardware läuft, bis hinunter zur einfachsten Befehlszeile. Also haben wir dieses System genommen. Wir haben einen einfachen Compiler gebaut, damit ModOS Anweisungen ausspuckt, die auf einem Netz von Nexus-Knoten laufen.

FRAGE: Also ist das Nexus-OS in Wirklichkeit ModOS, das Nexus-Knoten als Hardware benutzt.

SHANKARI: *[Nickt.]* Ja. Sie haben es verstanden.

FRAGE: Und darauf haben Sie weitere Software aufgesetzt.

SHANKARI: *[Nickt.]* Ja. Das heißt, wir haben weitere Software portiert. Alles, was unter ModOS läuft, können wir so kompilieren, dass es sich mit der Version verträgt, die auf Nexus läuft. Und wir haben weitere Software konstruiert. Wir mussten den Code aufbauen, der den Video-Output an den visuellen Kortex schickt, und solche Sachen. Und wir haben brandneue neurowissenschaftliche Software geschrieben. Wir haben Programme eingerichtet, die die Interaktion mit verschiedenen Teilen des Gehirns erleichtern. Interfaces. Zum Beispiel ein Interface, das Körpergestalten aufnimmt, etwa für eine VR-App, und dem Motorkortex dann sagt, den Körper in genau diese Position zu bringen. Solche Sachen.

FRAGE: Und so haben Sie Agentin Chavez paralysiert.

SHANKARI: *[Senkt den Blick.]* Ja. Ziemlich blöd, was? *[Schüttelt den Kopf.]*

[Fortsetzung der Diskussion über das Nexus-Betriebssystem in den folgenden 17 Minuten ...]

FRAGE: Nächstes Thema. Sie und Ihre Mitverschwörer senden ungewöhnlich starke Nexus-Signale aus, und sie werden nicht schwächer. Die Droge wird nicht abgebaut. Wie ist das möglich?

SHANKARI: Die Menge an Nexus, die man im Gehirn haben kann, ist mental bedingt. Die Neuronen geben Signale ab, und die Nexus-Knoten versuchen sie dazu anzuregen, Signale abzugeben. Wenn das Ganze nicht kohärent ist, brechen einige von ihnen auseinander und werden herausgespült. Mit der Zeit passt sich das Gehirn an das Nexus-Netzwerk an. Also erhöht sich auch die Nexus-Kohärenz. Die maximale Menge an Nexus, die man verträgt, wird immer größer.

FRAGE: Aber warum sinken die Werte nicht? Es sind jetzt schon mehr als acht Stunden. Das meiste müsste längst von Ihrem Körper abgebaut worden sein.

SHANKARI: *[Schüttelt den Kopf.]* Wir bezeichnen Nexus als Droge, aber das ist es nicht. Es ist eine Nano-Maschine. Es wird nicht hinausgespült, weil es von irgendeinem Enzym zerlegt wurde. Nexus-Knoten lösen sich nur dann in ihre Einzelteile auf, wenn ein interner logischer Prozess sie dazu veranlasst. Und wenn man ihnen die richtigen Signale schickt, lösen sie sich gar nicht auf.

[Fortsetzung der Befragung für weitere 18 Minuten …]

[8] Hintertüren

Erschöpft und zitternd kam Kade aus der Befragung. Es waren zwei anstrengende Stunden gewesen. Sie hatten alles über das wissen wollen, was Rangan und er konstruiert hatten. Jeden Ausweichversuch hatten sie bemerkt. Sie hatten immer genau gewusst, wenn er gelogen hatte oder etwas zurückhalten wollte. Nun gut, er würde es ihnen zeigen.

Er hatte die Dokumente unterschrieben, die sie ihm vorgelegt hatten. Ein ERD-Anwalt hatte ihn beobachtet und dann alles gegengezeichnet. Nun galt die Abmachung. Er würde für sie als Spion arbeiten, und als Gegenleistung würde niemand ins Gefängnis kommen. Er, Rangan und Ilya würden Wissenschaftler bleiben, solange Kades Mission andauerte.

Erst dann erzählten sie ihm, dass Wats entkommen war.

Gut für Wats, dachte er.

Ein Wachmann führte ihn auf das Dach zum VTOL-Flugzeug, das auf dem Hubschrauberlandeplatz wartete. Die Flügel rotierten, und die heulenden Triebwerke waren nach unten gedreht, damit es senkrecht starten konnte. Kade kletterte die Leiter hinauf, und drinnen stieß er auf Rangan und Ilya sowie den Agenten, der zusammen mit ihnen den Nexus-Code aus San Francisco holen sollte.

»Schnallen Sie sich an«, sagte der Agent, der sich als Myers vorgestellt hatte, im Triebwerkslärm. »Im Heck gibt es eine Toilette. Aber erwarten Sie keinen Getränkeservice.«

Kade legte die Sitzgurte an. Außerhalb der Kabine steigerte sich das Triebwerksgeräusch zu lautem Gebrüll. Alle drei schwiegen, während das Flugzeug langsam aufstieg und ihnen einen Blick auf die Stadt erlaubte. Kades Fenster zeigte nach Norden, glaubte er. Wo nichts vom Flügel verdeckt wurde, konnte er einen Fluss erkennen – der Potomac? – und dahinter das Washington Monument und das Kapitol. Dann neigten sich die Triebwerke immer mehr nach vorn, und das Flugzeug gewann gleichzeitig Höhe und Horizontalgeschwindigkeit. Unter ihnen fiel die Stadt zurück.

Kade blickte zu Ilya hinüber. Sie hatte sich ganz in sich selbst zurückgezogen und fühlte sich angespannt und nervös an. Weil eine Sitzlehne zwischen ihnen war, konnte er Rangan nicht sehen, aber er spürte die Frustration und die Selbstzweifel seines Freundes. Er wollte mit den beiden reden, aber er wollte es nicht tun, wenn Myers mithören konnte.

Er wechselte nach innen und fand, wonach er suchte – die in ModOS eingebaute Chat-App. Er tippte die Worte in die mentale Tastatur in seinem Kopf, und das textbasierte Chat-Programm schickte sie an Rangan und Ilya.

[kade] Nicht reagieren. Wir müssen reden.

Er spürte ihre Überraschung. Sie hatten diese App völlig vergessen. Einen Moment später sah er Ilyas Antwort.

[ilya] Ja. Definitiv.

[rangan] +1

[kade] Seht euch einen Film an oder so. Setzt die Kopfhörer auf. Rangan, du zuerst.

Es war ein erleichterndes Gefühl, wieder reden zu können. Er spürte, wie sich bei ihnen allen die Stimmung ein wenig besserte. Rangan machte etwas auf dem Sitz vor ihm. Etwa eine Minute später rief Ilya auf ihrem Fernsehbildschirm in der Rückenlehne des Vordersitzes eine Naturdokumentation auf.

[kade] Wats konnte entkommen.

[ilya] Das haben sie mir auch gesagt.

[kade] Sie haben mir einen Deal angeboten. Ich soll ihnen Nexus überlassen und einen Job für sie erledigen, dann kommt niemand ins Gefängnis.

[ilya] Du hast eingewilligt.

[kade] Ja.

[ilya] Ich kann nicht glauben, dass du ihnen Nexus 5 gibst.

[rangan] Entweder das oder ein Leben im Gefängnis.

[kade] Und Haftstrafen für alle, die auf der Party waren.

[ilya] Hast du eine Idee, was sie mit Nexus tun werden? Was die CIA damit tun wird?

Er konnte ihre Wut spüren.

[kade] Ich weiß. Aber sie hätten es sowieso bekommen. Von den Festplatten im Labor oder den Back-ups in meiner Wohnung oder bei Rangan …

[rangan] Er hat recht. In dem Moment, als sie wussten, dass es existiert, war es schon zu spät.

[ilya] Also wirst du verdammt viel Blut an den Händen haben.

[kade] Wahrscheinlich. Aber es gibt noch etwas, das wir tun können.

[rangan] Was?

[kade] Wir können eine Hintertür in ihrer Version offen halten.

[rangan] Sie wissen bereits von der Hintertür.

[kade] Ich meine eine neue. Eine, die sie nicht finden werden.

[rangan] Wie?

[kade] Erinnerst du dich an den Artikel, den wir im letzten Semester gelesen haben? Über den Thompson-Hack?

Er spürte, dass Rangan sofort verstand, worauf er hinauswollte.

[rangan] Wir lassen ihn vom Compiler injizieren ... Dann wäre er im Binärcode, aber aus dem Quellcode verschwunden ...

[kade] Und wir lassen ihn vom ModOS-Compiler in den Nexus-Compiler injizieren ...

[rangan] Ja, klar ... Haben wir genug Zeit dafür? Wie lange wird dieser Flug dauern?

[ilya] 5 Stunden. Ich verstehe nicht, wie dieser Hack funktionieren soll.

Kade erklärte es ihr.

Das Nexus-Betriebssystem existierte in zwei Formen. Zum einen als von Menschen lesbarer Quellcode, den Kade oder Rangan oder jeder andere Programmierer verstehen oder verändern konnte. Und zum anderen in einer binären Form, die Nexus-Knoten verstehen konnten. Für einen Menschen war es praktisch unmöglich, direkt mit diesen Sequenzen aus nackten Einsen und Nullen zu arbeiten.

Zwischen dem Quellcode und dem Binärcode stand der Compiler, das Programm, das den von Menschen lesbaren Quellcode in von Nexus lesbaren Binärcode konvertierte. Kade und Rangan wollten diesen Compiler benutzen, um die Hintertüren einzubauen.

Jedes Mal, wenn der Compiler lief, würde er den Quellcode des Nexus-Betriebssystems nach ihren neuen Hintertüren absuchen. Wenn die Hintertüren nicht vorhanden waren, würde der Compiler sie hinzufügen, bevor er die binäre Version erstellte. Der einzige Hinweis auf die Hintertüren wäre in der Binärversion versteckt, die für Menschen so gut wie unverständlich war.

Schließlich würden sie den gleichen Hack auf dem Compiler selbst laufen lassen. Danach würde der Quellcode des Compilers keinen Hinweis auf die Logik für den Einbau der Hintertüren mehr enthalten. Diese existierten einzig und allein im Binärcode des Compilers. Jedes Mal, wenn die ModOS-Version ihrer Workstation den Compiler rekompilierte, würde er die gesamte Logik des Hacks einfügen.

Rangan fühlte sich für Kade nachdenklich an. Sogar etwas verängstigt. Er dachte über die Folgen nach, falls sie erwischt wurden. Er gelangte zu einer Entscheidung.

[rangan] Okay. Scheiß drauf. Lass es uns machen.

Rangan und Kade riefen ihre Entwicklungsumgebungen auf und verlinkten sie miteinander. Ilya schloss sich ebenfalls an und blickte ihnen virtuell über die Schulter. Sie durchdachten den Plan und teilten die Aufgaben auf, während aus einer vagen Idee eine konkrete Liste der zu erledigenden Dinge wurde.

Als der Plan stand, machten sie sich an die Arbeit. Zuerst ging alles schnell von der Hand. Die Hintertüren klonten sie aus ihren bereits vorhandenen Override-Funktionen, wobei sie lediglich die Passwörter änderten. Der Code des Compilers war schlicht konzipiert. Doch während sie codierten, stießen sie auf immer neue Fehler, jedes Mal eine frustrierende Erfahrung. Ständig behielten sie die Uhrzeit im Auge. Minuten vergingen mit der Arbeit. Eine Stunde. Der Absturz eines Compilers machte ihnen zwanzig Minuten lang zu schaffen. Das Problem war einfach zu reparieren, nachdem sie es endlich verstanden hatten. Dann war eine zweite Stunde vergangen. Durch eine der Hintertüren sickerten Daten. Wie konnte das sein? Sie hatten den Code der Hintertür kopiert, die sie bereits eingerichtet hatten. Dann fanden sie den Fehler. Dieses Mal dauerte die Reparatur länger. Eine dritte Stunde verging.

Nach vier Stunden funktionierten die Hintertüren, und der Nexus-Compiler implementierte sie. Rangan setzte ein Verschleierungsprogramm ein und instruierte den Compiler, den neuen Code kreuz und quer zu verteilen, als scheinbar unzusammenhängende und unauffällige Anweisungen innerhalb des Binärcodes, was eine Rekonstruktion ihrer Programmierung zusätzlich erschwerte. Als Nächstes mussten sie den Workstation-Compiler wechseln, um den Code der Hintertüren in den Nexus-Compiler zu integrieren. Rangan übernahm diese Aufgabe.

Kade wandte seine Aufmerksamkeit der zweiten Phase zu. Er wollte die Hintertür benutzen können, ohne dass die Person, die mit dem Nexus-Betriebssystem arbeitete, etwas davon bemerkte. Er brauchte Unterstützung für verborgene Prozesse, und ModOS konnte sie ihm bis zu einem gewissen Grad bieten. Theoretisch war es recht einfach, aber praktisch lauerten überall Stolpersteine.

Er nahm sich große Stücke des ModOS-Codes, den sie niemals benutzt hatten, und schleuste sie zusätzlich in das Nexus-Betriebssystem ein. Die Hintertüren würden sie mit einem verborgenen Super-User-Account verbinden. Damit waren bereits die meisten Probleme gelöst. Für diesen Account war die Protokollierung deaktiviert. Gut. Und wie wollte er den Speicherplatzbedarf verschleiern?

Scheiße. Es knackte in seinen Ohren. Sie waren im Landeanflug. Er schaute aus dem Fenster. Mist. Sie landeten auf SFO, dem Flughafen, der der UCSF am nächsten war. Wie lange würden sie vom San Francisco International Airport bis zum Labor brauchen? Zwanzig Minuten? Fünfundzwanzig? Scheiße. Rangan war fertig. Kade musste seinen Teil der Arbeit noch zu Ende bringen.

Konnte er den Speicherplatzbedarf verbergen? Er wusste nicht, wie. Er musste es so lassen, wie es war. Gab es andere verräterische Hinweise, die vielleicht jemandem auffallen würden? Denk nach, denk nach! Die Logfiles. Hatte er alle berücksichtigt? Die Netzwerkprotokolle? Es war nicht so einfach, dort keine Spuren zu hinterlassen. Dagegen konnte er jetzt nichts mehr tun.

Erneut blickte er durch das Fenster nach draußen. Der Boden kam näher. Er fluchte unterdrückt, bis er sich zusammenriss. Scheiße. Ruhig bleiben. Cool bleiben. Okay. Er kompilierte seine Änderungen am Nexus-Betriebssystem. Ihm blieb nur noch die Zeit für ein paar einfache Tests. Als die Kompilierung abgeschlossen war, startete er einen Stresssimulator. Stürzte das Programm ab? Zumindest nicht gleich. Gingen irgendwo Daten verloren? Anscheinend nicht. Konnte er immer noch die Hintertüren benutzen? Ja. Konnte er einen Prozess vor sich selbst verbergen? Es sah ganz danach aus. Würde das Ganze einer realen gründlichen Überprüfung standhalten? Keine Ahnung.

Das Flugzeug setzte mitten im Test auf. Scheiße.

[kade] Ich arbeite noch. Gib mir Deckung.

[rangan] Mach ich.

Kade widmete sich wieder seiner Arbeit. Er konnte es schaffen. Er konnte das Ganze rechtzeitig fertigstellen.

Der Druck in der Kabine änderte sich. Die Tür wurde geöffnet.

[ilya] Köpfe hoch. Konzentriert euch wenigstens für eine Minute auf die reale Welt.

Myers stand auf. »Okay, alle aussteigen und in den Wagen.«

Kade blickte aus dem Fenster. Auf dem Landeplatz stand ein schwarzer SUV, daneben ein großer Kerl in schwarzem Anzug. Mist. Kade erhob sich. Der Code wartete. Er erinnerte sich an einen Flag, den er noch ändern musste. Scheiße, in welcher Datei war das noch mal? Myers kam auf ihn zu und suchte Blickkontakt. Kade hielt den Atem an. Wusste er Bescheid? Der ERD-Agent blieb vor ihm stehen.

»Kommen Sie jetzt. Bewegung.« Myers deutete auf den Gang und die Tür hinter Kade.

Kade blinzelte. Ja, er sollte aus dem Flugzeug steigen. Wortlos drehte er sich um, lief durch den Gang und folgte Rangan die Treppe hinunter. Er konnte Myers genau hinter sich spüren. Er konnte sich vorstellen, wie sich Myers' fleischige Hand auf seine Schulter legte und der Agent krächzte: *Sie haben versucht, uns reinzulegen, nicht wahr?*

Fast wäre er gestolpert. Myers fing ihn von hinten am Arm auf. »Passen Sie auf«, sagte er.

Mist. Wo war er nur mit seinen Gedanken? Atmen. Ruhig bleiben. Er schaffte es auf die dritte Sitzreihe des SUV. Myers schloss hinter ihnen die Tür und nahm auf dem Beifahrersitz Platz.

[ilya] Okay. Wir haben dich gedeckt.

Dann sprach Ilya laut. »Mein Auto war in Simonyi Field. Gibt es eine Möglichkeit, wie ich es wiederkriegen könnte?«

»Lewis, der Fahrer, kann Sie hinbringen, nachdem das hier vorbei ist.«

»Ich könnte ebenfalls eine Mitfahrgelegenheit gebrauchen«, sagte Rangan. »Ich glaube, meine Schlüssel waren in einer Tasche im Hangar. Ist sie noch da oder ...?« Und so weiter und so fort.

Kade konzentrierte sich wieder auf seine Arbeit. Scheiße. Der Stresssimulator hatte das neue Nexus-Betriebssystem nach sieben Minuten zum Absturz gebracht. Scheiße scheiße scheiße. Schau dir das Protokoll an. Was hat den Absturz verursacht? Er hatte doch nur den Standardcode von ModOS reaktiviert. Verdammte Scheiße. Er hatte einen sehr primitiven Hack programmiert, um jede Protokollierung zu stoppen. Irgendetwas schien mit den Logfiles zu arbeiten.

Aber klar. Das Problem war bei einem Zugriff auf eine Protokolldatei aufgetreten. Gut. Was konnte er tun? Per Hand erzeugte er ein paar leere Logfiles und ließ den Simulator erneut laufen. Wieder kam es zum Absturz.

Gut. Also keine leeren Logfiles. Sondern Logfiles mit falschen Einträgen.

Dann machte er den Fehler, aus dem Fenster zu schauen. Sie waren auf dem Bayshore Freeway, direkt am Wasser, und fuhren in Richtung Norden nach San Francisco. Sie hatten vielleicht die Hälfte der Strecke geschafft. Konzentrier dich, Kade, konzentrier dich.

Wahllos kopierte er ein paar Zeilen aus allen parallelen Protokolldateien seines eigenen Nexus, fügte sie an den richtigen Stellen ein und ließ den Simulator weiterlaufen. Scheiße, er war schon über den Punkt hinaus, an dem es zum Absturz gekommen war. Er stellte ihn auf Anfang zurück, erzeugte erneut die Logfiles mit den falschen Einträgen und startete den Stresssimulator ... Eine Sekunde verging. Drei Sekunden. Zehn Sekunden. Kein Absturz. Ihm wurde bewusst, dass er den Atem anhielt, und entließ die Luft aus den Lungen.

Rangan und Ilya sprachen immer lauter. Hatte er irgendwelche Geräusche gemacht? Er blickte wieder aus dem Fenster. Die Bay war nicht mehr zu sehen. War das Potrero Hill da draußen? Scheiße, es war nicht mehr weit.

Er ließ den Stresssimulator weiterlaufen. Den neuen Code musste er in den verborgenen Injektor innerhalb des Compilers kopieren. Okay, geschafft. Um ihn zu testen, musste er eine Kompilierung mithilfe des Injektors starten. Und überprüfen, ob die Dateigrößen identisch waren. Die Kompilierung lief ... Scheiße, das Warten ging ihm auf die Nerven. Der Freeway machte eine Kurve. Jetzt waren sie in SoMa. Scheiße. Sie hatten fast die Abfahrt erreicht.

Die Kompilierung war abgeschossen. Dateigrößen identisch. Gott sei gedankt für ein kleines Wunder. Kade schickte den Code an Rangan, damit er ihn eine Ebene höher in den Compiler des Compilers einbaute. Rangan machte sich an die Arbeit. Ilya redete weiter. Sie verließen den Freeway, bogen auf die Duboce Avenue und dann auf die Market Street. Jetzt waren sie im Stadtzentrum von San Francisco und vielleicht noch zwei Meilen vom Labor entfernt.

Was musste Kade als Nächstes tun? Ach ja, das Source-Management. Er musste irgendetwas fabrizieren. Also machte er sich daran, das Source-Managementsystem davon zu überzeugen, dass die Änderungen schon immer da gewesen waren.

Der Fahrer bog auf die 17th ab und fuhr nun in westlicher Richtung zur UCSF.

Okay. Die Protokolldaten fälschen, die History fälschen, das Datum der veränderten Dateien fälschen. Der Wagen bog immer wieder ab.

Rangan war fertig. Kade integrierte seinen Teil. Sie waren jetzt auf der Parnassus Avenue, nur noch wenige Blocks vom Labor entfernt. Voraus blinkende Lichter.

Der SUV bog unvermittelt ab und kam vor dem Hintereingang des Labors zum Stehen.

[rangan] Ich werde die Maschine booten und ihn ablenken, während du die neuen Dateien rüberkopierst. Okay?

Kade nickte. Scheiße. Lass das, sagte er sich.

Was habe ich übersehen?

»Wir sind da«, sagte Myers. »Im Gebäude wurde Feueralarm ausgelöst. Wir haben zwanzig Minuten Zeit.« Er stieg aus und öffnete ihnen die Tür.

[kade] Ich muss das noch einmal überprüfen. Gebt mir weiter Deckung.

Ilya plapperte über die Laborausrüstung, den Brandschutz und die Zeit, die die Feuerwehr brauchte. Rangan nahm Kade am Arm und führte ihn zum Eingang. Da war etwas, das er vergessen hatte. Aber was?

Da. Das separate Source-Register für ModOS. Darin mussten die Änderungen am ModOS-Compiler verzeichnet sein. Er musste die Dateinamen, die History, die Daten anpassen ...

Das Licht war anders. Jetzt waren sie in einer Liftkabine. Rangan manövrierte ihn. Hatte sich Schweiß auf seiner Stirn gebildet? Schaute Myers ihn an? Und der andere Agent, Lewis, schaute auch er Kade an?

Er traf die einfachste mögliche Entscheidung. Er definierte den neuen ModOS-Binärcode im Source-Register als die neueste Archivversion und datierte sie drei Monate zurück.

Die Tür der Kabine ging auf. Jetzt schwitzte Kade eindeutig.

Diese neuen Dateien musste er auf den Server kopieren, sobald Rangan ihn hochgefahren hatte, schnell genug, um den Agenten zu täuschen. Dann musste er noch das Änderungsdatum der Dateien auf dem Server zurückdatieren.

Er musste die Bandbreite maximieren, damit der Kopiervorgang so schnell wie möglich ablief. Er ging die Apps durch, die in seinem Schädel aktiv waren, und stoppte alles, was den Vorgang verlangsamen könnte. Kade fuhr die Entwicklungsumgebung runter, den Simulator und den Stresstest, so viele Protokollierungen wie möglich, dann schaltete er auch die Körper-Interfaces ab, die Don Juan und Peter North benutzt hatten. Würde das genügen?

Er hörte ein Piepen und wandte seine Aufmerksamkeit wieder der äußeren Welt zu. Myers zog eine Schlüsselkarte durch, und die Tür zum Labor öffnete sich. Verdammtes FBI.

»Wo ist die Maschine?«

»Da drüben in der Ecke«, sagte Rangan. »Ich werde sie schnell hochfahren, dann können wir alle Daten für Sie kopieren.«

»Nicht nötig«, erwiderte Myers. »Wir nehmen einfach das ganze System mit.«

Kade hatte das Gefühl, dass ihm die Augen herausquollen. Scheiße!

Rangan blieb gelassen. »Sie wollen doch alles haben, oder?«

Myers sah Rangan mit zusammengekniffenen Augen an.

Kade hielt den Atem an.

»Alles«, bestätigte Myers.

»Das geht nur, wenn ich das System starte«, sagte Rangan. »Wir müssen noch die Resultate des letzten Experiments vom Laborserver runterladen und ein paar Daten von Simonyi Field abrufen.«

Myers runzelte die Stirn.

Scheiße, dachte Kade. Wir sind erledigt.

Ilya mischte sich mit gestresstem Tonfall ein. Sie spielte ihre Rolle perfekt. »Mein Gott, Rangan! Sei nicht so verdammt hilfreich!«

»Ilya!«, fuhr Rangan sie an. »Ich mache das nur, damit unsere Freunde nicht ins Gefängnis müssen.«

»Halten Sie die Klappe, alle beide«, sagte Myers. »Wir haben noch siebzehn Minuten. Shankari, legen Sie los, aber schnell.«

»Okay.« Rangan führte sie zur Workstation. Er drückte eine Taste, und das System erwachte zum Leben. Kade stellte sich daneben, nahm einen Kugelschreiber vom Tisch und bemühte sich, nicht herumzuzappeln.

Kade suchte in seinem Kopf nach dem Server, während die Boot-Sequenz über den Bildschirm scrollte. Na los ... na los ... Die Nexus-Datentransferkarte, die sie für den Schaltkreisdrucker benutzt hatten, war bereit. Sie blinkte grün. Kade erneuerte die Liste der verfügbaren Systeme in seinem Kopf. Warum wurde sie nicht angezeigt? Wo war sie? Wo war sie?

Die Login-Nachricht erschien auf dem Bildschirm: Willkommen zu ModOS. Bitte Anmeldedaten eingeben.

Da. SanchezLab018 war jetzt in seinem Kopf online. Er navigierte sich durch die Verzeichnisstruktur. Da. Kopieren.

Rangan vertippte sich bei der Eingabe des Passworts. Er schüttelte den Kopf. Auch beim zweiten Versuch vertippte er sich. Er fluchte leise. »Tut mir leid ... bin ein bisschen nervös.«

[10 Prozent abgeschlossen]

Myers legte eine kräftige Hand auf Rangans Schulter. »Lassen Sie sich Zeit«, sagte er. »Und keine Tricks. Überlegen Sie sich genau, was Sie hier tun.«

Mit einem Remote-Login bekam Kade Zugriff auf die Maschine, ging sofort auf Super-User-Status, machte sich bereit, nach dem Kopiervorgang die Dateieigenschaften und die Zeitangaben zu frisieren.

[25 Prozent abgeschlossen]

Rangan nickte. Er tippte ein weiteres Mal sein Passwort ein, und dann war er drin.

»Okay, ich überprüfe jetzt das Dateiverzeichnis mit den Laborexperimenten.« Rangan scrollte sich durch die Ordner. Kade wusste genau, dass das Verzeichnis auf dem neuesten Stand war.

[40 Prozent abgeschlossen]

»Ja, es ist nicht auf dem neuesten Stand«, log Rangan. Er gab Befehle ein, um die Daten noch einmal zu kopieren. »So müsste es gehen.«

Myers' Gesicht war eine Maske. »Noch vierzehn Minuten. Außerdem brauchen wir diese Nexus-Ampullen aus Ihrem Kühlschrank.«

[50 Prozent abgeschlossen]

Rangan nickte. »Okay. Ich hole jetzt die Daten von gestern Nacht ...« Er öffnete ein Fenster, stach ein winziges Loch in die Firewall, um sich mit Simonyi Field zu verbinden, und ging die Protokolldateien durch.

[60 Prozent abgeschlossen]

»Das dürfte nicht mehr als ein oder zwei Minuten dauern«, verkündete er.

Es dauerte 108 Sekunden.

[80 Prozent abgeschlossen]

»Und jetzt kopiere ich die Dokumentation rüber«, sagte Rangan.

Myers runzelte die Stirn und machte den Eindruck, als wollte er etwas sagen.

Ilya sorgte wieder für Ablenkung. »Mein Gott, kannst du es ihnen vielleicht noch etwas einfacher machen?«

»Ilya!«, sagte Rangan. »Fängst du schon wieder damit an!«

»Es reicht jetzt«, sagte Myers. »Fahren Sie das System runter, Shankari. Sofort.«

Der Kopiervorgang war zu 91 Prozent abgeschlossen. Scheiße scheiße scheiße. Den Agenten musste klar sein, dass sie versucht hatten, etwas zu verändern.

Rangan setzte zu einem Einwand an. Myers hob eine Hand.

»Moment«, sagte Myers. Er legte einen Finger ans rechte Ohr, wandte den Blick von ihnen ab und schien sich eine Nachricht anzuhören, die er empfing.

Kade hielt den Atem an.

[96 Prozent abgeschlossen]

[98 Prozent abgeschlossen]

Er atmete aus. Der Kugelschreiber trommelte nervenzermürbend auf dem Tisch. Myers warf ihm einen bösen Blick zu und trat einen halben Schritt zurück.

[100 Prozent abgeschlossen]

Kade sprang in sein Terminalfenster, um Datum und Uhrzeit der Dateien zu ändern. Eine Reihe erledigt, zweite Reihe erledigt ...

Myers nahm die Hand vom Ohr und sah die drei an.

»Runterfahren, sagte ich. Sofort!«

Kade hatte noch die dritte Reihe vor sich ...

Rangan schluckte, nickte und gab den Abbruchbefehl ein.

Fenster wurden geschlossen. Die letzten Änderungen an den Dateien ... Kade drückte ENTER in seinem mentalen Terminalfenster und startete damit den Befehl. Es ging los. Die Befehle wurden abgearbeitet ...

Fertig.

Einen Sekundenbruchteil später blinkte sein Terminalfenster und verschwand kurz darauf.

[Sitzung vom Host abgebrochen]

Im nächsten Moment erschien das virtuelle Laufwerk SanchezLab018. Das fröhliche Herunterfahren-Gesicht war auf dem Bildschirm zu sehen. Am liebsten hätte Kade triumphierend aufgeschrien. Doch er tat es nicht.

»Bringen Sie das alles zum Wagen«, sagte Myers zu Lewis. Dieser machte sich daran, Stecker zu ziehen und die Geräte zusammenzustellen. »Jetzt bringen Sie uns zu Ihren Nexus-Vorräten.«

Zehn Minuten später waren sie wieder draußen. Sie hatten es geschafft. Myers hatte alles, was er wollte. Zumindest fast alles.

Warren Becker hatte die Transkripte der drei technischen Befragungen zu Nexus gelesen. Das Ganze war ziemlich ernüchternd. Das Potenzial des Missbrauchs als Nötigungstechnologie war enorm. Versklavung. Prostitution. Und Schlimmeres. Er dachte an seine zwei jugendlichen Töchter, an die Dinge, die er während seiner Einsätze gesehen hatte, die Gräueltaten, zu denen manche Menschen imstande waren. All das verdrängte er aus seinem Bewusstsein.

Die geopolitischen Implikationen waren genauso schlimm. Ferngesteuerte Attentate. Subversion politischer Feinde. Alles, was die Chinesen machten, war nun viel billiger zu haben. Diese Technologie durfte nicht nach draußen gelangen.

Er diktierte ein Memo, in dem er umriss, was sie herausgefunden hatten und welche Gefahren drohten, etikettierte den Bericht als STRENG GEHEIM und schickte ihn an verschiedene Schlüsselpersonen im ERD, in der Homeland Security, dem FBI, der CIA, dem Außenministerium und im Pentagon.

Danach öffnete er eine andere Datei auf seinem Terminal und sah sich den Inhalt an. Anweisung des Präsidenten 594: Eliminierung und Prävention Unkontrollierter Nonhumaner Intelligenzen. Szenario 7c – SCHWARMINTELLIGENZ. Mehrere Minuten lang starrte er darauf. Konnte Nexus zur Erschaffung von Borgs benutzt werden? Ilyana Alexander hatte so etwas während ihrer Befragung angedeutet. Er diktierte ein zweites Memo, in dem er auf diese Möglichkeit einging, und schickte es über die Befehlskette ans Weiße Haus. Das lag mindestens eine Stufe über seiner Besoldungsklasse.

Er schaute nach der Uhrzeit. Es war neun Uhr an einem Sonntagabend. Claire würde sich sehr ärgern. Er packte seine Sachen zusammen und verließ den Raum. Das Licht ging aus, und die Tür verriegelte sich automatisch hinter ihm.

In Holtzmanns Büro brannte noch Licht. Becker schaute durch die Tür hinein. Holtzmann war da und arbeitete an seinem Terminal.

»Martin«, sagte Becker, »Sie machen schon wieder Überstunden.«

Holtzmann blickte auf. »Dasselbe könnte ich von Ihnen behaupten. Sollten Sie nicht zu Hause bei Claire und den Mädchen sein?«

Becker grinste verlegen und zeigte ihm seine Aktentasche. »Dorthin bin ich unterwegs. Wie schätzen Sie das Risikolevel von Nexus 5 ein?«

Holtzmann zuckte mit den Schultern. »Falls Nexus 5 jemals nach draußen gelangt, wird es sich wie ein Lauffeuer verbreiten. Die permanente Integration bedeutet, dass ein User nur eine einzige Dosis nehmen muss, um eine lebenslange Wirkung zu haben. In puncto Effizienz ist das unschlagbar.«

Becker nickte verdrießlich. Wir sind unterfinanziert, dachte er. Wir haben zu wenig Personal. Der Kampf wird von Jahr zu Jahr härter.

»Und das Missbrauchspotenzial ist sehr hoch«, sagte Becker.

»Das ist nicht das Problem«, erwiderte Holtzmann.

»Wie bitte?« Becker zog eine Augenbraue hoch.

Holtzmann seufzte. »Das Problem ist, dass der *Nutzen* so hoch ist. Die Menschen werden tausend Möglichkeiten finden, wozu sie so etwas verwenden können. Kommunikation. Unterhaltung. Psychiatrie. Erziehung. Bildung. Das Potenzial ist unermesslich. Die Nachfrage wird riesig sein.«

Becker kniff die Augen zusammen. »Martin, dieses Zeug ist eindeutig illegal, in vielerlei Hinsicht. Denken Sie an die Möglichkeiten der Nötigung, wofür die Chinesen es bereits missbraucht haben ...«

Holtzmann winkte ab. »Natürlich. Es geht nur um die Nachteile. Vergessen wir die Vorteile.« Er runzelte die Stirn. »Deshalb bin ich nicht hierhergekommen.«

Becker schüttelte den Kopf. »Martin, mir ist klar, dass Sie frustriert sind. Aber Sie kennen die Realität. Allein die transhumanen Implikationen ...«

Holtzmann sah ihn an. »Wäre das wirklich so schlimm? Wenn wir intelligenter werden? Wenn wir andere Bewusstseine berühren könnten? Sind Sie sich ganz sicher, dass wir das Richtige tun?«

Becker verstummte. Hatte Holtzmann das wirklich gerade gesagt? Er antwortete langsam und vorsichtig: »Martin, Sie sind müde. Ich denke, Sie sollten jetzt nach Hause gehen. Anne wird sich freuen, Sie zu sehen.«

Er drehte sich um und entfernte sich schweigend, um Holtzmann seinem Terminal und seinen Gedanken zu überlassen.

[9] Ausbildungszeit

Kades Ausbildung für die ERD-Mission begann unmittelbar danach. Am Montagabend erhielt er die Anweisung, sich im Zimmer 3004 des Health Science Building zu melden. Dort traf er seinen Trainer Kevin Nakamura. Nakamura war vielleicht Mitte vierzig, an den Schläfen ergraut, fit und streng.

Er gehörte zur CIA, verriet er Kade, aber er tat hier seinem alten Arbeitgeber, dem ERD, einen Gefallen. Er und Kade würden sich jeden Abend treffen, während der gesamten acht Wochen bis zum Beginn der Konferenz der International Society for Neuroscience in Bangkok. Nakamura wollte Kade beibringen, einen kühlen Kopf zu bewahren, sodass er unbemerkt lügen konnte. Er würde Kade für spezielle Situationen ausbilden, damit er strategisch auf verschiedene Interaktionen mit Shu vorbereitet war. Und gemeinsam würden sie eine falsche Persönlichkeit in Kades Gedächtnis implantieren, die er aufrufen konnte, wenn sie benötigt wurde.

Ein großer Teil der Ausbildung fand mit VR-Brille und Kopfhörern statt, während er von einem tragbaren Stressmeter beobachtet wurde. Auf diese Weise fanden simulierte Gespräche mit einer simulierten Shu statt, bei denen es notwendig war, dass er log, dass er seine Mission für das ERD nicht verriet, dass er die Kontaktperson verschwieg, die ihn begleiten sollte.

Jedes Mal, wenn er log, schlug das Stressmeter aus.

»Sie werden bald besser werden«, sagte Nakamura zu ihm.

Im zweiten Teil der ersten Sitzung ging es um die Implantierung falscher Erinnerungen. Alles war leicht verschwommen und schwer abzurufen. Nakamura injizierte ihm etwas. Ein nichtsedierendes Hypnotikum. Die Welt kam ihm nun wie ein Traum vor. Kade konnte sich nur in Bruchstücken an das erinnern, was die Brille ihm zeigte und die Kopfhörer ihm erklärten.

Am Ende der Sitzung fühlte er sich ausgelaugt, mental erschöpft. Er kehrte in sein Apartment zurück, ließ sich aufs Bett fallen und schlief zehn Stunden.

Jeden Abend lief es genauso ab.

Während Kade trainierte, grübelte Rangan.

Einen Tag gingen sie nicht ins Labor, sondern zusammen mit Ilya in den Golden Gate Park. Kade öffnete ihnen seinen Geist und zeigte ihnen alles, was er vom ERD erfahren hatte, alles, was er über seine Mission wusste. Dann öffnete sich Rangan für Kade und Ilya und zeigte ihnen, was in der ERD-Zelle geschehen war. Sie hatten ihm Schmerzen zugefügt, wie er sie niemals für möglich gehalten hätte.

Rangan war wütend. Er wollte es ihnen heimzahlen. Er hatte vor, sich und Kade und Ilya zu bewaffnen, damit sie sich gegen einen solchen Angriff wehren konnten. Er wollte sie mit eigenen Waffen ausstatten. Das war sehr wichtig, sagte Rangan. Wenn Kade auf diese Mission ging, sollte er nicht unbewaffnet in den Kampf ziehen.

Die Einladung zur ISFN-Konferenz und zum privaten Workshop traf in der zweiten Woche ein. Kades Beraterin war begeistert. Bedeutende Personen nahmen Notiz von seiner Arbeit, sagte sie zu ihm. Kade täuschte Überraschung und Freude vor, obwohl er innerlich nur Furcht und Verachtung empfand.

Die Ausbildung ging weiter. Er lernte, ein Mantra zu benutzen, um die falschen Erinnerungen und die Anti-Erinnerungen zu aktivieren. Nach einer Beschwerde wegen Lärmbelästigung war die Party beendet worden. Was für eine Begegnung mit dem ERD? Es war verwirrend, zwischen verschiedenen Bewusstseinszuständen hin und her zu springen. Das machte Kade paranoid und gereizt. Wenn sich Erinnerungen so einfach verändern ließen, wie konnte er dann noch wissen, ob eine bestimmte Erinnerung richtig oder falsch war? Was war alles geschehen, während das ERD ihn festgehalten hatte? Waren irgendwelche Dinge aus seinem Bewusstsein gelöscht worden? Gab es ein Mantra, mit dem er wieder Zugang dazu erhalten würde? Gab es ein Mantra, das ihn in eine völlig andere Persönlichkeit verwandeln würde?

»Das ist normal«, erklärte Nakamura ihm. »Jeder, der diese Prozedur durchmacht, stellt sein Gedächtnis grundsätzlich infrage.«

Das beruhigte Kade keineswegs.

Nach dem Training am Samstag ging er zum Mephistopheles Club, wo Rangan einen Gig hatte. Kade hatte einen guten Blick auf die DJ-Kabine. Rangan wirkte in sich gekehrt. Seine Musik war schwerfälliger als sonst. Normalerweise spielte Rangan an einem Samstagabend Flashcore oder Elemental, etwas Kraftvolles, Treibendes, etwas, nach dem man sich gern bewegte. Heute klang sein Set fast wie Blackbeat, viel schwerer, härter und düsterer. Weniger Leute als sonst tanzten danach.

Am Sonntagabend erklärte Nakamura ihm, dass die Gedächtnis-Implantierung recht gut lief, aber die anderen Teile des Trainings zu wünschen übrig ließen. Kade war ein miserabler Lügner, wie es schien. Er wurde nervös. Und wenn er nervös wurde, bemerkte es der Sensor sofort.

»Ist das wirklich nötig?«, fragte er Nakamura.

»Shu ist offenbar unglaublich intelligent. Sie hat einen Leibwächter aus einer Elite-Spezialeinheit. Sie hat Zugang zu Spitzentechnologie. Wenn Sie kein absolut perfekter Heuchler sind, wird sie etwas bemerken.«

Sie versuchten es während der ganzen nächsten Woche. Es nützte nichts.

»Ihr Puls ist gerade wieder hochgegangen«, erklärte Nakamura ihm am folgenden Donnerstag. »Ihre Pupillen haben sich erweitert. Wenn wir nicht bald Fortschritte machen, müssen wir auf Drogen ausweichen. Wir müssen Ihre Nervosität verdecken.«

Drogen? Alternativ könnten sie …

In dieser Nacht fiel Kade nicht in bewusstlosen Schlaf. Stattdessen skizzierte er eine mögliche neue App, die unter dem Nexus-Betriebssystem laufen würde. Ein Werkzeug, mit dem er seine mentale Verfassung in Shus Nähe in den Griff bekam. Wenn er die Nervositätssignale, die durch seine Amygdala liefen, unterdrücken konnte, seine Serotoninwerte erhöhen, seine Noradrenalinwerte drücken konnte … wenn er seine Atem- und Pulsfrequenz direkt modulieren konnte … dann konnte er dafür sorgen, dass er ruhig blieb. Prinzipiell war es ganz einfach, aber er hatte sich immer davor gescheut, Gefühle auf einer so tiefen Ebene zu beeinflussen. Er würde extrem vorsichtig sein müssen ...

Kade schloss die Augen, ging nach innen und rief seine Entwicklungsumgebung auf. Fenster öffneten sich vor seinem geistigen Auge. Neues Projekt. Programmpaket Gelassenheit. Er hatte noch viel Arbeit vor sich.

Wochen vergingen. Die Sitzungen mit Nakamura liefen ein wenig besser, aber es war immer noch nicht genug. Kade arbeitete weiter am Gelassenheitsprogramm. Er war fast so weit.

Am Ende der vierten Woche kam Rangan wegen einer angeblich wichtigen Sache zu ihm. Er strahlte gute Laune aus. Kade hatte Rangan nicht mehr so fröhlich gesehen, seit sie aufgeflogen waren.

[rangan] Bereit für eine Überraschung?

[kade] Klar. Her damit.

Ein Symbol für eine Datenübertragung blinkte in Kades Bewusstsein. Er nahm die Sendung an. Zwei Dateien trafen bei ihm ein. Eine war ein Quellcode. Die andere eine Applikation. Er hatte keine Ahnung, was man damit machen konnte. Dann sah er den Dateinamen: Bruce Lee. O nein ...

[rangan] Okay, starte die App. Aber drück noch nicht auf irgendwelche Knöpfe, ja?

Kade stöhnte innerlich. Rangan hatte schon immer von einer solchen App geträumt. Es war einfach lächerlich.

[kade] Ich glaube kaum, dass es hier um echte Boxkämpfe gehen wird ...

[rangan] Na los. Du bist jetzt ein Spion. Du musst kämpfen können.

[kade] Aber ich habe weder die Muskeln noch die Ausdauer noch …

[rangan] Kumpel, starte einfach die App.

Kade seufzte und aktivierte das Programm. In seinem Sichtfeld erschienen Zielscheiben, Symbole für verschiedene Angriffe und Verteidigungen, ein Kippschalter für automatischen oder manuellen Modus, Schieberegler, mit denen sich der Schwerpunkt der KI auf Angriff oder Verteidigung einstellen ließ.

[rangan] Das Game-Engine stammt aus der geknackten Version von Fist of the Ninja, die letzten Monat online ging. Sie übernimmt die standardmäßigen virtuellen Körpergestalten und Vektoren. Ich habe das Ganze einfach nur an unsere Nexus-Körper-Interfaces angeschlossen.

[kade] Ähh … Rangan, vielen Dank, wirklich, aber …

[rangan] Oh, der Dank kommt vielleicht etwas verfrüht. Wahrscheinlich willst du nicht unbedingt auf Knöpfe hauen, also solltest du einfach nur auf das Ziel klicken. Das Programm benutzt unsere Objektliste, um Leute zu verfolgen und so weiter … Und dann gibst du einfach den Angriffsbefehl. Hier kannst du regulieren, ob du mehr angreifen oder dich verteidigen willst. Und hiermit kannst du eine Pause einlegen. Toll, was?

Kade konnte nicht glauben, dass sie ein solches Gespräch führten.

[kade] Ja. Es ist einfach toll. Wirklich. Ich meine … danke …

[rangan] Okay, ich sehe, dass du noch nicht überzeugt bist. Keine Sorge. Du kannst mir danken, nachdem du jemandem damit eine Tracht Prügel verpasst hast.

[kade] Ich bin mir nicht ganz sicher …

[rangan] Na komm! Lass es uns in der Sporthalle ausprobieren.

Eine Stunde später kamen sie humpelnd aus der Halle. Kade tat alles weh. Sein Körper hatte den Sandsack mit einer verwirrenden Abfolge von Tritten und Schlägen traktiert, und er war davon überzeugt, dass die meisten ihm selbst mehr Schmerzen bereiteten, als sie einem realen Gegner zugefügt hätten. Seine Finger waren blutig. Sein rechtes Handgelenk und der linke Fußknöchel schmerzten, nachdem Bruce Lee damit fester auf den Sandsack eingeschlagen hatte, als er eigentlich sollte. Und dann war da noch der Moment gewesen, als die Zielerfassung beschlossen hatte, die Wand statt des Sandsacks anzuvisieren …

Rangan fand das alles sehr lustig und versprach, die Fehler auszubessern. Kade wollte einfach nur, dass die Schmerzen aufhörten.

[10] Veränderungen

Watson Cole saß auf den Felsen und starrte auf den Pazifik hinaus. Auf seine trostlose Art war es ein wunderschöner Ort. Die kleine Stadt Todos Santos lag dreißig Meilen weiter südlich an der Straße. Dort war der Strand besser, mehr Sand und weniger Steine. Die Touristen lagen in der Sonne und schlürften Margaritas, während sie sich über ihre Entdeckung des idyllischen kleinen Paradieses weit weg vom Trubel in Cabo San Lucas freuten. Hier oben, noch weiter von Cabo entfernt, war der Strand schmal und rau. Das Meer schlug hart gegen die Felsen und den dünnen Streifen aus bräunlichem Sand. Stellenweise klammerte sich struppiges Gras an den Boden. Es gab kaum einen Grund, warum sich Touristen so weit nach Norden verirren sollten.

Vor zwei Nächten hatte er es bis hierher zu seinem Versteck geschafft. Nur um Haaresbreite war er entkommen. Die Kontaktlinsen und die Gesichtsformung hatten die biometrischen Systeme an der Grenze getäuscht, aber er hatte nur wenig gegen seine Körpergröße ausrichten können. Er war eine auffällige Erscheinung. Wenn sich das ERD mehr auf menschliche Augen verließ ... Wie auch immer, er hatte es geschafft.

Jetzt wurde er jeden Morgen von seinen Albträumen geweckt. Arman, der idealistische Staatsanwalt. Der Anblick seiner Familie, die tot in ihrem Haus lag, ermordet aus Rache für den Versuch, Anklage gegen den falschen korrupten Neffen zu erheben. Temir. Die tiefe Trauer, als er gesehen hatte, wie sein Dorf von der Armee niedergebrannt worden war, als man nach Rebellen gesucht hatte, die gar nicht dort waren.

Und Lunara. Vor allem sie. Die letzten Augenblicke ihres Lebens ... Wenn Lunara nicht gewesen wäre, wäre er heute nicht auf der Flucht. Er wäre irgendwo dort draußen, jenseits der Wellen. Wahrscheinlich irgendwo in Zentralasien. Als »militärischer Berater«. Im Sondereinsatz. Zur Unterdrückung der Rebellion. Um sich Belobigungen zu verdienen. Vielleicht in der Offiziersanwärterschule.

Stattdessen wurde er nun gesucht.

Wats bereute nichts. Er hatte seine Entscheidungen getroffen. Die Gefangennahme in den kasachischen Bergen war das Beste, was ihm jemals passiert war. Obwohl es keinesfalls das Leichteste gewesen war. Es waren die schmerzhaftesten, verwirrendsten und beunruhigendsten sechs Monate seines Lebens gewesen. Aber die Erfahrung hatte ihm die Augen geöffnet. Und wenn sich Augen erst einmal geöffnet hatten, schlossen sie sich nur selten wieder.

Er erinnerte sich an einen anderen Strand. Einen trockenen Strand. Die trockenen Knochen des Aralsees. Die Wüste, wo einst Wasser gewesen war. Der Binnensee, den die Russen trockengelegt hatten, um ihr Ackerland weiter im Norden zu bewässern. Nurzhan hatte ihn auf Spaziergängen dorthin mitgenommen, gegen Ende, nachdem sich seine Gefangenschaft in etwas anderes verwandelt hatte.

»Hier haben die Sowjets uns fertiggemacht«, hatte der Geologe gesagt, »bevor ihr Amerikaner kamt, um die Sache zu Ende zu bringen.« Er hatte gelacht, hart und verbittert. »Kommunismus, Kapitalismus, alles das Gleiche. Die Mächtigen wollen Rohstoffe. Wasser. Erdgas. Uran. Wenn die Mächtigen sie sehen, strecken sie die Hand aus und nehmen sie sich. Wen interessiert es, wer dabei unter die Räder kommt? Diktaturen und Demokratien, alles das Gleiche. Eure kostbare Demokratie schert sich einen Dreck um uns, nicht wahr? Alle Menschen sind gleich geschaffen, wie? Wir alle haben unveräußerliche Rechte. Oder doch nicht, wenn wir so weit weg leben? Ihr Amerikaner habt euren britischen König besiegt, weil er ein Tyrann war. Wir sind genauso. Wir werden unseren Tyrannen besiegen, selbst wenn ihr euch dagegenstellt.«

Nein, dachte Wats. Tut mir leid, Nurzhan. Aber das werdet ihr nicht tun. Ihr habt es nicht getan.

Nach zwei Jahren waren sie tot. Alle.

Er warf einen Stein ins Meer. Kein Weg zurück. Nur vorwärts.

Als er aus der Gefangenschaft zurückkehrte, trat er in eine veränderte Welt. Die Rebellen waren bezwungen. Der »Präsident« in Almaty hatte seine Macht gesichert. Das Erdgas strömte. Die Uranminen breiteten sich aus. Amerika hatte einen weiteren Verbündeten an der Grenze zu China.

Schließlich fand er heraus, dass seine Modifikationen Krebs verursachten. Das hatte man während seiner Monate in Gefangenschaft erkannt. Natürlich nicht sofort. Sie hatten das Genom nur ein klein wenig destabilisiert. Die Viren, die seine Zellen mit zusätzlichen Genen für

Muskelmasse und Knochenhärte und schnellere Nervensignale und all die anderen Verbesserungen ausgestattet hatten, hatten ihre Arbeit nicht ganz sauber erledigt. Einmal in einer Million Fälle hatten sie das neue Gen an der falschen Stelle eingebaut und damit irgendeinen anderen Teil der genetischen Anweisungen in seinen Zellen durcheinandergebracht. Nicht oft. Eigentlich keine große Sache. Nur dass sich diese genetischen Störungen eines Tages addierten. Irgendwann bildeten sich die Tumore. Wenn er vierzig geworden war, sagten sie, spätestens fünfundvierzig. Und danach ... Die moderne Medizin konnte Krebs bekämpfen. Sie konnte Tumore mit Gammastrahlen braten, sie mit noch genauer spezialisierten Viren reprogrammieren, die Blutversorgung mit Angiogenesis-Suppressoren abschneiden.

Irgendwann hatte man es hinter sich. Nach einem Jahr. Oder fünf. Oder zehn. Das hing davon ab, wann die Tumore bemerkt wurden, in welchem Teil seines Körpers sie sich befanden, wie er auf aggressive Behandlungen reagierte. Es gab viele Variablen.

Vor ihm hatte jemand vorsichtig mit einer Klage gedroht, mit *Öffentlichkeit* gedroht. So etwas konnte das Corps nicht ausstehen. Man bot allen, die dieses Modifikationspaket erhalten hatten, still und leise eine Entschädigung an. Genug für Wats, um nach Haiti zurückzukehren und dort wie ein König zu leben, für den Rest seiner – wahrscheinlich eher wenigen – Jahre. Genug, um stattdessen in den USA zu bleiben, um als Aktivist aufzutreten, über den Krieg zu sprechen, den er miterlebt hatte, wie seine Brüder verblutet und gestorben waren, wie sie getötet hatten, um einen Killer zu unterstützen, um eine

Regierung aus *Dieben, Vergewaltigern und Mördern* an der Macht zu halten, wie Temir es formuliert hatte. Genug, um eine weitere Ausbildung zu machen. Genug, um zu warten und zu hoffen und sich testen zu lassen und die Daumen zu drücken, dass sie eine wirksame Therapie fanden.

Er warf einen weiteren Stein ins Meer.

Genug Geld, um sich ein paar zusätzliche Identitäten zuzulegen und sich dieses Versteck zu kaufen, hier draußen mitten im Nirgendwo.

Was jetzt? Selbst wenn er nach Amerika zurückkehren könnte, hatte er dort kein Zuhause. Sein Stiefvater hatte Wats wegen seines Engagements als Kriegsgegner enterbt. Er hatte zu deutlich darüber gesprochen, wie der amerikanische Krieg gegen die Drogen die Narco-Barone hervorgebracht hatte, die Haiti zerstört hatten. Er hatte zu viel darüber gesagt, wie der Krieg in Kasachstan einen Diktator gefördert hatte. Er war kein Sohn von Frank Cole mehr.

Zurück nach Haiti? In das Land, das ihn zur Welt gebracht hatte? Auch dort wurde er zweifellos gesucht. Sollte er sich irgendwo anders ein kleines bequemes Leben einrichten? Von seinen Ersparnissen in Mexiko leben, bis der Krebs ihn tötete? Er war dafür bestimmt, etwas anderes zu tun, etwas Größeres. Temir, Nurzhan, Lunara ... sie hatten ihr Leben riskiert, um ihm etwas beizubringen. Das durfte er nicht in den Wind schlagen. Diese Sache war noch nicht vorbei.

Das billige Wegwerftelefon, das er in Cabo gekauft hatte, piepte ihn an. Er warf einen Blick darauf. Seine Datenschürfer hatten etwas gefunden. Eine aktuelle Erwähnung Kades im Netz. Das passierte selten. Seit seine Datenschürfer aktiv waren, hatten sie ihm Dutzende Treffer angezeigt, in denen es um Rangans Auftritte und Musikstücke ging, Hunderte Treffer, in denen Ilyas Artikel erwähnt wurden, aber nichts über Kade.

Er rief die Daten ab. Die Teilnehmerliste einer Konferenz. Das Treffen der International Society for Neuroscience in Bangkok. Die Zusammenfassung einer Präsentation, die Kaden Lane geben sollte. Kade hatte nicht erwähnt, dass er eine Reise nach Thailand plante.

Bangkok. Die Stadt des Lasters. Das moderne Babylon. Eine Metropole der Tempel und Huren. Während seines zweijährigen Einsatzes in Birma hatte er dort ein paar unvergessliche Tage erlebt. In Bangkok konnte man alles kaufen. Körper. Fantasien. Drogen.

Waffen.

Wenn es eine Falle war, war es der perfekte Köder. Sie mussten wissen, dass er schon einmal dort gewesen war. Wats kannte den schmutzigen Unterleib dieser Stadt. Er sprach sogar etwas Thai. Er konnte sich gut vorstellen, sich auf den Weg zu machen, Kade zu suchen und ihn zu befreien.

Und wenn er Kade befreit hatte ... konnte Wats Nexus 5 am Leben erhalten. Er konnte darauf hoffen, es eines Tages dem Rest der Welt zu geben. Und wenn die Welt es hatte ... würde es Menschen verändern. So wie Nexus ihn verändert hatte. Das Gefühl, den Geist eines anderen Menschen zu berühren, hatte ihn verändert.

Es gab keine andere Möglichkeit. Selbst wenn Kade ihn wieder zurückwies. Selbst wenn es vielleicht eine Falle war. Er würde mit offenen Augen hineingehen. Er war sowieso schon tot. Es war nur noch eine Frage der Zeit.

Sobald wir geboren werden, sterben wir, hatte jemand einmal gesagt. *Es geht nur darum, wie wir den Augenblick nutzen, der uns geschenkt wurde.*

Seinen Augenblick wollte er dazu nutzen, die Welt zu verändern. Er wollte ihn nutzen, um die Augen der Bewohner seiner Wahlheimat zu öffnen. Er wollte ihn nutzen, um das Geschenk abzuzahlen, das Temir, Nurzhan, Lunara und all die anderen ihm gegeben hatten.

Er warf einen letzten Stein ins Meer. Es wurde Zeit, sich auf den Weg zu machen. Ihm blieben noch sieben Wochen.

Watson Cole erhob sich und setzte sich in Bewegung.

Sam wartete vor dem Büro von Warren Becker. Sie war wütend. Am liebsten wäre sie auf und ab gegangen. Stattdessen zwang sie sich, völlig unbeweglich auf dem unbequemen Stuhl im Wartezimmer zu sitzen, mit kerzengeradem Rücken, die Hände im Schoß verschränkt. Äußerlich war sie ruhig, doch innerlich kochte sie. Das alles konnte nur ein Missverständnis sein.

Die Tür ging auf, und Beckers voriger Besucher kam heraus. Der Mann, an den sie sich vage aus der Policy erinnerte, nahm Augenkontakt mit ihr auf und wandte dann schnell den Blick ab.

»Kommen Sie rein, Sam«, rief der Direktor der Enforcement Division durch die Tür.

Sam atmete tief ein, ignorierte die Sekretärin, marschierte in Beckers Büro und schloss die Tür. Becker saß hinter seinem schweren Mahagoni-Schreibtisch, der von den zwei Emblemen des DHS und des ERD geziert wurde.

»Was kann ich für Sie tun?«, fragte er.

»Sir, Dr. Holtzmann hat gerade einen Labortermin mit mir gemacht, um mir Nexus 5 zu verabreichen, als permanente Integration. Er sagt, es wäre von Ihnen so angeordnet worden.«

»Ja«, antwortete Becker. »Das war mein Befehl.«

»Sir ...« Sam ballte die Hände zu Fäusten. »Ich halte das für eine sehr schlechte Idee.«

»Zur Kenntnis genommen«, sagte er.

»Es ist eine Sache, sich während eines Einsatzes dem Risiko einer Nexus-Dosis auszusetzen, Sir, aber Holtzmann spricht davon, dass ich es wochenlang, vielleicht sogar monatelang in meinem Kopf haben werde ... Das kann nicht richtig sein.«

»Sam, in diesem Fall ist es lebenswichtig für die Mission und möglicherweise für noch viel mehr.«

»Ich wüsste nicht, wie.«

Becker zählte die Punkte an den Fingern auf. »Erstens, wenn Sie mehr Erfahrung damit haben, werden Sie besser in der Lage sein, andere Leute auf Nexus hinsichtlich Ihrer wahren Identität zu täuschen, falls es zu einem gegenseitigen geistigen Kontakt kommt.«

»Dafür haben wir doch schon die hypnotische Gedächtnis-Implantierung«, gab Sam zurück.

»... die nicht funktioniert hat, als Sie das letzte Mal im Einsatz waren«, gab Becker zu bedenken.

»Beim nächsten Mal werde ich es besser machen. Ich werde besser vorbereitet sein.«

»Das werden Sie«, sagte Becker. »Weil Sie mehrere Wochen lang geübt haben, sich im mentalen Kontakt mit Nexus 5 zu behaupten.«

Becker hob einen weiteren Finger. »Und zweitens haben Sie und Lane auf diese Weise einen Verbindungskanal, über den Sie während der Operation ohne gesprochene Sprache kommunizieren können. Drittens können Sie dann überwachen, wie Lane die Sache emotional verkraftet, um ihn gegebenenfalls zu unterstützen. Mit dem Training kommt er nicht besonders gut voran. Seine Unfähigkeit, ruhig zu bleiben, ist ein Risiko für die Mission.«

»Dann schicken Sie jemand anderen«, erwiderte Sam so ruhig, wie es ihr möglich war. Sie spürte, wie ihre Fingernägel schmerzhafte Halbmonde in ihre Handfläche gruben. »Meine Anwesenheit wird ihn aufregen und nicht stabilisieren. Und ich bin einfach die falsche Agentin, um mit diesem Zeug im Kopf herumzulaufen.«

»Wir haben niemand anderen, der dafür geeignet wäre, Sam.«

»Was ist mit Anderson?«

»Hier geht es um eine Deep-Cover-Mission, die mindestens einige Wochen dauert, vielleicht sogar länger.«

»Dann Novaks.«

»Novaks hat keine Alias-Persönlichkeit, die passen würde. Sie haben bereits eine Identität als Doktorandin der Neurowissenschaft und eine entfernte Verbindung zu Lane. Novaks nicht.«

Sam zermarterte sich das Hirn.

»Wie wäre es mit Evans? Er hat eine neurowissenschaftliche Identität.«

Becker verzog keine Miene, aber etwas veränderte sich in seinen Augen.

»Chris Evans wurde vergangene Woche schwer verletzt.« Er seufzte. »In Kürze werden Sie eine Mitteilung darüber bekommen. Wir wollten zunächst mehr Daten über seinen Genesungsprozess erhalten, bevor wir den Vorfall bekannt geben. Ich weiß, dass Sie Freunde waren …«

Sam spürte, wie ihr das Blut aus dem Gesicht wich. Mehr als nur Freunde. Sie hatte ihre Ausbildung gemeinsam mit Evans absolviert. Sie hatten eine Affäre miteinander gehabt, bevor die Herausforderungen ihrer Arbeit und die Bemühungen, ihre Beziehung vor den Kollegen geheim zu halten, zu viel geworden waren. Er war unglaublich nett zu ihr gewesen …

»Wie schlimm?«, fragte sie.

Beckers Gesicht wurde ernst. »Schlimm, Sam. Er hatte einen Tues-Ring infiltriert. Irgendwie haben sie herausgefunden, wer er ist. Er war von jeder Kommunikation ausgeschlossen. Sie haben zwanzig Kugeln in seinen Körper gejagt. Wir haben ihn erst zwei Stunden später gefunden. Zu diesem Zeitpunkt war er klinisch tot. Seine Gehirnventile und die Hyperoxigenierung haben ihn gerettet. Er hat überlebt, aber es war sehr knapp.«

Tues. Wie in »Tu es«. Die Droge, die Menschen in Sklaven verwandelte. Sklaven für Sextäter, für Menschenhändler, für Schlimmeres. Die Vorstellung bereitete ihr Übelkeit. Dass Chris verletzt worden war, als er gegen so etwas gekämpft hatte …

»Ist er in der Reha?«, fragte sie.

Becker nickte langsam. »Der Schaden ist enorm. In den meisten Organen sind viele Zellen abgestorben. Man lässt gerade ein neues Herz für ihn wachsen, damit man ihn bald von der Maschine abklemmen kann. Er hat noch einen langen und schweren Weg vor sich. Vielleicht wird er nie wieder ganz gesund.«

Sam schluckte. Sie spürte, wie ihr die Galle hochkam. War er während dieser zwei Stunden bei Bewusstsein gewesen? Die kortikovaskulären Ventile der vierten Generation mussten sich geschlossen haben, als der Blutdruck runterging, um hyperoxigeniertes Blut in seinem Gehirn einzuschließen. Dann wäre die Schmerzkontrolle aktiviert worden. Er konnte während der gesamten Zeit bei Bewusstsein geblieben sein. Wie mochte es sich anfühlen, reglos dazuliegen, mit Herzstillstand, von Kugeln durchsiebt, langsam verblutend, während der Körper abstarb und das Gehirn weiterlebte, völlig hilflos ... bis man noch lebend oder vielleicht längst tot aufgefunden wurde ...

So etwas könnte auch ihr eines Tages bevorstehen.

Becker sprach wieder zu ihr. »Sie sehen also, Sam, dass es eigentlich niemand anderen gibt.«

Sam nickte. Im Vergleich zu dem, was Chris Evans durchgemacht hatte, verblassten ihre Bedenken.

»Ich weiß, dass Sie einen tief sitzenden Widerwillen gegen diese Technologie haben«, sagte Becker. »Und ich weiß auch, warum. Und genau das ist einer der Gründe, warum ich Ihnen vertraue. Wir alle tun Dinge, die uns widerstreben. Wir alle gehen Risiken ein. Chris hat es getan. Er hat sein Leben aufs Spiel gesetzt. Ich weiß, dass diese Sache nicht angenehm für Sie sein wird. Deshalb vertraue ich Ihnen umso mehr.«

Becker hatte es immer noch nicht verstanden. Es ging nicht darum, dass es so schrecklich war. Es ging darum, dass es das *nicht* war. Dass sie es *genossen* hatte, den Geist eines anderen Menschen zu berühren. Das war es, was ihr Angst machte. Das war es, was sich wie ein Verrat anfühlte. Sams Übelkeit verstärkte sich noch.

Aber es gab wirklich sonst niemanden. Sie würde den Job übernehmen.

»Danke, dass Sie sich die Zeit genommen haben, mit mir darüber zu reden, Sir. Wenn Sie mit Agent Ev… Wenn Sie mit Chris sprechen, sagen Sie ihm bitte, dass ich ihm die Daumen drücke.«

Becker nickte. »Das wird er bestimmt gern hören. Ich werde Ihnen Bescheid geben, wenn Sie ihn besuchen können. Sonst noch etwas?«

»Nein, Sir«, antwortete Sam. Sie verließ das Zimmer und schloss die Tür hinter sich. Ihre Eingeweide waren in Aufruhr. Ihr drehte sich der Magen um, als sie daran dachte, dass Chris Evans beinahe gestorben wäre. Und bei der Vorstellung, was sie demnächst tun würde.

Sie konnte sich lange genug beherrschen, um eine Toilette aufzusuchen, wo sie sich an einer Frau vorbeischob, die ihr Make-up erneuerte. Sie betrat eine Kabine, ging auf die Knie und erbrach ihr Mittagessen in die Schüssel.

Selbst nach all den Jahren waren die Erinnerungen noch viel zu frisch. Wieder wurde ihr übel. Ihr Magen verkrampfte sich, und sie würgte erneut über der Kloschüssel, bis sie auch die letzten Essensreste von sich gegeben hatte. Sie würde ihre Pflicht tun, das stand fest. Für sie gab es keine Alternative. Das ERD war die einzige Familie, die sie hatte, die sie seit vielen Jahren gehabt hatte.

Sie beugte sich vor, würgte immer wieder, bis nichts mehr in ihr übrig war.

[11] Gelassenheit

Es wurde April. Fünf Wochen waren vergangen, seit sie aufgeflogen waren. Und es waren noch drei Wochen, bis Kade nach Bangkok aufbrechen würde. Das Gelassenheitsprogramm war bereit. Er hatte es selbst auf niedrigem Niveau getestet. Es konnte seinen Puls auf einem EKG konstant halten, desgleichen seine Atemfrequenz bei jedem von ihm gewünschten Wert und seinen Hautwiderstand auf jedem Biofeedback-Instrument eines Psycho-Labors.

Es wurde Zeit, die Sache einem verschärften Test zu unterziehen. Er schaltete das System auf Stufe drei von zehn, bevor er zum Treffen mit Nakamura ging.

»Haben Sie schon darüber nachgedacht, was Sie nach Ihrer Promotion tun werden?«, fragte die simulierte Shu in der virtuellen Realität.

»Ich werde mich auf Stellenanzeigen für Postgraduierte bewerben«, antwortete Kade. »Denn ich bin sehr an der Decodierung und Kartierung höherer Hirnfunktionen interessiert.«

Vom Lügendetektor kam kein Summton.

»Das freut mich zu hören«, sagte Su-Yong Shu. »Wahrscheinlich haben wir im nächsten Jahr Mittel für eine Postgraduiertenstelle in meinem Labor zur Verfügung. Ich würde Ihnen empfehlen, sich darauf zu bewerben.«

»Das wäre fantastisch«, sagte Kade. »Es wäre mir eine große Ehre, mit Ihnen zusammenarbeiten zu dürfen.«

Immer noch kein Summton.

»Es ist eine Schande, wie streng die Neurowissenschaft in Ihrem Land staatlich reguliert wird«, sagte sie. »Finden Sie nicht auch?«

»Hmm, nun ja, Sie wissen zweifellos, dass es aus Sicherheitsgründen geschieht.«

Kein Summton.

»Ich würde sehr gern in Ihrem Labor arbeiten. Sie sind eins meiner großen wissenschaftlichen Vorbilder.«

Nichts.

»Ich finde, das ERD erfüllt in den USA eine nützliche Aufgabe, auch wenn es manchmal etwas zu weit geht.«

Nada.

»Aber ja, ich würde mich gern etwas ausführlicher mit Ihnen darüber unterhalten, wie Sie zu Ihren erstaunlichen Einsichten gelangt sind, und mehr über den Spiritus Rector erfahren, der für diese unglaublichen Artikel verantwortlich ist.«

Nix.

»Nein, ich mache mir keine Sorgen um meine Freunde, die ich zurückgelassen habe. Was sollte schon mit ihnen passieren?«

Immer noch nichts.

Nakamura beugte sich vor und nahm Kade die Brille und die Kopfhörer ab. »Sie haben irgendwas gemacht.«

Kade grinste.

»Hmmm. Sie haben selbst irgendwas in Ihrem Schädel gemacht, nicht wahr?«

Kade blieb stumm.

»Sie hätten es mir sagen sollen«, erklärte der CIA-Mann.

»Es war gut, dass Sie nichts davon gewusst haben«, erwiderte Kade.

Nakamura gluckste leise. »Dann wollen wir mal sehen, wie es unter größerem Stress funktioniert. Bitte machen Sie sich klar, dass es nicht persönlich gemeint ist.«

Kade blieb noch ein kurzer Moment, sich über diese Bemerkung zu wundern, dann ging der CIA-Mann auf ihn los.

Nakamura war von seinem Stuhl aufgesprungen, auf die andere Seite des Schreibtischs gestürmt und griff Kade von links an, bevor Kade überhaupt die Chance auf eine Reaktion hatte. Der CIA-Mann packte Kades linken Arm, drehte ihn schmerzhaft auf seinen Rücken und zwang ihn damit, sich von seinem Platz zu erheben.

Ein lautes Summen drang aus dem Lügendetektor.

Verärgert drehte Kade das Gelassenheitsprogramm auf Stufe zehn hoch. Im nächsten Moment verstummte der Summton.

Nakamura lachte. »Sehr gut, Kade. Und jetzt verraten Sie mir«, säuselte er ihm mit Shus nachgeahmter Stimme ins Ohr, »ob Sie begeistert sind, mit mir in China zusammenzuarbeiten.«

»Ich bitte Sie, Dr. Shu, nichts wäre mir lieber.« Kade stieß die Worte mühsam hervor, während er die Zähne ob der Schmerzen in seiner Schulter und in seinem Ellbogen zusammenbiss.

Der Sensor gab keinen Ton von sich.

»Ich habe Ihnen sogar ein kleines Geschenk mitgebracht, Dr. Shu.«

Kade aktivierte Bruce Lee. Er stellte den Schalter auf vollautomatischen Modus und drückte START.

Kades Körper verdrehte sich nach rechts, um Nakamura einen Ellbogenstoß gegen den Kopf zu verpassen, dann wirbelte er wieder nach links herum und trat dem CIA-Mann gegen das Knie. Nakamura parierte den Ellbogen, ließ sich zurückfallen und bog das Bein durch, damit Kades Tritt stattdessen sein Schienbein traf. Kades Körper vollführte eine volle Drehung, während seine freie Hand zu einem Handgelenkschlag ausholte, der Nakamura die Nase brechen und ihm die Trümmer ins Gehirn treiben sollte.

Der CIA-Agent wich dem Angriff mit einer übermenschlich schnellen, ruckhaften Halsbewegung aus, ließ Kades Arm los und wich einen weiteren Schritt zurück. Sein Gesicht zeigte ein wildes Grinsen.

Auweia, dachte Kade.

Kades Körper sprang vor und zielte mit einem Fußtritt auf Nakamuras Unterleib und mit ausgestreckten Fingern auf seine Augen. Nakamura trat vor, lenkte den Fußtritt mit dem Unterarm ab und duckte sich unter den Fingern weg. Er wirbelte herum, und plötzlich war er irgendwie hinter Kade gelangt.

Bruce Lee konterte mit einem Ellbogenschlag und einem Lowkick. Keiner von beiden traf ins Ziel. Kades Körper drehte sich nach rechts. Nakamura legte eine Hand auf Kades Schulter und manövrierte sich wieder hinter ihn. Eine offene Handfläche schlug Kade fast sanft gegen eine Seite seines Gesichts. Bruce Lee schickte einen Straightkick nach hinten gegen Nakamuras Leistengegend und traf stattdessen einen Stuhl. Dann war der Agent neben ihm, und er grinste immer noch.

Bruce Lee holte mit Kades rechter Hand zu einem Messerhieb gegen Nakamuras Kehle aus. Fast beiläufig ließ sich der Agent in die Hocke fallen, während Kades Hand über seinem Kopf durch die Luft schnitt.

Und er lächelte immer noch.

Kade war klar, dass er die Sache jetzt beenden sollte. Er hatte einfach keine Chance gegen Nakamura. Das Ganze konnte nur zu noch größeren Schmerzen für ihn führen. Aber irgendetwas in ihm trieb ihn an, dem selbstgefälligen älteren Mann wenigstens einen Schlag zu verpassen. Kade drehte eine Einstellung in der Kampf-App hoch: *voller Angriff, keine Verteidigung*. Sein Körper reagierte mit einer schnellen Abfolge von Tritten und Schlägen mit Füßen, Knien, Ellbogen, Handflächen, Handkanten und Fingern.

Er landete keinen einzigen Treffer. Der CIA-Agent lächelte weiter und wich jedem Angriff mühelos aus.

Ein Sensor blinkte rot in Kades Geist. Sein Blutsauerstoff sank auf einen gefährlich niedrigen Wert. Kades Sichtfeld wurde verschwommen und kleiner. Sein Körper trat und schlug um sich, während das Gelassenheitsprogramm seinen Puls bei 65 Schlägen pro Minute und seine Atmung bei 15-mal pro Minute hielt. Kades Körper brauchte mehr Sauerstoff, aber seine Software ließ es nicht zu.

Kade schaltete das Gelassenheitsprogramm aus, damit sich seine körperlichen Reaktionen normalisieren konnten. Schweiß trat ihm auf die Stirn, keuchend schnappte er nach Luft, und er spürte seinen Herzschlag in der Kehle. Mit einem weiteren Tritt zielte er auf Nakamura und stieß erneut ins Leere ...

Ein lauter Summton.

Angewidert schaltete Kade den Bruce-Lee-Modus aus und brach erschöpft auf dem Boden zusammen. Atmen. Atmen. Sein Brustkorb schmerzte. Es war ihm sogar egal, dass Nakamura ihn mit einem Tritt ins nächste Jahrhundert befördern würde.

Kade hörte Applaus.

Nakamura stand immer noch über ihm, lächelte und klatschte in langsamem Rhythmus in die Hände.

»Sie stecken voller Überraschungen, Mr. Lane. Das war äußerst beeindruckend.«

»Sie ... können ... mich ... mal«, stieß Kade zwischen keuchenden Atemzügen hervor.

Nakamura lachte.

Der ältere Mann ging neben ihm in die Hocke, immer noch lächelnd. »Sie hatten Ihren Körper die ganze Zeit unter Kontrolle, nicht wahr? Während des Kampfes haben Sie völlig normal geatmet. Ihr Puls war konstant. In der Tat beeindruckend.«

Kade nickte matt.

»Aber Sie sollten das Kämpfen den Kämpfern überlassen, Mr. Lane.«

Nakamura holte mit der Faust aus, dann stoppte er abrupt den Schlag und ließ seine Faust einen Zentimeter vor Kades Gesicht verharren. Wieder lachte der CIA-Agent, er lachte und lachte.

Kade gab sich geschlagen und ließ den Kopf auf den Boden sinken.

Die letzten Wochen vergingen wie im Fluge. Rangan beendete seine Arbeit an der Rekonstruktion des Nexus-

Disruptors des ERD und an der Abwehr des Disruptors. Das Verteidigungssystem konnte alle möglichen Signale herausfiltern, die die Nexus-Knoten in Kades Gehirn nicht empfangen sollten. Es verfügte über gestaffelte Sicherungen, Wachhunde und Stolperdrähte, um gefährliche Signale und Prozesse zu stoppen. Kade war sehr von diesen Möglichkeiten angetan. Antiviren für ihre Bewusstseine.

Der Nexus-Disruptor war eine ganz andere Angelegenheit. Er war eine Waffe. Brauchte er so etwas wirklich? Rangan bestand darauf, dass Kade auch den Disruptor installierte und nicht nur das Verteidigungssystem. »Man weiß nie, wann man so etwas gebrauchen kann«, sagte Rangan.

In der letzten Woche ersetzte Nakamura Kades Telefon durch ein scheinbar baugleiches Gerät. Es enthielt all seine Daten. Dieses Telefon, erklärte Nakamura, verfügte über eine ganz besondere Eigenschaft. Es würde Nexus-5-Signale über das Netz schicken. Samantha Cataranes war in ihrer Identität als Robyn Rodriguez mit einem ähnlichen Telefon ausgestattet. Unter Nexus 5 würden ihre Bewusstseine in ständiger Verbindung stehen.

Welche Freude!

Die Erlaubnis, Chris Evans zu besuchen, kam zwei Tage vor ihrem geplanten Aufbruch. Sam musste an drei bewaffneten Wachposten vorbei, um das Genesungszimmer zu erreichen, in dem Evans untergebracht war, tief in den geheimsten Stockwerken unter dem Walter Reed National Military Medical Center.

Chris – beziehungsweise das, was noch von ihm übrig war – schwamm im Regenerationstank. Sein Körper wurde von nährstoffreicher Wachstumsflüssigkeit umspült. Neues Gewebe, das mit seinen eigenen Zellen geimpft worden war, wuchs langsam, um das zu ersetzen, was Kugeln, Sepsis, Blutverlust und Nekrose zerstört hatten.

Die Ärzte sagten, dass Evans bei Bewusstsein war, aber äußerlich deutete nichts darauf hin. Sam setzte sich neben den Tank, legte eine Hand auf das Glas und spürte das sanfte Summen darin.

»Du hast alles richtig gemacht, Chris«, sagte sie zu ihm. »Du hast sehr viele Menschen vor der Hölle gerettet.« Sie blieb und sprach noch eine Stunde lang zu ihm, erzählte ihm, was er geleistet hatte, welch ein Held er war, dass er in kürzester Zeit wieder ganz sein würde.

Sie wünschte sich, sie könnte ihn berühren. Sie wünschte sich, er wäre da drinnen nicht so isoliert. Sie wünschte sich, sie könnte ihm zeigen, wie viel er ihr bedeutete. Gern hätte sie erfahren, was er dachte. Sie wünschte sich, er wäre auf Nexus.

... das heißt, in Anbetracht 1. der großen Anzahl von hochtechnologischen Gefährdungen der Sicherheit der Vereinigten Staaten, die bereits Zehntausenden Amerikanern das Leben gekostet oder ihnen die Würde geraubt und Millionen weitere Menschen bedroht haben, 2. des schnellen wissenschaftlichen und technischen Fortschritts der Grundlagen solcher Gefährdungen und den daraus folgenden Risiken, die künftige noch viel gefährlichere Bedrohungen mit sich bringen werden, und 3. der Unzulänglichkeit traditioneller Institutionen der Judikative und Exekutive angesichts solcher Gefährdungen, empfehlen wir:

Die Schaffung einer neuen Behörde innerhalb des Department of Homeland Security – das Emerging Risks Directorate – mit der Befugnis, uneingeschränkt sämtliche Maßnahmen zur Abwehr solcher Gefährdungen zu ergreifen.

Die Ermächtigung des Präsidenten und des Ministers für Heimatschutz, bestimmte Personen, Organisationen und Technologien als drohende technologische Gefährdungen zu designieren.

Die Aussetzung der üblichen Justizverfahren und Rechtsansprüche für solchermaßen designierte Personen, Organisationen sowie die Entwickler und Vertreiber solcher Technologien, einschließlich des Rechts auf Meinungsäußerung, der richterlichen Anhörung und gegen unangemessene Durchsuchungen und Festnahmen.

Die Schaffung von National Emerging Threads Tribunals als ausschließliches Forum für die Urteilssprechung gegen solche Personen, Organisationen und Technologien, ausgestattet mit sämtlicher juristischer Macht und Verantwortung und allein gegenüber dem Heimatschutzministerium und dem Präsidenten verantwortlich.

Ausschussbericht:
Der Schutz der USA vor künftigen Gefährdungen,
Senatsausschuss für Heimatschutz,
Vorsitzender: Daniel Chandler (D – SC), November 2031

[12] Zwei Tickets ins Paradies

Kade verstaute seine Taschen im Gepäckfach über den Sitzen an Bord des Fluges 819 nach Bangkok.

»Kade«, sagte Samantha Cataranes von ihrem Sitz neben seinem. »Auf dem Weg zur ISFN?«

Er konnte ihren Geist spüren. Nakamura hatte ihm gesagt, dass er damit rechnen sollte. Es war unzweifelhaft Samantha Cataranes. Falls er irgendwelche Zweifel gehegt hätte, dass es dieselbe Frau mit einem neuen Gesicht war, hätte ihre mentale Berührung sie restlos ausgeräumt. Aus der Nacht in Simonyi Field erinnerte er sich nur zu gut an diesen Geist.

Das Signal von ihr war stark und deutlich. Nicht so stark wie das von Rangan oder Ilya oder Wats, aber stärker als das eines gewöhnlichen Nutzers. Also war sie schon seit Wochen auf Nexus 5. Und sie hatte damit geübt.

»Hallo, *Robyn.*« Er betonte ihr Pseudonym etwas zu sehr. »Bist du auch dorthin unterwegs?«

»Ja.«

<Chatanfrage von Robyn Rodriguez. Annehmen? Ja/Nein>

Uneingeschränkte Kooperation, hatte man ihm gesagt. Seufz.

<Ja>

[robyn] Hallo!

[kade] Welch ein Zufall, dich hier zu treffen.

Er bemühte sich, mental nichts von seiner Verbitterung und Wut durchsickern zu lassen.

[robyn] Wie geht es deinem Kopf?

Unwillkürlich legte Kade eine Hand an die Schläfe, wo sie ihn geschlagen hatte. Wochenlang hatte er unter der Beule gelitten.

[kade] Schon besser. Wie geht es deinen Rippen?

[robyn] Schon besser.

Es gefiel ihm nicht, dass »robyn« als ihr Name angezeigt wurde. Er durfte nicht vergessen, mit wem er tatsächlich interagierte. Er rief das Menü auf und änderte den angezeigten Namen zu »sam«.

[kade] Warum du? Nichts für ungut.

[sam] Kein Problem. Ich war der einzige geeignete und verfügbare Agent.

[kade] Wirklich schade.

[sam] Denk, was du willst, Kade. Bei dieser Mission bin ich für deine Sicherheit verantwortlich.

[kade] Das beruhigt mich ungemein.

Eine Weile saßen sie schweigend nebeneinander, aber Kade brachte einfach nicht die nötige Energie auf, während des gesamten Fluges wütend zu bleiben. Er wollte es einfach nur hinter sich bringen, seine Herren und Meister vom ERD zufriedenstellen und sicher heimkehren.

Sam verbrachte die Zeit mit ihrem Slate. Zuerst blätterte sie Reiseführer über Bangkok und Thailand durch, wies Kade auf interessante Details hin und machte dann dasselbe mit dem Konferenzprogramm der International Society for Neuroscience.

Kade las selbst ein wenig in einem Reiseführer. Thailand sah wirklich atemberaubend schön aus, mit Dschungeln und Wasserfällen und Stränden und einem Tempel nach dem anderen. Er wünschte sich, er würde hinfliegen, um dort Urlaub zu machen.

Im Konferenzprogramm fand sich eine Fülle von faszinierenden Vorträgen – über neurale Substrate symbolischen Denkens, über die Intelligenz und die Möglichkeiten zur Steigerung selbiger, über die Programmierung von Emotionsschleifen: Ein neuer Weg zu Künstlicher Allgemeiner Intelligenz. Wie konnte man überhaupt solche Vorträge halten? In den USA würde man die Hälfte von ihnen als drohende technologische Gefährdungen klassifizieren.

Kein Wunder, dass die internationale Konferenz längst die amerikanischen neurowissenschaftlichen Kongresse überflügelt hatte, dachte Kade. Die innovativsten Sachen waren in seinem Land inzwischen illegal.

Er warf einen Blick zu Sam. Sie war einer der Gründe, warum er in diesem Flugzeug saß. Sie gehörte der Organisation an, die ihn erpresste. Sie handelte auf der Basis von Gesetzen, die er verabscheute, sie war eine Agentin der Ignoranz und Unterdrückung, und Gewalt war ihr wichtigstes Werkzeug. So etwas ließ sich nicht einfach vergessen.

Zwei Filme, drei Mahlzeiten und vierzehn Stunden später näherten sie sich endlich Bangkok. Wolken umhüllten sie für einen scheinbar endlosen Zeitraum, dann waren sie plötzlich durch, und unter den Wolken breiteten sich in alle Richtungen die Lichter der zweitgrößten Metropole Südostasiens aus. Einige Minuten später waren sie gelandet.

Kade beobachtete Sam, als sie ihre Taschen aus den Staufächern holten und schließlich durch den Zoll und die Einreise geschleust wurden. Sam lächelte dem Einreisebeamten zu und warf dabei beiläufig ihr Haar zurück. Der Mann winkte sie durch. Wie viele Identitäten hatte sie eigentlich? Wie oft machte sie so etwas? Kade konnte über den Nexus-Link spüren, wie cool und gefasst sie war.

Als er an der Reihe war, winkte der Einreisebeamte ihn genauso schnell durch. So war es also, wenn man als Spion unterwegs war.

Außerhalb des klimatisierten Terminals schlug Kade die Hitze von Bangkok wie eine Wand entgegen. Es war elf Uhr abends Ortszeit und immer noch heißer als an einem Sommertag in seiner Heimat. Und lauter. Sie wurden vom Lärm von Autos und Mopeds umschlossen, von vorbeisausenden Bussen, schreienden Schleppern und Schmuckverkäufern, über ihnen der surrende Skytrain, die unterschiedlichsten Rufe auf Englisch und Thai, Gerüche nach Biodiesel, Staub, Schweiß und gegrilltem Fleisch, das Gefühl der feuchtwarmen Luft auf seiner Haut, die hellen Lichter, die Polizeigleiter, die blinkenden ultrahellen LED-Reklamen, die für Adressen warben, wo man schlafen, essen oder ficken konnte, wo man nackte Mädchen, nackte Jungen und noch viel mehr sehen konnte.

Trotz seiner Müdigkeit war Kade hingerissen. Dabei war es noch gar nicht das eigentliche Bangkok, sondern nur der Ausgang des Flughafens. Er konnte das alles in sich aufnehmen. Er konnte alles auf einmal erleben.

Sam pfiff und winkte, dann zerrte ein Taxifahrer in einer offiziell aussehenden Uniform an den Taschen in Kades Händen und deutete mit einer Kopfbewegung auf einen wartenden Wagen. Kade ließ sich führen, dann saßen sie im Taxi und waren auf dem Bangkok-Chonburi-Expressway auf dem Weg in die Stadt.

Der Taxifahrer sprach anständiges Englisch und plapperte die ganze Zeit, während sie in Richtung Stadt fuhren. Ob sie wegen der Konferenz hier waren? Ja, langsam füllten sich sämtliche Hotels der Stadt. Wenn sie eine Pause von den Tempeln und Märkten und der Konferenz wollten, sollten sie die Krokodilfarm in Samutprakarn besuchen. Er würde sie hinbringen, und hier war seine Karte. Die große Kreuzung da drüben war Phra Ram 9, wo es die Fortune Town IT Mall gab, wo sie alle mögliche Software und Elektronik kaufen konnten, zu sehr, sehr, *sehr* billigen Preisen, falls sie verstanden, was er damit meinte.

»Nicht nur indische Sachen!«, sagte er. »Gute chinesische Ware! Koreanische Produkte! Sogar manche amerikanische Software!« In einer anderen Richtung lag die Straße zur alten Thai-Hauptstadt Ayutthaya. Sein Cousin betrieb ein Reiseunternehmen mit guten Führern und ausgezeichneten Preisen, und er konnte ihnen sogar noch einen Nachlass verschaffen. Hier ging es zum schwimmenden Markt von Damnoen Saduak, den sie unbedingt kurz nach Sonnenuntergang besuchen sollten.

Falls sie an zwielichtigeren Genüssen interessiert waren, hätte er ein paar Ideen, wohin sie gehen könnten, um sich die besten Sex-Shows anzusehen, wo die Frauen die erstaunlichsten Dinge mit gewissen Teilen ihrer Anatomie taten – falls die Dame ihm diesen Hinweis verzeihen wollte. Es gab auch Shows mit Jungs, aber, ähmmm, die nette Dame auf dem Rücksitz wäre dort vielleicht die einzige

Frau im Publikum. Sie sollten unbedingt zum Nachtbasar gehen – gleich westlich vom Queen Sirikit Convention Center, wo die Konferenz stattfand. Und natürlich sollte jeder, der Bangkok besuchte, der Stadt der Engel am Tempel von Wat Phra Kaeo Respekt zollen und sich den Großen Palast ansehen. Und wenn sie Zeit für einen weiteren Tempel hatten, sollten sie zum Liegenden Buddha in Wat Pho in der Altstadt gehen. Und hier waren sie am Victory Monument, fast im Zentrum der Stadt, und hier war auch schon das Prince Market Hotel, in dem sie wohnten, und das wären dann bitte eintausend Baht, plus Trinkgeld, dessen Höhe sich nach ihrer persönlichen Großzügigkeit richten sollte.

Sam blätterte elfhundert Baht von einem Notenbündel und reichte sie dem Taxifahrer, während ein Hotelangestellter ihnen die Taxitür öffnete. Die Hitze war ein Spießrutenlauf vom klimatisierten Taxi zur klimatisierten Hotellobby. Sie überlebten.

Drinnen checkten sie ein und stellten fest, dass ihre Zimmer auf dem gleichen Stockwerk lagen, nur wenige Türen voneinander entfernt, genau, wie man ihm angekündigt hatte.

Sams Zimmer befand sich auf der anderen Seite des Korridors und vier Türen vor dem von Kade. Sie war ihm nahe genug, um ihn ständig überwachen zu können, da sie zwischen seinem Zimmer und dem Lift wohnte, aber nicht im Nachbarzimmer, was einen unwahrscheinlichen und verdächtigen Eindruck hätte erwecken können. Sie zog die Karte durch das Türschloss, drückte die Tür mit ihren Taschen auf und drehte sich noch einmal mit einem schwachen Lächeln zu ihm um.

»Wir sehen uns morgen früh. Unten um acht Uhr zum Frühstück, okay?«

Kade brummte eine Zustimmung. Sam schloss die Tür und verschwand in ihrem Zimmer.

Kades Zimmer war klein, aber nett, mit Ausblick auf die neonleuchtende Innenstadt von Bangkok. Er stand eine Weile am Fenster und nahm die hohen Türme, die Neonreklame und die Verkehrsströme, die zu Fuß und auf Rädern unterwegs waren, in sich auf. Die hellen Lichter der großen Stadt, dachte er. Er warf sein Slate und sein Telefon auf die Aufladeplatte auf dem Nachttisch und ließ sich in voller Kleidung auf das Bett fallen.

Das Lächeln verschwand von Sams Gesicht, als sich die Tür hinter ihr schloss. Mit Kaden Lane zusammen zu sein war ermüdender, als sie erwartet hatte. Sie schloss sämtliche Vorhänge, um eine externe visuelle Überwachung zu verhindern. Dann ging sie durch das Zimmer, inspizierte es, öffnete systematisch jede Schublade, durchsuchte jeden Winkel, überprüfte die Telefone, das Terminal, den Bildschirm, die elektrischen Anschlüsse. Ihre Implantate scannten die Umgebung auf verräterische Signale aktiver Überwachungseinrichtungen, auf molekulare Spuren von Sprengstoffen, auf ungewöhnliche Echos von falschen Wänden oder Fächern, in denen sich Wanzen oder schlimmere Dinge verbergen mochten.

Sie zog ihr Slate hervor und benutzte es, um den Status des Infiltrationsdaemons abzurufen, den die CIA in das Hotelnetz eingeschleust hatte. Die Kameras in den Gängen und Aufzügen gehörten jetzt ihr, genauso wie die Türschlösser, die Rauchmelder und Sprinkler, die Bewegungssensoren in den Leitungsschächten, die diskreten Metall- und Sprengstoffdetektoren in der Lobby, der lokale Zugangsknoten zum Netz, die Buchungsdatenbank, der Zimmerreinigungsplan, die Telefone und noch viel mehr.

Im Hotel waren keine bekannten feindlichen Agenten registriert. Kein Anzeichen einer Infiltration des Hotelnetzwerks. Was bedeuten mochte, dass Kade und sie keinen Verdacht erregt hatten, oder vielleicht nur, dass andere Infiltratoren mit genauso gutem Werkzeug ausgestattet waren wie Sam.

Sie wandte ihre Aufmerksamkeit Kades Zimmer zu. Die Überwachungsabwehrwanze, die sie an seiner Tasche befestigt hatte, fand keine Hinweise auf Wanzen, die nicht ihre eigenen waren. Ein zusammengesetztes Bild von der Handvoll Wanzen, die über seine Kleidung, Geräte und Taschen verteilt waren, zeigte ihr, wie Kade in voller Montur auf dem Bett lag, die Vorhänge offen, die Taschen unangetastet. Über die Nexus-Verbindung spürte sie, wie er langsam einschlief. Gut. Das Slate würde sie sofort wecken, wenn sich etwas Grundlegendes in seinem Zimmer änderte. Auch wenn sich sein mentaler Zustand extrem änderte, würde sie davon aufwachen.

Sie wies den Daemon an, weiter das Hotelnetz zu durchforsten, sie zu alarmieren, wenn Kades Tür geöffnet wurde, wenn sich der Stromverbrauch seines Zimmers abrupt änderte, wenn er auf das Netz zugriff oder das Telefon benutzte oder wenn sich jemand auf dem Korridor herumtrieb. In der Zwischenzeit würde der Daemon die Gesichter sämtlicher Personen registrieren, die von den Überwachungskameras in den Liften oder in der Lobby erfasst wurden, insbesondere auf ihrem Stockwerk, um sie an eine CIA-Datenbank zu schicken, die sie mit bekannten ausländischen Agenten abglich.

Sie sendete einen Klon der Datenströme an ihr Unterstützungsteam. Ständig würde ein Agent wach sein und den Feed rund um die Uhr überwachen, um sie sofort zu wecken oder Maßnahmen einzuleiten, falls irgendeine Gefahr bemerkt wurde. Eine Eingreiftruppe hielt sich für den Notfall als Rückendeckung bereit. Einheimische Vertragsmitarbeiter, deren Vertrauenswürdigkeit von der CIA überprüft worden war.

Sam war mit den Sicherheitsvorkehrungen zufrieden. Dann packte sie ihre Tasche aus, hängte ihre Kleidung für den nächsten Tag auf und breitete ihre diskreten, kaum als solche erkennbaren Waffen aus, wo sie leicht an sie herankam. Sie stellte das Wecksignal auf 7 Uhr morgens und legte sich schlafen.

An einem anderen Ort in Bangkok, im Zimmer einer schäbigen Absteige in der Nähe der Khao San Road, summte ein Slate. Watson Cole unterbrach die Überprüfung seiner Waffen, um nachzusehen, was er empfangen hatte. Es war eine Nachricht von seinem Mann im Prince Market Hotel. Kaden Lane war eingetroffen und hatte in Zimmer 2738 eingecheckt. Er war zusammen mit einer Frau namens Robyn Rodriguez gekommen, die in Zimmer 2731 wohnte. Fotos von einer Kragenkamera zeigten die beiden, wie sie an der Rezeption warteten.

Wats zoomte das Gesicht von Robyn Rodriguez heran, während er auf einem anderen Bildschirm Informationen über sie abrief. Gleicher Körperbau. Gleiche Nase. Gleiches Kinn. Die Augen, das Haar, die Lippen und die Wangenknochen waren anders, aber diese Dinge ließen sich modifizieren. Mit großer Wahrscheinlichkeit handelte es sich um Samantha Cataranes. Das wiederum bestätigte, dass es sich hierbei entweder um eine Mission des ERD oder eine Falle für Wats handelte.

Es spielte keine Rolle. Er hatte seine eigene Mission. Cataranes war eine Komplikation, aber er hatte mehr oder weniger mit so etwas gerechnet. Diesmal würde sie ihn nicht überrumpeln. Sein Ziel würde er trotzdem erreichen, auch wenn sie und möglicherweise weitere Agenten vor Ort waren.

Er schickte eine Nachricht an das Zimmermädchen im Prince Market, das er für diese Dienste bezahlte.

2738. Morgen.

Seine Hand legte sich auf den kleinen Datenspeicher, den er an einer Halskette trug. Wenn er nur eine Verbindung zwischen dem Gerät und Kade herstellen könnte ...

Aber würde Kade seine Hilfe überhaupt akzeptieren? Sollte er ihn vielleicht fragen? Er musste es tun. Kade war nicht nur irgendein Werkzeug. Er war ein Freund. Der Kerl musste seine eigenen Entscheidungen treffen, seine eigenen Sorgen abwägen. Wats wusste nicht, was sie seinem Freund angeboten oder womit sie ihm gedroht hatten, damit er hierherkam. Er wusste nicht, was sie von Kade erwarteten.

Letztlich stand Kades Karma auf dem Spiel. Wats konnte seine Hand ausstrecken, aber Kade musste sie ergreifen. Wenn er noch einen Funken Verstand besaß, würde er es tun.

Wats machte mit der Überprüfung seiner Ausrüstung weiter. Vielleicht hing sein Leben und das von Kaden Lane davon ab.

[13] Einladungen und Provokationen

Der Morgen kam für Kade viel zu früh. Im Hotelrestaurant traf er sich mit Sam, und nach dem Frühstück machten sie sich auf den Weg zur Konferenz. Wieder war die Hitze wie eine solide Mauer, als sie aus der Lobby traten, um sich ein Transportmittel zu suchen. Der Himmel war eine geschlossene Decke aus Wolken oder Rauch oder beidem. Die Luft war zäh von der Feuchtigkeit. Ein warmer Nieselregen fiel auf die Straße. Kein Wunder, dass Konferenzen hier zu dieser Jahreszeit abgehalten wurden. Niemand reiste nach Bangkok, um Urlaub zu machen, wenn das Wetter so erdrückend war.

Sam winkte wahllos ein Tuk-Tuk heran. Das hellgelbe dreirädrige Fahrzeug steuerte sie an. »Zum Queen Sirikit Convention Center«, sagte sie.

»Convention Center«, wiederholte der Fahrer. »Einhundert Baht!«

»Fünfzig Baht«, erwiderte Sam.

»Fünfzig Baht! Wolkiger Tag! Keine Sonne!« Er gestikulierte in Richtung der Solarkollektoren auf dem Fahrzeugdach und auf die tief hängenden Wolken. »Muss Motor benutzen. Fünfzig Baht zu wenig für Benzin. Neunzig Baht!«

Sam schüttelte den Kopf und wandte sich zum Gehen. Sie zog Kade am Unterarm mit sich.

»Okay, okay, achtzig Baht!«, rief der Fahrer.

Sam drehte sich wieder zu ihm um. »Sechzig Baht. Nicht mehr.«

»Siebzig Baht, Lady! Kann nicht weiter runtergehen.«

Sam nickte. »Okay.« Sie zerrte Kade in das offene Tuk-Tuk.

Der Fahrer gab bereits Gas, als sie sich kaum auf die enge Rückbank gezwängt hatten. Das kleine dreirädrige Fahrzeug schoss in den Verkehrsstrom, sauste um ein Taxi herum, schlängelte sich zwischen zwei Privatautos hindurch und wich einem Motorroller aus, der mit drei Leuten besetzt war und quer durch den Verkehr schnitt. Dann klemmte er sich hinter einen Bus und wurde in dessen Biodieselabgase gehüllt. Kade suchte nach einem Sitzgurt. Es gab keine. Es gab auch keine Türen. Sie saßen praktisch auf einer Hochgeschwindigkeitsrikscha, die über einen Motor verfügte und teilweise überdacht war. Kade hielt sich an einer kleinen Seitenstange fest. Wenigstens schützte sie das Dach vor dem Nieselregen. Ein schwacher Trost, wenn er demnächst auf die Straße geschleudert und von irgendeinem anderen dahinrasenden Fahrzeug überrollt wurde.

Sam legte eine Hand auf seinen Unterarm, und erst da bemerkte Kade, dass er sich an ihrem Bein festklammerte, als würde sein Leben davon abhängen.

»Entspann dich«, sagte sie. »Das machen alle so. Genieß die Fahrt.«

Sie hatte gut reden. Wenn sie von einem Auto überfahren wurde, konnte sie wahrscheinlich schon nach wenigen Sekunden wieder aufstehen.

Kade nickte stumm und bemühte sich, das Beste daraus zu machen. Es gelang ihm beinahe, die Fahrt tatsächlich zu genießen.

An der Registrierung herrschte absolutes Chaos. Die Veranstalter erwarteten etwa fünfzehntausend Besucher, die persönlich zu diesem Ereignis erschienen, und weitere fünfzigtausend, die virtuell teilnahmen. Das Convention Center war ein eigenes großes Stadtviertel. Der Empfangssaal war größer als ein Footballfeld, und trotzdem wimmelte es von Menschen. Leute stellten sich in Schlangen an, um ihre Badges abzuholen. Ausstellungstische präsentierten Forschungsinstrumente, Neuroinformatik-Programme, Infrarot-Neuralscanner, MEG-Hirnscannerkappen der nächsten Generation, psychiatrische Diagnose-KIs, durch Hirnwellen gesteuerte Roboter und Rollstühle, ins Nervensystem integrierte Prothesen und vieles mehr. An weiteren Tischen gab es Stellenangebote von Pharmafirmen, Biotechnik-Unternehmen, Herstellern neuraler Technik, Software-Firmen, ausgebufften Werbe- und Marketingstrategen und Hedgefonds, die an den quantitativen Fähigkeiten von Neurowissenschaftlern interessiert waren. Ein Dutzend Non-Profit-Organisationen hatten an einer Wand ihre Stände aufgebaut, von den Neuroscientists for World Peace bis zur Thai Neuroscience Students Association. Interessanterweise liefen recht viele kahl geschorene Männer in den orangefarbenen Gewändern von thailändischen Mönchen herum.

Kade erreichte die Registrierung und bekam sein Namensschild und das Konferenzmaterial ausgehändigt. Sam wartete immer noch in ihrer Schlange.

[sam] Ich komme später nach.

Kade nickte. Während sie über ihre Telefone in Nexus-Verbindung standen, konnten sie jederzeit Kontakt miteinander aufnehmen. Er machte sich auf den Weg in den riesigen Plenarsaal, suchte sich einen Platz im hinteren Bereich und zog sein Slate hervor.

Wenig später wurde das Licht gedimmt, und eine Stimme tönte aus den Lautsprechern. »Ein herzliches Willkommen für Seine Königliche Majestät, den König von Thailand, Rama den Zehnten.«

Wie bitte?

Kade blickte auf sein Slate und rief das Konferenzprogramm ab.

Buddhismus und Neurowissenschaft: Von individuellen zu konnektiven Paradigmen des Geistes und Gehirns. Seine Königliche Majestät Rama X. & Professor Somdet Phra Ananda, Chulalongkorn University

Vorne im Plenarsaal und auf den großen Bildschirmen an den Seiten trat ein lächelnder Mann in den Vierzigern mit tadellosem weißem Anzug und einer verzierten goldenen Schärpe auf die Bühne. Überall im Publikum erhoben sich die Mönche in den orangefarbenen Gewändern und applaudierten, genauso wie andere Thai und schließlich sämtliche Anwesenden. Kade tat es ihnen nach.

Rama X. hob die Hände und gab der Menge zu verstehen, dass sie wieder Platz nehmen sollte.

Er sprach Englisch, hieß sie herzlich willkommen in Thailand, lobte die Organisatoren und Teilnehmer und machte ein paar Bemerkungen über die Geschichte des Konferenzzentrums, das sein Großvater errichtet hatte.

Dann schlug seine Ansprache eine Richtung ein, mit der Kade nicht gerechnet hätte.

»Ich bin Buddhist«, sagte der König, »wie es über neunzig Prozent meiner Landsleute sind. Wie es die Tradition von den jungen Männern meines Landes verlangt, habe ich während meiner Jugend eine Zeit lang den orangefarbenen Habit eines Mönchs getragen.«

Interessant.

»Durch die Erfahrung, als Mönch zu dienen, habe ich viele Dinge gelernt. Zwei davon spielen an diesem Tag eine große Rolle. Das Erste ist die Tatsache, dass sich die grundlegendste buddhistische Praxis – die Meditation – der Erforschung des Geistes widmet. Durch diese Erforschung gewinnen wir Frieden, Freiheit von Abhängigkeiten, Minderung des Leidens und Mitgefühl für andere. Doch der wichtigste Punkt für den heutigen Tag ist, dass wir dadurch überwältigende Einsichten gewinnen, wie unser Geist tatsächlich funktioniert.«

Das Gleiche tun wir mit Nexus, dachte Kade.

»Die Ziele der Neurowissenschaft und des Buddhismus sind fast identisch, während die jeweiligen Methoden gleichzeitig andersartig und komplementär sind. Die Methode der Wissenschaft ist statistisch, quantitativ, reproduzierbar, reduktionistisch und so objektiv wie irgend möglich.«

Er hielt kurz inne.

»Die Methode der Meditation hingegen ist qualitativ, subjektiv, häufig nur durch die harte Arbeit der Disziplinierung und Beruhigung des Geistes reproduzierbar und dennoch gleichermaßen tiefgründig.«

Mit Drogen geht es schneller, dachte Kade. Mit mentalen Werkzeugen.

»Ich hege großen Respekt vor der wissenschaftlichen Methode«, fuhr Rama fort. »Vor einigen Jahrzehnten wurde der vierzehnte Dalai Lama gefragt: ›Was wäre, wenn die Neurowissenschaft beweisen würde, dass der Buddhismus in irgendeiner Weise fehlerhaft wäre?‹ Er antwortete: ›Nun, in diesem Fall müssten wir den Buddhismus ändern.‹«

Das Publikum lachte. Rama X. lächelte.

»Ich möchte Sie auffordern, einmal über die gegenteilige Vorstellung nachzudenken. Was wäre, wenn der Buddhismus beweisen würde, dass einige der grundlegenden Annahmen der Neurowissenschaft fehlerhaft sind? Wenn sich ein neues Paradigma als überlegen erweisen sollte? In diesem Fall hoffe ich, dass Sie als hehre Wissenschaftler bereit wären, *Ihren* wissenschaftlichen Ansatz zu ändern.«

Diesmal lachte niemand. Im Saal war es still.

Rama X. lächelte noch breiter.

»Ich möchte Ihnen eine Vorstellung davon geben, worum es sich bei diesem neuen Paradigma handeln könnte. Und damit komme ich auf die zweite Sache zurück, die ich als Mönch gelernt habe.«

Wieder legte er eine Kunstpause ein.

»Wir alle sind eins.«

Wieder Stille.

Der König lachte leise. »Damit möchte ich keineswegs das Woodstock Festival in Nordamerika beschwören.«

Ein paar wenige Zuhörer lachten.

»Und ich habe auch kein Haschisch geraucht.«

Nervöses Gelächter erklang hier und dort im Saal. Kade stellte fest, dass er selbst laut gluckste.

»Was ich damit meine, ist, dass wir alle als Teile von Gruppen und Kollektiven existieren, die größer als wir selbst sind. Stämme. Gemeinschaften. Organisationen. Institutionen. Familien. Nationen. Wir betrachten uns selbst als Individuen, aber alles, was wir jemals vollbracht haben und vollbringen werden, ist das Resultat von Gruppen, in denen Menschen zusammenarbeiten. Diese Gruppen sind wiederum eigenständige Organismen. Und wir sind ihre Komponenten.«

Er hat recht, dachte Kade.

»Für den erfahrenen Meditierenden ist diese Verbindung intuitiv begreiflich. Der Prozess der Meditation löst die Illusion der isolierten individuellen Existenz auf und offenbart uns, dass wir alle Bestandteile von etwas sind, das viel größer als jedes Individuum ist.«

Wow, dachte Kade. Der König von Thailand ist ein Hippie!

»Hier kann die Neurowissenschaft etwas vom Buddhismus lernen. Jeder individuelle Geist ist von Bedeutung. Doch in einem Zeitalter, in dem Milliarden von Individuen durch Technologie miteinander vernetzt sind, wo Informationen von einer Person auf einer Seite des Globus zu einer Million anderer Personen auf der anderen Seite des Globus innerhalb der Dauer eines Herzschlags geschickt werden können, bestehen andere kognitive Ebenen, die von Bedeutung sind. Alle wichtigen Probleme unserer Welt lassen sich nur durch die Bemühungen einer großen Anzahl von Individuen lösen. Um die dringlichsten Probleme unseres Planeten zu überwinden, ist es erforderlich, dass wir nicht als Individuen denken, nicht einmal als Nationen, sondern als gesamte Menschheit.«

Wie Einstein, dachte Kade. Unsere gegenwärtigen Probleme können nicht auf der Ebene des Denkens gelöst werden, die sie hervorgebracht hat.

Rama X. fuhr fort. »Doch das dominante Paradigma der Neurowissenschaft ist weiterhin das individuelle Gehirn. Das ist nur der Anfang der Bemühungen, den menschlichen Geist zu verstehen, nicht das Endresultat.«

Er blickte in die Runde. »Wenn ich für diese Konferenz einen Wunsch frei hätte, möchte ich darum bitten, dass wenigstens ein paar von Ihnen durch eine neue Linse betrachten, woran Sie arbeiten, es unter einem neuen Paradigma überdenken – dem Paradigma der Konnektivität aller Gehirne und Bewusstseine auf der Erde, sowohl der Verbundenheit, die bereits existiert ...« – wieder legte der König eine kurze Pause ein –, »... als auch der noch viel größeren Verbundenheit, die wir in den kommenden Jahren durch die Neurowissenschaft und die Neurotechnologie entwickeln werden.«

Meint er damit die Kommunikation zwischen Gehirnen?, fragte sich Kade. Redet er von Nexus?

»Fürs Erste möchte ich Ihnen danken, dass Sie den Überlegungen eines Laien zugehört haben. Und sowohl als Thai als auch als Buddhist heiße ich Sie in Thailand willkommen und eröffne hiermit die Konferenz.« Er verneigte sich knapp.

Im nächsten Moment waren die Mönche in den orangefarbenen Kutten aufgesprungen, einen Sekundenbruchteil später gefolgt von den anderen thailändischen Teilnehmern, die tosenden Beifall spendeten. Unwillkürlich stand auch Kade auf, der aufrichtig überrascht und beeindruckt war.

Rama X. gab der Menge erneut zu verstehen, sich wieder zu setzen. »Und nun habe ich die Ehre, Ihnen Professor Somdet Phra Ananda vorzustellen. Er ist zugleich einer der gelehrtesten buddhistischen Mönche unseres Landes und der Vorsitzende des Instituts für Neurowissenschaft an der Chulalongkorn University. Außerdem ist er mein Freund. Professor Ananda!«

Wieder gab es Applaus, diesmal im Sitzen, während ein über sechzigjähriger Mann in orangefarbenem Gewand auf die Bühne kam, sich tief vor dem König verbeugte und das Rednerpult übernahm.

Somdet Phra Ananda führte einige Einzelheiten aus, um die Vision des Königs von einem neuen Paradigma der Neurowissenschaft zu begründen. Er legte eine Studie nach der anderen vor, die demonstrierte, wie sich Denkvorgänge in Gruppen ausbildeten, wie Ideen von Kopf zu Kopf sprangen, wie Individuen sich gegenseitig auf profunde und überraschende Weise beeinflussten. Aber es waren seine Abschlussbemerkungen, die für Kade die größte Provokation darstellten.

»Heute existiert die Technologie, um die neuralen Aktivitäten eines Gehirns mit denen eines anderen Gehirns direkt zu verbinden. Während das geschieht, wird die Notwendigkeit einer Neurowissenschaft von Gruppenbewusstseinen immer dringlicher werden. Die Evolution der Sprache markierte für unsere Spezies einen großen Sprung nach vorn. Sie hat unsere kognitiven Fähigkeiten verstärkt, indem sie uns zu größeren und mächtigeren

Gruppenbewusstseinen vernetzte. Ich glaube, dass uns auf der anderen Seite der direkten Verbindung unserer Gehirne und Bewusstseine ein weiterer Quantensprung der menschlichen Erkenntnis erwartet. Die Verbindungen sind vorhanden und breiten sich immer zügiger aus. Um die Transformation, die sie repräsentieren, zu verstehen und in friedliche Bahnen zu lenken, müssen wir versuchen, die Neurowissenschaft durch das Paradigma der Gruppen konnektiver Gehirne neu zu erschaffen, und wir müssen es unverzüglich tun. Vielen Dank.«

Erneut wurde applaudiert, diesmal von Wissenschaftlern und Mönchen gleichermaßen. Kade stellte fest, dass er geistesabwesend mit den Fingern auf seinem Slate trommelte.

Ananda sprach ganz klar über Nexus, dachte Kade, oder zumindest etwas in der Art. Arbeitete man in Thailand damit? Wurde die Forschung vom König unterstützt?

Über vieles musste er nachdenken. Die Besucher strömten aus dem Saal. Er stand auf und machte sich auf den Weg nach draußen, immer noch in Gedanken verloren. Ein hochgewachsener Thai-Student mit roter Igelfrisur stieß im Gedränge vor den Türen gegen ihn.

»Oh, Entschuldigung.«

»Kein Problem«, antwortete Kade.

»Hey, tolles T-Shirt!«

Kade blickte an sich herab. Er trug sein Lieblings-T-Shirt von DJ Axon, das mit Rangans Gesicht und alternierenden Sinuswellen, die ein leuchtend blaues neuronales Geflecht überlagerten, das kurz davor zu stehen schien, gewaltige Energien abzugeben, wahrscheinlich in Form kranker Beats.

Er grinste. »Ja, danke. Ist ein Freund von mir.«

»Was?«, erwiderte der Student. »Du kennst DJ Axon?«

Kade nickte. »Ja. Er ist mein Laborkollege. Wir arbeiten beide im Sanchez Lab an der UCSF.«

»Das ist echt cool, Mann! Er macht richtig tolle Musik! Wir hören hier ständig seine Mixe.« Der Student streckte die Hand aus. »Ich bin Narong.«

Kade ergriff sie. »Kade«, antwortete er.

»Kommst du morgen Nacht zur Kennenlernparty der neurowissenschaftlichen Studenten?«

»Ähm, eigentlich habe ich noch gar keine Pläne gemacht.«

»Du solltest unbedingt vorbeikommen«, sagte Narong und drückte Kade einen Flyer in die Hand. »Wir veranstalten das Event. Die Thai Neuroscience Students Association. Ich bin der Schriftführer.«

»Ich werde es mir überlegen«, sagte Kade.

»Ja, Mann. Das wird ein großer Spaß. Die Party steigt in einer Bar in der Stadt. Es wird das coolste Event morgen Nacht in 'Kok sein! Und Professoren haben keinen Zutritt!« Narong lachte.

Unwillkürlich musste Kade mitlachen. Und was war mit amerikanischen Spionen?, dachte er. »Ich werde es mir überlegen.«

Sie erreichten die Türen.

»Alles klar, Mann. Wir sehen uns morgen Nacht.« Narong klopfte Kade auf die Schulter und verschwand.

Sam wartete draußen und studierte das Konferenzprogramm auf ihrem Slate. Sie blickte auf, als Kade zu ihr kam.

»Wie hat dir das Plenum gefallen?«

»Ich glaube, Ilya hätte es wunderbar gefunden«, sagte er.

Sam nickte. »Ja. Wahrscheinlich hast du recht.«

»Wie fandest du die Eröffnungsvorträge?«, fragte Kade.

Sam schien einen Moment lang darüber nachzudenken. »Idealistisch«, sagte sie. »Und ein wenig beängstigend.« Sie hielt erneut inne. »Und sehr naiv.«

Kade zuckte mit den Schultern. Warum habe ich sie gefragt?

»Und was jetzt?«, wollte Kade wissen.

Sam zuckte mit den Schultern. »Ich werde mir ein paar Vorträge über Modifikationen anhören. Es wäre nicht schlecht, wenn ich mich auf dem Laufenden halte. Wir müssen nicht zu den gleichen Veranstaltungen gehen.«

Kade war ein wenig überrascht. Er hatte erwartet, Sam würde ihn genauer im Auge behalten.

»Klar. Ach ja, ich wurde für morgen Abend zu dieser Sache eingeladen.« Kade zeigte ihr den Flyer. »Was meinst du?«

Sam musterte die Vorder- und Rückseite und zuckte wieder mit den Schultern. »Klingt nach einer Menge Spaß.«

Sie trennten sich. Kade hörte sich einen Vortrag nach dem anderen an, von denen die meisten sehr faszinierend waren. Er plauderte mit Wissenschaftlern aus aller Welt, versuchte sich ihre Namen zu merken und woran sie arbeiteten. Um fünf Uhr war Kades Kopf voll, und der Jetlag machte seine Augenlider schwer. Er sagte Sam, dass er zum Hotel zurückkehren wollte, um sich ein Weilchen hinzulegen, und dass sie sich am Abend zum Eröffnungsempfang wieder treffen würden.

Für die Rückfahrt nahm er kein Tuk-Tuk, sondern die U-Bahn von Bangkok. Das bedeutete, dass er ein Stück in der schwülen Hitze zu Fuß gehen musste, aber das war weniger nervenaufreibend als ein offenes Fahrzeug mitten im selbstmörderischen Verkehr der Stadt.

Die Hotellobby war eine paradiesische Oase voll kühler Luft. Kade spürte, wie der Schweiß unter seinem T-Shirt und auf seiner Stirn im nächsten Moment kondensierte. Er nahm den Aufzug nach oben und öffnete seine Tür mit der Schlüsselkarte. Seine neue Konferenztragetasche warf er in eine Ecke und zog sich die Schuhe aus. Das Bett war frisch bezogen, mit zwei Pfefferminzbonbons und einer zusammengefalteten Karte auf dem Kissen. Kade warf sich ein Bonbon in den Mund und öffnete die Karte. Es war ein kleiner Fragebogen, mit dem er den Zimmerservice bewerten konnte. Kade wollte die Karte bereits wegwerfen, als etwas Seltsames geschah. Der Text verschwand und wurde Zeile für Zeile durch einen ganz neuen Text ersetzt.

Kade. Verhalte dich normal. Diese Nachricht wird erscheinen und in dreißig Sekunden wieder verschwinden.

Ich habe die Möglichkeit, dich aus deiner gegenwärtigen Situation herauszuholen. Ich kann dir eine neue Identität verschaffen und habe einen sauberen Fluchtweg vorbereitet. Deine anderen Möglichkeiten werden damit enden, dass du in einem ERD-Gefängnis landest oder tot bist, ganz gleich, was man dir vielleicht gesagt hat. Du bist für sie viel zu gefährlich, um dich frei herumlaufen zu lassen.

Wenn du bereit bist, diesen Fluchtweg zu nutzen, wähle »sehr unzufrieden« bei der Frage nach dem »allgemeinen

Eindruck« auf dieser Karte. Dann werde ich dir weitere Anweisungen zukommen lassen.

Geh davon aus, dass dein Telefon und jeder Netzzugang überwacht wird und dass deine Kleidung und du selbst verwanzt bist. Erwähne diese Sache über kein wie auch immer geartetes Medium.

Dieser Text wird jetzt verschwinden. Fülle den Fragebogen aus, um jeden Verdacht zu vermeiden.

Wats

Wats. *Wats.* Wats! Er lebte. Er war hier.

Kade las die Nachricht ein zweites Mal, während die Worte vor seinen Augen verblassten und wieder der ursprüngliche Zimmerservice-Fragebogen erschien. Sein Herz klopfte. Er aktivierte das Gelassenheitsprogramm, um sich zu beruhigen, und hoffte, dass Sam nichts von seiner plötzlichen Aufregung bemerkt hatte, bevor er mit der Karte zum kleinen Schreibtisch ging.

Dort fand er einen Kugelschreiber, mit dem er die anderen Punkte der Bewertung ausfüllte, während er hektisch nachdachte.

Wird das ERD mich auf jeden Fall einsperren oder töten?

Zimmer – Preis-Leistungs-Verhältnis: Er entschied sich für »zufrieden«.

Woher weiß ich, dass diese Nachricht wirklich von Wats stammt?

Zimmer – Komfort: »sehr zufrieden«

War das Ganze vielleicht nur ein Trick? Ein Test des ERD? Aber warum sagte man ihm dann, dass er sowieso im Gefängnis oder im Leichenschauhaus landen würde?

Zimmer – Sauberkeit: »zufrieden«

Wenn die Nachricht echt ist, kann Wats mich wirklich rausholen?

Zimmer – Einrichtung: »sehr zufrieden«

Aber ... ansonsten wird sich nichts ändern. Wenn ich abhaue, bedeutete das Gefängnis für Ilya und Rangan und etliche andere Leute. Sie alle zählen auf mich.

Zimmer – Bad: »zufrieden«

Scheiße. Schlecht für mich, wenn ich es tue, schlecht für mich, wenn ich es nicht tue.

Personal – Freundlichkeit: »zufrieden«

Nein ... es ist schlecht für andere Leute, wenn ich abhaue. Leute, die mir etwas bedeuten.

Personal – Effizienz: »zufrieden«

Scheiße.

Allgemeiner Eindruck: ________________

Kades Kugelschreiber verharrte über der Zeile. Eigentlich war die Entscheidung klar. Vielleicht würde er tatsächlich im Gefängnis enden oder sterben, wenn er mit dieser Mission weitermachte. Aber wenn er ausstieg, würden seine Freunde auf jeden Fall hinter Gittern landen. Er musste das Risiko eingehen. Im Moment hielt das ERD sämtliche Karten in der Hand.

Allgemeiner Eindruck: »zufrieden«

Kade seufzte. Es war die richtige Entscheidung.

Er zog auch seine übrigen Sachen aus, schluckte das zweite Pfefferminzbonbon und ließ sich auf das Bett fallen.

Wats. Wie kann ich Kontakt mit ihm aufnehmen? Ist er nur meinetwegen hier?

Scheiße, Scheiße, Scheiße.

Er drehte sich auf die Seite und schloss die Augen.

Kade wusste, was Wats durchgemacht hatte, wie die Erfahrungen, die ihm durch Nexus ermöglicht worden waren, ihn verändert hatten. Er wusste, dass sein Freund glaubte, dass Nexus Menschen verändern und Kriege beenden konnte, dass mit dieser Technologie eine bessere Welt geschaffen werden konnte. Aber nicht alle waren wie Wats. Nicht jeder würde genauso darauf reagieren. Die meisten wären gar nicht dazu bereit.

Und Nexus 5 war noch nicht bereit. Es war zu gefährlich, um es allen Menschen zugänglich zu machen. Es war viel zu leicht, es zur Beherrschung anderer Leute zu benutzen, es zu missbrauchen. *Ein Wissenschaftler ist für die Konsequenzen seiner Arbeit verantwortlich,* hatte sein Vater immer wieder zu ihm gesagt. Kade wollte nicht die Last der möglichen Konsequenzen auf sich nehmen.

Wats, falls es wirklich Wats war, hätte nicht hierherkommen sollen. Damit setzte er nur sein eigenes Leben aufs Spiel.

Endlich kam der Schlaf, wenn auch nur kurz, doch seine Träume spendeten ihm keinen Trost.

[14] Überraschende Interaktionen

Der abendliche Eröffnungsempfang fand im Ballsaal des Queen Sirikit Convention Center statt. Wissenschaftler schlenderten in Hemdsärmeln und hin und wieder mit einer Krawatte herum, durchmischt von Mönchen in Orange und Personal in Uniform. Kade konnte Sam über ihre telefonische Nexus-Verbindung spüren. Sie war hier irgendwo, hellwach und aufmerksam.

Mit einer seiner Getränkemarken holte sich Kade ein Bier und ließ sich durch die Menge treiben. Er plauderte mit einem halben Dutzend Wissenschaftler über verschiedenste Themen. Neurale Plastizität. Die Auswirkungen von Religion auf das Gehirn. Die Ähnlichkeit der neuralen Wirkung von Musik, Drogen und Meditation. Die theoretischen Grenzen der menschlichen Intelligenz.

Irgendjemand ging an ihm vorbei, und er hatte einen kurzen Blick auf Sam. Sie unterhielt sich mit Narong, beide mit Weinglas in der Hand und einem breiten Lächeln im Gesicht. Narong sagte etwas, und sie lachte. Sie legte eine Hand auf seinen Arm, erwiderte etwas und wandte sich dann ab, um in Richtung Toilette zu gehen. Narong blickte ihr nach, die Augen starr auf ihren Hintern gerichtet.

[kade] Du hast einen Verehrer.

[sam] Verschreck ihn nicht.

[kade] Musst du nicht arbeiten?

[sam] Das ist Arbeit, Kade. Dein neuer Kumpel Narong ist als Mitarbeiter von Suk Prat-Nung bekannt. Sagt dir der Name etwas?

[kade] Wie in Ted Prat-Nung?

[sam] Suk Prat-Nung ist der Neffe von Thanom Prat-Nung. Außerdem glauben wir, dass er in den Nexus-Handel involviert ist.

Thanom »Ted« Prat-Nung. Der thailändische Drogendealer. Von dem es hieß, dass er möglicherweise der größte Nexus-Dealer des Planeten war. Der zusammen mit Su-Yong Shu in Thailand fotografiert worden war. Narong stand in Verbindung zu seinem Neffen.

[kade] Hättest du das nicht etwas früher erwähnen können?

[sam] Vorher wusste ich es noch nicht.

[kade] ?

[sam] Narong wurde soeben über eine Stimmprobe identifiziert, die uns bislang nur als namenloser Mitarbeiter von Suk bekannt war.

[kade] Machst du ernsthaft einen Stimmprobenabgleich mit jedem, mit dem du sprichst?

[sam] Ja. Nach Möglichkeit gleichen wir auch alle Gesichter ab.

[kade] Ihr macht mir Angst.

[sam] Die Leute auf dieser Konferenz machen mir noch viel mehr Angst.

Kade schlenderte weiter. Und dann sah er Su-Yong Shu, groß und elegant, umgeben von einer Schar anderer Neurowissenschaftler, wie sie Hof hielt, ein breites Lächeln auf dem Gesicht und ein Glas Wein in der Hand. Jemand in der Menge sagte etwas, und sie zog eine Augenbraue hoch. Ihr Charisma war selbst quer durch den Saal zu spüren. Sie hatte etwas Besonderes. Etwas Intensives. Etwas Wildes in den Augen und im Lachen. Es jagte ihm einen kalten Schauer über den Rücken.

Kade wollte sich bereits abwenden und in eine andere Richtung gehen, als Shus Blick ihn streifte. Sie hob eine Hand und winkte ihn zu sich. Kade spürte, wie sich sein Brustkorb zusammenzog. Diesen Moment hatte er bestimmt hundertmal geprobt. Er würde es hinkriegen.

Kade aktivierte das Gelassenheitsprogramm und ließ es auf halber Stufe laufen. Er schlenderte zur Gruppe um Shu hinüber, ein entspanntes Lächeln auf dem Gesicht. Während er unterwegs war, schickte er eine kurze Nachricht an Sam, dann unterdrückte er sämtliche Nexus-Sendefunktionen in seinem Gehirn. Jeder mentaler Kontakt sollte nach Möglichkeit vermieden werden.

Kade kam gerade noch rechtzeitig in Hörweite, um Shus Worte in britisch gefärbtem Englisch mitzubekommen.

»... Eröffnungsrede war erfrischend weitsichtig. Die Thai können sich für diese Regierung glücklich schätzen.«

Die Menge hatte sich im Kreis um sie und noch jemanden aufgestellt. Ein gut gekleideter Mann. Kade kannte sein Gesicht. Arlen Franks, der Direktor des American National Institute of Mental Health. Die Hauptquelle für Kades finanzielle Mittel.

»Die Redner haben über Technologie gesprochen, die illegal ist«, sagte Franks. »Posthumane Technologie, Professor Shu. Sie scheinen sie zu befürworten.«

»Sie haben über einen sehr realen Wandel gesprochen, Dr. Franks«, erwiderte Shu. »Einen unvermeidlichen Wandel. Ignorieren Sie ihn meinetwegen. Ich hingegen muss ihnen Beifall spenden.«

Definitiv, dachte Kade. Dies war der interessanteste Redebeitrag des ganzen Tages.

»Wissenschaftler müssen die Gesetze respektieren, Professor«, sagte Franks.

»Vielleicht sollte das Gesetz etwas mehr die Wissenschaft respektieren, Doktor.«

»Hört, hört«, sagte jemand hinter Kade.

»Wir haben eine ethische Verantwortung ...«, begann Franks.

»Ethisch?«, fiel Shu ihm ins Wort. »Gesetze, die die Menschheit in Ketten legen und einschränken, sollen ethisch sein?«

»Sie gewährleisten, dass wir menschlich bleiben.«

Shu zog eine Augenbraue hoch. »Und wer entscheidet, was menschlich ist?«

»Mehr als einhundert Staatschefs haben es entschieden, als sie das Kopenhagener Abkommen unterzeichnet haben.«

»Mehr als einhundert!«, rief Shu. »Und es waren Politiker! Oh, das gibt mir gleich ein wesentlich besseres Gefühl!«

Mehrere Zuhörer lachten. Unwillkürlich musste auch Kade leise glucksen. Franks schürzte frustriert die Lippen.

»Dr. Franks«, fuhr Shu etwas ruhiger fort. »Ich stimme Ihnen zu, dass wir Wissenschaftler uns ethisch korrekt verhalten müssen. Aber das bedeutet doch, dass wir das Wohl möglichst vieler im Auge behalten sollten. Die Gesetze, die zurzeit in Kraft sind, schränken uns darin ein. Wir könnten so viel mehr tun, wenn wir in der Forschung einen größeren Spielraum hätten. Es gibt noch viel Potenzial in der Medizin und noch viel mehr bei Modifikationen. Wer sagt, dass der gegenwärtige Zustand des Menschen der richtige ist? Wir könnten uns verbessern. Wir könnten in einer besseren Welt leben. Wir könnten Milliarden die Entscheidung überlassen, wer und was sie werden möchten, statt Ihren ›mehr als einhundert‹ zu vertrauen. Unsere Furcht beeinträchtigt uns.«

Hört, hört, dachte Kade für sich.

Franks kippte seinen Drink hinunter. Sein Gesicht war gerötet. »Wenn Sie in meinem Land arbeiten würden, Dr. Shu, würde Ihnen sehr schnell die Finanzierung gestrichen, wenn Sie solche Ansichten vertreten.«

Kade runzelte die Stirn. Ein mürrisches Raunen ging durch die Menge.

Shu lächelte leicht und schüttelte den Kopf. »Dann sollte ich froh sein, dass ich nicht in Ihrem Land arbeite, Dr. Franks.« Sie nickte ihm zu. »Ich wünsche Ihnen noch einen angenehmen Abend.«

Die Leute zerstreuten sich langsam, nachdem sie von ihrer Königin entlassen worden waren.

Shu wandte sich an Kade. »Mr. Lane, wenn ich nicht irre?« Mit ausgestreckter Hand trat sie auf ihn zu.

Kade lächelte, nahm ihre Hand und schüttelte sie. »Es ist mir eine Ehre, Sie kennenzulernen, Dr. Shu.«

Sie lächelte zurück. »Ich habe schon viel von Ihnen gehört. Ich freue mich darauf, einen tieferen Einblick in Ihre Arbeit zu erhalten.«

»Danke.«

»Wie fanden Sie diesen kleinen Schlagabtausch?«, fragte sie.

»Ich stimmte Ihnen uneingeschränkt zu.«

Shu nickte.

Er war darauf vorbereitet, als ihr Geist nach seinem griff. Sie tastete ihn behutsam ab, erspürte ihn, streichelte mental den Raum zwischen ihnen. Kade schottete das Nexus in seinem Gehirn ab, ließ nichts nach draußen sickern.

»Kade«, sagte sie, »möchten Sie morgen mit mir zu Mittag essen? Ich würde gern mit Ihnen über Ihre Arbeit und Ihre Ziele diskutieren.«

Meine veröffentlichte Arbeit?, fragte sich Kade. Oder Nexus 5?

»Es wäre mir eine große Ehre.«

»Ah, sehr gut«, sagte Shu. »Ich erkenne großes Potenzial in Ihnen. Ich glaube, Sie können es tatsächlich sehr weit bringen.« Ihr Geist streifte seinen leicht, und er hatte plötzlich den Gedanken, was aus ihm werden könnte, welches Potenzial in ihm steckte. Wozu sie Nexus weiterentwickeln könnten, wie sich seine Intelligenz steigern ließ, wie er die Klarheit und Schnelligkeit seines Denkens verbessern konnte, um jedes Problem zu lösen, wie sich sein Geist von den Fesseln befreien ließ, die ihn einschränkten. Fast hätte er nach Luft geschnappt, konnte sich jedoch im letzten Moment zusammenreißen. Die Vision seiner Zukunft, gesehen durch Shus Augen, blitzte nur kurz vor ihm auf.

Ich werde nicht antworten, sagte sich Kade. Hier gibt es kein Nexus.

Er wollte es. Er wollte das werden, was sie ihm gezeigt hatte. Er wollte die Freiheit erlangen, sich selbst zu verbessern, posthuman zu werden. Er sehnte sich danach, ihre geistige Berührung zu erwidern, unterdrückte diesen Drang jedoch.

»Ich werde Sie kurz vor Mittag von meinem Fahrer abholen lassen, Kade, direkt vor dem Haupteingang.«

»Ich kann es kaum erwarten«, entgegnete er.

Selbst mit dem Gelassenheitsprogramm brauchte Kade nach seiner Begegnung mit Shu einen Drink. Sie arbeitete sich weiter durch die Menge. Er machte sich auf den Weg zur Bar. Er entspannte sich, je weiter er sich von ihr entfernte, schaltete das Nexus in seinem Gehirn wieder auf vollen Sende- und Empfangsmodus und drehte das Gelassenheitsprogramm auf Stufe eins von zehn herunter. Nun spürte er Sam wieder in seinem Bewusstsein. Geduldig hatte sie abgewartet, war aber neugierig auf die Nachbesprechung.

Was wollte er ihr sagen? Dass er der gleichen Meinung war wie Shu? Dass sie bei der persönlichen Begegnung noch verführerischer war als aus der Ferne betrachtet? Dass er ihr Angebot annehmen wollte? Dass er gespürt hatte, wie sie ihn geistig berührt hatte? Kade schüttelte den Kopf und stellte sich in die Schlange vor der Bar.

Diesmal war er nicht vorbereitet, als es geschah. Wieder wurde er von einem anderen Geist berührt. Kade hatte den Eindruck stillen Wassers, einer sehr tiefen Ruhe und Entspanntheit, von der Festigkeit der Erde, von stiller Belustigung. Und dann Überraschung. Der Geist hatte ihn ebenfalls gespürt. Er war hinter ihm. Und dann verschwand er.

Kade drehte sich um. Professor Somdet Phra Ananda stand hinter ihm in der Schlange, die Hände vor seinem

Gewand verschränkt. Seine schwarzen Augen musterten Kade aufmerksam.

Kade starrte zurück, mit offenem Mund, völlig perplex. Befand sich Somdet Phra Ananda gegenwärtig unter dem Einfluss von Nexus? Hier und jetzt?

Ananda brach das Schweigen. »Junger Mann, wie ist Ihr Name?« Seine Stimme war klangvoll und hypnotisch. Es war eine Stimme, die sich Zeit nahm, die voller Geduld und Befehlsgewalt war.

»Ich bin Kade. Kaden Lane. Ähh, Eure Eminenz?«

»›Professor Ananda‹ genügt, Kaden Lane.« Anandas Augen scannten Kade langsam und nahmen alle Details in sich auf. »Sie sind Amerikaner.« Er betonte es nicht als Frage, sondern als Feststellung.

»Ja, Sir.«

»Ihre Kleidung ist respektlos.«

»Äh, tut mir leid. Das war nicht meine Absicht. Es ist nur so, dass mein Laborkollege DJ ist und ...«

Ananda schnitt ihm das Wort ab. »Die Schlange hinter Ihnen ist weitergerückt, junger Mann.«

Kade drehte sich um, sah, dass sich eine Lücke gebildet hatte, und ging ein paar Schritte weiter, um sie zu schließen. Dann drehte er sich wieder zu Ananda um.

»Wie fanden Sie das Eröffnungsplenum heute früh?«

Kade holte tief Luft. »Ich stimme in fast allen Punkten mit Ihnen und dem König überein.«

Ananda lächelte. Dann nickte er gedankenverloren. »Sie sind an der Reihe.«

»Wie bitte?«, erwiderte Kade.

»Die Bar.« Ananda deutete mit einem Blick darauf. »Sie sind an der Reihe.«

»Oh.« Kade wandte sich um und bestellte ein Bier, griff in seine Tasche, um den zweiten Getränkegutschein zu suchen, kramte eine Weile herum, bis er ihn gefunden hatte, gab ihn dem Barkeeper, drehte sich wieder um …

Und Professor Somdet Phra Ananda war nicht mehr da.

Überrascht blinzelte er und schaute sich um. Von dem älteren Mönch war nichts mehr zu sehen.

Was zum Teufel …?

Der Empfang neigte sich allmählich dem Ende zu, erkannte er. Sam schickte ihm eine Chat-Nachricht und fragte, ob er bereit war, zum Hotel zurückzufahren. Er war bereit. Sie nahmen ein Tuk-Tuk. Der Verkehr war nicht mehr so dicht. Die Hitze war noch genauso erdrückend. Doch Kade störte sich kaum daran, weil er viel zu sehr mit seinem Jetlag zu kämpfen hatte und mit den Ereignissen des Tages beschäftigt war.

[sam] Zeig mir das Gespräch mit Shu.

Kade seufzte. Es nützte nichts. Er öffnete sich ihr und ließ sie an seiner Erinnerung an die Unterhaltung mit Shu teilhaben.

[sam] Gut. Es ist ein gutes Zeichen, dass sie dich zum Essen eingeladen hat. Bleib einfach cool und benutze dieses Programm in deinem Kopf, wenn es sein muss. Und vergiss nicht, was alles davon abhängt.

Kade blickte aus der kleinen motorisierten Rikscha und beobachtete, wie Bangkok in Chrom und Neon an ihnen vorbeiglitt. Je tiefer er in diese Sache hineingeriet, desto verwirrter war er.

Sam konnte seine Stimmung spüren. Egal.

Im Hotel begleitete sie ihn zu seinem Zimmer. An der Tür versuchte sie ihm Mut zu machen. »Du wirst es morgen wunderbar hinkriegen. Sei einfach nur du selbst.«

Kade nickte. »Ja. Alles in Ordnung. Ich bin nur müde.« Er war wirklich sehr müde.

Sam drückte seinen Arm und machte sich auf den Weg zu ihrem Zimmer. Kade betrat seines und setzte sich aufs Bett, während seine Gedanken rasten.

Wats. Shu. Ananda. Das ERD. Was zum Teufel ging hier vor sich?

[15] Rückblenden

Sam saß im Lotussitz auf dem Boden ihres Zimmers im Prince Market Hotel und ließ den Tag Revue passieren.

Ihre Überwachungsgeräte hatten keine neuen Wanzen an Kade oder in seinem Zimmer entdeckt. Keine ungewöhnlichen Vorgänge im Hotelnetz. Die typische Bewegung von Menschen zu Fuß und in den Aufzügen, auf ihrem Korridor und auch vor ihren Türen. Die Zimmermädchen hatten die übliche Zeitspanne in ihren Zimmern verbracht, kein ungewöhnliches Verhalten. Keine Individuen, die durch Gesichtserkennung auf der Konferenz oder im Hotel als verdächtig identifiziert worden waren.

Trotzdem war Sam besorgt. Im Verlauf des Tages hatte Kade zweimal mit heftiger Überraschung reagiert. Was war geschehen?

Der erste Ausbruch hatte gegen 17.20 Uhr stattgefunden, kurz nachdem er in sein Zimmer gegangen war. Sie rief die Aufzeichnungen der Wanzen in Kades Zimmer ab und sah sich das Video an. Im Zimmer war es ruhig und still. Das Bett war gemacht, auf dem Kissen rahmten zwei Pfefferminzbonbons eine Karte ein. Kade betrat das Zimmer, legte Tragetasche und Schuhe ab, aß ein

Bonbon, füllte den Fragebogen auf der Karte aus, aß das zweite Bonbon und legte sich dann zu einem Nickerchen hin.

Sie nahm Kontakt mit ihrem Unterstützungsteam auf und wies die Leute an, Kades Zimmer noch einmal zu scannen, wenn sie morgen früh zur Konferenz gegangen waren. Jemand sollte sehr genau nach Wanzen, Sendern oder anderen ungewöhnlichen Dingen suchen. Sie sollten auch die Karte mit dem Fragebogen und das Bonbonpapier mitnehmen, um beides zu analysieren, wenn sie schon einmal dabei waren.

Der zweite Zwischenfall schien wesentlich klarer zu sein. Sie hatte sich den Zeitpunkt notiert, als sie etwas bemerkt hatte. Sie ging die Kameraaufzeichnungen des Konferenzzentrums durch, bis sie Ort und Zeit gefunden hatte. Es war geschehen, kurz nachdem sich Kade von Shu entfernt hatte. An einer Bar hatte er sich in die Schlange gestellt, und dann war Professor Somdet Phra Ananda aus einer anderen Richtung gekommen, um hinter ihm zu warten. Kade hatte sich umgedreht, nachdem Ananda anscheinend etwas zu ihm gesagt hatte, worauf sie ein kurzes Gespräch geführt hatten.

Hatte Ananda etwas gesagt, das Kade schockiert hatte? Sie fand einen anderen Kamerawinkel, aus dem sie das Gesicht des Mönchs besser sehen konnte, zoomte es heran, bis es den Rahmen ausfüllte, und projizierte es an die Wand. Dann zoomte sie Kades Gesicht heran und setzte es in einen großen Rahmen neben Ananda. Schließlich synchronisierte sie die Audioaufzeichnung von den Wanzen an Kades Kleidung, spielte die Szenen ab und beobachtete die Gesichter.

Ananda trat hinter Kade in die Schlange, den Blick geradeaus gerichtet, die Lippen zu einem abgeklärten Dauerlächeln zusammengepresst, das alle älteren Mönche zeigten, und dann ... Das Gespräch war kurz, kaum mehr als ein paar Worte. Nichts davon kam ihr besonders schockierend vor.

Sam sah sich die Bilder noch einmal an. Interessant. Es war schwer, die Abfolge der Ereignisse genau zu beschreiben, zumal es ein paar Sekunden bis zu ihrer Reaktion gedauert hatte. Trotzdem schien es ihr, als sei der Moment der Überraschung eingetreten, *bevor* Kade sich umgedreht hatte und in die kurze Unterhaltung mit Ananda verwickelt worden war.

Sam drehte die Uhr zurück, projizierte einen dritten Rahmen, der die nähere Umgebung zeigte, an die Wand und spielte die Szene erneut ab, mit einem Viertel der Geschwindigkeit, alle Aufnahmen synchronisiert, mit der Zeitanzeige am unteren Bildrand.

Ananda trat hinter Kade in die Schlange. Sein Gesicht war ausdruckslos. Sein Mund war geschlossen. Er sagte nichts. Kade drehte sich um. Warum? Und während er sich umdrehte, bewegten sich Anandas Augen. Sie wechselten vom Blick in die Ferne, als wäre er in Gedanken versunken gewesen oder als hätte er seine gesamte Umgebung in sich aufgenommen, zu einem konzentrierteren Blick, der sich auf etwas im Vordergrund richtete. Eine Sekunde verging. Die Zeitanzeige hatte jetzt den Moment erreicht, als Sam etwas bemerkt hatte. Eine weitere Sekunde verging. Erst jetzt öffnete sich Anandas Mund. Sam spielte die Tonspur von einer der Wanzen an Kade ab. »Junger Mann, wie ist Ihr Name?«

Und dann geschah noch etwas Interessantes. Kade hatte die Bar erreicht und bestellte sein Bier. Während er in seiner Tasche kramte, ging Ananda einfach weg, ohne um ein Glas Wasser oder einen Saft – die üblichen Getränke der Mönche – zu bitten.

Sam erweiterte den Blickwinkel der Szenen und schaltete zwei weitere Kameras dazu. Ananda lief mit zügigen Schritten, drehte den Kopf hierhin und dorthin, anscheinend auf der Suche nach etwas, bis er einen bestimmten Mönch erspähte, fast eins achtzig groß, dünn, knochiges Gesicht, mit einer großen Hakennase. Die beiden wechselten ein paar Worte. Der große Mönch verbeugte sich, wandte sich der Bar zu, vor der Kade und Ananda miteinander gesprochen hatte, und ging schnell hinüber.

Kade war jetzt ein paar Schritte von der Bar entfernt und nahm einen Schluck von seinem Bier. Der unbekannte Mönch zog sich an den Rand des Raums zurück, außerhalb von Kades Blickfeld, das Gesicht in Kades Richtung gewandt, und wartete ab. Etwa zu diesem Zeitpunkt musste sie Kade gefragt haben, ob er zum Gehen bereit war. Sie beobachtete genau diesen Moment. Kade hielt den Blick auf den Boden gerichtet. Er schien in Gedanken versunken zu sein. In Wirklichkeit war er in die Chat-Unterhaltung mit Sam vertieft.

Dann blickte er auf, stellte das Bierglas auf einem Tisch ab und ging zum Ausgang, um sich mit ihr zu treffen. Wieder zoomte sie heraus. Der Mönch folgte ihm unauffällig. Er konnte sie beide gut sehen, als Kade und Sam sich trafen und gemeinsam das Gebäude verließen. Der Mönch wartete einen Moment. Ein paar Sekunden später folgte er ihnen durch die Tür nach draußen.

Sam schaltete auf eine Außenkamera. Sie sah sich selbst, wie sie ein Tuk-Tuk heranwinkte. Kade und sie stiegen ein und fuhren los. Der nicht identifizierte Mönch mit der Hakennase bestieg das nächste Fahrzeug, das in dieselbe Richtung losfuhr.

Verflixt. Das war vor zwanzig Minuten passiert. Der Mann hielt sich möglicherweise in diesem Moment im Hotel auf.

Erstens, die taktische Situation sichern. Das hatte Nakamura ihr eingebläut.

Sie tastete nach Kade. Er schlief, ruhig und fest. Eine Kamera zeigte, wie er bekleidet auf dem Bett lag. Die Korridorkameras. Leer. Treppen, Lobby, Aufzüge – kein Mönch in Orange, kein Glatzkopf. Viele Menschen, die in der Bar saßen und plauderten.

Sie übernahm die Kontrolle über Kades Tür und wies sie an, sich zu verriegeln, bis sie sie wieder entsperrte. Als Nächstes verriegelte sie die Türen zum Treppenhaus und blockierte dieses Stockwerk für den Lift. Dann machte sie die Alarmsysteme scharf und schaltete sie auf ihr Slate.

Sam suchte ein Standbild mit dem Gesicht des Mönchs und eine Aufnahme heraus, wie er durch den Erfassungsbereich einer Kamera lief, und leitete beides an den CIA-Daemon im Hotelnetz weiter. Sie sagte ihm, dass er mit allen Kameras nach dieser Person und allen Glatzköpfen und Mönchen Ausschau halten sollte. Sie wies ihn an, einen neuen Wächter zu generieren, der die gespeicherten Hotel-Aufzeichnungen nach verdächtigen Hinweisen durchforsten sollte.

Dann spulte sie die Aufnahmen der Kameras in der Hotellobby und außerhalb des Gebäudes zurück und beobachtete, wie sie selbst mit Kade eintraf. Da. Sie stiegen aus einem Tuk-Tuk und gingen durch die Lobby zum Lift. Sie wartete. Kein weiteres Tuk-Tuk traf ein. Kein Mönch trat in die Lobby.

Der Daemon meldete sich zurück. In allen Kameradaten des Hotels, die achtzehn Monate zurückreichten, hatte er 8572 Mönche mit orangefarbenen Gewändern gefunden, aber kein einziges Mal diesen Mönch. Auch in den vergangenen zwanzig Minuten keine Treffer. Der Mann befand sich nicht im Gebäude.

Sam entspannte sich ein wenig. Er war ihnen gefolgt, wie es schien, hatte das Hotel aber nicht betreten. Oder wenn doch, war er viel mehr als ein normaler Mönch. Sie atmete einmal tief durch. Vierzig Sekunden waren vergangen, seit sie erkannt hatte, dass jemand ihnen gefolgt war. Auf irgendeine Weise hatten sie Aufmerksamkeit erregt, aber allem Anschein nach drohte keine unmittelbare Gefahr.

Sie kontaktierte ihr Unterstützungsteam und gab Nichols einen kurzen Bericht. Er stimmte ihrer Einschätzung zu. Sie hatten Aufmerksamkeit erregt, aber vermutlich bestand kein Grund zur Sorge. Trotzdem wollte er zwei seiner Vertragsmitarbeiter als Rückendeckung in die Lobby schicken.

Okay. Zu diesem Zeitpunkt war es das größere Risiko, wenn sie Aufmerksamkeit auf sich lenkten. Sie entriegelte die Türen zum Treppenhaus und gab dieses Stockwerk wieder für den Lift frei. Sie ließ Kades Tür verriegelt und das Alarmsystem aktiviert, sodass sie informiert wurde, sobald sich jemand ihrem Korridor näherte. Die Rückendeckung würde in Kürze eintreffen. Sie bezweifelte, dass eine Gefahr drohte. Irgendetwas hatte Anandas Aufmerksamkeit auf Kade gelenkt, und er war neugierig geworden. Das zählte nicht als Attentatsversuch.

Wenn du etwas verstehen willst, geh zuerst in die Breite. Wieder Nakamura.

In die Breite. Also noch einmal von vorn. Kades Überraschung am späten Nachmittag. Sie rief die Aufzeichnungen der Wanzen in seinem Zimmer und an seinem Körper zu diesem Zeitpunkt auf. Kade war kein guter Lügner, er konnte seine Gefühlsregungen nicht verschleiern, außer wenn er seine Emotionsunterdrückungssoftware benutzte. Und Sam war sich ziemlich sicher, dass er sie *nach* dem Überraschungsmoment aktiviert hatte, entweder um besser mit seiner Reaktion auf irgendetwas zurechtzukommen oder um sie vor Sam zu verbergen.

Die Kameras in der Lobby und im Lift zeigten nichts Außergewöhnliches. Es war einige Zeit später geschehen, nachdem er den Lift verlassen hatte. Das Video von den winzigen Wanzen in seinem Zimmer hatte eine schlechte Auflösung. Sie konnte die minimalen Zuckungen nicht sehen, mit denen sich jemand, dem sie persönlich gegenüberstand, verraten würde.

Also Audio. Sam schloss die Augen und spielte zunächst nur die Tonaufnahmen ab, von dem Moment an, als Kade das Hotel betrat. In der Lobby war es laut, aber trotzdem konnte sie seinen Atem und seine Schritte hören. Der Übergang in die Liftkabine war offenkundig. Seine Atemgeräusche waren in der relativen Stille des engen Raums deutlicher. Dann ging die Lifttür auf. Sein Atem wurde wieder lauter. Schritte. Atem. Hosenbeine, die gegeneinander rieben. Eine Pause, als er seine Tür erreichte. Das Piepen des Schlosses, nachdem er die Karte durchgezogen hatte. Das Klicken, mit dem sich die Tür einen Sekundenbruchteil später öffnete. Ein Atemzug, als er in das Zimmer trat. Jetzt kamen die Audioaufzeichnungen der Wanzen im Zimmer hinzu. Seine Tragetasche von der Konferenz landete mit einem dumpfen Aufprall und einem Rascheln von billigem Plastik auf dem Boden. Ein Atemzug, als er sich die Schuhe auszog. Knisternde Folie, dann Kaugeräusche, während er das erste Pfefferminzbonbon aß. Und dann ... eine Unterbrechung des Rhythmus. Er ließ einen Atemzug aus. Hielt mit dem Kauen inne. Eine Sekunde verging. Noch eine. Und noch eine. Dann schluckte er und atmete wieder.

Das war es. Sam hielt die Wiedergabe an und öffnete die Augen. Auf dem Slate war Kade erstarrt, immer noch stehend, mit dem Hotelfragebogen in der Hand. Sie konnte nicht erkennen, was darauf zu sehen war, aber etwas auf der Karte hatte seine Aufmerksamkeit erregt. Ausgezeichnet.

Und die Interaktion mit Ananda? Sam rief noch einmal das zusammengesetzte Video auf.

Gehen wir mal davon aus, dass nach seinem Überraschungsmoment zwei Sekunden vergangen sind, bis ich mir den Zeitpunkt notiert habe, dachte sie. Was ist also zwei Sekunden vorher passiert?

Diesmal spielte sie die Videos mit einem Zehntel der Geschwindigkeit ab, zoomte beide Gesichter in zwei Projektionen an der Wand heran, während der dritte Rahmen beide Männer zeigte. Ananda trat hinter Kade. Seine Miene war abgeklärt, leidenschaftslos, die Lippen zu einem leichten Lächeln über gar nichts verzogen. Dann die Zeitmarkierung. Kades gesamtes Gesicht zuckte. Die Halsneigung änderte sich. Scharf sog er den Atem ein. Eine Viertelsekunde später bewegten sich seine Augen und das Kinn nach links, der Beginn der vollständigen Körperdrehung. Ananda blieb leidenschaftslos, abgeklärt.

Nein, Moment, das noch mal abspielen und auf Ananda konzentrieren. Sie ging zurück und wieder vor. Er trat hinter Kade. Die Zeitmarkierung kam. Kade reagierte. Und eine Viertelsekunde später, da, auf Anandas Gesicht, da war ein winziges Zucken. Anandas Nasenlöcher blähten sich ein klein wenig. Seine Augen verloren den Blick ins Unendliche und fokussierten sich auf etwas Näheres. Kade hatte kaum zur Drehung angesetzt, es waren höchstens Millisekunden vergangen. Die Zeit war zu kurz, als dass Ananda auf Kades Bewegung hätte reagieren können. Er musste auf etwas anderes reagiert haben.

Sam dachte angestrengt nach. Ananda lebte seit vierzig Jahren als Mönch. Er hatte mehr Stunden mit Meditation verbracht als Sam im Wachzustand. Er musste eine nahezu perfekte Kontrolle über seine emotionalen Regungen haben. Er hatte trainiert, die Welt mit Gleichmut zu akzeptieren. Aber nicht mit absoluter Vollkommenheit. Etwas hatte seinen tief verwurzelten Gleichmut aus der Bahn geworfen. Für einen Sekundenbruchteil war Professor Somdet Phra Ananda, der angesehene buddhistische Mönch und versierte Neurowissenschaftler, der persönliche Vertraute des Königs von Thailand, so sehr überrascht worden, dass etwas seine buddhistische Gelassenheit durchbrochen und sich mit minimalen Anzeichen in seiner Mimik bemerkbar gemacht hatte. Etwas, das mit Kade zu tun hatte.

Weder Sam noch ihr Unterstützungsteam bemerkte etwas vom dritten Tuk-Tuk, das dem unbekannten Mönch gefolgt war, oder dem großen dunkelhäutigen Mann in schwarzer Kleidung, der darin gesessen hatte.

In einem anderen Teil der Stadt saß Wats in seinem winzigen Zimmer und zoomte das Bild eines großen, kahlköpfigen Thai mit Hakennase und in Mönchskutte heran. Wer war dieser Mann? Warum war er Kade und Cataranes gefolgt? Wer auch immer er war, er hatte auf jeden Fall dem ERD einen Schrecken eingejagt. Vor einer halben Stunde waren zwei militärisch wirkende Kerle im Prince Market Hotel eingetroffen. Sie waren Thai mit dicken, verstärkten Muskeln, die bei dieser Hitze Blazer trugen, die groß und weit genug waren, um darunter Waffen zu verbergen. Sie waren immer noch da und tranken Mineralwasser in der Lobby. Einfach nur zwei Geschäftsleute, die sich an einem Montagabend in einer Hotellounge ein Perrier genehmigten. Ja, alles klar.

Er starrte erneut auf die Aufnahme des Mönchs.

Wer bist du?

Eine Komplikation. Ein unbekannter Faktor. Wats mochte keine unbekannten Faktoren.

[16] Eine kleine Planänderung

Kade wachte vor dem Wecksignal auf. Er blickte auf die Anzeige. 5.47 Uhr. Viel zu früh. Er drehte sich auf die andere Seite, aber er konnte nicht wieder einschlafen. Heute war der große Tag. Er würde sich mit Shu zum Mittagessen treffen. Was würde dann geschehen? Würde sie ihm eine Postgraduiertenstelle anbieten? Würde sie ihn nach Nexus fragen?

Konnte sie ihm wirklich geben, was sie mental angedeutet hatte? War es nicht genau das, was er wollte?

Wats. War er wirklich hier? Gab es eine Möglichkeit, Verbindung mit ihm aufzunehmen?

Und Ananda. War die Begegnung real gewesen? Oder hatte er sich alles nur eingebildet? War der Mönch auf Nexus?

Kade wälzte sich hin und her. Es nützte nichts. Seine Gedanken rasten zu sehr, um Schlaf zu finden.

Unwirsch stieg er aus dem Bett und riss die Vorhänge auf. Draußen regnete es. Er war davon überzeugt, dass es ein schwüler, dampfender Regen war. Hundert Meter unter seinem Fenster lebte Bangkok. Der Verkehr war ein chaotischer Tanz aus Motorrollern, Tuk-Tuks, Taxis und Privatautos, die hin und her sausten und immer wieder nur knapp einem Zusammenstoß entgingen. Fußgänger bewegten sich in Strömen aus menschlichen Körpern über die Gehwege und schützten sich mit billigen Regenschirmen oder noch billigeren durchsichtigen Kunststoffponchos. Radfahrer schlängelten sich im Regen zwischen den Fußgängern und dem motorisierten Verkehr hindurch. Garküchen standen an allen Ecken bis auf einer und boten Nudeln oder klebrigen Reis mit Mangofrüchten an. Dampf stieg von den Ständen auf. An der vierten Ecke befand sich ein kleiner Tempel. Selbst im Regen strömten kontinuierlich Männer und Frauen hinein und hinaus, um dem Buddha oder Bodhisattva, der sich darin befand, die morgendliche Ehre zu erweisen.

Unter anderen Umständen hätte er sich darauf gefreut, diese exotische, verwirrende Stadt zu erkunden.

Stattdessen öffnete er sein Slate. Er hatte eine Nachricht von Ilya bekommen, in der sie fragte, wie seine Reise war, außerdem ein Dutzend Threads aus dem Labor über verschiedene Themen und eine einzige Nachricht von Su-Yong Shu.

Kade,
ein unvermeidlicher Konflikt mit dem Mittagessen ist aufgetreten. Hätten Sie stattdessen zum Abendessen Zeit?
Mein Fahrer kann Sie um 19 Uhr von Ihrem Hotel abholen.
Mit freundlichem Gruß
SYS

Seltsam, dachte Kade schulterzuckend. Er schickte eine knappe Antwort ab. 19 Uhr vor seinem Hotel wäre kein Problem. Er beantwortete noch ein paar andere Nachrichten, dann duschte er und ging hinunter, um zu frühstücken.

Sam schien keineswegs überrascht zu sein, dass Su-Yong Shu ihre Tagesplanung geändert hatte. Während des Frühstücks ging sie zweimal mit ihm durch, wie er mit Shu interagieren sollte. Kade fühlte sich bestens vorbereitet. Sam schien der gleichen Ansicht zu sein.

Die Konferenz rauschte in einer Abfolge von Veranstaltungen und kurzen Unterhaltungen vorbei. Neuro-Optik: Laserbasierte neurale Stimulation. Die Hilbert-Transformation bei der Entzifferung neuraler Entsprechungen von Emotionen. Planung und gewollte Strukturen: Neurale Schaltkreise und Signalmuster.

Als er aus dem Vortrag über Planungsstrukturen kam und zum Mittagessen unterwegs war, bemerkte Kade etwas aus dem Augenwinkel und drehte sich um. Da war Su-Yong Shu, die in Richtung Ausgang des Konferenzzentrums ging, an der Seite von Professor Somdet Phra Ananda.

Hochinteressant. Könnte das etwas mit seiner Begegnung mit Ananda am gestrigen Abend zu tun haben? Kade zuckte mit den Schultern. Er würde es wohl nie erfahren.

Zumindest wurde er als bedeutende Persönlichkeit registriert.

Sam traf er beim letzten Vortrag des Tages wieder. Analyse des Willens: Vom Dopamin zu dynamischen Systemen. Sie saßen nebeneinander. Sam schien sich ganz auf den Vortrag zu konzentrieren.

Endlich waren die Veranstaltungen des Tages vorbei. Es wurde allmählich Zeit, zum Hotel zurückzukehren, wo ihn Shus Fahrer abholen sollte. Sam würde sich später mit Kade treffen, bei der Kennenlernparty der Neurowissenschaftsstudenten, zu der Narong sie eingeladen hatte. Falls sie interessiert waren, gab es anschließend noch eine kleine After-Party.

Sam ging mit Kade noch einmal den Plan über Chat durch, dann wartete sie ab, bis er seine Nexus-Signale unterdrückt hatte. Dann war es so weit. Er war auf sich allein gestellt. Er fuhr zum Hotel zurück, um sich frisch zu machen und sein Button-down-Hemd für sein Abendessen mit Su-Yong Shu zu bügeln.

Wats hockte neben dem Zimmermädchen in der Gasse. Sie waren vier Blocks vom Prince Market Hotel entfernt. Damit waren sie hoffentlich außerhalb des ERD-Überwachungsrings. Hoffentlich.

Wenigstens hatte der Regen aufgehört. Ein kleiner Trost.

Das Zimmermädchen erzählte ihm nicht, was er hören wollte.

Mai me But, sagte sie. Keine Karte.

Haa Nai Thung Khaya?, fragte er. Hatte sie den Müll durchsucht?

Chai. Ja, das hatte sie.

Kang Laang taitiang? Unter dem Bett?

Chai, chai.

Hong naam? Hatte sie im Bad nachgesehen?

Chai, chai. Mai me But.

Und so ging es weiter. Die Karte befand sich nirgendwo in Kaden Lanes Zimmer. Konnte er sie in die Tasche gesteckt haben, um sie später auszufüllen? Warum sollte er so etwas tun? Wats war klar gewesen, dass die Möglichkeit bestand, dass Kade die Nachricht überhaupt nicht bemerkte ... Aber dann hätte sie noch irgendwo im Hotelzimmer sein müssen.

Konnte Cataranes sie mitgenommen haben? Warum sollte sie das tun? Es sei denn, man hatte aus irgendeinem Grund Verdacht geschöpft.

Ein kalter Schauer lief ihm über den Rücken. Er hatte seinen Namen auf die Karte geschrieben. Es war ein gewisses Risiko gewesen, aber er hatte es für notwendig gehalten, um Kade zu überzeugen, das Angebot anzunehmen.

Also wusste das ERD vielleicht, dass er hier war. Dann war es eben so.

Das Zimmermädchen wartete ungeduldig mit ausgestreckter Hand auf die Bezahlung. Wats zählte die Scheine ab. Zweitausend Baht. Er legte das Geld in ihre Hand, ließ es aber nicht los. Er suchte ihren Blick.

Mee ngahn Pheum, sagte er zu ihr. Er hatte noch mehr Arbeit für sie. In der anderen Hand ließ er weitere Geldscheine aufblitzen.

Das Zimmermädchen lächelte, rieb mit dem Daumen über die Scheine, die er ihm gegeben hatte, und nickte. Wats ließ sie los, sie drehte sich um und ging.

Er blieb noch eine Weile in der Gasse, als sie fort war, und spielte gedankenverloren mit dem Datenspeicher an seiner Halskette. Was jetzt? Sollte er ohne Kades Einverständnis aktiv werden? Was wären die Konsequenzen? Was hatten sie gegen ihn in der Hand? Wer würde darunter leiden? Mehrere Menschenleben würde er für das Licht riskieren, das Nexus 5 auf die Welt werfen konnte. Aber stand es Wats überhaupt zu, eine solche Entscheidung zu treffen? Was würden seine Freunde dazu sagen?

Scheiße. Vor zwei Jahren wäre er losgestürmt, hätte um sich geballert, Kade herausgeholt, ob sein Freund ihm nun dafür dankte oder nicht, und auf die Konsequenzen geschissen.

Und jetzt ... *Jeder von uns muss seinen eigenen Weg gehen. Jeder von uns muss sich für sein eigenes Karma entscheiden. Genauso muss jeder von uns allen anderen erlauben, sich für ihr eigenes Karma zu entscheiden.*

Kade musste sich entscheiden. Falls es ihm möglich war. Das war es, was der Buddhismus sagte. Jedes Individuum musste in seinem Leben seine eigenen Entscheidungen treffen. Wats konnte Kade nicht aufzwingen, was er für richtig hielt, und erst recht nicht, wenn so viel auf dem Spiel stand. Die Menschen, die anderen ihren Willen aufzwangen, waren diejenigen, die die Welt zugrunde richteten.

Wats musste nur irgendwie mit Kade kommunizieren, um sich zu vergewissern, dass er von der Option wusste. Er musste es so tun, dass er nicht von den Kameras oder Mikrofonen aufgenommen wurde, von denen Kade zweifellos umringt war. Ohne dass seine Worte von den unvermeidlichen Mikrofonen an Kades Körper mitgehört wurden. Ohne dass die Kameras im Konferenzzentrum, die Kameras im Hotel ihn bemerkten. Selbst die Nachricht war riskant gewesen. Er hatte lediglich darauf gehofft, dass die unsichtbar kleinen Überwachungskameras den Text nicht entziffern konnten.

Er würde eine Möglichkeit finden.

Und wenn er gar keine Bestätigung von Kade erhielt? Was wäre, wenn er während Kades siebentägigem Aufenthalt in Thailand keine Gewissheit hatte, ob sein Freund überhaupt wusste, dass es für ihn einen Ausweg gab? Oder wenn die allgemeine Situation zu unklar und verdächtig wurde, bevor er irgendeine Bestätigung erhielt?

Dann würde Wats seine eigene Entscheidung treffen. Und auf das Karma und die Konsequenzen scheißen.

Sam beobachtete, wie Kade zum Ausgang des Konferenzzentrums ging. Sie hatte ihn noch nicht wegen der gestrigen Ereignisse zur Rede gestellt. Sie wollte, dass er während des Abendessens mit Shu so ruhig und entspannt wie möglich war.

Der heutige Tag hatte sich als fast genauso interessant wie der vergangene Abend erwiesen. Die Kameras des Konferenzzentrums hatten Su-Yong Shu und Somdet Phra Ananda erfasst, wie sie gemeinsam zum Mittagessen gegangen waren. Der Mann, der sie abgeholt hatte, der Fahrer des Wagens, war von der Konfuzianischen Faust. Einer der Klonsoldaten.

Zwischen dem Empfang am Vorabend und diesem Morgen hatte sich irgendetwas ergeben, das entweder Shu oder Ananda veranlasst hatte, ein kurzfristiges Treffen zu vereinbaren. Was war in der Zwischenzeit geschehen? Zum einen Shus Gespräch mit Kade. Zum anderen die kurze und seltsame Interaktion zwischen Ananda und Kade in der Schlange vor der Bar.

Und was mochte Anandas Aufmerksamkeit erregt haben? Was konnte ihn gestern Abend so sehr überrascht haben, dass er Nachforschungen über den Grund für Kaden Lanes Anwesenheit in Bangkok anstellen ließ? War es vielleicht Nexus 5, das in absurd hoher Konzentration in Kades Gehirn herumschwappte? Und wenn es so war …

Wie hatte Ananda es bemerkt? Weil er selbst ein Nexus-User war?

Neunzig Minuten später, als Sam mit Narong zu Mittag aß, empfing sie eine Nachricht von ihrem Team. Sie las sie diskret in einer Ecke ihres taktischen Displays, während sie zuhörte, wie Narong von der strahlenden Zukunft schwärmte, die Thailand auf dem Gebiet der Neurowissenschaft bevorstand.

[Vorläufiges Laborergebnis eingetroffen. Hotel-Fragebogen weist Spuren selbst zerstörter Nanostrukturen auf. Wahrscheinlich Nachricht, die sich selbst ausgelöscht hat. Kein Hinweis auf Antwort von Lane, könnte jedoch versteckt oder codiert sein.]

Also hatte Kade eine Nachricht von jemandem erhalten. Von wem? Shu? Ananda? Und wie lautete sie?

Sie musste sich definitiv mit Kade unterhalten. Es ging nicht, dass er Geheimnisse vor ihr hatte. Nein, das ging gar nicht. Heute Nacht, nach der Kennenlernparty.

Info

Der Krieg zwischen jenen, die die Einschränkungen der »Menschheit« akzeptieren, und jenen, die sich der Macht des Möglichen öffnen, ist unvermeidlich. Die Menschen werden uns nicht akzeptieren, sie werden uns nicht tolerieren, sie werden uns nicht in Frieden lassen. Sie werden uns ob unserer Größe fürchten, so wie Nietzsche sagte, dass sie den Übermenschen fürchten werden. Wenn sie uns fürchten, werden sie versuchen, uns zu vernichten. Sie werden Legion sein. Wir werden wenige sein. Wir werden triumphieren, ganz gleich, wie hoch der Preis sein mag.

Anonym, *Posthumanes Manifest,* Januar 2038

Um Kriminelle und Terroristen zu bekämpfen, die verbotene Technologien nutzen, bleibt uns keine andere Wahl, als die Modifikation unserer eigenen Agenten hinzunehmen. Wir können und müssen uns die Einsatzfähigkeit und Überlegenheit auf dem Schlachtfeld erhalten. Daher werden wir alle Mittel nutzen, um zu gewährleisten, dass die Fähigkeiten unserer Agenten unübertroffen sind.

Positionspaper des ERD, November 2035

[17] VIP

Die Lifttür öffnete sich und entließ Kade in die Lobby. Das Gelassenheitsprogramm war auf hoher Stufe aktiviert, er trug sein bestes Hemd, und alle Nexus-Signale waren unterdrückt. Der Fahrer wartete bereits auf ihn, in schwarzem Anzug mit Krawatte, weißem Hemd, schwarzen Handschuhen und Mütze. Ein Klonsoldat der Konfuzianischen Faust.

Der Fahrer lächelte, winkte und kam auf ihn zu. »Mr. Lane?« Er sprach mit hörbarem chinesischem Akzent.

»Ja?«

»Mein Name ist Feng.« Er tippte sich an die Chauffeursmütze. »Ich habe die Ehre, als Fahrer für Professor Shu tätig zu sein. Würden Sie mir bitte folgen?«

»Klar.« Kade begleitete Feng durch die Tür nach draußen. Der Regen hatte aufgehört, und die Bewölkung hatte sich ein wenig aufgelockert. Die Sonne war soeben untergegangen und hinterließ einen orangeroten Schein am westlichen Himmel.

Der Wagen war ein schwarz glänzender Opal. Ein Spitzenprodukt der chinesischen Luxusindustrie. Die Nummernschilder waren chinesisch. Sie hatten das Fahrzeug aus China mitgebracht oder anliefern lassen.

Feng hielt die Hintertür auf, während Kade in den klimatisierten Fahrgastraum stieg. Drinnen war alles aus dunklem Holz und Leder. Sanfte klassische Musik drang aus den Lautsprechern. An zwei ungeöffneten Flaschen Mineralwasser perlten kondensierte Tropfen. Die Scheiben waren getönt.

Feng nahm auf dem Fahrersitz Platz.

»Wohin fahren wir?«, fragte Kade.

»Nach Thonburi«, antwortete Feng. »Auf der anderen Seite des Chao-Phraya-Flusses. Zu einem sehr guten Restaurant – mein Lieblingsrestaurant in Bangkok!«

»Wie lange werden wir brauchen?«

Der Opal fuhr fast lautlos an.

»Vielleicht zwanzig Minuten«, sagte Feng. »Oder weniger, wenn der Verkehr günstig ist.«

Kade lehnte sich auf dem Sitz zurück. »Danke.« Dann fiel ihm etwas ein. »Sie waren schon einmal hier?«, fragte er.

Feng nickte. »Professor Shu kommt häufig nach Bangkok. Ich begleite sie jedes Mal.«

»Wie lange arbeiten Sie schon für Dr. Shu?«

»Seit drei Jahren. Sie ist mit Abstand mein bester Chef.« Er grinste Kade im Rückspiegel an.

»Und davor?«

Wieder nickte Feng. »Armee, Spezialeinheit. Immer noch. Spezialschutzeinheit.«

»Spezialschutzeinheit?«, fragte Kade nach.

»O ja. Wir kümmern uns um bedeutende Personen. Sorgen für ihre Sicherheit.«

»Dr. Shu erhält militärischen Personenschutz?«

»Sicher. Sie ist von hohem nationalem Wert. Eine brillante Wissenschafterin. Chinas Zukunft hängt von der

Wissenschaft ab. Sie ist so bedeutend, dass Sie sich geehrt fühlen sollten, mit ihr zu Abend zu essen!«

»Oh, ich fühle mich geehrt. Warum beschützen Sie sie jetzt nicht?«

Feng lachte und warf ihm einen Blick über die Schulter zu. »Gute Frage. Aber Sie müssen wissen, dass Professor Shu sehr wehrhaft ist. Sie kann sehr gut auf sich selbst aufpassen.« Er hielt kurz inne und blickte wieder auf die Straße.

»Wie kommt es, dass sie jetzt nicht bei uns ist?«

»Oh, sie hatte einen Termin nicht weit von dort, wohin wir fahren. Es wäre überflüssig gewesen, wenn sie in die Innenstadt zurückgekehrt wäre.«

Kade fühlte sich mutig. Lag es am Gelassenheitsprogramm? Spielte das eine Rolle? »Mussten Sie sie jemals vor einer realen Gefahr schützen? Zum Beispiel vor einem Angriff auf ihre Person?«

Feng zögerte einen Moment, bis er vorsichtig antwortete. »Tut mir leid. Darüber darf ich nicht sprechen. Geheime Einsatzdetails.«

Interessant, dachte Kade. Hieß das, die Antwort lautete »Ja«?

»Würden Sie ihretwegen eine Kugel abfangen?«, fragte er.

»Was, Sie meinen, falls jemand auf sie schießen sollte? Ob ich mich in die Schussbahn werfen würde?«

»Ja.«

Feng lachte. »Ich hoffe, dass ich den Übeltäter vorher erschieße.« Er imitierte mit Daumen und Zeigefinger eine Pistole, zeigte sie Kade und tat, als würde er durch die Windschutzscheibe auf etwas feuern.

Kade lachte, um die Stimmung aufzulockern. Er kam sich berechnend und klar vor. An diesen mentalen Zustand konnte er sich gewöhnen.

»Was wäre, wenn diese Möglichkeit nicht bestünde? Wenn Sie Dr. Shu nur retten könnten, indem Sie sich zwischen sie und die Kugel werfen?«

Feng verzog im Rückspiegel das Gesicht. »Hmm, eine ganz schlechte Möglichkeit, wissen Sie? Wenn ich erschossen werde, wäre sie für eine Sekunde gerettet. Und was dann? Ich verlasse mich lieber darauf, Rückendeckung zu bekommen. Andernfalls würde es den Attentäter nur kurz aufhalten. Es wäre besser, wenn ich ihn ausschalten könnte. Die beste Verteidigung ist ein guter Angriff, wissen Sie?«

Er hielt einen Moment inne.

»Aber wenn es wirklich keine andere Möglichkeit gibt, würde ich es tun. Ich würde die Kugel abfangen.«

Kade nickte nachdenklich. Er erinnerte sich an Beckers Frage. Warum sollte jemand mehrere Hundert Männer mit der gleichen DNS erschaffen wollen?

Er musterte Feng. Klone, die auf höchste Loyalität gezüchtet worden waren. Die gleichen Gene, die gleiche Ausbildung. Identisches, vorhersagbares Verhalten. Perfekte Soldaten.

Glaube ich wirklich daran?

»Was haben Sie vor der Armee gemacht?«, fragte er beiläufig.

»Ach, davor war ich einfach nur ein Kind. Ich bin in der Nähe von Schanghai aufgewachsen. In einer großen Familie.« Feng lachte. »Eine richtig große Familie. Jede Menge Brüder.« Wieder lachte er, als wäre das etwas unglaublich Witziges. Trotz des Gelassenheitsprogramms fuhr Kade ein kalter Schauer über den Rücken.

Sie fuhren weiter, während das orangerote Leuchten des Sonnenuntergangs mit den Neonlichtern wetteiferte, die über ihnen angingen. Die nach dem Regen immer noch nassen Straßen verwandelten sich in glänzende Flüsse aus Licht, in denen sich lebhaft das Rot, Blau und Grün der Stadt und das dunkler werdende Orange des Himmels spiegelte.

Feng bog nach links ab, und plötzlich veränderte sich das Bild. Sie fuhren auf eine Brücke, die einen braunen Fluss überquerte. Das musste der Chao Phraya sein. Die letzten Strahlen der vor Kurzem untergegangenen Sonne leuchteten am Himmel. Vor diesem orangeroten Hintergrund erhob sich ein Tempel, ein zentrales Gebäude wie eine Pyramide mit einer lang gezogenen Spitze, wie der Eiffelturm, den man kunstvoll aus massivem Stein nachgebaut hatte, von der Dämmerung und den Lichtern am Sockel in bernsteingelbes Licht getaucht. Vier kleinere Türme umgaben ihn, vielleicht dreißig Meter hoch. Der Hauptturm war das höchste Bauwerk auf der westlichen Seite des Flusses.

»Wat Arun«, sagte Feng leise. »Der Tempel der Morgenröte.«

»Er ist wunderschön«, sagte Kade ehrlich.

Feng nickte. »Dort befindet sich Professor Shu jetzt. Sie trifft sich mit uns im Restaurant.«

»Ist es in der Nähe?«

»Genau dort«, sagte Feng und zeigte auf das Flussufer vor ihnen.

Das Restaurant hieß Ayutthaya, nach der alten Hauptstadt von Thailand. Es befand sich in einem reich geschmückten dreistöckigen Gebäude direkt am Flussufer, nur ein paar Hundert Meter nördlich von Wat Arun. Rothäutige Dämonenstatuen mit goldenen Waffen flankierten die offene Doppeltür. Sie hielten die fast zwei Meter langen Schwerter mit beiden Händen, das Heft an der Brust, die Spitze auf den Boden gerichtet. Feng schloss die Autotür hinter Kade, nachdem er ausgestiegen war, und führte ihn am Ellbogen zur Oberkellnerin.

»Ein Gast für Professor Shu«, sagte er.

Ein goldener Buddha in Lebensgröße saß gleich hinter dem Eingang mit überkreuzten Beinen auf einem Stein.

»Ah, Mr. Lane?« Die Oberkellnerin trug ein langes fließendes Thai-Kleid in Gold. Ihr Haar war züchtig zu einem Knoten zusammengesteckt. Sie war atemberaubend.

»Ja, das bin ich.« Kein Stocken. Kein Stottern. Seine Stimme klang in seinen Ohren tief und selbstbewusst. Ich könnte mich daran gewöhnen.

»Bitte folgen Sie mir.« Sie nahm eine Speisekarte in die Hand und lächelte ihn gewinnend an.

»Wir sehen uns nach dem Essen«, sagte Feng.

»Sie werden nicht dabei sein?«

»Ich bin nur der Fahrer, keine bedeutende Person wie Sie.« Feng deutete eine Verbeugung an und kehrte zu seinem Wagen zurück.

Kade drehte sich wieder zur wartenden Oberkellnerin um. Sie lächelte erneut und führte ihn dann ins Restaurant. Das Kleid betonte ihre Figur. Das Wiegen ihrer Hüften war berauschend.

Entspann dich, Kumpel. Es gibt verschiedene Möglichkeiten, die Fassung zu verlieren.

Sie gingen um den Buddha herum, dann breitete sich vor ihnen das Restaurant aus. Fenster, die vom Boden bis zur Decke reichten, waren geöffnet und ließen die warme Nachtluft herein. Sie rahmten den Fluss und den Großen Palast dahinter ein. Durch die Fenster im Süden war der Turm von Wat Arun zu sehen, der über dem Westufer aufragte. Goldene und gelbe Laternen erleuchteten kunstvoll gearbeitete Tische, an denen Thai und Touristen Platz genommen hatten.

Sie überquerten eine kleine Brücke, unter der leise ein Bach gurgelte, der durch den Speisesaal verlief und sich draußen in den Chao Phraya ergoss.

Sie will mich beeindrucken, dachte Kade. Das ist Shus Rekrutierungsprogramm.

Die Tischdame führte ihn auf eine Dachterrasse. Vom Fluss wehte eine kühle Brise heran. Der Himmel wurde dunkler, als der Abend in die Nacht überging. Alle möglichen köstlichen Düfte bestürmten ihn.

Möchte ich rekrutiert werden?

Die Oberkellnerin dirigierte ihn zu einem Tisch in der südöstlichen Ecke der Dachterrasse, wo der Ausblick auf den Fluss und die Tempel am prächtigsten sein musste. Su-Yong Shu erhob sich, um ihn mit einem breiten Lächeln zu begrüßen. Sie wirkte entspannt, selbstsicher und elegant. Elegant und gefährlich, dachte Kade.

Die Show konnte beginnen.

[18] Ayutthaya

»Kade. Ich danke Ihnen sehr, dass Sie sich Zeit für mich genommen haben.«

Su-Yong Shu nahm seine Hand mit beiden Händen an. Ihre Augen waren hell und betörend.

»Professor Shu, es ist mir eine Ehre.«

Sie setzten sich.

»Ein eindrucksvolles Restaurant«, sagte Kade.

Shu lächelte erneut. Sie blickte sich um und nahm alles in sich auf. »Ich liebe diesen Ort«, sagte sie und deutete auf die hohe Spitze von Wat Arun. »Menschen können sehr viel Schönheit erschaffen.«

Menschen, bemerkte Kade. Nicht »wir«. Sondern Menschen.

Der Kellner kam mit Wasser und Tee und präsentierte ihnen die Speisekarte.

»Alles sieht einfach unglaublich aus«, stellte Kade fest.

Wieder lächelte Shu. »Überlassen Sie es mir. Sie werden sehr zufrieden sein.«

»Ich gebe mich in Ihre Hände.«

Shu feuerte einen Wortschwall in schnellem Thai ab, bis sich der Kellner lächelnd verbeugte und zurückzog.

»Sie sprechen Thai«, bemerkte Kade.

Shu lächelte. »Erzählen Sie mir von Ihrer Forschung, Kade. Wie ich höre, soll Ihr Artikel für *Science* sehr aufregend sein. Worum geht es darin?«

Kade redete. Er gab ihr die bearbeitete, zensierte Fassung, mit den konventionellen Nanofilamenten und der Software, die auf den Modellen aus Shus Labor basierte. Er ließ all die Quantensprünge aus, die ihnen durch Nexus 5 ermöglicht worden waren. All die Sackgassen, die sie damit hatten vermeiden können.

Nexus hatte ihnen erlaubt, ein Meisterwerk von Leonardo da Vinci zu malen. Dieses Bild hatten sie als grobe Kreidezeichnung durchgepaust und waren damit allen anderen immer noch um Jahre voraus.

Shu stellte gezielte Fragen. Sie erkundigte sich nach Einzelheiten und zog geniale Schlussfolgerungen. Kade musste sich anstrengen, um mitzuhalten.

Schließlich nickte sie anerkennend. »Nun, ich bin sehr beeindruckt«, sagte sie und blickte ihm in die Augen.

»Vielen Dank.« Er lächelte ruhig, fast ein wenig schüchtern. »Wir sind wirklich stolz darauf. Rangan hat genauso so viel geleistet wie ich.«

Ihr Essen wurde gebracht und unterbrach diesen Moment.

Der Kellner präsentierte jedes Gericht mit einer Fanfare.

Yum Mamuang, ein köstlicher Mangosalat.

Pad Pak Boong, gebratener Wasserspinat.

Goong Kra Tiem, gebratene Shrimps in pikantem Knoblauch.

Ped bai Gra-pow, Ente mit Basilikum.

Phat goo-ay-dtee-o neu-a, kurz angebratene Nudeln mit Rindfleischscheiben.

Sie kosteten gemeinsam von allen Gerichten und kommentierten jeden einzelnen Genuss. Shu legte eine Begeisterung für das Essen an den Tag, die auf Kade ansteckend wirkte. Der Kellner brachte ihnen frischen Guavensaft, der kühl und erfrischend war. Während sie sich unterhielten, nahm der Himmel seine volle Nachtschwärze an. Ihr Tisch wurde von den brennenden Laternen, dem gelben Schein von Wat Arun im Süden, dem Neonlicht aus dem Osten, von der wimmelnden Stadt auf der anderen Flussseite beleuchtet.

Shu kam von den Speisen auf die Neurowissenschaft zurück und nahm ihn zu verschiedensten Themen aus dem Forschungsgebiet in die Mangel. Es war ein Bewerbungsgespräch. Die Fragen kamen schnell und dicht gedrängt. Die neuralen Grundlagen der Kreativität. Die Aussichten für menschliche Intelligenzsteigerung. Die Schwierigkeiten, einen menschlichen Geist auf einen Computer zu laden. Die evolutionären Grundlagen des Schlafs. Die Grenzen der Speicherkapazität menschlicher Gehirne. Gründe für die menschliche Zeitwahrnehmung.

Alle Fragen waren spekulativ, ergebnisoffen, an der Grenze des aktuellen Forschungsstandes. Er musste Synthesen erstellen, Vermutungen offenbaren, Möglichkeiten skizzieren, die auf unvollständigen neurowissenschaftlichen Daten basierten. Shu akzeptierte kein »Ich weiß es nicht« als Antwort. Sie drängte ihn, begründete Vermutungen zu äußern, seine Überlegungen zu erläutern. Es war sehr anregend. Er fragte sich, ob sie selbst die Antworten auf ihre Fragen wusste.

Und dann spürte Kade es. Ihr Geist tastete nach seinem. Er spürte ihre Neugier, ihren kristallklaren Intellekt. Ihr Geist fühlte sich erstaunlich an. Riesig und komplex, wie er es nie zuvor erlebt hatte.

Er sehnte sich nach der Berührung mit diesem Geist. Aber er öffnete sich ihr nicht. Damit hätte er preisgegeben, warum er hier war und wer ihn geschickt hatte.

Rede weiter, sagte sich Kade. Tu so, als hättest du nichts bemerkt.

Shu beobachtete ihn mit nachdenklicher Miene.

Wats beobachtete die Szenerie von einem Dach nördlich des Restaurants Ayutthaya. Er lag auf dem Bauch, völlig reglos, mit einem kleinen Fernrohr vor dem Auge. Die Chamäleonfasern in seiner Kleidung ließen ihn mit dem Dach verschmelzen. Da war Kade, mit jemandem, den die Gesichtserkennungssoftware als Professor Su-Yong Shu von der Jiaotong-Universität in Schanghai identifizierte. Shu gehörte zu den führenden Wissenschaftlern auf Lanes Forschungsgebiet und hatte gelegentlich mit dem chinesischen Ministerium für Nationale Verteidigung zu tun. Was hatte sie hier zu suchen?

Viel größere Sorgen machte er sich wegen des Fahrers, der Kade hergebracht hatte. Wats hatte dieses Gesicht schon einmal gesehen. Es war das Gesicht eines sehr gefährlichen Mannes gewesen, von dem er geschworen hätte, dass er tot war.

Es war in Kasachstan gewesen. Ein chinesischer »Berater«, den sie in einem Kommandozentrum der Rebellen aufgescheucht hatten. Sie hatten das Zentrum besetzt, ohne etwas von seiner Anwesenheit zu ahnen. Als sie ihn aufspürten, kämpfte er. Er hatte gekämpft, wie Wats noch nie jemanden hatte kämpfen sehen, weder davor noch danach. Am Ende war er tot. Wie konnte er hier sein?

Su-Yong Shu stieß einen zufriedenen Seufzer aus. Kade konnte die sinnliche Befriedigung spüren, die sie nach der Mahlzeit verströmte. Sie war anders, als er erwartet hatte.

»Kade«, sagte sie, »ich hatte Hintergedanken, als ich Sie hierher eingeladen habe. In meinem Labor wird wahrscheinlich demnächst eine Postgraduiertenstelle frei. Ich halte Sie für einen sehr starken Kandidaten. Wären Sie daran interessiert?«

Ein Blitz zuckte über den Osthimmel. Er schlug irgendwo außerhalb der Stadt ein, flackerte eine Weile und erhellte die Nacht.

»Es wäre mir eine große Ehre«, versicherte er ihr. »Können Sie mir mehr über die Forschungsziele Ihres Labors erzählen?«

»Ich habe drei Ziele.« Shu zählte sie an den Fingern ab. »Erstens, die direkte Kommunikation von Gehirn zu Gehirn. Zweitens, die Steigerung menschlicher Intelligenz auf übermenschliches Niveau. Und drittens, die Übertragung menschlicher Bewusstseine auf maschinelle Systeme.«

Kade blinzelte.

»Das überrascht Sie?«, fragte Shu.

Er nickte. »Diese Ziele gefallen mir. Aber was ist mit den Gesetzen? Mit dem Kopenhagener Abkommen?«

Shu hielt seinem Blick stand. »Gesetze und Vereinbarungen ändern sich. Eines Tages werden diese Restriktionen Geschichte sein. Wir werden darauf vorbereitet sein.«

Dann spürte Kade sie wieder. Andeutungen der Zukunft. Eine Zeit, in der sie ungehindert ihrer Arbeit nachgehen konnten. Eine Zeit, in der sie die Freiheit hatten, den menschlichen Geist zu verbessern, sich selbst zu erweitern, sich zu erheben, die nächsten Schritte in der menschlichen Evolution zu gehen. Ihre Vision des künftigen Menschen war grandios. Er sehnte sich danach. Er sehnte sich danach, so zu werden.

Und während sie ihre Vision projizierte, spürte er, wie ihr Geist nach seinem suchte. Sie griff nach ihm, versuchte ihn an sich zu ziehen. Ihre Nexus-Knoten sendeten Affinitätssignale, suchten nach komplementären Knoten in seinem Gehirn. Kade spürte es wie eine Welle, die durch seinen Geist lief. Seine Nexus-Knoten resonierten in Reaktion auf Shus Pings, waren bereit zu antworten, wurden jedoch vom Nexus-Betriebssystem und Kades eisernem Willen daran gehindert.

Er durfte sie nicht sehen lassen, warum er hier war.

Er versuchte sich natürlich zu verhalten. »Ich bin von Ihrer Vision beeindruckt, Dr. Shu. Ich bewundere Sie dafür, dass Sie diese Arbeit unbeirrt verfolgen, um allen anderen voraus zu sein.«

Shu hob ihre Teetasse an die Lippen, nahm einen Schluck und schloss für einen Moment die Augen, um das Aroma zu genießen. »Ja«, sagte sie. »Es ist immer gut, ganz vorn zu sein.«

Dann tat sie etwas, das Kade nicht verstand. Neue Pings kamen von ihrem Gehirn, in einem so schnellen und komplizierten Muster, dass er ihm nicht mehr folgen konnte. Farben und Formen blitzten in seinem Bewusstsein auf. Für einen Moment wusste er nicht, was geschah, doch dann spürte er die Veränderungen, sah die Fehlermeldungen. Es fing ungefähr in seinem Mittelhirn an, wo mehrere Nexus-Knoten seiner Kontrolle entglitten waren und nun eigene Muster sendeten, gegen seinen Willen. Und das Ganze breitete sich aus.

Er schaltete eins der Abwehrsysteme ein, die Rangan eingerichtet hatte.

[Aktivieren: aegis]

Firewalls blockierten sämtliche externen Signale und legten sich wie massive Hitzeschilde über seine Gedanken. Die aktivierten Wachhunde isolierten die außer Kontrolle geratenen Knoten in seinem Gehirn und bombardierten sie mit Tötungssignalen.

Bleib cool, sagte er sich und sah Su-Yong Shu mit einem ruhigen Lächeln an.

Immer mehr Fehlermeldungen blitzten in seinem Sichtfeld auf. Die Wachhunde schwächelten. Die Knoten in seinem Gehirn bemühten sich, die von Shu zu berühren. Ihre Muster breiteten sich in seinem Geist aus. Immer mehr Knoten rebellierten und suchten den Kontakt zu Shu. Die Leistung ihrer Signale schnellte von wenigen Mikrowatt auf mehrere Milliwatt hoch. Konnte sie sie bereits hören? Er musste es stoppen, bevor sie etwas bemerkte.

Kade rief das Interface für die Funk-Firewall auf, legte einen virtuellen Schalter um und blockierte damit die Signale in seinem Gehirn. Aber es nützte nichts. Das fremde Signal breitete sich weiter in seinem Gehirn aus. Das Nexus-Betriebssystem lief unrund. Die Fehlermeldungen häuften sich. Seine Nexus-Knoten wurden von Shu übernommen.

Er verlor den Kampf. Seine Hitzeschilde bröckelten. Die Nexus-Knoten in seinem Gehirn wurden mit denen von Shu synchronisiert. Er konnte spüren, wie Teile ihres

Geistes ihn berührten. Gewaltig und majestätisch, so fühlte sie sich an.

Ihm gingen die Möglichkeiten aus. Er würde alles in seinem Kopf anhalten müssen.

[system anhalten], befahl er. [system anhalten] [system anhalten]

Der Befehl zeigte Wirkung. Prozesse kollabierten. Fenster schlossen sich. Das Gelassenheitsprogramm – das seine Serotoninwerte, die Pulsfrequenz und die Atmung regulierte und die Angstsignale unterdrückte, die sich in seiner Amygdala ausbreiteten – wurde gestoppt.

Das virale Muster blieb aktiv.

Die Nexus-Knoten in seinem Gehirn suchten weiter den Kontakt zu denen von Shu. Schweißperlen bildeten sich auf seiner Stirn. Sein Herz schlug ihm bis zur Kehle.

Kade steckte richtig tief in der Scheiße. Jetzt blieb ihm nur noch eine Möglichkeit.

Vulkan. Mastodon. Zeder.

Kade hörte die Worte und visualisierte die entsprechenden Bilder. Das Mantra entfaltete seine Wirkung, und eine fraktale Persönlichkeit breitete sich in seinem Bewusstseinsraum aus. Sie verdrängte Erinnerungsbruchstücke, Identitätsanteile, Vorstellungen und ersetzte sie durch … durch …

Die Welt verschwamm für einen kurzen Moment vor seinen Augen, dann wurde sie plötzlich wieder klar. Kade blinzelte. Ihm war schwindlig, er fühlte sich etwas … desorientiert. Er blinzelte erneut, hob sein Glas Wasser an die Lippen. Seine Hand zitterte. Verdammt, er war nervös. Worüber hatten sie gerade gesprochen?

»Entschuldigung, Professor Shu, was haben Sie gerade gesagt?« Er blickte zu ihr auf.

[19] Verwirrung

Wats beobachtete geduldig aus der Ferne. Das Abendessen verlief mit viel Lächeln und Oooohs und Aaaahs. Dann geschah etwas. Das Lächeln verschwand von Shus Gesicht. Sie schüttelte leicht den Kopf ... und dann passierte etwas mit Kade. Seine Miene nahm einen besorgten Ausdruck an, er schloss die Augen, sein Kopf wackelte – als würde er gleich in Ohnmacht fallen. Als er die Augen wieder öffnete, war etwas anders. Er trank einen Schluck Wasser, und durch das Fernrohr war deutlich zu erkennen, dass seine Hand zitterte. Seine Körpersprache änderte sich. Er sackte in sich zusammen, schien sich in sich selbst zurückzuziehen.

Shu schien nun hoch konzentriert zu sein. Eine Ahnung veranlasste Wats, das Fernrohr zum Erdgeschoss hinunterzuschwenken. Da. Der Fahrer des Wagens, der Kade hergebracht hatte, lief mit zügigen Schritten auf das Restaurant zu.

Wats schätzte die Entfernung. Er würde es niemals schaffen, früher da zu sein. Er griff in seine Tasche, zog das höchst illegale Gewehr heraus, schraubte den Lauf an und schob das Zielfernrohr, das er benutzt hatte, in die Kerbe, bis es einrastete. Für einen Moment betrachtete er das zusammengebaute Scharfschützengewehr.

War er bereit, es zu tun? War er bereit zu töten? Er wusste es nicht.

»... was haben Sie gerade gesagt?«, fragte Kade. Er blinzelte erneut, als wollte er damit seine Benommenheit vertreiben.

Su-Yong Shu sah ihn mit schief gelegtem Kopf an, die Lippen leicht geöffnet, die Augen zusammengekniffen, und studierte ihn wie ein besonders erstaunliches wissenschaftliches Forschungsobjekt.

»Ich sagte gerade ...« – sie sprach langsam, als würde sie ihre Worte sorgfältig abwägen –, »... dass es sehr wichtig ist, uns selbst zu verstehen, zu erkennen, wie wir ticken.«

»Ähmm, ja, natürlich.« Was auch immer gerade geschehen war, es schien vorbei zu sein. Sein Kopf klärte sich. Wahrscheinlich litt er immer noch unter dem Jetlag.

Kade?

Kade blinzelte überrascht. Shus Geist hatte ihn soeben berührt. Sie hatte ihm einen verbalen Gedanken geschickt. Benutzte auch sie Nexus?

Kade, sprechen Sie weiter. Lassen Sie sich nicht anmerken, dass wir auf diese Weise kommunizieren.

Warum sollte er sich nichts anmerken lassen?

»Ich stimme Ihnen voll und ganz zu«, sagte er laut. »Es ist sehr wichtig, dass wir uns selbst verstehen.«

Wie machte sie das? Und was war in seinem Kopf los? Warum lief das Nexus-Betriebssystem nicht? Wie konnte sie zu ihm sprechen?

Kade, Sie können auf die gleiche Weise zu mir sprechen. Es geht ... <so>.

Er sah es. Er spürte es.

Hallo?, dachte er in ihre Richtung.

Gut, fuhr sie fort. **Sie hatten eine Art ... Anfall, Kade. Ich versuche zu verstehen, was mit Ihnen geschehen ist. Tun Sie mir einen Gefallen und entspannen Sie sich. Und sprechen Sie weiter, als wäre nichts passiert.**

Kade lief ein kalter Schauer über den Rücken. Ein Anfall? War das eine Nebenwirkung von Nexus? Hatte ihr Spiel mit dem Feuer ihn schließlich verbrannt?

Okay, sendete er zurück.

Er spürte ihre mentalen Fühler, die ihn vorsichtig berührten und in ihn eindrangen.

Er plapperte irgendetwas über seine Forschungen.

Währenddessen schob sie sich immer tiefer in seinen Geist, ihre Gedankenfühler verzweigten sich und breiteten sich in ihm aus. Sie fühlte sich ganz anders an als jeder Mensch, mit dem er jemals über Nexus Kontakt aufgenommen hatte. Ihr Geist war überall in seinem.

Sprechen Sie weiter, teilte sie ihm mental mit. Er tat es, während ihm vage bewusst war, dass sie nickte und antwortete.

Bleib ruhig, sagte er sich. Er war völlig von Shus Geist durchdrungen. Sie berührte nacheinander all seine Erinnerungen. Das machte ihm Angst. Er sollte sich widersetzen. Da war etwas, das sie nicht sehen durfte ...

Er schwitzte. Es fühlte sich schrecklich an, auf diese Weise abgetastet zu werden. Ihr Geist war gewaltig groß, ihre Fühler waren überall.

Atmen Sie tief durch, Kade. Bleiben Sie ruhig.

Ruhig. Ja. Er nahm einen Atemzug. Er hatte irgendeine Möglichkeit, sich selbst zu beruhigen ... irgendein Programm, das er selbst geschrieben hatte ...

Kade, ich glaube, jemand hat Ihre Erinnerungen manipuliert. Sie sind irgendwie Ihrem Zugriff entzogen.

Seine Erinnerungen? Verdammte Scheiße! Was zum Teufel ging hier vor sich?

Entspannen Sie sich, empfing er von Shu. **Öffnen Sie sich mir ganz. Ich glaube, ich kann es rückgängig machen.**

Sie strahlte Frieden, Mitgefühl und Zärtlichkeit aus.

Es könnte sich etwas desorientierend anfühlen, fuhr sie fort, **als würden Sie aus einem Traum erwachen.**

Kade war verwirrt. Seine Erinnerungen waren bereits schemenhaft. Das alles ergab keinen Sinn. Was konnte geschehen sein?

Shu plapperte irgendetwas, um den Moment zu überspielen. Irgendetwas über Tierversuche. Er konnte ihr kaum noch folgen.

Ich werde gleich Ihre Erinnerungen rekonstruieren ... jetzt, kündigte sie an.

Dann spürte er, wie sie sich noch viel weiter in ihm ausbreitete. Sie füllte seinen gesamten Geist aus, berührte jeden Teil von ihm gleichzeitig. Für ihn war es bislang unvorstellbar gewesen, so etwas zu tun.

Er konnte die Verbindungen zwischen seinen Erinnerungen sehen, während Shu sie erkundete. Sie ging seine Gedanken schneller durch, als Kade nachvollziehen konnte. Es war eine sehr intensive Erfahrung, ähnlich wie eine Nexus-Kalibrierung. Wie konnte sie so viele Informationen verarbeiten? Wie konnte ihr Geist so unvorstellbar groß sein?

Moment ... jetzt wusste er es wieder. Die Erinnerungen strömten zurück, während Shu sie freisetzte. Die Besprechungen mit dem ERD. Die Mission. Die Verteidigungsmöglichkeiten, die Rangan konstruiert hatte. Die Ausbildung. Falsche Erinnerungen ... Der Panikcode. Auf seinem Telefon. Ein Code, mit dem er Hilfe rufen konnte. Falls er in Gefahr geriet.

Er griff nach seinem Telefon. Nichts geschah. Seine Hand weigerte sich, ihm zu gehorchen. Er versuchte es mit der anderen. Auch nichts. Er wollte um Hilfe rufen. Nichts. Shu hatte ihn paralysiert. Sie hatte ihn unter Kontrolle.

Kade, bleiben Sie ruhig. Wir müssen verstehen, was mit Ihnen geschehen ist.

O nein! Jetzt erinnerte er sich wieder, warum er hier war. Wenn sie sah, was in seinem Kopf los war, würde sie erkennen, dass er ein Spion war. Er musste von hier verschwinden.

Er hatte noch eine letzte Waffe, die er einsetzen konnte. Die Waffe, die Rangan ihm gegeben hatte. Er musste Nexus wieder hochfahren.

[Neustart]

Boot-Sequenzen scrollten vor seinem geistigen Auge nach unten. Während er seine Aufmerksamkeit nach innen richtete, wurde Kade sich wieder deutlicher Shus Präsenz bewusst.

Shu hatte Millionen Nexus-Knoten in seinem Gehirn mit ihren synchronisiert. Sie hatte sie zu Tausenden komplexen Schaltkreisen konfiguriert, sie zu Sensoren und Manipulatoren gemacht. Er spürte ihre Faszination, während sie seine Transformation beobachtete. Tausende dieser Schaltkreise waren auf das Nexus-Betriebssystem ausgerichtet, untersuchten es, analysierten seine Bestandteile.

Die Schaltkreise waren in *seinem* Gehirn. *Seinem* Geist. Er würde sie wieder Shus Kontrolle entziehen.

Er erinnerte sich an die Nächte, in denen er mit Rangan, Ilya und Wats Drücken-und-Ziehen gespielt hatte. Die Nexus-Synchronizität zwischen ihren Bewusstseinen hatten sie benutzt, um allein mit ihren Gedanken die Körper der anderen zu bewegen. Nexus hatte ihm ermöglicht, Ilyas Hand zu heben, mit Rangans Augenlid zu blinzeln und Wats ein bestimmtes Wort sprechen zu lassen. Wenn man eine ausreichende Menge der richtigen Signale in das Gehirn einer anderen Person sendete, wenn die eigenen Signale stärker und kohärenter waren, konnte man damit die Signale toppen, die aus den Gehirnen der anderen kamen. Man konnte sie kontrollieren. Und genau das machte Shu jetzt mit ihm.

Aber niemand war in dieser Kunst versierter als Kade.

Er stürzte sich auf die Schaltkreise, die sie in seinem Geist eingerichtet hatte, und versuchte sie durch Willenskraft zu stören, um seine Neuronen von ihren Signalen zu befreien. Die Schaltkreise gerieten unter Druck, gaben aber nicht nach. Er atmete tief durch, drückte fester und gab alles, was er aufbringen konnte. Die ersten Schaltkreise brachen, zerfaserten, verloren den Zusammenhalt. Die Kohärenz seines Gehirns drängte Shus fremde Signale hinaus. Für einen Moment hatte er sich fast vollständig von ihr befreit.

In der Außenwelt schloss Shu für einen Moment ihre körperlichen Augen, während sie unbeirrt das Gespräch fortsetzte. »Es war ein unglaublicher Moment, das kann ich Ihnen sagen. Ich finde Tiere als Versuchsobjekte einfach *faszinierend.*«

Ich bin nicht Ihr Feind, dachte sie. **Hören Sie auf, sich gegen mich zu wehren.**

Er hielt kurz inne, um mental nach Luft zu schnappen, und während dieser Pause infiltrierte Shu erneut seinen Geist. Ihre Schaltkreise in seinem Gehirn reorganisierten sich. Sie sendete ungewöhnlich starke Funksignale und überflutete seine Nexus-Knoten damit. Die Sensoren und Manipulatoren rekonstruierten sich.

Kade knirschte mit den Zähnen. Wenn er aufgab, würde sie erkennen, dass er vom ERD geschickt worden war. Und wenn das geschah ...

Mit aller Kraft spannte er seinen Geist an, zerstörte erneut ihre Schaltkreise, schob sie ein Stück aus seinem Geist heraus. Er stöhnte von der Anstrengung. Schmerzen breiteten sich unter seiner Stirn aus. Sein Sichtfeld verschwamm.

Kade, sendete sie ihm, **hören Sie auf. Wir müssen über viele Dinge reden.**

Er konnte die Kraft nicht aufrechterhalten, sie weiter hinauszudrängen. Sein mentaler Druck ließ nach. Ihre Gedanken gruben sich wieder in seinen Kopf, breiteten sich aus, drangen immer tiefer ein. Sie analysierte ihn, erkundete seine Gedanken, versuchte in seine Erinnerungen zu gelangen, wollte seinen Geist öffnen, versuchte die Komplexität des immer noch hochfahrenden Nexus-Betriebssystems zu absorbieren.

Wie war das möglich? Ihr Geist wirkte riesig. Sie war so, wie Holtzmann gesagt hatte – eine übermenschliche

Intelligenz, ein posthumanes Wesen. Sein Leben konnte ihr nicht viel bedeuten.

Da. Das Betriebssystem lief. Er wurde plötzlich ruhiger, als das Gelassenheitsprogramm sein inneres Gleichgewicht wiederherstellte. Die Waffen, die Rangan konstruiert hatte, standen ihm wieder zur Verfügung. Kurz flackerten Zweifel in ihm auf. Sollte er es wirklich tun?

Er sah keine andere Möglichkeit. Er musste sie angreifen, um sich von ihr zu befreien. Den Notfallcode ins Telefon tippen. Die Flucht ergreifen.

[Aktivieren: nd*]

Das Signal des Nexus-Disruptors heulte in seinem Schädel auf. Filter dämpften es, um ihn selbst zu schützen. Shus Geist zuckte zurück. Auch körperlich zuckte sie zusammen, als hätte sie eine Ohrfeige erhalten. Kade wand sich unter dem Schmerz in seinem Schädel. Trotz der Filter war es kaum auszuhalten.

Er versuchte seine Hand zu bewegen. Immer noch nichts.

Er drehte den Disruptor weiter auf und verstärkte entsprechend die Filter, ließ ihn möglichst viele Nexus-Knoten zerstören. Statisches Rauschen breitete sich in seinem Geist aus. Gar nicht so schlecht. Damit kam er klar. Gar nicht so schlecht. Er biss die Zähne zusammen, um den Schmerz zu unterdrücken.

Eine Hand legte sich auf seine Schulter. Es spielte keine Rolle. Er konnte es schaffen. Er *musste* es schaffen.

GENUG!

Shu sprach das Wort gleichzeitig laut und in seinem Bewusstsein aus. Er spürte, wie sich ihr Geist verschob. Die Signale, die sie aussandte, wurden wieder kohärenter.

Es war ein solider, kontinuierlicher Puls aus Daten, die in Wattstärke von Milliarden Knoten gleichzeitig kamen. Der Ansturm überwältigte ihn. Seine Kontrolle über die Knoten in seinem Gehirn brach zusammen. Sie wurden von Shu übernommen. Sie pulsierten, pulsierten ...

Dann wurde alles weiß. Alle Sinneswahrnehmungen wurden übersteuert, nicht durch statisches Rauschen, sondern durch eine einzige kohärente Wellenkurve. Alles war ein einziger pulsierender Rhythmus.

Gedanken lösten sich auf.

Zeit löste sich auf.

Raum löste sich auf.

Identität löste sich auf.

Dann war nichts mehr da.

Nichts

außer

diesem

Weiß

weißer

als

weiß.

Wats spannte sich an. Der Fahrer mit dem allzu vertrauten Gesicht stieg die Treppe zum Dach hinauf. Kade saß mit dem Rücken zu ihm. Der Fahrer näherte sich ihnen in gemächlichem Tempo, um das Personal nicht zu beunruhigen. Wats entsicherte sein Gewehr.

Das Fadenkreuz lag nun genau auf dem Rücken des Fahrers.

Wenn er wirklich abdrückte ... konnte er ihn mit einem Schuss außer Gefecht setzen? Es waren sehr, sehr viele

Kugeln nötig gewesen, um den letzten Mann, den er mit diesem Gesicht gesehen hatte, zu Fall zu bringen.

Er musste sich entscheiden. Sollte er schießen, weil er ein mulmiges Gefühl hatte? Auf der Basis unvollständiger Daten jemanden töten? Oder einfach die Situation weiter beobachten?

Wats holte tief Luft. Sie befanden sich in der Öffentlichkeit. Kade war zusammen mit Shu gesehen worden. Wenn sie ihn töten wollten, würden sie es nicht hier tun, wo alle es sehen konnten.

Er sah, wie der Fahrer eine Hand auf Kades Schulter legte. Wats spannte sich wieder an. Dann ... geschah nichts weiter. Er atmete aus, aber er hielt das Fadenkreuz auf den Kopf des Fahrers gerichtet.

[20] Allzu menschlich

Langsam und bruchstückhaft kehrte das Bewusstsein zurück. Er war am Leben. Sein Name war Kade. Kaden Lane.

Sein Sehvermögen blendete sich langsam und verwirrend wieder ein. Shu sah ihn an. Wie lange war er bewusstlos gewesen? Wie lange war er wieder da? Er versuchte zu sprechen und stellte fest, dass er es nicht konnte. Sein Herz pochte in seiner Brust. Er versuchte sich geistig auf sie zu stürzen und stellte fest, dass er mental genauso bewegungslos war. Er zwang seine Hand, sich dem Telefon in seiner Hosentasche zu nähern, aber sie gehorchte ihm nicht. Der Nexus-Disruptor lief nicht mehr. Er versuchte ihn wieder zu starten. Das Nexus-Betriebssystem reagierte nicht auf ihn.

Ihm wurde eiskalt. Er hatte endgültig verloren. Su-Yong Shu hatte ihn unter Kontrolle.

Das Gleiche haben wir mit Sam gemacht, wurde ihm klar.

Er spürte, wie Shu in seinem Geist, in seinen Erinnerungen herumstöberte. Die Programmierung des Nexus-Betriebssystems. Die Party. Die Razzia. Die Befragungen. Die Mission, auf die man ihn geschickt hatte.

Sie sind ein Idiot, Kaden Lane.

Ich bin nicht aus eigenem Antrieb hier, sendete er zurück. **Ich wurde erpresst.**

Er spürte kein Mitleid von ihr. **Sie hätten zu mir kommen können,** erwiderte sie. **Sie hätten mir alles sagen können. Ich hätte Sie beschützt. Sie und ich, wir sind uns sehr ähnlich. Wir stehen auf derselben Seite.**

Wirklich?, fragte er sich.

Man hat Ihnen viele Dinge vorgeworfen, antwortete er. **Man hat mir Beweise gezeigt. Sie haben Nexus benutzt, um Menschen zu nötigen und zu töten. Sie haben sie geistig übernommen, wie Sie es mit mir gemacht haben.**

Dann schlug sie ihn – mit ihrem Geist. Es tat furchtbar weh. Er spürte das Brennen auf dem Gesicht, als hätte sie mit der rechten Hand ausgeholt und ihm eine Ohrfeige verpasst. Nein, noch schlimmer. Als wären Knochen in seinem Gesicht gebrochen, als hätte sie ihn blutig geschlagen. Er konnte nicht einmal zusammenzucken. Er blinzelte, atmete durch die Nase ein. Sein Gesicht schmerzte. Tränen traten ihm in die Augen.

Sie arrogantes Kind, sagte Shu zu ihm. **Wie können Sie es wagen, mir Vorhaltungen zu machen? Wissen Sie, was diese Monster, denen Sie dienen, getan haben? Hier! Schauen Sie selbst!**

Er sah Bilder, die aus Shus Geist kamen. Ein chinesischer Wissenschaftler, der tot in einem Saigoner Bordell aufgefunden worden war. Ein Range Rover am Fuß einer Felswand im australischen Outback, darin Leichen, die bis zur Unkenntlichkeit verbrannt waren. Eine berühmte indische KI-Forscherin, von der nach einer Autobombe in Delhi nichts Identifizierbares übrig geblieben war. Ein amerikanischer Genetiker, der nach einem mutmaßlichen Selbstmord in seiner Wohnung aufgefunden worden war. Und noch viel mehr.

Und der schlimmste Fall. Yang Wei, ihr Mentor, der mit dem Nobelpreis ausgezeichnete Neurowissenschaftler, der sie ausgebildet hatte, einer der klügsten Köpfe, die sie jemals kennengelernt hatte, wie er nach einem amerikanischen Angriff in seinem Auto verbrannt war, wie Shu hilflos hatte zusehen müssen, wie er unter Qualen starb.

Ihr Geist war voller Wut und Hass. Voller Verachtung.

Sie töten, um den Fortschritt aufzuhalten, sagte sie, **um wissenschaftliche Erkenntnisse aufzuhalten, vor denen sie Angst haben. Um unsere Evolution aufzuhalten. Wie konnten Sie nur mit ihnen zusammenarbeiten?**

Kade zitterte. **Man hat Sie als Killerin bezeichnet. Man sagte, Sie würden Ihrer Regierung helfen, Menschen umzubringen. Sie haben das Werkzeug dazu geliefert.**

Su-Yong Shu seufzte mental. Sie strahlte Bedauern aus. **Ja, sie haben das Werkzeug benutzt, das ich geschaffen habe. Meine Regierung ist kaum besser als Ihre. Sie nutzen die Wissenschaft aus und pervertieren sie.**

Also stimmte es doch. Sie hatten ihre Werkzeuge benutzt, um Menschen zu töten.

Man wird dasselbe mit Ihnen machen, gab Shu zurück. **Man wird Ihre Werkzeuge für Zwecke einsetzen, die Sie niemals beabsichtigt haben.**

Ich werde es nicht zulassen, erwiderte er.

In seinem Geist hörte er ein verächtliches Schnaufen. **Man wird Sie nicht um Erlaubnis fragen.**

Ich werde sie daran hindern, erklärte er. **Das werde ich tun.**

Ein anderes Bild tauchte in Kades Gedanken auf. Su-Yong Shu vor Reihen identischer Soldaten der Konfuzianischen Faust, die Arme ausgebreitet, als wollte sie stolz ihre Leistung präsentieren. **Man sagte, Sie hätten China geholfen, diese Soldaten zu erschaffen. Klonsoldaten. Menschliche Roboter.**

Ihr Geist spannte sich zornig an.

Einer steht genau hinter Ihnen. Warum fragen Sie ihn nicht einfach, was er dazu meint? Sie klang kalt und gefährlich.

Die Hand auf seiner Schulter.

Fengs Stimme lachte hallend in Kades Geist. **Roboter! Das gefällt mir. Roboter sind stark, bestehen aus Titan und Karbonfaser. Kugelsicher!**

»Feng«, sagte Shu laut, »warum setzen Sie sich nicht und helfen uns mit dieser Mahlzeit? Wir scheinen mehr bestellt zu haben, als wir schaffen.«

Feng nahm neben Kade Platz und häufte sich den Teller mit Essen voll, wobei er Appetit und Belustigung ausstrahlte.

Sie sind ein Klon, wandte sich Kade an ihn. **Ein Sklave. Man hat es mir gezeigt.**

Feng lachte erneut in Kades Geist, während er den Mund voller Nudeln hatte. **Ein Klon, klar. Eine große Familie, wie ich bereits sagte! Viele Brüder. Ein Sklave? Ja, das wollten sie. Aber ich bin frei. Genauso wie meine Brüder. Das haben wir ihr zu verdanken.**

»Hmm, gute Nudeln!«

Shu meldete sich wieder zu Wort. **Ich konnte es nicht zulassen, dass Posthumane von bloßen Menschen als Sklaven gehalten werden.**

Dr. Shu, ich gebe auf, sendete er. **Es tut mir leid, dass es so gekommen ist. Wie kann ich Sie überzeugen, mich gehen zu lassen?**

Shu nippte an ihrem Tee und schaute zu den Blitzen im Osten von Bangkok. »Ich glaube, der Sturm kommt näher«, sagte sie. »Meinen Sie nicht auch?«

Kade spürte, dass er seinen Körper wieder teilweise unter Kontrolle hatte. Er drehte sich um. Vielleicht war die Gewitterfront jetzt tatsächlich etwas näher. Es war schwer zu sagen.

Sie sind ein sehr gefährlicher Mann, Kaden Lane. Ihre Regierung hat zu Recht Angst vor Ihnen. Die Technologie, über die wir verfügen, hat explosives Potenzial. Wie könnten Normalmenschen mit uns konkurrieren?

Es war nie meine Absicht, jemandem zu schaden, erklärte er.

Sie haben kaum Ihren eigenen Geist unter Kontrolle, gab sie verächtlich zurück. **Ihre Intentionen sind im Moment völlig belanglos.**

Kade sagte nichts. Sie saßen eine Weile schweigend da.

Kommen Sie in mein Labor, sagte sie. **Nehmen Sie die freie Stelle an. Lassen Sie das ERD im Glauben, dass Sie weiter für Ihr Land spionieren.**

Dieser Hass auf das ERD. Er konnte ihn deutlich in ihren Gedanken spüren.

Wir können den Leuten genug Material zukommen lassen, um sie in Schach zu halten, fuhr Shu fort. **Und**

in der Zwischenzeit werden wir ein paar bemerkenswerte Ideen umsetzen.

Bilder und Pläne aus ihrem Geist stürmten auf ihn ein. Flüchtige Einblicke. Möglichkeiten der Intelligenzsteigerung. Der Upload von Gehirnen auf Computer. Übermächtige kognitive Fähigkeiten. Perfektes Gedächtnis. Mustererkennung, die jedes Data-Mining-Programm in den Schatten stellte. Wissensdatenbanken, die von mehreren Gehirnen verwaltet wurden. Der tatsächliche Zusammenschluss von Gruppenwesen. Transformationen der Politik, Wirtschaft, Kunst ... Intelligenz und Kreativität, die in die tiefsten Geheimnisse der Physik, Mathematik und jeder anderen bekannten Wissenschaft eindringen konnten.

Shu wollte die Welt verändern, den menschlichen Geist auf eine neue Stufe heben. Kade konnte dabei sein. Mit ihrem Wissen würde er ein posthumanes Upgrade erhalten – und die Macht, ihr beim Aufbau dieser neuen Welt zu helfen.

Es war berauschend. Es war genau das, was er wollte. Wie konnte er ein solches Angebot ablehnen?

Kauf niemals im Ganzen, was sie dir als Paket anbieten. Das hatte Ilya gesagt. Er musste darum kämpfen, sich seine Skepsis zu erhalten, sich gegen die Verführung wehren.

Wird Ihre Regierung auch meine wissenschaftlichen Resultate pervertieren?, fragte er sie. **Wird man Waffen aus meinen Entdeckungen machen?**

Shu blickte zum Horizont. Vage konnte er die Umrisse ihrer Gedanken spüren. Sie dachte an etwas, das vor langer Zeit geschehen war.

Wir verstecken unsere wichtigsten Arbeiten vor ihnen, sagte sie. **Aber wir müssen ihnen einige Fortschritte vorlegen. Vorläufig.**

Und wann hört es auf?, fragte er.

Bald, sendete sie ihm. In seinem Geist klang sie kalt und distanziert. **Ein Krieg steht bevor. Ein Weltkrieg. Nicht zwischen China und Amerika. Zwischen Menschen und Posthumanen. Die Anzeichen kann man überall erkennen. Die Menschen tun alles, um den posthumanen Übergang zu verhindern. Während wir darum kämpfen, uns von ihrer Kontrolle zu befreien.**

Krieg. Er wog das Wort in seinem Bewusstsein ab. **Ein Weltkrieg. Viele werden sterben.**

Betrachten Sie das große Bild, Kade. Stellen Sie sich eine Welt voller Wesen vor, die den Menschen genauso weit voraus sind wie die Menschen den Schimpansen. Das ist die Zukunft, in der wir leben könnten. Das ist eine Zukunft, an deren Verwirklichung wir mithelfen können. Klingt das nicht nach einem lohnenswerten Ziel?

O ja. Und sie wusste es ganz genau.

Lohnt es sich nicht, dafür ein paar Opfer zu bringen?, fragte sie ihn.

Er suchte nach den richtigen Worten, um es zu erklären.

Es steht Ihnen nicht zu, das Leben anderer Menschen zu opfern, sendete er.

Shu zuckte mental mit den Schultern. **Auf dieser Welt leben acht Milliarden Menschen,** antwortete sie. **Wir können es uns leisten, ein paar davon zu verlieren.**

Darauf lief es also hinaus. Wäre er bereit, einige Menschen sterben zu lassen, um eine bessere Welt zu erschaffen? Ein paar Dutzend? Ein paar Tausend? Ein paar Millionen? Wo würde er die Grenze ziehen?

Wen würde er töten müssen, um die Freiheit zu erlangen, seine geistigen Fähigkeiten verbessern zu können? Wen würde er töten müssen, um sich in ungeahnte Höhen emporzuschwingen? Wen würde er töten müssen, damit die Posthumanen geboren werden konnten?

Shu fing auf, in welche Richtung seine Gedanken gingen. **Es wäre gerichtete Evolution,** sendete sie. **Wie viele Generationen würde die natürliche Auslese dazu brauchen? Millionen? Je schneller wir uns weiterentwickeln, desto weniger müssen sterben. Machen Sie mit. Helfen Sie mir, die Arbeit voranzubringen.**

Krieg. Ein Krieg um die conditio humana. Ein Krieg für das Recht, sich zu verändern. Ein Krieg, der die Nachfolgespezies des Menschen erschaffen sollte. Ein Krieg zur Einführung eines Utopia. Hatte er bereits begonnen? War das ERD eine Armee, die darum kämpfte, die posthumane Entwicklung zu verhindern?

Und die Evolution ... Die Evolution war in der Tat ein blutiger Prozess. Ein Krieg würde auf astronomisch hohe Opferzahlen hinauslaufen.

Es war zu viel für ihn. Es ging über seinen Verstand. Er musste einen Schritt zurücktreten, um sich zu sammeln.

Ich muss darüber nachdenken, Dr. Shu.

Er gab sich alle Mühe, ruhig zu bleiben. Es war zu viel, einfach zu viel. **Das ist eine Menge auf einmal,** sendete er ihr.

Sie blickte ihm in die Augen. Er spürte, wie sie ihn abschätzte, seinen Geist evaluierte.

Natürlich, antwortete sie.

Shu nickte und nahm den Faden ihrer gesprochenen Unterhaltung wieder auf. »Feng, was halten Sie von diesem Unwetter?«

Feng hob den Blick und musterte den Horizont. »Es zieht eindeutig in unsere Richtung«, sagte er. »In einer halben Stunde wird es hier wieder regnen.«

Kade kam eine Idee. **Warum verlassen Sie nicht China? Warum kommen Sie nicht in die USA?**

Shu schnaufte mental. **In Ihrem Land hätte ich weniger Freiheit. Meine Regierung hat keine Probleme mit Posthumanen, solange die ersten Posthumanen Chinesen sind. Sie wollten Kontrolle. Diese Idioten. Als würden sich solche Wesen an Nationalitäten gebunden fühlen!**

Warum gehen Sie dann nicht woanders hin? Zum Beispiel nach Thailand?

Wir haben nicht alle diese Freiheit. Dann empfing er ein Gefühl, eine Verpflichtung, Mutterliebe. Das Bild eines jungen Mädchens mit langem schwarzem Haar und dunklen Augen. Ihre Tochter.

Ihr Name ist Ling, sendete sie ihm. **Das heißt »Mitgefühl«.**

Sie ist Ihre Tochter.

Ja.

Sie ist das Druckmittel, das man gegen Sie in der Hand hat?, fragte er.

Sie ist ein Teil davon, antwortete Shu.

Dann sah Kade kurz noch etwas anderes. Ein Bild von Shu, einer jüngeren Shu, einer schwangeren Shu mit riesigem Bauch, in einem OP-Saal, mit kahl geschorenem Schädel, ängstlich, allein, voller Schmerzen. Und ihr stand etwas bevor, das bislang noch niemand überlebt hatte ... Und dann kam etwas Gewaltiges, das ihn zutiefst erschütterte. Ein Netzwerk aus Prozessoren, enorme Rechnerkapazität, enorme Speicherkapazität. Ein unglaublicher Geist, von epischen Ausmaßen, etwas, das Su-Yong Shu in sich aufnahm, das sich über sie hinaus erstreckte.

»O Gott.« Er sprach es laut aus, bevor er sich zusammenreißen konnte.

»Ja, es ist wunderschön.« Sie blickte in den Himmel, um seinen Ausrutscher zu überspielen.

Sind Sie das?, fragte er sie. **Sie sind ein Upload? Sie waren krank ... geschah es deswegen? Sie waren gezwungen, es zu probieren. Und Sie haben es geschafft. Sie sind das erste digitale Lebewesen ...**

In seinem Kopf drehte sich alles. Er versuchte zu verstehen, worauf er einen kurzen Blick geworfen hatte.

Zunächst antwortete sie nicht. Kade spürte, wie das Gefühl von Grauen und Ehrfurcht über seinen Rücken kroch, wie sich seine Nackenhärchen sträubten, wie ihm selbst in der warmen Nacht von Bangkok kalt wurde.

Bitte, sendete sie schließlich. **Das hätte ich Ihnen nicht zeigen dürfen. Je weniger Sie wissen, desto sicherer ist es für uns beide.**

Sie saßen eine Weile schweigend da und beobachteten, wie das Wetterleuchten den östlichen Horizont erhellte.

»Ich finde, Sie sollten mein Labor in Schanghai besuchen«, sagte Shu laut. »Vielleicht gemeinsam mit Ihrem Kollegen Rangan Shankari. Sie könnten sich das Labor ansehen, die anderen Postgraduierten und die Studenten und das sonstige Personal kennenlernen. Dann können wir besser einschätzen, ob Sie gut zu uns passen würden.«

Sagen Sie Ja, drängte sie ihn. **Ihre Leute werden glauben, dass Sie Ihren Part erfüllt haben. Später haben wir genug Zeit, um über alles andere zu reden.**

Danke, sendete Kade.

»Das ist eine wunderbare Idee. Vielen Dank für die Einladung.«

Die Rechnung kam.

Feng ging, um den Wagen zu holen, während sie beobachteten, wie sich der Sturm am Horizont näherte. Wieder blitzte es, deutlich näher. Der Donner grollte wenige Sekunden später. Erste Regentropfen fielen auf der anderen Seite des Flusses.

»Kommen Sie, Kade«, sagte Shu einige Minuten später. »Feng dürfte jetzt mit dem Wagen da sein. Wir können Sie bei Ihrem nächsten Termin absetzen.« Dann spürte er, wie sie ihn vollständig losließ. Sein Körper und sein Geist gehörten wieder ganz ihm. Es fühlte sich gut an.

Der Opal bog um die Ecke und glänzte im Regen, der inzwischen eingesetzt hatte. Feng hielt Shu die Tür auf, dann Kade, und kurz darauf waren sie unterwegs. Sie fuhren eine Weile schweigend, bevor Shu ihn erneut berührte.

Sie werden sich bald entscheiden müssen, Kade. Organisationen wie das ERD dienen dem Zweck, Menschen daran zu hindern, den nächsten Schritt zu tun. Ein Konflikt ist unvermeidlich. Sie hielt kurz inne. **Sie müssen sich entscheiden, ob Sie auf der Seite des Fortschritts stehen wollen … oder auf der Seite der Stagnation.**

Darüber dachte Kade nach.

Ich stehe auf der Seite des Friedens, sendete er schließlich, **und der Freiheit.**

Shu gluckste mental. **Sie sind so naiv.**

Kade antwortete nicht. Nasse Straßen im Neonschimmer glitten vor den Wagenscheiben vorbei.

Kade. Shu klang jetzt spürbar ernster. **Das ERD wird Ihre Erinnerungen an unser Abendessen sondieren. Darauf müssen wir Sie vorbereiten, mit einem alternativen Drehbuch. Öffnen Sie sich mir.**

Habe ich die Wahl?, fragte er sie.

Ich will Sie nicht zwingen. Aber wenn das ERD von unserem Gespräch erfährt, wird es nicht gut für jene laufen, die Ihnen etwas bedeuten.

Falsche Erinnerungen. Wieder einmal. Aber sie hatte recht.

Werde ich vergessen, was soeben geschehen ist?, wollte er wissen.

O nein. So grob bin ich nicht. Sie werden sich weiter daran erinnern. Aber ich werde Ihnen eine zweite Erinnerung geben, die Sie mit anderen teilen können. Sie werden die Wahrheit nur dann vergessen, wenn Sie genötigt werden.

Kade seufzte. Offenbar führte kein Weg daran vorbei.

Okay, sendete er ihr. **Bringen wir es hinter uns.**

Er öffnete ihr seinen Geist. Ihre Gedanken flossen in ihn, durchfluteten ihn, drückten alles andere beiseite. Sein Bewusstsein schwand.

Als er wieder zu sich kam, fühlte er sich unverändert. Dann zeigte sie es ihm, und er verstand. Er erinnerte sich an die Wahrheit. Und er erinnerte sich an alternative Ereignisse, die sich nur leicht von den tatsächlichen unterschieden.

Er war zutiefst beeindruckt. Innerhalb weniger Minuten hatte sie subtile und komplexe mentale Veränderungen vorgenommen, die er nicht für möglich gehalten hätte.

Sein Geist könnte ihr vollständig gehören, wurde Kade klar. Shu konnte mit ihm machen, was sie wollte. Das Ausmaß ihrer Fähigkeiten, Menschen zu manipulieren, war atemberaubend.

Sie war längst posthuman.

Wats beobachtete durch das Zielfernrohr des Gewehrs, wie der Mann mit dem allzu vertrauten Gesicht Shu und Kade allein ließ und zum Wagen zurückging. Mit dem Fernrohr nahm Wats Fotos von diesem Gesicht und ein Video von seinem Gang auf. Wer war dieser Mann, der Shu chauffierte?

Konnte er sich mit dem Gesicht geirrt haben? Er glaubte es nicht. Der letzte Mann, der so ausgesehen hatte, hatte einen sehr mächtigen Eindruck gemacht. Er hatte vier stark modifizierte Marines mit bloßen Händen getötet, bevor die Spezialeinheit ihn überwältigt hatte. Das war etwas, das Wats nicht so schnell vergessen würde.

Konnte das der Grund sein, warum das ERD Kade hierhergeschickt hatte? Hatte das Ganze etwas mit diesem Mann zu tun? Mit Shu?

Und wenn ja, wieso Kade?

Und hatte es etwas mit dem Mönch zu tun, der Kade und Cataranes in der vergangenen Nacht zu ihrem Hotel gefolgt war?

Die unbekannten Faktoren summierten sich.

Der Wagen tauchte vor dem Restaurant wieder auf. Wats packte seine Sachen ein und machte sich bereit, ihnen zu folgen.

[21] Wild at Heart

Shu musterte Kade, während der glänzende schwarze Opal vor dem Wild at Heart hielt, der Bar, in der die Kennenlernparty der neurowissenschaftlichen Studenten steigen sollte.

»Da wären wir«, sagte Feng, als er Kade die Tür öffnete, damit er aussteigen konnte. »Tür-zu-Tür-Service!«

»Das war sehr stimulierend, Kade«, sagte Shu zu ihm. »Wir sollten uns bald zu einem Gespräch treffen.«

»In der Tat, Dr. Shu. Vielen Dank für das Abendessen. Ich werde mich wegen der Planung des Besuchs in Schanghai in Kürze melden.« Er schüttelte ihre Hand und drehte sich um. »Und es war nett, Sie kennenzulernen, Feng. Es war mir eine Freude, dass wir uns unterhalten konnten.« Kade nickte, hob eine Hand zum Gruß und ging.

Feng nahm wieder auf dem Fahrersitz Platz.

Ihre Meinung?, fragte Shu ihn.

Feng legte den Gang ein, blickte sich um und fädelte sich vorsichtig wieder in den zügellosen Verkehr von Bangkok ein. Shu wusste, dass er ein wenig Zeit brauchte, um sich zu sammeln, um sich selbst ganz sicher zu sein, bevor er ihr antwortete. Stets vorsichtig, auch nach so langer Zeit.

Ich habe sie so gemacht, rief sie sich ins Gedächtnis.

Der Junge ist gefährlich, sendete Feng zurück. **Er stellt ein großes Risiko dar.**

Er könnte ein großer Gewinn für uns sein, erwiderte Shu. **Er hat beeindruckende Arbeit geleistet und ist sehr weit gekommen.**

Nicht so beeindruckend wie Ihre Leistungen, gab Feng zurück.

Feng, die Menschen sind uns zahlenmäßig um mehrere Größenordnungen überlegen, sendete sie zurück. **Ganz gleich, wie fähig ich bin, ich kann es nicht allein schaffen. Ich kann es nicht einmal ausschließlich mit dem Team in Schanghai schaffen. Wenn wir siegen wollen, brauchen wir mehr, die auf unserer Seite stehen. Mehr, die die Front erweitern können. Solche Individuen sind rar. Kade ist einer von ihnen.**

Ist das der einzige Grund?, fragte Feng.

Er kannte sie viel zu gut. Die alte Wut stieg wieder in ihr hoch. Die schmerzhaften Erinnerungen. Yang Wei, ihr Mentor, wie er in diesem Auto verbrannt war, ein Opfer der CIA. Genau wie ...

Ihr wurde plötzlich übel. Unwillkürlich legte sie ihre Hand auf den Bauch. Sie zwang sich, sie wieder wegzunehmen. Dieser Körper war ein Verräter. Wut war besser als Sorge.

Ich hasse sie, Feng. Die CIA, das ERD, sie sind alle gleich. Ich verachte sie dafür, dass sie all diese wunderbaren Persönlichkeiten vernichtet haben. Ich hasse sie für den Schmerz, den sie verursacht haben. Und ja, ich nehme es dem ERD übel, dass es ihn als Waffe gegen mich benutzt. Wie können sie es wagen? Diese

ignoranten, boshaften Narren! Ich bin keine Maschine, Feng. Meine Gefühle sind genauso stark wie eh und je. Und was ich gegenüber den Amerikanern empfinde, ist Wut.

Feng schwieg eine Weile, dann sprach er mental zu ihr. **Sie könnten ihn zwingen.**

Shu gluckste. Wollte Feng sie prüfen?

Sie wissen, wie ich darüber denke, erwiderte sie. **Wenn ich die Kontrolle über ihn übernehme, was würden alle anderen dazu sagen? Müsste ich sie alle unter meine Kontrolle bringen? Wie viel würden sie bewirken, wenn sie meine Marionetten wären? Dann wäre ich nicht besser als unsere Herren und Meister und kein Stück effektiver. Nein. Wir sind am leistungsfähigsten als autonome Individuen, die sich freiwillig zusammentun. Unsere Vereinigung darf nicht erzwungen werden.**

Sie spürte Fengs Zufriedenheit mit ihrer Antwort. Wenn es wirklich ein Test gewesen war, hatte sie ihn bestanden. Die Grenze zwischen Loyalität und Nötigung blieb klar.

Ich mache mir weiterhin Sorgen, sendete Feng. **Die Amerikaner haben Respekt vor Ihnen. Sie werden sich nicht mit oberflächlichen Antworten zufriedengeben. Sie werden tiefer graben, vielleicht sogar auf destruktive Weise. Die Erinnerungen und die Blockade, die Sie eingepflanzt haben, werden vielleicht nicht halten.**

Sie werden ihm keinen Schaden zufügen, entgegnete Shu. **Sie wollen ihn als Spion gegen mich benutzen. Und solange sie keine äußerst destruktiven Me-**

thoden einsetzen, wird das, was ich geschaffen habe, Bestand haben.

Vielleicht, gab Feng zurück.

Jedenfalls können die Amerikaner mir nichts antun.

Vielleicht.

Feng weigerte sich zu akzeptieren, wie unangreifbar sie geworden war.

Sie können Ihnen Unannehmlichkeiten bereiten, sendete er. **Große Unannehmlichkeiten.**

Ja, antwortete sie. **Das können sie.**

Sie können vielleicht Ihre Herren und Meister dazu antreiben, Ihnen etwas anzutun, fuhr Feng fort. **Oder Schlimmeres.**

Das war eine Möglichkeit. Eine, gegen die es mehr Schutzmaßnahmen gab.

Was empfehlen Sie also?, fragte sie.

Feng schwieg eine Weile und fädelte den Opal durch den regnerischen Bangkok-Verkehr.

Ich finde, die Amerikaner sollten nicht die Gelegenheit erhalten, Kaden Lane einem Tiefenverhör zu unterziehen.

Sie meinen, wir sollten ihn befreien?, fragte sie. **Oder wollen Sie damit sagen, dass wir ihn töten sollten?**

Wieder schwieg Feng.

Ich meine, sagte er schließlich, **dass die Amerikaner nicht die Gelegenheit erhalten sollten, Kaden Lane zu befragen.**

Ich bezweifle, dass unsere Herren und Meister damit einverstanden wären, ihn so kurzfristig entweder zum Schweigen zu bringen oder ihn nach China zu schaffen.

Feng ließ sich Zeit mit einer Antwort. **Sie müssen kein Einverständnis für Dinge geben, von denen sie gar nichts wissen,** sendete er. **Unfälle passieren immer wieder. Bangkok ist eine sehr gefährliche Stadt.**

Sie sind sehr hart geworden, Feng, erwiderte sie. **Sie wollen diesen Jungen umbringen? Einen Unschuldigen?**

Ihre Sicherheit ist meine Priorität. Er ist eine Gefahr für Ihre Sicherheit.

Was ist mit dieser Frau, der Agentin, die ihn begleitet?

Feng dachte nach. **Eine Herausforderung. Aber nicht unmöglich.**

Es wäre mir lieber, ihn lebend auf unserer Seite zu haben als tot.

Vielleicht haben Sie in diesem Punkt gar keine freie Wahl, erwiderte Feng. **Wir alle müssen innerhalb der Möglichkeiten agieren, die uns gegeben sind.**

Su-Yong Shu lehnte sich auf dem Polstersitz des Opal zurück und dachte nach.

Das Wild at Heart war ein weitläufiger Klub auf drei Stockwerken im Herzen des Touristendistrikts von Bangkok. Es war neun Uhr abends, mitten in der Kennenlernparty von acht bis zehn, und die Bar war mit Studenten überfüllt, die an der Konferenz teilnahmen. Kade schob sich durch die Menge, in Gedanken verloren. Was hatte er von Shu erwartet? Dass sie völlig unschuldig war, was die Verbrechen betraf, die ihr vom ERD vorgeworfen wurden? Dass sie ein Monster war?

Sie war keins von beiden. Die Gelegenheit, die sie ihm angeboten hatte, übertraf seine wildesten Träume. Konnte er so etwas annehmen? Konnte er das ERD täuschen? Konnte er damit leben, dass man seine Arbeit als Waffe benutzte und damit Unschuldigen Schaden zufügte?

Konnte er posthuman werden? Ein Halbgott? Ein Unsterblicher?

Er stellte sich für einen Drink an und blätterte zwei Hundert-Baht-Scheine für etwas Hochprozentiges hin. Die Nexus-Verbindung über sein Telefon meldete sich, bevor er das Glas an die Lippen setzen konnte.

[sam] Da bist du ja wieder. Wir sollten uns treffen. Ich bin auf dem Dach.

Kade zuckte mit den Schultern und machte sich auf den Weg. Im Gehen kippte er seinen Drink hinunter. Der nächste Show-Auftritt.

Er fand Sam, die mit dem Rücken zur Party stand. Sie blickte hinaus auf die Straße und die chaotische, regennasse Hauptstadt von Thailand.

»Hi.«

»Hallo.« Sie lächelte ihn an und legte eine Hand auf seinen Arm.

[sam] Leg deinen Arm um mich.

[kade] Was?

[sam] Tu es einfach.

Sie wandte sich wieder der Straße zu und lehnte sich gegen das Geländer. Kade verzog das Gesicht, legte einen Arm um sie und blickte ebenfalls nach draußen. Sam drückte sich fester an ihn. Durch den Regen war es fast kühl geworden. Ihr Körper war unter seiner Hand angenehm warm, fest und gerundet ...

[sam] Gib mir deine andere Hand.

[kade] Was hast du vor?

[sam] Ich brauche ein paar Tropfen von deinem Blut.

[kade] Was?

[sam] Ich muss mich vergewissern, dass sie dir nicht irgendetwas verabreicht hat.

[kade] Das hätte ich dir gesagt.

[sam] Vielleicht. Wenn du davon wüsstest. Streck deine Hand aus.

Kade tat, was sie von ihm verlangte. Sam griff nach seiner freien Hand, und mit der anderen Hand zog sie ein kleine schwarzes rechteckiges Gerät hervor. Sie drückte es gegen seine Fingerspitze. Er spürte einen leichten Stich, dann einen kurzen Sog. Sam wartete ein paar Sekunden ab, bis sie das Gerät zurückzog und es wieder in die Tasche steckte.

Sie kuschelte sich an ihn und sah ihn lächelnd an. »Und? Hattest du ein angenehmes Abendessen?«

[sam] Wie ist es gelaufen?

[kade] Gut. Sie hat mich eingeladen, das Labor zu besuchen, um zu sehen, ob ich für die Postgraduiertenstelle geeignet bin.

[sam] Ausgezeichnet. Jetzt zeige mir den Ablauf des Abendessens. Ich will es aus deiner Perspektive sehen und hören.

In der Tat, die Show konnte beginnen. Kade ließ sich in die alternativen Erinnerungen sinken, die Shu ihm einprogrammiert hatte. Sie passten wie eine Maske, die er sich über den Kopf gezogen hatte, wie eine Rolle, die er auf einer Bühne spielte. Er öffnete sich Sam.

Sie durchstreifte seine Erinnerungen an den Abend. Er beobachtete sie. Sie überflog den Anfang der Unterhaltung, konzentrierte sich auf die professionellen Themen, tauchte in die Köstlichkeit der Mahlzeit ein, in die Sinnlichkeit, die Shu verströmte, während sie das Essen genoss.

Kade spürte, dass er sexuell erregt war. Sams Körper fühlte sich gut an. Sie hatte sich an ihn geschmiegt, seine Hand lang auf ihrer Hüftrundung. Sie war fest, sportlich, und sie hatte sehr weibliche Formen ... Er konnte ihr Haar riechen. Er mochte ihre Wärme, ihre Berührung.

Sam bemerkte seine Reaktion. Sie rückte ein winziges Stück von ihm ab, öffnete eine schmale Lücke zwischen ihren Körpern. Seine Hand lag immer noch an ihrer Hüfte, aber die Botschaft war klar: *Wir spielen hier nur den anderen etwas vor, Kumpel.*

Kade seufzte. Er konnte nicht behaupten, dass er von Samantha Cataranes angetörnt werden *wollte*.

Sam widmete sich wieder seinen Erinnerungen. Sie sah sich das Essen und die Unterhaltung von Anfang bis Ende im Schnelldurchlauf an. Falls sie irgendeine Unstimmigkeit bemerkte, falls irgendetwas ihren Verdacht erregte, ließ sie es sich nicht anmerken.

Die Telefone von Sam und Kade summten gleichzeitig. Es war eine Nachricht von Narong.

Wollt ihr euch mit mir draußen vor der Kennenlernparty um 22.15 Uhr treffen, damit wir zur After-Party gehen können?

[kade] Worum geht es bei dieser After-Party?

[sam] Sie ist eine Gelegenheit, näher an Narong heranzukommen und damit näher an Suk Prat-Nung und seinen Onkel Ted. Wir gehen hin.

[kade] Du bist der Chef.

Sie kehrten in den Klub zurück und mischten sich für eine weitere Stunde unter die Leute. Dann war es zehn Uhr. Die Kennenlernparty war offiziell vorbei. Einige Studenten entschieden, noch zu bleiben und an der Bar des Wild at Heart weiterzutrinken. Andere strömten hinaus in die regnerische Nacht. Sam zerrte Kade zum Vordereingang. Dort trafen sie Narong.

»Und wo ist diese After-Party?«, fragte Sam.

»Im Sukhumvit-Viertel«, antwortete Narong. »Du kennst dich in der Stadt aus?«

»Ein bisschen«, antwortete Sam.

»Es ist nicht weit von der Soi Sama Han, gleich neben dem Nana-Distrikt.« Er blickte in den Regen. »Für den größten Teil der Strecke können wir ein Taxi nehmen und müssen dann noch ein paar Blocks laufen.«

Sams Interesse war geweckt. Soi Sama Han, wie?

»Liegt es in der Nähe des Sukchai-Marktes?«, fragte sie.

Narong wirkte überrascht. »Es ist nur wenige Blocks entfernt. Aber wir kommen dort nicht vorbei. Es gibt einen anderen Weg.«

»Eigentlich würde ich ihn mir gern ansehen. Ich habe schon viele Geschichten darüber gehört.«

Narong schien die Sache unangenehm zu sein. »Nun ja, es ist nicht unbedingt eine vornehme Gegend …«

Sam lachte. »Ich bin ein großes Mädchen. Schließlich bin ich Wissenschaftlerin. Ich bin wirklich neugierig darauf.«

Narong blickte ihr in die Augen, als wollte er einschätzen, wie viel sie aushalten konnte. Oder wie weit er ihr vertrauen konnte. Er gelangte zu einer Entscheidung. »Okay. Aber bleibt bei mir und tut, was ich euch sage, wenn wir dort sind. Kade, ist das für dich in Ordnung?«

Kade reagierte mit leichter Verblüffung. »Klar, ich bin für alles zu haben.«

Narong zuckte wieder mit den Schultern, zog seinen Regenschirm aus dem Korb neben der Tür und trat nach draußen. Er pfiff, um ein Tuk-Tuk anzuhalten. Die drei stiegen auf die Rückbank, Sam zwischen Kade und Narong gequetscht. Sie spürte, wie Kade angestrengt zu ignorieren versuchte, wie ihr Körper gegen seinen gepresst wurde. Und Narong? Sie brauchte keine Nexus-Verbindung, um zu wissen, was ihm durch den Kopf ging.

Das Tuk-Tuk zischte durch den nassen Verkehr. Die Straßen glänzten schwarz und mit Streifen aus satten Neonfarben. Rot, Blau, Grün, Gelb – ein Regenbogen aus reflektiertem Licht. Tropfen wehten durch die offenen Seiten des Fahrzeugs herein und benetzten sie. In der Mitte blieb Sam noch am trockensten. Während sie im Tuk-Tuk fast im Freien saßen, war Bangkok ausnahmsweise angenehm kühl.

Der Fahrer wich billigen zweisitzigen Tata-Autos aus Indien, nachgebauten Vespas aus Vietnam, gelegentlichen viersitzigen Hyundai-Taxis und Fußgängern aus, die sich im Regen einen Weg über die Straße suchten.

Sie kamen an urbanen Gebirgen aus gläsernen und stählernen Bürotürmen vorbei, deren neonerleuchtete Erdgeschosse mit Nudelimbissen, Massagesalons, Boutiquen, billigen Elektronikgeschäften, Apotheken und Bars vollgestopft waren. Goldene Schreine und Tempel ragten in der Stadtlandschaft auf, manche winzig, manche weitläufig, mit Türmen und Buddhas und furchterregenden Tempelwächterstatuen. Um 22.30 Uhr war alles geöffnet,

Restaurants, Läden, Bars, Tempel. Leute strömten durch die Tempeltore hinein, mit Räucherstäbchen in den Händen, während auf der anderen Straßenseite Rockmusik aus rot erleuchteten Bars dröhnte.

Sie bogen auf die Sukhumvit 4, die berüchtigte Soi Nana Tai, eins der beliebtesten Sexviertel von Bangkok. Open-Air-Bars mit Neonreklame säumten die schmale Straße. Der Passantenstrom verlangsamte ihr Tuk-Tuk auf Schritttempo. Frauen in winzigen Miniröcken und Hotpants und mit unverhältnismäßig großen Brüsten für ihre zierliche Figur waren überall. Die Männer waren Inder, Chinesen oder Weiße. Die Frauen waren ausnahmslos käufliche junge Thai. Sie saßen auf den Schößen der Männer, drapierten sich an den Theken, tanzten lasziv miteinander und warteten darauf, dass die Kunden sie gegen Geld mitnahmen.

Sam spürte, wie sich Kade neben ihr anspannte. Seine Augen waren weit aufgerissen. So viel Sex im Angebot. Narong blickte auf seine Hände.

Ein Mädchen mit rabenschwarzem Haar – in ultrakurzen Hotpants und einem passenden weißen Bikinitop – warf ihrem Tuk-Tuk eine Kusshand zu. Sam bezweifelte, dass sie über achtzehn war.

Ein sehr seltsames Land, dachte Sam. Eine Viertelmillion Mönche, die nicht tranken, rauchten oder fluchten. Eine Viertelmillion Prostituierte, die all die Lücken besetzten, die die Mönche nicht ausfüllten.

Andererseits ... Sie entdeckte einen Mann mit kahl geschorenem Kopf, einen Thai, der normale Kleidung trug, mit einem Mädchen in schwarzem Minirock auf dem Schoß. Vielleicht gab es auch hier Mönche.

Das Tuk-Tuk schob sich langsam durch den Verkehr. Eine Neonreklame warb für Live-Orgien auf der Bühne. Die simple Animation zeigte einen Frauenkörper zwischen zwei Männern, die im Gleichtakt in sie hineinstießen. Kades Blick blieb darauf gerichtet, als sie daran vorbeifuhren.

»Ist das dieser Markt, von dem ihr gesprochen habt? Sukchai?«, fragte er. Sam spürte seine widerstreitenden Empfindungen, die Abscheu, die Erregung und die Faszination.

»Nein«, antwortete Sam.

»Hier geht es nur um Sex«, erklärte Narong. »Der Sukchai-Markt ist viel ... exotischer.« Die Sache schien ihm unangenehm zu sein.

Sie bogen in eine Nebenstraße. Soi Sama Han. Sie fädelten sich durch den Verkehr und bogen dann in eine weitere, noch kleinere Nebenstraße. Es gab kein Straßenschild. Es war nicht mehr weit.

Das Tuk-Tuk hielt vor einer winzigen Gasse zwischen zwei Gebäuden. »Wir sind da«, sagte Narong. Er bezahlte den Fahrer. »Seid ihr euch immer noch ganz sicher, dass ihr Sukchai sehen wollt?«

Sam nickte. Kade zuckte mit den Schultern.

»Bleibt bei mir, während wir über den Markt gehen«, sagte Narong und spannte den Regenschirm auf. »Hier ist nicht alles völlig legal. In meiner Gesellschaft werdet ihr nicht so verdächtig wirken.«

Dann führte er sie in das Labyrinth der Gassen.

Wats blieb auf der Straße stehen, nicht weit von der Stelle, wo Kade und seine Begleiter aus dem Tuk-Tuk gestiegen waren. Die Gasse, in die sie gegangen waren ... Außer Sukchai gab es kaum einen anderen Grund, diesen Weg zu nehmen. Was wollten sie dort? Wats kannte Sukchai gut. Es würde schwierig sein, ihnen zu folgen, ohne Verdacht zu erregen.

Er blickte in den Regen hinauf. Die Gebäude standen hier ziemlich dicht. Ja, es musste gehen. Er zog sich in den Schatten zurück, zurrte die Gurte seines Rucksacks fest, suchte nach einem Halt an der Wand und kletterte hinauf.

Info

Der Chandler Act (auch als Gesetz gegen künftige technologische Gefährdungen von 2032 bekannt) ist die Eröffnungssalve im neuen Krieg gegen die Wissenschaft. Um den künftigen Ablauf dieses Krieges zu verstehen, muss man sich nur die Geschichte der Kriege gegen Drogen und gegen den Terror ansehen. Genau wie diese zwei fabrizierten Kriege wird auch dieser kein Ende finden, die Freiheit einschränken und kontraproduktiv sein, bis man letztlich versteht, dass er viel mehr Schaden angerichtet hat, als die angebliche Gefährdung, die er bekämpfen sollte, jemals hätte anrichten können.

Die Befreiung der Zukunft, 2032

[22] Basar der Bizarrerien

Sam behielt Narong im Auge, als er sie im Zickzack durch die engen Gassen führte. Zwei stämmige Schlägertypen lungerten an einer Kreuzung herum, gegen eine Ziegelsteinmauer gelehnt, ohne den Regen zu beachten, mit ungewöhnlich kräftig ausgebildeten Muskeln an den Armen und am Brustkorb. Narong nickte ihnen knapp zu und ging weiter.

Hinter den Schlägertypen bogen sie noch einmal ab, dann öffnete sich eine breite Gasse vor ihnen. Verkaufsstände und Läden säumten die Straße, Neon- und LED-Licht erhellte die Szenerie, Menschen liefen zu Hunderten umher. Sie blieben an den Ständen stehen, unterhielten sich leise, inspizierten Waren und Preisschilder, feilschten mit gedämpfter Stimme. Alles wirkte sehr verstohlen. Kragen wurden hochgeschlagen, Kapuzen über Köpfe und tief in Gesichter gezogen. Zwei weitere Kerle mit unmenschlichen Muskeln standen finster dreinblickend an der Kreuzung.

Muskeltransplantate, dachte Sam. Ineffizient, kräftezehrend, aber Furcht einflößend. Wahrscheinlich würden sie an Herzerweiterung sterben, wenn sie sich bemühten, so viel Masse mit sich herumzuschleppen.

Narong führte sie durch die Gasse. Sam ließ Kade und den Thai-Studenten unter dem Regenschirm gehen. Sie blieb ein paar Schritte hinter ihnen. Der Regen fühlte sich gut auf ihrem Gesicht an. Ihr taktisches Kontaktlinsendisplay erfasste jedes Gesicht, zeichnete Bewegungsmuster auf und leitete sie zur Analyse und Identifikation weiter.

Kades Augen waren überall. In der breiten Gasse wimmelte es von Menschen, Woks über offenem Feuer, Bilder und Gerüche, Verkäufer, die ihre Waren feilboten.

Die ersten paar Stände hatten Reproduktionsdienstleistungen im Angebot. Wahl des Geschlechts. Eizellenfusion, um ein Kind von zwei Müttern zu erhalten, kein Vater notwendig. Trifusion, um ein Kind aus den Genen zweier Väter zu zeugen und von einer Leihmutter austragen zu lassen. Genetische Optimierungen für Ihre Kinder. Größe, Augenfarbe, Haarfarbe, Muskelmasse, Gewicht, Gesundheit, IQ, Charisma. »Weitere Dienste auf Anfrage.«

Nach der Reprogenetik kam die Biokosmetik. Halb nackte Männer und Frauen dienten als Modell. Eine zierliche kupferhäutige Schönheit in dürftigem Bikini posierte vor einem Geschäft, das Werbung für Viren zur Hautfarben-Transformation machte. Es gab auch eine weniger dramatische Melanintherapie, um asiatische Haut aufzuhellen, europäische Haut brauner werden zu lassen oder was auch immer der Kunde wünschte.

Die halb nackte Frau am nächsten Stand präsentierte lebende Tattoos. Ein biolumineszierender Drache kroch von ihrem Bauch hoch, zog sich über den Oberkörper hinauf und hielt sich dabei an ihrer linken Brust fest. Die Tätowierung wand sich um ihren Hals und stieg auf der rechten Körperseite wieder nach unten. Die Augen des

Drachen leuchteten bernsteingelb. Die Frau spannte die Muskeln an, worauf er sich bewegte. Der Schwanz sauste hin und her, die Schuppen änderten die Farbe, leuchtende Flammen brachen aus seinem Maul und den Nüstern hervor.

Fettreduktion. Fettverstärker. Nordische Wangenknochen. Kantige Unterkiefer. Mandelförmige Augen. Goldene Augen. Katzenschlitzaugen. Haarlockenviren. Haarglättungsviren. Gespaltene Zungen. Greiffähige Zungen. Größentherapie. Die Schilder und Modelle versprachen all das und noch viel mehr, ohne jede Chirurgie. Wie auch immer man sein Aussehen verändern wollte, von zart zu hart, die Genhacker vom Sukchai-Markt konnten einem die Körperzellen entsprechend umprogrammieren, vorausgesetzt, man brachte das nötige Kleingeld mit.

»Sind all diese Sachen real?«, fragte Kade mit gedämpfter Stimme.

Narong zuckte mit den Schultern. »Wahrscheinlich gibt es hier ein paar Betrüger. Aber das meiste ist echt. Ob es auch sicher ist? Eine ganz andere Frage.«

»Wie meinst du das?«, fragte Kade.

»Die Genhacker. Manchmal erwischen sie nicht das richtige Gen, verstehst du? Und verändern ein anderes. Kann zu Krebs führen. Oder Schlimmerem. Man hört so Geschichten.«

»Machen sie keine Sicherheitstests mit ihren Therapien?«

»Hier auf der Straße gibt es kein Arzneimittelgesetz, Mann. Willst du irgendwas ausprobieren? Frag nach dem richtigen Laden, hör dich um, ob es vielleicht irgendwelche Horrorstorys gibt, vergewissere dich, dass die Leute einen sauberen Ruf haben.«

Auf die Biokosmetik folgte die Bioerotik. An den Ständen wurden virale Geninjektionen angeboten, die zu vergrößerten oder »natürlichen« Brüsten führten, einem größeren Penis, einem stärkeren Orgasmus, dem Durchhaltevermögen eines Pornostars.

Ein Transparent versprach weibliche Erregungsverstärkung mittels frei wählbarer Verabreichungsform. Transformviren für dauerhafte Veränderung. Geschmack- und geruchlose Flüssigkeit für kurzfristige Wirkung. Vor dem Stand drängte sich eine Menge, ausschließlich Männer. Dicke Geldbündel wechselten den Besitzer gegen Spritzen und Fläschchen. Kade war gleichzeitig verdutzt und erregt.

»Geschmack- und geruchlos?«, wunderte sich Kade.

»Damit man es jemandem heimlich in den Drink mischen kann«, beantwortete Sam seine Frage.

Seine Abscheu verdrängte den letzten Rest der Erregung.

Auf die Bioerotik folgte die Bioneurologie. Wachbleiber. Hacks zur Schlafbedürfnisreduktion. Extrovertierer. Traumerinnerungsverstärker. Traumunterdrücker. Liebesinjektionen. Herzschmerzbetäuber. Virale Paarbindungstherapien. Monogamiespritzen. Sexualorientierungswandler mit kurz- oder langfristiger Wirkung. Savant-Drogen, von denen behauptet wurde, dass sie den Kunden in hyperproduktive oder hyperkreative Trance versetzten. Eine superhelle LED-Reklame bot virale Injektionen an, die musikalische Fähigkeiten verstärkten. Andere sollten Schuldgefühle vertreiben. Ein Transparent versprach intensivere religiöse Gefühle und spirituelle Erfahrungen. An allen Ständen gab es Kunden, die die Angebote prüften und diskutierten.

Sam wappnete sich innerlich. Diese Sachen waren die schlimmsten. Es waren diejenigen, die sich als Waffen benutzen ließen, um zu kontrollieren, zu erniedrigen und zu versklaven. Sie zeichnete jedes Gesicht auf, das sie sah, suchte nach Anzeichen für das Communion-Virus, für Tues. Nichts zu sehen. Aber wer wusste schon, was beschafft werden konnte, wenn man die richtige Person danach fragte? Sie dachte an Chris Evans, der nach der Infiltration eines Tues-Rings physisch und psychisch verkrüppelt war. Es machte sie wütend.

Kade spürte ihre Stimmung. Er sendete ihr Neugier, eine unausgesprochene Frage.

Sam ging nicht darauf ein.

Als Nächstes kam Extremmedizin. In einem hohen Glaszylinder schwammen menschliche Organe in einer klaren, blubbernden Flüssigkeit. Herzen, Lebern, Nieren, die für die Transplantation bereit waren. Geklonte Organe aus den eigenen Körperzellen, die in nur wenigen Tagen herangezüchtet werden konnten. Ein anderer Stand bot virale Therapien an, die angeblich die Regeneration von abgetrennten Fingern oder Gliedmaßen auslösten.

»Warum gibt es diese Sachen hier?«, fragte Kade. »Wären sie nicht besser in einem normalen Krankenhaus aufgehoben?«

»Wahrscheinlich wegen nichtmenschlicher Gene«, sagte Narong. »Die superschnell gezüchteten Organe wurden weit außerhalb menschlicher Parameter gehackt. Und für die Regenerationshacks wurden die Gene irgendeiner Echse benutzt, Molche oder Geckos oder etwas in der Art. Es ist illegal, so etwas in der Humanmedizin zu benutzen.«

Sam fragte sich, ob irgendetwas von alldem für Chris Evans hilfreich wäre. Könnte es ihn schneller wieder auf die Beine bringen? Seine Isolation zügiger beenden?

Sie blickte sich noch einmal zu den bioneurologischen Ständen um. Widerliches Zeug!

Chris hat im Kampf gegen so etwas sein Leben eingesetzt, machte sie sich noch einmal klar.

War es möglich, die Mentalkontrolle von den geklonten Organen und der Regeneration zu trennen? Das eine zu befürworten und das andere abzulehnen? Sie verdrängte diese Gedanken aus ihrem Bewusstsein. Sie hatte eine Aufgabe zu erfüllen. Sie hatte geschworen, den gültigen Gesetzen Geltung zu verschaffen.

Die angebotenen Modifikationen wurden zunehmend extremer, als sie sich dem Ende des Marktes näherten. Muskeltransplantate wie jene, mit denen die Schlägertypen ausgestattet waren. Genetische Geschlechtsanpassung. Hyperhämoglobin, das zehnmal so viel Sauerstoff aufnehmen konnte. Und noch viel mehr.

»Mit vielen dieser Sachen sollte man vorsichtig sein«, bemerkte Narong. »Wenn man eine Sache im Körper verändert, wirkt es sich an einem Dutzend anderer Stellen aus. Vom Gehirn ganz zu schweigen. Mit was für Nebenwirkungen bekommt man es in zehn oder zwanzig Jahren zu tun? Wer kann das überhaupt wissen?«

»Du scheinst sehr viel über so etwas nachgedacht zu haben, Narong«, stellte Sam fest.

Narong schwieg eine Weile. »Es ist schwer, dies zu ignorieren. Wir wären besser dran, wenn das alles legal wäre. Jetzt wird nur gezwinkert und angestupst. Die Gesetze werden nicht angewendet. Aber es gibt auch niemanden, der Sicherheitstests durchführt. Die Leute kommen zum Einkaufen hierher, aber wissen sie überhaupt, ob sie das bekommen, was die Werbung verspricht? Und selbst wenn, kann niemand sagen, wie die langfristigen Nebenwirkungen aussehen. In dieser Grauzone bleibt alles in der Schwebe, im Vagen. Wir sollten diese Sachen ans Tageslicht zerren, sie regulieren, sie auf Sicherheit und Qualität testen.«

Sam spürte Kades Zustimmung. Sie hatte eine andere Meinung.

Die ganze Bande einsperren und den Schlüssel wegwerfen. Nicht nachgeben, sich wirklich an die Gesetze halten. Nicht zulassen, dass dieses Zeug unsere Menschlichkeit in die Gosse spült.

Aber sie behielt ihre Ansicht für sich.

Sam blickte auf ihre Hand, die übernatürlich stark war, von der Wissenschaft in eine übermenschliche Waffe verwandelt, um sich besser gegen die übermenschlichen Technologien durchsetzen zu können.

Und ich? Was ist mit der nichtmenschlichen DNS in meinen Zellen? Wie sieht es mit dem Nexus in meinem Gehirn aus?

Ein Satz von Nietzsche kam ihr in den Sinn, ein Satz, den Nakamura gern in seinen zynischeren Momenten zitiert hatte.

Wer mit Ungeheuern kämpft, mag zusehn, dass er nicht dabei zum Ungeheuer wird. Und wenn du lange in einen Abgrund blickst, blickt der Abgrund auch in dich hinein.

Und nun blickte sie schon wieder in den Abgrund. Und schon wieder kämpfte sie mit Ungeheuern. Und wieder war sie selbst zum Teil ein Ungeheuer.

Sie schüttelte den Kopf, um die melancholische Anwandlung zu vertreiben. Sie war eine Soldatin. Sie war Kompromisse eingegangen, um andere schützen zu können. Dieses Zeug musste streng kontrolliert werden.

Mit einer Razzia konnte dem hier ein Ende gemacht werden, wurde ihr klar. Mit einem Schlag würde man Hunderte dieser Käufer und Verkäufer dingfest machen können.

Und am nächsten Tag würde irgendwo anders ein anderer Markt aus dem Boden sprießen. Gab es überhaupt eine realistische Lösung?

Sie hatten das Ende des Marktes erreicht. Zwei weitere Aufpasser lehnten mit bewusster Lässigkeit an einer Mauer. Ihre grotesk vergrößerten Muskeln sendeten eine klare Botschaft: *Legt euch nicht mit uns an.* Sie musterten Narong, Kade und Sam, als sie vorbeigingen, machten aber keine Anstalten, sie aufzuhalten.

»Das ist Sukchai«, sagte Narong. »Die Party ist noch ein paar Blocks entfernt. Kommt jetzt.«

Unterwegs ließ sich Kade noch einmal durch den Kopf gehen, was er in Sukchai gesehen hatte. Narong hatte recht. Es wäre sicherer, wenn diese Technologien legalisiert, reguliert und gründlich getestet würden ...

Unvermittelt kam ihm Holtzmanns Angebot in den Sinn.

Sie könnten für mich tätig werden, hier im ERD, hatte der Wissenschaftler gesagt.

Kade hatte es kategorisch abgelehnt, aber war vielleicht doch etwas dran? Konnte er das System von innen heraus verändern? Konnte er sie behutsam dazu drängen, auf etwas bessere Weise mit diesen Technologien umzugehen? Holtzmann war ein Wissenschaftler, also war er bestimmt kein strenger Prohibitionist.

Kade durchstreifte ein Labyrinth von Möglichkeiten, während Narong sie durch das Labyrinth der Gassen führte.

Wats folgte ihnen über die Dächer und sprang leichtfüßig vom einen zum nächsten. Unten blickte niemand zu ihm auf. Und wenn es doch jemand getan hätte, hätte er nicht mehr als einen etwas dunkleren Fleck vor dem dunklen Hintergrund des Regens und der Wolken gesehen.

[23] Buddhas Kuss

Die Party fand in einem Klub in einer Gasse statt, die von einer anderen namenlosen Nebenstraße der Soi Sama Han abging. Sam las den Namen, der auf Thai über der Tür stand. *Joob Phajaow.* Buddhas Kuss, übersetzte sie für sich. Ein respektloser Name in einer ansonsten frommen Gesellschaft. Leise Musik und Stimmen drangen nach draußen.

Es war eine ruhige, trendige Gegend, nicht weit von den zwielichtigen Ausschweifungen des Nana-Sexdistrikts, nicht weit von den verbotenen Früchten von Sukchai, aber doch von beiden abgeschieden. Einfach nur das Viertel, in dem junge, aufstrebende, unternehmungslustige Thai gern feierten, dachte Sam.

Narong drückte auf den Knopf neben der schweren Blechtür. Sie öffnete sich knarrend. Ein muskulöser Thai-Türsteher winkte sie herein.

Der Laden war mit niedrigen Sofas eingerichtet. Die Wände waren rot und golden bemalt und mit Thai-Inschriften, Lotusblumen und Buddhas dekoriert. Modisch gekleidete junge Einheimische und ein paar Ausländer hockten in Dreier- oder Vierergruppen zusammen, lächelten und plauderten, stilvolle Gläser mit klaren oder farbigen Spirituosen in den Händen. In einer Ecke rauchte ein

Trio Dufttabak aus einer kunstvoll verzierten Wasserpfeife. Eine Theke aus Messing und dunklem Holz zog sich an einer Wand entlang, die Flaschen indirekt orangerot beleuchtet. Sinnliche, mit Beats unterlegte Flux-Grooves erfüllten den Raum. Ein DJ mit Sonnenbrille und Kopfhörer stand in der Ecke und wippte zu seinen eigenen Beats, während er mit der Konsole hantierte. Vor ihm auf dem Dancefloor wiegten sich drei Thai-Frauen in den Zwanzigern in kurzen Metallic-Röcken und goldenen Armreifen.

Narong dirigierte sie zur Theke und sprach den Barkeeper in schnellem Thai an.

Der Barkeeper wandte sich an Kade. »Du kennst DJ Axon?«, hörte Kade über der Musik und dem Stimmengewirr.

»Ja.« Kade hob die Stimme, um sich verständlich zu machen. »Er ist mein bester Freund. Wir sind Studienkollegen.«

»Dann solltest du ihn irgendwann hierherbringen, und wir werden dafür sorgen, dass er einen netten Abend hat!«

Der Name des Barkeepers war Yindee, und die erste Runde ging auf ihn. Die Drinks waren ein schwerer Mix aus Kokosmilch und Alkohol, mit einem Hauch Zitronengras, und sehr, sehr schmackhaft.

Narong führte sie durch den Klub und stellte sie verschiedenen Leuten vor. Das waren Baroma und Lalana, Yama und Jao, Tonga und Chuan und Rajni. Das war Rajnis französischer Freund Pierre. Zuka stammte aus Simbabwe und arbeitete an den neurologischen Grundlagen der Moral. Will war sehr britisch und gab sich alle

Mühe, schnell betrunken zu werden. Loesan war der Vorsitzende der Thai Neuroscience Students Association und ein brillanter Neurolinguist. Der DJ hieß Sajja. Und so ging es noch eine Zeit lang weiter.

Sams taktische Kontaktlinsen nahmen von allen Gesichtsabdrücke. Dieser Chuan stand im Verdacht, in geringfügigem Ausmaß am Nexus-Schwarzhandel beteiligt zu sein. Baroma betrieb ein anarchistisches Blog mit dem Titel *EatTheWest*, von dem er glaubte, dass es anonym war, aber vermutlich war alles nur Gerede. Von den Übrigen hatte sich noch niemand verdächtig gemacht.

Der DJ machte einen nahtlosen Übergang zu einem neuen Track. Sam spürte, dass Kade lächelte. Das Original war von Rangan Shankari, eine Hommage an seinen Freund, ein herzliches Willkommen für sie. Sam erinnerte sich an die Party, auf der sie Shankari begegnet war, wie sie sofort alles Mögliche über jeden Song *gewusst* hatte, den er spielte, als Nexus 5 ihr die Informationen ins Gehirn übermittelt hatte. Sie erinnerte sich an ihre Überraschung und Begeisterung, als es geschehen war.

Konzentrier dich, Sam!

Sie verdrängte die Erinnerungen und widmete sich wieder ihrer Arbeit. Bislang kein Anzeichen von Suk Prat-Nung. Aber je näher sie an Narong und seine Freunde herankam, desto größer mochte die Dividende ausfallen, die am Ende ausgeschüttet wurde.

Kade hatte großen Spaß, genoss die Aufmerksamkeit, flirtete mit der jungen Thai-Frau namens Lalana, erzählte Geschichten über seine Abenteuer mit dem berühmten DJ Axon. Lalana lachte und sog jedes seiner Worte in sich auf.

Unauffällig drehte sich Sam zu den jungen Frauen auf der Tanzfläche um. Sie zogen abwechselnd kleine pinkfarbene Tabs von einem Stück Papier und drückten sie sich gegenseitig auf sinnliche Weise an die Kehle. Bald tanzten die beiden Frauen enger, pressten die Hüften und Taillen aneinander. Sie küssten sich mit offenem Mund. Die dritte Frau schmiegte sich von hinten an sie und strich mit den Händen über ihre Körper.

»Das Zeug heißt Sappho«, sagte Narong ihr ins Ohr. »Es macht Mädchen zu Mädchen. Hält ein paar Stunden lang an.«

Sam drehte sich um. Er war ihr sehr nahe. »Gibt es auch etwas, dass Jungs zu Jungs macht?«, fragte sie.

Narong nickte. »Die Stricher in Patpong nehmen es. Viele von ihnen treiben es nur gegen Geld mit Männern. So macht es ihnen mehr Spaß.«

»Und du?«

Narong zuckte mit den Schultern. »Es hat Spaß gemacht. Aber Mädchen sind mir lieber.« Er legte die Hände an ihre Hüften.

Sam entzog sich ihm und hob warnend einen Finger. »Nicht so schnell, mein Guter. Nicht alle amerikanischen *Frauen* sind so leicht rumzukriegen.«

Na los, Narong. Beeindrucke mich. Führe mich zu Suk Prat-Nung und seinem Onkel Ted.

Narong lachte und nahm sie mit, um sie weiteren Freunden vorzustellen.

Die Party kam in Gang, als nach und nach immer mehr Leute hereinkamen. Sajja und ein paar andere fingen Kade ab, damit er ihnen mehr über Rangan erzählte, was zu einer lebhaften Diskussion über ihre Forschungsprojekte führte, über den direkten Datenaustausch zwischen Gehirnen.

Chuan gab eine Runde Drinks aus. Ein wasserstoffblondes Thai-Mädchen in tief ausgeschnittener Bluse und mit unnatürlich großen Brüsten stieß dazu und schmiegte sich an ihn. Er begann, eine Geschichte über eine Droge namens Synchronicity zu erzählen. Sam spitzte die Ohren. »Synchronicity?«, erkundigte sie sich mit Unschuldsmiene. »Was ist das?«

»Das ist N und M in einem. Der Champagner unter den Trips.« Zur Unterstreichung küsste er seine Fingerspitzen.

»N wie Nexus?« Sie wollte, dass er es aussprach.

»Ja. Und M wie Empathek. Mit M sehnst du dich nach Verbindung, nach Verständnis, nach Liebe. Und mit N spürst du wirklich, was andere Menschen empfinden. Es ist wunderbar. Magisch.« Chuan schloss die Augen, während er die Erfahrung beschrieb.

Aus dem Augenwinkel sah Sam, wie Baroma, der Amateuranarchist, versuchte, Chuan mit einer Geste zu verstehen zu geben, dass er still sein sollte. Chuan verdrehte verärgert die Augen.

»Weißt du, das ist sowieso nur das, was ich *gehört* habe. So etwas Illegales würde ich nie selbst machen.« Seine Stimme troff vor Sarkasmus. Alle außer Baroma lachten.

Sam lachte mit, nahm Blickkontakt zu Chuan auf, lächelte ihn an.

Er ist die Plaudertasche, dachte sie. Er ist meine Eintrittskarte.

Sie sah Chuan an und blinzelte, um noch einmal seinen Lebenslauf aufzurufen. Sie entschuldigte sich und ging zur Damentoilette, damit sie ihn ungestört lesen konnte. Neurowissenschaftliches Promotionsstudium abgebrochen. Gehörte zum Umfeld von Suk Prat-Nung. Single. Offiziell kein Einkommen, aber eine teure Wohnung in einem trendigen Viertel von Bangkok. Er postete gern Fotos von sich in exklusiven Klubs und exotischen Lokalitäten, umgeben von lauter attraktiven jungen Frauen. Ein Spieler. Sie kannte Typen wie ihn. Leicht zu manipulieren.

Sie verließ die Toilette, drängte sich wieder zwischen Narong und Chuan in den Kreis, drückte sich gegen die beiden. Sie wartete auf den richtigen Moment, gab eine Geschichte über eine fiktive LSD-Erfahrung zum Besten, die sie angeblich am Strand in Mexiko gehabt hatte, die wunderbare Verbundenheit, die sie zu den Wellen, zur Sonne, zum Himmel empfunden hatte, wie es ihr Leben verändert hatte.

Chuan lächelte und nickte. »Also hast du noch nie Synchro ausprobiert?«, fragte er.

Sam schüttelte den Kopf. »Nein. Aber es klingt sehr interessant.«

Biete mir etwas an, dachte sie in seine Richtung. Mal sehen, was geschieht.

»Schon mal Nexus probiert?«, fragte er weiter.

»Nur einmal. Vor einigen Monaten, auf einer großen Party, die Kade und Rangan geschmissen haben.«

»Du hast Nexus mit Axon erlebt?« Chuans Tonfall war fassungslos.

»Ja. Und mit hundert von seinen und Kades Freunden.«

»Alle auf Nexus?« Chuan riss erstaunt die Augen auf.

Sam nickte. »Ja. Alle waren mit allen verbunden. Es war atemberaubend.«

Möchtest du nicht mehr darüber wissen, wie sie das gemacht haben?

Sam schloss die Augen, legte den Kopf in den Nacken und sprach in ihrem besten ehrfürchtigen Hippie-Tonfall. »Es war, als wären wir alle eins gewesen, alle, die auf der Party waren, wie ein einziges gigantisches Bewusstsein ... Die völlige Aufhebung der Egos.« Und? Und wie reagierten sie darauf? Hatte sie zu dick aufgetragen? Sie öffnete die Augen.

Chuan starrte sie an. Dann fing er an zu lachen. »Du bist in Ordnung, Kleine.« Er wandte sich an Narong. »Sie ist total in Ordnung, Narong. Toll, dass du sie gefunden hast.«

Sie drückte sich etwas fester an Narong, während sie Chuan grinsend ansah. »So spielen wir in Kalifornien.«

Chuan lachte wieder. »Dann sollten wir dir zeigen, wie wir in Bangkok spielen! Um genau zu sein ...«

»Chuan!« Noch einmal Baroma, der Vorsichtige. »Pass auf, was du in der Öffentlichkeit sagst!«

Chuan zuckte mit den Schultern, wobei er einen Teil seines Drinks verschüttete und nur knapp das Mädchen an seinem Arm verfehlte. Verärgerung zeigte sich auf seinem Gesicht. »Öffentlichkeit? Wir sind hier in unserem eigenen Klub, Mann. Das ist keine Öffentlichkeit.«

Baroma antwortete auf Thai. *»Kao pen kon a-may-ri-gun!«* Sie ist Amerikanerin.

Chuan reagierte verdutzt. »Na und?«, erwiderte er auf Englisch.

Sam sagte nichts dazu.

»Rao jam pen thong kui!«, entgegnete Baroma in scharfem Tonfall, während er auf Chuan und Narong zeigte. Wir müssen miteinander reden! Er entfernte sich.

Narong wandte sich Sam zu und zuckte bedauernd mit den Schultern. »Tut mir leid, unser Freund ist manchmal ein wenig paranoid.« Dann folgte er Baroma in eine leere Ecke des Klubs. Chuan runzelte die Stirn, schüttelte den Kopf und folgte ihnen ebenfalls.

Nach einer kurzen Schweigepause machte jemand einen Witz, dass Baroma nicht viel Sinn für Humor hatte. Die Leute lachten, dann war dieser Moment vorbei.

Sam beobachtete die drei jungen Männer aus dem Augenwinkel. Baroma und Chuan gestikulierten lebhaft und schienen ein Streitgespräch zu führen. Narong machte beschwichtigende Gesten und spielte den Friedensstifter. Interessant.

Sam konzentrierte sich wieder auf Kade und hörte einer Diskussion über neurale Input-Output-Architektur zu. Die Thai-Studenten hingen Kade geradezu an den Lippen. Er machte offensichtlich einen großen Eindruck auf sie.

Jemand tippte ihr auf die Schulter. Narong. Er winkte sie von der Gruppe weg.

»Alles in Ordnung?«, fragte Sam.

Narong verzog das Gesicht. »Er ist nur ein bisschen paranoid. Du, ich habe überlegt ... Wir machen diese Sache am Freitag. Sehr klein, total entspannt, eher eine Familiengeschichte.« Er hielt kurz inne. »Es ist ein Synchronicity-Zirkel. Wir werden etwa ein Dutzend sein. Alles ganz sanft. Möchtest du mit Kade kommen und mitmachen?«

»Das klingt faszinierend«, antwortete Sam. »Ja, ich würde sehr gern kommen.«

»Großartig«, sagte Narong. »Es findet in einer Wohnung über uns in diesem Gebäude statt. Sei am Freitag um zehn Uhr abends hier.«

»Wunderbar.«

Sam warf einen Blick auf die Zeitanzeige. Es war fast ein Uhr. Zeit zu gehen, sagte sie zu Narong. Gemeinsam befreiten sie Kade aus der Gesprächsrunde. Narong wiederholte seine Einladung zum Synchronicity-Zirkel am Freitag.

[sam] Sag Ja.

Kade fühlte sich für sie etwas zögerlich an, aber dann bestätigte er.

Narong gab ihnen eine Wegbeschreibung zur Soi Sama Han, wo sie mit einem Tuk-Tuk oder Taxi weiterfahren konnten. Schließlich hatten sie sich von allen verabschiedet und traten hinaus in die kühle Nacht von Bangkok.

Wats kauerte auf einem Dach. Eine alte Wunde machte sich pochend bemerkbar. Kade und Cataranes und ihr neuer Freund – den er als Narong Shinawatra identifiziert hatte – würden sich vermutlich eine Weile im Klub aufhalten. Also konnte er ein paar Nachforschungen über diesen Fahrer anstellen.

Er lud einige der deutlichsten Frontalaufnahmen des Mannes von seinem Zielfernrohr herunter und benutzte sein Telefon, um im Netz nach ähnlichen Bildern zu suchen. Mögliche Treffer scrollten durch sein Sichtfeld. Nichts. Der konnte es nicht sein. Der Nächste auch nicht. Ähnlich, aber nicht das gleiche Gesicht. Und das nächste

Dutzend auch nicht. In den ersten paar Hundert Treffern fand sich nichts Brauchbares.

Er versuchte es mit einem Dreiviertelprofil aus dem Zielfernrohr und startete eine neue Suche. Nur Müll. Und danach noch viel mehr Müll.

Moment mal! Was war das? Bild 438. Der chinesische Premierminister Bao Zhuang. Sie sahen sich überhaupt nicht ähnlich. Aber wieso wurde er als Treffer angezeigt?

Wats zoomte näher ran. Was er dann sah, jagte ihm einen kalten Schauer über den Rücken. Der Treffer war gar nicht das Gesicht von Bao Zhuang. Sondern das Gesicht des Mannes hinter ihm, im Halbschatten. Sein Leibwächter. Von der Zentralen Sicherheitsbehörde. Dem militärischen Personenschutz der Volksrepublik China.

Als Datum war Oktober 2039 angegeben. Vor sechs Monaten. Wie hoch war die Wahrscheinlichkeit, dass ein Mitglied der Leibwache des chinesischen Premierministers heute, ein halbes Jahr später, als Chauffeur für Su-Yong Shu tätig war?

Wie hoch war die Wahrscheinlichkeit, dass ein »militärischer Berater« aus China, den Wats in Kasachstan hatte sterben sehen, zwei Jahre später in einer von diesen beiden Rollen wiederauferstehen würde?

Nein. Er wusste, womit er es hier zu tun hatte. Es waren verschiedene Personen. Jedoch allesamt Schöpfungen des chinesischen Supersoldaten-Programms. Allesamt Klone.

Was bedeutete es, dass Shu einen von ihnen als Fahrer beschäftigte? Es konnte nur bedeuten, dass sie in der Tat von großer Bedeutung war.

Es kam immer heftiger. Je mehr er herausfand, desto weniger gefiel es ihm.

Genau in diesem Moment öffnete sich die Tür des Klubs und warf Licht und Musik auf die Gasse. Wats schloss die Fotos in seinem Brillendisplay. Kade und Cataranes traten nach draußen.

Sie würden genau unter ihm vorbeigehen.

Es wurde Zeit für einen Versuch, Kade auf andere Weise zu kontaktieren. Er befand sich auf einem Hausdach in mindestens zehn Metern Höhe. Selbst mit Nexus 5 wäre er nur noch peripher in Reichweite, aber er musste es versuchen.

Er fuhr seine Nexus-Filter herunter und tastete nach Kades Geist, als sie genau unter ihm waren. Da ... Kade ...

Scheiße!

Wats zuckte zurück und schirmte seine Gedanken wieder ab, so schnell er konnte. Da unten waren zwei Personen, die Nexus benutzten. Die eine war Kade. Die andere war Samantha Cataranes.

Er hielt den Atem an. War er versiert genug, um Kade zu erreichen, ohne dass Cataranes ihn spürte? Er war sich nicht sicher.

Die Sache wurde immer schwieriger. Es wurde Zeit, Kade hier rauszuholen. Wats wünschte sich, er könnte seinen Freund selbst entscheiden lassen, aber die Angelegenheit war schon viel zu kompliziert. Kade konnte nicht wissen, wie hochkarätig dieses Spiel besetzt war, er konnte nicht wissen, dass er letzte Nacht verfolgt worden war und in welcher Gefahr er schwebte. Ohne diese Informationen konnte er keine fundierten Entscheidungen treffen. Das würde Wats für ihn übernehmen müssen.

Das Gewehr lag in seinen Händen. Er hatte es hervorgezogen, ohne nachzudenken. Seine Finger bewegten sich aus eigenem Antrieb, schraubten den schallgedämpften Lauf auf den Schaft. Er konnte Kade jetzt herausholen. Seine Hände schoben das Zielfernrohr auf die zusammengesetzte Waffe. Eine Kugel in den Kopf. Seine Arme hoben das Gewehr auf, platzierten das Zielfernrohr vor seinem Auge. Cataranes' Hinterkopf füllte sein Blickfeld aus. Das Fadenkreuz lag genau im Zentrum. Ihr Schädel war zweifellos gehärtet, mit einem Graphengeflecht oder einem Kompositschaum verstärkt. Die Kugel drang vielleicht nicht ein, aber sie würde sie zu Boden werfen, ihr zumindest eine schwere Gehirnerschütterung zufügen. Sein Daumen entsicherte aus eigenem Antrieb die Waffe. Cataranes verfügte bestimmt über Schmerzfilter. Er musste mehr als einmal schießen, um sie wirklich außer Gefecht zu setzen. Sein Zeigefinger fand den Abzug. Konnte er sie ausschalten, ohne sie zu töten? Die Wucht des Aufschlags konnte genauso gut ihr Gehirn zermatschen. Wats nahm einen tiefen, langsamen Atemzug. Er konnte sich nicht sicher sein.

Um Kade herausholen zu können, musste er das Risiko eingehen, dass er Cataranes tötete.

Scheiße.

Er schwenkte das Zielfernrohr nach unten. Das Bein. So konnte er sie unschädlich machen.

Und was war, wenn sie eine Waffe hatte? Wenn sie sich umdrehte und zurückschoss?

Er ließ die Luft aus seinen Lungen weichen, sicherte das Gewehr, wandte das Gesicht vom Zielfernrohr ab. Der Datenspeicher war ein schweres Gewicht auf seiner Brust.

So nah dran ...

Es gab eine andere Möglichkeit. Er kannte die Route, die die Taxis und Tuk-Tuks vom Hotel zum Konferenzzentrum nahmen. Er wusste ungefähr, wie viel Zeit Kade und Cataranes für diese Strecke brauchten. Sie unterwegs abzufangen war die beste der Optionen, die er in Erwägung gezogen hatte. Auf diese Weise würde er Kade herausholen. Morgen.

Es hatte keinen Sinn, ihnen heute Nacht noch weiter zu folgen. Die Aktion würde er morgen durchziehen. Wats demontierte das Gewehr und verstaute es wieder. Dann machte er sich über die Dächer auf den Weg, sprang ohne Mühe vom einen zum nächsten, in Richtung der Hauptstraße. Er hatte noch einiges vorzubereiten.

[24] Ein zähes Miststück

Kade fühlte sich leicht überdreht, als sie durch die Gasse liefen. Sam schwieg, während sie den ersten Block entlanggingen. Auch den zweiten und den dritten. Schließlich nahm sie Kontakt mit ihm auf.

[sam] Was geht dir durch den Kopf?

[kade] Ist das nicht offensichtlich?

[sam] Scheint so.

So war es. Je mehr Zeit sie in Nexus-Verbindung miteinander verbrachten, desto mehr stimmte sie sich auf seine Gefühle ein.

[kade] Wegen der Party am Freitag, zu der sie uns eingeladen haben. Ich werde nicht hingehen.

[sam] Was?

[kade] Du willst diese Studenten benutzen, um an diesen Dealer heranzukommen, Ted Prat-Nung. Und deshalb wirst du sie erpressen, damit sie dir helfen, genauso wie du es mit mir getan hast. Das haben wir nicht vereinbart. Dabei werde ich dir nicht helfen.

Sam stöhnte mental. Sie hatte ihn immer noch nicht wegen der Sachen zur Rede gestellt, die er ihr vorenthielt. Die Nacht würde lang werden.

[sam] Kade, diese Studenten sind uns egal. Sie sind kleine Fische. Wir wollen nur an Ted Prat-Nung und sein Nexus-Vertriebsnetz herankommen.

[kade] Und zu diesem Zweck wirst du ihr Leben ruinieren.

[sam] Nicht, wenn sie kooperieren.

[kade] Wenn sie dabei kooperieren, dich zu jemandem zu führen, dessen Verbrechen darin besteht, Menschen ein Werkzeug zu verkaufen, mit dem sie sich mental verbinden können? Was passiert, wenn du ihn gefunden hast? Wirst du ihn kidnappen? Wirst du ihn töten? Was wird mit Prat-Nung geschehen?

[sam] Das soll nicht deine Sorge sein.

[kade] Es ist verdammt noch mal sehr wohl ############!!!!!!!

Ein heftiger Schmerz jagte durch Kades Geist und Körper und brannte sich über den Link in Sams Bewusstsein. Zuckungen, rasender Schmerz, Muskeln, die sich zusammenschnürten, kollabierende Gedanken. Sam spürte es einen kurzen Moment, bevor sie das Geräusch hörte – das leise *Pffwwwt* irgendeines schallgedämpften Gewehrs, der weiche Aufprall eines Projektils, das seinen Körper traf, das knisternde *Ssssst* einer elektrischen Entladung, der ungewollt durch zusammengebissene Zähne ausgestoßene Schrei. Ein Taser-Treffer.

Die Zeit verlangsamte sich. Ihre Sinne erwachten zum Leben. Gewehrgeräusch. Taserzischen. Umdrehen. Hinhocken. Ein zweites Projektil flog durch die Luft, wo eben noch ihr Brustkorb gewesen war, und verfehlte sie nur um wenige Zentimeter.

Den Schuss zurückverfolgen. Der Balkon im dritten Stock. Zwanzig Meter. Zwei Gestalten, stämmig, mit Gewehren. Die Klinge aus Graphen und Keramik war in ihrer Hand, sobald sie daran dachte, dann schleuderte sie sie mit ausgestrecktem Arm von sich.

Beim Werfen kam sie wieder hoch, setzte die Drehung fort und stürmte auf sie zu. Gewehre zielten, feuerten. Ein hässliches Gurgeln, als sich ihr Messer in eine Kehle grub. Einer erledigt.

Ein Taserprojektil schlitterte in einem Funkenschauer über die Pflastersteine links von ihr. Fünfzehn Meter. Ein zweites prallte spektakulär von der Gassenwand ab. Sie wich zur Seite aus, duckte sich unter dem nächsten Schuss weg. Zehn Meter.

Der Taser erwischte sie im hinteren Oberschenkel. Ihre Muskeln verkrampften sich, ließen sie auf ein Knie niederfallen.

Hinter mir! Scheiße!

Das Taserprojektil entlud sich. Sam griff mit der Hand zu, riss die Widerhaken aus ihren zuckenden Muskeln, warf das Ding blind auf den Balkon. Ein zweiter Treffer in die Schulter. Der Impuls riss sie herum, sodass sie mit dem Gesicht auf den feuchten Pflastersteinen landete. Ein dritter Treffer im Rücken. Ihre gepeinigten Muskeln zogen sich heftig zusammen. Sie blendete die Schmerzen aus und erhob sich auf die Hände und Knie. Die Nexus-Verbindung war zerrissen und völlig tot. Die taktischen Kontaktlinsen waren ausgefallen. Die mehrfachen elektrischen Entladungen hatten die Systeme durchbrennen lassen. Sie würde keine Gelegenheit haben, Verstärkung anzufordern.

Vor ihr, ein Stück weiter in der Gasse, stand eine vierte Gestalt im Schatten. Groß, hager, mit Kapuze. Sie stand einfach nur da. Sam stemmte sich mit einem Fuß hoch. Hinter sich hörte sie ein Klirren und einen Aufprall. Schritte aus der anderen Richtung. Die Schützen liefen zu ihr. Gut.

Weitere Projektile, die sie in die Schulter, den Rücken trafen. Die Wucht der Treffer warf sie bäuchlings zu Boden. Stromschläge schüttelten ihren Körper, entrissen ihrer Kehle einen Schrei. Sie zwang sich, schlaff zu werden.

Stille. Atemgeräusche. Schritte.

Sam blieb reglos liegen, die Augenlider halb geschlossen. Stiefel tauchten in ihrem Blickfeld auf.

»Yai Ba Nung Neow«, sagte einer von ihnen. Ein zähes Miststück.

Sie hatten keine Ahnung.

Der andere antwortete auf Thai. »Das Miststück hat Prang getötet, Mann. Scheiße! Ich will sie zum Schreien bringen.« Sie hörte das Schaben eines gezückten Messers.

»Später«, sagte der Mann, der sie als zähes Miststück bezeichnet hatte. »Bringt sie nach drinnen. Ich hole den Kerl.«

Der Mistkerl stieg über sie hinweg, zu Kade.

Sam packte mit beiden Händen zu, griff nach dem Fuß des Mannes, riss mit übermenschlicher Kraft daran und rollte sich ab. Der Schläger wurde in der Luft herumgewirbelt und knallte zu Boden. Sie ließ ihn los, stieß sich ab und rappelte sich auf. Im gleichen Moment kam der andere mit einer gefährlich aussehenden, zwanzig Zentimeter langen Klinge auf sie zu.

Er war riesig, hässlich, voller Tattoos und trug sein Gewehr über einer Schulter. Hastig riss er das Messer hoch und ließ es auf ihr Gesicht hinuntersausen. Sam trat einen Schritt näher an ihn heran, verpasste ihm einen Fußtritt zwischen die Beine und brach ihm mit einem schnellen Faustschlag die Nase. Dann packte sie seinen immer noch ausgestreckten Messerarm und benutzte ihn als Hebel, um ihn über ihre Hüfte zu Boden zu werfen. Klappernd fiel das Gewehr zur Seite.

Ein Gewehrschuss explodierte in der Gasse. Ein Querschläger prallte von der Wand ab. Der Mann mit der Kapuze hatte gefeuert. Sam ging in die Hocke und drehte sich zu Kade um. Er bewegte sich, hatte sich auf einem Knie hochgestemmt, versuchte aufzustehen, um sich in den Kampf zu stürzen. Genauso wie der erste Schläger. Der zähe Mistkerl.

O nein.

Der zweite Schläger, der mit den Tattoos, klaute eine Szene aus Sams Drehbuch und packte ihren linken Fußknöchel und die Wade mit dem eisernen Griff beider Hände.

Ach du Scheiße, dachte sie.

Er riss heftig, brachte sie aus dem Gleichgewicht. Sie stürzte flach auf den Boden, fing sich mit den Händen ab. Er schleuderte Sam am Bein herum, und ihr Körper folgte der Bewegung. In lebhafter Zeitlupe kam die Ziegelmauer der Gasse auf sie zu. Sie hob einen Arm, um den Aufprall abzufangen. Ihr Arm stieß mit der Wand zusammen. Ihr Kopf folgte und knallte schmerzhaft gegen die Ziegel. Stein zersplitterte. Staub rieselte auf sie herab.

Scheiße.

Tattoo-Junge zog sie zurück, wirbelte sie einmal herum und schleuderte sie erneut gegen die Wand, diesmal noch viel härter. Sam schaffte es, sich abzurollen, sodass sie mehr an der Schulter als am Kopf getroffen wurde. Unter der Wucht des Aufpralls gaben Ziegelsteine nach. Blut und Staub flogen ihr in die Augen.

Scheiße.

Das Messer lag auf dem Boden, wo er es hatte fallen lassen, als sie ihn angegriffen hatte. Es lag hinter dem Kopf des Schlägers, außerhalb seines Sichtfeldes. Er riss sie wieder zurück und holte mit ihrem Körper zu einem neuen heftigen Schlag gegen die Wand aus. Vorher sah sie noch, wie Kade auf die Beine kam und sich in ihre Richtung bewegte, bis die offene Hand des anderen Schlägers mit seinem Gesicht kollidierte und ihn ein weiteres Mal flach auf den Boden warf.

Scheiße, Scheiße, Scheiße.

Sam brachte ihr freies Bein nach unten, stemmte sich gegen das Straßenpflaster und stieß sich mit dem Fuß von der Wand ab, als der Schläger sie herumwirbelte. Die Bewegung überraschte ihn. Sein Schwung und ihre Ablenkung brachten sie in die Nähe des Messers. Sie griff danach, streckte sich mit aller Kraft und bekam das Heft zu fassen, als Tattoo-Junge sie gerade wieder gegen die Wand schleuderte.

Sam drehte sich zur Seite und stieß das Messer kraftvoll nach rechts, während sie herumgerissen wurde. Die Klinge versenkte sich in seinen Oberarm. Mit voller Wucht knallte Sams Wirbelsäule gegen die Wand. Dadurch wurde ihr das Messer aus der Hand gerissen. Ihr Kopf flog nach hinten und schlug gegen die Mauer. Zertrümmerte Ziegelsteine fielen auf ihr Gesicht.

Verdammt, tat das weh! Die Welt wurde langsam grau.

Der Schläger schrie. Die ganzen zwanzig Zentimeter der Klinge steckten in seinem dicken rechten Arm. Sam befreite sich mit einem Fußtritt, löste sich aus seinem geschwächten Griff, rollte zurück und kam auf ein Knie hoch.

Tattoo-Junge raste vor Wut. Er stand auf und zog sich das Messer mit der freien Hand aus dem Arm. Das Gewehr lag vor Sams Füßen. Sie hob es auf. Der verwundete Schläger stürmte los, brüllend, das blutige Messer in der linken Hand, völlig von Sinnen.

Sam holte mit dem Gewehr aus. Ihr Schlag traf ein Knie in der Beuge und nagelte es an der Ziegelwand fest. Er ging halbwegs zu Boden und versuchte mit dem anderen Bein wieder hochzukommen. Sam war schneller. Sie erhob sich, wirbelte nach rechts herum, vollführte eine komplette 360-Grad-Drehung, ließ den Schaft des Gewehrs in rasend schnellem Bogen herumsausen, der mit einem unangenehmen feuchten Knacken an seiner Schläfe endete und seinen Schädel in die Mauer trieb. Der Gewehrschaft aus Karbonfaser zersplitterte unter dem Schlag. Die Augen des Schlägers verdrehten sich, und er kippte um.

Hinter ihr war eine Bewegung. Sam fuhr herum. Kade lag am Boden. Der erste Schläger, der Mistkerl, griff sie an, mit ausgestrecktem Messer und wütender Miene.

Sam duckte sich, trat unter seinem Hieb vor und trieb den Lauf des Gewehrs wie einen Speer tief in seinen Unterleib. Ächzend brach er zusammen und wurde durch seinen eigenen Schwung gepfählt. Der Gewehrlauf stieß knirschend auf Knochen. Der Mann stöhnte vor Schmerz und Wut, seine Augen glühten immer noch, und er versuchte sich vom Gewehrlauf wegzustoßen.

Sam drückte den Abzug und feuerte eine Taserladung in seine zerfleischten Eingeweide. Er zuckte und brüllte. Sie feuerte erneut. Der Mann stöhnte noch lauter. Seine Augen waren immer noch offen. Er bemühte sich immer noch verzweifelt, sich von ihr zu befreien. Sie drückte immer wieder den Abzug, bis er nur noch klickte. Der Schläger schrie und brach schließlich an ihr zusammen.

Sie schwitzte. Ihr Herz pochte heftig in ihrer Brust. Der Mann, den sie aufgespießt hatte, atmete noch. Beide atmeten noch. Gut. Sie hatte viele Fragen, die sie diesen beiden Kerlen stellen wollte. Es wäre nicht gut, wenn sie zu früh starben. Das wäre gar nicht gut.

Einer war immer noch übrig. Sam blickte sich in der Gasse um. Die große Gestalt mit Kapuze zog sich in den Schatten zurück. Das Gewehr, mit dem sie den einen Schläger gepfählt hatte, war nicht mehr zu gebrauchen. Ein zweites Gewehr lag auf der anderen Seite der Gasse. Sie stieß den Mann von sich, der an ihr zusammengebrochen war, rannte zur anderen Seite, landete auf einem Knie neben dem Tasergewehr, hob es auf, zielte und feuerte.

Diese Aktion rettete ihr das Leben. Zwei Explosionen detonierten dort, wo sie eben noch gewesen war, und warfen sie um. Staub und Rauch erfüllten die Gasse. In der Wand, an der sie den Schläger zurückgelassen hatte, war nun ein klaffendes Loch, durch das man in das Gebäude blicken konnte. Der Balkon am dritten Stock ein Stück weiter war in einer dritten Explosion eingestürzt und hatte einen großen Teil der Hauswand mitgerissen.

Der Mann mit Kapuze war weg.

Scheiße. Kade.

Sie fand ihn im Rauch, aus zahlreichen Wunden blutend, bewusstlos, immer noch atmend. Seine Hand- und Fußgelenke waren mit Kabelbindern gefesselt.

Sie suchte nach einem Messer, fand eins, an dem Blut und Gewebe klebte, und zerschnitt damit Kades Fesseln.

Die Explosionen hatten die Körper der Schläger aufgerissen. Sie waren von *innen* explodiert. Ihre Leichen brannten. Jemand wollte nicht, dass sie noch etwas sagen konnten. Es wurde Zeit, von hier zu verschwinden.

Sam hob Kade über eine Schulter und lief in Richtung Hauptstraße los. Unterwegs zog sie ihr Telefon hervor, tippte auf die Notruftaste und schrie hinein, während sie weiterrannte. »Holt uns hier raus! Ein Schwerverletzter! Holt uns hier raus!«

Wats war wieder am Boden im Gewirr der Gassen und zur Hauptstraße unterwegs, als er es hörte. War das ein Schrei gewesen? Menschliches Gebrüll? Oder hatte er es sich nur eingebildet? Er blieb für einen Moment stehen und horchte. Da. Noch ein Schrei. Dann Schüsse. Er drehte sich um und rannte zu der Gasse zurück, wo er Kade und Cataranes zuletzt gesehen hatte. Noch ein Schrei. Diesmal ein Mann, nicht Kade. Und wieder. Dann dumpfe Explosionen. Scheiße!

Er zog seine Pistole, sprintete zwei Blocks weiter und bog um eine Ecke. Etwa von hier mussten die Geräusche gekommen sein. Vor sich sah er Rauch und Staub und Feuer. Jemand rannte in die entgegengesetzte Richtung an ihm vorbei. Ein großer Mann mit Kapuze über dem Kopf. Wats sah flüchtig eine Hakennase unter der Kapuze, einen Glatzkopf. Moment! Der Mönch, der Kade vergangene Nacht gefolgt war. Wats wirbelte herum. Die Gestalt zog sich weiter zurück, hatte fast die Ecke erreicht. Wats hob die Pistole.

»Halt!«, brüllte er.

Der Mönch mit der Kapuze rannte weiter.

Scheiße. Er zielte tiefer, um die Beine des Mannes zu erwischen, und drückte zweimal ab. Zu spät. Der Mann war hinter der Ecke verschwunden und durch die Mauer abgeschirmt.

Scheiße. Vergiss ihn. Such Kade.

Er drehte sich wieder um, rannte weiter zur Quelle des Rauchs. Er sah Leichen, die brannten, die von innen heraus aufgeplatzt waren. Überall in der Gasse war Blut. Mauern waren eingestürzt. Ein Selbstmordkommando, ob die Leute es nun gewusst hatten oder nicht. Ihre Gesichter sahen nach Thai aus. Ihre Muskeln waren grotesk groß. Ein zertrümmertes Gewehr lag neben einer Leiche, der Lauf von einer blutigen Masse überzogen, der Schaft zerstört. Ein weiteres Gewehr lag vor der Wand auf der anderen Seite. Er überprüfte es. Eine Taserwaffe. Jemand hatte Kade oder Cataranes lebend haben wollen.

Mehr Leichen fand er nicht. Entweder hatten Kade und Cataranes fliehen können, oder jemand hatte sie mitgenommen. Er sah sich noch einmal die Toten an. Ihre Anwesenheit deutete darauf hin, dass Kade und Cataranes entkommen waren.

Er trat auf die nahe Gassenkreuzung und drehte sich im Kreis. Vier Möglichkeiten. Welche Richtung mochten sie eingeschlagen haben? Würden sie versuchen, sich im Labyrinth zu verstecken? Oder hätten sie sich auf den Weg in die relative Sicherheit einer belebten Straße gemacht?

Er hörte Rufe aus der Gasse, die in Richtung Hauptstraße führte. Da. Er steckte das Messer ein und rannte los, mit der Pistole in der Hand. Voraus sah er Gestalten. Jetzt ging es ums Ganze.

Achtzig Meilen südlich von Bangkok hielt die USS *Boca Raton* ihre Position in der schweren See im Golf von Thailand. Monsunwellen schwappten über die gerundete, mattschwarze Oberseite. Das U-Boot für Geheimdienstoperationen trieb mit dem Kommandoturm nur zwei Meter über der Wasseroberfläche dahin, um nicht aufgespürt zu werden. Trotz der gewaltigen Größe der *Boca Raton* glitt der thailändische Überwachungsradar einfach über die glatte Oberfläche hinweg oder wurde von der Spezialbeschichtung absorbiert.

Ein Schiff der Königlichen Thailändischen Marine patrouillierte in diesen Gewässern. Ein in Indien gebauter Zerstörer der Kolkata-Klasse. Der Captain der *Boca Raton* wäre lieber dreißig Meter tief abgetaucht, aber seine Befehle lauteten, in ständiger Kommunikationsverbindung zu bleiben, außer im Fall einer drohenden Entdeckung oder einer Störung durch die Thai-Marine.

Der Kolkata-Zerstörer konnte sie nur durch einen dummen Zufall bemerken, war dem Captain bewusst. Trotz ihrer Länge von 130 Metern präsentierte die *Boca Raton* ein Radarprofil von der Größe eines Ruderboots, und die Sonarsignatur war sogar noch kleiner, wenn sie sich nicht bewegte. Die Hochsee und die Oberflächengeräusche der Wellen machten das U-Boot praktisch unsichtbar. Doch schon viele Menschen hatten durch dumme Zufälle ihr Leben verloren. Die Besatzung war in ständiger Alarmbereitschaft.

An der Spitze des Kommandoturms stieß ein gerichteter Maser durch den Monsunregen und die Wolken und schickte einen gebündelten Strahl aus Daten zu einer Konstellation von Satelliten im niedrigen Erdorbit.

Die Sendung sprang vom einen zum nächsten, während sie mit acht Kilometern pro Sekunde über den Himmel rasten. Solange nichts genau in diesen schmalen Strahl flog, war es unmöglich, den Uplink abzuhören.

Zwei Decks unter der Brücke saß Garrett Nichols in einem engen Kontrollzentrum und analysierte die Daten, die Cataranes während des Spaziergangs über den Sukchai-Markt gesammelt hatte. Neben ihm durchforstete Jane Kim Datenbanken und das Netz und suchte nach zusätzlichen Informationen über zwei der Studenten, die die Party besucht hatten, den Anarchisten Baroma Nantakarn und den redseligen Chuan Suttikul. Eine andere Konsole zeigte eine Tiefensuche im Netz nach Daten über den Mönch an, der Lane und Cataranes gefolgt war. Bruce Williams hatte dienstfrei und lag in seiner Koje.

»Kampfsituation! Kampfsituation!«, rief Jane unvermittelt.

Nichols riss den Kopf hoch und sah gerade noch, wie die meisten Datenübertragungen von Cataranes abbrachen. Er wandte den Blick zu Lanes Daten. Es kamen nur noch wenige herein. Das GPS-Signal von beiden Telefonen war weiterhin da. Sie befanden sich in einer Gasse zwischen dem Buddhas Kuss und der Hauptstraße.

»Was hat das zu bedeuten?«, fragte er.

Jane spulte die Aufnahmen zurück und zeigte ihm die letzten paar Sekunden. Zwei Angreifer. Drei. Vier. Es kam zum Kampf. Scheiße.

»Schicken Sie das Einsatzteam hin, sofort!«, ordnete er an.

Sam rannte die Gasse hinunter, Kade über der Schulter, das Telefon in der freien Hand. Das verdammte Ding behauptete, es würde senden, aber aus dem Lautsprecher kam kein Ton. Sie hatte keine Ahnung, ob ihr Unterstützungsteam hörte, was sie sagte, ob die Leute überhaupt irgendwelche Daten von ihr empfingen.

Die Einmündung der Gasse war nur noch zwei Blocks entfernt. Moment mal. Da waren Gestalten. Drei, vier. Schattenrisse im Gegenlicht von der Straße. Waren das Gewehre? Geduckt bog sie in eine Nebengasse ab. War das ihre Verstärkung? Oder weitere Angreifer?

Sie hatte immer noch das Messer, das sie dem Schläger abgenommen hatte. Sie blickte sich nach einer Stelle um, wo sie Kade verstecken konnte. Da, ein Müllcontainer.

»Blackbird! Blackbird! Wir kommen aus dem Nest! Wir sind hier, um Sie nach Hause zu bringen.«

Die Stimmen sprachen sauberes Englisch. Das richtige Passwort.

»Heute ist es das goldene Kalb. Ich wiederhole, das goldene Kalb!«

Das richtige Tagespasswort. Sie entspannte sich ein wenig.

»Ich komme jetzt raus!«, brüllte Sam.

Sie waren zu viert, allesamt einheimische Vertragsmitarbeiter, die von der CIA überprüft worden waren, wie Geschäftsleute gekleidet, mit dunklen Hosen und dunklen Hemden, ergänzt durch konservative dunkle Blazer. Nur die automatischen Gewehre und Patronengurte passten nicht zur Tarnung. Sam wusste, dass sie unter den Blazern kugelsichere Westen trugen, vollgepackt mit noch mehr Munition und Waffen. Sie waren Söldner, keine regulären Soldaten, aber das war ihr jetzt egal. Sie dankte Gott für ein gut bewaffnetes Unterstützungsteam.

»Ich habe einen Verletzten«, sagte sie.

Zwei der Männer traten vor, nahmen ihr den bewusstlosen Kade ab und rannten mit ihm zur Hauptstraße.

»Ich bin Lee«, sagte der Anführer. »Unser Wagen steht an der Einmündung der Gasse. Wir können ihn mitnehmen. Wie ist die Situation?«

»Ein Hinterhalt fünf Blocks von hier entfernt«, berichtete Sam. »Drei Thai-Schläger mit Tasergewehren, die uns lebend überwältigen wollten. Ich glaube, er war das Ziel und ich eine Überraschung. Es gab einen vierten Mann, kein Schläger. Er hat sich zurückgezogen ...« Sie hielt kurz inne, um sich zu orientieren. »... nach Osten. Trug eine Kapuze. Die Schläger hatten implantierte Sprengsätze, die detonierten, nachdem ich sie außer Gefecht gesetzt hatte. Keiner hat überlebt.«

»Haben Sie Gewebeproben genommen?«

Sam blickte auf das Blut an ihren Händen und ihrer Kleidung. Außerdem tropfte ihr Blut in die Augen. »Nicht absichtlich.«

»Sind Sie verletzt?«

»Nur oberflächlich«, sagte sie. »Aber ich werde ihn begleiten.«

Lee nickte. »Verstanden. Wir beschaffen Proben und reinigen den Tatort.«

»Vergessen Sie das«, erwiderte Sam. »Das war eine verdammte Explosion. Die Polizei von Bangkok wird bald hier sein. Reingehen, rausgehen, nicht erwischen lassen.« Sie mussten jeden Kontakt mit den einheimischen Polizeibehörden vermeiden.

Lee nickte. »Ich hole nur das Einverständnis der Einsatzleitung.« Mit einer Kopfbewegung deutete er in Richtung Soi Samahan. »Da steht der Wagen. Je schneller Sie einsteigen, desto schneller können wir den Rückzug antreten.« Er salutierte Sam.

Sam erwiderte den Gruß und rannte los. Am Ende der Gasse stand ein viersitziger Toyota. Die anderen zwei aus dem Team lehnten gegen die Motorhaube. Von ihren Waffen war nichts mehr zu sehen, aber sie hatten die Hände unter den Jacken, und ihre Augen scannten die Umgebung. Die Hintertür war geöffnet, drinnen saß Kade zusammengesackt auf dem Rücksitz. Sam setzte sich neben ihn und schlug von innen gegen das Wagendach.

»Abmarsch!«

Wats blieb stehen und drückte sich gegen eine Mauer der Gasse, tief im Zwielicht. Er rührte sich nicht und wartete, dass die Chamäleonfasern ihn mit der Wand verschmelzen ließen. Außerdem schirmte er seine Infrarot-Emissionen ab, indem er seine Körperwärme in einen Wärmespeicher leitete. Sie riefen auf Englisch, mit gutem Akzent, irgendwelche Passwörter. Vier Neuankömmlinge und Cataranes. Die anderen trugen Geschäftsanzüge und automatische Gewehre. Er kannte das Modell, aus amerikanischer Produktion, komplett aus Keramik und Verbundwerkstoffen, für Röntgenstrahlen unsichtbar und nichtmagnetisch, perfekt, um über eine Grenze zu schleichen. Vermutlich waren sie mit graphenverstärkten Patronen geladen, härter als Diamant, imstande, jede konventionelle Schutzweste zu durchdringen.

Zwei von ihnen brachten Kade weg. Sie trugen ihn vorsichtig, wie einen Patienten. Das war ein gutes Zeichen.

Die anderen beiden liefen in seine Richtung, als Cataranes sich durch die Gasse entfernte. Wats erstarrte, hielt den Atem an. Sie gingen an ihm vorbei, ohne ihn zu bemerken. Kurzes Haar. Stämmig gebaut. Militärisches Verhalten. Sie waren von der CIA oder einer Spezialeinheit. Vielleicht einheimische Söldner. Etwas in der Art. Sie passten zur Beschreibung der Männer, die sich am gestrigen Abend für längere Zeit in der Lobby des Prince Market Hotel aufgehalten hatten.

Wats wartete, bis die beiden Männer weit genug entfernt waren. Dann zählte er bis sechzig und schlich lautlos zur Einmündung der Gasse weiter. Weg. Kade, Cataranes, die anderen beiden – alle weg. In dieser Nacht war so ziemlich alles schiefgegangen. Was zum Teufel war hier passiert? Wer hatte versucht, Kade zu kidnappen?

Nur eine Sache stand jetzt fest. Von nun an würde es besonders schwierig sein, Kade hier rauszuholen.

[25] Der Bauer muss nicht alles wissen

Kade erwachte immer nur kurz aus der Bewusstlosigkeit. Er war in einem Auto. Sam war bei ihm. Sein Kopf lag in ihrem Schoß, ihre Hand auf seiner Stirn. Lichter sausten vorbei. Es hatte einen Kampf gegeben ... Explosionen. Er schnappte Gesprächsfetzen auf. Taser. Kidnapper. Entführer.

Er konnte Sams Geist nur noch vage durch einen Nebel aus statischem Rauschen spüren. Sie machte sich Sorgen. Um ihn. Und sie war wütend. Jemand würde dafür bezahlen.

Dann wurde er bewegt, in die Nacht hinausgetragen, durch einen Eingang. Das Gesicht einer Frau. Eine Thai. Eine Fremde. Und dann ein Sargdeckel, der sich über ihm schloss.

Er versuchte sich zu wehren, brachte aber nicht die nötige Kraft auf. Sie hatten ihn lebendig begraben. Er blinzelte angestrengt, und die Welt wurde wieder klarer. Seltsame Geräusche um ihn herum. Dann wurde der Deckel geöffnet, und helles Licht stach ihm in die Augen.

Er befand sich in einer Kompakt-OP-Einheit. Ein Operationstisch mit Lampen und zwei insektoide chirurgische Roboter nahmen die gesamte Breite einer Wand ein.

Vor einer anderen Wand stand ein metabolischer Suspensionstank für den Notfall. Der Sarg, in dem er lag, war ein Untersuchungsapparat. Sie hatten ihn durchleuchtet.

Die Thai-Frau saß vor einer Konsole und sah sich die Diagnoseresultate an. Kade wollte sich aufsetzen, schaffte es aber nicht. Sam stützte ihn, sodass es ihm beim zweiten Versuch gelang.

Die Thai-Frau sah ihn an. »Sie haben eine Gehirnerschütterung. Aber es ist nichts Ernstes. Keine nennenswerten Hirnblutungen. Allerdings haben Sie eine lineare Schädelfraktur auf der rechten Seite, aber nur eine leichte, die nicht auf das Gehirn drückt. Und Sie werden mit einer schweren Abschürfung einer Gesichtshälfte herumlaufen müssen.«

Kade brummte.

Sie zog eine Spritze auf und näherte sich ihm.

»Was kommt jetzt?«, fragte Kade.

»Ich werde Ihnen Wachstumsfaktoren injizieren. Vertrauen Sie mir, die können Sie jetzt gut gebrauchen.«

Kade folgte ihren Anweisungen ohne weitere Einwände und ließ seine Wunden von ihr behandeln. Er konnte sich glücklich schätzen, die Sache überlebt zu haben. Wenn Sam nicht bei ihm gewesen wäre oder wenn sie ein wenig langsamer reagiert oder der Kerl ihn nur etwas fester geschlagen hätte ...

Andererseits ... wenn sie nicht gewesen wäre, wäre ich gar nicht erst in dieser Scheiße gelandet.

Der letzte Schritt war eine Lumbalpunktion. Die Thai-Frau schob ihm eine Nadel in den Rücken, zwischen seine Wirbel, und holte eine kleine Probe heraus.

Rückenmarksflüssigkeit. Sie suchen nach Hinweisen, ob Shu mir irgendetwas injiziert hat. Sie werden nichts finden.

Nachdem die Thai-Frau mit der Behandlung fertig war, führte Sam ihn in ein Zimmer, wo er sich hinlegen konnte, und verschwand dann.

Kade döste eine Weile. Er wachte von irgendeinem Geräusch auf und war desorientiert.

Wo bin ich?

Die Party, der Kampf, Thailand, Su-Yong Shu, alles strömte wieder zu ihm zurück. Ein kalter Schauer lief ihm über den Rücken. Seine Eingeweide verkrampften sich. Er suchte nach dem Nexus-Betriebssystem. Nichts. Er schaffte es nicht, das Betriebssystem zu starten, konnte auch nicht das Gelassenheitsprogramm aufrufen. Die Knoten in seinem Gehirn reagierten nicht. Was machte er hier? Warum versuchten irgendwelche Leute, ihn zu töten, ihn zu entführen? In dieser Stadt würde er sterben. Sie würden ihn schnappen, ihn foltern, und dann, nachdem und obwohl er ihnen alles erzählt hatte, würden sie ihn töten.

Er fühlte sich schwach. Sein Herz pochte in seiner Brust. Sein Atem ging in kurzen Stößen. Er zitterte. Er fror am ganzen Körper. Er war völlig verschwitzt. Er musste von hier verschwinden.

Die Tür zum Zimmer ging auf. Licht flutete herein. Kade zuckte zusammen, riss einen Arm hoch, um abzuwehren, was auch immer ihm drohte.

»Kade!«

Es war Sam. Samantha. Sie hatte etwas in der Hand. Sie kam auf ihn zu, schloss hinter sich die Tür. Er zuckte weiter zurück, hob beide Hände, um sie von sich fernzuhalten.

»Kade!« Jetzt saß sie neben ihm auf dem Bett, legte die Hände auf ihn. »Alles ist gut. Ruhig. Alles ist gut. Ich bin hier. Du bist in Sicherheit. Wir sind an einem sicheren Ort. Alles ist gut. Ruhig.«

Ihre Worte erreichten ihn nicht. Aber ihre Gedanken. Sie war Ruhe. Sie war Trost. Sie war Stärke und Sicherheit und Entschlossenheit. Er war irgendwo in Sicherheit. Sie waren entkommen. Niemand würde ihm hier etwas antun. Alles war gut.

Nach und nach entspannte er sich. Sein Herz schlug langsamer. Es drohte nicht mehr aus seinem Brustkorb zu springen. Sein Atem wurde gleichmäßiger. Das Zittern ließ nach. Sam hielt ihn, und er klammerte sich an sie. Alles war gut. Alles würde gut sein. Sie waren jetzt in Sicherheit. Alles war gut.

So lag er eine Weile da, spürte ihre tröstenden Gedanken, horchte auf den kräftigen Schlag ihres Herzens, den Rhythmus ihres Atems, spürte, wie sie über sein Haar strich, und hörte, wie sie immer wieder flüsterte, dass alles gut war. Ihre Gedanken wurden stärker in seinem Geist. So lag er da, und schließlich schlief er ein.

Sam strich über seinen Kopf und flüsterte zuversichtliche Dinge und verströmte Trost, Frieden und Sicherheit, bis Kade wieder eingeschlafen war. Dieser arme Junge, völlig verängstigt und überfordert. Sie waren gleich alt, aber Kade kam ihr im Vergleich zu ihr so jung vor. Wie kam es, dass Kade, der in einer glücklichen Mittelklassefamilie aufgewachsen war, in einer beschaulichen Kleinstadt, bis vor Kurzem von allem Bösen abgeschirmt, der Ängstliche war, während sie, trotz all der Bedrängnisse und Qualen ihrer Kindheit, die Starke war?

Vielleicht hatte er den Tod seiner Eltern vor sechs Monaten immer noch nicht verkraftet.

Oder vielleicht war er der Normale. Vielleicht hatte man einfach nur alle Schwächen aus ihr herausgeprügelt.

Sie hatte etwas zu erledigen. Aus dem sicheren Unterschlupf hatte sie sich ein Slate geborgt. Sie hob es vom Boden auf, wo sie es abgelegt hatte, nahm wieder den Körperkontakt zu Kade auf, um ihn zu beruhigen, und tippte ihren Bericht ein. Es dauerte einige Zeit. Drei Männer, vermutlich thailändische Staatsangehörige, waren tot. Die Polizei von Bangkok musste sie inzwischen gefunden haben. Vielleicht war ihre DNS am Tatort zurückgeblieben. Die Aufsichtskommission würde sich mit Begeisterung darauf stürzen. Sie beendete den Bericht, schüttelte den Kopf, schickte ihn ab. Dann legte sie sich hin und versank neben Kade langsam in Halbschlaf.

Sie wachte auf – sie wusste nicht, wie viel Zeit vergangen war –, als es an der Tür klopfte. Jemand drehte den Knauf, streckte den Kopf herein. Es war Lee, der Anführer der Einheit. Er sprach leise.

»Sie haben einen Anruf. Von Becker, dem Direktor des ERD. Wollen Sie ihn hier auf dem Slate oder draußen annehmen?«

Sam blinzelte den Schlaf aus den Augen. Ihre Kontaktlinsen sagten, dass es 3.05 Uhr war. Kade schlief, einen Arm um sie gelegt.

»Draußen«, sagte sie. »Bin gleich da.«

Lees Kopf verschwand. Sam löste sich vorsichtig aus Kades Umarmung, verließ das Zimmer und trat in den Kommunikationsraum.

Es war ein Dreiergespräch. Becker auf dem einen Bildschirm, Garrett Nichols auf einem anderen.

»Sam«, sagte Becker. »Alles in Ordnung mit Ihnen?«

Sam nickte. »Ja, Sir. Ein paar Schrammen, aber nichts Schlimmes.«

»Ich habe Ihren Bericht gelesen. Sie haben da draußen gute Arbeit geleistet. Das war ein harter Kampf.«

»Ich mache nur meinen Job, Sir.«

»Haben Sie irgendeinen Verdacht, wer die Angreifer waren oder worauf sie aus waren?«

Sam nickte erneut. »Sie wollten Lane, Sir, da bin ich mir ganz sicher. Sie haben ihn zuerst mit nicht tödlichen Waffen angegriffen, zögerten aber nicht, mit tödlicher Gewalt gegen mich vorzugehen. Und ich vermute, sie waren entweder angeheuerte Schläger oder organisierte Kriminelle. Die Selbstvernichtung deutet eher auf Letzteres hin.«

Becker nickte. »Nichols?«

»Ich stimme Agent Cataranes zu. Es war ein Kidnappingversuch, der gegen Lane gerichtet war.«

Becker meldete sich wieder zu Wort. »Der besondere Wert von Lane ist das Nexus-5-Design. Das muss es sein, was sie haben wollten. Und was ihre Identität betrifft, lassen Sie uns die Möglichkeiten aufzählen.«

»Okay«, sagte Nichols. »Erste Möglichkeit: Su-Yong Shu. Sie könnte sehr an dem interessiert sein, was Lane hat. Sie hat ihr Interesse an ihm bereits gezeigt. Die Einladung zu dieser Konferenz könnte eine List gewesen sein, damit sie ihn in die Hände bekommt.«

Sam dachte darüber nach. »Warum hat sie sich dann die Mühe gemacht, mit ihm zu Abend zu essen?«

»Vielleicht wollte sie sich zunächst vergewissern, ob er tatsächlich einen Nutzen für sie hat«, überlegte Nichols laut.

Becker nickte. »Wir wissen, dass Shu über Ted Prat-Nung Verbindungen zur organisierten Kriminalität in Thailand hat. Und während ihres Abendessens gab es einen intensiven Nexus-Datenaustausch zwischen Shu und Lane. Das könnte die Bestätigung gewesen sein, die ihr noch fehlte.«

Sam runzelte die Stirn. »Sir, woher wissen wir das?«

»Lanes Telefon hat sämtlichen Nexus-Datenverkehr in der Umgebung aufgezeichnet, zur späteren Auswertung«, antwortete Becker.

»Sir, ich habe vor dem Abendessen der beiden die Nexus-Funktionen des Telefon ausgeschaltet, wie geplant, um die Gefahr zu minimieren, dass Lane sich verrät.«

»Die Aufzeichnungsfunktion blieb weiter aktiv, Sam. Wir mussten uns vergewissern, ob Shu über Nexus verfügt.«

Sam runzelte wieder die Stirn. »Warum wusste ich nichts davon?«

»Es war nicht nötig, Sie einzuweihen.«

»Sir, mit allem gebührenden Respekt, aber ich glaube, diese Information hätte operationsrelevant sein können.«

»Agent Cataranes«, sagte Becker in scharfem Tonfall, »diese Information war für *Sie* nicht operationsrelevant. Das Telefon hat im passiven Modus Daten aufgezeichnet. Shu hatte keine Möglichkeit, etwas davon zu bemerken.«

»Sir …«, begann Sam.

»Das Thema ist erledigt, Agent Cataranes.«

Sam atmete tief durch und riss sich zusammen.

Der Bauer muss nicht alles wissen, was der König geplant hat, hatte Nakamura einmal zu ihr gesagt.

Es gefiel ihr nicht, der Bauer auf einem Schachbrett zu sein.

»Nächste Möglichkeit«, sagte Becker.

Nichols räusperte sich und blickte wieder in die Kamera. »Ananda«, sagte er. »Er hat Lane observieren lassen und Interesse an ihm gezeigt. Es ist möglich, dass es auch zwischen ihnen zu einer Nexus-Interaktion gekommen ist. Falls ja, könnte Lanes Technologie sehr wertvoll für ihn sein.«

»Haben Sie es schon geschafft, den Mann zu identifizieren, der Lane und Cataranes gefolgt ist?«, fragte Becker.

»Noch nicht, Sir«, antwortete Nichols.

Sam sagte nichts. Sie hielt es für sehr unwahrscheinlich, dass Ananda dahintersteckte, aber er hatte seinen Mönch auf sie angesetzt. Und schon seltsamere Dinge hatten sich als wahr erwiesen.

»Nächste Möglichkeit«, sagte Becker.

»Es sind nur noch zwei übrig«, sagte Nichols. »Erstens, es wäre denkbar, dass jemand anders, der Lanes Arbeit kennt, ihn an irgendeine Organisation verkauft hat, vielleicht die Thai-Mafia oder Ted Prat-Nungs Vertriebskartell.«

Sam runzelte erneut die Stirn.

»Ja, Agent Cataranes?«, fragte Becker.

»Mir ist gerade etwas eingefallen, Sir. Narong Shinawatra, der Student, der uns zu dieser After-Party eingeladen hat. Er hat sich Kade vorgestellt, nachdem er anscheinend zufällig mit ihm zusammengestoßen ist. Recht schnell hat er sich mit uns angefreundet und uns zu einem verhältnismäßig kleinen Event eingeladen. Er wusste, welchen Weg wir genommen haben. Er hätte die Gelegenheit gehabt, die Schläger zu informieren, wo sie uns am besten auflauern konnten, nachdem wir den Klub verlassen hatten.«

»… und wir wissen, dass er Kontakt zu Suk Prat-Nung hatte«, bemerkte Nichols nickend.

Auch Becker nickte nachdenklich. »Gute Überlegung. Gibt es irgendwelche Verdächtigen auf amerikanischer Seite, die Lane verkauft haben könnten?«

Nichols schüttelte den Kopf. »Wir werden das überprüfen, Sir. Wir können nach Telefon- oder E-Mail-Kontakten zu Leuten in Thailand suchen. Auch nach ungewöhnlichen Kontobewegungen.«

»Nichols, Sie haben eine weitere Option angedeutet?«, hakte Becker nach.

»Ja, Sir. Die letzte Möglichkeit wäre eine undichte Stelle in unserer Organisation. Jemand aus dem ERD könnte die Information verkauft haben, an die gleichen Quellen, die ich bei der vorletzten Möglichkeit erwähnte.«

Becker nickte. Er machte einen besorgten Eindruck.

Sam meldete sich zu Wort. »Mein Bauchgefühl sagt Nein.«

»Warum das, Agent Cataranes?«, fragte Becker.

»Sie wären mit härteren Bandagen vorgegangen.«

Kade kam langsam wieder zu Bewusstsein. Die Panikattacke war vorbei. Sam hatte das Zimmer verlassen. Er konnte sie über den Link spüren. Sie war in der Nähe, immer noch im sicheren Unterschlupf. Das tröstete ihn. Sie sprach mit ihren Vorgesetzten. Becker. Der Gedanke an diesen Mann war wie ein bitterer Geschmack auf seiner Zunge.

Nexus fühlte sich jetzt viel stärker an, viel stabiler. Was auch immer der Taser damit angestellt hatte, anscheinend hatten der Schlaf und die Zeit die Wirkung neutralisiert.

Taser. Man hatte ihn gefangen nehmen wollen. Er hatte Glück gehabt, dass sie ihn nicht erwischt hatten. Das hatte er Sam zu verdanken. Sie hatte ihr Leben aufs Spiel gesetzt, damit sie ihn nicht zu fassen bekamen.

Es gab nur einen Grund, warum jemand ihn entführen wollte. Man wollte haben, was er über Nexus wusste. Man wollte es ihm wegnehmen und selbst benutzen, zu welchem Zweck auch immer. Und er? Wahrscheinlich hatten sie geplant, ihn zu töten, nachdem sie alles hatten. Vielleicht wollten sie ihn auch zum Sklaven machen, damit er die Technologie für sie weiterentwickelte.

Ich werde nie ein Sklave sein. Für niemanden.

Und das ERD?

Ilya hatte recht. Er hätte ihnen Nexus 5 nicht geben dürfen. Er traute ihnen nicht. Doch das war Vergangenheit. Denselben Fehler würde er nicht noch einmal machen. Hatte er wirklich überlegt, ob er für sie arbeiten wollte, um zu versuchen, das System von innen heraus zu ändern? Nein. Er würde nur ein weiterer Sklave sein. Er würde eine andere Möglichkeit finden.

Und Shu?

Dasselbe. Ihre Ziele waren verheißungsvoll für ihn, es war verlockend, was sie ihm versprochen hatte. Er wünschte sich nichts mehr, als sich auf ihre Seite zu schlagen. Aber sie musste zahlreiche Kompromisse eingehen. Sie war ein Werkzeug der Armee ihres Landes. Und er wollte genauso wenig ein Sklave der chinesischen Armee wie des ERD sein.

Er würde eine andere Möglichkeit finden.

»... sie wären mit härteren Bandagen vorgegangen«, sagte Sam. »Sie hätten gewusst, dass ich eine Einsatzagentin bin. Sie wären mit mehr Feuerkraft gekommen und hätten zuerst versucht, mich auszuschalten.«

Nichols setzte eine nachdenkliche Miene auf.

Becker. »Okay, ich stimme Ihnen zu, dass eine undichte Stelle eher unwahrscheinlich ist. Also wollen wir uns auf die organisierte Kriminalität konzentrieren, Shu und Ananda. Die toten Angreifer sind unsere ergiebigsten Hinweise. Irgendwelche Daten über diese Leute?«

Nichols schüttelte den Kopf. »Keine Treffer bei der Gesichtserkennung, den DNS-Proben und den Fingerabdrücken.«

»Was ist mit der vierten Person?«, fragte Becker.

»Bislang nichts«, sagte Nichols. »Jetzt lassen wir eine Tiefensuche laufen. Wenn es irgendwo etwas über diese Leute gibt, werden wir es finden.«

Becker blickte auf sein Handgelenk. An der amerikanischen Ostküste war es jetzt früher Nachmittag.

»Okay«, sagte er. »Gute Arbeit, von Ihnen beiden. Wenn es hier einen Lichtblick gibt, ist es der Umstand, dass Sie ihm das Leben gerettet haben, Sam. Jetzt steht er tiefer in Ihrer Schuld. Er wird Ihnen mehr Vertrauen entgegenbringen. Er ist verletzlich und braucht Ihren Schutz und Ihren Beistand. Nutzen Sie das aus.«

Sam spürte, wie sich etwas in ihr anspannte. Vertrauen? Ging es hier nur darum?

»Nichols«, fuhr Becker fort, »ich möchte, dass Sie mit allen Ansätzen weiterarbeiten. Diese Ermittlungen haben jetzt höchste Priorität. Nutzen Sie alle Ressourcen, die Sie benötigen. Sam, halten Sie den Kopf hoch. Sie haben heute gute Arbeit geleistet. Ich möchte einen weiteren Bericht in achtzehn Stunden.«

»Sir«, sagte Sam, »es gibt noch einen anderen Punkt, den ich mit Ihnen besprechen möchte.«

»Okay«, sagte Becker. »Aber machen Sie schnell. Ich habe in Kürze einen wichtigen Termin.«

»Sir, ich finde, wir sollten die Mission abbrechen oder zumindest Kade nach Hause schicken.«

»Was?«, sagte Becker.

»Sir, wir haben das primäre Missionsziel erreicht. Kade hat eine Einladung nach Schanghai erhalten, und Shu hat ihm den Job praktisch zugesichert. Außerdem ist er Zivilist, und er könnte hier weiterhin in Lebensgefahr schweben.«

»Nein«, sagte Becker.

»Aber Sir«, protestierte Sam. »Das Risiko für Kade ...«

»Nein, Agent Cataranes«, schnitt Becker ihr kategorisch das Wort ab. »Ein Abbruch könnte Shus Misstrauen wecken. Und Prat-Nung ist für uns genauso wichtig wie Shu. Das ist die beste Spur, die wir seit drei Jahren haben. Wir müssen sie weiterverfolgen.«

»Aber Sir ...«

»Agent Cataranes!« Becker hob die Stimme.

Sam musste sich zusammenreißen. Sie richtete sich kerzengerade auf ihrem Stuhl auf und sagte nichts.

»So etwas steht nicht zur Diskussion«, erklärte Becker in einem Tonfall, den Sam nur zu gut kannte. »Wir haben eine Gelegenheit, näher an Prat-Nung heranzukommen. Wir müssen sie nutzen. Wenn es eine Falle ist, wäre es sogar eine noch viel bessere Gelegenheit, um die Opposition zu identifizieren und zu neutralisieren. Sie und Lane haben jede Unterstützung. Und wir werden auf gar keinen Fall irgendetwas Ungewöhnliches tun, zum Beispiel unseren besten Spion ein paar Tage früher nach Hause schicken, weil es auf Shu höchst verdächtig wirken könnte. Habe ich mich damit klar genug ausgedrückt, *Agent* Cataranes? Spezialagent Nichols?«

»Ja, Sir«, sagte Sam schnell.

»Kristallklar«, antwortete Nichols.

»Gut. Becker Ende.«

Sein Gesicht verschwand vom Bildschirm. Sam sackte auf ihrem Stuhl in sich zusammen.

Nichols' Miene wurde todernst. »Sam, wir werden die Sicherheit rund um Sie und Lane erhöhen, mit sofortiger Wirkung. Und am Freitagabend ... wir werden dort weitere Leute stationieren. Ihr Unterstützungsteam wird nur noch Sekunden entfernt sein, das verspreche ich Ihnen. Wir werden Sie nicht im Regen stehen lassen.«

Sam nickte traurig. »Danke, Garrett. Über die Einzelheiten können wir später reden.« Sie unterbrach die Verbindung.

Sie dimmte die Beleuchtung im Kommunikationsraum, hockte sich im Schneidersitz auf den Stuhl, legte die Hände entspannt in den Schoß, konzentrierte sich auf ihre Atmung, versuchte ihren Geist zu leeren und wartete, dass sich ein innerer Frieden einstellte. Stattdessen kam eine Erinnerung. An Nakamura.

Sie war vielleicht neunzehn gewesen, gegen Ende ihres ersten Ausbildungsjahres. Er war Mitte dreißig gewesen, und im Sommer hatte er ihr gesagt, dass er das ERD verließ und zur CIA versetzt werden sollte.

»In diesem Geschäft darfst du nie vergessen, dass du nur eine Figur auf dem Spielbrett bist, Sam.«

»Wie soll ich das verstehen?«, hatte sie gefragt. Nakamura sprach häufig in Metaphern.

»Es ist wie beim Schach. Weiß gegen Schwarz. Aber es ist nicht nur eine Figur gegen eine andere. Auf jeder Seite stehen sechzehn Figuren. Viele werden geschlagen, selbst auf der Seite des Siegers, bis das Spiel vorbei ist.«

Sam hatte eine Weile darüber nachgedacht. »Das heißt, wenn ich hiermit weitermache, steht mein Leben auf dem Spiel. Ich könnte während eines Einsatzes getötet werden.«

Sie waren in Washington auf der National Mall gewesen. Nakamura war stehen geblieben, um einen Stein über die spiegelnde Wasserfläche hüpfen zu lassen. Er hatte sich Zeit mit seiner Antwort gelassen.

Sam hatte hinter ihrer dunklen Sonnenbrille im hellen Sonnenlicht geblinzelt, da ihre vor Kurzem modifizierten Augen noch etwas empfindlich auf zu viele Reize reagierten. In diesem Sommer hatte alles wehgetan. Die Viren hatten bereits die Gene verbreitet, die kein menschlicher Vorfahr von ihr jemals in den Körperzellen gehabt hatte. Muskelfasern verlängerten sich zu unmenschlicher Form und Stärke. Neurale Ionenkanäle und Myelinscheiden wurden transformiert, um die Nervensignale zwischen

Gehirn und Muskeln zu beschleunigen. Reprogrammierte Knochenzellen erzeugten organische Karbonfasernetze, um sich zu härten. Alles schmerzte, aber Sam war es egal. Sie würde die Welt retten. Sie würde all die kleinen Mädchen retten.

Nakamura hatte einen zweiten Stein geworfen und dann leise gesprochen. »Manchmal ist es nötig, eine Figur aufzugeben, um letztlich zu gewinnen. Ein Opfer. Ein Gambit. Ein Tauschhandel für eine wertvollere Figur. Es geht nicht nur darum, dass du in dieser Profession vielleicht getötet werden könntest. Es geht darum, dass du selbst vielleicht absichtlich eine Figur opferst oder einhandelst, um deiner Seite einen Vorteil zu verschaffen.«

Sam hatte verächtlich geschnauft. »So spielen wir aber nicht. Wir kümmern uns um unsere Leute.«

Nakamura hatte nur gebrummt und nichts erwidert.

Eine Weile waren sie schweigend weiterspaziert. Sam erinnerte sich an die intensive Sonnenhitze. Es war ein sehr heißer Sommer in D. C. gewesen.

Schließlich hatte sie gefragt: »Und was für Figuren sind wir? Springer? Läufer?«

Nakamura hatte leise gelacht. »Du, meine junge Freundin, bist ein Bauer.«

Sam erwachte aus ihrer Tagträumerei. Sie konnte Kade über den Nexus-Link ihrer Telefone spüren, wurde ihr klar. Das Nexus fühlte sich jetzt stärker an. Das System in ihrem Kopf war dabei, sich zu regenerieren.

Sie machte sich Sorgen wegen der Unterhaltung mit Becker. Nicht nur, weil er sie getadelt hatte. Es war die Vorstellung, dass Kade ihr jetzt vielleicht mehr Vertrauen schenkte, als Folge des Hinterhalts. Das stimmte. Sie hatte es gespürt. Seine Feindseligkeit hatte deutlich nachgelassen. Er empfand aufrichtige Dankbarkeit, dass sie ihm das Leben gerettet hatte. Ihre Anwesenheit beruhigte ihn. Das konnte für die Mission nur von Vorteil sein.

Wenn du nach den Ursachen eines Ereignisses suchst, dann frage dich: Wer profitiert davon? Ein weiterer, sehr weiser und sehr zynischer Satz von Nakamura.

Becker profitierte von dieser neuen Situation, dachte sie. Die ganze Mission. Das ERD. War es möglich, dass der Hinterhalt inszeniert worden war? Dass sie diese Kerle überwältigen sollte? Dass Kade damit zu einer bestimmten Reaktion veranlasst werden sollte? Waren diese Männer Bauern, die für einen taktischen Vorteil geopfert wurden?

Nein. Solche Überlegungen waren paranoid. Sie konnten nur paranoid sein. Nicht wahr?

[26] Masken

Kade war wach, als sie in sein Zimmer zurückkehrte. Er öffnete die Augen, als sie eintrat. Er fühlte sich schon wesentlich ruhiger als noch vor einigen Stunden. Lächelnd sah er sie an.

Scheiße, dachte Sam.

»Wie geht es dir?«, fragte sie.

Kade setzte sich auf, während er antwortete. »Schon viel besser. Tut mir leid, dass ich vor einer Weile ausgeflippt bin. Und danke. Du hast mir heute Nacht das Leben gerettet.«

»Ich mache nur meinen Job, Kade«, erwiderte Sam.

»Diese Männer in der Gasse. Sind sie explodiert?«

Sam nickte.

»Sie hatten Sprengsätze im Körper? Wie kann jemand so etwas mit sich machen lassen?«

Sam antwortete vorsichtig. »Vielleicht haben sie nicht gewusst, dass sie lebende Bomben waren. Ihre Herren und Meister könnten die Sprengsätze ohne ihr Wissen implantiert haben.«

Sie spürte, wie Kade das verarbeitete.

Gibt es auch Dinge in mir, von denen ich nichts weiß?, fragte sich Sam.

Sie verdrängte diesen Gedanken. Er war ihrer nicht würdig.

Kade nickte nachdenklich. »Ein schwieriges Gespräch mit Becker?«

Das überraschte sie. Hatte er etwas über ihre Verbindung mitbekommen? Hatte er gehört, als Lee sie über den Anruf informiert hatte? Sam zuckte mit den Schultern, um den Anschein zu erwecken, dass es nichts Besonderes war.

»Wir haben nur die Lage besprochen«, sagte sie. »Uns überlegt, wer hinter dem Überfall stecken könnte und wie wir so etwas künftig verhindern können.«

»Und was ist dabei herausgekommen?«

Sam kniff die Augen zusammen. »Erzähl mir von dem Nexus-Kontakt zwischen dir und Ananda gestern Abend beim Empfang.«

Sie sah, wie kurz etwas über sein Gesicht flackerte, bevor er sich wieder zusammenreißen konnte. Sie spürte es daran, wie seine Gedanken härter wurden, als er sie wieder unter Kontrolle hatte.

»Was meinst du damit?«, fragte Kade. »Es gab keinen Nexus-Kontakt zwischen uns. Wir sind uns nur zufällig an einer Bar begegnet.«

Er log. Da war sie sich ganz sicher. Was hatte sie erwartet?

In gewisser Weise war sie erleichtert. Seine unbeholfene Lüge machte es ihr leichter, ihn als nützliche Schachfigur in ihrem Spiel zu betrachten. Und durch die Lüge hatte er ihren Verdacht bestätigt. Ananda lief tatsächlich mit Nexus im Gehirn herum.

»Kade, du kannst mich nicht für dumm verkaufen.«

Kade zuckte mit den Schultern. »Ich stand in der Schlange, und er stand hinter mir. Wir tauschten ein paar

Worte aus. Das war alles. Mit Nexus hatte das nichts zu tun.«

Sam schüttelte den Kopf. »Wenn du mit mir spielen möchtest, okay. Ich weiß auch, dass du und Shu über Nexus kommuniziert habt, was du vor mir geheim gehalten hast. Du bewegst dich gerade auf sehr dünnem Eis. Unsere Vereinbarungen hängen von deiner uneingeschränkten Kooperation ab. Verstanden?«

Kade schüttelte den Kopf. »Ich habe keine Ahnung, wovon du redest. Ich habe dir gezeigt, was geschehen ist. Meine Nexus-Signale waren vollständig abgeschaltet, und ich habe keinen Pieps von ihr empfangen. Ich habe die Einladung nach Schanghai bekommen. Missionsziel erfüllt, oder?«

Sam starrte ihn an. Es gab kein Anzeichen, dass er log. Kein Zucken, kein abgewandter Blick. Trotzdem hatte das Telefon den Nexus-Datenaustausch registriert. War es möglich, dass alles nur von Shu gekommen war? Zu welchem Zweck?

»Zeig es mir noch einmal«, sagte sie. »Und zeig mir deine Interaktion mit Ananda.«

Kade nickte. »Okay.« Das Gelassenheitsprogramm sorgte dafür, dass er völlig ruhig und cool blieb.

Er übernahm die Maske der falschen Erinnerungen, die Shu für ihn gemacht hatte. Er erweiterte die Verbindung zu Sam, beobachtete, wie sie in seinem Geist herumstreifte. Er betrachtete die Textur der alternativen Erinnerungen. Sie waren eher ein Drehbuch als irgendetwas anderes. Eine Geschichte. Shu hatte die Einzelheiten ausgefüllt, aber zu so etwas war ein Bewusstsein genauso gut imstande. Erinnerungen waren Erzählungen. Es waren Geschichten. Wenn er in die richtige Geschichte eintauchte, wenn er sie wie eine Maske aufsetzte, konnte er jeden täuschen.

Konnte er eine überzeugende Erzählung für den kurzen Moment des Kontakts zu Ananda zusammenbringen? Er versuchte, sie sich vorzustellen, versuchte, sich selbst die Geschichte zu erzählen, wie sie sich begegnet waren, versuchte, sie real sein zu lassen, damit sie sich wie die Maske anfühlte, die Shu in seinem Bewusstsein geschaffen hatte.

Sam arbeitete sich systematisch und gründlich durch seine Erinnerungen an das Abendessen mit Shu. Einige Szenen spielte sie immer wieder ab. Sie fand nichts. Die falschen Erinnerungen waren lückenlos.

»Zeig mir die Szene mit Ananda.«

Kade versenkte sich in das alternative Drehbuch, wurde zu einem anderen Kade, und erzählte die Geschichte der kurzen Unterhaltung in der Schlange vor der Bar. Die Präsenz, die er spürte. Körperwärme, Atemgeräusche, ein kleiner Wortwechsel.

Sam war fertig mit ihm. Sie hielt den Blickkontakt zu ihm, schüttelte dann den Kopf. Sie strahlte Enttäuschung aus. Verbitterung.

»Kade, ich weiß nicht, wie du es machst, aber ich weiß, dass du mich belügst. Ich werde es dir noch ein einziges Mal sagen. Wenn du nicht uneingeschränkt kooperierst, wirst du im Gefängnis landen, ebenso Dutzende deiner Freunde. Einige von euch werden da nie wieder rauskommen.«

Ihre Worte vermittelten Abneigung. Kade spürte genau, dass ihr die Situation gar nicht gefiel. Sie wollte ihre Arbeit als Agentin machen und keine Leute erpressen. Er fragte sich, ob sie wusste, wie viel von sich sie damit preisgab.

»Ich sage die Wahrheit. Ich habe keinen Grund, dich zu belügen. Ich will diese Sache hinter mich bringen und mit meinem Leben weitermachen.« Er legte Frust und Wut in seinen Tonfall, in die Emotionen, die von seinem Gehirn zu Sams strömten.

Ich könnte sie ganz einfach dazu bringen, mir zu glauben, wurde ihm klar. Ich könnte eine der Hintertüren benutzen ... ich könnte in ihren Geist eindringen und machen, dass sie mir glaubt.

Nein. Das würde er nicht tun. Nur wenn er gar keine andere Möglichkeit mehr hatte. Es gab Grenzen für ihn.

Sam seufzte. »Gut, wie du meinst. Aber sag nicht, ich hätte dich nicht gewarnt, wenn die Kacke am Dampfen ist.«

Wieder schüttelte sie den Kopf. Aus irgendeinem Grund war sie wütend auf sich selbst. Aus einem Grund, der irgendetwas mit ihm zu tun hatte. »Jetzt lass uns über heute reden. Wir müssen zum Hotel zurückkehren. Deine Geschichte ist ...«

»Moment, einen Moment mal!«, unterbrach Kade sie.

»Was?«

»Es ist vorbei, nicht wahr? Ich habe getan, was ihr von mir verlangt habt. Ich habe die Einladung nach Schanghai erhalten. Shu scheint mich für diese Postgraduiertenstelle haben zu wollen. Ich könnte jetzt nach Hause fahren.«

Sam schüttelte den Kopf. »Nein. Die Mission ist noch nicht vorbei.« Sie wappnete sich. Das gefiel ihr genauso wenig. Sie machte sich bereit, ihm Dinge zu sagen, mit denen sie selbst nicht einverstanden war.

»Sam ... überleg mal. Wir wurden vorhin angegriffen. Du hast selbst gesagt, dass sie mich entführen wollten. Jemand weiß, dass irgendetwas suspekt ist. Und du hast diese Kerle getötet. Sie werden herausfinden, dass du mehr als nur eine Studentin bist. Was soll sie davon abhalten, es noch einmal zu versuchen? Wird deine Mission besser laufen, wenn ich weg bin? Oder wenn ich tot bin?«

Sam spürte es, erkannte er. Und seine Argumente trafen ins Ziel. Sie stießen in ihrem Geist auf fruchtbaren Boden.

»Das ist keine Option, Kade. Die Entscheidungen wurden getroffen. Wir bleiben hier. Wir dürfen nichts tun, das Shus Verdacht erregen könnte, und wenn du früher abreist, wäre das sehr verdächtig.« Kade spürte eine deprimierte Stimmung in ihren Worten. Es war bitter für sie, diese Worte aus ihrem eigenen Mund zu hören. Eine trotzige Entschlossenheit, ihre Arbeit fortzusetzen.

»Hör mal, es müsste gar nicht so dramatisch sein. Wir können sagen, dass ich mir eine Grippe eingefangen habe. Ich werde Shu eine Mail schicken und noch einmal meinen Besuch in Schanghai bestätigen.«

»Nein.« Die Entschlossenheit behielt die Oberhand. »Ich habe dir gesagt, dass die Entscheidungen getroffen wurden. Unsere Sicherheit wird verstärkt. Du wirst außer Gefahr sein. Wir bleiben hier und werden diese Mission zu Ende bringen.«

Kade sagte eine Weile nichts, starrte sie nur an. »Ich werde dir nicht dabei helfen, diese Studenten zu erpressen«, sagte er dann. »Und ich werde dir nicht dabei helfen, sie genauso fertigzumachen, wie du es mit mir getan hast. Du wirst sie nicht benutzen, um über sie an jemand anders heranzukommen.«

»Dann wandern Rangan und Ilya ins Gefängnis. Genauso wie du. Über einhundert deiner Freunde, die auf der Party waren, werden hinter Gitter kommen. Sie werden ihre Jobs verlieren, ihre Stipendien. Sie werden vom akademischen Betrieb ausgeschlossen.«

Sie strahlte Selbstverachtung aus, während sie sprach. Aber die Entschlossenheit war immer noch stärker.

»Und dafür sind Sie verantwortlich, Mr. Lane. Für alles.«

Kalte Wut durchströmte Kade. Wie hatte er dieser Frau auch nur ansatzweise vertrauen können? Es spielte keine Rolle, dass sie sich für das verachtete, was sie tat. Sie tat es trotzdem. Sie war eine von ihnen.

»Sie sind ein Stück Dreck, Cataranes.« Er sagte es kalt und deutlich, damit ihr klar wurde, dass er es wirklich so meinte.

Sam sprang auf. Sie war wütend. »Nein, du bist das Stück Dreck, Kade.«

Sie verließ das Zimmer und rief über die Schulter zurück: »Mach dich abmarschbereit. In zehn Minuten brechen wir auf.«

[27] Niemanden zurücklassen

In einem billigen Zimmer nicht weit von der Khao San Road warf sich ein kräftiger Schwarzer auf dem Bett hin und her. Er hatte einen Albtraum. Es waren sehr reale Erinnerungen.

Sie kamen, um ihn zu holen. Das Corps. Seine Brüder. Er konnte die Hubschrauber hören, den Schusswechsel. Sie hatten den Ort gefunden, an den man ihn gebracht hatte, wo man ihn festhielt, wo er bleiben wollte. Sie ließen nie jemanden zurück. Sie wollten ihn holen, und mochte Gott jedem gnädig sein, der sich ihnen in den Weg stellte.

Lunara löste sich von ihm. Ihre Bewusstseine waren immer noch miteinander verbunden. Sie hatten das Nexus erst vor einer Stunde genommen. Er konnte ihre Angst spüren. Und ihre Entschlossenheit.

Nein, flehte er sie an. Geh nicht da raus. Sie werden dich töten.

Er wusste ihre Antwort, bevor sie sie aussprach, noch bevor er sie in ihrem Geist spürte. Sie würde lieber sterben, als der kasachischen Armee in die Hände zu fallen. Sie würde lieber sterben, als die Vergewaltigung und Folter durch die Geheimpolizei des Diktators ein weiteres Mal zu ertragen.

Er wusste es. Er hatte das alles empfunden, es in ihren Erinnerungen erlebt. Jeden Moment ihrer Qualen. Wut und Hilflosigkeit hatten ihn übermannt. Für sie war es eine Tatsache des Lebens. Für ihn war es ein Verrat. Er hatte nicht auf der Seite von Vergewaltigern und Folterern gekämpft. Nein, das hatte er nicht.

Aber er hatte es doch.

Nein, flehte er. Ich werde dich beschützen.

Er wusste, dass es eine Lüge war, dass er nicht dazu imstande sein würde. Er flehte sie trotzdem an. Geh nicht. Bitte. Stirb nicht.

Lebe wohl, Watson. Vergiss mich nicht. Behalte uns alle in guter Erinnerung.

Mit einem lauten Knall hatte sie die verstärkte Stahltür zum Keller zugeschlagen. Er spürte und hörte, wie sie sie von der anderen Seite verriegelte. Die Tür war seit Wochen nicht verriegelt gewesen.

Er fiel auf die Knie und weinte. Nein. Nein. Nein.

Er hörte die Schüsse von draußen. Sie waren schon sehr nahe. Er hörte einen Schrei. War das Temirs Stimme gewesen?

Er stand auf. Noch immer konnte er sie spüren, nicht weit hinter der Tür. Etwas hinderte sie am Weitergehen. Die Waffe. Sie hatte die Waffe an sich genommen. Und lud sie jetzt. Nein!

Die Schüsse kamen nun von innerhalb des Gebäudes.

Wats brüllte vor Verzweiflung. Er grub die Finger in den kleinen Spalt am Rand der Tür. Es gab keinen Griff. Er würde sich mit seinen Händen begnügen müssen. Er schrie seine Wut hinaus. Stahl verbog sich unter seinen Fingern. Stahl gab nach, Millimeter um Millimeter.

Er spürte Lunara immer noch auf der anderen Seite der Tür. Sie hatte die Waffe nach oben auf die Treppe gerichtet und wartete. Die Angst lähmte sie. Er musste diese Tür aufkriegen. Er würde sie hier rausbringen, sie beide hier rausbringen.

Er spürte, wie die Kugeln in ihren Körper schlugen, bevor er sie hörte, spürte den eisigen Schmerz, der durch sie schoss, bevor er die Einschläge in der Tür fühlte. Die Kugeln waren durch Lunara hindurchgegangen, als wäre sie aus Papier. Es raubte ihm den Atem. Er hörte Marines brüllen. Er spürte, wie Lunaras Leben schwand. Er spürte, wie sie sich an den Buddhismus klammerte, den ihre uigurische Mutter aus der Mongolei mitgebracht hatte, wie sie sich an der Hoffnung auf Wiedergeburt festhielt, an der Hoffnung, ihr Karma verbessert zu haben, damit ihre nächste Reise im großen Rad des Lebens weniger schmerzhaft verlief.

Nein!

»Von der Tür zurücktreten!«

Wats konnte es nicht fassen. Er grub weiter mit den Fingern in den Stahl, presste und suchte nach einem Ansatz, um die Tür aufdrücken zu können.

Sie sprengten die Scharniere ab. Die Tür explodierte nach innen, riss ihn zu Boden, ließ ihn mit dem Kopf auf den Steinboden aufschlagen.

Dann war ein Sanitäter des Marine Corps über ihm, leuchtete mit einer Lampe in seine Augen, brüllte in sein Gesicht. »Können Sie mich hören? Sergeant Cole, können Sie mich hören? Wurden Sie getroffen? Sind Sie verletzt?«

Er konnte Lunara spüren. Sie lebte noch. Sie hatte Schmerzen. Sie war schwach und wurde immer schwächer.

Aber sie war noch am Leben. Es gab noch Hoffnung. Er öffnete den Mund, versuchte die Worte herauszubringen, wollte es dem Sanitäter erklären.

Dann von außerhalb der Tür: »Hey, die hier atmet noch!«

Ein einzelner Schuss, lauter als das bisherige automatische Feuer. Lunaras Bewusstsein löste sich in einem letzten Donnerschlag der Todesqual auf.

»Verdammtes Miststück. Niemand legt sich mit dem Corps an.«

Sie waren gekommen, um ihn zu holen. Das Corps. Seine Brüder. Er konnte die Hubschrauber hören ...

Um 5.39 Uhr ertönte ein Signal. Wats fuhr aus dem Schlaf hoch. Er war in Schweiß gebadet. Im Zimmer unter ihm hämmerte jemand gegen die Decke. Hatte er wieder geschrien? Der Traum. Lunara. Es wurde schlimmer.

Das Signal. Eine Nachricht. Am Waschbecken spritzte er sich kaltes Wasser ins Gesicht, um den Horror abzuwaschen, dann aktivierte er sein Slate. Eine Mitteilung und eine Reihe von Fotos, die sein Mann im Prince Market geschickt hatte. Kade und Cataranes waren ins Hotel zurückgekehrt. Beide wirkten ziemlich mitgenommen. Kade hatte eine böse Abschürfung im Gesicht. Zwei stämmige Thai mit Bürstenhaarschnitt hatten kurz danach eingecheckt.

Erschöpft ließ er sich auf das Bett sinken. Er hatte nur wenig Schlaf gefunden, der alles andere als erholsam gewesen war. Der Drang, sich etwas einzuwerfen, um in traumlose Bewusstlosigkeit zu fallen, war sehr stark. Aber dafür war jetzt nicht der richtige Moment.

Womit hatte er sich in diesem Leben so viel Qual verdient? Was hatte er getan, dass er die Erinnerung an Lunaras Tod immer wieder erleben musste, die Erinnerung an ihre Vergewaltigungen, an Armans Schmerz, als er vom Gemetzel an seiner Familie erfahren hatte, an Temirs Schmerz über die Brandschatzung seines Heimatdorfs, an den Schmerz all der Männer und Frauen, die sich in jenen Keller geflüchtet hatten? Womit hatte er es verdient, dass sich das Leid so vieler Menschen in seine Seele eingebrannt hatte?

Wats blendete die Frage aus. Er wusste sehr genau, was er getan hatte. Er hatte zahllose Männer und nicht wenige Frauen getötet. Er hatte Gewalt als Waffe benutzt. Er hatte Menschen verletzt und getötet, nur weil seine Vorgesetzten es verlangt hatten. Und es hatte ihm Spaß gemacht. Es spielte keine Rolle, dass er davon überzeugt war, richtig gehandelt zu haben. Er hatte sich die Maske selbst über die Augen gezogen. Er war mitschuldig daran, dass man ihn als Werkzeug des Bösen ausgenutzt hatte.

Sein Karma war schwarz wie die Nacht. Ein Dutzend Leben genügten vielleicht gar nicht, um wieder aus der tiefen Grube herauszukommen, die er in diesem Leben für sich selbst gegraben hatte.

Er hielt den Datenspeicher fest, und das Metall der Kette lag in seiner Handfläche. So klein. Könnte er doch nur eine Verbindung zwischen dem Speicher und Kade herstellen ... Er war so nah dran gewesen, hätte fast etwas getan, das sein schlechtes Karma ein klein wenig aufgehellt hätte, mit dem er sich ein klein wenig reingewaschen hätte.

Wats riss sich selbst aus dem Sumpf seines Selbstmitleids. Das war unter seiner Würde. Er war aus einem bestimmten Grund hier. Er sah sich noch einmal die Nachricht und die Bilder auf seinem Slate an. Er puzzelte die Ereignisse der vergangenen Nacht zusammen. Jemand hatte versucht, Kade zu kidnappen. Cataranes hatte es verhindert. Sie hatten die Nacht irgendwo in einem sicheren Unterschlupf verbracht. Jetzt waren sie zurück. Und in ihrer Nähe hielten sich diese Kommandoeinsatztypen auf. Die Sicherheitsvorkehrungen rund um Kade waren jetzt undurchdringlicher als je zuvor.

Schon am ersten Tag hätte er aktiv werden sollen. Er hätte Cataranes gestern in den Kopf schießen und Kade rausholen sollen. Inzwischen könnten sie längst in Laos sein.

Wats seufzte. Nun würde es noch schwerer sein, Kade zu befreien. Es würde auf eine Selbstmordmission hinauslaufen. Er konnte damit keinen Erfolg haben. Nicht ganz allein. Aber er würde nicht aufgeben. Noch nicht.

Es gab jemanden, der Kade haben wollte. Jemanden, der versucht hatte, ihn zu entführen. Wats wollte wissen, wer das war. Er wollte wissen, warum. Er dachte an den Mönch, den er nun schon zweimal gesehen hatte. Er hatte eine Spur.

[28] Warnungen und Erkenntnisse

Kade wachte vom Wecksignal auf. Grunzend drehte er sich im Bett herum und schlug es aus. Es war 11 Uhr. Seine Präsentation war um 13 Uhr.

Durch die geschlossene Badezimmertür hörte er das Rauschen der Dusche. Sam war da drinnen. Sie hatte in Kades Zimmer auf dem Boden geschlafen, eine Leibwächterin, von der er sich wünschte, er würde sie nicht brauchen, er könnte sie irgendwie loswerden. Er konnte ihren Geist spüren, wie sie ruhig über den Tag nachdachte und sich systematisch säuberte. Er glaubte nicht, dass sie ihn bereits spüren konnte.

Kade drehte sich auf den Rücken und starrte die Decke an. Schwaches Licht drang durch den Spalt zwischen dem Vorhang und der Wand des Hotelzimmers. Er wusste, dass seine Leibwache durch zwei bewaffnete Kerle verstärkt wurde, die im Hotel als thailändische Geschäftsmänner auftraten, insgeheim bereit, Angreifer abzuwehren und Sam und Kade zu Hilfe zu eilen, sobald irgendetwas geschah.

Für seine Sicherheit war gesorgt. Andere hatten nicht so viel Glück.

Narong und seine Freunde ... Chuan ... Lalana ... Sajja ...

Ihm war klar, was er zu tun hatte. Er erinnerte sich an etwas, das Wats einmal nach mehreren Drinks gesagt hatte, als sie über eine ausweglose Situation gesprochen hatten, in die er mit seinem Trupp geraten war, tief in den Bergen von Kasachstan. Es ging um die Entscheidung, ob sie versuchen sollten, einen gefangenen Kameraden zu retten, obwohl sie kaum eine realistische Chance hatten.

Wenn es hart auf hart kommt, wenn du deine Überzeugungen gegen die persönliche Sicherheit abwägen musst, ist das der Moment, in dem du feststellst, aus welchem Holz du geschnitzt bist.

Kade wusste, wovon er überzeugt war, woran er glaubte. Er glaubte daran, dass Narong und seine Freunde nichts Falsches taten. Er musste sie warnen, damit sie das Treffen am Freitagabend absagten. Er warf einen Blick auf die Tür zum Badezimmer. Sie war immer noch geschlossen. Die Dusche lief noch. Wie lange war Sam schon da drinnen? Würde sie jeden Moment herauskommen? Er musste das Risiko eingehen. Er hatte es satt, sich passiv zu verhalten. Er musste dafür sorgen, dass sich die Dinge in die richtige Richtung bewegten.

Kade bemühte sich, so wenig wie möglich zu denken, reduzierte seine mentale Ausstrahlung, rollte sich vom Bett, lief so schnell wie möglich barfuß und in Boxershorts zum kleinen Schreibtisch, fand einen Block und einen Stift und schrieb hastig eine kurze Notiz.

> *Robyn Rodriguez ist von der Drogenpolizei. Ihr müsst das Treffen Freitagabend absagen oder uns ausladen. Das habt ihr nicht von mir gehört, bitte.*

Das Rauschen der Dusche hörte auf. Er riss den obersten Zettel vom Block, faltete ihn zusammen, suchte hektisch nach seiner Hose.

Die Badezimmertür ging auf. Gerade noch rechtzeitig schaute er auf, um zu sehen, wie Sam mit wütender Miene zu ihm stürmte. Sie warf ihn mit der offenen Handfläche zu Boden, bevor er den Schlag kommen sah. Seine Welt explodierte in Schmerzen. Das Zimmer drehte sich um ihn.

»Du blöder Mistkerl!«

Sie stand über ihm, nackt, mit geballten Fäusten, während das Wasser von ihr herabtropfte. Sie würde ihn noch einmal schlagen.

Er hielt den Atem an.

»Ich habe dich gewarnt«, sagte sie zu ihm.

Sie hatte eine Narbe unter dem linken Schlüsselbein und über einer perfekten Brust, eine lange rote Linie auf ihrer olivfarbenen Haut. Eine Messerwunde? Eine Operationsnarbe? Auf ihrem ansonsten flachen Bauch hatte sie kreisrunde Pockennarben und noch ein paar über einem Knie. Schusswunden? Ihre Brustwarzen waren hart. War ihr kalt? Erregte sie die Situation?

Was war sie?

Er spuckte Blut, versuchte zu sprechen. »Es ist nicht ihre Schuld. Sie tun nichts Falsches.«

Sie trat ihm in den Bauch. Er krümmte sich vor Schmerzen zusammen, konnte nicht mehr atmen.

»Ich habe dir vertraut, Kade. Ich habe für dich gekämpft. Ich habe dir *dein beschissenes Leben gerettet.* Und was gibst du mir dafür? Nicht mehr als armselige Lügen. Immer und immer wieder.«

Er schnappte nach Luft, versuchte zu sprechen ...

»Haben ... nur ... das Richtige ... getan ...«

»Hör auf mit diesem Scheiß, Kade! Ich habe genug von deinen Lügen. Wenn Freitagabend *irgendetwas* schiefläuft, werden wir davon ausgehen, dass *du* die Sache sabotiert hast. Verstanden? Wenn *irgendwas* schiefläuft, verbringst du den Rest deines Leben im Internierungslager, du und deine beschissenen Party-Freunde. Alle. Hast du das verstanden?«

Kade wollte etwas sagen. Aber er brachte nichts heraus. Stattdessen nickte er matt.

Wats verbeugte sich respektvoll vor der Frau, die die Klostertür öffnete. Das war heute schon sein fünfter Versuch. Die Frau musterte ihn, schätzte seine Hautfarbe, seine Kleidung, seine Größe, seine Muskulatur ein und sprach ihn auf Englisch an.

»Wie kann ich Ihnen helfen?« Ihr Akzent klang recht gut.

Wats antwortete in seinem besten Thai, obwohl er darin nicht besonders gut war. »Bitte, verehrte Schwester. Ich suche nach einem Mönch. Ich hatte die Ehre, ihm gestern an meinem bescheidenen Verkaufsstand eine Mahlzeit zu servieren. Er hat seine Almosenschale bei mir vergessen. Ich würde sie ihm gern zurückgeben.«

Sie runzelte die Stirn und antwortete auf Thai. »Hier gibt es viele Mönche, mein Freund. Wenn einer seine Almosenschale verloren hat, lässt sie sich leicht ersetzen.«

»Bitte, verehrte Schwester.« Er verbeugte sich erneut. »Dieser Mönch hat meinen bescheidenen Stand gesegnet. Es wäre mir eine große Ehre, wenn ich ihm seinen verlorenen Besitz zurückgeben könnte.«

»Nun gut. Wie sieht er aus?«

Wats erhob sich aus der Verbeugung. »Er ist groß.« Er hielt eine Hand auf Höhe seiner Schläfe. »Fast so groß wie ich. Vielleicht einen Meter achtzig. Nicht jung, aber auch nicht alt. Er hat markante Gesichtszüge. Eine große Nase. Gekrümmt.« Seine Hände zeichneten die entsprechenden Bilder in die Luft.

»Er ist ein Thai?«

»Ja, verehrte Schwester.«

Sie überlegte einen Moment. »Das ist sehr groß für einen Thai-Mann. In diesem Kloster haben wir keinen Mönch, der so groß ist.«

Wats' Enttäuschung hielt sich in Grenzen. Es gab noch viele andere Klöster, wo er es versuchen konnte.

»Aber«, fuhr sie fort, »ich weiß möglicherweise, wer dieser Mönch ist. Wo befindet sich Ihr Verkaufsstand?«

»Nicht weit von der Thep Prathan, verehrte Schwester. Östlich des Chao-Por-Suea-Schreins.«

»Ah, also nicht weit vom Konferenzzentrum?«

»Ja, verehrte Schwester.«

Sie nickte. »Dann weiß ich mit an Sicherheit grenzender Wahrscheinlichkeit, wer dieser Mönch ist. Es dürfte sich um Phra Racha Khana Chan Rong Tuksin handeln.«

Wats nickte nachdenklich. Der Titel deutete darauf hin, dass dieser Tuksin nur eine Stufe unter einem Somdet stand, einem sehr ranghohen Mönch. Wats nickte erneut, wiederholte den Namen, um sich zu vergewissern, dass er ihn sich richtig gemerkt hatte, und benutzte dann den umgangssprachlichen Titel. »Chan Phrom Tuksin. Vielen Dank, verehrte Schwester.«

Sie verneigte zur Bestätigung den Kopf.

»Wo kann ich Chan Phrom Tuksin finden, verehrte Schwester?«

»Er wohnt im Wat Hua Lamphong, nahe der Chulalongkorn University. Er ist außerordentlicher Assistent von Professor Somdet Phra Ananda.«

Wieder nickte Wats. Damit war er schon recht weit oben angelangt. »Nochmals vielen Dank, verehrte Schwester.« Er legte die Hände im respektvollen *wai* zusammen und wandte sich zum Gehen.

»Welche Art von Essen wird an Ihrem Stand serviert, junger Mann?«

Er drehte sich noch einmal zu ihr um. »Amerikanische Gerichte, verehrte Schwester. Hotdogs und Hamburger.«

Stirnrunzelnd sah sie ihn an. »Das sind nicht unbedingt angemessene Mahlzeiten für einen Mönch«, tadelte sie ihn. »Aber Sie haben sich große Verdienste erworben, indem Sie sich solche Mühe machen, ihm seine Schale zurückzugeben.«

»Vielen Dank, verehrte Schwester.« Er verbeugte sich und ehrte sie erneut mit dem *wai*.

»*Sawadi,* Reisender.«

»*Sawadi,* verehrte Schwester.«

[29] Wahnsinn überall

Ein Taxi, das von einem der bewaffneten Thai-Söldner gefahren wurde, brachte Kade und Sam nach dem Mittagessen zur Konferenz. Kade blieb in der Nähe seiner Präsentation über die Weitergabe räumlicher Erinnerungen von einer Maus zur anderen mittels lernfähiger vermittelter Nanosonden-Verbindungen. Die Wachstumsfaktoren hatten die Verletzungen in seinem Gesicht fast verheilen lassen. Was noch übrig war, verschwand unter der Abdeckcreme.

Er sah Sam, die stets in Sichtweite blieb und tat, als würde sie sich die anderen Präsentationen ansehen. Über den Link fühlte sie sich angespannt und wachsam an. Zwei weitere Männer aus dem sicheren Unterschlupf umkreisten ihn in Hemden und Blazern, und er wollte sich gar nicht vorstellen, was sie alles darunter verborgen hatten. Auch sie gaben vor, sich für die Präsentationen zu interessieren.

Die Leute kamen und gingen. Studenten und Professoren kommentierten und fragten. Kade fertigte sie so schnell wie möglich ab, sagte immer wieder die gleichen Sätze auf und wurde ständig umringt. Es war klar, dass seine Präsentation Wellen schlug. Er wünschte sich, Narong irgendwo in der Menge zu sehen. Aber Fehlanzeige.

Sajja kam vorbei und bewunderte Kades Arbeit. Kade bedauerte es, die Notiz nicht in der Hosentasche zu haben, sie nicht auf irgendeine Weise warnen zu können.

»Hast du Narong gesehen?«, fragte er Sajja.

»Ich glaube, er ist krank«, sagte der Student. »Ist heute nicht mit seiner Präsentation aufgekreuzt. Es muss sehr schlimm für ihn sein, diese Gelegenheit zu verpassen.«

Kade nickte.

Nicht dass ich ihn hätte warnen können, dachte er.

Weitere Professoren und Studenten kamen und gingen. Nach etwa einer Stunde traf ein neuer Besucher ein.

[sam] Achtung! Shu im Anmarsch.

[sam] Tu nichts Dummes!

Kade spürte, wie die Nexus-Verbindung zu Sam versiegte. Er blickte sich in der Menge um, und da war sie, Su-Yong Shu. Zwischen den vielen Leuten vor seiner Präsentation konnte er sie kaum erkennen. Elegant und vornehm wie immer ging sie von einer Präsentation zur nächsten, ließ sich Zeit, lächelte und wandte sich mit ermunternden Bemerkungen an die Studenten.

Retten Sie mich vor dem ERD, hätte er ihr am liebsten gesagt.

Aber dann wäre er nur der Sklave eines anderen Herrn.

Er beantwortete gerade eine Frage, als sich die Menge teilte und Shu hindurchtrat. Alle verstummten. Ihr Blick streifte die abgedeckte Wunde an seiner Schläfe, und ihr Gesichtsausdruck änderte sich sofort.

»Kade«, sagte sie, »was ist passiert?«

Sind Sie verletzt?, fragte Shu ihn.

Er berührte seine Schläfe und lächelte betrübt. »Ich wurde überfallen. Gestern Nacht. Keine große Sache. Sie haben nur ein bisschen Bargeld mitgenommen.«

Er hörte, wie die Leute reagierten und miteinander tuschelten. Ein Raubüberfall.

Wir werden beobachtet, sendete er ihr. **Sie wissen, dass wir gestern Abend über Nexus kommuniziert haben.**

Für einen Moment nahmen Shus Augen einen entrückten Blick an, dann kehrte sie in die Realität zurück.

»Begleiten Sie mich ein Stück.«

»Meine Präsentation geht bis vier Uhr, Professor ...«

»Sie kann warten«, verkündete sie. Dann wandte sie sich an die Menge. »Bitte verzeihen Sie mir. Ich werde ihn in Kürze zurückbringen.«

Dann führte sie ihn an der Hand durch die verdutzte Menge. Ein Raunen begleitete sie. Su-Yong Shu hatte ihn einfach so mitgenommen!

Sie ging mit ihm zur Cafeteria. Er sah, dass Sam und einer der Söldnertypen sie aus dem Augenwinkel beobachteten. Aber was konnten sie tun? Sein Auftrag lautete, den Kontakt zu Su-Yong Shu zu suchen. Sie bestellten Tee und setzten sich an einen Tisch nicht weit vom Fenster.

»Also«, sagte sie. »Erzählen Sie mir von Ihrem Terminplan. Wann hätten Sie eine Woche oder so frei für einen Besuch? Und kennen Sie auch Rangans Zeitplan?«

Kade erklärte ihr die Experimente, die sie bis zum Jahresende geplant hatten und wo es vielleicht genug Luft gab. Kurz darauf spürte er sie in seinem Geist.

Öffnen Sie sich mir. Zeigen Sie mir, was geschehen ist, sendete sie.

Gleichzeitig bemerkte er, dass ihr Geist ihn auf andere Weise berührte, eine Abfolge falscher Erinnerungen einflocht, um ihre Unterhaltung zu vertuschen, noch während sie stattfand.

Werden wir beobachtet?, fragte er.

Man hat Sie verwanzt, aber sie können unser eigentliches Gespräch nicht abhören. Nicht diesmal.

Kade ließ sich darüber aus, dass Laborzeit schon Monate im Voraus gebucht werden musste und wie das seinen Terminkalender für den Rest des Jahres beeinflusste.

Ich muss noch viel lernen, sendete er ihr.

Ja, das müssen Sie. Jetzt zeigen Sie es mir.

Er tat es. Sie nahm alles in kürzester Zeit in sich auf.

Dafür bin ich nicht verantwortlich, erklärte sie ihm.

Er spürte eine kalte, riesige Wut in ihr. Der Angriff auf ihn empörte sie, machte sie zornig.

Ich weiß, antwortete er. **Sie hätten mich jederzeit entführen können.**

Jemand will Sie versklaven, sagte Shu. **Jemand ist sehr an Ihren Geheimnissen interessiert.**

Wissen Sie, wer?, fragte er sie.

Nein, aber ich beabsichtige, es herauszufinden.

Könnte es Professor Ananda sein?, fragte Kade. **Er ist einer der Verdächtigen.**

Sie schüttelte mental den Kopf. **Nicht Ananda.**

Oder Ted Prat-Nung?, fragte er weiter.

Shu warf ihm einen Seitenblick zu. Er spürte ... etwas Seltsames. **Nicht Thanom.**

Sie sprachen längere Zeit laut über die Logistik. Flüge. Unterkunft. Mit wem er sich treffen sollte. Rangans Terminplan.

Können Sie mir wegen Freitag helfen?, fragte er sie. **Die Leute warnen? Aber so, dass das ERD nichts davon bemerkt?**

Ihre Regierung hat Sie zu einem Sklaven gemacht, Kade. Wenn Sie meine Hilfe wollen, kommen Sie jetzt mit mir nach Schanghai. Befreien Sie sich von diesen Ketten.

Die Versuchung war groß. Eine Mentorin zu haben, der er vertrauen konnte, an die er sich wenden konnte. Für die Umsetzung wirklicher Ziele arbeiten, statt sich die ganze Zeit darauf konzentrieren zu müssen, sie zu verbergen ...

Aber er würde auch dort ein Sklave sein. Er würde Waffen herstellen, Blut an den Händen haben.

Es tut mir leid, sendete er ihr. **Ich kann den Preis nicht akzeptieren, den Sie zahlen müssen.**

Ich werde diesen Preis nicht für immer zahlen, Kade. Es wird der Tag kommen, an dem wir frei sein und nicht länger unter der Knute der Menschen stehen werden.

In ihr war so viel Wut. Sie hasste diese Menschen. Er sah wieder kurz die Szene, wie ihr Mentor Yang Wei verbrannte ...

Sie hatte zugesehen, wie er starb, wurde ihm bewusst. Wie würde sich das auf mich auswirken?

Er schüttelte diesen Gedanken ab. Es spielte keine Rolle.

Tut mir leid, sendete er. **Hier steht nicht nur mein Leben auf dem Spiel. Es geht um die Zukunft von über einhundert Leuten. Ich kann sie nicht im Stich lassen.**

Es sind Menschen, erwiderte sie. **Sie selbst sind viel wertvoller. Sie verschwenden Ihr Potenzial.**

Auch ich bin ein Mensch.

Sie sind viel mehr, Kade. Sie sind jetzt transhuman. Und Sie können noch größer werden.

Jeder könnte größer werden, sendete er. **Hier geht es um freie Entscheidungen, nicht wahr? Um das Potenzial von allen.**

Die Welt braucht Führer, Kade. Nachdem wir die alte Ordnung gestürzt haben, wird ein Vakuum entstehen. Wer wird herrschen? Allen die absolute Macht zu geben wäre so, als würde man Kindern Waffen in die Hände geben. Mit der Zeit werden wir einige von ihnen upliften, aber ich brauche eine Kerngruppe mit Leuten wie Sie, die die anfängliche Leere ausfüllen. Sie werden immer zur Elite gehören.

Herrschen …, sendete er. **Elite …**

Es gibt keinen anderen Weg, erwiderte sie.

Wer entscheidet, wer zu dieser Elite gehören wird?, fragte er sie. **Wer entscheidet, welche Personen ein Uplift erhalten?**

Es werden jene sein, die die Initiative ergreifen, Kade. Die den kommenden Krieg gewinnen. Ich beabsichtige, zu diesen Personen zu gehören. Sie können ebenfalls auf der Siegerseite stehen.

Er sah es durch ihre Augen. Die alten Männer, die ihr und sein Land beherrschten, auf den Knien, wie sie der neuen Ordnung Platz machten oder brannten. Bis sie starben. Überall brannte es.

Es war zu viel für ihn. Ihm schwirrte der Kopf, er kam wankend auf die Beine, wich vor ihr zurück. Laut murmelte er irgendeinen Abschiedsgruß. Ihre Enttäuschung folgte ihm. Er drehte sich um und schlurfte benommen zu seiner Präsentation zurück. Er spürte, wie sich ihr Gewebe aus falschen Erinnerungen um das Gespräch zuzog, das sie soeben geführt hatten. Doch es interessierte ihn kaum noch.

Ihre letzten Gedanken folgten ihm. **Eines Tages werden Sie die Wahrheit erkennen, Kade. Die Menschen sind die Feinde der Zukunft. Sie hassen uns. Sie hassen unsere Schönheit und unser Potenzial. Entweder werden sie uns jagen und töten und versklaven, oder wir erheben uns über sie und nehmen unseren rechtmäßigen Platz in dieser Welt ein. Es gibt keine anderen Optionen.**

Wahnsinn. Wahnsinn überall. Das ERD wollte ihn zum Sklaven machen. Shu wollte aus ihm einen Tyrannen und Mörder machen. Er musste eine andere Möglichkeit finden.

[30] Datensammlung

Wats glitt langsam aus dem Schatten der inneren Wand von Wat Hua Lamphong. Es war die Stunde der Meditation, zwischen Abendessen und Schlafenszeit, und alle Mönche waren in die Haupthalle gerufen worden. Goldene Buddhas musterten ihn mit abgeklärten, leblosen Augen. Ihr halbes Lächeln schien ihn zu verspotten. Rotgesichtige Wächterdämonen grinsten ihn heimtückisch an. Die riesige Statue des hinduistischen Elefantengottes Ganesha beobachtete mit der Gleichgültigkeit eines Aliens, wie Wats vorbeiging.

Die Zimmer der Mönche hatte er den ganzen Abend lang im Blick gehabt, hatte gesehen, wie Tuksin eins am Ende betreten und wieder verlassen hatte. Es war ein Stadttempel, eher ein Ort für die Andacht der gewöhnlichen Gläubigen als für die Mönche, obwohl einige von ihnen hier wohnten. Tuksin und Ananda hatten hier kleine Zellen, nicht weit von der Chulalongkorn University, an der Ananda unter der Woche arbeitete und lehrte. Wats wusste, dass Anandas Heimatkloster im Nordosten lag, etwa einhundert Kilometer außerhalb der Stadt in den Bergen.

Leise und langsam schlich er weiter, damit die Chamäleonfasern genügend Zeit hatten, sich anzupassen. Wenn man sich zu schnell bewegte, kam die Technik nicht mehr mit der Tarnung mit. Der Schlüssel war Geduld. Und Glück. Wats achtete sehr genau auf Lichter und Bewegungen. Eine Schwester ging anderthalb Meter entfernt an ihm vorbei, ohne seine Anwesenheit zu bemerken. Er erstarrte und rührte sich erst wieder, als sie um eine Ecke verschwunden war.

Schließlich erreichte er die Tür, durch die Tuksin ein und aus gegangen war. Er griff den Knauf mit einem Handschuh und drehte. Verschlossen. Er zog den kleinen Autodietrich aus einer Hosentasche, schob den mattschwarzen Stift ins Schloss, veränderte seine Form, bis er passte. Dann ein Klicken. Er drehte den Autodietrich, und der Knauf drehte sich mit. Wats trat in die Zelle und schloss leise die Tür hinter sich.

Er wagte es nicht, Licht zu machen. Stattdessen scannte er das Zimmer mit den elektromagnetischen Sinnen seiner Brille. In der Nachtsicht offenbarte sich ein kleiner, spartanisch eingerichteter Raum. Ein schmales Bett vor einer Wand. Ein Schreibtisch mit einem veralteten Terminal, daneben ein Telefon. Ein Bücherregal mit einigen Texten in Thai und Englisch. Ein Kleiderschrank. Ein Waschbecken. Keine Badezimmertür.

Die einzigen Emissionen im Zimmer kamen vom Telefon und dem Terminal. Wats ging weiter, schob eine Sonde in einen Port des Telefons, ließ sie ihre Arbeit machen. An der Seite des Telefons gab es einen Daumenabdrucksensor. Er schob einen Print-Imager darüber. Vorsichtshalber machte er dasselbe mit dem Daumenabdrucksensor am Terminal, ging zurück zum Türknauf und wiederholte dort die Prozedur.

Während die Sonde die Daten des Telefons klonte, durchsuchte er den Kleiderschrank. Mönchsgewänder. Sandalen. Unterwäsche. Ein Umhang mit Kapuze. Keine verborgenen Fächer.

Die Sonde piepte leise. Wats zog sie heraus, schob einen anderen Stecker in das Terminal.

Er hob die Matratze an. Zwei Kisten standen unter dem Bett. In der einen waren altmodische Fotografien von einem jungen Mann in einem Dorf. Tuksin, bevor er Mönch geworden war. In der anderen waren feste Schuhe. Er tastete die Oberfläche der Matratze ab. Nichts. Mit der Hand glitt er an den Rändern entlang. Nichts. Er machte es mit der Unterseite. Hmm. Da war eine Unregelmäßigkeit. Wats erkundete sie genauer, fand eine Stelle, wo er den Stoff teilen und eine Hand hineinschieben konnte, zog ein großes Paket heraus. Es war in weichen, undurchsichtigen, wasserdichten Kunststoff gehüllt.

Darin war ... Geschäftskleidung. Hosen und ein Button-down-Hemd. Eine Brieftasche mit mehreren Zehntausend Baht in Scheinen. Eine Perücke, kurzes schwarzes Haar, konventioneller Schnitt. Also machte es Tuksin Spaß, sich gelegentlich als Normalbürger zu verkleiden. Interessant.

Wieder piepte die Sonde leise. Er zog sie aus dem Terminal. Das kleine Display meldete den erfolgreichen Abschluss des Kopiervorgangs.

Er tat die Kleidung wieder dorthin, wo er sie entdeckt hatte, vergewisserte sich, dass alles wieder so war, wie er es vorgefunden hatte, dann verließ er das Zimmer und verschloss hinter sich die Tür.

Kade kam zu sich, als sein Slate mit einem Klingelton auf sich aufmerksam machte. Es war der beharrliche Ton, der eine Realzeit-Verbindung von einem Kontakt mit hoher Priorität signalisierte.

Er wälzte sich vom Bett und holte das Slate. Sam setzte sich auf und beobachtete ihn.

[Eingehender Video-Anruf von Ilyana Alexander. Annehmen? Ja/Nein]

»Das ist Ilya«, sagte er zu Sam. »Kann ich den Anruf annehmen?«

»Mach nur«, antwortete sie. »Aber du darfst ihr nicht alles sagen.«

Kade nickte grimmig. Er drückte auf »Ja« und drehte das Slate so, dass Sam nicht sichtbar war.

Ilyas Gesicht erschien auf dem Bildschirm.

»Kade! Ich bin ja so froh, dass du rangehst. Alles in Ordnung mit dir?«

»Hallo, Ilya. Ja, mir geht es gut.«

»Aber du siehst beschissen aus! Ich habe gehört, dass du überfallen wurdest.«

»Ja, das ist leider wahr. Wie hast du davon gehört?«

»Jemand hat es von der Konferenz gepostet. Raubüberfall auf Promotionsstudent letzte Nacht. Hatte trotzdem eine großartige Präsentation. Und dass es eine Explosion und einen Doppelmord in Bangkok gab, nicht weit vom Schauplatz des Raubüberfalls. Gibt es da irgendeine Verbindung?«

Kade seufzte und war sich bewusst, dass Sam ihn beobachtete. »Nur mit der Präsentation. Ich glaube, ich wurde überfallen, weil ihnen meine Diagramme nicht gefallen haben.«

Ilya gluckste.

»Wie läuft es ansonsten, Kade?«

»Alles gut. Bis auf den Überfall. Aber ... du weißt schon ... die Konferenz ist ein großer Erfolg. Ich habe Professor Shu getroffen.«

»Ja? Und wie ist sie so?«

Er zögerte. »Charmant. Wirklich charmant. Sie hat mich eingeladen, nach Schanghai zu kommen. Im August oder so. Vielleicht wird sie auch Rangan einladen.«

»Oooh, bist du jetzt unter die Schickeria gegangen?«

Jetzt gluckste Kade amüsiert.

»Ist wirklich alles in Ordnung mit dir, Kade?«

Er zwang sich zu einem Lächeln. Ilya musste klar sein, dass er ihr nichts Wichtiges erzählen konnte. Sie rief nur an, damit er wusste, dass sie sich Sorgen um ihn machte. Sie rief an, um ihm Kraft zu geben.

»Ja, Ilya. Danke. Es geht mir wirklich gut.«

Sie sah ihn skeptisch an. »Okay. Ich sollte dich wohl lieber in Ruhe lassen. Tut mir leid, dass ich so spät angerufen habe.«

Der Bildschirm zeigte 1.12 Uhr an. Wie spät war es zu Hause? Mittag? Elf?

»Kein Problem.«

Sie lächelte, und er hätte beinahe geseufzt. Sie fehlte ihm. Rangan fehlte ihm. Er würde eine Möglichkeit finden, aus dieser Sache herauszukommen.

Sie beugte sich vor, um die Verbindung zu trennen.

»Ilya ... einen Moment noch.«

»Klar, Kade. Was gibt es?«

Wie konnte er es ausdrücken? Wie konnte er es sagen, ohne die Dinge anzusprechen, über die er nicht reden durfte? Dinge, auf die er nicht einmal Sam aufmerksam machen wollte.

Die Welt um ihn herum wurde immer verrückter. Irgendwie musste er sich vergewissern, ob er noch bei Verstand war.

»Ilya. Hier ist alles ziemlich krass. Hier gibt es viele Sachen, die man in den USA nie sieht, weißt du? Richtig provokantes Zeug.«

Ilya nickte. »Ja. Ich habe gehört, dass es in Thailand so ist.«

Er wusste immer noch nicht genau, wie er es sagen sollte, aber er versuchte es trotzdem. »Ilya ... in deinen Aufsätzen geht es um den erweiterten Zugang zu transhumaner Technologie. Du schreibst von all den Vorteilen. Machst du dir jemals Sorgen, dass sie missbraucht werden könnte?«

Sie nickte. »Ja, Kade. Natürlich. Wir haben schon ein paarmal darüber gesprochen. Alles wird gelegentlich missbraucht. Die Leute werden ziemlich schlimme Sachen mit transhumaner Technologie machen. Aber während der gesamten Geschichte haben die Menschen neben dem Schlechten sehr viel Gutes bewirkt, wenn sie die Gelegenheit hatten, ihr Leben durch neue Technologien zu verbessern. Das Gute überwiegt am Ende das Schlechte. Auf dramatische Weise. Das ist der einzige Grund, warum wir heute hier sind.«

Kade nickte. »Ja.«

Er wollte seine Freundin direkt fragen, was er tun sollte. Aber das ging nicht. Er durfte nichts preisgeben. Nicht mit Sam an seiner Seite. Nicht bei einem gewöhnlichen Video-Anruf über ein gewöhnliches Slate.

»Was wäre ... wenn nur wenige es haben?«

»Du meinst, wenn sich nur die Reichen diese Technologie leisten können? Nur die Mächtigen? Oder nur die Elite?«

Kade nickte.

»Eine weite Verbreitung und individuelle Entscheidungsmöglichkeit bringt für die meisten Technologien nur Vorteile. Wenn nur eine Elite Zugang dazu hat, droht die große Katastrophe. Die schlimmsten Ereignisse der Geschichte ... die schlimmsten Gräueltaten ... vielleicht die Hälfte davon hatte direkt damit zu tun, dass die Mächtigen ein Monopol oder Fast-Monopol in einer Schlüsseltechnologie hatten.«

Kade nickte. »Ja. Ich dachte mir, dass du so etwas sagen würdest.«

Sie sah ihn schief an. »Bist du dir sicher, dass alles in Ordnung ist, Kade?«

Er lächelte. »Es geht mir immer besser, Ilya. Danke. Danke für deinen Anruf.«

Sie lächelte zurück. Er sah die Besorgnis in ihren Augen, aber sie gab sich alle Mühe. Er wünschte, er könnte ihren Geist berühren.

»Ich liebe dich, Kade.« Sie schmunzelte. »Wie einen Bruder, meine ich. Und ich weiß, dass auch Rangan dich liebt.«

Etwas entspannte sich in ihm. Ein winziger Teil der Anspannung in seinem Körper löste sich auf.

»Ich liebe dich auch, Ilya. Euch beide. Sag Rangan, dass ich das gesagt habe.«

Sie lächelte. Dann beendeten sie den Anruf.

Kade ließ sich rückwärts aufs Bett fallen. Er hatte vorher gewusst, wie Ilya dazu stand, aber es war gut, es noch einmal zu hören. Er würde dem Weg folgen, für den sie sich entscheiden würde. Sobald er wusste, wie er das anstellen sollte.

Er hörte, wie Sam es sich wieder in ihrem Schlafsack auf dem Fußboden bequem machte.

»Kade?«, sagte sie.

»Ja?«

»Komm nicht auf irgendwelche dummen Ideen.«

Wats steckte die Sonde in sein eigenes Terminal und öffnete die Dateien, um sie sich anzusehen. Verschlüsselt. Die Daten von Tuksins Telefon und Computer waren ausnahmslos verschlüsselt. Damit hatte er gerechnet. Er gab das Abdruckmuster ein, das er aus dem Sensor geholt hatte. Immer noch verschlüsselt. Zusätzlich wurde ein Passwort benötigt. Verärgert runzelte er die Stirn.

Er rief eine Seite aus Mumbai auf, die er kannte. Er brauchte einen Moment, um zu spezifizieren, was er benötigte, gab die Parameter seines Problems ein und forderte dann ein Angebot an.

Ein paar Minuten später kam es. Wats pfiff leise. Es war sehr hoch. Er hatte genügend Mittel, um den Preis zu bezahlen, aber es war keine unbeträchtliche Summe. Diese Reise zehrte zusehends seine Abfindung auf, die er vom Corps erhalten hatte. Er hielt einen Moment inne und wog seine Möglichkeiten ab. Eigentlich war die Sache klar. Er musste seinen eingeschlagenen Weg weiterverfolgen. Später konnte er immer noch mehr Geld auftreiben.

Er nahm das Angebot an und lud die Daten hoch.

Zweitausend Meilen entfernt empfing ein Server in Mumbai das gesendete Paket. Er analysierte das Problem, zerlegte es in Stücke, zerlegte die Stücke in Fragmente, zerlegte die Fragmente in Splitter und verteilte dann diese Splitter auf seine Arbeitsgeräte.

Rund um die Welt empfing ein Netzwerk aus über zwei Millionen infizierten Computern, Slates, Telefonen, Spielkonsolen, VR-Kabinen und anderen Geräten ihre Anweisungen, ohne dass ihre Besitzer etwas davon ahnten. Dann machten sie sich daran, das Universum möglicher Passwörter zu erkunden, um nach dem Muster zu suchen, mit dem sich Cham Phrom Tuksins verschlüsselte Dateien öffnen ließen.

[31] Von einem Freund

Langsam dämmerte der Donnerstag. Wieder ertönte das Wecksignal. Kade schlug es aus. Sam war in der Dusche. Sie fühlte sich nachdenklich an.

Kade fühlte sich benommen. Das Gelassenheitsprogramm hatte er die Nacht über laufen lassen. Alles an seiner Situation kam ihm entfernt und unwirklich vor.

Er sah keine Möglichkeit, den Freitag zu vermeiden, ohne anderen Menschen, für die er sich verantwortlich fühlte, Schaden zuzufügen. Er konnte nur gute Miene zum bösen Spiel des ERD machen und hoffen, dass die Folgen nicht allzu schlimm waren.

Irgendwann würde der Moment kommen, wo er seine Ketten sprengen konnte. Er wusste nicht, wann oder wo oder wie das geschehen würde, aber dieser Moment würde kommen. Er würde abwarten und beobachten und bereit sein, wenn sich die Gelegenheit ergab.

Sam kam aus der Dusche, diesmal vollständig bekleidet. »Jetzt kannst du.«

Er duschte. Seine Abschürfung verblasste allmählich. Er zog sich an. Sie frühstückten schweigend. Ein Taxi, das von einem ihrer Leibwächter gefahren wurde, brachte sie zur Konferenz. Er nahm an Veranstaltungen teil. Sam war die ganze Zeit bei ihm. Einer ihrer Bewacher war ständig in Sichtweite. Wenn Kade zur Toilette ging, wurde er von einem bewaffneten Mann begleitet.

Um 14.58 Uhr, zwischen zwei Veranstaltungen, sah Kade, wie Somdet Phra Ananda auf ihn zukam. Er spürte über die Verbindung, wie Sam sich anspannte, wie sie sich der Pistole bewusst war, die sie versteckt am Rücken trug, der Messer in ihren Stiefeln, der Position ihrer zwei Hilfsschützen, der keramischen Waffen, die sie unter ihren Blazern trugen und mit graphenverstärkten Kugeln geladen hatten.

Er verdrängte ihre Paranoia aus seinem Geist und nahm Blickkontakt mit Ananda auf. Sam trennte ihre Verbindung. Der betagte Mönch und Professor näherte sich und nickte ihm zu. Kade nickte zurück. Er konnte Anandas Bewusstsein nicht spüren. Sein eigenes Nexus hatte er abgeschirmt. Er hatte keine Ahnung, was das ERD registrieren würde und was nicht.

»Kade, würden Sie mich ein Stück begleiten?«

»Natürlich, Sir.«

Er spürte, dass Sam ihre Alarmbereitschaft noch verstärkte.

»Draußen ist es ein wunderschöner Tag. Möchten Sie mit mir in den Garten gehen?«

Draußen war es unglaublich heiß und schwül. Während des ganzen Tages hatte es immer wieder geregnet. Es war so ziemlich das Gegenteil von dem, was Kade als wunderschön empfand.

»Wohin auch immer Sie gehen möchten, Professor.«

Ananda nickte erneut und führte ihn aus dem Gebäude. Kade stellte sich vor, wie sich die Thai-Söldner beeilten, um ihn nicht aus den Augen zu verlieren.

»Ich war sehr betrübt, als ich von dem Überfall auf Sie hörte, junger Mann.«

»Danke, Sir.«

Draußen nieselte es. Kade fühlte sich sofort nass und klebrig. Der Garten war ein Netz aus Steinpfaden, die sich um grüne Teiche herumschlängelten. Niedrige Brücken führten über Bäche. Steinerne Statuetten von Buddhas, Dämonen und Göttern säumten die Pfade. Üppige grüne Tropenpflanzen füllten alle frei gebliebenen Stellen aus.

Ananda wies ihn auf verschiedene Dinge hin, während sie spazierten. Eine biotechnisch gezüchtete Spezies, die Kohlendioxid band und als Bodendecker angepflanzt worden war. Die Symbolik der Muster, die die Pfade bildeten. Die 700 Jahre alte Statue eines Bodhisattva, von einer untergegangenen Dynastie in Stein gehauen.

»Kennen Sie das Gelöbnis der Bodhisattva?«, fragte Ananda.

Kade schüttelte den Kopf.

»Es handelt sich um die Mahayana-Schule des Buddhismus«, erklärte Ananda, »die nicht meine, aber trotzdem sehr schön ist. Die einfachste Form lautet: ›Möge ich die Buddhaschaft zum Wohl aller fühlenden Wesen erlangen.‹ Es ist eine Bitte, stets in die materielle Welt des Leidens wiedergeboren zu werden, um das Nirvana auf unbegrenzte Zeit hinauszuzögern, bis alle Lebewesen im Universum die Erleuchtung erlangt haben und ebenfalls ins Nirvana eintreten können. Es ist vielleicht das ultimative Gelöbnis, das allen anderen Lebewesen den Vorrang überlässt.«

Kade dachte darüber nach. »Das ist eine wunderschöne Idee.«

Hatte Wats einmal etwas Ähnliches gesagt? Es war in der Tat ein großartiger Gedanke.

»Eine andere Variante, die mir sehr gefällt, lautet: ›Ich gelobe, alle Lebewesen in ihrer Unzähligkeit zu befreien.‹ Eine große Hingabe, nicht wahr?«

Kade nickte. »Das ist es.«

»Es heißt, dass der Buddhismus aus diesem Grund die auf natürlichste Weise demokratische Religion ist. Das Ziel der buddhistischen Orden liegt nicht darin, Menschen zu beherrschen, sondern sie zu stärken. Verstehen Sie?«

»Ich denke schon«, antwortete Kade.

Dann erinnerte er sich an etwas anderes, das Wats gesagt hatte.

Der Buddhismus gefällt mir, weil niemand das Sagen hat. Niemand entscheidet für mich, ob ich gut oder schlecht bin, ob ich in den Himmel oder in die Hölle komme. Es geht nur darum, dass ich besser mit meinem Denken klarkomme, dass du besser mit deinem Denken klarkommst, dass der verdammte Dalai Lama besser mit seinem Denken klarkommt.

Das war in der Tat sehr demokratisch.

Ananda lächelte. »Sehr gut. Der Buddhismus hat genauso wie zum Beispiel die Wissenschaft das Ziel, Menschen zu stärken. Man soll Dinge von Wert und Bedeutung lernen und sie verbreiten, damit so viele Menschen wie möglich etwas von diesem Wissen haben, damit sie es zur Verbesserung ihrer Situation benutzen können.«

Kade dachte an Shu. *Es wäre so, als würde man Kindern Waffen in die Hände geben,* hatte sie gesagt. *Es wird ein Vakuum entstehen ... Sie werden immer zur Elite gehören.*

»Was ist, wenn die Menschen noch nicht dafür bereit sind?«, fragte er. »Wenn sie damit sich selbst Schaden zufügen? Wenn sie damit andere verletzen? Was ist, wenn sie dazu noch nicht weise genug sind?«

Ananda zog eine Augenbraue hoch. »Sind Sie weiser als die Menschheit? Sie allein? Steht es Ihnen zu, darüber zu entscheiden?«

Kade zuckte mit den Schultern. »Nein. Und ich stimme Ihnen zu, dass die Wissenschaft dem Allgemeinwohl dienen sollte, dass sie die Menschen stärker machen sollte. Aber ... vielleicht sehe ich Gefahren, die sie nicht sehen. Vielleicht habe ich über Konsequenzen nachgedacht, die die meisten Leute nicht erkennen. Vielleicht weiß ich auch nur, dass ein paar Leute eine bestimmte wissenschaftliche Erkenntnis missbrauchen wollen, obwohl die meisten damit nur Gutes im Sinn haben.«

»Dann ist es deren Karma, junger Mann, und nicht unseres«, sagte Ananda. »Jeder von uns muss seinem eigenen Weg der Moral folgen. Und gemeinsam können moralisch handelnde Männer und Frauen den Schaden begrenzen, den die Menschen ohne Moral anrichten. Aber wenn Sie anderen Menschen lebenswichtiges Wissen vorenthalten, rauben Sie ihnen damit die Freiheit, die Möglichkeit der Entscheidung. Wenn Sie Wissen für sich behalten, liegt die Schuld nicht bei den anderen, sondern bei *Ihnen.*«

Kade dachte darüber nach. »Ich glaube, ich stimme Ihnen zu. Im Wesentlichen.«

Ein Wissenschaftler war für die Konsequenzen seiner Forschung verantwortlich, dachte Kade. Sowohl für die negativen als auch für die positiven. Was nützt meine Forschungsarbeit, wenn die Welt die positiven Aspekte nicht nutzen kann?

Aber kann ich es tun, ohne andere Menschen zu verletzen? Ohne ein Werkzeug zu erschaffen, das andere zu Sklaven und Mördern macht?

Ananda lächelte. »Es freut mich, das zu hören. Weil es verlockend sein kann, Wissen zu horten, es zu benutzen, sich einen Vorteil über andere zu verschaffen. Aber wenn wir danach streben, unseren Mitmenschen zu dienen, müssen wir die Dinge, die wir herausgefunden haben, so weit wie möglich verbreiten. Um die Unterdrückten zu stärken, müssen wir ihnen Wissen in die Hände geben.«

Kade blickte sich im Garten um, während sie weitergingen. »Ich bin mir nicht immer sicher, ob ich das Richtige tue«, sagte er zu Ananda.

»Nur ein Narr ist sich dessen immer sicher«, erwiderte der Mönch.

Wieder nickte Kade. »Danke für den Rat«, sagte er. »Ich werde darüber nachdenken.«

Ananda nickte. »Davon bin ich überzeugt, junger Mann.«

Er führte Kade zurück zum Konferenzzentrum und wies ihn unterwegs auf weitere Pflanzenspezies hin, sprach über das komplexe Netzwerk des Lebens, das sie miteinander verband, erzählte ihm die Geschichte jeder Skulptur, jeder kleinen Brücke, machte ihn auf die Schönheit der Regentropfen auf der Oberfläche der Teiche aufmerksam.

Nachdem Ananda ihn allein gelassen hatte, als Kade etwas feucht und klebrig im Konferenzzentrum stand, öffnete Sam wieder den Nexus-Kontakt.

[sam] Interessante Unterhaltung. Was hältst du von seinen Ideen?

[kade] Keine Ahnung.

Aber Kade war sich bewusst, dass er log.

Um 3.19 Uhr Ortszeit multiplizierte eine einsame CPU in einem unterminierten Cluster in einem Datenverarbeitungszentrum in Kuala Lumpur zwei 512-Bit-Primzahlen und stellte fest, dass sie die Faktoren waren, die sie für eine 1024-Bit-Zahl suchen sollte. Sie übermittelte das Resultat an ein System in Rio de Janeiro, das es an eine Zwischenstation in Detroit weiterleitete, die sie anonym an einen Rechner in Johannesburg sendete, der sie schließlich an einen Server in Mumbai schickte. Das Resultat wurde mehrmals überprüft. Alles passte. Es war das letzte noch fehlende Teil des Puzzles.

Drei Minuten später, um 4.22 Uhr Ortszeit in Bangkok, summte Wats' Slate. Es war eine Nachricht aus Mumbai. Nach 29 Stunden Analyse und über einhundert Billionen Prozessorsekunden war das Schloss geknackt worden.

Der Schlaf verflüchtigte sich aus Wats' Gedanken. Er wendete den Schlüssel an, und die Daten, die er aus Tuksins Terminal und Telefon kopiert hatte, wurden für ihn geöffnet. Sie waren in Thai geschrieben. Er rief einen Übersetzungsfilter auf und suchte in den Dateien nach Kades Namen.

Schon der erste Treffer verriet ihm sehr viel:

From: Tuksin, Phra Racha Khana Chan Tham <Tuksin@thaibuddha.th>
To: Suk Prat-Nung <SukPN@tmail.th>
Sent: Tuesday 1.38am local time (GMT +7)
Subject: RE: Interessante Umstände

Suk,
die erste Hälfte der Bezahlung ist auf meinem Konto eingegangen. Hier sind die Informationen:

Er heißt Kaden Lane. Ananda bemerkte eine außergewöhnlich starke Nexus-Aktivität an ihm und beauftragte mich mit weiteren Ermittlungen. Er glaubt, Lane hat es permanent absorbiert, aber in einer Menge, wie wir sie noch nie zuvor erlebt haben. Er ist kein Meditierender. Er könnte über die Technologie verfügen, an der Sie interessiert sind.

So, so.

Eine Stunde später erhob er sich von seinem Slate, pfiff leise und setzte alle Puzzleteile gedanklich zusammen.

Der große knochige Mönch namens Tuksin, dem er nun schon zweimal begegnet war, dem außerordentlichen Assistenten von Professor Somdet Phra Ananda, stand insgeheim auf der Gehaltsliste von Suk Prat-Nung. Und dieser war ganz besonders an den neuesten Versionen von Nexus interessiert. Ananda hatte das Nexus in Kades Gehirn gespürt und Tuksin beauftragt, ihm zu folgen. Daraufhin hatte Tuksin seine Informationen an Suk Prat-Nung verkauft. Und dieser hatte sie dazu benutzt, den Hinterhalt in der Gasse zu organisieren, ohne etwas von Samantha Cataranes und ihren Fähigkeiten zu wissen.

Aber es war die letzte Nachricht, die Suk an Tuksin gesendet hatte, die Wats große Sorgen machte.

Die glücklichen Umstände, durch die er uns am Montagabend in die Hände gespielt wurde, werden auch am Freitag wieder eintreten. Er hat sich mit Leuten angefreundet, die ich kenne. Wir werden ihn und das Mädchen schnappen, wenn sie die Veranstaltung verlassen.

Das Mädchen ist gefährlich, aber jetzt sind wir darauf vorbereitet. Sie wird für uns in jedem Fall von Wert sein, ob lebend oder tot.
Suk

Also war diese Veranstaltung am Freitagabend eine Falle. Konnte er das irgendwie nutzen, um Kade herauszuholen? Nein, viel zu gefährlich. Aber er durfte Kade auch nicht einfach hineintappen lassen. Seine höchste Priorität war die Unversehrtheit seines Freundes.

Er verband sich mit einem dezentralisierten Anonymisierungsservice über eine Zugangsadresse in der Schweiz. Sein Signal wurde ein paarmal zwischen privaten Servern hin und her geschickt, bis es über einen Zugang in São Paulo wieder ins öffentliche Netz gelangte. Von dort sprang er zu einem Einwegcomputer auf den Kaimaninseln. Von dort aus legte er einen neuen E-Mail-Account auf einem anonymen Mailserver in Schweden an.

Das Event am Freitagabend ist eine Falle. Man wird versuchen, dich zu entführen, diesmal mit einer stärkeren Streitmacht. Verschwinde aus Bangkok. Dort ist es zu gefährlich für dich.
Ein Freund

Er platzierte Daemons am E-Mail-Account, damit sie ihn über jeden Versuch informierten, das Konto zu hacken. Dann lehnte er sich zurück und wartete.

[32] Vorbereitungen

Sam wachte auf, als jemand ihr Slate anrief. Garrett Nichols. Sie tappte ins Badezimmer, drehte die Dusche auf, um Hintergrundlärm zu erzeugen, und meldete sich.

»Was gibt es?«

Ein zweites Signal ertönte. Becker schaltete sich dazu, und sein kräftiges kantiges Gesicht füllte die Hälfte des Bildschirms aus. Für Sam war es 6.24 Uhr, für Becker 19.24 Uhr. Sie befanden sich praktisch auf entgegengesetzten Seiten des Globus. Sie erkannte, dass er sich noch in seinem Büro aufhielt.

»Wie ist die Lage?«, fragte Becker.

Nichols antwortete. »Vor zwanzig Minuten empfing Lane eine E-Mail von einem anonymen Konto. Darin wurde ihm mitgeteilt, dass die Veranstaltung am heutigen Abend eine Falle ist.«

Die Nachricht wurde auf dem Bildschirm angezeigt.

Sam ließ sie auf sich wirken.

»Wer hat sie abgeschickt?«, fragte Becker.

»Das wissen wir nicht, Sir«, antwortete Nichols. »Es ist ein anonymer E-Mail-Account. Wir können versuchen, die Spur zurückzuverfolgen, aber wenn dieser Freund einigermaßen versiert ist, dürfte es schwierig werden, und es wäre möglich, dass er unsere Nachforschungen bemerkt.«

»Tun Sie es trotzdem«, sagte Becker.

»Ja, Sir.«

»Wie sieht unsere operative Einsatzbereitschaft für diese Mission aus?«

»Zwölf einheimische Agenten für den Kampfeinsatz, Blackbird nicht eingeschlossen. Allesamt von der CIA überprüfte Vertragsmitarbeiter.« Söldner, dachte Nichols, sagte es aber nicht. »Kampfmodifikationen der zweiten Generation.«

Becker nickte. In der *Boca Raton* hielt sich eine Einheit von Marines bereit, aber für ihren Einsatz wären Autorisierungen erforderlich, die sie nicht hatten. Sie würden sich mit den Söldnern begnügen müssen. »Setzen Sie alle Leute ein. Ich will, dass so viele Angreifer wie möglich lebend gefasst werden. Sie könnten uns wertvolle Hinweise auf Prat-Nung geben.«

»Ja, Sir.«

»Sie sagten, Sie könnten sie vor der Selbstvernichtung bewahren?«

»Es wäre möglich, Sir. Nach Analyse der Daten, die von Agent Cataranes' Telefon aufgefangen wurden, glauben wir, die Frequenz und den Code für das Selbstvernichtungssignal zu kennen. Das können wir blockieren.«

»Gut«, sagte Becker. »Sonst noch etwas?«

Nichols meldete sich noch einmal zu Wort. »Sir, ich finde, wir sollten noch einmal Lanes Rolle bei dieser Mission überdenken.«

Becker kniff die Augen zusammen. »Erzählen Sie mir nicht, dass auch Sie jetzt mit der Lane-ist-doch-ein-Zivilist-Leier kommen wollen.«

Sam bemühte sich, ruhig zu atmen. Heute würde sie sich nicht von Becker provozieren lassen.

»Nein, Sir«, antwortete Nichols. »Aber er ist für uns von großem Wert. Er ist unser Schlüssel, um näher an Shu heranzukommen. Es könnte ratsam sein, ihn heute Abend nicht in Gefahr zu bringen.«

»Und Sie, Cataranes?«, fragte Becker.

»Sir, Spezialagent Nichols hat mir die Worte aus dem Mund genommen.«

Becker blickte nach unten und überflog noch einmal die Nachricht. »Zur Kenntnis genommen. Wir müssen das gegen die Möglichkeit abwägen, Ted Prat-Nung gefangen nehmen oder neutralisieren zu können. Und Lane ist nicht unersetzlich, wenn Shu auch Shankari eingeladen hat.«

Er hielt einen Moment inne und trommelte mit den Fingern. »Agent Cataranes, für Sie hat es höchste Priorität, für die Sicherheit Ihres Schützlings zu sorgen. Diese Nachricht informiert uns über einen weiteren *Entführungsversuch*. Das dürfte Ihren Job einfacher machen. Spezialagent Nichols, sorgen Sie dafür, dass auch das Unterstützungsteam versteht, dass das Leben von Lane höchste Priorität hat. Wir sollten mit nicht tödlichen Waffen beginnen und nur im absoluten Notfall auf tödliche Munition zurückgreifen.«

Nichols nickte.

Sam schwieg.

Becker fuhr fort, diesmal etwas versöhnlicher. »Diese Leute werden nur mit Ihnen rechnen, Sam. Sie werden aufrüsten, um mit Ihnen zurechtzukommen. Sie werden nicht mit einem Dutzend schwer bewaffneter Agenten rechnen. Wir werden ihnen überlegen sein.«

»Ja, Sir«, sagte Sam tonlos.

»Und löschen Sie diese E-Mail aus Lanes Konto. Es ist nicht nötig, ihm Angst zu machen. Sie beide haben Ihre Befehle. Becker Ende.« Sein Gesicht verschwand.

Sam rieb sich die Augen.

»Also gut, reden wir über die Details«, sagte Garrett Nichols.

Um 6.47 Uhr wurde Watson Cole von seinen Dämonen darauf aufmerksam gemacht, dass der von ihm benutzte E-Mail-Account angegriffen wurde. Von Lanes Account war eine Antwort eingetroffen. Sie enthielt einen bekannten Trojaner. Wenn er die Nachricht öffnete, würde der Angreifer die Kontrolle über seinen Account und seine Systeme übernehmen. Fünfundvierzig Sekunden später bombardierte ein Serverkomplex den Account mit Logon-Befehlen, mehrere Tausend pro Sekunde. Jemand versuchte, seinen Account zu hacken. Enttäuschend.

Wats trennte die Verbindung zum Mail-Server in Schweden und schickte dann die Befehle, um den Computer auf den Kaimaninseln vollständig zu löschen.

Der Cyber-Angriff bedeutete, dass das ERD seine Mail zuerst gelesen hatte. Und die Reaktion ließ vermuten, dass man nicht beabsichtigte, seine Warnung zu beherzigen.

Wats richtete sich zu voller Größe auf und streckte sich. In seinem stämmigen Hals und seinen breiten Schultern knackten Gelenke. Er blickte auf seine kräftigen Arme, die dunkelbraune Haut, seine übermenschlich starken Hände mit den hellen Handflächen und dachte über seine nahe Zukunft nach.

Diese Hände hatten bereits getötet. Viele Male.

War er bereit, wieder zu töten?

Ja. Wenn es sein musste, würde er töten.

Wie würde sich das auf sein Karma auswirken?

Dazu war es ohnehin zu spät. Sein Karma war schon tiefschwarz. Wenn er leiden musste, damit Kade überlebte, dann sollte es so sein. Wenn er in einen noch tieferen Abgrund der Hölle stürzte, damit die Welt ein wenig besser wurde, dann sollte es so sein.

Er drehte seine Hände um und musterte sie. Irgendwo unter seiner Haut entfaltete sich langsam seine DNS. Irgendwo bildeten sich erste Krebszellen.

Wir alle werden geboren, um zu sterben, sagte sich Wats. Es geht nur darum, was wir aus der Zeitspanne machen, die uns gegeben ist.

Er hatte sich bereits dem Untergang geweiht. Aber die Welt konnte noch gerettet werden.

Es wurde Zeit, sich zu bewaffnen und vorzubereiten. Ihm stand eine laute und blutige Nacht bevor.

In der Kontrollzentrale der *Boca Raton* erhielt Nichols einen weiteren Anruf von Becker, eine Stunde nach Beendigung seines Gesprächs mit Cataranes.

»Sir.«

»Ich wollte es nur noch einmal von Ihnen bestätigen lassen: Der andere Agent, der November-Agent … ist er einsatzbereit?«

»Ja, Sir, obwohl …«

»Ja, Spezialagent Nichols?«

»Ich bin weiterhin der Meinung, dass Agent Cataranes über den November-Agenten Bescheid wissen sollte, Sir.«

»Was sie nicht weiß, kann sie nicht ausplaudern«, erwiderte Becker. »Das November-Programm könnte eine sehr lange Lebensdauer haben. Wir haben die strikte Anweisung, darüber so wenig wie möglich preiszugeben.«

»Ja, Sir.« Nichols neigte den Kopf.

»Gut. Meine Termine für den Freitag hab ich zusammengestrichen. Ich werde Sie und Ihr Team die meiste Zeit online begleiten. Ruhen Sie sich etwas aus. Heute Nacht brauche ich Sie in Topform.«

»Ja, Sir.«

Becker meldete sich ab.

Nichols saß allein in der Kontrollzentrale und war sehr unruhig und besorgt.

Kade saß auf dem Bett in ihrem Zimmer im Prince Palace Hotel. Es war 21.20 Uhr. Bald würden er und Sam ihre implantierten Erinnerungen aktivieren. Seine waren heute durch zwei Hypno-Sitzungen aufgefrischt worden. Er würde vergessen, dass er unter einem falschen Vorwand hier war, dass Sam eine ERD-Agentin war, dass seine Freunde zu Hause in Gefahr schwebten, dass jemand vor zwei Tagen versucht hatte, ihn zu kidnappen, dass Su-Yong Shu eine posthumane Revolution gegen die Menschheit anzettelte und viele andere Dinge. Er würde der Kade von vor zwei Monaten sein, unschuldig, unverletzt, schüchtern, nervös und optimistisch. Eigentlich hätte ihm das gefallen müssen. Aber es gefiel ihm ganz und gar nicht.

Heute war der letzte Tag der Konferenz, und Sam war ständig mit einem Mitglied ihrer Rückendeckung in seiner Nähe gewesen. Er hatte Narong wiedergesehen – endlich. Der Thai-Student hatte ihn und Sam begrüßt und gesagt, dass er sich auf den Abend freute.

Kade hatte den Drang verspürt, ihn zu warnen, obwohl Sam dabei war. Aber er hatte es nicht getan. Die Logik war zu bestechend. Wenn er Narong warnte, würden seine Freunde zu Hause auf jeden Fall darunter leiden. Wenn er Narong oder die anderen nicht warnte, würden sie alle die Sache vielleicht unbeschadet überstehen.

Ich muss jetzt strategisch denken, sagte er sich. Ich muss auf meine Chance warten. Sie wird kommen.

Cataranes kehrte aus dem Bad zurück. Sie hatte Make-up aufgelegt. Sie hatte ihm versichert, dass sie ein großes Unterstützungsteam hatten, aber er spürte, dass ihr irgendetwas an dieser Mission gar nicht passte. Sie behauptete, dass es nur die normale Aufregung vor dem Einsatz war.

Bald würde er sich weder daran erinnern noch sich deswegen Gedanken machen. Er würde ein völlig anderer Kade sein.

»Zeit zum Aufbruch«, sagte Sam.

Info

Wir stellen fest, dass die Verfassung nur menschlichen Personen Schutz garantiert. Nichtmenschliche Personen wie jene, die durch die Kombination nichtmenschlicher Gene mit menschlichen Genen geschaffen wurden, durch die Integration von Technologie, die nichtmenschliche Fähigkeiten ermöglicht, oder solche mit irgendwelchen signifikanten Abweichungen vom existierenden Spektrum menschlicher Eigenschaften genießen keinen besonderen Schutz. Daher sollten der Kongress und die Bundesstaaten den Status nichtmenschlicher Personen ungeachtet des verfassungsgemäßen Schutzes von Menschen gesetzlich festlegen.

Dyson vs. Department of Homeland Security,
Oberster Gerichtshof der Vereinigten Staaten, 2036

Dieses Gericht hat sich heute eines großen Verbrechens schuldig gemacht. Die Bestätigung, dass ein lebendes und denkendes Wesen welcher Art auch immer keine Rechte in Anspruch nehmen kann, bedeutet, die Lehren aus 260 Jahren Demokratie zu ignorieren. Mit diesem Urteil öffnen wir der Tyrannei, dem Gräuel und der Sklaverei Tür und Tor.

Bundesrichterin Elena Martinez,
Widerspruch gegen Dyson vs.
Department of Homeland Security, 2036

[33] Synchronicity

Das Taxi setzte Kade und Robyn in der Nähe der Soi Sama Han ab. Narong und Sajja stießen zu ihnen und gingen mit ihnen zum Buddhas Kuss. Alle waren in guter Stimmung. Er spürte die Aufregung, die Robyns Geist verströmte. Er konnte es gar nicht erwarten, dass der Synchronicity-Trip endlich losging.

Sajja führte sie über eine Treppe zu einer schweren Tür. Riegel wurden aufgeschoben. Chuan grinste und winkte sie herein.

Sie traten in ein geräumiges Wohnzimmer. Um einen freien Platz in der Mitte waren niedrige Möbel gruppiert. Ein Teppich in gold-braunem Muster bedeckte den größten Teil des Fußbodens. Ein halbes Dutzend Männer und Frauen von der gestrigen Party saßen auf kleinen Kissen im Kreis. Ein niedriger Altar stand vor einer Wand unter einem hübsch verschnörkelten Fenster. Auf der einen Seite öffnete sich der Raum zu einer Küche und einem Flur. Die anderen beiden Wände waren mit gemalten Buddhas verziert.

Eine verhutzelte Thai-Frau kam aus dem Flur ins Zimmer, ein warmes Lächeln auf dem Gesicht.

»Tante Chariya«, sagte Narong. Ihre Gastgeberin. Er stellte seine Freunde vor. Sie umarmten einander. Der Trip würde mit einem Ritual beginnen. Sie warteten nur noch auf eine fehlende Person. Chariya schlug vor, dass sie im Kreis der Kissen auf dem Boden Platz nahmen.

Sie fanden zwei freie Kissen zwischen Narong und Lalana. Robyn saß links neben Narong und Kade rechts neben Lalana. Lalana kicherte und begrüßte die beiden. Sie zögerte, als sie Kades Hand ergriff. Sie waren jetzt zu elft im Kreis, einschließlich Kade und Robyn, fünf junge Männer und sechs junge Frauen. Kade erkannte alle von der Party im Buddhas Kuss am Montagabend wieder. Chuan, Sajja, Narong und Loesan waren die Männer. Lalana, Rajni, Sarai, Ning und Areva waren die Frauen. Ein Platz im Kreis war noch frei. In der Mitte lagen zwei Kissen. Auf dem einen saß ein alter Mann im Lotussitz, dem Altar zugewandt, Kade und Robyn den Rücken zugekehrt. Chariya setzte sich auf das zweite Kissen, Rücken an Rücken mit dem alten Mann, Kade und Robyn zugewandt.

»Kommt näher, alle«, forderte sie die anderen auf. »Schließt den Kreis so eng wie möglich.«

Die Leute rückten näher zusammen, bis der Kreis eine gemütliche Runde war. Kades Knie berührten die von Robyn und Lalana. Es war köstlich und verwirrend.

Er konnte Chariyas Geist tatsächlich spüren, wenn auch nur ganz leicht. Ein Flüstern von Frieden und Ruhe. Und knapp dahinter ...? Niran. Ihr Ehemann. Stark, stolz, abgeklärt.

»Leert euren Geist von allen Dingen«, intonierte Chariya. »Schließt die Augen. Spürt euren Atem, wie er in euren Körper strömt. Spürt euren Atem, wie er euren Körper verlässt. Versucht nicht, irgendetwas zu ändern, beobachtet einfach nur.«

Kade atmete mit ihr, spürte und hörte gleichzeitig, wie der ganze Raum atmete.

Ein Geräusch. Die Tür ging auf. Er hielt die Augen geschlossen.

»Suk«, hörte er Chariya sagen. »Wie nett von dir, dass du dich uns anschließt.«

»Hallo, Tantchen«, sagte eine neue Stimme. »Auch ich freue mich, dich wiederzusehen.«

Kade spürte ein aufflackerndes Missvergnügen von Chariya.

»Da du dich noch nicht gesetzt hast«, sagte sie, »kannst du uns allen zu Diensten sein.«

»Ja, Tantchen.«

Kade hörte Schritte. Jemand ging an ihm vorbei. Ein leises Klirren. Weitere Schritte. Jemand schluckte. Nun war das Klirren genau vor ihm. »Hier«, flüsterte jemand. Die neue Stimme.

Kade öffnete die Augen. Der Neuankömmling hockte vor ihm und bot ihm ein kleines Glas an, das mit einer silbrigen metallischen Flüssigkeit gefüllt war.

Kade nickte zum Dank, nahm das Glas und trank es aus. Noch mehr Nexus, vermischt mit Empathek.

Er schloss wieder die Augen und konzentrierte sich erneut auf seinen Atem.

»Beobachtet, wie der Atem euren Körper verlässt«, intonierte Chariya langsam. »Beobachtet, wie er wieder eintritt. Schenkt eurem Atem eure ganze Aufmerksamkeit, lasst zu, dass er euren ganzen Geist erfüllt. Wenn Gedanken auftauchen, lächelt nur und lenkt eure Aufmerksamkeit wieder auf euren Atem.«

Kade ließ sich von seinem Atem erfüllen. Seine Atemgeräusche erfüllten seine Ohren. Er spürte, wie sich sein

Körper beim Einatmen ausdehnte und beim Ausatmen zusammenzog. Die Dunkelheit hinter seinen Augen breitete sich seitlich aus, wenn der Atem in ihn floss, verengte sich, wenn der Atem aus ihm herausströmte.

Er wurde sich eines Geräuschs bewusst. Ein leiser Gesang, ein sanfter Trommelschlag. Er registrierte, wie sich der Rhythmus seines Atems an die Schläge anpasste. Der gesamte Raum atmete in einem einzigen synchronisierten Rhythmus.

»Öffnet eure Handflächen«, wies Chariya sie an, »und ergreift behutsam die Hände von denen neben euch.«

Kade streckte die Arme langsam nach links und rechts aus. Er spürte, wie sich Robyns starke Hand um seine Linke schloss, wie Lalanas kleine weiche Hand in seine Rechte glitt. Der Kontakt hatte beinahe etwas Elektrisches. Er spürte, wie sich ein Schaltkreis schloss, ein Schaltkreis des Denkens. Noch war es schwach, aber nun flossen Empfindungen wie kleine Wellen durch ihn, er war sich der Bewusstseine der anderen in diesem Raum bewusst, wie sie atmeten, wie sie sich seines Bewusstseins und aller anderen bewusst waren, ein Echo, eine Resonanz, eine Vibration des Atems und des Geistes.

»Wir sind Schüler des Buddha«, intonierte Chariya.

Ein Dutzend Stimmen antwortete ihr. »Wir sind Schüler des Buddha.« Kade tat es ihnen nach.

»Wir gehen den mittleren Pfad«, sagte sie langsam.

»Wir streben nach der Erleuchtung für alle Lebewesen, um allen Wesen zu helfen, sich vom Leid zu befreien.«

Der Raum wiederholte jeden Satz wie ein Echo.

»Heute Abend durchdringen wir den Schleier der Maya.

Wir lösen die Illusion der Trennung zwischen Ich und Welt auf, wir begreifen unsere Einigkeit mit allem.«

Kade sprach alles zusammen mit den anderen nach. Es war hypnotisch, euphorisch. Der Schleier der Maya, der Göttin der Illusion und der falschen Isolation, fiel von seinen Augen ab. Er war Kade. Er war Robyn. Er war Lalana. Er war Mutter Chariya. Er war Vater Niran. Er war männlich. Er war weiblich. Er war sie alle, alle Dinge und alle Menschen.

Mit einem Halblächeln schaute Buddha auf ihn herab, abgeklärt, zufrieden, ein Mensch, ein Rollenvorbild, jemand, der verstanden hatte, dass kein Gott oder Engel, kein Dämon oder Teufel den Himmel oder die Hölle zu den Menschen bringen konnte. Nur richtiges Denken, richtiges Handeln, richtiges Streben, richtige Konzentration, nur die Taten einer Person, nur das, worum sich jemand bemühte, nur die Erkenntnisse, zu denen sie gelangten, konnten zu ihrer Erleuchtung führen.

Diesen Raum kannte er sehr genau. Hier hatte er schon viele Male meditiert, viele Tausend Male. Er war all diese Menschen, all ihre Erfahrungen.

Er war Mönch gewesen, Nonne, Prostituierte, Student. Nexus hatte er erstmals vor vier Jahren kennengelernt, vor sechs Jahren, vor drei Jahren. Er hatte sein Leben dem Dienst, dem Mitgefühl, der Erleuchtung gewidmet. Er hatte seinen Körper immer wieder verkauft. Er hatte den Geist abstrakt studiert, wollte ihn konkret fühlen. Er hatte eine Möglichkeit dazu gefunden.

Er war Tante Chariya. Er war ihr Mann Niran. Er war ein Mönch und eine Nonne gewesen. Die Jahrzehnte seiner Meditation hatten seinen Geist geklärt. Er hatte das

Sakrament erlebt, war mit dem anderen eins geworden, hatte Grenzen überschritten und verbotene Territorien betreten. Er hatte den Orden verlassen und etwas Neues begonnen.

Mitgefühl für alles Leben erfüllte ihn. Das Universum schrie vor Schmerz, in der Illusion der Isolation. Er war dazu berufen worden, zu unterrichten, Liebe zu verbreiten, die Lebewesen von ihren Fesseln des Verlangens und der Abneigung zu befreien, sie zu lehren, dass alles eins war.

Er war der Buddha. Er war alle, die hier waren. Alle vierzehn, die gemeinsam viel mehr waren, etwas Wunderbares. Sie waren das Universum, das sich selbst beobachtete. Sie hatten die Erleuchtung erlangt. Sie konnten sie nun über die Welt verbreiten.

Er war die Sonne. Seine Strahlung erfüllte den Raum. Sein goldenes Licht fiel auf die Erde, versorgte alles Leben. Er war der Wind, der die Blätter bewegte, und er war gleichzeitig all die Blätter. Er war das Meer, das in Ebbe und Flut wogte, das rauschte und gischtete, und er war die Fische, die in diesem Meer schwammen, das Plankton, das sie fraßen, das Sonnenlicht, das sich auf dem Wasser spiegelte. Er war die Erde. Er war die Sterne. Er war die gesamte Schöpfung, und er war in genau diesem Augenblick absolut *lebendig* und *verstand* absolut sein eigenes Ich. Das Universum erwachte genau in diesem Raum, und damit erwachte es *überall gleichzeitig*.

Kade öffnete die Augen. Er zitterte. Alle zitterten und keuchten in schnellen Atemzügen. Schweiß stand ihm auf der Stirn. Robyns Hand pulsierte rhythmisch in seiner Linken. Sie fühlte sich abgeklärt, heiter und völlig in ihrem Element an. Lalanas kleine Hand flatterte wie der

Flügel eines Kolibris in seiner Rechten. Sie fühlte sich aufgeregt, frohlockend an. Wie lange hatte es gedauert? *Drei Stunden!* Es hatte sich wie ein paar Minuten angefühlt und gleichzeitig wie eine Ewigkeit.

Das Tempo ließ jetzt nach. Chariya sang leise. Niran schlug die Trommel immer langsamer. Die Atemzüge beruhigten sich, normalisierten sich. Gesichter lächelten. Brustkörbe bewegten sich immer noch rhythmisch. Er warf einen Blick nach rechts. Lalanas Brüste hoben und senkten sich unter ihrem weißen Hemd. Ihre Brustwarzen zeichneten sich hart durch den dünnen Stoff ab. Die olivfarbene Haut ihres Halses, ihrer Brust, wo das Hemd aufgeknöpft war, glänzte vor Schweiß. Es war der erotischste Anblick, den Kade je gesehen hatte. Er konnte nicht verstehen, warum sie immer noch ihre Kleidung trugen, wie sie so etwas tun konnten, ohne Haut an Haut miteinander zu verschmelzen, Lippen an Lippen, Körper an Körper, warum sie überhaupt irgendetwas anderes wollten.

Der Gedanke versiegte. Kade errötete. Lalana kicherte, mit Stimme und Geist, und der Kreis nahm es auf, verstärkte das Lachen, gemeinschaftlich glucksend, nicht unfreundlich, und die Anspannung war gebrochen.

»Das war fantastisch«, flüsterte Narong. Kade spürte es. Der Kreis hat nie zuvor so etwas Intensives erlebt.

Das bin ich, dachte er. Ich und Robyn. Nexus 5.

Chariya sah ihn an, ihr Blick traf seinen Blick, ihr Geist traf seinen Geist.

Ja, schien ihr Geist zu sagen. *Wer bist du, mein Kind?*

Es gab nur einen Geist, der sich nicht freudig und offen fühlte ... Suk. Er war so fern von ihnen. Warum?

Jemand tippte ihm auf die Schulter. Loesan. Er grinste verzückt, hockte sich neben Kade.

»Ich habe gespürt, was du mit Nexus gemacht hast. Es ist die ganze Zeit in dir, nicht wahr?«

Kade nickte, da er noch nicht bereit war, seiner Stimme zu vertrauen.

»Es ist faszinierend«, sagte Loesan. »Würdest du uns zeigen, wie du das machst?«

Etwas fühlte sich nicht richtig an. Da war etwas, vor dem er Angst haben sollte. Aber warum? Wissen sollte geteilt und nicht gehortet werden. Warum sollte er es nicht in diesem Moment teilen?

Kade nickte. »Ja.« Das Wort klang heiser. »Ja, ich werde es euch zeigen.« Jetzt klang es schon besser. »Gib mir ein paar Minuten Zeit.« Sein Körper meldete Bedürfnisse an.

Loesan grinste noch breiter, strahlte Aufregung und Neugier aus. »Ja.«

Kade erhob sich, wartete in der Schlange vor dem Badezimmer. Lalana stellte sich hinter ihn, streifte seinen Körper für einen kurzen Moment. Vor Lust hätte Kade fast gestöhnt. Er wusste nicht, welche Regeln hier galten, wusste nicht, was hier erlaubt war. Er suchte nach ihren Intentionen und stieß auf eine amüsierte Empfindung. Lalana drückte ihn gegen die Wand, zog sein Gesicht zu sich herunter, küsste ihn leidenschaftlich und gleichzeitig verspielt. Er war sehr hart. Lalana spürte es an ihrem Oberschenkel, legte dann eine Hand auf die Ausbeulung in seiner Hose, drückte seine Härte durch den Stoff, rieb mit der Hand pumpend auf und ab, einmal, zweimal, dreimal ... Dann lachte sie und löste sich von ihm.

»Später«, flüsterte sie. Ihre Augen und Gedanken versprachen köstliche Freuden.

Er stieß ein gespieltes Stöhnen der Enttäuschung aus. Sie lachte wieder, und er musste einfach mitlachen. Die Verbindung von Nexus und Empathek sang in seinem Geist. Alles war absolut wunderbar. Mein Gott, war sie sexy!

Er war zu hart, um pissen zu können, als er an der Reihe war. Er musste eine sehr lange Reihe von Primzahlen durchgehen, bis seine Härte nachließ und er sich erleichtern konnte. Dann kam er heraus, um ihnen zu zeigen, was er und Rangan getan hatten.

Und dann sah er Suk. Wie er auf der Couch saß. Er fühlte sich falsch an. Der junge Mann strahlte Arroganz und Habgier aus. Plötzlich wollte Kade den anderen nichts mehr beibringen.

Er suchte nach irgendeiner Ausrede ...

»Rangan«, sagte er. »Axon. Ich muss ihn erst fragen, bevor ich euch anvertrauen kann, was wir getan haben.«

Ihre Enttäuschung war fast körperlich spürbar. Sie drückte gegen ihn. Vielleicht konnte er ein paar einfachere Ideen mit ihnen teilen, weniger gefährliche Ideen ...

»Aber ich könnte euch wenigstens ein paar Denkansätze geben«, sagte er.

Die freudige Erwartung kehrte in alle Bewusstseine zurück. Er setzte sich, sie scharten sich um ihn, und er begann damit, ihnen einen flüchtigen Einblick in das zu geben, was Rangan, Ilya und er herausgefunden hatten.

[34] Schwestern

Robyn Rodriguez schwebte immer noch im siebten Himmel. Es war eine der fantastischsten Erfahrungen ihres Lebens gewesen, höchstens vergleichbar mit ihrem ersten Mal auf Nexus 5, zusammen mit Kade, als ... als ... Ach, es war einfach nur fantastisch!

Sie wartete, bis sie ins Bad gehen konnte, immer noch benommen, schwer atmend, mit schnellem Pulsschlag, Geist und Herz weit geöffnet. Als sie zurückkam, hatte sich der Kreis in einige kleinere Gruppen aufgelöst. Sie konnte immer noch die Bewusstseine im Raum spüren, eine ganzheitliche Präsenz um sie herum, freudig und erhaben. Sie war mit ihnen synchronisiert, für sie sensibilisiert. Hinter ihr war eine weitere Präsenz ... eine einzigartige Präsenz ...

»Hallo«, sagte eine leise Stimme auf Englisch mit deutlichem Akzent. »Wie heißt du?«

Robyn drehte sich um. Es war ein Kind. Ein junges Mädchen, vielleicht sieben Jahre alt. Robyn ging in die Hocke, lächelte, streckte eine Hand aus. »Ich bin Robyn«, sagte sie. »Und wie heißt du?«

Sie starrte das Mädchen verdutzt und erstaunt an. Ihr Geist war wie ein Juwel, hell und klar, klein und dennoch strahlend. Wie konnte Robyn sie überhaupt spüren? War dieses Kind auf Nexus? Wer würde so etwas tun?

»Ich heiße Mai«, sagte das Mädchen mit heller, leiser Stimme und legte seine Hand in Robyns. Ihr Geist strahlte Frieden aus. Robyn sollte sich keine Sorgen machen. Niemand hatte ihr etwas zuleide getan. Sie hätte fast geweint, als ihr bewusst wurde, dass mit diesem Kind alles in Ordnung war.

Chariya war hinter ihr. Robyn spürte Frieden und Geborgenheit von ihr, genauso wie die Liebe, die sie für das Kind empfand.

»Mai«, sagte sie auf Thai. »Warum bist du wach?«

Robyn spürte die Antwort. Sie kam von Mais kleinem Bewusstsein. Sie hatte sie gespürt. Sie hatten sich wunderbar angefühlt. Wie eine große Liebe. Sie hatten sich wie die Zukunft angefühlt, wenn die ganze Welt eins war.

Robyn drehte sich zu Chariya um. »Wie ...?«, fragte sie die ältere Frau. Wie konnte so etwas sein?

Chariya blickte auf die beiden herab. »Ihre Mutter benutzte Nexus, als sie mit Mai schwanger war. Und ... andere Dinge. Ein Freund schickte die Mutter zu uns. Mai wurde so geboren.« Chariya ging mit knirschenden Kniegelenken in die Hocke. Sie strich Mai über das Haar.

»Sind alle ...?«, begann Robyn.

Sind alle Kinder von Nexus-Müttern so?

Die ältere Frau schüttelte den Kopf. »Nein. Nur ein paar.«

Robyn sah ein flüchtiges Bild. Ein Refugium im Süden in der Provinz Narathiwat, nicht weit vom winzigen Dorf Mae Dong. Ein Ort des Friedens, wo man ein paar dieser Kinder hingebracht hatte, wo Mai eines Tages leben konnte, wenn sie sich dafür entschied.

»Ich bin etwas Besonderes«, sagte Mai.

»Ja, das bist du, Mai«, antwortete Chariya lächelnd und strahlte Liebe und Zärtlichkeit aus. »Und jetzt solltest du wieder schlafen gehen.«

Mai schüttelte langsam den Kopf und blickte Robyn mit großen Augen an. »Kommst du mit mir spielen?« Kindliche Neugier und Erstaunen ging von ihr aus. Es war ansteckend. Robyn konnte sich nichts Schöneres vorstellen, als mit diesem Kind zu spielen.

Robyn sah Mutter Chariya an. Die ältere Frau nickte. »Du darfst noch ein wenig spielen, Mai. Aber danach ist es Zeit, wieder schlafen zu gehen.«

Mai antwortete mit einem glücklichen Aufschrei und einem Schwall der Begeisterung. Robyn spürte, wie ihr Geist von dem kleinen Mädchen mitgerissen wurde. Mai schien in ihr Herz blicken zu können, nahm ihre Hand und führte sie hüpfend durch den Flur.

Ihr Zimmer war kaum größer als ein Kleiderschrank, aber es war voller Liebe. Zeichnungen bedeckten die Wände. Leuchtende geometrische Mandalas, thailändische Märchenprinzessinnen, Buddhas im Schneidersitz auf Elefanten, Chariya und Niran, sehr naturgetreu, mit einem Kind zwischen ihnen. Helle Linien verbanden die Chakren der drei Figuren, eine Prozession von mehrschichtigen Dreiecken in einem Regenbogen aus Farben.

Mai zeigte Robyn ihr Spielzeug. Sie hatte einen Plüschelefanten mit einer hübsch gearbeiteten Sänfte auf dem Rücken. Ein Affe, der so groß wie der Elefant war. Eine wunderschöne Thai-Prinzessin in einem rot-goldenen Kleid. Ein Buddha ritt in der Sänfte. Mai legte Robyn den Affen in die Hände und erzählte ihr voller Überzeugung eine Geschichte über eine Prinzessin, die tief und fest im Wald schlief, und über einen Affen, der den Buddha auf dem Elefanten zu ihr führen musste, damit er sie aufweckte. Die Geschichte bestand aus Teilen in Englisch und in Thai und den Bildern und Emotionen, die Mais kleiner Geist ausstrahlte.

Robyn konnte dem Spiel kaum folgen. Ihr Herz schlug ihr bis zur Kehle. In ihr drängten sich die unterschiedlichsten Empfindungen. Sie konnte nur über die Existenz dieses Kindes staunen. So jung. So sorgenfrei. Das Kind verströmte *Glückseligkeit*. Fröhlichkeit. Fast Abgeklärtheit. Mai fühlte sich hier sicher. Hier fühlte sie sich geliebt. Hier ... inmitten von ... inmitten von ... in diesem schrecklichen ...

»Ich hätte gern eine Schwester«, sagte Mai. Sie sagte es genauso in sehnsuchtsvollen Emotionen wie in Worten. Jemand, der ihre Hand hielt. Jemand, der ihr das Haar flocht. Jemand, der in der Nacht an ihrer Seite schlief. Jemand, mit dem sie spielen konnte. Jemand, mit dem sie lachen und Geheimnisse haben konnte.

»Hast du eine Schwester?«, wollte das kleine Mädchen wissen.

Robyn schüttelte den Kopf. Ihr Herz pochte in ihrer Brust und drohte sie zu sprengen. Ihre Stimme gehorchte ihr nicht mehr.

»Wärst du gern meine Schwester?«, fragte Mai.

Tränen liefen Robyn über das Gesicht. Sie wusste nicht, warum. In ihrem Geist tauchte ein Gesicht auf. Ein Mädchen. Ein kleines Mädchen. Ein Feuer. Nein. Nein. Nein.

Mai berührte Robyns Gesicht mit ihrer kleinen Hand. »Sei nicht traurig.«

Ein Schluchzen löste sich aus Robyns Kehle. Sie zog das Mädchen an sich, hielt es fest.

Mai küsste ihre Wange mit winzigen Lippen. »Meine Mami ist auch gestorben«, sagte sie.

Nein. Nein. Ihre Eltern lebten in San Antonio. Sie waren Lehrer. Ihre Eltern waren nicht tot. Sie waren nicht im Feuer umgekommen. Sie waren nicht ... sie waren nicht ...

Ihre Schwester! Unwillkürlich stöhnte sie. Sie verlor den Verstand. Sie hatte nie eine Schwester gehabt. Ihre Schwester war im Feuer gestorben. Sie hatte für ihre süße kleine Ana getötet. Sie hatte sie alle getötet. Nein, sie hatte niemals eine Schwester gehabt!

»Schon gut, Sam«, sagte Mai. »Du kannst meine Schwester sein.«

Sam? Nein. Ihr Name war Robyn. Robyn Rodriguez. Sie war eine Promotionsstudentin in Stanford. Sie war hier, um an einer ... sie war hier, um ... sie war ...

Ihre Schwester. Ana. O Gott! Tränen strömten ihr ungehindert über das Gesicht. Die Trauer war unerträglich.

»Schschscht ... Alles ist gut ...« Irgendetwas passierte. Etwas in ihrem Geist. Ein helles Licht, ein winziger Punkt, weiß, herrlich leuchtend. Es war Mai. Sie war in ihr und machte etwas mit ihr, tröstete sie, drängte die dunklen Schatten zurück.

Ihr Name war Samantha Cataranes. Vor langer Zeit war sie jemand anderes gewesen. Etwas Schreckliches hatte sie geformt, hatte sie zu dem gemacht, was sie jetzt war. Sie hatte alle Menschen verloren, die sie geliebt hatte. Sie hatte sie in einer Kiste tief in ihrem Geist begraben. Das Licht aus Mais Bewusstsein öffnete sie, brachte sie zu ihr zurück, in helles, warmes Licht getaucht. Nichts war gedämpft, aber dadurch fand Sam den Mut, es sich noch einmal anzusehen, alles. Dieses Mädchen – oder Nexus oder Empathek oder alles zusammen – umhüllte sie mit Liebe, und sie sah, dass sie nicht davon eingeschlossen werden musste, dass sie nicht ihr ganzes Leben lang eine Gefangene all dieser Jahre sein musste, dass sie größer war als alles, was ihr jemals zustoßen konnte, dass sie es nicht nur überwinden und meistern konnte, sondern dass sie es transzendieren, hinter sich lassen konnte.

Und dieses Mädchen ... diese Mai ... sie war ihrer Schwester so ähnlich. Dieser Ort, diese Menschen. Alles war dem Ort, wo sie aufgewachsen war, so ähnlich, dem Ort, wo schreckliche Dinge geschehen waren, die Menschen, die sie getan hatten. Aber anders. Völlig und absolut anders. Ana hatte Schmerz erfahren, musste noch viel mehr erfahren haben ... Dieses Mädchen ... Mai. Sie kannte Liebe. Dies war der Traum, nach dessen Verwirklichung ihre Eltern gestrebt hatten, aber ohne sich korrumpieren zu lassen. Sam hatte Angst darum. Der Traum war so zerbrechlich, so kostbar.

Ihr Herz schien zerspringen zu wollen. Sie verspürte den unwiderstehlichen Drang zu kommunizieren. Sie musste es auf irgendeine Weise herauslassen. Sie musste die Dinge aussprechen, die sie erfahren hatte. Sie betrachtete dieses süße, wunderschöne Mädchen. Sie war sich nicht sicher, wie viel Mai bereits gesehen hatte. Wahrscheinlich eine Menge. Aber sie konnte dieses strahlend schöne unschuldige Kind nicht mit ihrer eigenen Dunkelheit belasten.

»Mai ... ich danke dir. Ich danke dir sehr.« Sie spürte, wie die Tränen auf ihrem Gesicht trockneten.

Mai sah sie lächelnd an. Das Mädchen strahlte, innerlich und äußerlich. »Bist du jetzt meine Schwester?«

Sam nickte entschlossen, öffnete ihr Herz und sendete die Liebe, die sie empfand, zu diesem wunderbaren Kind. »Ja. Ich bin deine Schwester, Mai. Und du bist meine.«

Mai strahlte vor Glück.

»Du musst jetzt schlafen gehen, Mai. Bald werde ich wieder mit dir spielen. Okay?«

Mai nickte. Zufrieden. Sie hatten schön gespielt. Und sie hatte jetzt eine Schwester.

Sam brachte sie ins Bett, küsste zärtlich ihre Stirn und schaltete das Licht aus.

Im Bad versuchte sie, ihr mitgenommenes Gesicht wieder in Ordnung zu bringen, so gut es ging. Doch dazu war sie zu ungeduldig. Ihre erweiterten Pupillen starrten ihr aus dem Spiegel entgegen. Etwas sang in ihr, trieb sie dazu, es freizusetzen.

Sie kehrte ins Wohnzimmer zurück. Ihr Atem kam in kurzen Stößen. Ihr Herz pumpte immer noch heftig in ihrer Brust. Ob es an den Drogen lag oder an Mai oder an dem, was sie tun wollte, konnte sie nicht sagen. Sie musste sich mitteilen.

Sie fing Narongs Blick auf. Er lächelte ihr zu. Er würde ihr zuhören. Nein. Er wusste nicht, wer sie wirklich war. Ihre Augen wanderten nach rechts. Niran betrachtete sie mit einem seltsamen Ausdruck. Es war ihr egal. Sie ging an ihm vorbei. Da, Kade. Er erklärte Loesan irgendwas, gestikulierte mit den Händen. Sam nahm ein schwaches Echo seiner Gedanken wahr. Neurowissenschaft. Irgendeine Methode, wie sich Nexus verbessern ließ. Er sah sie nicht. Bemerkte sie nicht.

Sie rief mental nach Kade, legte ihr ganzes Verlangen hinein, wie sehr sie ihn jetzt brauchte, wie sehr sie sich die Verbindung zu ihm wünschte. Selbst von der anderen Seite des Raumes spürte er es, sodass er mitten in einem Gedankengang innehielt. Er drehte sich um, ihre Blicke trafen sich, und er nickte. Er entschuldigte sich bei seinem Publikum und kam zu Sam herüber. Alle Augen waren jetzt auf die beiden gerichtet.

Es gab ein Zimmer. Ein kleines Gästezimmer. Das Wissen kam von Niran oder Chariya oder vielleicht von jemand anderem. Es spielte keine Rolle. Sie nahm ihn an der Hand, führte ihn dorthin. Es war sogar noch kleiner als Mais Zimmer, und hier gab es nicht mehr als eine schmale Matratze auf dem Boden und einen winzigen Holztisch.

Sie legte sich auf die Matratze und zog ihn zu sich herunter. Sein Geist war voller Neugier und Besorgnis. Was war los?

»Kade, Kade, Kade …«, flüsterte sie, ihr Gesicht nur wenige Zentimeter von seinem entfernt. »Oh, Kade. O Gott, Kade.«

»Hey, immer mit der Ruhe. Alles in Ordnung mit dir? Was ist los?« Seine Sorge um sie wurde noch intensiver.

Wie konnte sie sich erklären? Wo sollte sie anfangen? Er wusste nicht einmal, wer er war, und erst recht nicht, wer sie war.

»Robyn, rede mit mir …«

Sie schüttelte den Kopf. »Ich heiße nicht Robyn, Kade. Ich muss es dir zeigen …«

Sam schlang die Arme und Beine um ihn, hielt ihn an sich gedrückt. Genauso umschlang sie ihn mit ihrem Geist, sendete Trost und Frieden.

»Das wird ein Schock für dein System sein, Kade.«

Er erschrak. Unwillkürlich wand er sich in ihrem Griff. Aber sie ließ ihn nicht los.

»Robyn, was zum Teufel ist los?«

Sie flüsterte sein Gegen-Mantra, mit dem Mund, mit dem Geist.

Canyon, Sittich, Kirsche.

Sie sah es, spürte es. Bewusstsein erwachte in seinem Geist. Ablehnung. Verwirrung. Erkenntnis. Er schlug physisch und psychisch um sich. Sie hielt ihm mit der Hand den Mund zu, hielt ihn fest, so behutsam wie möglich, deckte seinen Geist mit Trost zu, mit Beschwichtigung, mit Beruhigung. Es drohte keine Gefahr. Sie waren in Sicherheit. Sie musste ihm etwas sagen. Über sie. Es war wunderbar. Es war schrecklich.

Nach einer Weile entspannte er sich. Sie zog die Hand weg.

»Sam ... was zum Teufel? Was ist los? Was tust du?«

»Pssst ... Kade ... Es tut mir leid, dass ich dich da herausgeholt habe. Ich muss es einfach loswerden. Du bist der Einzige.«

»Was loswerden?« Dann sah er einen Teil davon. Den Schrecken. Die Gewalt. Den Tod. »O nein ... o nein ... Sam ...«

Sie sendete Trost. »Nein, Kade ... Alles ist gut. Wirklich. Das alles ist lange her. Es war schrecklich. Ich war jung. Aber ... jetzt geht es mir besser. So gut wie nie zuvor. Ich glaube, mit mir ist zum ersten Mal alles in Ordnung, vielleicht sogar für immer.«

Er starrte sie an, ohne etwas zu verstehen.

»Kade, ich muss das einfach mit jemandem teilen, bitte. Es ist überwältigend. Ich muss es rauslassen. Wirst du zuhören? Bitte?« Sie lockerte den Griff um ihn, öffnete ihren Geist für ihn, schickte ihm ihr Verlangen, ihre Sehnsucht, den überwältigenden Drang, die Dämonen aus ihrem Geist, aus ihrem Herzen zu vertreiben, ihm zu zeigen, was sie erkannt hatte.

Langsam nickte er und blickte ihr in die Augen. Er war besorgt und überrascht. Die Drogen verstärkten auch sein Mitgefühl. Er fühlte sich gezwungen, sich zu verbinden, zu verstehen.

»Okay. Ich werde zuhören.«

An Bord der *Boca Raton* hörte Jane Kim das Gespräch mit. Das war gar nicht gut.

»Sir«, sagte sie zu Garrett Nichols. »Wir haben ein Problem. Blackbird hat die Tarnung fallen gelassen. Sie hat die falsche Persönlichkeit abgelegt. Und mit Canary hat sie dasselbe gemacht.«

»Was?«, sagte Nichols. Er sah auf die Uhr. Die Nexus-Wirkung würde noch mehrere Stunden anhalten. »Bringen Sie sie wieder in ihre Rolle.«

Im Wohnzimmer rieb sich der alte Niran nachdenklich das Kinn. Dieser Lane hatte viele interessante Dinge gesagt. Auch wenn die meisten sein Begriffsvermögen überstiegen.

Dennoch war klar, welche Fähigkeiten er angedeutet hatte. Und Niran kannte jemanden, der sehr daran interessiert wäre, mehr darüber zu erfahren. Er dachte nach und fasste einen Entschluss.

Niran ging ins Nebenzimmer, nahm sein Telefon und führte ein Gespräch. Der Anruf war nur kurz. Ja, sein Gesprächspartner war in der Tat sehr interessiert. Er verstand, dass der junge Mann in wenigen Tagen aus Thailand abreisen würde. Ja, er war in Bangkok. Im Moment war er beschäftigt, aber in ein paar Stunden würde er vorbeikommen.

Niran unterbrach die Verbindung und lächelte still. Er freute sich sehr darauf, Thanom wiederzusehen.

[35] Wurzeln

»Ich wurde nicht als Samantha Cataranes geboren. Ich kam als Sarita Catalan auf die Welt. Ich bin im Süden von Kalifornien aufgewachsen, in einer kleinen Stadt nicht weit von San Diego. Meine Eltern hießen Roberto und Anita. Beide arbeiteten als Bioinformatiker und hatten sich in diesem Job kennengelernt. Ich hatte eine Schwester, Ana.« Trauer stieg in ihr auf. Wieder flossen Tränen, liefen langsam ihre Wangen hinab. Kade fühlte sich besorgt und mitfühlend an. Er strich über ihr Haar, sendete ihr Freundlichkeit.

»Meine Eltern waren Hippies. Die Art Hippies, die einen technischen Beruf hatten, aber mit der Familie Camping machten und mit ihren Freunden Lieder sangen. In den ersten Jahren waren immer viele Freunde da. Ich glaube, meine Eltern haben Gras geraucht.« Darüber musste sie lachen, trotz der Tränen. Kade strich ihr weiter über das Haar.

»Als ich acht war und meine Schwester vier, wurde die Firma, in der sie arbeiteten, von einem größeren Unternehmen aufgekauft. Sie hatten die Wahl, nach Boston umzuziehen oder sich mit einer großen Summe abfinden zu lassen. Sie haben sich für Letzteres entschieden.« Ihre Stimme nahm einen entrückten Klang an. Sie zeigte Kade alles in mentalen Bildern, während sie erzählte.

»Einige ihrer Freunde waren in eine kleine Stadt in New Mexico gezogen. Dort hatten sie sich einer Angestelltenkommune angeschlossen. Alle machten irgendeinen Job, den sie zu Hause erledigen konnten. Computerleute, Berater, Analysten, Designer, sogar ein paar Radiologen und Anwälte. Alle lebten auf dieser Ranch. Ihre Idee war, die Kinder gemeinsam aufzuziehen, an einem Ort zu wohnen, wo sie ihre elterlichen Aufgaben teilen konnten, wo sie ein Stück außerhalb der Reichweite des Gesetzes waren, um vielleicht zusammen ein paar Hippie-Sachen machen zu können.«

Die Bilder waren hell und farbenfroh. Kinder, die im Sonnenschein von New Mexico herumrannten, lächelnde Erwachsene, die sie aufhoben und durch die Luft sausen ließen, sie auf Schaukeln setzten und anstießen.

»Sie hatten ein paar gemeinsame Regeln und Rituale. Es gab eine Sache am Sonntagabend, zu der alle Familien gehen mussten. Etwas zwischen einem Gottesdienst und einem Gemeinderat. Es war ein Hippie-Ding.« Ihre Tränen waren versiegt. Doch nun zitterte sie, in Erwartung dessen, was kommen würde.

Verärgerung blitzte in Sams Gesicht auf. Man rief sie. Ihre Vorgesetzten. Ihre Augen zuckten zur Seite, brachten die Benachrichtigung zum Schweigen.

Sie sah Kade an, war wieder bei ihm.

»Der Ort hieß Yucca Grove.« Sie schluckte.

Sie sah, wie Kade die Stirn runzelte. Der Name klang vertraut, er suchte in seinem Gedächtnis ... »Yucca Grove? Was das nicht das mit ...?« Er riss die Augen auf. Ihm wurde kalt. Er zog sie näher an sich. »O nein, oh, Sam. Das tut mir so leid.«

»Pssst. Alles ist gut. Ich muss es zu Ende bringen.«

Er hielt sie, während sie sprach, während sie ihm alles zeigte.

»Die ersten paar Jahre waren wunderbar. Ein großer Spaß.« Lachen. Lagerfeuer im Hintergrund. Zwei Dutzend »Cousins« und »Cousinen« und Spielgefährten. Wanderungen in den grünen Bergen von Sangre de Cristo. Und Liebe, Liebe, Liebe. Das freundliche Gesicht und die melodische Stimme ihrer Mutter. Der schadenfrohe Humor ihres Vaters. Das entzückte Kreischen ihrer Schwester über jeden neuen Streich und Trick, den sie gemeinsam ausheckten.

»Dann veränderte sich etwas.« Die Teilnahmslosigkeit ihrer Eltern. Das Lachen verstummte. Gelächelt wurde nur noch während der Verzückung der Sonntagabende. Eine Verzückung, an der sie nicht teilnahm. Eine Verzückung, an der Ana nicht teilnahm. Dann die bösen Männer.

»Man nannte es das Communion-Virus. Es sollte das Gehirn optimieren. Es sollte die Menschen näher zusammenbringen, sie mitfühlender und weniger egoistisch machen. Es stellte irgendetwas mit dem Temporallappen an, mit einem Zentrum, das mit religiösen Empfindungen zu tun hat. Es sollte die Menschen näher zu Gott bringen. Das funktionierte tatsächlich. Außerdem machte es sie zu Sklaven.« Wut stieg in ihr auf. Die bösen Männer. Die Immunen. Wie sie die Enklave übernahmen. Wie sie alle dazu zwangen, ihnen zu dienen. Wie sie ihr Geld stahlen. Wie sie ihren Willen brachen. Die totale Kontrolle. Der Missbrauch.

»Einige der Überlebenden behaupteten, dass die gesamte Kommune gemeinschaftlich beschlossen hätte, es zu nehmen. Manche sagen, sie hätten es nie genommen, dass jemand es als Waffe gegen sie benutzt hätte. Ich kann mir vorstellen, dass meine Eltern es freiwillig probiert haben. Sie hatten keine Angst. Ihnen gefiel die Vorstellung, in der Gruppe zu leben, voller Altruismus und Harmonie.« Es klang verbittert. Sie war immer noch wütend auf ihre Eltern. Wütend, weil sie sie nicht beschützt hatten. Nein ... nicht sie. Dass sie Ana nicht beschützt hatten.

»Ich weiß es nicht. Ich kann sie nicht fragen. Sie sind gestorben.« Kade war benommen, entsetzt, besorgt, er hörte und sah nur zu, fühlte mit ihr, versuchte sie zu trösten, mit seinem Geist, mit seinem Arm um sie und seiner Hand, die ihr über das Gesicht strich.

»Danach waren es dreizehn, die den Laden führten.« Ihre Gesichter tauchten in ihrem Geist auf. Die Erinnerung an ihre Grausamkeiten, ihre Vergehen. Die Brandwunde an ihrem Oberschenkel, von einer Zigarette. Der Schlag, durch den sie einen Zahn verlor. Und Schlimmeres. Viel, viel Schlimmeres ...

»Der Prophet und seine zwölf Jünger. Alles Männer.«

Ihre Augen zuckten zur Seite, um eine neue Nachricht von ihren Vorgesetzten zu unterdrücken. Dann sah sie ihn wieder an.

Kade schluckte. Er wollte den Blick abwenden, wollte das alles nicht hören, nicht wissen. Doch er ertrug es. Er hielt sie fest und hörte zu, spendete ihr so viel Trost, wie ihm möglich war.

»Der Prophet. Er war ein Drecksack. Er hatte eine natürliche Immunität gegen das Virus. Es zog ihn nicht runter. Er merkte, dass er die Leute dazu bringen konnte, alles für ihn zu tun. Er scharte die anderen um sich, die mit der größten Resistenz, alles Männer. Machte sie zu seinen Jüngern. Sie durften tun, was sie wollten, solange sie seine Herrschaft unterstützten.

Sie ernannten sich zu Göttern. Die Treffen am Sonntagabend ... wurden zu Gottesdiensten. Das Virus erweckte in allen den Wunsch zu glauben. Die Männer nutzten jeden Trick aus dem Lehrbuch, um von den anderen als Götter angebetet zu werden.

Von fast allen. Mit mir hat es nicht gut funktioniert. Mit meiner Schwester hat es gar nicht funktioniert. Wir haben nicht verstanden, was mit allen anderen passierte. Es war verrückt. Ich habe versucht abzuhauen, als ich elf war. Sie haben mich erwischt – und mich verprügelt. Meine Eltern haben dabei nur zugesehen. Ich versuchte es noch einmal, und der Prophet und seine Jünger hätten mich fast totgeschlagen. Ich habe versucht, mit einer Gabel auf einen von ihnen einzustechen, und wieder haben sie mich fast zu Tode gepeitscht. Die ganze Nacht ließen sie mich an einen Zaunpfahl gefesselt stehen und verbrannten mich mit Zigaretten.« Die Erinnerungen waren brutal und schmerzhaft. Kade durchlebte sie mit ihr. Sam war bereits empfindungslos geworden. Tränen liefen ihm über das Gesicht.

»Danach behielten sie mich sehr genau im Auge. Sie ließen mich nicht in die Nähe eines Telefons, eines Terminals, eines Messers. Sie benutzten diese Menschen als Vieh. Stahlen ihr Geld. Nahmen sich die Frauen, die sie wollten. Schlugen die Männer zum Spaß zusammen.« Sie erinnerte sich an alles. An das Leben in der Hölle. In einem Gefangenenlager. Sie wusste, dass es nicht richtig war.

»Mich haben sie benutzt, seit ich zwölf war.«

Kade stöhnte unter der Erinnerung. Sam starrte nur ins Leere.

»Die ersten Male habe ich mich gewehrt.« Sie hatte die Männer gekratzt und gebissen und wie ein wildes Tier um sich geschlagen. »Aber sie haben mich jedes Mal besiegt. Es tat weniger weh, wenn ich sie einfach machen ließ.« Der Schmerz und die Demütigung der Unterwerfung. Die Abscheu. Die Selbstverachtung.

»Danach ... fügte ich mich einfach. Ich tat so, als würde das Virus auch bei mir wirken. Ich sagte zu Ana, dass sie dasselbe tun sollte.« Das Gebaren der naiven Unschuld. Die völlige Unterwerfung unter jede Forderung, unter jede Autorität, die vorgetäuschte Begeisterung für die Versammlungen am Sonntagabend. Kade hielt es kaum noch aus. Seine Tränen flossen weiter. Er sendete Sam Liebe und Mitgefühl, nicht ihrem erwachsenen Ich, sondern dem zwölfjährigen Mädchen, das hilflos und allein und missbraucht war, von der Welt im Stich gelassen.

»So ging es zwei Jahre lang. Jeden Tag dachte ich daran, mich umzubringen. Jeden Tag dachte ich daran, einen von ihnen zu töten. Was mich davon abhielt, war Ana.« Ihre süße kleine Schwester, ebenfalls durch das Virus unbeeinflusst, verwirrt, verletzt, verängstigt. Wie Sam versucht hatte, sie zu trösten, sie zu umarmen, sie aufzuziehen, sie zu schützen, ihr wenigstens ein klein wenig Freude an diesem gottverlassenen Ort zu geben.

»Es änderte sich, als ich vierzehn war. Ich hatte mich an die Vergewaltigungen gewöhnt. Es schmerzte nur noch, wenn die Kerle schlecht gelaunt waren. Dann machte ich eines Tages einen Spaziergang mit Ana, und einer von ihnen sah uns, und er hatte diesen Blick, diesen *lüsternen* Blick. Ich hatte mich schon so sehr daran gewöhnt, dass es mir inzwischen egal war, was sie mit mir anstellten. Aber dann wurde mir klar, dass er gar nicht mich ansah. Er war geil auf meine kleine Schwester. Und ich dachte nur, o Gott, wenn einer von euch sie anrührt, werde ich euch alle töten, jeden Einzelnen von euch, notfalls mit bloßen Händen.«

Sie weinte wieder. Die Taubheit war verschwunden. Jetzt waren wieder der alte Zorn und die Angst und die Hilflosigkeit da. Sie konnte apathisch sein, wenn es um ihren eigenen Schmerz ging. Aber nicht, wenn sie um ihre Schwester fürchtete, um das einzige unschuldige menschliche Wesen, das sie in jenen Jahren zu beschützen versucht hatte.

»Also tat ich, was ich schon viel früher hätte tun sollen. Einer von ihnen nahm mich mit in sein Zimmer. Er war sehr grob zu mir. Und nachdem er sich befriedigt hatte und eingeschlafen war, tat ich das Mutigste, was ich mir vorstellen konnte. Ich kroch unter ihm hervor ... ich ging ins Nebenzimmer, wo sein Telefon lag, und ich hob es auf. Ich hatte kein Telefon mehr benutzt, seit ich neun gewesen war. Es piepte, als ich die Tasten drückte. Ich hatte schreckliche Angst, dass er es hörte und aufwachte ...«

Kade spürte ihre Erinnerungen, ihre kindliche Angst. Dafür würde man sie verprügeln. Man würde sie töten. Man würde ihre Schwester vergewaltigen. Sie würde nie entkommen ...

»... aber ich drückte 9-1-1 und bekam eine Verbindung. Dann sagte ich ihnen, wo ich war und dass der Prophet und seine Jünger uns zu Sklaven gemacht hatten und dass sie auch meiner Schwester wehtun würden und dass meine Eltern zu Zombies geworden waren. Als sie dann Fragen stellten, hörte ich gar nicht zu, sondern legte einfach auf.« Nun strömte Adrenalin durch Sams und Kades Adern, die Erinnerung an Gefahr, Mut, Risiko.

»Dann legte ich das Telefon zurück und schlich wieder in sein Zimmer. Und als ich zu ihm ins Bett kroch, wachte er auf. Also fickte ich noch einmal mit ihm, sagte ihm, dass ich es von ihm haben wollte. Ich tat alles, um ihn abzulenken.« Kade erinnerte sich, erinnerte sich durch Sam. Die Angst. Die Scham. Wie sie ihn gehasst hatte, während sie es tat. Sie hatte sich vorgestellt, wie er blutend und verletzt und sterbend dalag, während er sie genommen hatte, während er ihren Hass als Leidenschaft missverstanden hatte.

»Etwas später hörte ich Schüsse. Ein Hilfssheriff war sofort zur Kommune gefahren, und einer der Jünger schoss auf ihn, tötete ihn.« Meine Schuld, hatte sie gedacht. Ich habe ihn getötet.

»Nein, Sam, nein! Das war nicht deine Schuld!«, sagte Kade zu ihr.

Sie sah ihn traurig lächelnd an, legte einen Finger auf seine Lippen. »Ich weiß, Kade. Jetzt weiß ich es. Ich dachte, ich hätte es schon vorher gewusst. Aber jetzt weiß ich es wirklich. Endlich.

Danach ging die Belagerung los. All die Sklaven ... meine Eltern, die anderen Eltern, sogar die Kinder. Sie alle vergötterten diesen Kerl, den Propheten. Jede Familie hatte Waffen. Dafür hatte er gesorgt. Er sagte uns allen, dass Satans Heerscharen gekommen waren, um uns in die Hölle zu bringen, und dass wir uns dagegen wehren mussten. Die Bundespolizei traf ein. Die Bioterror-Division des FBI. Jemand hatte das Wort ›Zombie‹ aufgeschnappt. Es war nicht der erste Ausbruch des Communion-Virus. Es war nur der bisher schlimmste.«

Der Prophet sagte dem FBI, dass wir lieber sterben würden, als uns zu ergeben. Wenn sie die Ranch stürmten, würden wir uns selbst in die Luft sprengen, würden wir uns bei lebendigem Leib verbrennen, alle, einschließlich der Kinder.

Die Belagerung dauerte drei Tage. Das FBI spielte laute Musik. Sie holten Prediger. Sie holten Psychiater. Noch nie hatte ich Ana so verängstigt erlebt.

Am vierten Tag wachte ich mitten in der Nacht auf. Es war 2.28 Uhr. Ich erinnere mich genau, wie ich auf die Uhr geschaut habe. Ich hatte vielleicht eine Stunde lang geschlafen, trotz der Musik und der vielen herumrennenden Leute. Und plötzlich wusste ich einfach, was ich tun musste. Mein Vater hatte eine Waffe, genauso wie alle anderen. Ich schlich in das Schlafzimmer meiner Eltern. Er schlief. Er hatte gerade keinen Wachdienst. Seine Pistole lag auf dem Nachttisch. Ich nahm sie, und ich zog ein hübsches Kleid an, das weiße, das, in dem mich der Schlimmste von ihnen, der Prophet, am liebsten sah, wenn er mich fickte. Die Pistole versteckte ich unter diesem Kleid, und dann ging ich zu ihm. Die Männer lachten nur leise, als sie mich sahen. Sie wussten, was dieses Kleid bedeutete.

Vor seiner Tür hielt jemand Wache, einer der anderen, ein dicker Mann, keiner von seinen Jüngern. Unter der Tür schimmerte Licht hindurch. Ich sagte dem Wachmann, dass er nach mir geschickt hatte, dass er mich mitten in der Nacht sehen wollte, dass er einen ›Segen‹ für mich hatte.« Sie spuckte das Wort angewidert aus.

»Der Wachmann verstand. Er hatte kein Mitleid mit mir. Er starrte mich nur an, er wollte mich, und er wollte Gott und dem Propheten dienen. Er ließ mich hinein.

Der Prophet saß hinter seinem Schreibtisch und war mit seinem Terminal beschäftigt. Er blickte auf, sah mich in diesem Kleid, musterte mich von oben bis unten. ›Sarita‹, sagte er. ›Was willst du?‹

Und ich zog die Waffe hervor. Sie war riesig. Der Wachmann war bereits umgekehrt und wieder nach draußen gegangen. Der Prophet sah die Waffe und schrie.« Die Erinnerung war für sie sehr lebendig. Sie wusste noch jede Einzelheit, wo die Möbelstücke im Zimmer standen. Jedes Geräusch, jeder Augenblick hatte sich ihr wie ein Standfoto eingebrannt. »Er wollte auf mich losgehen, aber der Schreibtisch war im Weg. Ich drückte den Abzug, und mein erster Schuss ging weit daneben. Der Lauf der Pistole wurde nach oben gerissen. Der Wachmann machte kehrt und kam auf mich zu. Der Prophet war halb um den Schreibtisch herumgekommen und wollte mir die Waffe aus der Hand schlagen.« Sam erinnerte sich an den lauten Knall der Pistole, den Geruch, wie der Rückstoß sie durchgeschüttelt hatte. Sie erinnerte sich an die Angst, wie der Prophet in ihrem Blickfeld immer größer wurde, das Wissen, dass sie versagen und sterben würde, dass man sie schlagen und töten würde, dass man ihre Schwester vor ihren Augen vergewaltigen würde.

»Ich geriet in Panik. Ich versuchte die Waffe waagerecht zu halten und drückte noch einmal den Abzug. Ich schoss wild drauflos. Gleichzeitig verpasste der Wachmann mir einen Schlag.

Er stieß mich zu Boden. Er versuchte mich zu treten. Aus irgendeinem Grund hielt ich immer noch die Waffe in den Händen. Ich drückte wieder ab, und der Wachmann stürzte auf mich. Er war fett und riesig. Überall war Blut, mein ganzes Kleid war voll davon. Ich versuchte, unter ihm hervorzukriechen. Ich schaffte es zum Teil, aber meine Beine waren noch eingeklemmt. Ich blickte auf und sah den Propheten. Er versuchte wieder aufzustehen. Ich hatte ihn getroffen. Da war Blut auf seinem Hemd, an seinem linken Arm. Ich hatte ihn getroffen, er war gestürzt, und nun erhob er sich wieder. Er hatte ein Messer in der rechten Hand. Er kam auf mich zu, und ich drückte noch einmal den Abzug. Ich traf ihn in den Bauch, und er fiel auf die Knie.«

Sam verstummte. Die Szenen spielten sich vor Kades geistigem Auge ab. *Ich hasse dich,* hatte sie dem Propheten zugeflüstert. Er hatte Blut gehustet, und sie hatte ein weiteres Mal auf ihn geschossen, in die Brust, und die Kugel hatte ihn zurückgeworfen. Dann waren plötzlich von überall Schüsse zu hören. Das FBI hatte die Schießerei gehört und daraufhin die Stürmung beschlossen. Die Verteidiger am Tor feuerten mit Schrotflinten, Gewehren und Pistolen zurück. Menschen schrien. Mehr Schüsse, immer näher. Mehr Schreie.

Und dann die erste Explosion. Sie vernichtete den kompletten Südflügel der Ranch, ließ einen Feuerball in den Nachthimmel aufsteigen. Der Rest des Gebäudes stand in Flammen. Überall war Rauch. Sam kämpfte sich unter dem fetten Wachmann hervor. Der Prophet stöhnte und rührte sich kaum noch. Sie stellte sich vor ihn, zielte sorgfältig und schoss ihm immer wieder in den Kopf.

Der Rauch wurde zu dicht. Sie hustete, konnte nicht mehr atmen. Sie hielt sich ein Stück von ihrem Kleid vor den Mund. Es nützte nichts. Ihr wurde schwindlig. Sie fiel auf die Knie. Es machte ihr nichts aus, jetzt zu sterben. Es war besser, als das alles weiter zu erleben. Sie hoffte nur, dass es Ana gut ging.

Sie hatte den Tod bereits willkommen geheißen, als sie die Stimme hörte. Laut. Männlich. Sehr lebendig, aber keiner von den Jüngern. Eine Stimme, die sie nicht kannte.

»IST DA DRINNEN JEMAND?«

Sie versuchte aufzustehen. Stürzte wieder. Hustete. Winkte. Und dann lag sie in den Armen von jemandem. Einem Mann. Er trug eine Weste. Darauf stand FBI – BIOTERROR. Er hatte asiatische Gesichtszüge.

»Alles wird gut!«, brüllte er, um den Lärm des Feuers, der Explosionen und der Schüsse zu übertönen.

Er trug sie hinaus auf den Gang. Das Feuer breitete sich aus. Rechts von ihnen fiel ein Balken von der Decke. Der Mann rannte in die andere Richtung. Dort war ein Panoramafenster. Sie waren im dritten Stock.

»SCHLIESS DIE AUGEN!«, brüllte er.

Dann rannte er auf das Fenster zu, drehte sich im letzten Moment, brach mit der Schulter voran hindurch, schirmte sie mit seinem Körper vor den Glassplittern ab und flog mit ihr durch die Nacht.

»Nakamura«, sagte Kade.

Sam nickte, während ihr Tränen über das Gesicht liefen. Sie fühlte sich … leichter. Als hätte sie sich von etwas befreit, von einer schweren, drückenden Last.

»Deine Schwester?«, fragte Kade.

Sam schüttelte den Kopf. Sie waren insgesamt 119 Personen in Yucca Grove gewesen. Davon hatten 28 überlebt, einschließlich Sam. Die meisten Jünger waren durch Kugeln oder die Explosionen gestorben. Die anderen hatten ihre Waffen gegen sich selbst gerichtet. Weder Sams Eltern noch ihre Schwester Ana waren unter den Überlebenden.

»Oh, Sam. Das tut mir so schrecklich leid.« Er legte sein ganzes Mitgefühl hinein, so viel Trost und Verständnis, wie er aufzubringen vermochte.

Sam blickte ihm in die Augen. »Kade, ich wünschte, meine Schwester wäre noch am Leben. Aber der Tod war besser für sie als ein Leben mit dem, was sie erwartet hätte.« Sie meinte es wirklich so, erkannte er.

»Es muss unglaublich schlimm gewesen sein, was du durchgemacht hast, Sam. Ich kann es mir kaum vorstellen ... Niemand sollte so etwas miterleben. Kein Kind. Ich verstehe jetzt, warum du zum ERD gegangen bist.« Sie hatte sich an den bösen Männern rächen wollen. Sie wollte sie ausfindig machen, ihnen wehtun, sie verhaften oder töten. Damit sie nie wieder irgendjemandem Schmerzen zufügen konnten. Sie hatte stark sein wollen. Stark genug, dass ihr niemand mehr etwas antun konnte, weder ihr noch den Menschen, die ihr etwas bedeuteten.

Er versuchte, sie zu trösten. Ihr Kraft zu geben.

»Kade, Kade, du verstehst nicht«, sagte Sam.

»Was?«

»Das ist die Vergangenheit, Kade. Ich kann nicht mehr zurück. Viel zu lange habe ich mich davon beherrschen lassen. Jetzt kann ich es loslassen.«

Er war verwirrt.

»Heute Abend bin ich einem sehr erstaunlichen Mädchen begegnet, Kade. Sie hat es mir gezeigt. Sie hat mir geholfen, dieser Sache ins Auge zu blicken. Ich habe immer nur kleine Stückchen davon abgeknabbert. Jetzt kann ich damit umgehen. Es ist vorbei. Ich bin nicht mehr dieses kleine Mädchen. Ich habe mein Bestes gegeben. Ich kann mir selbst verzeihen.«

Er konnte es in ihr spüren. Die Trauer war immer noch da, aber sie erdrückte sie nicht mehr. Sie fühlte sich leicht wie eine Feder. Sie fühlte sich frei.

»Dieses Mädchen, Kade, o Gott. Sie ist genauso wie du. Wie *wir.*« Sam sagte es voller Erstaunen, als würde es ihr erst jetzt bewusst werden. »Das Nexus ist dauerhaft in ihr. Sie wurde so geboren. Es ist Wahnsinn. Ich habe wieder eine Schwester.«

Sie brach an seiner Brust zusammen, lachte, während sie weinte, mit schnellen Atemzügen. Schließlich beruhigte sie sich, und sie lag an ihm, atmete ein und aus, weinte nur noch stumm, Tränen der Erlösung, Tränen des Abschieds, Tränen des Wandels, Tränen der Dankbarkeit. Sie durchschritt noch einmal ihr ganzes Leben, bestaunte es, dankte ihrem jüngeren Ich für ihren Mut und ihre Standhaftigkeit, verzieh der jungen Sam alles, was sie ihr jemals vorgeworfen hatte, verabschiedete sich von ihren Eltern und ihrer ersten Schwester und allem, das sie vor so langer Zeit gekannt hatte. Mit dem Kopf lag sie an seiner Brust, und er strich ihr übers Haar, sendete ihr Mitgefühl, Wärme und Trost. Bald schlief sie ein, und er blieb neben ihr liegen. Er spürte, wie die Party im Wohnzimmer allmählich zu Ende ging. Hier fühlte es sich so gut an. So richtig. Kade streichelte Sams Haar, spürte den bittersüßen Abschied, den sie in ihren Träumen nahm, spürte, wie sich ihr Brustkorb im gleichen Rhythmus wie seiner hob und senkte, und schließlich schlief auch er ein.

In der Kontrollzentrale der *Boca Raton* herrschte Schweigen. Sam hatte jede Nachricht abgewiesen, in der ihr befohlen wurde, aufzuhören und wieder ihre Tarnidentität anzunehmen. Irgendwann hatten sie es aufgegeben. Danach hatten sie nur noch zugehört.

Jeder von den dreien hatte nur winzige Fragmente aus Sams Lebensgeschichte gekannt. Keiner hatte bislang alles gehört. Es war eine Erleichterung, als sie verstummt war. Es war eine Erleichterung, als sie endlich eingeschlafen war. Mehrere Minuten lang sagte keiner ein Wort.

»Sorgen Sie dafür, dass die Unterstützungsteams einsatzbereit sind«, sagte Nichols schließlich. »Wir wollen Blackbird noch ein klein wenig Augenpflege gönnen.«

Wats saß im Schneidersitz ein Stockwerk über Kade und Cataranes. Neben ihm lagen seine Waffen bereit. Durch die Chamäleonfasern seiner Kleidung war es schwierig, seine reglose Gestalt im Zimmer zu erkennen. Ein Wärmekondensator an seinem Kampfanzug nahm die Energie auf, die sein Körper erzeugte, um ihn davor zu bewahren, unter der infrarotneutralen Kleidung zu kochen. Der Datenspeicher fühlte sich hart und kühl auf seiner Brust an.

Sein Funkgerät hatte heute Nacht zweimal verschlüsselte Gespräche aufgefangen. Die Einsatzkommandos waren in der Nähe. Er war sich nicht sicher, wo, aber sie waren nicht weit.

Es erleichterte ihn, dass die Partygäste unter ihm nach und nach einschliefen. Seine Nexus-Knoten waren auf strikten Nur-Empfang-Modus geschaltet. Auf diese Weise war es schwierig, eine gute Nexus-Verbindung zu bekommen. Ein wechselseitiges Feedback war nötig, um Bewusstseine zu synchronisieren, um Vorstellungen klar und deutlich übermitteln zu können.

Aber er hatte genug mitgehört. Die Nacht hatte ihn sehr bewegt. Auch er war jetzt ein Teil des Buddha. Er war auf seine eigene Weise der dunkle Spiegel eines Bodhisattva. Er war das Gegenteil des erleuchteten Lehrers. Er war jemand, der die Wiedergeburt in Dunkelheit und Unwissenheit in Kauf nahm, noch weiter vom Nirvana entfernt, damit andere die Chance erhielten, Frieden und Erleuchtung zu finden.

Er fragte sich, ob Cataranes in einem vergangenen Leben auch so jemand gewesen war.

[36] Gesellschaft

Kade träumte Sams Erinnerungen. Er war vierzehn, in eine Decke gehüllt, die ihm der Mann gegeben hatte, der mit ihm aus einem Fenster im dritten Stock gesprungen war. Er beobachtete, wie die Hölle, in der er während der letzten sechs Jahre gelebt hatte, zu Asche verbrannte. Er war ein Jugendlicher, der in einer seltsamen neuen Welt aufwuchs. Er hatte genau gewusst, was er werden wollte, seit dem Augenblick, als sein altes Leben zu Ende gegangen war. Er wollte einer von denen sein, die gegen die Bösen kämpften, die die kleinen Mädchen aus dem Feuer retteten.

Er war achtzehn, an der Akademie des neu geschaffenen ERD, und sein Mentor war ein Mann namens Nakamura, derselbe Agent, der ihn aus den brennenden Trümmern der Ranch gerettet hatte. Seine Lehrer brachten ihm bei, wie man kämpfte, dachte, überlebte. Er war einundzwanzig, das Jahr, das er mit einer scheinbar endlosen Abfolge von Operationen und Gentherapien verbrachte, die ihn in eine Waffe gegen das Böse verwandelten. Er war dreiundzwanzig, allein am Ufer des Kaspischen Meeres, der einzige Überlebende einer Mission, die ein Bioterror-Labor zerstört hatte, allerdings zu einem sehr hohen Preis für sein Team ... Er war siebenundzwanzig und hatte unverhofft den Auftrag erhalten, einen Nexus-Ring in San

Francisco zu infiltrieren ... Er war in Bangkok. Dort hatte er ein Mädchen getroffen. Ein erstaunliches, magisches kleines Mädchen ...

Jemand schüttelte ihn. Er hob den Arm, um die Hand zu packen, wusste aber nicht genau, wie, schlug stattdessen wirkungslos um sich.

»Kade!« Es war ein Flüstern, die Stimme eines Mannes. Er selbst war Kade. Richtig. Kade. Nicht Sam.

»Kade, wach auf!« Loesan. Ja, das war Loesan. »Hier ist jemand, der dich sprechen möchte!«

Kade bemühte sich, die Augen zu öffnen. Es war noch so früh ... sie hatten kaum eine Stunde geschlafen. Loesans Geist vibrierte vor Aufregung. Etwas Großes geschah. Jemand Wichtiges war hier.

»Wa...?«, brachte Kade heraus.

»Na komm, steh auf«, flüsterte Loesan. »Das wird dir gefallen!«

Kade blinzelte erneut, versuchte wach zu werden. Sam murmelte etwas an seinem Arm. Er betrachtete sie, das Haar zerzaust, ihr Gesicht verletzlicher und jünger, als er es je zuvor gesehen hatte. Er spürte, wie er von Zärtlichkeit durchströmt wurde. Das verwirrte ihn. Dafür war später noch Zeit.

Vorsichtig löste er sich aus ihrer schläfrigen Umarmung, setzte sich auf, blinzelte wieder. »Okay. Okay. Ich bin wach.«

Kade folgte Loesan aus dem winzigen Gästezimmer, den Gang entlang, ins Wohnzimmer. Eine schwache Andeutung des ersten Tageslichts schimmerte durch die Fenster. Drinnen brannten zwei gedimmte Lampen. Die meisten Gäste des vergangenen Abends lagen auf Sofas oder auf dem Fußboden unter Decken und schliefen.

Scheiße, wir haben den anderen das beste Zimmer weggeschnappt. Das war nicht nett.

Der alte Niran hockte im Lotussitz vor dem Altar und meditierte vollkommen entspannt. Narong und Suk waren wach. Suk strahlte Besorgnis und Überraschung aus. Narong starrte jemanden an, kam auf die Beine und ging auf die Person zu, die sich noch außerhalb von Kades Sichtfeld befand.

Kade trat ganz ins Wohnzimmer und drehte den Kopf, um zu sehen, wen Narong angeschaut hatte. Im Zimmer waren drei große Thai-Männer in langen Mänteln. Sie rochen geradezu nach Leibwächtern. Zwischen ihnen stand ein weiterer Thai, groß, mit kerzengerader Haltung, graues Haar an den Schläfen, ein ausgefallener Ring an einer Hand, ein selbstbewusstes Lächeln auf den Lippen. Er trat vor, auf Kade zu, streckte ihm zur Begrüßung eine Hand entgegen.

»Hallo. Mein Name ist Ted Prat-Nung. Wie ich hörte, kann ich sehr viel von Ihnen lernen.«

O nein. O Gott, nein!

Verdammte Scheiße.

Sam lächelte zufrieden, immer noch im Halbschlaf. Es war so nett gewesen ... Die ganze Nacht hatte sie geträumt, dass sie Kade war. Sie war der schüchterne Geek seiner Jugendzeit gewesen, sie hatte erlebt, wie er die Naturwissenschaft entdeckt hatte, die Psychedelik, hatte seine intensive, rastlose Neugier aus erster Hand erfahren, hatte seine und Rangans erste Versuche mit Nexus durchlebt, die Gespräche bis in die späte Nacht und die Experimente, die zur Entdeckung geführt hatten, dass der Nexus-Kern programmiert werden konnte ... Es hatte sich so angenehm und sicher angefühlt. Die beständige Liebe seiner Familie und seiner Freunde, ein Leben in einer Welt, wo Neugier und Staunen die Antriebskräfte waren und nicht Schmerz oder Furcht oder Gerechtigkeit. Was für ein süßes, sanftes Leben ... Und der einzige Schmerz war der Verlust seiner Eltern bei einem Verkehrsunfall gewesen, so plötzlich, vor so kurzer Zeit ...

Sie wollte ihn berühren, ihn halten, doch ihre Hand fand nur die Matratze. Wo konnte er sein?

Etwas blitzte in ihrem Sichtfeld auf. Ihre Kontaktlinsen. Eine neue Nachricht. Was war los?

Sie blinkte rot.

KAMPFSITUATION!

Sam war sofort hellwach. Da. Taktische Displays. Agenten, die sich vor und hinter dem Gebäude sammelten, Betäubungsmunition aktiv, tödliche Munition für den Ernstfall bereit. Ein hochrangiges Ziel nur wenige Meter von ihr entfernt. Ted Scheiß-Prat-Nung. Sie gingen rein. In wenigen Sekunden würden sie hier sein.

Kalte Furcht packte sie. Nein! Die Zivilisten, die hier waren! Mai!

Sie aktivierte ihr Sichtfeld, drückte ABBRECHEN, ABBRECHEN, ABBRECHEN. Such nach dem verdammten Menüpunkt, da. ZIVILISTEN IN GEFAHR, ZIVILISTEN IN GEFAHR, ABBRECHEN, ABBRECHEN, ABBRECHEN.

Jemand klickte sie mit einem Vorrangbefehl weg. Sie kamen rein. Verdammt!

Garrett Nichols hielt sich an seinem Stuhl fest, als die *Boca Raton* in der Dünung schaukelte. Sie waren auf offener See und manövrierten langsam, um sich von den zwei thailändischen Zerstörern der Kolkata-Klasse fernzuhalten. Für die nächsten paar Stunden war raues Wetter angekündigt worden.

Nichols, Jane Kim und Bruce Williams betrachteten die Neuankömmlinge auf dem Bildschirm in der engen Kontrollzentrale. Die winzige Rundumkamera in der Wohnung taugte nicht viel bei schwacher Beleuchtung. Drei der Gestalten waren groß und kräftig gebaut, irgendwelche angeheuerten Schläger. Der vierte ...

»Heiliger Strohsack«, flüsterte Bruce Williams. Die Bildvergrößerung auf seinem Terminal hatte soeben einen Treffer angezeigt. Diese vierte Gestalt war mit 54-prozentiger Wahrscheinlichkeit kein Geringerer als Ted Prat-Nung.

Für einen Sekundenbruchteil blickte Nichols verdutzt auf den Bildschirm, dann brüllte er seine Befehle.

»Code Rot, Code Rot. Team A und Team B auf Einschließungsposition. Team C auf Reserve. Auf die Plätze, Leute!«

»Verstanden«, sagte Williams.

Nichols schlug auf die Taste, die eine Nachricht an Becker schickte, und brüllte dann eine Frage. »Status des November-Agenten?«

»Er schläft, Sir«, antwortete Jane Kim.

»Wecken Sie ihn. Konzentration auf Zielperson Vier. Festnahme der Zielperson vorbereiten.«

»Verstanden.«

Beckers Gesicht erschien in einem Fenster. »Status«, befahl er.

»Vermutlich haben wir Ted Prat-Nung in diesem Zimmer«, antwortete Nichols. »Wir bringen unsere Teams auf Position.«

Becker blinzelte überrascht.

»Wahrscheinlichkeit jetzt bei 63 Prozent«, sagte Williams.

»November-1 ist auf den Beinen«, meldete Kim. »Bringt sich in Position.«

»Lane hat soeben den Raum betreten«, sagte William mit angespannter Stimme. Taktische Displays zeigten seine Position an. Cataranes war ein paar Meter weiter entfernt.

»Abbruchsignal von Blackbird!«, rief Williams. »Zivilisten in Gefahr.«

»Mit Vorrangbefehl aufheben«, ordnete Becker an. »Wir wissen, dass Zivilisten in der Wohnung sind. Wir wollen gefangen nehmen, nicht töten.«

Nichols nickte. William drückte eine Taste auf seiner Konsole.

»November-1 ist fast auf Position«, sagte Kim.

»Unterstützungsteams A und B brauchen noch ein paar Sekunden«, sagte Williams.

Aus dem Lautsprecher kam knisternd: »Mein Name ist Ted Prat-Nung.«

»Okay«, sagte Nichols. »Wir haben ihn.«

»November-1 ist auf Position«, sagte Kim.

Nichols warf einen Blick auf den Bildschirm, der Beckers Gesicht zeigte. Becker nickte.

»Unterstützungsteams bereithalten«, befahl Nichols. »Jane – leiten Sie die Gefangennahme durch November-1 ein.«

[37] Raue Begrüßung

»Mein Name ist Ted Prat-Nung«, sagte der große Mann. »Wie ich hörte, kann ich sehr viel von Ihnen lernen.«

Verdammte Scheiße, dachte Kade.

Suk bekam es mit. Er fing die Gedanken in Kades Bewusstsein auf, die Bilder der Gefahr, von bewaffneten Männern, die sich bereithielten. Blitzartig erkannte er, was los war.

»Das ist eine Falle!«, rief Prat-Nungs Neffe.

Ted Prat-Nungs Gesicht nahm einen erschrockenen Ausdruck an. Die drei Leibwächter griffen nach den Waffen unter ihren Mänteln.

Narong war schneller. Er war aufgesprungen, nur einen Meter von Prat-Nung entfernt, und richtete eine Pistole auf den Kopf des älteren Mannes. Kade kannte diese Pistole. Er hatte sie in Sams Träumen gesehen. Keramikpatronen. Kugeln mit Graphenspitzen. Für Röntgenstrahlen und Metalldetektoren unsichtbar. Die Standardwaffe für die Einsatzagenten des ERD und der CIA.

O nein, verdammte Scheiße, o bitte nicht!

»Keiner rührt sich«, sagte Narong laut in akzentfreiem Englisch. »Thanom Prat-Nung, Sie sind verhaftet, wegen Verletzung der internationalen Bestimmungen des Kopenhagener Abkommens über Globale Technologische Gefährdungen.«

Hast du Narong gesehen?, hatte Kade Sajja gefragt.

Ich glaube, er ist krank, hatte Sajja geantwortet. *Ist heute nicht mit seiner Präsentation aufgekreuzt. Es muss sehr schlimm für ihn sein, diese Gelegenheit zu verpassen.*

Narong war nicht krank gewesen. Er war im Gewahrsam des ERD gewesen.

Einer der Leibwächter machte einen langsamen halben Schritt nach rechts, um hinter Narong zu gelangen.

»Ich sehe, dass Sie sich bewegen«, sagte Narong. »Wenn Sie noch einen Schritt machen, puste ich ihm das Gehirn aus dem Schädel.«

Kade konnte es sehen, konnte es sich vorstellen, wie die graphenverstärkte Kugel in Ted Prat-Nungs Kopf eindrang und wieder austrat, um eine Spur der Vernichtung zu hinterlassen und sein Blut und seine Hirnmasse über die Wand zu verteilen.

»Alle legen die Waffen weg. Sie sind umzingelt. Ergeben Sie sich, und Ihnen wird nichts geschehen.« Seine Stimme war laut, klar, Respekt einflößend und ganz anders als die des wirklichen Narong.

Man wird Ihre Werkzeuge für Zwecke einsetzen, die Sie niemals beabsichtigt haben, hatte Shu zu ihm gesagt. *Man wird Sie nicht um Erlaubnis fragen.*

Die Leibwächter sahen ihren Boss an und waren unschlüssig, was sie tun sollten. Ted Prat-Nung drehte langsam den Kopf, um Narong anzusehen, über den Lauf der Waffe hinweg.

»Nein«, sagte Ted Prat-Nung. »Wenn Sie auf mich schießen, werden Sie sterben. *Sie* legen die Waffe weg.«

Der Gesichtsausdruck der Leibwächter wurde härter, grimmiger.

Ich werde es nicht zulassen, hatte Kade erwidert.

Narong ... Kade sah sich Narongs Geist etwas genauer an. Da. Das war nicht Nexus 3 ... das war Nexus 5, Kades Entwicklung. Was bedeutete, dass das ERD genau das getan hatte, was Shu prophezeit hatte.

Man wird Sie nicht um Erlaubnis fragen, hatte sie mit einem verächtlichen Schnaufen gesagt.

Aber das bedeutete auch, dass die Hintertüren, die Rangan und er installiert hatten ...

Narong kam einen Schritt weiter auf Ted Prat-Nung zu und hielt ihm die Waffe noch näher an den Kopf. »Sie sind umzingelt. Lassen Sie die Waffen fallen, und wir bringen diese Sache friedlich zu Ende. Ich gebe Ihnen drei Sekunden. Drei ...«

Niemand wird etwas, das ich gebaut habe, als Waffe benutzen, sagte sich Kade. Niemals.

Er sendete eins der Passwörter für die Hintertüren. Narongs Geist öffnete sich ihm.

»Zwei ...«

Er griff in Narongs Geist, versuchte ihn unter Kontrolle zu bringen.

»Eins.«

Kade spannte seinen Willen an, als Narong das Wort aussprach. Ein Muskel zuckte an Ted Prat-Nungs Kinn. Einer seiner Leibwächter griff ruckhaft nach seiner Waffe.

»Nein«, sagte Kade.

Narong verdrehte die Augen. Die Pistole fiel ihm aus der erschlafften Hand. Seine Knie wurden weich.

Eine Salve aus einer Maschinenpistole fraß sich durch Narongs Bauch. Ein Leibwächter hatte seine Waffe gezogen und den Lauf praktisch in Narongs Körper gedrückt.

Narong brach zusammen. Kade starrte bestürzt auf die Szene.

Ted Prat-Nung wandte sich zu Kade um. »Wer sind Sie?«, fragte er. Nun hatten alle seine Männer die Waffen gezückt und richteten sie auf Kade.

Dann explodierte die Tür.

Garrett Nichols verfolgte aufgeregt, wie Jane Kim aus der Ferne November-1 steuerte. »Ich gebe Ihnen drei Sekunden.« Kim manipulierte den Agenten so, dass die Worte aus seinem Mund kamen. »Drei ...«

»Zwei ...«

»Eins.«

Kim gab den Befehl, der Zielperson eine Kugel in die Eingeweide zu jagen. Nichts geschah. Auf dem Bildschirm brach der Feed von November-1 ab. Nichols' Blick zuckte zu den Anzeigen der Kamera im Raum hoch. Schüsse. November-1 brach getroffen zusammen. Alle drei Leibwächter hatten die Waffen gezogen. Alle starrten jetzt auf Lane.

»Scheiße«, sagte Nichols. »Stürmen! Stürmen!«

Die Teams A und B drückten die Knöpfe, um die Tür aufzusprengen, und stürmten ins Zimmer.

ABBRECHEN! ZIVILISTEN IN GEFAHR! ZIVILISTEN IN GEFAHR!

Jemand setzte Sams Befehl außer Kraft. Mist! Sie sprang auf. Sie war unbewaffnet. Auf ihrem Display erschien ein weiterer Agent ihrer Seite, nur wenige Meter von Prat-Nung und Kade entfernt. Sie eilte hinaus auf den Gang. O nein! Da war Mai, am Eingang zum Wohnzimmer, und lugte hinein. Sam musste zuerst das Mädchen außer Gefahr bringen.

Leise schlich sie den Gang entlang und griff gleichzeitig mental nach Mai. Komm hierher, Mai. Komm, spiel mit mir. Sie sendete es als Bild, wie sie beide zusammen in ihrem Zimmer hockten und mit den Puppen spielten.

Mai drehte sich entzückt um und sah Sam lächelnd an. Sie hatte den Affen im Arm.

Die Tür am anderen Ende des Korridors explodierte. Sam wurde von den Beinen gerissen. ERD-Söldner drangen ein. Der Lärm von Betäubungsschüssen erfüllte die Luft. Die Antwort kam von Maschinenpistolen. Ach du Scheiße!

Als die Vordertür nach innen explodierte, warf sich Kade zu Boden und sah, dass Ted Prat-Nung dasselbe tat. Jemand schoss durch die Tür, zwei Männer in Schwarz. Etwas pfiff über Kades Kopf hinweg. Pfeile gruben sich in die Körper der Leibwächter.

Die drei Leibwächter feuerten auf die Tür, im vollautomatischen Modus. Mündungsblitze schossen als lange Flammenzungen quer durch den Raum. Kade hörte einen Schmerzensschrei. Eine Gestalt im Türeingang brach zusammen, eine zweite duckte sich und zog sich zurück. Ted Prat-Nung ging hinter einem Stuhl in Deckung. Kade wich zu einer anderen Tür zurück.

»Wir haben einen Mann verloren!«, rief Bruce Williams. »Aus Team A. Der Treffer ging glatt durch die Schutzweste. Betäubungsmunition unwirksam.«

Ach du Scheiße, dachte Nichols. Antikörper. Diese Arschlöcher wurden gegen unser Betäubungsmittel geimpft.

Die Technik entwickelte sich viel zu schnell. Sie kam viel zu schnell zur Anwendung. Jetzt würden Menschen sterben.

»Auf tödliche Munition umschalten«, befahl er. »Überwältigt diese Drecksäcke.«

Die Leibwächter gingen in die Hocke, verteilten sich und hielten ihre Maschinenpistolen auf die zertrümmerte Eingangstür gerichtet. Überall war Rauch und Staub. Lalana lag schreiend am Boden, mit einer Kugel im Bein. Niran hob sie auf, lief mit ihr auf den Gang hinaus.

Eine automatische Salve kam durch den Eingang und schnitt Niran entzwei. Kugeln gingen durch ihn hindurch und erwischten einen von Prat-Nungs Leibwächtern im Oberschenkel. Der Mann fiel auf ein Knie und erwiderte dabei das Feuer. Die anderen schossen auf die Tür. Lalanas Kopf explodierte im Kreuzfeuer. Kade keuchte, als ihr Geist erlosch.

Ted Prat-Nung zog eine Maschinenpistole, die er an der Hüfte getragen hatte, und blickte mit finsterer Miene hinter dem Stuhl hervor.

Sam schüttelte die Trümmer der zersplitterten Tür ab und schaute auf. Maschinenpistolenfeuer kam aus dem Wohnzimmer. Mais Lächeln hatte sich in Entsetzen verwandelt. Sie sah Sam an, nein, sie blickte an ihr vorbei, wich vor dem Lärm des Kampfes zum Wohnzimmer zurück.

Nein!!!, sendete Sam. Nein!!!!

Jemand packte Sam am Arm, zog sie hoch.

»Sind Sie verletzt, Blackbird? Wo ist Canary?«

Die Stimme drang gedämpft durch die Gesichtsmaske. Sam starrte immer noch auf Mai, wollte, dass sie sich von der Schießerei fernhielt, dass sie in Sicherheit war.

Ein Leibwächter im Trenchcoat kam in Sicht und zog sich geduckt in den Gang zurück. Er blickte sich um, sah die Agenten, die hereinstürmten, fuhr herum und riss die Waffe hoch. Der Söldner neben Sam reagierte schneller und drückte den Abzug seines Gewehrs. Mündungsfeuer schoss aus dem Lauf.

NEIN!!! Mai war genau in der Schusslinie!

Sam warf sich gegen den Soldaten, schleuderte ihn gegen die Wand. Kugeln pfiffen an ihnen vorbei. Mai schrie, war wie gelähmt, stand aufrecht im Kreuzfeuer, sendete panische Angst aus.

Der Mann, den Sam zur Seite gerissen hatte, war benommen. Wieder wurde durch die Tür hinter ihr gefeuert. Eine Kugel streifte ihre Schulter. Sam reagierte instinktiv, drehte den benommenen Mann herum, dirigierte ihn in Richtung der Angreifer, legte ihre Hand auf seine und drückte mit seinem Finger den Abzug.

Kugeln trafen den Mann, warfen sie zusammen mit ihm zurück. Sie feuerte wild auf die Hintertür, konnte mit dem Sturmgewehr in der Hand des Mannes aber kaum richtig zielen, hielt trotzdem seinen Finger auf den Abzug gedrückt, bis das Magazin leer war, und sah, wie eine der hereinstürmenden Gestalten zu Boden ging.

»Was zum Teufel ist da los?«, brüllte Garrett Nichols.

Bruce Williams schüttelte den Kopf. »Zwei Männer in Team B getroffen, Sir. Blackbird hat soeben auf zwei unserer eigenen Leute gefeuert!«

»Sagen Sie ihr, dass Sie sich raushalten soll, verdammt!«, ordnete Nichols an. »Machen Sie sie notfalls kampfunfähig. Aber ich will sie lebend haben!«

Er überblickte seine Bildschirme. Drei Tote in ihren Angriffsteams. Alle Leibwächter lagen am Boden, mindestens einer war definitiv tot. Ted Prat-Nungs Status ungeklärt. Ein Riesenschlamassel.

»Und schicken Sie Team C rein!«

Stille. Schluchzen. Sam ließ den Mann los, und er sackte vor ihr zu Boden. Sie fuhr herum.

Wo war Mai?

Zuerst sah sie Prat-Nungs Leibwächter. Tot. Ein blutiger Krater, wo sich zuvor sein Gesicht befunden hatte. Da, Mai! Sam rannte los, ging neben dem Mädchen in die Hocke. Die Kleine war voller Blut. Sie hatte die Augen geschlossen. Ihr Geist strahlte Schmerzen, Schmerzen, Schmerzen aus. Sie war getroffen worden. Einmal, zweimal, dreimal. Die Kugeln von den eindringenden Söldnern hatten sie hochgerissen und durch den Gang geworfen. Ihr kleiner Körper war halb zerrissen worden, ihr Spielzeugaffe völlig zerfetzt. Ihr Geist schwand.

NEEEIIIN!

Mai öffnete die Augen, versuchte Sam anzulächeln.

Ich liebe dich, Sam, schien ihr Bewusstsein zu sagen.

Und dann war sie fort.

Der Wahnsinn kam über Samantha Cataranes.

Jemand stieß von hinten gegen sie. Ein Agent. Sam drehte sich mit, schüttelte ihn von sich ab. Eine weitere Feuersalve kam aus dem Wohnzimmer, dann ein Schmerzensschrei. Sie hörte Schluchzen, Hilferufe. Sie spürte sie in ihrem Geist. Ein weiterer Agent kam von der Seite auf sie zu. Sie blockierte seinen Tritt, warf ihn mit einem einzigen Schlag ins Gesicht zu Boden.

Lalana war tot. Niran lag im Sterben. Chuan war verletzt und blutete. Ihre Wut überwältigte sie.

Sie blockte einen Schlag mit einem Gewehr von links ab, versuchte nach dem anderen zu treten, der vor ihr war, spürte, wie sein Gewehr schmerzhaft gegen ihr Schienbein knallte, als er sie abwehrte.

Chariya lag verletzt und sterbend da und weinte leise um ihren Ehemann, um das Mädchen, das sie als Tochter adoptiert hatte. Sarai schrie vor Schmerz und Entsetzen, mit einer Kugel im Körper, über die Leiche von Sajja gebeugt, des Mannes, den sie geliebt hatte.

Sie waren alle in ihr. Ihre Bewusstseine waren eins mit ihrem. Sam konnte sie alle spüren. Das Nexus und das Empathek vereinigte sie mit den anderen.

Sam war sie alle. Sie war ihre Verzweiflung. Sie war ihr Zorn. Sie war ihre Waffe.

Sam schrie vor Wut, als die Agenten auf sie zukamen, schlug mit Fäusten und Füßen um sich, ließ einen zu Boden gehen, einen zweiten, einen dritten.

Ein Gewehrschaft knallte gegen ihren Hinterkopf, warf sie auf Hände und Knie. Ein Mann war hinter ihr. Sie trat aus, katapultierte einen Körper quer durch den Raum und gegen die Wand. Ein anderer schlug ihr einen Gewehrschaft ins Gesicht. Ein Mann am Boden trat ihr kräftig in den Bauch, trieb ihr die Luft aus den Lungen.

Sam rollte zur Seite, um aus dem Kreis der Angreifer herauszukommen, steckte einen schweren Tritt gegen den

Kopf ein. Ein Stiefel landete auf ihrem Brustkorb, ein Gewehr wurde auf sie gerichtet.

»Cataranes!« Es war Lee. »Aufhören!«

Sie trat nach oben, um zu versuchen, ihn zu entwaffnen. Ein anderer Mann trat ihr heftig ins Gesicht. Zwei weitere Gewehrläufe zielten auf sie.

»Hören Sie auf, verdammt noch mal!«

Wats schwenkte hektisch die Fiberglaskamera hin und her. Die Wohnung war ein einziges verdammtes Schlachtfeld. Für einen kurzen Moment war Kade aufgetaucht, bevor das Chaos ausgebrochen war, dann war er verschwunden. Wats musste ihn da rausholen. Wo war er? Wo zum Teufel steckte er?

Kade kauerte im Türrahmen. Er konnte die Schmerzen und den Tod da draußen spüren. Er spürte alles über ihre gemeinsame Nexus-Verbindung. Narong war am Boden zusammengebrochen, verwirrt und verängstigt. Er war sich nicht sicher, was er getan hatte, er hatte unglaubliche Schmerzen und wahnsinnige Angst vor dem Sterben.

Ich habe das getan, dachte Kade. Meine Schuld. Meine Verantwortung.

Chariya war getroffen worden und trauerte um den Verlust ihrer Familie. Sajja war tot. Lalana war tot. Er spürte, wie Niran mitten im Wohnzimmer langsam verblutete.

Es raubte ihm den Atem. Schmerz und Verzweiflung, wie er sie noch nie zuvor erlebt hatte. Das alles füllte ihn vollständig aus. Er konnte spüren, wie sie starben, spürte ihre Qualen, ihre Hoffnungslosigkeit.

Ich habe diese Leute getötet, dachte er. Ich habe sie auf dem verdammten Gewissen. Tränen strömten ihm übers Gesicht.

Er musste sich zusammenreißen. Er warf das Gelassenheitsprogramm an, trieb die Einstellung bis zum Anschlag hoch. Klarheit breitete sich im Nebel aus Schmerz und Angst aus. Er öffnete sich denen, die noch am Leben waren, versuchte zu verstehen, was sie außer ihrer Verwirrung und Qual sahen.

Er spürte, wie Chuan auf einen von Prat-Nungs toten Leibwächtern zukroch, nach seiner Waffe griff und damit die Arschlöcher töten wollte, die ihre Wohnung gestürmt hatten. Durch Chuans Augen sah er, wie Ted Prat-Nung hinter einem Stuhl hervorkam, auf Chariya zulief und mit seiner Maschinenpistole auf einen Agenten feuerte. Seine Salve traf den Mann in den Brustkorb, und die panzerbrechende Munition zerfetzte den Söldner. Ein Querschläger traf Rajni, die am Boden kauerte, drang in ihren linken Oberschenkel ein, zertrümmerte den Knochen und entriss ihrer Kehle einen Schrei, wie ihn kein Freier oder Zuhälter je von ihr gehört hatte.

Prat-Nung hob Chariya vom Boden auf und stürmte zum Fenster. Ein anderer Agent legte mit seiner Waffe an. Das Buntglas der Fensterscheiben explodierte hinter Prat-Nung. Das automatische Feuer konzentrierte sich auf ihn, schlug ihm in die Brust, riss ihn von den Beinen und warf ihn zu Boden, Chariya auf ihm.

Kade zog sich mental von den beiden zurück. Sam. Sie lag am Boden, Agenten richteten Gewehre auf sie. Er sendete es an Chuan, drängte den Jungen. ***Sam! Hilf ihr!***

Chuan stemmte sich auf einem Knie hoch, hob die Maschinenpistole, die er einem Leibwächter von Prat-Nung abgenommen hatte, und feuerte auf die Agenten, die über Sam standen. Seine Kugeln erwischten den einen im Rücken und zertrümmerten seine Wirbelsäule. Zwei Gewehre kamen hoch, Mündungsblitze zuckten, und Chuans Brustkorb platzte. Mit einem schockierten Ausdruck auf dem Gesicht stürzte er zu Boden. Kade konnte spüren, dass sein Geist noch arbeitete, überrascht, verständnislos, immer noch darum bemüht, sich klarzumachen, was soeben geschehen war, sich mit der Tatsache abzufinden, dass er tot war, während die Überreste seines Körpers zusammensackten.

Kade musste selbst aktiv werden, wenn er Sam helfen wollte. Er schaltete Bruce Lee ein. Zielscheiben erschienen in seinem Blickfeld. Er klickte auf einen der Männer, die vor Sam standen und ihre Waffen auf sie richteten. Angriff, volle Kraft.

Bruce Lee warf seinen Körper ins Kampfgetümmel.

Sam erstarrte am Boden, blickte in die Waffenläufe und legte die Hände über den Kopf. Sie hatten sie. Verdammt.

Weitere Schüsse aus der Küche. Schreie. Sie spürte, wie Kade nach ihr suchte, wie er sie fand.

Chuan stemmte sich mit der Waffe eines Leibwächters auf einem Knie hoch und feuerte. Sie spürte, wie er es tat. Die Kugeln jagten durch den Brustkorb eines Mannes, der über ihr stand. Lee hob sein Gewehr, wandte den Blick von Sam ab und schaltete Chuan aus.

Jemand schlug von der Seite gegen Lee. Es war Kade. Sein fliegender Fußtritt schleuderte den Söldner an die

Wand. Sie spürte, wie Lee den Schaft seines Gewehrs in Kades Gesicht rammte und ihn zu Boden warf. Aber für einen Moment waren nur noch zwei über ihr, die Augen auf Chuan, die Waffen nicht mehr ganz auf Sam gerichtet. Sam griff mit beiden Armen nach oben, packte ihre Gürtel, riss mit aller Kraft daran, um sich hochzuziehen und die beiden zu Boden zu stoßen.

Sie wirbelte mit einem rotierenden Fersentritt herum, der die meisten Menschen geköpft hätte, traf einen der Agenten am Kopf und warf ihn gegen seinen Kameraden. Ein Sturmgewehr ging los, feuerte wild in die Decke und hinter Sam.

Lee griff sie an, hielt sein Gewehr mit beiden Händen, versuchte ihr damit ins Gesicht zu schlagen. Sie fing das Gewehr mit beiden Händen auf, rollte zurück und trat nach oben. Sie ließ ihn durch die Luft fliegen und gegen die Wand hinter ihr krachen.

Sie kam wieder auf die Beine, sein Gewehr in den Händen. Jemand knallte von hinten gegen sie. Sie wirbelte herum, schlug dem Mann mit dem Sturmgewehr den Schädel ein. Ein Agent am Boden warf sich von hinten gegen ihre Beine, ließ sie auf die Knie niedergehen.

Jemand trat Sam gegen den Kopf. Ein Gewehr knallte wie ein Hammerschlag auf ihren Rücken, warf sie flach zu Boden. Sie rollte sich ab, um einem weiteren Hieb gegen den Kopf auszuweichen, bekam schmerzhaft einen Fuß in die Rippen, boxte einem Mann in den Schritt, schleuderte ihn trotz der Schutzkleidung zurück.

Scheiße. Scheiße. Scheiße. Es waren einfach zu viele.

Tritte und Gewehre prasselten auf sie nieder. Sie blockierte immer wieder, trat blind um sich, versuchte eine

Waffe in die Hände zu bekommen. Sie steckte einen Schlag nach dem anderen ein. Schmerz explodierte in ihrem Gesicht, als die Stahlkappe eines Stiefels sie traf. Ihr linker Arm wurde taub, als sie einen Gewehrschaft schmerzhaft mit dem Ellbogen blockierte. Schmerzen schossen durch ihre Nieren. Ihre Hüfte, ihre Rippen, ihr Brustkorb, auf alles wurde eingeprügelt. Sie konnte nicht mehr atmen, konnte kaum noch etwas sehen.

Zu viele. Viel zu viele. Diesen Kampf konnte sie nicht gewinnen. Sie würde hier sterben.

Sie hatten Mai getötet!

Ein Fuß stieß seitlich gegen ihren Kopf und drückte. Zwei Männer bemühten sich, Sams Handgelenke zusammenzubringen. Sam raste, hätte sie beinahe von sich gestoßen. Ein Gewehrschaft knallte ihr ins Gesicht. Ihre Muskeln erschlafften für einen kurzen Moment. Ihre Handgelenke wurden hinter ihrem Rücken mit Kabelbindern zusammengezogen. Drei Gewehrläufe zielten auf sie.

»Aufhören, verdammt noch mal!«, brüllte Lee.

Sie war besiegt, wurde ihr bewusst. Diesmal würde es keine Rettung mehr geben. Jetzt würde sie für das bezahlen, was sie getan hatte.

Und dann explodierte die Decke über ihr, etwas Großes und Schweres stürzte von oben auf die Agenten, und eine riesige Gestalt fiel hinterher, in beiden Händen vollautomatische Gewehre, mit denen sie um sich feuerte.

Hektisch scannte Wats die Umgebung. Da! Das war Kade. Er schien aus dem Nichts hervorzuschießen, stieß mit einem der ERD-Agenten zusammen. Er wollte Cataranes retten.

Der Agent schlug Kade zu Boden. Mindestens sechs von ihnen waren da unten. Noch kein Anzeichen von Suk Prat-Nungs Männern. Die Lage war nahezu aussichtslos.

Es geht nur darum, was wir aus dem Moment machen, der uns gegeben ist.

Wats klatschte den Sprengsatz auf den Boden, drückte den Verzögerungszünder, ging hinter dem schweren Holzschreibtisch in die Hocke.

Die Explosion war ohrenbetäubend. Im nächsten Moment wurde er von Staub überschüttet. Er stemmte sich gegen den Schreibtisch, ließ ihn durch das Loch im Boden fallen, zog seine Waffen und sprang hinterher.

Sam riss die Augen auf, als die riesige Gestalt in Schwarz durch das Loch hinuntersprang, das die Detonation in der Decke aufgerissen hatte. Der Mann landete auf den Trümmern des massiven Schreibtischs und den Agenten, die darunter begraben waren. Lee blickte benommen auf, versuchte mit seiner Pistole zu zielen. Wats' Waffe bellte aus nächster Nähe, und Lees Kopf löste sich in einer roten Wolke auf.

Da war ein Bewusstsein. Sam spürte es. Sie hatte es schon einmal für einen kurzen Moment gespürt. Watson Cole. Der eine, der entkommen war.

Der Ex-Marine drehte sich, feuerte in engem Bogen in die nähere Kampfzone. Einer der Agenten rollte sich hinter den herabgestürzten Schreibtisch. Ein anderer hob die Waffe, um auf Cole zu feuern. Die Automatikwaffen des Schwarzen pulverisierten ihn.

Ein weiterer Söldner zielte auf Cole. Sam warf sich auf den Mann, trotz ihrer gefesselten Hände, riss ihn zu Boden und trat ihm ins Gesicht, bis er erschlaffte.

Es war noch ein Agent da, der hinter den Trümmern des Schreibtischs in Deckung gegangen war. Er kam hervor und wollte Cole überraschen. Aber Wats wartete bereits auf ihn. Der Söldner blickte genau in die Läufe beider Automatikwaffen. Sie gingen los, das Mündungsfeuer verbrannte ihn, die graphenverstärkten Kugeln schlugen durch seine Schutzweste, öffneten Löcher in seiner Brust und seinem Bauch.

Einer der beiden Agenten unter den Schreibtischtrümmern rührte sich, versuchte nach dem Sturmgewehr zu greifen, das knapp außerhalb seiner Reichweite lag. Wats stieß die Waffe mit einem Fußtritt weg, rammte ihm den Schaft einer Automatik ins Gesicht.

Die Waffen verstummten. Nur noch die Schreie der Sterbenden und das Schluchzen der Trauernden war zu hören.

[38] Hölle auf Erden

In fassungslosem Schweigen starrte Garrett Nichols auf das Display. Was zum Teufel war da gerade passiert?

»Meldung von der Funküberwachung«, sagte Jane Kim. »Ein Hubschrauber der Polizei von Bangkok ist unterwegs. Ankunft voraussichtlich ... in zwei Minuten.«

Nein. Das konnte nur ein Albtraum sein. Sie durften nicht zulassen, dass die thailändischen Behörden irgendwelche Beweise fanden. In diesem Punkt waren ihre Einsatzregeln eindeutig.

Drei Männer waren noch am Leben. Zu einem weiteren war die Funkverbindung abgebrochen, sein Status unbekannt.

»Bruce, bringen Sie diese Männer auf die Beine. Sie müssen von dort verschwinden.«

Bruce Williams drückte hektisch auf Tasten. »Keine Reaktion. Zwei bewusstlos. Einer hat gute Vitalwerte, aber ich habe keine Funkverbindung. Wurde vermutlich beschädigt.«

»Neunzig Sekunden bis zur Ankunft des Hubschraubers«, rief Jane Kim. »Fliegende Nachrichtendrohnen sind ebenfalls unterwegs.«

»Sterilisieren«, sagte Becker leise von seinem Bildschirm. »Protokoll Dreizehn.«

Nichols blickte entsetzt auf. »Sir, wir haben da drinnen noch drei lebende Agenten, vielleicht sogar vier. Und Zivilisten! Ich muss sie herausholen.«

»Dazu bleibt Ihnen zu wenig Zeit«, sagte Becker. Das Gesicht des Direktors war blass. Sein Mund war ein schmaler Strich. Seine Stimme klang resigniert. »Die Polizei wird in weniger als zwei Minuten da sein.«

»Wir brauchen nur etwas mehr Zeit ... um unsere Männer dort rauszuholen, um die Zivilisten rauszuholen ... So einen Fall hatten wir noch nie!«

»Die Zeit reicht nicht aus!«, gab Becker zurück. »Diese Männer sind bewusstlos. Sie haben die Polizei von Bangkok im Nacken. Sie müssen sterilisieren! Sie kennen die Regeln. Protokoll Dreizehn. Ausführen!«

Nichols konnte nicht mehr atmen. Das alles war ein böser Traum – ein schrecklicher Albtraum. Kim und Williams starrten ihn mit aschfahlen Gesichtern an.

»Ausführen, Nichols, oder ich schwöre Ihnen, dass ich Sie ablösen werde.«

Nichols tippte etwas in seine Tastatur und rief ein Bildschirmfenster auf, das er bisher nur in strategischen Spielen gesehen hatte. Er gab die Befehle ein. Sofort erschien eine Bestätigung und fragte nach seinem Passwort. Er gab es ein. Eine zweite Eingabeaufforderung erschien auf allen ihren Terminals. Eine zweite Person musste ihr Passwort eingeben.

Kim und Williams starrten auf ihre Terminals. Beiden war sämtliches Blut aus dem Gesicht gewichen.

»Bruce, tippen Sie Ihr Passwort ein.«

Williams wurde noch bleicher. »Sir, ich … ich …«

»Tun Sie es, Bruce«, sagte Nichols leise. »Das geht auf meine Kappe.«

Williams zitterte, als er sein Passwort eingab und ENTER drückte. Das System akzeptierte den Befehl. Eine letzte Bestätigungsaufforderung erschien auf Nichols' Bildschirm. Er blickte auf zu den Feeds, dem taktischen Display, zu den Toten, den Männern am Boden, reglos, aber noch atmend, den schluchzend herumkriechenden Zivilisten. Er drückte noch einmal ENTER … Gott möge seiner Seele gnädig sein.

Sam hockte mit dem Rücken an einem bewusstlosen Agenten, riss ihm ein Messer aus dem Gürtel, sägte damit den Kabelbinder durch und erhob sich als freier Mensch.

Wats erreichte Kade eine Sekunde vor ihr. Kade kam wieder zu sich. Er hatte einen schweren Schlag ins Gesicht erhalten. Ein Auge war blutig zugeschwollen, und ein böser Schnitt verlief von seiner Schläfe bis zur Wange. Er war benommen, aber er kam wieder zu Bewusstsein.

Wats steckte seine Waffen ein und hob Kade auf. »Wir müssen von hier verschwinden.«

Sam war ganz seiner Meinung.

»Was? … Wats?« Kade sah ihn mit einem offenen Auge an.

»Kade, alter Kumpel. Ich habe dir doch gesagt, du sollst dich von Schwierigkeiten fernhalten.«

Sam riss einem Leibwächter von Prat-Nung die Maschinenpistole aus den leblosen Händen. Die ERD-Waffen waren biometrisch personalisiert. Also musste sie sich mit dieser begnügen. Sie warf das Magazin der Schwarzmarkt-Spezialanfertigung aus, überprüfte es und ließ es wieder einrasten. »Also los.«

Sie drehte sich um und lief mit schnellen Schritten zur Hintertür. Wats legte sich einen Arm von Kade über die Schulter und folgte ihr.

Hinter ihnen war ein Geräusch zu hören. Sam fuhr herum und sah, wie sich Wats umdrehte. Er schob Kade zur Seite, hob seine Waffe und zielte in die Richtung, aus der sie gekommen waren.

Wieder donnerte Automatikfeuer in der kleinen Wohnung. Sie spürte Wats' schmerzhaftes Stöhnen, als sie sich an ihm vorbeidrängte, um auf die Quelle der Schüsse zu feuern. Der Agent, den sie überwältigt hatte. Er hatte seine Waffe in die Hand bekommen. Sein Oberkörper explodierte in einer Salve aus panzerbrechenden Kugeln, die von ihr und Wats kamen.

Wats war in die Knie gegangen. Die Kugeln hatten ihn knapp über dem Bauchnabel getroffen, seine Eingeweide aufgerissen und waren auf der anderen Seite wieder ausgetreten. Er hatte Kade das Leben gerettet, als er ihn zur Seite geschoben hatte. Sam hatte Glück gehabt, dass keine der Kugeln sie getroffen hatte. Sein Körper hatte ihr Deckung gegeben.

Das war schon das zweite Mal in fünf Minuten, dass er ihr das Leben gerettet hatte.

»Scheeeiiißßße«, stöhnte der große Mann. »Verdammt, tut das weh.«

Sam konnte es spüren. Über den ganzen Empfindungen der Furcht, der Qual, der Trauer und der Wut im Raum nahm sie Wats' Schmerzen und die Kälte wahr, die sich in seinen Eingeweiden ausbreitete.

Verdammte Scheiße, dachte sie.

Kade stemmte sich auf ein Knie hoch, dann kam er auf die Beine. Er packte einen Arm von Wats und versuchte ihn über den Boden zur aufgesprengten Tür zu zerren.

»Scheiße!«, fluchte Wats. »Lass mich hier, du Idiot. Verschwinde ganz schnell von hier. Du hast noch eine Menge zu erledigen, Bruder. Tu es, verdammt noch mal.«

»Auf gar keinen Fall«, brüllte Kade zurück. »Sam, hilf mir!«

»Scheiße«, sagte Sam. Sie packte Wats' anderen Arm, zog mit aller Kraft und humpelte mit jedem schmerzhaften Schritt.

Dann gingen die Explosionen los, und die Welt wurde zur Hölle.

Nichols drückte ein letztes Mal die ENTER-Taste. Displays flackerten und erloschen. Er versuchte es sich vorzustellen. Soeben waren im Hinterkopf jedes Mannes vier Gramm CL-70 gezündet worden. Ihre Gehirne mussten sich im nächsten Moment aufgelöst haben. Fenster zersplitterten. Die Wohnung war in Sekundenschnelle ein tosendes Inferno, nachdem die unglaubliche Hitze der Explosionen Holz, Papier, Kleidung und alles andere in Brand setzte. Jeder, der da drinnen noch gelebt hatte, musste durch die Explosionen getötet worden oder innerhalb von Sekunden völlig verbrannt sein. Gott möge ihnen allen beistehen. Gott möge auch ihm selbst gnädig sein.

Die Explosionen rissen Sam von den Beinen. Sie landete auf dem Rücken, wusste für einen Moment überhaupt nicht mehr, was mit der Welt los war. Dann verstand sie, was geschehen war. Heiliger Strohsack ...

Sie befand sich mitten in einem Feuersturm. Wände waren eingestürzt, Deckenbalken herabgekracht. Überall brannte es, und wo es nicht brannte, war Rauch. Wo war Kade? Wo war Wats? Sie konnte die beiden spüren. Schmerzen. In dieser Richtung, zur Tür.

Sie erreichte Wats. Kade lag auf ihm. Der Marine röchelte, lag im Sterben. Ein großer Holzsplitter hatte sich in seinen Hals gebohrt und gleichzeitig die Luftröhre und die Halsschlagader aufgerissen. Kade versuchte es mit einer Aderpresse, aber das Blut schoss weiter hervor. Ein brennender Balken fiel schmerzhaft auf Sams Schulter. Sie stieß ihn weg, wandte sich wieder Wats zu, schob Kades Hände zur Seite und versuchte selbst, die Arterie zu schließen. Zwischen ihren Fingern spritzte Blut hervor und ihr ins Gesicht. Wats starrte sie an. Sam konnte ihn in ihrem Bewusstsein spüren. Er wusste, dass er starb, dass er keine Chance mehr hatte. Sie spürte, was ihm auf dem Herzen lag. Er wollte, dass sie Kade beschützte, ihn in Sicherheit brachte. Er wollte, dass sie dem Jungen die Chance gab, etwas zu tun, etwas in der Welt zu bewirken. Er blickte ihr in die Augen, legte seine ganze Willenskraft hinein und wollte, dass sie es ihm versprach. Versprich es mir!

Sam wusste nicht, was sie tun sollte. Tränen strömten ihr übers Gesicht. Alles tat ihr weh. Sie kannte diesen Mann nicht einmal. Sie hatten auf verschiedenen Seiten gestanden, als sie sich das letzte Mal gesehen hatten. Das Nexus und das Empathek erfüllten immer noch ihr Gehirn, öffneten sie für ihn. Sie konnte spüren, wie er starb, wie er sich ganz darauf konzentrierte, dass seine Mission auch ohne ihn erfolgreich abgeschlossen werden konnte. Sie spürte auch, wie Kade sie beide voller Entsetzen beobachtete. Sie nickte Wats zu. Ja. Ja, sie würde die Mission fortsetzen.

Wats' Blick bohrte sich in sie. Er bedrängte sie weiter mental. Sie musste es tun. Sie musste. Sam nickte erneut. Ja, sie würde Kade in Sicherheit bringen. Ja.

Sie spürte, wie sein Leben versiegte. Wie sein Wille Kade berührte. Da war etwas, das er an sich nehmen musste. Etwas um Wats' Hals. Ein Datenspeicher … er würde verstehen. Die Daten auf dem Speicher würden ihm helfen, die Welt zu verbessern.

Wats' Augen wurden trübe. Sein Bewusstsein löste sich auf. Sie setzte die Finger anders an, versuchte eine Möglichkeit zu finden, die Blutung zu stoppen. Aber es nützte nichts. Immer mehr Blut spritzte ihr ins Gesicht. Sein Geist schwand allmählich …

»Karma …«, krächzte er.

Das Netz seiner Gedanken zerfiel zu Rauschen, dann zu Chaos. Das Chaos zerbrach in Stücke. Die Stücke verschwanden. Er war tot.

Wieder kamen Schreie aus dem Wohnzimmer. Narong lebte noch. Er verbrannte. Es war schrecklich. Sie fühlte jeden Augenblick mit, spürte, wie Areva auf die Knie fiel, nachdem sie zu viel Rauch eingeatmet hatte, wie ihre Lungen brannten. Genauso waren ihre Eltern gestorben. Genauso war ihre Schwester gestorben. So hatten sie jeden umgebracht, den Sarita Catalan jemals gekannt hatte. Der Rauch wurde immer dichter.

Kade zog eine blutige Halskette über Wats' Kopf. Er schluchzte, hängte sie sich um den Hals, steckte sie sich unter das Hemd. Der Junge hatte Schmerzen. Sie konnte es spüren. Sein Bein war unter etwas eingeklemmt. Sie kroch auf Händen und Knien um ihn herum.

Bleib unten, dachte sie, unter dem Rauch.

Ihre Hand ertastete etwas. Sein Schienbein. Es war gebrochen. Ein herabgestürzter Balken lag auf seiner Wade, brennend, glühend heiß. Sie stemmte ihn hoch, warf ihn zur Seite, spürte, wie Kade schmerzhaft hustete. Rauch drang ihm in die Lungen. Er versuchte auf die Beine zu kommen und brach wieder zusammen. Sam spürte den Schmerz, der durch das gebrochene Schienbein jagte. Aus eigener Kraft würde er hier nicht mehr rauskommen.

Sie spürte und hörte, wie der Flur vor ihnen zu einem Haufen aus brennenden Trümmern zusammenstürzte. Dieser Weg war ihnen somit versperrt. Sie ging in die Knie, hob Kade auf. Sie versuchte sich die Wohnung vorzustellen. Durch die Vordertür ging es in ein Gebäude, das bereits in Flammen stand, ein langer Korridor, am Ende eine verschlossene Tür. So kamen sie nicht raus. Der Altar ... er stand unter einem Fenster zur Gasse. Sie versuchte es sich vorzustellen. Areva brannte jetzt, ihre Haut wurde schwarz, die Schmerzen erfüllten Sams Bewusstsein. Sam hustete mehrmals, sie wusste nicht, ob vom Schmerz der anderen oder wegen ihrer eigenen Rauchvergiftung. Ihr wurde schwindlig. Sie musste sich konzentrieren. Der Altar, das Fenster. Sie würde nichts sehen können. Sie musste sich ganz auf ihr Gefühl verlassen.

Sam legte den Kopf auf den Boden, atmete hyperventilierend Luft ein, die sehr heiß, aber immer noch kühler war als anderswo. Besser ging es im Moment nicht. Sie saugte einen letzten Atemzug in ihre Lungen. Sie kam wieder auf die Beine, Kade in den Armen, duckte sich so tief wie möglich, hielt den Atem an. Sie taumelte durch den Gang, humpelnd, weil ihr linkes Bein von irgendeinem Schlag schmerzte.

Das Wohnzimmer stand in Flammen. Im offenen Raum brannte es viel heißer als im Gang. Die Hitze ließ sie zusammenzucken und zurückweichen. Ein Feuerwirbel bildete sich in der Mitte des Zimmers und riss die extrem heiße Luft immer schneller mit sich.

Sam hastete humpelnd vorwärts. Ihr Fuß trat auf etwas, das noch lebte. Jemand schrie lauter. Sie beachtete es nicht, stürmte blind weiter. Das Fenster musste genau vor ihr sein. Sie konnte nur hoffen, dass es wirklich dort war.

»SCHLIESS DIE AUGEN!«, brüllte sie mit all ihrem angehaltenen Atem.

Sam warf sich mit aller Kraft, die ihr noch verblieben war, nach vorn, drehte sich in letzter Sekunde, um Kade abzuschirmen, krachte durch die wenigen Glassplitter, die nach der Explosion noch im Fensterrahmen steckten, und flog hinaus in die frühmorgendliche Luft.

[39] Vom Regen in die Traufe

Feng rüttelte sie mental und körperlich wach. Selbst nach all den Jahren brauchte dieser Körper immer noch Schlaf.

Shu öffnete die Augen. »Was ist los?«, fragte sie auf Mandarin.

»Eine Explosion. Im Nana-Distrikt. Nicht weit von der Stelle, wo er am Montag überfallen wurde.«

Sie war sofort hellwach. Feng öffnete ihr seinen Geist, und sie nahm alles in sich auf. Sie wurde eins mit ihrem höheren Ich, atmete es in seiner ganzen Pracht ein, suchte das Netz nach allen öffentlichen Informationen darüber ab, sah, wie dürftig sie waren. Die Datenbanken der Thai Royal Police öffneten sich ihr, verrieten ihr nur ein klein wenig mehr, aber nicht, wonach sie eigentlich suchte. Wo war Kade jetzt? Sie griff auf die Daten der Thai Telecom zu. Da. Sein Telefon befand sich am Schauplatz der Explosion.

»Holen Sie den Wagen«, befahl sie.

»Das könnte gefährlich werden«, warnte Feng.

»Holen Sie den Wagen«, wiederholte sie.

Feng verbeugte sich und eilte ins andere Zimmer ihrer Suite.

»Und Ihre Waffen, Feng. Holen Sie auch Ihre Waffen.«

Sam landete hart auf dem Boden der Gasse. Schmerz schoss durch ihr verletztes Bein, das nun ganz den Dienst versagte. Mit Kade in den Armen konnte sie sich nicht abrollen, torkelte stattdessen, fing sich auf einem Knie ab. Scheiße. Ein Stockwerk tief zu springen sollte eigentlich nicht so wehtun.

Ein heftiger Hustenanfall schüttelte ihren Körper. Blutiger Schleim landete auf Kades versengtem Hemd. Kade hatte überall Verbrennungen. Von den Schmerzen, vom Rauch oder wegen etwas anderem hatte er das Bewusstsein verloren. Sie konnte die verhallenden mentalen Schreie der Sterbenden aus der Wohnung über ihr hören, wie das Feuer ihnen den letzten Rest von Leben aussaugte.

So ist auch meine Familie gestorben, dachte sie für sich.

Wieder musste sie husten. Sie hatte zu viel Rauch inhaliert. Verdammt. Dafür hatte sie keine Zeit. Sie musste schnellstmöglich mit Kade von hier abhauen. Dort entlang, zur Hauptstraße. Ein Taxi finden. Sich irgendwo verstecken, irgendwo.

Was hatte sie getan?

Darüber konnte sie später nachdenken.

Sam kam auf die Beine und taumelte schmerzhaft die Gasse hinunter auf die Hauptstraße zu. Sie hatte nur ein paar Schritte geschafft, als sie hörte, wie jemand hinter ihr rannte und auf Thai brüllte: »Da!«

Sie wollte sich umdrehen, war aber zu müde, zu langsam mit Kade. Etwas stach ihr schnell und heftig in den Rücken. Ein elektrischer Schlag, der ihre Muskeln verkrampfen ließ. Sie schrie. Eine Taserladung. O Gott, nein! Nicht schon wieder. Nicht jetzt, wo sie so müde war ...

Eine zweite Ladung traf sie. Ihre Beine gaben nach. Sie stolperte, fiel auf die Knie. Kade entglitt ihr. Schnelle Schritte näherten sich. Ihr Sehvermögen ließ nach. Jemand trat ihr ins Gesicht, und sie kippte hintenüber, in einen Teich aus Glassplittern von den Explosionen über ihr. Vage war sie sich bewusst, dass jemand Kade aufhob, ihn fortschleppte. Sie konnte ein Bewusstsein spüren ... eins, das sie schon einmal gespürt hatte ...

Suk. Suk Prat-Nung. Er lebte noch.

Sie erhielt einen Schlag mit einem Elektroschockknüppel. Ihr Körper zuckte. Tritte und weitere Knüppelhiebe regneten auf sie herab. Drei Leute standen über ihr. Vier. Vielleicht auch fünf. Sie verdrängte das alles, wie sie die Prügel, die Vergewaltigungen und die Demütigungen von sich geschoben hatte.

Sie war einfach nur dumm gewesen.

Das Event am Freitagabend ist eine Falle, hatte in der Nachricht gestanden.

Wats. Es konnte nur Wats gewesen sein. Deshalb war er hier gewesen. Er hatte gewusst, dass es eine Falle war. Er war trotzdem hergekommen, war gestorben, als er versucht hatte, Kade zu retten.

Danke, dass du mir das Leben gerettet hast, flüsterte sie ihm zu.

Sie hörte einen letzten schwachen mentalen Schrei von jemandem in der Wohnung, spürte, wie seine Haut zu Asche wurde und sein Geist erlosch. Loesan. Das war Loesan gewesen. Tot. Alle waren sie tot.

Sie öffnete die Augen. Wats hatte gewollt, dass er ihr etwas versprach. Dass sie Kade beschützte, dass sie dafür sorgte, dass er am Leben blieb, damit er etwas bewirken konnte.

Sie hatten sie auf den Bauch gedreht, wurde ihr klar, sie auf die Knie hochgezogen, das Gesicht auf dem Kopfsteinpflaster und in den Glasscherben. Um sie herum war ein Wald aus Beinen, im schwachen Licht der Dämmerung nur schemenhaft sichtbar. Einer brüllte auf Thai, dass sie seinen Bruder getötet hatte. Die Schläge hatten aufgehört.

Sie wollten sie mitnehmen, sagte er. Dann wollten sie sie vergewaltigen. Sie sollte stundenlang schreien. Sie würden ihr die Haut von ihrem geschundenen Körper ziehen. Sie würden dafür sorgen, dass sie darum bettelte, getötet zu werden.

Idioten. Sie hätten Sam hier und jetzt töten sollen. Ihre Hand schloss sich um einen langen, spitzen Glassplitter, mehrere Zentimeter breit, fast einen halben Meter lang. Die scharfen Kanten schnitten in ihre Handfläche, ihre Finger. Blut quoll hervor.

»Chaonai Rayum Khongkhun pen Kon Kaa!«, brüllte sie. Euer verdammter Boss hat ihn getötet!

Sam trat mit dem Fuß nach hinten, spürte, wie sie einen von ihnen traf. Gleichzeitig schlug sie mit der Glasscherbe nach dem nächsten Bein, erwischte den Kerl an der Wade, lähmte ihn. Blut sprudelte aus dem Bein. Der Schläger fiel auf ein Knie und schrie mit offenem Mund.

Mit der linken Hand griff sie nach oben, packte den Mann an den Haaren, zog ihn daran herunter und sich selbst hinauf, rammte die lange Glasscherbe von unten in sein Kinn – bis hinauf in den Schädel –, während sie sich aufrappelte. Rotes Arterienblut schoss hervor. Der Mann röchelte und schnappte nach Luft, war bereits tot, während er noch auf den Beinen stand.

Über ihr war Rotorenlärm. Ein Hubschrauber. Jemand trat gegen ihren Brustkorb. Dafür schnitt sie ihm eine Furche ins Bein. Ein Scheinwerfer riss sie aus der Dunkelheit. Eine verstärkte Stimme dröhnte auf Thai und wies sie an, auf Befehl der Polizei stehen zu bleiben. Schüsse prallten von den Ziegelmauern ab. Die Schläger drehten sich um und rannten in verschiedene Richtungen davon. Scheiße.

Eine Explosion zerriss die Wohnung, irgendwelche Munition an einer der Leichen, die schließlich hochging. Der Hubschrauberpilot zog die Maschine hoch und weg, und der Scheinwerfer löste sich für einen Moment von ihr. Sam rollte sich schmerzhaft ab, kam humpelnd auf die Beine, warf sich in einen dunklen Hauseingang.

Sie musste Kade wiederfinden. Wohin hatten sie Kade gebracht?

Kade kam schlagartig zu sich. Jemand hatte ihm ins Gesicht geschlagen. Zusammengesackt saß er in einem Stuhl. Er konnte nur ein Auge öffnen. Alles tat weh. Seine Hände und die linke Hälfte seines Gesichts brannten. Das Atmen schmerzte.

Jemand schlug ihn ein weiteres Mal. Er schrie auf. Mein Gott, tat das weh! Seine Gesichtshaut stand in Flammen. Sein Auge, verdammt, mit dem einen Auge konnte er nicht sehen. Es schmerzte wie der Teufel!

Eine Faust landete in seiner Magengrube. Er klappte zusammen, schnappte keuchend nach Luft, würgte. Er konnte nicht mehr atmen, nicht mehr atmen, nicht mehr atmen.

Eine Stimme sagte etwas auf Thai. Der nächste Schlag blieb aus. Ein kleines bisschen Luft drang in seine Lungen. Er keuchte. Er befand sich in irgendeinem großen Raum. Ein Lagerhaus. Wo war Sam? Wo war Wats? O Gott, jetzt wusste er wieder, was mit Wats los war. Er hatte gespürt, wie sein Freund gestorben war. Wie sie alle gestorben waren.

O nein. Nein. Tot, alle tot. Meine Schuld. Meine Schuld. Alles meine Schuld.

Die Hand kehrte zurück, schlug ihn erneut. Er hatte geschrien. Er wimmerte leise, schluchzte. Seine körperlichen Schmerzen waren gar nichts. Er atmete ein, überließ sich dem Gelassenheitsprogramm, ließ sich beruhigen.

Jemand sprach auf Englisch. »Wer sind Sie?«

Da war ein Bewusstsein. Suk. Suk Prat-Nung.

Wieder schlug eine Hand in sein Gesicht. Es brannte wie der Teufel.

»Wer sind Sie? Für wen arbeiten Sie? Alle sind tot, Sie sind schuld, dass alle tot sind.«

Die Hand schlug ihn noch einmal, sehr hart. Kade spürte die Wut, die Angst und den Hass des Geistes, der sie führte.

Ich bin schuld, dachte Kade. Wie wahr.

Das Gelassenheitsprogramm wirkte. Er war jetzt völlig leer. Er war kalt. Er war gar nichts mehr.

Ein anderer Mann trat vor. Ein Thai. Knochiges Gesicht. Große Hakennase.

»Wie machen Sie das?«, fragte er auf Englisch mit starkem Akzent. »Wie können Sie so viel Nexus über so lange Zeit in sich haben?«

Nexus. Darum war es die ganze Zeit gegangen. Er würde es ihnen nicht sagen. Er schüttelte den Kopf.

Die Hand des Mannes, der zuletzt gesprochen hatte, schloss sich um Kades Hoden, drückte fest zu.

»Sie werden es uns sagen. Oder wir töten Sie.« Er drückte noch fester zu. »Langsam.« Wieder. »Schmerzhaft.« Und wieder.

Kade schüttelte den Kopf, schrie ihnen seine Wut entgegen, schrie mit Kehle und Geist. »NEIN!«

Er sah, wie der Mann vor ihm zurückzuckte, spürte, wie Suk sich unter Schmerzen wand. Sie hatten Nexus im Gehirn. Er konnte ihnen wehtun.

Der Schläger trat vor, rammte erneut seine Faust in Kades Gesicht, gegen die verbrannte und geschwollene Seite. Die Schmerzen ließen die Welt für einen Moment verschwimmen.

Suk kam wieder näher. »Sagen Sie es mir.«

Der Schläger packte Kades linke Hand, nahm seinen kleinen Finger und bog ihn nach hinten, bis er brach.

SCHEISSE!

Nun wusste Kade, was er tun musste. Leere erfüllte ihn. Hass. »Ich werde es Ihnen sagen. Ja. Ich werde es Ihnen sagen. Hören Sie bitte auf!«

Der Schläger griff nach dem nächsten Finger, bog ihn ein Stück zurück, nur so weit, dass es schmerzte. Kälte breitete sich in ihm aus. Der Schmerz war gar nichts.

»Bitte! Hören Sie auf! Ich muss es Ihnen zeigen. Bitte!«

Er öffnete sich ihnen, damit sie seinen Geist in sich aufnehmen konnten. Sie kamen näher. Kade zeigte ihnen die ersten Entdeckungen, die ersten Experimente, die

Rangan und er durchgeführt hatten. Suk und die anderen sogen es begierig auf. Er zeigte ihnen mehr. Raste mit ihnen durch Erinnerungen – immer schneller. Sie kamen näher, hungrig, schnappten sich so viel wie möglich von ihm. Er gab ihnen immer mehr, sodass sie kaum noch mithalten konnten. Er wollte, dass sie so nahe und so offen wie möglich waren.

»Warten Sie, warten Sie, etwas langsamer!«, sagte der mit der Hakennase.

Kade konnte ihn jetzt spüren. Sein Geist war schwach. Sein Name war Tuksin. Er war ein Mönch. Er war hier, um diese Geheimnisse zu stehlen, sich von Ananda zu befreien und zum Herrn des Nexus zu werden. Sein Geist fühlte sich verkrümmt und verdorben an.

Kade sog sie tiefer in sich hinein, zeigte ihnen, wie Nexus 5 synthetisiert wurde, die Molekularstruktur der individuellen Komponenten, wie sie zusammenpassten. Das alles war immer noch zu viel und zu komplex für sie. Sie brauchten eine größere Bandbreite. Sie kamen noch näher, berührten ihn fast, öffneten sich ihm, so weit sie konnten, um aufzunehmen, was er ihnen gab.

Und dann zeigte er ihnen die Hölle.

[Aktivieren: nd* Pri: max]

Er bombardierte sie mit dem Nexus-Disruptor, das Signal, mit dem das ERD Rangans Gehirn lahmgelegt hatte, mit dem sie in der Zelle jeden Gedanken ausgelöscht hatten. Es war ein Schmerz, der intensiver als alles war, was sie sich jemals vorstellen konnten. Sie schrien unter dem Ansturm, beide, sie schrien und fielen auf die Knie. Der winzige Teil, der trotz der Filter in seinem Gehirn zu Kade durchdrang, raubte ihm den Atem.

Der Schläger drehte sich um, sah, wie sie sich vor Schmerz wanden, und zögerte kurz. Kade jagte weiter das Signal in ihre Gehirne. Der große Mann fuhr zu ihm herum, schlug Kade so hart, dass er aus dem Stuhl geschleudert wurde und auf dem Boden landete. Der Schmerz machte ihn benommen.

Er gab nicht auf, sendete weiter das Signal. Der Schläger verpasste ihm einen Fußtritt. Schmerzen explodierten in Kades Unterleib. Trotzdem machte er weiter. Ja! Suk und Tuksin wanden sich unter furchtbaren Qualen, und jeder Gedanke war aus ihren Gehirnen gelöscht.

Kade deaktivierte den Nexus-Disruptor. Er musste sich jetzt auf etwas ganz anderes konzentrieren. An der Hüfte des Schlägers hing eine Waffe. Kade war jetzt in Suks Geist. Drücken-und-Ziehen. Er war der Beste darin. Er hatte immer gewonnen.

Die Waffe. Die Waffe. Die Waffe.

Der Schläger verpasste ihm einen weiteren Schlag. Etwas brach in seinem Körper.

Erschieß ihn. Erschieß ihn. Erschieß ihn.

Die Waffe war in Suks Hand. Der Schläger drehte sich um und riss die Augen auf. Suk feuerte. In diesem Raum war der Knall extrem laut. Die Kniescheibe des Schlägers explodierte. Er brüllte. Sein Bein gab nach. Er brach zusammen, stemmte sich halb wieder hoch, wollte Suk die Waffe aus der Hand schlagen.

Suk feuerte erneut. Die Kugel erwischte den großen Mann in den Bauch. Er stöhnte, versuchte immer noch vorwärtszukriechen, obwohl er fast flach auf dem Boden lag.

Suk feuerte ein drittes Mal. Die Kugel drang in die Stirn des Mannes ein, ließ den Schädel wie eine Melone aufplatzen.

Suk blinzelte überrascht. Tuksin griff ihn an. Wieder ging die Waffe los, diesmal ohne Kades Willen. Tuksin hustete, und Blut quoll aus seinem Mund.

Suk kroch rückwärts, fort von Kade, rappelte sich auf, die Pistole immer noch in der Hand, wich immer schneller zurück. Kade spürte, wie seine Kontrolle über Suk nachließ, je weiter er sich von ihm entfernte. Kade versuchte aufzustehen, Schmerz raste sein linkes Bein hinauf, das unter ihm wegknickte. Er stürzte zu Boden. Scheiße.

Suk war jetzt am anderen Ende des Raumes, mindestens zehn Meter entfernt. Er richtete die Waffe auf Kade. Seine Hände zitterten.

»Was sind Sie?«

Kade versuchte in seinen Geist einzudringen, schaffte es aber nicht. Er war viel zu weit weg.

»Sie sind ein Teufel! Ein Teufel!«

Suk feuerte, doch bei dieser großen Entfernung ging der Schuss daneben. Kade spürte, wie sich neben ihm eine Kugel in den Fußboden grub. Er kroch mit einem Bein und beiden Händen zurück. Suk schoss erneut, und wieder verfehlte er ihn.

Kade suchte nach etwas, wohinter er in Deckung gehen konnte, was er als Waffe benutzen konnte. Die Maschinenpistole des Schlägers lag vor der Wand. So schnell wie möglich kroch er darauf zu, und bei jeder Bewegung jagten brutale Schmerzen durch seinen Körper. Sie war so weit weg. Alles tat so verdammt weh. Suks Hände waren jetzt ruhiger.

»Fahren Sie zur Hölle!«, brüllte der Thai ihn an und zielte sorgfältig.

Die Eingangstür flog krachend auf. Sam stand im Türrahmen. Suk sah sie, riss die Waffe herum, feuerte auf sie. Sam rollte sich ab und warf gleichzeitig etwas auf ihn. Etwas Scharfes erwischte Suk am linken Arm. Er trat vor, richtete die Waffe auf Sam. Feuerte, verfehlte sie.

Kade bekam die Maschinenpistole in die Finger. Suk war weniger als zehn Meter entfernt. Der Thai schoss noch einmal, wieder ohne Sam zu treffen.

Kade schwenkte die Waffe herum, drückte den Abzug. Der Rückstoß warf ihn gegen die Wand, jagte glühenden Schmerz durch seine gebrochene Rippe. Die Schüsse gingen daneben, viel zu weit nach links. Suk drehte sich wieder zu ihm um, feuerte. Kade spürte einen stechenden Schmerz im linken Arm, hielt den Abzug gedrückt, versuchte den Lauf auf Suk zu richten. Suks nächster Schuss verfehlte Kade. Kades Kugeln zogen eine Spur von links nach rechts, erwischten Suks Arm mit der Waffe, dann seinen Brustkorb, rissen den Mann von den Beinen. Die Waffe klickte. Leer. Es wurde wieder still. Dann Sirenen von draußen.

Es war still in der Kontrollzentrale an Bord der *Boca Raton*. Nichols konnte nicht fassen, was soeben geschehen war. Ein Dutzend Agenten war tot, mindestens genauso viele Zivilisten, von denen viele noch gelebt hatten, als sie Protokoll Dreizehn aktiviert hatten.

Nichols hatte den Blick gesenkt, schüttelte den Kopf.

Dann meldete sich Jane Kim zu Wort. »Sir?«

Nichols schaute auf. »Was gibt es, Jane?«

»Sir ... Canary hat überlebt. Und Blackbird ... die meisten ihrer Kanäle sind tot, aber wir haben immer noch ein GPS-Signal von ihrem Telefon. Und ... es hat sich bewegt, Sir. Sie befindet sich außerhalb des Gebäudes.«

Nichols blickte auf die Bildschirme. Es stimmte. Die Feeds von den zwölf Mitgliedern des Angriffsteams waren abgebrochen, aber nicht von Lane. Und Cataranes. Die meisten waren inaktiv, aber erst, *nachdem* eine Position knapp außerhalb des Wohnhauses aufgezeichnet worden war. Sogar in diesem Moment rief ihr Telefon GPS-Daten ab. Während er zusah, bewegte es sich wieder, von der Gasse in das Gebäude, in dem sich Lane aufhielt. Ihre Positionen näherten sich an. Sie war in Bewegung.

Da. Auf der Videoübertragung von Lane war kurz Sam zu sehen. Unzweifelhaft.

Shu dirigierte, während Feng fuhr. Die Verkehrskontrolle gehörte ihr. Die Polizeirouten gehörten ihr. Die Straßenkameras gehörten ihr. Der Opal raste mit 160 Stundenkilometern dahin. Zu dieser frühen Morgenstunde waren die Straßen fast leer. Jede Ampel zeigte für sie Grün. Die Fahrzeuge der Polizei von Bangkok arbeiteten sich auf Parallelstraßen voran und bekamen sie nie zu sehen.

Sie kannte die Position von Lanes Telefon auf den Meter genau. Es befand sich jetzt nicht mehr innerhalb der Feuersbrunst. Es war weniger als zehn Meter von der brennenden Wohnung entfernt, aber das war ein entscheidender Unterschied. Sie hoffte nur, dass er sein Telefon bei sich trug.

Sie wusste, dass es Wahnsinn war. Sie sollte den Kerl einfach sterben lassen. Aber das wollte sie nicht - nicht, wenn es sich irgendwie vermeiden ließ.

Hier, sagte Shu zu Feng. Sie durchbrachen eine Verkehrsbarriere und fuhren in die Gassen hinein, die für motorisierte Fahrzeuge gesperrt und kaum breit genug für den Opal waren.

Und jetzt hier, sendete sie.

Feng lenkte den Opal mit einer gekonnten Schleuderbremse in die rechtwinklig abbiegende Gasse. Lane kletterte, gewann Höhe.

Hier, wiederholte sie.

Feng brachte den Wagen schlitternd zum Stehen. Lane war kurz davor, das Dach des Gebäudes genau vor ihnen zu erreichen. Auf diese Entfernung konnte sie seinen Geist spüren. Er lebte noch, war verletzt, hatte Schmerzen. Sie griff nach ihm und Cataranes, sagte ihnen, dass Hilfe unterwegs war. Ab hier lag es an Feng.

Und im ersten Stock waren noch zwei Bewusstseine auf Nexus, und beide wurden immer schwächer. Wie interessant ...

Sam hob die Maschinenpistole auf, die Kade fallen gelassen hatte, warf das Bananenmagazin aus, drehte es um und steckte das volle ein.

»Alles in Ordnung?«, fragte sie.

Sie konnte ihn mental spüren. Sein Nexus war unter den schweren Schlägen, die er hatte einstecken müssen, zerrissen worden, aber nicht so schlimm wie vor ein paar Tagen. Im Rauschen konnte sie Kade immer noch wahrnehmen. Für die Kampfsituation hatte er sein Adrenalin freigesetzt. Soeben hatte er zum ersten Mal einen Menschen getötet. Das würde ihm noch eine Weile zu schaffen machen, ganz zu schweigen von allem anderen, das in dieser Nacht geschehen war.

Kade nickte, versuchte aufzustehen und brach sofort wieder zusammen, als sein Bein ihm den Dienst versagte. Er strahlte große Schmerzen aus. Seine Lungen brannten. Rippen waren gebrochen und taten jedes Mal schrecklich weh, wenn er sich bewegte. Sein Bein konnte kein Gewicht mehr tragen. Er schüttelte den Kopf und hustete schwach. Dabei kam auch Blut hoch.

Sam ging in die Hocke, um ihn aufzuheben. Sie mussten von hier verschwinden.

An der Tür war ein Geräusch. Ein weiterer Schläger tauchte im Eingang auf. Sam riss die Waffe hoch, feuerte eine Salve ab. Ein Fluch war zu hören, und der Schläger zog sich wieder hinter den Durchgang zurück.

Am anderen Ende des Raumes gab es eine weitere Tür. »Komm jetzt, Kade.« Sie hob ihn auf, legte ihn sich über die Schulter. Sie spürte deutlich seine Qualen. Sie beachtete sie nicht weiter und rannte humpelnd auf die andere Tür zu. Scheiße, tat das weh! Sie erreichte die Tür, trat sie mit dem gesunden Fuß auf, drehte sich um und schickte den Schlägern vorsichtshalber eine weitere Salve entgegen. Dann drückte sie die Tür mit der Schulter ganz auf.

Dahinter war ein Treppenhaus. Sam rückte Kade zurecht, richtete sich ruckhaft auf, spürte Kade stöhnen und stieg einen schmerzhaften Schritt nach dem anderen die Stufen hinauf. Die Tür auf dem ersten Treppenabsatz war verschlossen.

Sie feuerte eine Salve ins Schloss, stieß die Tür mit der Schulter auf, um die Verfolger zu verwirren, und stieg weiter nach oben.

Sie war auf dem zweiten Absatz, als sie hörte, wie sie ins Treppenhaus kamen. Sie erstarrte. Kade stöhnte. Mental ermahnte sie ihn, still zu sein. Die Männer auf dem ersten Treppenabsatz sprachen Thai. Es waren drei. Vielleicht vier. Sie bewegten sich sehr vorsichtig. Sam hörte, wie Magazine überprüft wurden. Die Stimmen entfernten sich.

Sie zählte bis fünf und setzte dann den Aufstieg fort.

Unter ihr brüllte jemand. Mist, einer von ihnen war zurückgeblieben. Durch den Zentralschacht des Treppenhauses wurde nach oben geschossen. Sam schlug jede Vorsicht in den Wind, schlug den Schmerz in den Wind, hetzte die Stufen hinauf, spürte, wie die Muskeln in ihrem verletzten Bein bei jedem Schritt schmerzhaft protestierten, aber es war ihr scheißegal. Kades Rippen taten bei jeder Bewegung höllisch weh. Sie achtete nicht darauf. Ihr blieb keine andere Wahl.

Jetzt brüllten alle Schläger. Sie machten sich an die Verfolgung. Sie waren kopflastig, so stark wie fünf Männer, aber vergleichsweise schwach auf den Beinen. Ihre übergroßen Muskeln beeinträchtigten ihre sonstige Ausdauer. Sam hatte weniger Herz- und Lungenkapazität, aber sie war auf Tempo ausgelegt. Selbst mit Kade auf der Schulter war sie schneller.

Sie erreichte den dritten Absatz, den vierten und fünften, erreichte den Zugang zum Dach, sprengte das Schloss, stieß die Tür auf. Jetzt hätte sie gern ein paar Granaten dabeigehabt. Sie blickte sich nach einer Deckung um. Ein Stück weiter ragte der riesige Kasten einer Klimaanlage auf. Sam lief darauf zu, ließ Kade von der Schulter rutschen, spürte seine furchtbaren Schmerzen beim unsanften Aufprall, ging geduckt in Deckung, überprüfte ihre Munition. Fast leer. Sie schaltete auf Einzelschuss. Sie musste sparsam mit den Kugeln umgehen, die ihr noch geblieben waren.

KADE ... CATARANES ... WIR SIND HIER ... BLEIBEN SIE AM LEBEN ... FENG KOMMT ZU IHNEN.

Su-Yong Shus Stimme dröhnte laut in Sams Kopf. Kade keuchte hörbar auf. Heiliger Strohsack, was war das für eine Frau?

Automatisches Feuer kam von der anderen Seite des Dachs. Kugeln schlugen in die Klimaanlage. Ein Schwarm aus Metallsplittern schlug ihr in die Arme, Beine, den Brustkorb. Kade stöhnte unter den neuen Schmerzen. Die Schläger schossen weiter, feuerten auf eine Seite des Kastens, sodass Sam von scharfem Schrapnell getroffen wurde. Sie rollte zu Kade hinüber. Die tragende Struktur der Klimaanlage gab nach, und die aufgerissene Seite des Kastens sackte in sich zusammen. Sam duckte sich tiefer, zog Kade mit sich. Die Schläger zerstörten nach und nach ihre Deckung.

Als ihre Waffen verstummten, kam Sam hoch, feuerte drei Kugeln auf einen von ihnen ab, sah, wie zwei ihn in die Brust trafen, und tauchte wieder hinter dem Kasten ab. Einer erledigt, noch drei übrig. Sam überprüfte noch einmal das Magazin. Zwei Kugeln. Mist.

Konnten sie vom Dach in die Gasse springen? Würde Kade es überleben?

Die Schläger feuerten wieder, zielten auf Sams Versteck und pulverisierten die letzten Teile ihrer Deckung. Wieder schlitzten Splitter ihren Arm auf. Sam rollte sich weg, kam an einer anderen Stelle hoch, feuerte ihre letzten zwei Kugeln ab, jagte sie einem von ihnen in den Bauch. Die anderen richteten ihre Waffen auf sie. Weitere Schüsse ertönten, Pistolenschüsse, insgesamt sechs, und die Köpfe beider Männer explodierten. Ihre leblosen Körper sackten zusammen.

Hinter ihnen stand jemand in tadellosem schwarzem Chauffeuranzug. Feng, in jeder Hand eine rauchende Pistole. Er begrüßte Sam mit einer hochgezogenen Augenbraue. Sam stieß einen Seufzer der Erleichterung aus. Sie hatte nie damit gerechnet, von einem Angehörigen der Konfuzianischen Faust gerettet zu werden, aber sie nahm die Hilfe gerne an. Auf jeden Fall.

Feng ging zu dem Mann hinüber, dem sie in den Bauch geschossen hatte. Er rührte sich noch. Feng jagte ihm zwei Kugeln in den Kopf, dann machte er dasselbe mit dem ersten Mann, den sie niedergeschossen hatte.

Sam kauerte über Kade. Er strahlte Schmerzen aus. Seine Haut war vom Feuer versengt, vom Schrapnell aufgerissen worden. Aber er lebte. Mit zahllosen Schnittwunden und zerbrochen, eine von Suks Kugeln im Arm, aber er lebte noch, war noch bei Bewusstsein. Feng trat zu ihnen.

»Zeit zu gehen, nicht wahr?«, sagte der chinesische Soldat. Er lächelte.

Kade versuchte zu sprechen, hustete jedoch nur Blut aus, nickte stattdessen.

Feng bückte sich, um ihn aufzuheben.

Sam hielt ihn zurück, ging selbst neben Kade in die Hocke.

»Sie sind verletzt«, sagte Feng.

»Ich werde ihn tragen«, erwiderte sie.

Feng nickte wortlos, suchte ihren Blick. Er verstand.

Sam legte sich Kade über die Schultern, ohne auf sein Stöhnen zu achten. Von Schmerzen gepeinigt, humpelte sie die Treppe hinunter und folgte Feng zum schwarzen Opal.

»Er ist von der Konfuzianischen Faust«, sagte Nichols.

Williams und Kim nickten.

»Was zum Teufel hat so jemand hier zu suchen?«

[40] Abhauen

Feng erreichte den Opal vor Sam. Die hintere Tür auf der Fahrerseite stand offen. Sam humpelte hinüber und sah, dass Su-Yong Shu im Fond saß. Neben ihr stand ein großer Erste-Hilfe-Koffer.

»Geben Sie ihn mir«, sagte die Chinesin.

Sam ließ Kade nicht los.

»Na los, steigen Sie vorn bei mir ein«, drängte Feng sie.

»Ich bleibe bei ihm«, erwiderte Sam.

»Miss Cataranes«, sagte Shu. »Ich bin medizinisch kompetent.«

»Ich ebenfalls.« Sie hielt dem Blick der älteren Frau stand.

Shu starrte zurück.

»Wir müssen los«, sagte Feng. »Wir können hier nicht bleiben.«

»Gut«, sagte Shu und öffnete ihre Tür. »Steigen Sie mit Kade hinten ein. Ich nehme den Beifahrersitz.«

Sam lud Kade auf dem Rücksitz ab und setzte sich neben ihn. Er stöhnte vor Schmerz. Feng fuhr los, sobald die Türen geschlossen waren, drang tiefer in das Gassenlabyrinth ein.

Sam inspizierte den Koffer. Die medizinische Standardausrüstung der chinesischen Spezialeinheiten. Nur das

Beste. Damit hatte sie während ihrer Ausbildung trainiert. Da, der Respirator für Brandverletzungen, eine Maske und ein Druckbehälter mit Wachstumsfaktoren für die Lungen. Sie nahm ihn heraus, setzte ihn Kade aufs Gesicht, spürte, wie er sich entspannte, als die kühlende Flüssigkeit in ihn strömte.

»Sie sind verwanzt«, sagte Shu vom Beifahrersitz. »Ihre Kontaktlinsen, Kades Kleidung, Ihre beiden Telefone. Das alles muss weg.«

Scheiße, wurde Sam klar, sie hat recht.

Sie öffnete das Fenster, warf ihr Telefon hinaus, ließ ihre Kontaktlinsen in die Handfläche springen und warf sie hinterher. Kade bemühte sich, an das Telefon in seiner Tasche zu gelangen. Sein gebrochener Finger war ihm im Weg. Sam griff in die Tasche, zog sein Telefon hervor, dann flog es ebenfalls durchs Fenster. Er hatte überall Wanzen am Körper ...

»Wir müssen ihm die Kleidung von der Haut schneiden«, stellte sie fest. »Sie hat sich sowieso stellenweise eingebrannt.«

Feng hielt eine Hand hoch, ohne den Blick von der Straße abzuwenden. Ein Messer klappte in seiner Handfläche auf. Shu nahm es entgegen, reichte es an Sam weiter. Die Frau machte etwas mit ihrem Geist, und Sam spürte, wie Kades Schmerzen ein wenig nachließen, wie er ein Stück entspannter wurde.

Sam schnitt den größten Teil von Kades Hemd weg, warf es aus dem Fenster. Kade griff nach etwas, das er um den Hals trug, den Datenspeicher, den Wats ihm gegeben hatte.

»Das nicht«, murmelte er schwach durch die Maske.

Sam ließ ihm die Kette, schnitt seine ruinierten Hosen weg, warf sie ebenfalls hinaus.

Mein Gott, er sah schrecklich aus. Geschmolzene Fasern klebten in der Haut seines Unterschenkels, wo er unter dem brennenden Balken gelegen hatte, und auf Teilen seines Oberschenkels, wo die Hitze des Feuers die Hosen versengt hatte. Seine linke Gesichtshälfte war geschwollen, verbrannt, zerschnitten. Ein Auge ließ sich gar nicht mehr öffnen. Als seine Schmerzen verblassten, konnte sie sich ein klareres Bild von seinen Verletzungen machen. Sie waren wirklich schlimm.

Sam strich ihm Brandsalbe auf das Gesicht, die Brust, die Schenkel, die Waden. Sie injizierte ihm Antibiotika und Wachstumsfaktoren ins Gesicht, in die Schwellung um sein Auge. Sie verband den gebrochenen Finger.

Sam blickte auf, während sie ihn versorgte. Sie waren immer noch irgendwo im Labyrinth.

»Wohin fahren wir?«, fragte sie.

»Hier ist überall Polizei«, antwortete Shu. »Wir machen einen weiten Umweg, um den Fahrzeugen auszuweichen.«

»Und wenn wir hier raus sind?«, fragte Sam nach.

Ich sitze mit den Feinden, die ich bekämpfen soll, zusammen in einem Wagen, wurde ihr klar. Ohne Waffe, auf der Flucht vor den Leuten, die mich ausgebildet haben. Was zum Teufel mache ich eigentlich?

»Zur chinesischen Botschaft«, sagte Shu. »Um politisches Asyl für Kade zu beantragen. Auch für Sie, wenn Sie möchten.«

Erschrocken zuckte Sam zusammen. Sie suchte nach Worten. Kade war schneller.

Nein.

Er griff nach Sams Hand, drückte sie weg, zog sich die Maske vom Gesicht.

»Nicht zur Botschaft«, sagte er schwach.

Dort können wir Ihnen Sicherheit gewähren, sendete Shu, **um Sie dann aus dem Land zu schaffen.**

Kade setzte die Maske wieder auf, sog die kühlende, heilende Mischung ein und sendete seine Gedanken.

Nein. Meinetwegen sind soeben viele Menschen gestorben. Sie sind tot, verdammt. Das darf nicht noch einmal geschehen. Ich werde kein Sklave sein. Ich werde kein Killer sein.

Bilder kamen aus seinem Geist, wie Narong eine Waffe auf Ted Prat-Nungs Kopf richtete. Wie Wats im Feuer verblutete und starb. Wie Niran und Lalana im Kreuzfeuer durchsiebt wurden.

Sam konnte seine starken Schuldgefühle spüren, das Versagen, den Verrat, die Bürde der Toten, für die er verantwortlich war. Das verstand sie nur zu gut.

Was habe ich getan?, dachte Sam. Alles ist so schnell passiert ...

Shu versuchte es noch einmal. **Kade, die Amerikaner werden nach Ihnen suchen. Wir müssen Sie an einen sicheren Ort bringen.**

»Sie hat recht«, sagte Sam. »Sie dürften schon jetzt nach uns suchen. Sie werden uns nicht einfach entkommen lassen. Wir müssen schnell sein.«

Verstecken, sendete Kade. **Wir müssen uns verstecken.**

»Wohin soll ich fahren?«, fragte Feng.

Zu Ananda, sendete Kade.

Sam schüttelte den Kopf. »Dieser Kerl, der Tote, er war einer von Anandas Mönchen. Er ist uns am Montagabend gefolgt.«

»Tuksin«, sagte Shu. »Ich konnte in seinen Geist blicken, bevor er starb. Er hat auf eigene Faust gehandelt.«

Kade nickte. **Er wollte sich von Ananda unabhängig machen. Und Suk wollte sich von Ted Prat-Nung unabhängig machen.**

»Thanom?«, fragte Shu in scharfem Tonfall nach. »Was hat er mit dieser Sache zu tun?«

Kade und Sam tauschten einen Blick aus.

Sam antwortete. »Er war heute Abend dabei. Deshalb hat das ERD die Wohnung gestürmt, um ihn festzunehmen.«

Zeigen Sie es mir!, befahl Shu.

Sam spürte eine fremde Präsenz in ihrem Geist. Sie drang tief in sie ein. Sam hätte sie nicht daran hindern können, selbst wenn sie es gewollt hätte. Was war mit dieser Frau los? Die Präsenz fand ihre Erinnerungen an den Kampf, sog sie unverzüglich in sich auf.

Sam spürte, wie Kade sich für Shu öffnete, wie Shu auch seine Erinnerungen an die Ereignisse aufnahm. Sie fing ein Echo von Prat-Nungs Tod auf, wie Kugeln in seinen Körper schlugen, als er versucht hatte, Chariya zu retten, sie rauszubringen.

Dann stöhnte Shu leise. Sie schlug die Hände vors Gesicht. Ein Schluchzen drang zwischen ihren Fingern hervor. Sie spürte, wie der Wagen ins Schlingern geriet.

Thanom!

Su-Yong!

Sam hörte den Schrei von Feng. Shus Stöhnen verstummte. Der mentale Dunst in Sams Kopf klärte sich.

Feng bekam den Wagen wieder unter Kontrolle. Niemand sprach. Shu schluchzte wieder. Ihre Trauer schien die Luft zu erfüllen.

Dumm! Das war einfach nur dumm, Thanom! Ich habe dir gesagt, dass es so enden würde. Ich habe es dir gesagt ...

Sam tat, was sie für Kade tun konnte, schweigend.

Schließlich hatte sich Shu ein wenig beruhigt. Sie hob den Kopf. Das Gesicht war von Tränenschlieren überzogen.

Tut mir leid, sendete sie. **Thanom war sehr wichtig für mich. Ich ...** Sie schüttelte den Kopf. **Ich bin nur seinetwegen noch am Leben.**

Erinnerungen wie Schlaglichter. Ein Feuer. Glühende Hitze. Schmerz und Furcht. Ihr Kopf kahlgeschoren. Ein chirurgischer Roboter, der über ihr aufragte, fremdartig und insektoid, der mit schwirrenden Klingen näher kam. Ihr ungeborenes Kind riesig in ihrer Gebärmutter. Überall Blut. Zwei Gesichter über ihr, blass vor Angst. Das Gefühl, wie Prat-Nungs Hand auf ihrer lag. Bilder und Erinnerungen, die Sam nicht verstand.

Wut verdrängte allmählich die Trauer, die Shu ausstrahlte. Kalte, harte Wut. Eine Wut von epischen Ausmaßen. Ein Hass von furchterregender Intensität. Zorn. Vernichtung. Mörder. Monster. Sie würde sie alle zerquetschen ...

»Ananda«, krächzte Kade. **Ananda.**

Nun schien Shu sie wieder wahrzunehmen. Stück für Stück zügelte sie ihre Wut. Sie hörten, wie sie tief durchatmete. Sie nickte. »Ananda.«

»Und Sie?«, wollte Shu von Sam wissen. »Haben Sie vor, zusammen mit Kade zu verschwinden?«

Sam holte tief Luft. Sie hatte noch gar keine Zeit gehabt, über die Ereignisse der Nacht nachzudenken. Sie war ausgerastet, als Mai gestorben war, als sie die Wut und den Schrecken der Bewusstseine gespürt hatte, mit denen sie verlinkt gewesen war. Sie hatte mindestens zwei Agenten des ERD getötet, war zumindest mitschuldig am Tod von weiteren ...

Konnte sie sich stellen? Zur Botschaft gehen? Sich auf vorübergehende Unzurechnungsfähigkeit berufen?

Nein. Das ERD war zu vielen Dingen fähig. Aber nicht zur Vergebung. Sam hatte bereits ihr eigenes Todesurteil unterschrieben. Ihre Lebenserwartung konnte jetzt nur noch in Stunden oder Tagen bemessen werden.

Sie musste nachdenken und sich neu organisieren. Sie musste in Bewegung bleiben, den Verfolgern, die ihr auf den Fersen waren, immer einen Schritt voraus sein. Ihre Möglichkeiten waren stark eingeschränkt. Und sie hatte Wats versprochen, sich um Kade zu kümmern.

»Ich komme mit«, sagte sie. »Ich bleibe bei Kade, wenn er mich dabeihaben möchte.«

Kade sah sie an. Er hatte sich die Maske wieder über Mund und Nase gezogen. Ihre Blicke trafen sich. Sie spürte einen leisen Widerhall der Verbindung, die sie vor wenigen Stunden geteilt hatten, wie sie sich ihm geöffnet hatte. Mitgefühl. Vertrauen. Verständnis. Er nickte langsam, zog die Maske ab.

»Ja«, sagte er. »Du hast mir das Leben gerettet. Wieder einmal. Ja.«

Shu nickte. Ihr Gesicht und ihr Geist waren immer noch verbittert, als sie ein Telefon aus der Tasche zog, wählte und es ans Ohr hielt. Sam hörte leise, wie sich eine Stimme meldete.

»*Sawadi,* Ananda.«

Sie unterhielten sich in einer Sprache, die Sam nicht verstand. Vielleicht etwas Indisches, fließend und klangvoll. Dann legte Shu das Telefon weg.

»Abgemacht«, sagte sie. »Wir treffen uns in einer Stunde mit seinen Mönchen.« Ihre Stimme klang kalt und distanziert. Ihr Geist verströmte immer noch Zorn. Gewaltbereitschaft. Die Mistkerle hatten Thanom getötet. Das schrie nach Rache.

Kade döste, während Feng weiterfuhr. Er wachte auf, als sie den Treffpunkt erreichten, wo die zwei jungen Mönche warteten, die Ananda geschickt hatte. Es war ein riesiges Parkhaus, tief in den Eingeweiden des Flughafens. Shu behauptete, sie hätte die Überwachungskameras übernommen. Niemand äußerte irgendwelche Einwände.

Die kahlgeschorenen jungen Männer reichten ihnen Pakete mit Kleidung. Mönchsgewänder. Orangefarbene für Kade, weiße für Sam.

Shu sprach vom Beifahrersitz zu ihnen. Sie fühlte sich immer noch entrückt und unterkühlt an. Prat-Nungs Tod hatte sie sehr mitgenommen.

»Anandas Mönche werden Sie in ein Versteck bringen«, sagte sie. »Die Amerikaner haben bereits einen Haftbefehl für Sie ausgegeben, für Sie beide, wegen Drogenmissbrauchs. Sie müssen in Bewegung bleiben. Ananda weiß das. Er arbeitet bereits an der nächsten Etappe.«

Sie drehte sich um und hielt Kade etwas hin. Ein Slate.

»Was ist das?«, fragte Kade und nahm es entgegen. Shu ließ das Gerät noch nicht los.

»Wir haben angehalten, und Feng hat eingekauft. Er hat bar bezahlt. Diese Slates stehen in keiner Verbindung zu Ihnen. Greifen Sie damit nicht auf Ihre alten Accounts oder Daten zu, sonst wird man Ihre Spur zurückverfolgen können. Versuchen Sie nicht, irgendwelche Leute zu kontaktieren, die Sie kennen, auch nicht mich. Sie können die Slates dazu benutzen, sich allgemein zu informieren, aber nicht mehr. Haben Sie verstanden?«

Kade nickte. »Ja. Ich würde gern am Leben bleiben.«

Shu nickte, ließ das Gerät los. »Gut.«

»Könnten Sie noch etwas für mich tun?«, fragte Kade. Ihm war kalt und schwindlig.

»Was?«

»Das ERD wird sich jetzt an Rangan und Ilya wenden, falls es nicht schon passiert ist. Können Sie Kontakt mit ihnen aufnehmen? Ihnen sagen, dass sie abhauen sollen, sofern das noch möglich ist?«

Shu zögerte einen Moment.

»Sie werden mit Sicherheit abgehört«, sagte Sam. »Sie müssen gut aufpassen, dass sie den Zuhörern keine Hinweise geben.«

Shu nickte. »Ich werde sehen, was ich tun kann.«

»Danke«, sagte Kade. Das Wort fühlte sich leer an. Er fühlte sich wie betäubt.

»Kade ...«, begann Shu. »Kade, es wird wahrscheinlich nicht gut für die Leute enden, mit denen das ERD Sie erpresst hat. Wenn das passiert, erinnern Sie sich daran, wer Ihnen das alles angetan hat – und Ihren Freunden.«

Ihre Augen hielten seinen Blick. Ihr Geist strahlte kalte Wut aus, den Wunsch, die menschlichen Organisationen zu vernichten, die so hart daran arbeiteten, sie – alle Posthumanen – unter Kontrolle zu behalten.

Es wird deine Schuld sein, hatte Sam zu ihm gesagt. *Allein deine Schuld.*

Er sah aus dem Augenwinkel, wie sie den Blick senkte. Sie verströmte Schuldgefühle, Verwirrung, Resignation. Sie öffnete die Tür auf ihrer Seite, stieg hinkend aus, schloss hinter sich die Tür.

»Geben Sie den Menschen die Schuld«, fuhr Shu fort. »Dem Hass der Menschen auf jeden, der sie übertreffen könnte.«

Zorn. Nicht nur Wut. Ein Bild von Yang Wei, ihrem Mentor, gefangen in einem zerstörten Wagen, wie er unter Todesqualen verbrannte, und schuld daran war die CIA. Ein Bild von Ted Prat-Nung, wie er niedergemäht wurde, als er Chariya zu retten versuchte, ein Echo aus seinen eigenen Erinnerungen.

Hass.

Kade spürte, wie auch seine Wut hochkochte. Das ERD hatte so viele getötet. Die Verantwortlichen sollten bestraft werden, in so kleine Stücke zerrissen werden, dass ...

»Bleiben Sie in Bewegung«, sagte Shu zu ihm. »Passen Sie gut auf sich auf. Wir werden uns wiedersehen.«

Sie berührte seinen Arm, hielt seinen Blick.

»Eines Tages werden sie dafür bezahlen«, versprach Shu. »Sie alle.«

Trotz des Gelassenheitsprogramms spürte er es. Die kalte Wut beruhigte ihn. Sie ließ seine Trauer verschwinden. Sie ließ die Schmerzen verschwinden.

Kade nickte wieder, blickte ihr in die Augen. Eines Tages würden sie dafür bezahlen. Er öffnete die Tür, um auszusteigen. Einer der Mönche war sofort bei ihm. Er legte sich Kades Arm über die Schulter, half ihm, auf einem Fuß zum anderen Wagen zu hüpfen. Sam wartete vor dem Wagen, ihre Augen zuckten hin und her, scannten die Umgebung auf Anzeichen von Gefahren.

Sie erwartet, dass sie uns finden, dachte Kade. Sie muss es schließlich wissen.

Feng umarmte Kade. »Jetzt keine weiteren Prügeleien mehr!«, sagte er mit einem Grinsen zu ihm.

Kade nickte benommen.

Der Soldat der Konfuzianischen Faust drehte sich zu Sam um, breitete die Arme aus, als wollte er auch sie umarmen. Sam runzelte die Stirn. Feng ließ die Arme sinken und reichte ihr stattdessen eine Hand. Sie nahm sie an.

»Eines Tages werden wir richtig zusammen kämpfen«, sagte er mit einem respektvollen Nicken.

Die jungen Mönche verfrachteten sie auf die Rückbank eines engen, ramponierten viersitzigen Tata.

»Wohin fahren wir?«, fragte Kade.

Die zwei Mönche sprachen auf Thai miteinander. Der auf dem Beifahrersitz drehte sich um.

»Berge«, sagte er und deutete nach oben. Dann folgte wieder etwas auf Thai.

»Er sagt, sie bringen uns in ein Kloster«, erklärte Sam. »Ein sehr spezielles Kloster.«

Sie fuhren aus der Tiefgarage des Flughafens in das frühe Morgenlicht. Die Wolkendecke war aufgerissen. Im Osten ging die Sonne auf, ein orangefarbener Feuerball, der eine feuchte Landschaft erhellte. Sie fuhren in Richtung Norden, auf die Gipfel zu, die über den Ebenen Thailands aufragten.

[41] Nachwirkungen

Becker fluchte leise. In Thailand brach der Morgen an. Sein eindringlicher Antrag auf Luftaufklärung in den Stunden vor Sonnenaufgang war abgelehnt worden. Die Nationale Sicherheitsberaterin hatte für den Sonntagmorgen in Washington ein Treffen einberufen, um die Ereignisse in Thailand zu besprechen. Das war erst in 36 Stunden. So lange konnten sie nicht warten.

War dies der Moment, um die Visitenkarte zu benutzen, die er erhalten hatte?

Dem Präsidenten ist Ihre Arbeit sehr wichtig, hatte man ihm gesagt. *Wenn Sie jemals ein dringendes Anliegen haben, das keinen Aufschub duldet, geben Sie mir einfach Bescheid.*

Barnes. Maximilian Barnes, der politische Sonderberater des Präsidenten. Der Handelsreisende des Präsidenten. Ein Mann, der Dinge getan hatte, von denen Becker lieber nie etwas erfahren hätte ... Ein Mann, den Warren Becker wirklich fürchtete.

Hier ist meine Privatnummer.

Becker seufzte. Dieser Fall war eindeutig ein dringendes Anliegen. Er öffnete die unterste Schublade seines Schreibtischs, nahm eine Flasche und ein Glas heraus, schenkte sich zwei Fingerbreit Laphroaig ein und trank einen Schluck. Dann wählte er die Nummer.

Barnes antwortete sofort. Ja, natürlich erinnerte er sich an Becker. Was konnte er für ihn tun?

Becker erklärte die Angelegenheit. Ihr Gespräch war kurz, und sie kamen schnell auf den Punkt.

Ja, das klang nach einer Sache, für die sich der Präsident sehr interessieren würde. Ja, noch zwei Tage zu warten, bevor Aufklärungsdrohnen gestartet wurden, wäre nicht akzeptabel. Nein, Becker hatte nicht seine Kompetenzen überschritten, als er angerufen hatte. Er würde die Genehmigung zum Einsatz der Aufklärungsdrohnen bis Sonnenuntergang haben, thailändische Zeit.

Becker unterbrach die Verbindung. Seine Hand zitterte leicht. Dieser Mann hatte ihm Angst gemacht. Es genügte bereits, dass Barnes all die Dinge getan hatte, von denen Becker wusste ... und dann gab es noch die *Gerüchte*, was er alles getan haben sollte ...

Becker schüttelte den Kopf, nahm einen weiteren Schluck von dem Whisky, um sich zu beruhigen, und wandte sich wieder dem zusammengefassten Bericht über die Ereignisse in Bangkok zu.

Zwölf Vertragsmitarbeiter des ERD waren tot. Ted Prat-Nung war tot. Drei seiner Männer tot. Watson Cole tot. Suk Prat-Nung war im Gebäude auf der anderen Straßenseite tot aufgefunden worden, neben einem hochrangigen Mönch und einem Kleinkriminellen, ebenfalls beide tot. Und ein weiterer Mann tot, dem in der Gasse ziemlich übel die Kehle aufgeschlitzt worden war. Vier Männer tot auf dem Dach dieses Gebäudes. Ein Blutbad an mehreren Schauplätzen.

Und schließlich waren in der Wohnung zwölf Zivilisten umgekommen – ein paar Studenten, eine ausgebrannte

Ex-Nonne und ihr Ehemann, ein ausgebrannter Ex-Mönch, eine verbrauchte Nutte, ein junger Drogendealer – und dieses verrückte Kind, diese eigenartige Kreatur.

Mai, so hatten sie sie genannt.

Becker erschauderte. Was sie sich zusammengereimt hatten, bestätigte im Großen und Ganzen eine der schlimmsten Befürchtungen des Präsidenten. Kinder, die mit Nexus-Fähigkeiten auf die Welt gekommen waren. Eine neue Unterart, die telepathisch miteinander kommunizieren konnte. Wie würden sie den Rest der Menschheit behandeln? Er dachte an seine zwei wunderschönen, völlig normalen und gesunden Töchter. Würden diese Freaks seine Töchter in eine neue Unterklasse abdrängen? Sie zu Sklaven der neuen Elite machen? Die Vorstellung bereitete ihm Übelkeit.

Die Kreatur Mai. Die Klone der Konfuzianischen Faust. Shu, die vermutlich gar nicht mehr als menschlich bezeichnet werden konnte. Eine sündhafte Anhäufung von Perversionen. Seine Töchter würden in einer Welt leben, in der sie Feinden ausgesetzt waren, in der sie Gefahren für die gesamte Menschheit ausgesetzt waren.

Er nahm noch einen Schluck vom Laphroaig, gefolgt von einem tiefen Atemzug.

Und Cataranes. Sam. Was war dort geschehen? Shu musste sie beeinflusst haben. Alles andere ergab keinen Sinn. Verdammt. Es war seine Schuld, dass er sie mit Nexus im Kopf in den Einsatz geschickt hatte. Sie hatten sich nicht vorstellen können, dass Shu jemanden so schnell umdrehen konnte, so lautlos, ohne Vorwarnung.

Tut mir leid, Sam. Wir müssen dich zurückholen. Wir werden dich wieder hinkriegen, wenn wir es schaffen.

Becker wandte sich erneut den getöteten Vertragsmitarbeitern zu, betrachtete ihre Gesichter, prägte sich ihre Namen ein. Sie waren gute Männer gewesen, die einen wichtigen Job gemacht hatten. Er hatte sie in Gefahr gebracht. Er hatte den Befehl gegeben, die Sprengladungen in ihren Schädeln zu zünden, in den Schädeln der Toten und jener, die noch geatmet hatten, damit die thailändischen Behörden sie nicht in Gewahrsam nehmen konnten. Ihr Blut klebte an seinen Händen.

Hatte er richtig gehandelt?

Ja. Er war ein guter Soldat. Er hatte sich an die Regeln gehalten. Regeln, die es aus guten Gründen gab.

Er trank den Rest Laphroaig. Er wärmte ihn, als er durch seine Kehle rann. Er tröstete ihn.

Noch einmal las er die Dossiers der Vertragsmitarbeiter durch. Er würde sich an diese Männer erinnern.

Und er würde wieder genauso handeln, wenn es sein musste. Es stand einfach zu viel auf dem Spiel.

Martin Holtzmann saß in seinem Büro und sah sich die Berichte über den Einsatz in Bangkok an.

Was für eine Verschwendung. Was für eine schreckliche Verschwendung.

Narong Shinawatra, der Junge, den sie genötigt hatten. Tot. Er war einen sinnlosen Tod gestorben. Was war mit ihrer Software schiefgelaufen?

Ted Prat-Nung, ein kompetenter Nano-Ingenieur, bevor er zum Drogendealer geworden war. Tot.

Das Kind, Mai. Wie war es, wenn man mit Nexus im Kopf geboren wurde? Wenn man sich von Geburt an mit anderen mental unterhalten konnte, die über die gleiche

Fähigkeit verfügten? Wie beeinflusste das die sprachliche Entwicklung? Wie beeinflusste das die Intelligenz? Wie beeinflusste es das soziale Verhalten?

Er hatte so viele Fragen.

Alle waren tot. Wieder nur ein toter Punkt.

Kaden Lane, der so viel wusste, der so viele Ideen hatte. Er war für sie verloren. Holtzmann hatte immer noch gehofft, ihn von ihrer Sache überzeugen zu können.

Nicht zum ersten Mal dachte Holtzmann an das Nexus, das zwei Stockwerke tiefer im Sicherheitslabor eingelagert war. Er hatte uneingeschränkten Zugang. Es gab so viele Dinge, die er darüber wissen wollte ...

Nein. Es würde eindeutig zu weit gehen, diese Grenze zu überschreiten.

[42] Eine Frage der Perspektive

Kade wachte langsam auf. Irgendwann war er eingeschlafen, mit dem Kopf an der Wagentür.

Sam war noch wach. Sie fühlte sich müde, erschöpft, angespannt an. Er spürte, dass ihr immer wieder dieselben Gedanken durch den Kopf gingen. Mai. Ihre Mitschuld am Tod des Mädchens. Wie sie darauf reagiert hatte. Die Männer, die sie getötet hatte. Die Jäger, die ihre Spur verfolgen würden.

Und Pläne. Kambodscha. Laos. Birma. Wohin konnten sie fliehen? Wie?

Kade hatte keine Antworten für sie. Innerlich war ihm kalt. Er hatte keine Emotionen außer einer eiskalten Wut. Das Gelassenheitsprogramm hielt ihn im Zaum. Vielleicht war es auch nur der Schock.

Die Straße schlängelte sich durch das Tal. Sie waren jetzt hoch über der thailändischen Ebene und fuhren eine Serpentine hinauf. Die Hälfte der Abhänge wurde von Reisfeldern überzogen, Terrassen in Grün, Gelb und Schlammbraun. Der Rest war Dschungel, wilde und dichte Vegetation. Der Himmel war blau mit vereinzelten Wölkchen. Es sah wunderschön aus. Aber er spürte nichts davon.

Sie fuhren über eine Anhöhe, und in der Ferne kam ein Gebäude in Sicht. Ein Komplex, der sich an einen Felsgrat an der Seite des Berges schmiegte. Weiße Häuser. Höfe. Rote Dächer. Darüber kunstvoll verzierte goldene Türme. Darunter strömte ein Wasserfall an einer steilen Felswand entlang und stürzte in einen Dschungelsee hundert Meter tiefer.

Zwanzig Minuten später waren sie da. Der Tata fuhr durch ein Tor in der Mauer, hielt auf einem weiten gepflasterten Hof an. Mönche empfingen den Wagen. Eine Nonne. Ein Arzt. Sie schleppten Sam in eine Richtung fort, Kade in eine andere. Sie trugen ihn zu einer Mönchszelle. Ein Mönch rasierte ihm mit einer elektrischen Schermaschine die Haare vom Kopf. Der Arzt untersuchte ihn, wechselte seine Verbände, musterte das zugeschwollene Auge, gab ihm Injektionen, drückte ihm Medikamentenpflaster an den Hals, ließ ihn etwas schlucken. Dunkelheit umfing ihn wie ein willkommener Freund.

Der Anruf kam um drei Uhr morgens. Becker griff nach dem Telefon auf dem Nachttisch, bemühte sich, einen klaren Kopf zu bekommen. Es war Maximilian Barnes. Schlief der Mann eigentlich nie? Egal. Becker hatte die Genehmigung für die Aufklärungsdrohnen. Er fing an, sich bei Barnes zu bedanken, stellte fest, dass er ins Leere sprach. Das Gespräch war beendet. Becker blickte auf das Telefon in seiner Hand, schüttelte langsam den Kopf.

»Wer war das?«, fragte Claire schläfrig.

»Nur was Berufliches, Schatz«, antwortete Becker.

Er stand auf und zog seinen Morgenmantel über. Er würde die *Boca Raton* von seinem gesicherten Büro aus anrufen. In Thailand war es zwei Uhr nachmittags. Bis zum Abend konnten die Aufklärungsvögel in der Luft sein.

»Schlaf weiter, Claire.«

Sie war längst wieder eingenickt.

»Wo stehen wir auf der Kandidatenliste für den Abwurf der Überwachungstechnik?«, fragte Becker.

»In diesem Moment schicke ich es an Ihr Slate, Sir«, antwortete Nichols.

Becker sah sich die Liste an – 120 Ziele für die erste Welle von Abwürfen. Sie hatten ein Telefonat zwischen Shu und Ananda aufgefangen. Die beiden hatten eine Sprache benutzt, die kein System übersetzen konnte. Sie hatten einen Linguisten angeheuert, der herausgefunden hatte, dass es Pali war, eine heilige tote Sprache der Buddhisten. Die Übersetzung hatte ihren Verdacht bestätigt. Ananda hatte sich einverstanden erklärt, »den Jungen« und »die Frau bei ihm« in seine Obhut zu nehmen und zu helfen, sie aus dem Land zu bringen.

Die Zielkoordinaten waren hauptsächlich Orte, zu denen Ananda eine Verbindung hatte. Klöster, in denen er Einfluss hatte. Universitätseinrichtungen, die er benutzen konnte. Orte, an denen sich Ausländer verstecken ließen.

»Wann fangen wir an?«, fragte Becker.

Nichols warf einen Blick auf einen anderen Bildschirm und sah dann wieder Becker an.

»Die unbemannten Luftfahrzeuge werden soeben aufgetankt, Sir. Die ersten Einsätze beginnen heute Abend nach Anbruch der Dunkelheit. Um 23 Uhr Ortszeit.«

Sie werden das Auge verlieren. Das tut mir sehr leid. Ich kann nichts dagegen tun.

Kade lag auf dem winzigen Bett in seiner kleinen Zelle, ließ sich die Worte des Arztes immer wieder durch den Kopf gehen, sah immer wieder den Moment vor sich, als der ERD-Agent, den er angegriffen hatte, ihm den Schaft seines Gewehrs ins Gesicht gerammt hatte. Lee. Sam hatte gesagt, dass der Name des Mannes Lee war. Wats hatte ihn keine zwei Minuten später getötet.

Wats, der tot war, genauso wie so viele andere, während Kade noch lebte.

Er berührte den Datenspeicher, der an der Kette um seinen Hals hing. Wats war gestorben, um ihn Kade geben zu können. War gestorben, damit er entkommen konnte.

Er selbst hatte nicht mehr verloren als ein Auge. Nur ein mickriges Auge. Er hätte mehr verlieren sollen. Er hätte stattdessen sterben sollen.

Und jetzt Ilya und Rangan ... Er überflog noch einmal den Artikel.

DEA zerschlägt Drogenring an der Westküste

Freitag, 21.49 Uhr, San Francisco, Kalifornien

Die DEA gibt über einhundert Verhaftungen an diesem Nachmittag bekannt, im Zusammenhang mit der Zerschlagung des angeblich größten Vertriebsnetzes für die Straßendroge Nexus an der Westküste …

Rangan und Ilya waren festgenommen worden. Sie waren auf dem Weg in ein Sicherheitsgefängnis. Dort würden sie nie mehr herauskommen.

Kade verstand Shu jetzt. Er verstand ihre Wut, ihren Zorn.

Sie hatten seine Freunde getötet oder eingesperrt. Sie hatten Narong und Lalana und Chariya und so viele andere Unschuldige getötet, die er gerade erst kennengelernt hatte. Sie hatten ein kleines Mädchen getötet, ein ganz besonderes kleines Mädchen.

Sie hatten die schlimmste Rache verdient. Ihm war eiskalt vor Zorn. Er wollte ihnen wehtun. Er wollte sie niederringen. Er wollte sie auslöschen. Langsam. Schmerzhaft. Zentimeter für Zentimeter.

Es war zu viel. Er musste aus dieser Zelle heraus. Er musste an etwas anderes denken, irgendetwas anderes.

Er stützte sich auf die Krücken, die ein junger Mönch namens Bahn ihm gebracht hatte, stemmte sich unbeholfen aus der Zelle, auf den Korridor, um mehrere Ecken, durch eine andere Tür hinaus auf den Hof.

Ein heißer, schwüler Spätnachmittagsregen ging hernieder. Kade humpelte unter überdachten Verbindungswegen weiter zum Hauptsaal. Er konnte die Bewusstseine der Mönche spüren, die sich dort aufhielten, selbst aus guten hundert Metern Entfernung. Es waren dreißig. Oder eher vierzig. Er konnte spüren, wie sie einatmeten. Ausatmeten. Sie waren mit irgendeiner Meditation beschäftigt. Es war nicht so berauschend wie auf Synchronicity. Es war rein und klar und bewusst.

Er trat in die Meditationshalle, suchte sich ganz hinten ein Sitzkissen aus. Er versuchte sich so leise wie möglich darauf niederzulassen, zuckte unter dem Schmerz in seinen Rippen, in seinem Bein zusammen. Eine Krücke entglitt ihm, fiel klappernd zu Boden. Er spürte, wie das kollektive Bewusstsein im Raum das Geräusch wahrnahm, den Ursprung erkannte und seine Aufmerksamkeit dann wieder dem Atmen zuwandte.

Diese Ruhe war bemerkenswert. Dagegen war das »Gelassenheitsprogramm« in seinem Kopf nicht mehr als ein Witz. Diese Ruhe war viel tiefer und wahrer. Er wollte daran teilhaben.

Es war mehr als nur Ruhe. Vereinigung. Übereinstimmung. Er hatte mehr Nexus-Knoten in seinem Gehirn als jeder Mönch in diesem Saal. Dessen war er sich ganz sicher. Doch irgendwie benutzten sie diese Knoten, um etwas zu erreichen, von dem er bislang nur geträumt hatte. Sie taten das, wovon Ilya schon seit Langem gesprochen hatte. Gemeinsam erschufen sie in der Meditation etwas, das größer als die Summe seiner Teile war. Sie waren viel mehr als eine Gruppe von meditierenden Mönchen. Dieser Raum lebte. Dieser Raum hatte Bewusstsein. Dieser Raum war ein Geist, und jeder von ihnen war ein Teil davon.

Auch Kade wollte an dieser Vereinigung teilhaben.

Er setzte sich mühsam und unter Schmerzen, das gebrochene Bein ausgestreckt, schloss die Augen und ging in ihnen auf.

Sam lehnte sich gegen die Steinbalustrade und blickte nach Süden, während sie ihre dritte Schüssel Suppe leerte. Ihr Körper verlangte nach Kalorien, nach Protein, um die Schäden zu heilen, die ihm zugefügt worden waren. Sie spannte ihr verletztes Bein an. Nach weniger als einem Tag fühlte es sich bereits merklich besser an. Ein Wunder der modernen Wissenschaft. Ein bloßer Muskelriss war gar nichts für ihre verbesserte Heilungsfähigkeit. Sie schlang noch mehr Suppe hinunter, mehr Treibstoff für die beschleunigte Genesung ihres Körpers.

Was machte sie hier? Was kam als Nächstes? Dieses Kloster hatte etwas wunderbar Friedliches. Hier hatte sich etwas über sie gelegt, etwas, das sie nicht erwartet hatte, eine Ruhe, eine innere Zustimmung.

Aber damit waren keine Antworten gekommen. Und es würde auch keinen Kampftrupp des ERD aufhalten.

Sam musste fort von hier. Sie musste in Bewegung bleiben. Und falls es ihr gelingen sollte, sich der Gefangennahme oder dem Tod zu entziehen, musste sie etwas aus ihrem Leben machen. Sie brauchte ein Ziel.

In jungen Jahren hatte sie sich leidenschaftlich dem ERD verschrieben. Das waren die Leute, die gegen das Böse kämpften, die all jene aufhielten, die tun wollten, was man ihr und ihrer Schwester und ihren Eltern angetan hatte. Aber jetzt ...

Ich bin schuld, dass Mai tot ist. Ein kleines Mädchen.

Es war zu spät, etwas daran zu ändern.

Jetzt war es ihre Aufgabe, am Leben zu bleiben. Sie brauchte eine neue Identität, ein neues Gesicht, neue Fingerabdrücke, alles, was damit zusammenhing.

Und dann? Was wollte sie danach mit ihrem neuen Leben anfangen?

Immer wieder dachte sie an Mai, an ihre Schwester Ana, an die junge Sam, die sie einst gewesen war.

Ich will sie beschützen, dachte Sam. Vor allem anderen. Ich will dafür sorgen, dass ihnen nichts zustößt.

Sie blickte wieder nach Süden. Irgendwo da draußen in der Nähe eines Dorfes namens Mae Dong gab es noch mehr Kinder, die wie Mai waren.

»Samantha?« Es war Vipada, die junge Nonne, die man Sam zugeteilt hatte. »Es ist Zeit für die Meditation.«

Sam drehte sich um und war sich plötzlich bewusst, wie sie mit ihrem fast kahlen Schädel und im weißen Gewand aussah – wie eine buddhistische Nonne. Das brachte ein Lächeln auf ihre Lippen. Sie legte ihre Hände in einem *wai* an Vipada zusammen.

»Danke, Vipada«, antwortete sie auf Thai. »Bitte führe mich hin.«

Sie betrat den Saal, um mit den Nonnen zu meditieren, um ihre Bewusstseine beim *vipassana* zu spüren, der Praxis der Selbstbeobachtung, im *metta*, dem meditativen Zustand der liebevollen Zuwendung, des Mitgefühls für das Ich und die anderen. Sie würden meditieren und eins werden.

Sie konnte sich nicht erinnern, in ihrem ganzen Leben jemals etwas so Schönes erfahren zu haben. Die Berührung eines anderes Geistes im tiefen Zustand der Gelassenheit, die Berührung, die Nexus ermöglichte ... Was konnte nur daran falsch sein? Wie konnte sie so lange dafür gekämpft haben, es aufzuhalten?

Wer werde ich?

Um 22.49 Uhr unter einem dunklen, wolkigen Nachthimmel dreißig Kilometer vor der Küste Thailands öffnete sich ein Teil der radar- und sonarabsorbierenden Außenhülle der *Boca Raton*. Im abgerundeten Vorderdeck des U-Boots für verdeckte Operationen wurden bislang unsichtbare Platten erkennbar. Die Platten wurden zu Einbuchtungen, als das Schiff sie einzog. Langsam und lautlos glitten sie zur Seite, bis sich darunter ein Kampfdeck öffnete. Als die Tarnverkleidung zurückwich, hoben sich Startrampen auf dem Kampfdeck, veränderten ihre waagerechte Position, bis sie einen Winkel von dreißig Grad über dem Horizont erreichten, auf das thailändische Festland ausgerichtet.

Einen Moment lang war alles still. Das dunkle U-Boot schlingerte lautlos in der tropischen Dünung des Golfs von Thailand. Dann feuerte die erste Rampe. Ein dunkler, länglicher Flugkörper schoss hinaus und in den Nachthimmel hinauf. Ganze 780 Millisekunden später folgte der zweite, dann die nächsten. In weniger als zehn Sekunden brachte die *Boca Raton* zwölf UAVs der Viper-Klasse in die Luft. Die Aufklärungs- und Kampfdrohnen entfalteten ihre getarnten, nach unten gerichteten Flügel eine Sekunde nach dem Start, aktivierten ihre eigenen Strahltriebwerke, gingen in den waagerechten Unterschallflug in zehn Meter Höhe über und zerstreuten sich.

Nach dem Start jeder Viper-Drohne senkten sich die entsprechenden Startrampen wieder in die horizontale Position. Nur wenige Sekunden nach dem letzten Abschuss schoben sich die radar- und sonarabsorbierenden Platten der Tarnverkleidung zurück und machten die Außenhülle erneut unsichtbar. Die Geheimhaltung musste gewahrt bleiben.

In der Luft über dem Golf von Thailand orientierte sich die KI von Viper 6 und verglich die Umgebung mit ihrer virtuellen Landkarte. Die Drohne neigte sich zur Seite und ging auf Kurs Nordnordwest, um einen Bogen um den überfüllten Luftraum von Bangkok und den Radar der Flugkontrolle zu machen und Saraburi und die Berge im Nordosten anzusteuern. Sie hatte den Auftrag, ihre Ladung abzuliefern.

Auszug aus dem Transkript:
Face America with David Ames, *Samstag, 21. 4. 2040*

MODERATOR: ... und herzlich willkommen zu *Face America*. An diesem Morgen haben wir die Nationale Sicherheitsberaterin Dr. Carolyn Pryce im Studio. Dr. Pryce, vielen Dank, dass Sie zu uns gekommen sind.

PRYCE: Die Freude ist auf meiner Seite, David.

MODERATOR: Dr. Pryce, wir wollen uns der Situation in Thailand zuwenden. Nach einem Feuer und mehreren Schießereien am gestrigen Abend in Bangkok gab es vermutlich über dreißig Tote in einem Gebäude, das im Zusammenhang mit einem Vertriebsring für die Straßendroge Nexus steht. Die thailändische Regierung behauptet, dass amerikanische Streitkräfte daran beteiligt waren. Was können Sie uns dazu sagen?

PRYCE: David, unser herzliches Beileid gilt den Familien, die bei diesem Zwischenfall Angehörige verloren haben. Natürlich waren die USA in keiner Weise darin involviert. Thailand ist unser enger Verbündeter und ein wichtiger regionaler Partner, und wir hoffen, dass sich die Emotionen abkühlen und die thailändischen Behörden erkennen, dass sie sich irren.

MODERATOR: Wie schätzen Sie die Meldungen über die schweren Schießereien in diesem Stadtviertel ein?

PRYCE: Wie Sie bereits sagten, David, wurde dieses Gebäude anscheinend für den Vertrieb illegaler Drogen benutzt. Wir haben Gewalt im Zusammenhang mit Drogenhandel in Mexiko, Afghanistan und Kolumbien gesehen. Wahrscheinlich handelt es sich in diesem Fall um einen Territorialkrieg zwischen rivalisierenden Syndikaten. Diese gut bewaffneten kriminellen Banden sind einer der Gründe, warum Präsident Stockton ein hartes Durchgreifen gegen den Drogenhandel zu einem wichtigen außenpolitischen Tagesordnungspunkt erklärt hat.

MODERATOR: Die Thai-Behörden sagen, dass am Tatort ein amerikanischer Staatsbürger durch DNS-Analysen identifiziert werden konnte, ein Mann namens Michael Lee, von dem behauptet wird, er sei ein amerikanischer Undercover-Agent.

PRYCE: Nun, Mr. Lee lebte zwar einige Jahre in den USA, aber er ist das Kind von Chinesen, die nach Thailand ausgewandert sind. Also ist es schon etwas seltsam, seine Anwesenheit als Beweis für eine Involvierung der USA zu sehen, während diese Tatsache auf eine viel stärkere Verbindung nach China hinweist, das nicht weit nördlich von Thailand liegt. Ich hoffe, dass die thailändischen Behörden ein paar ernsthafte Fragen an Beijing richten.

MODERATOR: Also war dieser Mann kein amerikanischer Agent?

PRYCE: Definitiv nicht.

MODERATOR: Und dort hielten sich auch keine anderen amerikanischen Agenten auf?

PRYCE: Auf gar keinen Fall.

MODERATOR: Ich möchte Ihnen ein kurzes Video vorspielen, von einer Pressekonferenz am heutigen Morgen in Bangkok, in dem die thailändischen Behörden

Beweismaterial zeigen, das am Schauplatz des Feuers gefunden wurde. Es wird behauptet, dass damit eine Beteiligung amerikanischer Militäreinheiten eindeutig bewiesen ist. Film ab.

<Mann, der etwas auf Thai sagt. Kamera schwenkt über einen Tisch. Gegenstände auf dem Tisch sind anscheinend Schusswaffen und Messer, durch extreme Hitze verbogen und geschmolzen. Mann spricht weiter auf Thai. Untertitel: »*... Waffen aus amerikanischer Produktion für verdeckte Einsätze ... mehr als zwanzig Exemplare geborgen ... einzige plausible Erklärung ...*«>

MODERATOR: Was sagen Sie dazu?

PRYCE: David, ich denke, diese Aufnahmen sprechen für sich selbst. Diese Waffen sind so stark deformiert, dass es schwierig ist, das Modell zu bestimmen. Und bedauerlicherweise ist es heutzutage viel zu einfach, auf dem Schwarzmarkt alle möglichen Waffen aus allen möglichen Ländern zu beschaffen. Deshalb hat Präsident Stockton den Kampf gegen den internationalen Waffenhandel, vor allem den Handel mit modernsten Hightech-Waffen, zu einem seiner wichtigsten Ziele erklärt.

MODERATOR: Kommen wir jetzt zur Situation in Turkmenistan ...

Ende des Transkripts

Nach der sechsten Änderung der Flughöhe drehte Viper 6 nach links ab, um auf Kurs Nordnordwest zu gehen, auf die Berge genau im Norden von Bangkok zu. Die Drohne flog sehr tief, kaum fünf Meter über den Reisfeldern und

Zuckerrohrplantagen und unterhalb des Radars. Die KI wich weiträumig allen Dörfern und Bauernhöfen aus.

Sie flog an Rop Mueang vorbei, an Nakhon Nayok, an Phrommani, hielt sich in sicherer Entfernung parallel zum Highway 33, bis das Dorf Ban Na vor ihr lag. Dann bog sie nach Nordost ab, hielt sich eng an das Terrain, als sie die Ebene verließ, folgte einer Schlucht, die vor Jahrtausenden in das Gestein gegraben worden war, und gelangte in immer größere Höhe.

Bei 1200 Metern stieg sie aus der Schlucht auf, visierte ihr Ziel mit den optischen Systemen an, kalibrierte die Daten mit dem internen GPS. Das war Ziel sieben, bestätigte die KI.

Viper 6 öffnete Abwurfkammer 2, schwebte niedrig und gemächlich über das Kloster hinweg und entließ einen Schwarm winziger achtbeiniger Überwachungsroboter in die Nachtluft.

Einer nach dem anderen segelten sie ihrem Ziel entgegen.

[43] Nur atmen

Kade wachte vom Läuten der Morgenglocken auf. Es war Sonntag. Es war nur etwas mehr als ein Tag vergangen, seit alles schiefgelaufen war, seit Wats gestorben war, seit Narong gestorben war, seit Ilya und Rangan und so viele andere verhaftet worden waren.

Die Meditation am vergangenen Abend hatte ihn beruhigt, zumindest für eine Weile.

Dann war der Schlaf gekommen und mit ihm die Träume. Träume von Rache und Vernichtung, wie er Warren Becker in Stücke gerissen hatte, wie er Martin Holtzmann an einem Marterpfahl verbrannt hatte, wie er schwarz maskierten Agenten einzeln die Gliedmaßen ausgerissen hatte, während sie in die Wohnung stürmten. Es waren kalte Träume gewesen. Die Tötungen waren kühl, systematisch und befriedigend gewesen.

Er wurde völlig von eiskaltem Zorn ausgefüllt. Das war alles, was er empfinden konnte.

Es klopfte an seiner Tür. »Herein«, rief er.

Bahn trat ein. Der junge Mönch brachte ihm eine Schüssel mit Haferbrei zum Frühstück. Er stellte die Schüssel auf den Tisch, dann begrüßte er Kade mit einem *wai*, lächelte und sagte etwas auf Thai, das vielleicht ein Scherz oder eine freundliche Bemerkung war.

An diesem Ort gab es so viel Freude. Wie mochte sich so etwas anfühlen?

Gab es noch Freude für ihn, jenseits seines Zorns? Jenseits seiner Taubheit? Gab es dort überhaupt noch irgendetwas?

Vielleicht würde die Vernichtung des ERD ihm Freude bereiten. Der Gedanke daran verzog seine Mundwinkel zu einem leichten Lächeln.

Kurz danach kam der Arzt, wechselte seine Verbände, überprüfte seine Wunden, injizierte neue Wachstumsfaktoren, die die Knochen, die Haut und das geschädigte Lungengewebe zusammenflicken und regenerieren würden.

Das Auge war trotzdem verloren.

Es war viel weniger, als er hätte verlieren sollen. Er hätte sterben sollen. Nicht Wats. Nicht alle anderen.

Seine Hand klammerte sich um den Speicher, der an einer Kette um seinen Hals hing, unter seinem orangefarbenen Gewand. Die scharfen Kanten schnitten sich schmerzhaft in seine Handfläche.

Du hättest überleben sollen, Wats. Dafür hat es sich nicht zu sterben gelohnt.

Er stand auf und schleppte sich erneut auf den Krücken zum Meditationssaal. Gestern Abend hatte er viel gelernt. Die Mönche hatten es geschafft, Nexus 3 in ihren Geist zu integrieren. Weder hatten sie die Nexus-Kerne umprogrammiert noch das Funkspektrum gescannt, noch die Reaktionen von Nexus kartiert oder die zugrunde liegende Befehlsstruktur rekonstruiert.

Nein. Sie hatten meditiert. Sie hatten ihren Geist an Nexus angepasst, hatten herausgefunden, wie sie denken und sein mussten, damit sie eine tiefere Kontrolle darüber erlangten. Und dabei hatten sie gelernt, eine Synchronität zu erlangen, wie sie Kade nie zuvor erlebt hatte. Sie hatten gelernt, Gedanken mühelos durch die Grenzen zwischen individuellen Bewusstseinen fließen zu lassen. Sie hatten gelernt, zu etwas zu verschmelzen, das größer und intelligenter war als ihr individuelles Sein.

Es hatte ihn sehr beeindruckt. Hier gab es für ihn noch viel zu lernen.

Er kam etwas zu früh im Meditationssaal an, machte es sich wieder ganz hinten so bequem wie möglich, schloss die Augen, konzentrierte sich auf seinen Atem.

Die Mönche kamen herein. Er spürte sie. Hörte sie. Sie ließen sich im Lotussitz mit kerzengeradem Rücken auf dem Boden nieder. Sie atmeten. Kade spürte, wie sich sein eigener Atem mit ihrem synchronisierte. Die Verbindung zwischen ihren Bewusstseinen festigte sich. Der größere Geist bildete sich allmählich heraus.

Kade konnte sie alle spüren. Er war sich der Gedanken bewusst, die wie kleine Wellen durch ihre Bewusstseine liefen. Jede noch so winzige Idee, jedes Wort, jedes Fragment eines Liedes, jede vorübergehende Fantasie, jeder Gedanke an alltägliche Aufgaben, jede Frage zum Unterricht, jedes Jucken, jeder Bewegungsdrang ... der Raum spürte alles. Gemeinsam beobachtete ihr kollektives Bewusstsein sich selbst. Jeder Gedanke und jede Empfindung wurde wahrgenommen, gewürdigt und losgelassen. Die Aufmerksamkeit wandte sich wieder der gemeinschaftlichen Atmung zu.

Es war hypnotisch, entspannt, kristallklar und kohärent. Der Saal strahlte mit der Aufmerksamkeit aller, mit der fast körperlichen Empfindung des kollektiven Geistes, den sie hervorbrachten.

Ihre Bewusstseine waren so still. Kade war im Vergleich zu ihnen so laut. Immer wieder kehrten die gleichen Gedanken zurück.

Wats. Ilya. Rangan.

Narong. Chariya. Niran.

Lalana. Mai.

Die Toten und die Vermissten. Die Unsicherheit der Zukunft. Die Schuldigen, die dafür verantwortlich waren.

Er verspürte keine Trauer. Das wurde von der Software in seinem Kopf unterbunden. Seine Emotionen waren so hart, scharf und zerbrechlich wie Eis. Nur Zorn. Nur kalte Wut, ohnmächtiger Zorn.

Jedes Mal, wenn diese Gedanken kamen, beobachtete der kollektive Geist sie, würdigte sie, ließ sie los, wandte seine Aufmerksamkeit wieder der rhythmischen Atmung der Körper zu.

Und jedes Mal kehrten sie zurück.

Sie meditierten gemeinsam bis Mittag. Kade aß schweigend in der Messe, in sich selbst verloren. Die Mönche beendeten ihre Mahlzeit, machten sich auf, ihre nachmittäglichen Aufgaben zu erledigen.

Kade gelangte mühsam zum Meditationssaal zurück. Dort saß am anderen Ende des Raumes, ihm zugewandt, die riesige goldene Buddha-Statue im Rücken, Professor Somdet Phra Ananda.

Der alte Mönch öffnete die Augen, als Kade eintrat.

»Mein Junge«, sagte er mit seiner tiefen und vollen Stimme. »Komm und setz dich zu mir.«

Kade humpelte auf den Krücken quer durch den Saal, erreichte das Kissen, auf das Ananda gezeigt hatte, ließ sich vorsichtig mit schmerzenden Rippen nieder. Er konnte Anandas Geist spüren, heiter, ruhig und klar, fließend, flexibel, entspannt. Er selbst fühlte sich eisig und taub an, in einem einzigen Gedanken erfroren.

»Wie geht es dir, mein Junge?«, fragte Ananda.

»Meine Wunden heilen«, sagte Kade. Ich bin wütend, dachte er. »Danke, dass Sie uns hier aufgenommen haben. Für Sie ist es zweifellos ein gewisses Risiko. Wir hatten keine anderen Möglichkeiten mehr.«

»In jener Nacht sind genug Menschen gestorben«, erwiderte Ananda.

Kade nickte. Die Erinnerung daran war kalt. Wo Trauer oder Leid sein sollte, war nichts. Nur Wut. Hass. Mehr nicht.

»Ich habe gespürt, wie du meditiert hast«, sagte Ananda.

»Es ist erstaunlich, was Ihre Mönche gelernt haben«, bemerkte Kade. »Ich hoffe, einiges von ihnen lernen zu können.«

»Zu welchem Zweck?«, fragte Ananda.

Um sie töten zu können, dachte Kade. Um ihnen wehzutun. Um das ERD zu zerschlagen.

Er starrte Ananda einen Moment lang mit leerem Blick an, versuchte sich zu beherrschen. »Ich weiß es nicht.«

Ananda musterte ihn. »Deine Gedanken sind kalt. Sie sind starr. Du schirmst dich vor dem ab, was in dir ist, genauso wie du dich während der Meditation abschirmst.«

Kade blickte zu Boden. »Ich empfinde nichts. Nichts fühlt sich real an.«

»Du hast deinen eigenen Geist in Fesseln gelegt. Lass ihn frei.«

Das Gelassenheitsprogramm.

Kade nickte. »Ja. Es beruhigt mich.«

»Es betäubt dich«, erwiderte Ananda. »Es lässt dich gefrieren. Das ist nicht dasselbe.«

Kade hielt den Blick weiter auf den Boden gerichtet.

»Öffne die Fesseln um deinen Geist, mein Junge. Dann wirst du erfahren, was um dich herum vor sich geht.«

»Ich glaube, nur das hält mich noch zusammen«, sagte Kade.

»Dann solltest du vielleicht auseinanderfallen«, entgegnete Ananda.

Kade spürte, wie der Mönch ihn mental berührte. Durfte er es wagen? Konnte er das Gelassenheitsprogramm ausschalten? Schreckliche Dinge lauerten knapp unterhalb seines Bewusstseins. Er könnte daran zerbrechen. Er hatte Angst vor seinen eigenen Emotionen.

»Für dich geht es nicht mehr voran, wenn du dich nicht zerschmelzen lässt«, sagte Ananda.

»Oder verbrennen«, erwiderte Kade leise.

»Ja. Oder verbrennen.«

»Meinetwegen sind Menschen gestorben«, sagte er.

Sie hatten gelebt. Sie hatten Gedanken, Gefühle, Wünsche gehabt. Jetzt waren sie alle nicht mehr.

»Ja. Das ist dein Karma«, sagte Ananda.

»Ich will mich am ERD rächen. Nichts wünsche ich mir mehr.«

Er spürte seine Mordlust, den Zorn, die Wut, die einzigen Empfindungen, die sein Gelassenheitsprogramm noch durchließ.

»Aber es war auch meine Schuld«, fuhrt er fort. »Wenn ich andere Entscheidungen getroffen hätte, wären diese Menschen noch am Leben.«

Ananda nickte. »Vielleicht war es deine Schuld.«

Kade zitterte.

Meine Schuld.

»Diese Fesseln … ich trage sie, weil ich nicht weiß, ob ich es aushalten werde. Ob ich es aushalte, wirklich zu empfinden, was geschehen ist.«

»Die Vergangenheit ist vergangen, mein Junge. Diese Männer und Frauen sind tot oder verhaftet. Du kannst nicht verändern, was bereits geschehen ist.«

Kade nickte.

»Aber du kannst dich entscheiden, was du daraus machst«, sprach Ananda weiter. »Du musst eine Entscheidung treffen. Willst du ihrem Tod einen Sinn geben? Und wenn ja, welchen?«

Wieder nickte Kade. Er hatte die Hände zu Fäusten geballt.

»Genau darüber habe ich nachgedacht.«

Wut oder Leere. Sonst nichts.

»Aber du wirst nicht weiterkommen, wenn du dir keine Gefühle erlaubst. Solange du dich deinem Schmerz nicht stellst, kannst du ihn nicht überwinden. Ich werde hier bei dir sein. Wir werden es gemeinsam meistern.«

Kade holte tief Luft und schüttelte dann den Kopf. »Ich kann es nicht.«

»Du kannst es«, widersprach Ananda.

»Es ist zu viel. Ich kann es nicht.«

»Wenn nicht jetzt, wann sonst?« Der alte Mönch machte eine umfassende Geste. »Wenn nicht hier, wo sonst?«

Kade rief das Befehlsmenü für das Gelassenheitsprogramm auf. Es wäre ganz einfach. Nur einen Schalter umlegen.

Er schüttelte den Kopf. »Ich kann es nicht.«

»Dann ist dein Freund ohne jeden Sinn gestorben.«

Die Worte waren wie ein Schlag ins Gesicht. Kade wurde rot. Er ballte die Fäuste fester.

Mit einem Gedanken schaltete er das Gelassenheitsprogramm aus. Die Trauer schwappte in ihm hoch und rauschte wie eine Welle über ihn hinweg. Sie warf ihn um. Sie fand die Risse in seinem Ich und flutete in jeden Winkel seines Geistes. Sie erfüllte ihn, bis kein Platz für irgendetwas anderes mehr war, bis er unter dem Druck platzen musste, unter den Schmerzen, der Qual, der Verzweiflung, unter allem, was er verloren hatte, unter den vielen Toten, die er auf dem Gewissen hatte.

Wats ... Wats ...

Die Gesichter der Toten und Verlorenen tauchten vor seinem geistigen Auge auf.

Ilya. Ich werde dich nie wiedersehen, Ilya.

Es drohte ihn zu vernichten, dass er alles verloren hatte, was in seinem Leben gut gewesen war. Es drohte ihn in einer Flutwelle fortzuschwemmen, bis nur noch eine leere Hülle von ihm übrig war.

Rangan. Tut mir echt leid, Mann. Du fehlst mir.

Das Wissen, dass er Unschuldige dem Untergang geweiht hatte, durchdrang ihn schmerzhaft.

Narong. Lalana. Chariya. Niran. Mai!

Wieder spürte er, wie Watson Cole starb. Spürte, wie sich der Geist seines Freundes in ihn grub.

Schütze ihn.

Er spürte Wats' letztes Verlangen.

Gib es frei. Gib es dem Rest der Welt. Gib ihnen, was es mir gegeben hat.

Er hörte Wats' letzte Worte vor der Explosion.

Du hast noch eine Menge zu erledigen, Bruder. Tu es.

Er sah, wie Narong mit einer Kugelsalve im Bauch zu Boden ging, spürte seine Angst und Verwirrung, wie er wegen Kade gestorben war, weil Kade diesen Mistkerlen ein Werkzeug gegeben hatte, mit dem sie ihn nötigen konnten.

Er spürte, wie Lalanas Geist in einem Kugelhagel erlosch. Er spürte, wie Areva verbrannte, wie Loesan unter Schmerzen starb, wie der alte Niran niedergemäht wurde, als er Lalana retten wollte, wie Chariya um ihre ermordete Familie trauerte. Er spürte, wie die magische kleine Mai entschwand, während Sam über ihr kauerte.

Willst du ihrem Tod einen Sinn geben?, hatte Ananda ihn gefragt.

Ja, antwortete Kade. Ja!

Er spürte eine federleichte mentale Berührung von Ananda. Ananda war Atem. Er war Bewusstheit. Er war unbesorgte, unverdünnte Bewusstheit.

Atmen. Atmen. Beobachten, wie der Atem den Körper verlässt. Wie er hineinströmt.

Es war wunderbar. Es war tröstend. Es war Leere und Stille. Wats verblasste langsam vor seinem geistigen Auge. Der Atem erfüllte seine Ohren, sein Sichtfeld, sein Körpergefühl, wuchs an und war schließlich auch in seinem ganzen Geist.

Atmen. Atmen. Loslassen.

Atmen. Beobachten, wie der Atem hinausströmt. Wie er hineinströmt.

Ein. Aus. Atmen. Beobachten.

Ananda war Ruhe. Ananda war Frieden. Ananda war Bewusstheit. Sein Geist war für Kade das Licht in der Nacht, als die Dunkelheit und Verwirrung der Schuld und Reue und Verzweiflung über ihn kam.

Die Gedanken beobachten. Sie vorbeigehen lassen. Die Aufmerksamkeit wieder dem Atmen zuwenden.

Atmen.

Atmen.

Atmen.

Spinne BR-6-7-4 krabbelte lautlos unter dem Dach des Saals entlang. Ihre Haut hatte die gleiche Färbung wie die Decke, an der sie sich festhielt. Sie hatte nun schon seit fast zwölf Stunden die Umgebung erkundet und 43 Individuen identifiziert. Ihre Schwestern hatten insgesamt weitere 227 ausgekundschaftet, zu 78 Prozent männlich, zu 22 Prozent weiblich. Bislang waren keine Hinweise auf primäre oder sekundäre Zielpersonen entdeckt worden.

Spinne BR-6-7-4 hatte vor einiger Zeit eine große Anzahl von Individuen beobachtet, die dieses Gebäude gemeinsam durch eine Tür verlassen hatten. Entsprechend hatte sie die Priorität einer Durchsuchung dieses Gebäudes erhöht und ihre Schwestern über diese Tatsache informiert. Jetzt krochen drei von ihnen hier herum. Vor BR-6-7-4 gab es eine weitere Tür. Auf Infrarot waren dahinter zwei sitzende menschliche Gestalten zu erkennen. BR-6-7-4 beschäftigte sich einen Moment lang mit der Tür, fuhr ein Teleskopbein aus, um die Lücke zwischen Tür und Rahmen zu erkunden. Es müsste passen.

BR-6-7-4 drückte sich so flach wie möglich an die Decke und kroch durch die Ritze, bis sie in einen großen offenen Raum gelangte. Zwei Objekte von menschlicher Gestalt in lebendigem Infrarot saßen am hinteren Ende des Raumes auf dem Boden. BR-6-7-4 registrierte, dass die eine, die ihr das Gesicht zuwandte, eine Person von besonderem Interesse war. Die andere saß mit dem Rücken zu ihr. BR-6-7-4 begann mit der langen Wanderung durch den Raum.

Neun Minuten vergingen, bis BR-6-7-4 den Raum in vollem Tarnmodus durchquert hatte. Die zwei warmen menschlichen Gestalten veränderten während dieser Zeit kaum ihre Position. Die Augen der Person von besonderem Interesse waren geschlossen. Ihr Brustkorb hob und senkte sich im Rhythmus der Atmung. BR-6-7-4 konsultierte ihren Entscheidungskatalog und etikettierte die Person von besonderem Interesse vorläufig als »lebend«, basierend auf Körpertemperatur und Atmungsfrequenz, und als »schlafend«, basierend auf der langen Zeitdauer, die sie die Augen geschlossen hielt und schwieg. Wegen der sitzenden Position setzte sie einen Hinweis auf eine eventuell nötige spätere Reevaluierung hinzu.

Schließlich erreichte BR-6-7-4 eine Position, von der aus sie den Gesichtsbereich des zweiten menschenförmigen Objekts erkennen konnte. Auch diese Person atmete und hatte die Augen geschlossen. Doch das Gesicht war viel interessanter. Die Gesichtserkennungsroutine ergab eine mögliche Übereinstimmung mit einer der primären Zielpersonen, aber in verschiedenen Details gab es unerwartete Unterschiede.

Spinne BR-6-7-4 kauerte sich an die Decke, überprüfte noch einmal, dass sie unsichtbar war, und sendete ihre Daten als gerafften Impuls an ihre Herren und Meister.

Atmen.

Atmen.

Kade wusste nicht mehr, wie viele Stunden er schon hier war. Ananda war unermüdlich, der Rhythmus seines Geistes so tadellos und ewig wie die Brandung eines Ozeans. Kade hingegen ... er war müde. Mehr im Reinen mit sich selbst, aber sehr müde. Seine Konzentration ließ nach, willkürliche Gedanken schlichen sich hinter der Ruhe seines Atems ein.

Und dann spürte er es.

Um ihn herum, hinter ihm, überall in diesem Raum. Zahlreiche Bewusstseine, die sich öffneten, die ruhig und schweigend in Reihen dasaßen. Wie lange waren sie schon hier?

Und dann begannen die Mönche wie ein Körper zu atmen, im gleichen Rhythmus wie Kade und Ananda.

Die Wirkung war elektrisierend. Kade spürte, wie er davon fortgetragen wurde. Er war nicht nur einer. Er war viele. Er war alle. Die Bewusstseine im Raum waren ein Netz, ein Gewebe, ein Orchester des Denkens ohne Denken. Der Raum atmete ein. Der Raum atmete aus. Ein Gedanke tauchte im Geist eines Novizen auf. Er verbreitete sich wie eine Welle durch den Geist des Raumes. Alle beobachteten ihn. Alle wandten ihre Aufmerksamkeit wieder dem Atmen zu.

Kade fühlte sich davon emporgehoben. Es erfüllte ihn mit einem Frieden und einer Klarheit, die er nie zuvor empfunden hatte. Er fühlte sich absolut klar, nüchtern, geerdet, ausgeglichen. Jegliche Erschöpfung verließ ihn. Die Schatten verschwanden aus den Winkeln seines Geistes. Wie ein Lebewesen richteten sie ihre kollektive Aufmerksamkeit wieder auf ihre Symphonie des Atmens, ließen die Verbindungen zur Vergangenheit los, zu dem, was gewesen war, zu dem, was hätte sein können.

Es gab nur noch hier.

Es gab nur noch jetzt.

Es gab nur noch Atem.

Es gab nur noch Geist.

[44] Funde

An Bord der *Boca Raton* wechselte ein Bildschirmsymbol die Farbe zu Gelb, dann blinkte es, um Aufmerksamkeit zu erregen. Jane Kim tippte auf das Symbol und öffnete die Alarmmeldung. Eine der Spinnen in Zielregion 67. Ein möglicher Treffer. Da. Dieses Gesicht. Kaden Lane, im Mönchsgewand, mit kahlgeschorenem Schädel, einen Verband um den Kopf. Und ihm gegenüber Professor Somdet Phra Ananda, persönlicher Freund des Königs von Thailand.

Kim piepte Nichols in seiner Kabine an. Das wollte er zweifellos sehen.

Während sie wartete, wandte sie sich den anderen Spinnen in Zielregion 67 zu. Wenn sich Lane dort aufhielt, war vielleicht auch Cataranes bei ihm. Sie hatte das Zielprofil für Cataranes aktualisiert und um weitere Möglichkeiten ergänzt – Glatze, Verbände, Mönchskleidung. Dann hatte sie allen Spinnen die Anweisung erteilt, die primäre Zielperson Beta zu finden. Blackbird.

Zweieinhalb Stunden später hatten sie sie gefunden. Sie war noch am Leben.

Becker nahm den Anruf um 4.13 Uhr am Sonntagmorgen an. In Thailand war es bereits nachmittags. Die *Boca*

Raton. Sie hatten Lane und Cataranes gefunden. In einem Kloster. Ohne Verteidigung. In Reichweite ihrer Einsatzkräfte. Die Daten wurden soeben auf sein Slate geladen.

»Bringen Sie den Stein ins Rollen«, sagte er zu Nichols.

»Haben wir Starterlaubnis?«

»In vier Stunden werden Sie sie haben.«

Weißes Haus, Büro der Nationalen Sicherheitsberaterin

»Diese Mission war ein Desaster, nicht wahr?«, sagte Senatorin Barbara Engels. »Und jetzt wollen Sie eine bewaffnete Invasionstruppe hinterherschicken? Das ist Wahnsinn.«

Becker verspürte den Drang, sich die Schläfen zu reiben. Die Stimme der Senatorin bereitete ihm Kopfschmerzen. Die Besprechung zog sich schon über eine Stunde hin, und es ging immer nur um die gleichen Themen.

»Vielen Dank, Barbara«, sagte die Nationale Sicherheitsberaterin Carolyn Pryce. »Wir freuen uns über den Input der Aufsichtskommission.«

Die Senatorin schüttelte den Kopf. »Hier geht es um viel mehr als nur Input. Wenn Ihnen diese Sache um die Ohren fliegt, werden Sie meiner Kommission einige Fragen beantworten müssen. Eine Anhörung während eines *Wahljahres*. Ist Ihnen das bewusst? Sie alle haben sich ziemlich tief reingeritten.«

Außenminister Abrams nickte zustimmend. »Ich bin der gleichen Meinung wie Senatorin Engels. Wir dürfen Thailand nicht weiter provozieren.«

»Thailand gewährt einem Kriminellen Zuflucht«, sagte Beckers Vorgesetzter, der ERD-Direktor Joe Duran. »Eine mutmaßlich posthumane Person, die unsere Agenten genötigt und entführt hat, die sie benutzt hat, um unsere eigenen Leute zu töten. Wir müssen aktiv werden.«

Jetzt nickte Durans Chef, der Heimatschutzminister Langston Hughes.

Pryce wandte sich wieder an den Vorsitzenden der Vereinigten Generalstabschefs. Während der Besprechung hatte Stanley McWilliams kaum etwas gesagt und die Einzelheiten des Plans studiert, den Becker an sein Slate geschickt hatte. »Admiral McWilliams? Wie lautet Ihre Einschätzung?«

Der silberhaarige Admiral blickte von seinem Slate auf und sah Pryce an. »Diese Mission ist ein einziger Haufen Scheiße.«

Becker spürte, wie sich ihm die Nackenhaare sträubten. Die Leute am Tisch richteten sich überrascht auf. Becker öffnete den Mund zu einer Erwiderung.

Pryce zeigte ihm eine erhobene Hand, während sie weiter den Blickkontakt zu McWilliams hielt. Kein Ton kam über Beckers Lippen.

»Fahren Sie fort, Admiral.«

»Erstens hätten wir diese Aufklärungsdrohnen vergangene Nacht nicht starten dürfen. Wir haben aus guten Gründen eine Befehlskette.« Sein Blick ging kurz zu Becker und dann zu Maximilian Barnes.

Ich habe mir einen Feind gemacht, erkannte Becker. Er ist stinksauer, weil ich ihn und seine Leute übergangen habe.

»Zweitens sieht diese Mission auf einem Slate gut aus, aber kein Plan überlebt einen Feindkontakt. Alles muss wie am Schnürchen laufen, wenn wir rein- und rausgehen wollen, ohne dass man uns bemerkt. Das ist zwar möglich, aber unwahrscheinlich. Wenn irgendetwas schiefläuft, erwischt man uns dabei, wie wir ein unverteidigtes, ziviles und *heiliges* Gebäude in einem nominell verbündeten Land angreifen. Und wofür?« Er schob sein Slate über den Tisch. Es zeigte ein Foto von Kaden Lane. »Aus einem absolut schwachsinnigen Grund. Das ist den Aufwand nicht wert.«

Alle fingen gleichzeitig zu reden an.

Pryce hob eine Hand. »Ruhe!«

Der Lärm verstummte so plötzlich, wie er eingesetzt hatte.

Sie deutete auf Becker. »Es ist Ihr Plan, Direktor. Was sagen Sie zu den Einwänden des Admirals?«

Becker atmete tief durch, versuchte Ruhe auszustrahlen. »Admiral McWilliams hat recht, wenn er sagt, dass etwas schiefgehen könnte. Sie bekommen von mir die Zusage, Admiral, dass wir bei ersten Anzeichen, dass unser Stoßtrupp bemerkt werden könnte, die Mission abbrechen werden. Was ich gegen die Risiken abwäge, sind unsere nationalen Sicherheitsinteressen. Hier geht es um das Verständnis der Methoden, die die Chinesen zur Nötigung entwickelt haben, um die Notwendigkeit, Modifikationen der vierten Generation und Nexus 5 von der Straße fernzuhalten, und um meine leidenschaftliche Entschlossenheit, einen loyalen Agenten heil nach Hause zu bringen. Ich glaube, dass Sie das verstehen können.«

»Ich wäre beeindruckt, wenn Sie sich genauso leidenschaftlich für die Grundrechte normaler amerikanischer Staatsbürger einsetzen würden«, gab McWilliams zurück.

Becker errötete.

Dieses Arschloch!

Die Leute redeten gleichzeitig los, sodass keiner mehr zu verstehen war. CIA-Direktor Alan Keyes hob verzweifelt eine Hand. Senatorin Engels gluckste amüsiert. Maximilian Barnes lehnte sich nur zurück und beobachtete das Geschehen mit scheinbarem Desinteresse.

»Ruhe!« Diesmal schlug Pryce mit der Hand auf den Tisch.

Sofort kehrte wieder Stille ein.

»*Admiral* McWilliams«, sagte sie. »Vergessen Sie nicht, wo Sie sich befinden, und halten Sie sich mit privaten Ansichten zurück.«

Langsam ließ sie den Blick durch den Raum wandern, als wollte sie sich vergewissern, ob irgendjemand es wagte, auch nur einen Ton von sich zu geben. Niemand tat es.

»Der Präsident hat die Eliminierung transhumaner und posthumaner Bedrohungen zu einem seiner wichtigsten nationalen Sicherheitsinteressen erklärt«, sagte Pryce. »Es ist unsere Aufgabe, diese Absicht umzusetzen. Gleichzeitig wollen wir vermeiden, dabei beobachtet zu werden, wie wir nicht genehmigte militärische Aktionen in Thailand durchführen. In Anbetracht dessen werde ich dem Präsidenten empfehlen, diese Mission fortzusetzen, aber unter sehr spezifischen Bedingungen.«

Sie hob eine elegant manikürte Hand, nahm Blickkontakt mit Becker auf und zählte ihre Bedingungen an den dunkelhäutigen Fingern ab.

»Erstens, keine Aktionen gegen Su-Yong Shu, es sei denn, Sie können konkrete Beweise vorlegen, dass sie direkt gegen amerikanische Streitkräfte vorgegangen ist und gegen die Vereinbarungen von Kopenhagen verstoßen hat. Alles, was Sie bisher haben, sind Indizien. Sobald Sie Beweise haben, geben wir Ihnen die Erlaubnis, etwas gegen Shu zu unternehmen.«

Becker nickte.

»Zweitens, nur Tarnausrüstung und im Schutz der Dunkelheit. Drittens, keine zivilen Opfer. Kein einziges. Sie laden Ihre Waffen mit nicht tödlicher Munition und schalten *nur* dann auf tödliche um, wenn nirgendwo Zivilisten in der Nähe sind und Sie mit tödlicher Munition von Ihren vermissten Agenten oder anderen Truppen beschossen werden. Viertens, Sie hinterlassen keine, und ich meine wirklich *absolut keine* Hinweise, dass es sich um eine US-amerikanische Aktion handelt. Die Angelegenheit soll kein internationaler Zwischenfall werden, und sie wird in diesem November nicht in den amerikanischen Nachrichten auftauchen. Wenn auch nur die leiseste Möglichkeit einer Entdeckung besteht, brechen Sie *unverzüglich* ab.«

Becker nickte erneut. Er wagte es nicht, etwas zu sagen.

Pryce scannte den Raum, blickte jedem Einzelnen in die Augen. Dem Direktor der Enforcement Division Becker, dem Heimatschutzminister Hughes, dem ERD-Direktor Duran, dem CIA-Direktor Keyes, dem Vorsitzenden der Vereinigten Generalstabschefs McWilliams, dem Außenminister Abrams, der Vorsitzenden der Senatsaufsichtskommission Engels, dem politischen Sonderberater Barnes.

»Haben wir uns in allen Punkten verstanden?«

McWilliams schnaufte. Barnes beobachtete schweigend die Anwesenden. Alle anderen nickten, brummten zustimmend.

»Gut«, sagte Pryce. »Ich werde den Präsidenten innerhalb der nächsten Stunde informieren. Admiral McWilliams, Sie sind eingeladen, mich zu begleiten und Ihre Einwände gegen diese Mission vorzubringen. Ich werde Ihnen allen unmittelbar im Anschluss an die Besprechung mitteilen, wie der Präsident entschieden hat. Auf Wiedersehen, meine Herren. Auf Wiedersehen, Senatorin.«

[45] Für jeden

Schließlich endete die Symphonie des Geistes. Die Gedanken des größeren Bewusstseins zerfaserten, aus dicken Strängen wurden dünne Fäden, die sich dann ganz verflüchtigten, sich in einem befriedigten Seufzer auflösten. Alle öffneten die Augen, richteten respektvolle *wais* an den Altar.

Ananda bedeutete Kade, dass er bleiben sollte, während die anderen leise den Raum verließen.

»Wie fühlst du dich jetzt?«, fragte Ananda ihn.

Kade dachte nach, beobachtete sich selbst. »Besser. Ruhiger. Müde.«

Ananda nickte. »Gut. Das war nur ein Anfang, aber ein guter Anfang. Du wirst wieder gesund werden.«

»Danke«, sagte Kade.

Wieder nickte Ananda. »Später wird Su-Yong Shu eintreffen, um dich zu besuchen. Kurz nach Mitternacht.«

Shu würde zu ihm kommen. Er hatte so viele Fragen an sie. War es der Zorn, der sie antrieb? Konnte sie wieder gesund werden? Konnte sie ihren Hass loslassen?

»Ich sorge dafür, dass du geweckt wirst, wenn sie eingetroffen ist«, sagte Ananda.

Kade nickte dankbar.

»Und morgen ziehst du weiter.«

Wieder nickte Kade. Sicherheit bedeutete in Bewegung bleiben, zumindest für die nächste Zeit. Er würde das Kloster vermissen. Es gab so viel, das er wissen wollte.

»Die Arbeit, die Sie hier machen ...«, begann er. »Worüber Sie auf der Konferenz gesprochen haben. Wohin wird Sie das alles führen?«

Ananda lächelte. »Du hast einiges von dem gesehen, was hier geschieht. Du hast gehört, was ich gesagt habe. Was glaubst du, was wir hier tun?«

»Sie bringen den Mönchen bei, Nexus zu benutzen, es dauerhaft zu integrieren.«

»Ja.«

»Sie zeigen ihnen, wie man zusammen meditiert, wie sie ihre Bewusstseine noch besser synchronisieren können.«

»Das lernen wir gemeinsam.«

»Sie haben über Gruppenbewusstseine gesprochen«, sagte Kade. »Von der Notwendigkeit, die Neurowissenschaft vom individuellen auf das kollektive Niveau zu heben.«

»Ja.«

»Sie versuchen hier, all das wirklich umzusetzen.«

Ananda blickte Kade mit seinen tiefen, dunklen Augen an. »Ja.«

»Unter Ihrer Führung.«

Ananda lächelte. »Ich habe alles ernst gemeint, was ich über die Demokratie des Buddhismus gesagt habe. Du warst Teil des Gruppenbewusstseins. Hatte irgendjemand die Führung inne? Übernimmt irgendein einzelnes Neuron in deinem Gehirn die Führung?«

Kade nickte nachdenklich. Es hatte sich organisch angefühlt, es hatte sich aus sich selbst heraus entwickelt und eine eigene Richtung eingeschlagen, ohne irgendein

Zentrum. Sie alle waren Teile des Geistes gewesen, der sich während ihrer Meditation gebildet hatte. Aber wie weit gab sich Ananda dem hin?

»Trotzdem haben Sie die Führung.«

Ananda sah ihn ruhig an. »In der Wahrnehmung von Außenstehenden vielleicht. Aber hier? Ich bin der Älteste, habe die meiste Erfahrung. Meine Gedanken haben durchaus Gewicht. Wenn wir mental isoliert sind, habe ich eine gewisse Autorität. Aber wenn wir verbunden sind ... gehöre ich zum Gruppenbewusstsein. Ich bin nur ein Teil davon. Die Entscheidungen, die es trifft, sind viel weiser und gerechter als jene, die ich allein treffen kann. Die Einsichten, zu denen es gelangt, und die Wahrheiten, die es offenbart, sind viel tiefer als jene, die ich allein erkennen kann. Das respektiere ich. Ich bin ein Teil davon, nicht der Herr und Meister.«

Wieder nickte Kade.

»Das, worauf Sie hinarbeiten ... Ist es nur für die Mönche?«, fragte er. »Nur für die Meditation?«

»Für jeden, der es ebenfalls erlernen kann. Für jeden Zweck, zu dem es sich anwenden lässt.«

»Für jeden?«, fragte Kade.

Ananda sah ihn mit leidenschaftslosem Blick an. »Für jeden.«

»Aber es erfordert Übung, es zu meistern«, sagte Kade. »Es kostet viele Mühen. Stundenlange Meditationen, jeden Tag, über Monate, Jahre.«

»Ja.«

»Also wird es für die meisten Menschen unerreichbar sein.«

»Es ist für sie erreichbar, wenn sie die Mühe auf sich nehmen.«

Kade schüttelte den Kopf. »Ich meine, in praktischer Hinsicht werden die meisten Menschen nicht mehrere Stunden pro Tag meditieren können.«

Ananda nickte bedächtig. »Wohl wahr. Die Mehrzahl dürfte nicht bereit sein, die Mühe auf sich zu nehmen.«

»Und was wäre, wenn es eine Abkürzung gäbe?«

»Eine Abkürzung wie die, die du genommen hast?«, fragte Ananda zurück.

Kade nickte. »Etwas in der Art.«

Ananda sah ihn nachdenklich an. »Wie lange hast du gebraucht, um lesen zu lernen?«

Die Frage überraschte Kade. »Ein oder zwei Jahre, schätze ich.«

»Und zu sprechen?«

»Vielleicht zwei Jahre.«

»Stell dir eine Welt vor«, sagte Ananda, »in der es fast ein ganzes Leben dauert, sprechen zu lernen oder lesen und schreiben zu lernen, eine Welt, in der viele nie so weit kommen werden.«

Kade schloss die Augen und versuchte, es sich vorzustellen.

»Nun stell dir vor, du könntest den Menschen einen schnelleren Weg zeigen«, fuhr Ananda fort. »Dass du ihnen in ein oder zwei Jahren die Grundlagen der Sprache, des Lesens und Schreibens vermitteln könntest.«

Kade stellte es sich vor.

»Würdest du es tun?«, fragte Ananda.

»Ja«, antwortete Kade.

»Auch wenn diese Fähigkeiten zweifellos auch für Beleidigungen oder Obszönitäten benutzt werden?«

»Ja.«

»Auch wenn Narren gefährliche Dinge lesen könnten, die von noch größeren Narren geschrieben wurden, um ihrem Beispiel zu folgen und sich selbst oder anderen zu schaden?«

»Ja«, sagte Kade.

»Auch wenn die Schrift dazu benutzt werden kann, Waffen zu beschreiben, die dazu benutzt werden können, andere zu töten?«, fragte Ananda.

»Ja«, antwortete Kade.

»Auch wenn charismatische Faschisten die Macht der Sprache dazu benutzen, die Menschen aufzuhetzen, sie zu Gewalt anzustacheln, ihren Hass zu schüren, Kriege anzuzetteln?«

Kade schluckte. »Ja.«

»Warum?«

»Weil ich glaube, dass die Menschen es häufiger zu guten als zu bösen Zwecken einsetzen würden.«

»Ist das der einzige Grund?«

»Und weil ich glaube, dass es einfach nur gut ist. Es ist gut für die Menschen, wenn sie leichter miteinander kommunizieren können. Es ist gut für die Menschen, wenn sie intelligenter werden, besser miteinander verbunden sind, mehr Zugang zu den Gedanken anderer Menschen haben.«

»Dann kennst du jetzt meine Antwort.«

Der alte Mönch erhob sich geschmeidig und verließ den großen Saal mit gemächlichen Schritten.

Kade saß noch viele Minuten lang allein da, war sich des Gewichts des Datenspeichers bewusst, der an der Kette um seinen Hals hing. Schließlich rappelte auch er sich schmerzhaft auf, lief langsam auf Krücken durch den Saal und wollte nachsehen, ob noch etwas vom Mittagessen übrig geblieben war.

[46] Die Ruhe vor dem Sturm

Es war nicht einmal eine Stunde seit dem Meeting vergangen, als Becker den Anruf von Pryce erhielt. Der Präsident hatte dem Plan zu ihren Bedingungen zugestimmt.

»Vermasseln Sie es nicht«, sagte Pryce zu ihm.

Becker legte auf und rief wegen der Neuigkeiten die *Boca Raton* an. Sie waren im Geschäft.

In seinem Zimmer deaktivierte Kade am Slate zuerst alle Netzverbindungen, nahm dann vorsichtig die Kette vom Hals und schob den Datenspeicher hinein.

Der Speicher wurde über das Slate mit Strom versorgt. Es wurde in seinen Gedanken lebendig, öffnete sich Nexus und verband ihn mit dem Slate. Eine Art Nexus-Netzwerkkarte. Es war zweifellos die, die sie für Wats gedruckt hatten.

Und im Datenspeicher war ein Skript. Ein Skript, wie er es erwartet hatte.

Er lehnte sich zurück und kopierte die Nexus-Dateien aus seinen Gedanken in den Speicher. Dabei machte er ein paar kleine Änderungen, nur für alle Fälle.

Zufrieden zog er ihn aus dem Slate, hängte ihn sich wieder um den Hals, verband das Slate wieder mit dem Netz. Er wollte ein Nickerchen machen, bis Shu eintraf.

Su-Yong Shu verabschiedete sich von den letzten Gästen des VIP-Empfangs. Es war fast 23 Uhr. Die Konferenz war vorüber. Die Workshops nach der Konferenz waren beendet. Der abschließende Empfang nach den Workshops war zu Ende. Endlich konnte sie sich einer wichtigen Aufgabe widmen.

Der schwarze Opal rollte vor. Feng stieg aus, riss ihr die Tür auf, öffnete den Regenschirm im nächtlichen Regen. Es war Zeit zu gehen.

»Bereitmachen für Flugbetrieb«, ertönte die Stimme von der Kommandobrücke.

Nichols schaute nervös zu.

»Flugdeck öffnen«, lautete das Kommando. »Startlifts I und II ausfahren.«

Auf dem Vorderdeck der *Boca Raton* zog sich fast ein Drittel des Rumpfs zurück, die radar- und sonarabsorbierenden Platten verschwanden im Bauch des Schiffes. Dann glitt es ganz allmählich zur Seite, worauf das komplette Kampfdeck von 40 Metern Länge sichtbar wurde, das nun einzig und allein für Flugoperationen konfiguriert war.

Langsam kamen zwei voll betankte, bewaffnete und beladene Tarnkampfhubschrauber vom Typ XH-83 Banshee zum Vorschein. Jeder war mit einem Piloten und sechs schwer bewaffneten Navy SEALs besetzt. Die zusammengeklappten Rotoren des Hubschraubers breiteten sich aus. An Deck war nun das Heulen der Motoren zu hören, als die Systeme warmliefen.

Beim Abkoppeln der Tankschläuche von den Hubschraubern wurde Dampf freigesetzt. Waffen-Checks abgeschlossen, überall grünes Licht. Motoren, grün. Tarnung, grün. Elektronische Kampfführung, grün. Navi, grün. Flug, grün.

Die Rotoren waren nun komplett ausgefahren.

»Rotoren aufdrehen«, sagte die Stimme von der Kommandobrücke.

Zuerst drehten sie sich träge, dann wurden sie immer schneller. Der starke Abwind zu beiden Seiten des U-Boots plättete die See.

»Drei Sekunden bis zum Lösen der Klammern. Zwei ... eins ...«

Die Klammern an Deck gaben die Fahrwerke der Hubschrauber frei. Gleichzeitig stiegen sie in den nächtlichen Himmel auf.

»Banshees gestartet. Kontrollzentrale, Sie haben den Ball.«

»Verstanden, Kommandobrücke«, antwortete Jane Kim. »Kontrollzentrale hat den Ball. Kontrollzentrale Ende.«

In der Luft zogen die Banshees ihre Fahrwerke ein. So waren die Hubschrauber für den Radar so gut wie unsichtbar. Mit der chamäleonbeschichteten Unterseite waren sie für das menschliche Auge am Nachthimmel nicht zu erkennen. Es war Mitternacht. Die beiden Hubschrauber würden tief und schnell, nur fünf Meter über dem Boden fliegen. Ihr Ziel würden sie gegen ein Uhr früh erreicht haben und mit Lane und Cataranes kurz nach zwei Uhr wieder zurück sein.

»Flugbetrieb einstellen«, dröhnte es von der Kommandobrücke. »Startlifts I und II einfahren. Tarnhülle schließen in drei ... zwei ... eins ...«

Der radar- und sonarabsorbierende Rumpf des großen U-Boots schloss sich wieder über dem Flugdeck.

Shu lehnte sich auf dem bequemen Rücksitz des Opal zurück. Mit dem Slate in der Hand ging sie noch mal die

Gespräche und Kontrakte auf der Konferenz und den anschließenden Workshops durch. Manchmal fragte sie sich, wie sie auf das alles gekommen war.

Inzwischen hatten sie Anandas Zufluchtsstätte fast erreicht, und nun wand sich die Straße den Berg hinauf. Shu war erst einmal hier gewesen. Anandas Mönche waren für sie von großem Interesse. Wozu der gut trainierte menschliche Geist in der Lage war, erstaunte sie immer wieder, auch jetzt noch. Was könnten sie alles erreichen, wenn man ihre Erkenntnisse und Anandas Trainingsmethoden kombinieren würde ...

Feng war plötzlich hellwach. Etwas hatte sein Interesse geweckt. Irgendetwas hatte den Wagen leicht angestoßen, wie eine Windböe.

Er tippte auf eine Taste am Armaturenbrett, brachte Brahms zum Schweigen, den er für sie gespielt hatte.

»Was gibt es?«, fragte sie.

Der Mann von der Konfuzianischen Faust antwortete nicht. Stattdessen würgte er den Benzinmotor ab, ließ den Wagen mit den Batterien weiterfahren und drückte einen Knopf, um die Fenster runterzulassen.

Er muss irgendein Geräusch gehört haben, dachte sie. Sie wollte ihn in so einem Moment auf keinen Fall stören. Vorsichtig tastete sie sich an den Inhalt seiner Gedanken heran, ohne ihn abzulenken.

Feng drückte einen anderen Knopf. Die Windschutzscheibe wurde zu einem Display. Infrarot, entnahm sie seinen Gedanken.

Da! Auf dem Display. Zwei schwache rote Punkte. Schwächer als ein menschlicher Körper. Aber über dem Boden schwebend. Sie zogen sich zurück, nach oben. Und Fengs übermenschliches Hörvermögen nahm ganz schwach das Flattern von Rotoren wahr.

»Hubschrauber«, sagte er laut. »Getarnt. Mit dem gleichen Ziel wie wir.«

Shu lief es kalt über den Rücken.

»Könnten es Thai sein?« Sie wusste die Antwort, noch während sie die Frage stellte.

Feng schüttelte den Kopf. »Nein – es sind Chinesen, Europäer oder Amerikaner.«

Wie lange brauchen sie? Sie las die Antwort in Fengs Gedanken. Auf dem gegenwärtigen Kurs und bei dieser Geschwindigkeit würden die Hubschrauber das Kloster in fünf Minuten erreicht haben. In zehn, wenn sie den Berg langsamer und leiser anflogen.

Rasch öffnete sie sich ihrem höheren Ich. Sie wurde vom Licht und von der Kraft ihres gewaltigen Intellekts durchströmt. Sie nahm das gesamte Wissen über amerikanische Militärhubschrauber in sich auf. Die Datenbank des chinesischen Verteidigungsministeriums wurde ihr zugänglich, zeigte ihr die bekannten und vermuteten Positionen aller amerikanischen Streitkräfte und ihr Leistungsvermögen. Aha ... ein amerikanisches Schiff könnte sich im Golf von Thailand aufhalten?

»Geben Sie Gas«, sagte sie zu Feng. »Fahren Sie, so schnell Sie können.«

Shu holte ihr Telefon hervor, drückte auf den Knopf, um Ananda anzurufen. Hoffentlich war es noch nicht zu spät.

Der Turbomotor erwachte heulend zum Leben, als Feng von Elektroantrieb auf Kohlenwasserstoff wechselte.

Das Telefon riss Ananda kurz nach ein Uhr aus seiner Meditation. Es war Shu. War sie schon da?

Er ging ran.

»Zwei oder mehr amerikanische Militärhubschrauber sind zu Ihnen unterwegs. Voraussichtliche Ankunftszeit in fünf Minuten.«

Die Worte erschütterten ihn. Sie würden hierherkommen?

So war es.

Ananda atmete mental tief ein, schrie den gedanklichen Alarmruf heraus: **Versteckt die Amerikaner! Macht euch auf unerwünschte Gäste gefasst!**

Er blickte auf sein Telefon. Traute er sich, den Anruf zu machen? Traute er sich nicht?

Er wählte die Nummer. Eine Stimme antwortete auf Thai. Knapp, professionell, militärisch.

»Hier ist Professor Somdet Phra Ananda«, sagte er in einem Tonfall, in dem die ganze Würde und Autorität seines Namens und seiner Stellung mitschwangen. »Geben Sie mir den Verteidigungsminister.«

190 Kilometer entfernt ertönten auf dem Luftwaffenstützpunkt Korat die Alarmsirenen. Kampfflugzeuge warfen die Triebwerke an, rasten die Startbahn hinunter, richteten den Bug aufwärts, um in den Flug überzugehen. Kurz darauf waren zwei in Indien gebaute Kampfflugzeuge des Typs IA-9 Rudra NG in der Luft und in südwestlicher Richtung nach Saraburi unterwegs. 30 Sekunden später erreichten sie Überschallgeschwindigkeit. Flugzeit nach Saraburi: acht Minuten.

[47] Angriff

Kade erwachte, als jemand ihn schüttelte. War es schon Morgen? Nein. War Shu da? Er öffnete die Augen. Bahn, der Mönch, der ihn mit Mahlzeiten versorgte, hatte ihm Krücken mitgebracht. Hinter ihm stand ein zweiter Mönch.

»Hubschrauber!«, sagte der junge Mönch und zeigte zum Himmel. »Hubschrauber!«

Was? Kade wollte keinen Hubschrauber nehmen.

»Amerika!«, schrie Bahn.

O nein! Verdammter Mist! Sie haben uns gefunden.

Er hatte Herzklopfen. Es lief kein Gelassenheitsprogramm, das ihn hätte beruhigen können.

Bahn und der andere Mönch versuchten ihn aus dem Bett zu heben.

»Nein!«, schrie er.

Halb trugen sie ihn, halb zogen sie ihn zur Tür seiner kleinen Zelle.

Kade schlug um sich.

»Nein!«

Seine Heftigkeit überraschte sie. Er entzog sich ihrem Zugriff und stürzte zu Boden. Sie starrten auf diesen verrückten Amerikaner, der sich nicht mit ihnen in Sicherheit bringen wollte.

Das Slate auf dem Tisch war für ihn außer Reichweite. Die Krücken am Bett waren für ihn außer Reichweite. Beim Versuch, sich auf das gesunde Bein zu hieven, fiel er schmerzhaft auf den Boden zurück.

»Das Slate!«, brüllte er und zeigte verzweifelt darauf.

Bahn nahm es, drückte es Kade in die Hände.

»Hubschrauber!«, schrie der junge Mönch und zeigte zum Himmel.

Kade zog sich mit einer Hand die Kette, die er um den Hals trug, über den Kopf.

»Hubschrauber.« Kade nickte. »Amerikanischer Hubschrauber.«

Bahn nickte begeistert und versuchte ihn am Arm zu nehmen.

Kade befreite sich, drückte den Datenspeicher in den I/O-Steckplatz des billigen Slates. Hatte er jetzt ein Netzsignal? Ja.

Auf dem Slate öffnete sich ein Fenster, das den Inhalt des Datenspeichers anzeigte. Er suchte nach dem Skript, das Wats dort installiert hatte.

[Glob_Distrib]

Sein Finger schwebte darüber. Sollte er es wirklich tun? Er hatte sich noch nicht darum gekümmert, Nexus 5 vor Missbrauch zu schützen.

Die Bilder tauchten von allein in seinem Geist auf. Narong unter der Willenskontrolle des ERD, wie er die Waffe auf Ted Prat-Nungs Kopf richtete. Der Dalai Lama tot in einer Blutlache, ermordet von seinem verräterischen Freund. Sams Eltern, die Augen glasig vom Communion-Virus, wie sie bei Sams Auspeitschung zusehen, sie losschicken, damit sie geschlagen und vergewaltigt wird. Sämtliche Horrorgeschichten, die er je über Tues gehört hatte, kamen ihm in den Sinn.

Man würde es missbrauchen. Ungeheuer würden es für ungeheuerliche Taten verwenden. An seinen Händen würde das Blut von Gewalt, unvorstellbarem Terror und Schmerz kleben.

Sein Finger zitterte.

Bahn zerrte eindringlich an seinem Arm. Es war weit weg in einer anderen Welt.

Er dachte an Wats und daran, wie Nexus ihn verändert hatte. Wie wählerisch Shu war, wenn es darum ging, die Kandidaten für den Sprung in die posthumane Kondition zu bestimmen. An ihre Vision von einer posthumanen Elite, die über den Rest der Menschheit herrschen sollte. Was Ilya zu ihm am Telefon gesagt hatte.

Eine weite Verbreitung und individuelle Entscheidungsmöglichkeit bringt für die meisten Technologien nur Vorteile. Wenn nur eine Elite Zugang dazu hat, droht die große Katastrophe.

Er dachte daran, was er Ananda noch vor wenigen Stunden gesagt hatte.

Weil ich glaube, dass die Menschen es häufiger zu guten als zu bösen Zwecken einsetzen würden, hatte er gesagt. *Und weil ich glaube, dass es einfach nur gut ist.*

Kade hatte Herzklopfen. Er schwitzte, zitterte am ganzen Körper. In wenigen Minuten konnte er tot sein. Tot oder auf dem Weg in ein tiefes dunkles Loch, aus dem er nie mehr herauskommen würde. Hatte sich Wats auch so gefühlt, bevor er sich durch die Decke fallen gelassen hatte, um sie zu retten?

Jetzt oder nie.

Mit einem zittrigen Finger tippte er das Symbol an. Gott möge ihm beistehen.

DATENSPEICHER-INHALT WELTWEIT VERBREITEN? JA/NEIN?

Ja, verdammt noch mal, ja!

Ein Statusbalken erschien.

VERBINDUNG WIRD ERSTELLT …

UPLOAD …

14 MINUTEN VERBLEIBEN.

Es gab kein Zurück mehr. Was auch immer ihm jetzt zustoßen würde, ob er sterben oder ins Gefängnis kommen würde, wenigstens hatte er etwas aus seinem Leben gemacht. Kade hoffte nur, dass er das Richtige getan hatte.

Er schob das Slate unter das schmale Bett, wo es nicht gleich ins Auge fallen würde, und ließ sich von Bahn und dem anderen Mönch hinausbringen.

»Ziel in Sicht«, sagte Bruce Williams. »Kein Licht, keine Bewegung. Alles klar auf Infrarot und Funk.«

Nichols nickte. »Operation starten.«

»Verstanden«, sagte Williams. »Störmaßnahme beginnt … jetzt. Störmaßnahme aktiv.«

Die Breitbandstörsender beider Banshees leuchteten auf.

»SEALs jetzt absetzen«, sagte Williams.

Auf dem zurückgelassenen Slate in der Zelle, aus der Kade geflüchtet war, leuchtete eine neue Nachricht auf.

VERBINDUNG VERLOREN.

Es war niemand da, der es sehen konnte. Nach ein paar Minuten verdunkelte sich der Bildschirm wieder.

SEAL-Sergeant Jim Iverson seilte sich flink und geräuschlos von Banshee Eins ab. Sein Head-up-Display zeigte ihm den Weg zur Zelle von Zielperson Eins. Sein Team versammelte sich um ihn. Gemeinsam schlichen sie still und fast unsichtbar durch die Anlage.

Gebäude in Sicht. Westlicher Eingang kommt näher.

Was war das für ein Geräusch?

Dann erschien der erste Punkt auf seinem HUD. Drei Punkte bewegten sich durch den anderen Ausgang von dem Gebäude weg. Sie entfernten sich von ihnen.

Dann mehrere Punkte. Viel mehr. Überall.

Der Türgriff bewegte sich. Die Tür ging auf, und Mönche in orangefarbenen Gewändern, mit kahlen Köpfen und abgeklärtem Gesichtsausdruck strömten geordnet hinaus. Sie kamen zu Dutzenden, zu Hunderten.

Dann läuteten Glocken, wie die Kirchenglocken in seiner Jugend. Der Hof, auf dem sie sich abgeseilt hatten, erstrahlte in hellem Licht.

Verdammte Scheiße!

Nichols beobachtete, wie die Teams Eins und Zwei sich trennten, sich die einen zu Lanes Zelle aufmachten, die anderen zum Schlafsaal der Nonnen, wo Cataranes untergebracht war.

»Kontakt, Kontakt«, sagte Jane Kim. »Auf Infrarot bewegen sich Silhouetten.«

»Was hat das zu bedeuten?«, fragte Nichols.

»Noch mehr Kontakte«, sagte Williams. »Überall.«

In den Gebäuden der Anlage öffneten sich überall Türen, durch die sichtbares Licht auf den Hof fiel. Durch jede strömten warme Körper heraus und waren überall.

Und dann läuteten die Glocken. Die großen Glocken. Die Klosterglocken läuteten und läuteten ohne Ende.

Die Lichter gingen an. Scheinwerfer beleuchteten den Hof, beleuchteten die Mönche in orangefarbenen Gewändern, die leise und ruhig mit einem gütigen Lächeln auf dem Gesicht geordnet herauskamen.

»Abbruch!«, schrie Nichols. »Abbruch, Abbruch! Schafft sie so schnell wie möglich da raus!«

Er blickte auf Monitor 3. Becker war kreidebleich. Die Mission war gescheitert.

Auf Jim Iversons HUD blinkte eine Nachricht von der Einsatzzentrale.

ABBRUCH ABBRUCH ABBRUCH

Abbruch? Zwischen seinem Trupp und den Hubschraubern waren die verdammten Mönche! Sie waren überall! Er beantwortete den Befehl mit einem wütenden Flüstern.

»Sir«, rief Jane Kim, »wir haben Lane im Blickfeld. Banshee Eins hat ihn.«

Es spielte keine Rolle mehr. Sie mussten abbrechen.

»Abzug«, sagte er zu Kim.

»Teams Eins und Zwei stecken zwischen den Mönchen fest«, sagte Williams. »Immer noch getarnt. Viele stehen zwischen ihnen und dem Hubschrauberseil.«

»Bringen Sie das Seil zu ihnen«, befahl Nichols.

Ein Lichtblitz erhellte einen Monitor.

»Verdammt!«, fluchte Williams.

Nichols warf einen Blick darauf. Überall Gesichter. Gelassene Gesichter. Kahle Köpfe. Orangefarbene Gewänder.

Alle rückten noch näher zusammen. »Was zum Teufel war das?«

»Ein Foto«, sagte Williams. »Die Mönche machen Fotos.«

»Mission fortsetzen«, sagte Becker vom Monitor.

»Was?«, fragte Nichols.

»Wir müssen es tun«, sagte sein Chef. »Es lässt sich nicht mehr ändern. Holen Sie Lane. Schnappen Sie sich Cataranes. Machen Sie, dass Sie da rauskommen.«

Nichols war verblüfft. Die Mission fortsetzen? Der Befehl lautete doch, sich nicht erwischen lassen.

Man hatte sie bereits erwischt ...

Die Mission fortsetzen.

»Versuchen Sie es«, befahl er. »Sagen Sie Team Zwei, dass es zu Blackbirds Zelle vorrücken soll. Wir müssen die Mission zu Ende bringen.«

Kade humpelte wie ein Irrer, den einen Arm um Bahns Schultern, den anderen um den zweiten Mönch gelegt, sodass sie ihn halb trugen. Es machte plötzlich *Pffft*, und der Mönch zu seiner Linken stürzte zu Boden. Mist! Auch Kade wäre beinahe gestrauchelt. Bahn konnte ihn gerade noch aufrecht halten. Sie gingen um die Ecke, waren aus dem Blickfeld der Hubschrauber und liefen weiter.

»Wohin gehen wir?«, rief Kade, während er hüpfte.

»Verstecken!«, sagte Bahn. »Treppe!«

Sie kamen um eine weitere Ecke, als Kade mit dem gesunden Bein auf dem nassen Kopfsteinpflaster ausrutschte. Das Bein glitt unter ihm weg, und er stürzte zu Boden. Bahn versuchte ihn aufzufangen, übernahm sich, dann fielen beide auf den harten Boden. Kade hörte in sich ein Knacken, spürte den frischen Schmerz in seiner Seite.

Scheiße!

Bahn stand wieder auf, zog auch Kade wieder hoch. Mein Gott, tat das weh!

Iverson zuckte zusammen, als der Blitz einer weiteren Kamera aufleuchtete. Fast hätte er die Nachricht von der Einsatzzentrale verpasst.

Fortsetzen? Den Zielpersonen folgen. Verstanden.

Das HUD zeigte Zielperson Eins vierzig Meter nordwestlich an. Aber das Einzige, was er in dieser Richtung sehen konnte, waren reihenweise kahl rasierte Männer in orangefarbenen Gewändern, mit gefalteten Händen und abgeklärtem Gesichtsausdruck. Sie drängten sich um ihn. Er wirbelte herum, damit er ihnen ausweichen konnte. Noch mehr Mönche stellten sich ihm in den Weg. Er drängte vorwärts. Ein Dutzend Körper drängte ihn zurück. Hinter ihm waren noch zwei SEALs. Mit den Ellbogen bahnten sie sich einen Weg durch das Gedränge. Es formierte sich neu um sie herum und stieß sie zurück. Die Masse der Mönche bewegte sich wie ein einziger Organismus, verschob sich immer wieder neu, um ihnen den Weg zu verstellen.

Es war zum Verrücktwerden. Wussten diese Männer nicht, dass sie bewaffnet waren?

»Team Eins, Sie sind befugt, nicht tödlichen Gebrauch von der Waffe zu machen. Lösen Sie die Menge auf!«

»Verstanden.«

Iverson schnippte die Sicherung weg, schoss mit dem Betäubungsgewehr dem vor ihm stehenden Mönch in den Bauch. Der Mann sackte stumm zu Boden. Sofort ersetzte ein anderer Mönch den Gefallenen, auch er mit einem völlig entspannten Gesichtsausdruck.

Iverson schoss erneut. Einer fiel. Noch einmal. Ein weiterer fiel. Noch einmal. Noch einer.

Seine Team-Kameraden machten es genauso. Die Mönche fielen. Weitere Mönche rückten vor, noch bevor die anderen am Boden lagen. Die Mönche dahinter fingen die Gefallenen auf, schleppten ihre schlaffen Körper fort, nahmen ihren Platz ein.

Es war völlig verrückt.

Sam erwachte vom Glockenläuten.

Das war nicht gut. Es war noch nicht Morgen.

Dann hörte sie Vipadas atemlose Stimme auf Thai rufen. »Samantha! Wir müssen dich verstecken! Amerikanische Hubschrauber sind im Anflug!«

Verdammt!

Vipada sauste ins Zimmer, schaute sich um, zerrte an Sams Hand. »Komm mit! Ich bringe dich in den Keller!«

Sie könnte sich ergeben. Sich ausliefern. Auf Unzurechnungsfähigkeit plädieren.

Nein.

Sie wollte ihretwegen nicht noch ein Kind sterben sehen. Sie wollte nicht noch einmal Bangkok erleben. Es musste einen anderen Weg geben.

Vipada zog an ihr. »Hier entlang! Zum Keller! Wir verstecken uns!«

Sie hatte Wats das Versprechen gegeben, dass sie Kade beschützen würde.

Sam riss ihre Hand los. »Nein, Vipada. Du versteckst dich. Ich muss kämpfen.«

»Dann kämpfe ich mit dir«, sagte die junge Nonne mit fester Stimme.

Sam starrte sie an.

Sie ist älter als ich zu der Zeit, als ich kämpfen lernte, dachte Sam.

»Okay«, sagte sie zu dem Mädchen. »Hier ist der Plan.«

Iverson feuerte und feuerte. Er entleerte einen Ladestreifen nach dem anderen in diese Männer mit den orangefarbenen Gewändern. Seine Team-Kameraden taten es ihm gleich. Der Druck der Mönche ließ allmählich nach. Einige schauten ihnen von den Fenstern und Toren aus zu. Es näherte sich keiner mehr.

Zielperson Eins war nicht mehr im Blickfeld. Iversons HUD zeigte die letzte bekannte Position und den Vektor der Zielperson an. Er teilte sein Team auf, um alle möglichen Routen abzudecken, er selbst nahm die direkte Verfolgung auf.

Er stürmte los, kam um die Ecke des Gebäudes. Er war auf einem dreieckigen Platz zwischen dem großen Meditationssaal rechts, den Unterkünften der Mönche links und der Felswand des Berges vor ihm. Auf seinem Infrarot-Display bewegte sich nichts.

Moment. Da! Ein Geräusch. Ein dumpfer Fluch. Iverson preschte vor, raste um die Ecke und sah, wie zwei Silhouetten durch einen offenen Durchgang zu klettern versuchten. Er hatte sie.

»Keine Spur von Blackbird, Sir«, sagte Jane Kim. »Sie ist nicht in ihrer Zelle. Team Zwei durchsucht das Gebiet.«

Nichols fluchte leise vor sich hin.

»Möglicher Kontakt!«, rief Kim. »Hinter den Gebäuden!«

Da, auf einer Helmkamera von Team Zwei war eine Frau in Nonnenkleidern in einem Durchgang zu sehen. Sie kehrte dem Mann den Rücken zu.

»Schalten Sie sie aus!«, rief Nichols. »Gehen Sie nicht näher ran!«

Kein SEAL konnte es mit ihren Verbesserungen der vierten Generation aufnehmen.

Von der Seite des Monitors her verschwamm das Bild. Die Kamera drehte sich, erwischte eine Bewegung, dann erlosch sie. Statisches Rauschen.

»Verdammt, das war ein Hinterhalt!«

Sam legte den Messergürtel, den sie dem SEAL abgenommen hatte, um ihre Taille, hängte sich den anderen Gürtel mit den Betäubungsgranaten, den Sprengsätzen und der Steigklemme mit Antrieb über die Schulter und befestigte ihn über der Brust. Das Sturmgewehr war biometrisch auf den SEAL eingestellt – für sie unbrauchbar. Sie wandte sich Vipada zu.

»Fertig?«, fragte sie.

Das Mädchen nickte mit großen Augen.

Sam verschränkte die Finger. Vipada stieg auf ihre Hände, und Sam stemmte sie hinauf aufs Dach. Das Mädchen suchte nach einem Halt, fand einen. Sam ging in die Hocke, sprang und zog sich zum Mädchen hinauf. Hier war es nass und glitschig. Vipada hielt sich an den rutschigen Dachziegeln fest.

Sam blickte zum bewölkten Himmel auf. Sie hatte gehofft, dass diese Seite des Daches, das sich zum Berg hin neigte, von den Hubschraubern aus nicht sichtbar war.

Sie rutschte vorsichtig auf dem Bauch zum Dachfirst vor. Sie wollte sehen, was da draußen los war.

Kade stöhnte vor Schmerzen, als Bahn ihn den Gang zwischen dem Meditationssaal und dem steinigen Berghang hinabschleppte. Sie kamen an einem schweren Holztor an. Bahn kramte nach dem Schlüssel, während er weiterhin Kade festhielt, kämpfte mit dem Schloss, öffnete es. Hinter dem Tor war eine steinerne Treppe, die hinunter in die Dunkelheit führte.

Pffft-pffft-klick.

Kade hörte die Schüsse. Bahn erschlaffte, brach zusammen. Kade versuchte, Bahn aufzufangen, verfehlte ihn. Der junge Mönch kippte vornüber die Treppe hinunter, landete mit einem dumpfen Aufschlag, schlug noch einmal auf, gefolgt von einem üblen Knacken.

Kade drehte sich um. Ein großer, schwer bewaffneter Soldat hatte ein Gewehr auf ihn gerichtet.

Es gab keinen Ausweg. Er ließ den Türpfosten los, sprang rückwärts in der Hoffnung, dass er den Sturz überlebte und sich da unten irgendwo verstecken konnte.

Der Arm des Soldaten schnellte vor, holte ihn zurück und warf ihn in den Gang und an die Bergwand. Kopf und Körper prallten gegen den harten Felsen. Seine Sehkraft schwand, er sah nur noch Sterne. Schmerz durchzuckte seine Bauchgegend. Das verletzte Bein knickte unter ihm ein.

Kade schaltete auf Bruce Lee um.

Plötzlich sah er Zielscheiben. Schalter für Angriff und Verteidigung leuchteten auf. Vollautomatisch. Klick. Dieses Ziel. Klick.

Mit dem gesunden rechten Bein schlug er dem Soldaten gegen das Knie. Der große Mann fing den Fuß auf, hielt ihn fest, wirbelte Kade herum und warf ihn auf den Bauch. Die Software ließ Kades Hände hochschnellen, um ihn in Brettstellung zu erwischen, dann schlug er wieder mit dem Fuß aus. Das Knie des Soldaten traf Kade im Kreuz. Bruce Lee versuchte sich abzurollen und mit einem Handkantenschlag den Hals des Mannes hinter ihm zu treffen. Der Soldat hielt ihn fest, wehrte Kades Hiebe ab, schnappte seine Hand und legte ihm eine Plastikhandschelle an. Bruce Lee bemühte sich, die Hüfte vom Boden zu heben, damit er Platz hatte, sich zur Seite zu drehen. Der Soldat war zu schwer. Bruce Lee sah das Messer am Gürtel des Mannes, griff mit der freien Hand danach, hatte sie bereits am Messer. Dann schloss sich die Hand des Soldaten schmerzhaft um Kades Handgelenk, verdrehte es brutal, legte ebenfalls eine Fessel an, die er mit der anderen Hand verband.

Als Kade sich wehrte, schlug ihm der Soldat gegen den Hinterkopf, sodass Kade mit dem Gesicht auf die nassen Steine im Durchgang prallte. Kade fühlte, wie ihm die Nase brach und Blut hervorspritzte. Es wurde wieder dunkel um ihn, und er sah nur noch Sterne. Als er zu sich kam, lag er mit zusammengebundenen Beinen da. Der Soldat brüllte etwas ins Funkgerät, warf sich Kade schmerzhaft über die Schulter und rannte davon.

»Wir haben Zielperson Eins!«, rief Bruce Williams. »Iverson ist auf dem Rückweg zu Banshee Eins. Das Team schließt sich ihm an.«

»Ausgezeichnet«, sagte Nichols.

Auf Monitor 3 lächelte Becker dünn.

»Was ist mit Blackbird?«, fragte Nichols.

»Der Rest von Team Zwei ist eben angekommen. Ein Mann ist verletzt, aber er atmet noch. Von Blackbird keine Spur.«

Nichols runzelte die Stirn. Sam, wo bist du? Wo bist du? Zwing uns nicht, dir etwas anzutun.

Und tu nicht zu vielen von unseren Leuten etwas an.

Sam erstarrte kurz vor dem Dachfirst. Sie konnte unten das Team hören, das nach ihr suchte. Die nassen Dachziegel schienen sie noch vor dem Infrarot abzuschirmen. Vipada hielt sich verzweifelt an den glitschigen Dachziegeln fest. Als sie Sams Blick auf sich spürte, lächelte sie ihr gequält zu. Braves Mädchen.

Der Innenhof war von gefallenen Mönchen übersät. Es waren Dutzende. Auf den kalten, nassen Steinen lagen mindestens fünfzig bis sechzig Mönche. An zwei vagen Silhouetten am Himmel waren zwei Seile verankert, die auf den Hof hinabhingen. Jedes wurde von einem Navy SEAL bewacht.

Da. Nicht weit von den Mönchsquartieren setzte sich etwas in Bewegung. Vier SEALs kamen herübergerannt. Der in der Mitte trug jemanden auf der Schulter. Lang, schlank, in Boxershorts und mit einem Gipsverband. Kade. Sie liefen zum nächstgelegenen Seil der beiden Hubschrauber. Der SEAL, der Kade trug, befestigte sich mit der Steigklemme am Seil und schwirrte hinauf.

Ich könnte einfach zusehen, wie sie Kade mitnehmen ..., dachte Sam.

Nein, das wäre feige.

Sie scannte die Männer. Mindestens vier. Vielleicht waren im Hubschrauber noch mehr von ihnen. Bewaffnete, modifizierte Amerikaner.

Sie erledigten einen ähnlichen Job wie sie. Konnte sie es mit ihnen aufnehmen?

Ja, wenn es sein musste.

Sie wartete, bis vier von ihnen aufgestiegen waren, dann rutschte sie über das nasse Dach hinunter, sprang in den Innenhof, rollte sich ab und kam sofort wieder auf die Beine.

Der letzte SEAL hatte sich das Gewehr über die Schulter gehängt. Er hatte beide Hände an der Steigklemme. Er drückte auf den Knopf und schwirrte hinauf, als er sah, wie sie auf ihn zukam.

Hinter ihr ertönten Schreie. Das zweite Einsatzteam hatte aus dem Labyrinth herausgefunden, war jetzt ebenfalls im Innenhof, nur wenige Dutzend Meter entfernt. Betäubungsgewehrsalven schlugen auf dem Boden vor Sams Füßen ein.

Der letzte SEAL hatte das obere Ende des Seils erreicht, kletterte in den Hubschrauber, wo sie Kade festhielten. Sam sprintete direkt auf das Seil zu, befestigte ihre Steigklemme im Vorbeigehen mit einer Hand daran und drückte mit dem Daumen auf den Aufsteigknopf. Die Vorrichtung riss sie an einem Arm hoch, während ihr Schwung sie in einem großen Bogen pendeln ließ. Aus dem erbeuteten Gürtel zog sie eine Betäubungsgranate und spürte ihr kaltes Gewicht in der Hand.

Über ihr erschien ein SEAL, das Sturmgewehr auf sie gerichtet. Sam bewegte sich ruckhaft mit dem ganzen Körper, als er schoss, störte die Pendelschwingung, als seine

Schüsse durch den Raum jagten, wo sie kurz zuvor noch gewesen war, schleuderte die Granate mit aller Kraft. Der SEAL sah es und ging im Hubschrauber in Deckung. Die Blendgranate flog durch die Luft, traf den Rand der Türöffnung, explodierte mit einem lauten Knall unmittelbar vor der offenen Tür des Banshee.

Die Steigklemme jaulte, während sie zum Hubschrauber hinaufgezogen wurde.

»Sir, wir haben Blackbird. Sie greift gerade Banshee Eins an! Sie ist am Seil auf dem Weg nach oben.«

»Rufen Sie alle zurück«, sagte Becker auf dem Monitor. »Schaffen Sie sie in Banshee Eins, versiegeln Sie die Maschine, überwältigen Sie Blackbird auf dem Weg zur *Boca Raton*.«

Nichols nickte. »Sie haben es gehört, Jane. Sie sollen sie an Bord lassen, sie dann festnehmen.«

»Verstanden.«

»Und schaffen Sie Team Zwei in Banshee Zwei. Wir haben erreicht, was wir wollten.«

[48] Kein Plan überlebt ...

Der schwarze Opal kam gerade noch rechtzeitig über die letzte Anhöhe, um die SEALs in dem getarnten Hubschrauber verschwinden zu sehen.

Dort. Er ist in dem da, sendete Shu an Feng. **Und Cataranes ist auch dorthin unterwegs.**

Die Frau stürmte auf den Hubschrauber zu, in dem Kade war. Feng ließ 100 Meter vor den Toren des Klosters den Motor aufheulen. Der Opal preschte voran, brach mit einer Geschwindigkeit von 150 Stundenkilometern durch das kunstvolle Bronze- und Eisentor, geriet ins Schleudern und kam genau unter dem pendelnden Seil zum Stehen. Eine schlanke Gestalt in weißem Nonnengewand schwirrte soeben am Seil hinauf.

Der Hubschrauber kippte nach vorn, das leise Flattern seiner Rotoren wurde etwas lauter, dann bewegte er sich vorwärts und nach oben. Das Seil schwang zu ihnen zurück, aber es hob sich immer mehr, als der Hubschrauber an Höhe gewann. Der Seilende würde ihre Position am Boden treffen, auf Brusthöhe, auf Kopfhöhe, drei, vier Meter über ihnen, immer höher ...

Feng stieß die Wagentür auf, sprang auf die Motorhaube, dann aufs Dach, nahm zwei Schritte Anlauf und sprang drei Meter hoch und drei Meter weit hinaus. Für einen

Sekundenbruchteil hing er mit ausgestrecktem Arm mitten in der Luft, die Beine angezogen, von der Erde losgelöst. So flog er durch den nächtlichen Himmel einem dünnen Seil hinterher, das immer höher hin und her schaukelte ...

Feng erwischte das äußerste Ende des Seils mit einem schwarzen Handschuh, als es über ihn hinwegschwebte. Er schrie triumphierend. Der Klonsoldat der Konfuzianischen Faust hing einen Moment baumelnd unter dem Hubschrauber. Dann bekam er das Seil auch mit der rechten Hand zu fassen. Er grinste wild zum Hubschrauber hinauf, ein irrer Asiate in schwarzer Chauffeursuniform. Dann hangelte er sich das Seil hinauf.

Sam erreichte den Hubschrauber. Sie nutzte den letzten Schwung des Steigklemmenantriebs, um sich hinauf und durch die weite Tür zu katapultieren.

Sie duckte sich, als über ihrem Kopf etwas durch die Luft pfiff. Ein SEAL trat im engen Raum nach ihr, und sie wich ihm zur Seite aus. Ein anderer prügelte mit dem Gewehrkolben auf sie ein, bis sie ihn auf den Mann hinter ihr warf.

Einer der SEALs drückte auf einen roten Schalter, und die Tür, durch die sie gekommen war, schlug zu.

Scheiße!

»Wir haben sie«, sagte Bruce Williams. »Canary und Blackbird sind beide in Banshee Eins auf dem Rückflug zu uns. Banshee Zwei ist in zwanzig Sekunden bereit.«

»Kampfsituation! Kampfsituation!«, schrie Jane Kim. »Zwei Kampfflugzeuge der Royal Thai Air Force im Anflug. Sie verlangen, dass die Banshees wieder landen.«

»Hängen Sie sie in den Wolken ab«, sagte Becker von Monitor 3. »Bringen Sie unsere Hubschrauber zurück.«

Shu erreichte den Wagen, übernahm dessen elektronische Kampfführungsressourcen, aktivierte die im Dach eingelassene Hochleistungsrichtfunkantenne. Damit erspürte sie die elektronische Präsenz der Hubschrauber. Wo war der Eingang? Jedes System hatte eine Lücke. Jedes System. Sie musste sie nur finden. Die Amerikaner störten alle Sender in der Umgebung. Shu umging das Störsignal, schaltete auf eine ganz andere Frequenz um, verband sich mit ihrem höheren Ich. Shu schwamm in einem leuchtenden Datenstrom. Ihr höheres Ich drang tief in die streng geheimen Datenbanken des chinesischen Militärs und des Geheimdiensts ein, um mehr über die XH-83 Banshee zu erfahren. Wo war diese Lücke? Wo?

Sam wirbelte in der Enge herum. Kade lag gefesselt und geknebelt in der Ecke, ein Auge weit geöffnet. Zwei der SEALs lagen wahrscheinlich von der Granate betäubt am Boden. Die übrigen vier gingen auf sie los.

Setze ihre Körper gegen sie ein, hatte ihr Nakamura eingebläut. *So kann ein Kämpfer viele bezwingen.*

Sie vertraute sich ihrem Wing Chung an. Ihr Geist wurde durch keine Droge vernebelt. Sie ließ sich nicht vom Zorn anderer verwirren. Ihr Kung-Fu-Training sollte durch ihren Körper sprechen.

Sie war ein Bambusstock. Sie war ein Sommersturm. Sie war ein Wirbelwind.

Sie war dafür geschaffen.

Mit Fäusten, Beinen, Messern und Gewehrkolben griffen die vier Männer sie an.

Drehen, ausweichen, zuschlagen.

Das Messer entreißen.

Ausweichen, drehen, ausholen.

Den einen zu Fall bringen.

Drehen, drehen, abblocken.

Den hier nahe heranlocken.

Zuschlagen, drehen, werfen.

Sie ließ den einen aus nächster Nähe in den anderen rasen. Köpfe stießen zusammen. Gemeinsam gingen sie zu Boden.

Abblocken, abblocken, ausweichen.

Die anderen beiden schlossen sich um sie, drängten sie rückwärts in eine Ecke.

Treten, täuschen, abrollen.

Sie befreite sich, stand hinter ihnen. Sie waren schnell. Sie war schneller.

Treten, drehen, zuschlagen.

Einer ging zu Boden. Ein anderer hatte sich aus dem Haufen erhoben.

Abblocken, drehen, werfen.

Sie rammte einen in den anderen, als wären sie ihre Marionetten. Einer war wieder aufgestanden. Alle anderen lagen auf dem Boden, versuchten wieder aufzustehen.

Drehen, abblocken ...

Draußen ertönte eine Explosion.

Verdammt!

Sie wurden beschossen. Der Hubschrauber schlingerte, kippte seitlich weg. Mit dem Gesicht voran wurde Sam gegen die harte Wand geschleudert. Der SEAL fiel auf sie, legte ihr den Arm um den Hals, nahm sie in den Schwitzkasten, drückte zu, um sie außer Gefecht zu setzen.

Scheiße!

Sie griff nach hinten, um ihm die Eier zu quetschen, erwischte stattdessen seine Panzerweste, versuchte ihm ins Knie zu treten, konnte auf dem Boden aber keine Hebelwirkung ansetzen. Sie packte ihn am Unterarm, der dicker war als ihre Wade. Er war verdammt stark! Sie konnte sich nicht aus seinem Griff lösen. Er drückte fester zu, trotz ihrer Umklammerung. Ein weiterer SEAL zielte mit dem Gewehr auf sie, wartete darauf, dass er freies Schussfeld hatte. Verdammt!

Ihr Blick fiel auf Kade. Gefesselt und geknebelt starrte er sie mit großen Augen an.

Das Messer, das sie jemandem aus der Hand geschlagen hatte, lag auf der anderen Seite des Hubschraubers. Wenn sie es schaffen würde, danach zu greifen ... Kade war dort. Sie konzentrierte ihre Willenskraft auf ihn, sendete ihm ihren Wunsch. Mithilfe seiner Füße schob er es zu ihr hinüber.

Sam löste eine Hand vom fleischigen Arm um ihren Hals, erreichte mit einem Finger knapp den Griff des Messers, zog es zu sich heran. Der Schwitzkasten wurde enger. Der mit dem Gewehr hatte jetzt fast freies Schussfeld. Doch nun hatte sie das Messer in der Hand. Sie konnte nicht mehr denken, nichts sehen, nicht genau zielen. Sie umfasste das Messer mit beiden Händen, richtete es auf seinen Ellbogen, stach hart zu. Der SEAL hinter ihr schrie vor Schmerz auf, als die Graphenspitze durch die Schutzschichten der Weste drang, die Sehnen in seinem Gelenk durchtrennte. Sein Zugriff ließ nach.

Sam befreite sich, bekam aber noch einen heftigen Tritt an den Kopf und einen in die Magengrube. Zwei Gewehre waren auf sie gerichtet. Sie konnte nicht beide rechtzeitig entwaffnen.

Das gepanzerte Fenster in der Rumpftür explodierte in einem Hagel aus Glassplittern. Schüsse. Stöhnen. Eine schwarz behandschuhte Hand mit Pistole erschien, Mündungsfeuer blitzte, gefolgt von Fengs wildem Grinsen.

»Raketenstart! Raketenstart!«, rief Bruce Williams. »Beide Kampfflugzeuge der RTAF haben das Feuer eröffnet! Aus kurzer Distanz. Die Banshees kontern.«

Beckers Augen traten hervor. Nichols hielt sich an seiner Stuhllehne fest. Auf dem Monitor lösten sich rote Punkte von beiden Rudras. Indische Shiva-3-Raketen, aktiver Radar-Zielflug. Aber noch folgten sie den Banshees nicht. Funktionierte die Tarnung so gut wie versprochen?

Beide Banshees feuerten Radarköder ab. Die Raketen folgten ihnen sofort, drehten ab, während die Köder die Entfernung zu den Hubschraubern vergrößerten. Eine Explosion erhellte den nächtlichen Himmel, dann eine zweite.

»Zwei Fehlschüsse!«, rief Williams.

»Bringen Sie die Banshees in die Wolken«, befahl Nichols.

»An Bord von Banshee Eins sind Schüsse gefallen«, sagte Jane Kim.

Nichols blickte auf den Monitor, der den Innenraum von Banshee Eins zeigte.

Jemand von der Konfuzianischen Faust? Shus Chauffeur?

Verdammter Idiot!

»Falls Blackbird die Kontrolle über den Hubschrauber erlangt …«, sagte Becker.

Nichols nickte. »Fernsteuerung für Banshee Eins aktivieren. Der Pilot soll die Sperre lösen. Wir übernehmen.«

Jane Kim nickte. »Verstanden!«

»Raketenstart!«, sagte Williams. »Wieder zwei Geschosse in der Luft!«

Feng zwängte sich durch das zertrümmerte Fenster, die Pistolen bellten, Mündungsfeuer erleuchtete das Innere des Banshee. Er hatte seine Chauffeursmütze verloren, aber Anzug, Handschuhe und Schuhe waren immer noch perfekt.

Seine Gewehrkugeln schmetterten einen SEAL gegen die Wand, ließen einen anderen mit dem Gesicht voran auf den Boden des Hubschraubers knallen. Sam trat gegen den verblüfften dritten Mann, traf ihn am Kopf, sah, wie er die Augen verdrehte.

Eine weitere Explosion schüttelte das Flugzeug durch. Der Pilot drehte hart und schnell fast um 90 Grad ein. Sam stützte sich ab, als ihre Welt kippte. Feng trat leichtfüßig auf den Boden. Er bewegte sich wie ein Tänzer, unerschüttert von der Akrobatik des Hubschraubers.

Von den SEALs rührte sich nur einer. Der Mann, auf dessen Ellbogen Sam eingestochen hatte, kroch auf dem Boden umher, versuchte mit der linken Hand an ein heruntergefallenes Sturmgewehr heranzukommen. Er blickte auf, sah Feng und Sam und erstarrte. Seine Finger waren nur wenige Zentimeter vom Gewehr entfernt.

Feng ließ den Mann nicht aus den Augen, schüttelte den Kopf. *Das willst du nicht tun.*

Der SEAL blieb völlig reglos. Sam drehte den Kopf, als sie ein Geräusch aus dem Cockpit hörte. Im nächsten Moment stürzte sich der SEAL auf das Gewehr. Feng war sofort zur Stelle. Sein Fuß schlug gegen den Kopf des Mannes. Der SEAL erschlaffte. Feng schüttelte noch einmal den Kopf, hob das Gewehr auf und warf es sich über die Schulter.

Sam glitt in den Sitz des Kopiloten, das Messer auf das Gesicht des Hubschrauberpiloten gerichtet. Sie flogen in einer Wolke. Der Pilot nahm zum Zeichen der Kapitulation die leeren Hände hoch.

»Fliegen Sie uns zum Kloster zurück«, sagte Sam.

»Das geht nicht«, antwortete er.

»Natürlich geht das.« Sie gestikulierte mit dem Messer in der Hand.

»Die Einsatzzentrale hat die Kontrolle übernommen«, protestierte der Pilot.

»Dann greifen Sie ein. Übernehmen Sie wieder die Kontrolle!«

Der Pilot schüttelte den Kopf. »Ich habe die Verriegelung vorgenommen. Das lässt sich nicht mehr rückgängig machen.«

Sam runzelte die Stirn. »Warum zum Teufel haben Sie das getan?«

Der Pilot zuckte mit den Schultern, blickte kurz auf die Leichen hinter ihm, auf den Chinesen im adretten Anzug und schwarzen Handschuhen, auf das Messer in Sams Hand.

»Befehle.«

Sam schüttelte den Kopf. »Das war nicht sehr klug von Ihnen.«

Sie drehte das Messer um, schlug mit dem Griff in sein Gesicht. Der Mann brach zusammen.

Gab es denn wirklich keine Möglichkeit, wieder die Kontrolle über das Ding zu übernehmen? Es war lange her, seit sie fliegen gelernt hatte.

Als Erstes den Daumen des Piloten über die biometrische Zugriffskontrolle ziehen ...

Sie war gerade mit den Bedienelementen beschäftigt, als sich diese plötzlich von allein bewegten. Der Hubschrauber kehrte um.

»Wir haben den Steuerknüppel«, sagte Jane Kim. »Wir bringen sie nach Hause.«

»Die thailändischen Kampfflugzeuge haben die Banshees verloren«, sagte Williams. »Wie es scheint, können sie uns in den Wolken nicht finden. Eine gute Wolkendecke besteht fast auf dem ganzen Rückflug.«

Nichols entspannte sich ein wenig. Es war noch längst nicht überstanden, aber es sah so aus, als könnten sie es schaffen.

Ahh!, dachte Shu. Da ist die Lücke!

Sie selbst hatten sie ihr geöffnet, in dem Hubschrauber, in dem Feng, Cataranes und Lane waren.

Shu studierte die verschlüsselten Befehlsströme und Statusdaten, die hin und her flossen, verglich sie mit den Daten, die sie aus der Datenbank des Verteidigungsministeriums hatte. Ja! Nachdem man ihr diese Tür aufgestoßen hatte, konnte sie den Hubschrauber übernehmen.

Die Richtfunkantenne auf dem Opal setzte sich auf ihre mentale Anweisung in Bewegung. Da!

Sie griff auf Banshee Eins zu, und die Maschine wendete.

Jane Kim runzelte die Stirn.

»Sir, Banshee Eins reagiert nicht mehr. Der Kontakt ist abgebrochen. Er kehrt um.«

»Hat das Cockpit wieder die Kontrolle übernommen?« Hatte der Pilot den Sperrcode nicht eingegeben? Hat es nicht funktioniert?

Kim tippte auf der Tastatur herum.

»Nein, Sir. Ich glaube, es ist ein anderes Signal. Banshee Zwei fliegt einen Bogen, versucht zu triangulieren ... Es scheint seinen Ursprung in der Nähe des Angriffsziels zu haben.«

Was zum Teufel hatte das zu bedeuten?

»Banshee Eins kehrt zum Kloster zurück, Sir. Er verliert an Höhe. Bald wird er aus den Wolken kommen.«

»Sorgen Sie dafür, dass Banshee Zwei vorher dort ist. Machen Sie das Signal ausfindig. Ich will wissen, woher es genau kommt. Holen Sie uns aus den Wolken und stellen Sie, wenn nötig, auf optische Navigation um.«

Was haben wir übersehen?, fragte sich Nichols. Was ist da draußen los?

»Verstanden«, sagte Bruce Williams. »Er kommt aus den Wolken ... jetzt.«

»Triangulation verbessert«, meldete Jane Kim.

Die telemetrischen Daten überlagerten automatisch den verbesserten Kamera-Feed.

»Da!«, rief Williams.

Der Monitor zoomte heran. Eine schwarze Limousine. Ein Opal. Chinesische Nummernschilder. Su-Yong Shu.

Beckers Mund wurde zu einem harten Strich. »Können Sie sie lebend schnappen?«, fragte er.

Nichols schüttelte den Kopf. »Nicht mit diesen Kampfflugzeugen da draußen.«

Becker kappte die Verbindung zur *Boca Raton* und wählte auf seinem privaten Telefon die Nummer der Nationalen Sicherheitsberaterin Carolyn Pryce.

Sobald Sie Beweise haben, hatte sie ihm gesagt, *geben wir Ihnen die Erlaubnis, etwas gegen Shu zu unternehmen.*

Der Anruf wurde angenommen.

»Dr. Pryce, wir haben gerade ...«

»Bedaure, Sir. Dr. Pryce ist beim Präsidenten. Kann sie Sie zurückrufen?«

Verdammt!

»Becker, Direktor der ERD Enforcement am Apparat. Ich muss sie dringend sprechen.«

»Das wird nicht möglich sein, Sir. Sie ist beim Präsidenten.«

»Dann holen Sie sie bitte.«

»Tut mir leid, Sir. Es ist ein wichtiges Treffen.«

»Es ist äußerst dringend.«

»Ich kann ihr in den nächsten Minuten eine SMS schicken.«

Verdammt!

Becker trennte die Verbindung, knallte das Telefon auf den Schreibtisch.

Man würde ihn für alles verantwortlich machen. Es war Wahljahr, erinnerte er sich.

Er nahm die Verbindung zur *Boca Raton* wieder auf.

»Mister Nichols«, sagte er.

»Ja, Sir«, antwortete Nichols. Der Mann wirkte aufgeregt.

»Mister Nichols, können Sie bestätigen, dass dieses Video ein Kommando der Konfuzianischen Faust beim Angriff auf einen US-Militärhubschrauber zeigt?«

»Ja, Sir.«

»Mister Nichols, liegen Beweise vor, dass der Angehörige der Konfuzianischen Faust soeben mehrere US-Soldaten getötet hat?«

»Ja, Sir«, wiederholte Nichols.

»Mister Nichols, bestärken diese Beweise Sie in der Annahme, dass es sich bei besagtem Kommando mit hoher Wahrscheinlichkeit um den Chauffeur und persönlichen Leibwächter von Dr. Su-Yong Shu handelt?«

»Ja, Sir.«

»Und sieht es, Mister Nichols, Ihrer professionellen Einschätzung danach aus, dass das chinesische Fahrzeug am Boden an einer elektronischen Kampfhandlung gegen einen US-Militärhubschrauber beteiligt ist und versucht, diese Maschine zu entführen?«

»Ja, Sir, unbedingt.«

Becker schaute auf sein Telefon. Niemand würde ihm beistehen. Alles würde auf seinen Schultern lasten.

Er blickte wieder zu Nichols auf. Also gut.

»Mister Nichols, eliminieren Sie dieses Fahrzeug.«

»Ja, Sir. Mit Vergnügen.«

Nichols erteilte den Befehl.

Banshee Zwei drehte den Bug nach unten. Der Hubschrauber feuerte Raketen ab, während er die Flughöhe verringerte, um wieder am Kloster zu landen. Die Luft-Boden-Raketen stürzten sich mit zehn g auf den schwarzen Opal.

Shu spürte den auf ihren Wagen gerichteten Raketenbeschuss. Sie war nicht in der Lage, die Abschirmung des zweiten Hubschraubers zu durchdringen. Aber diese Raketen waren ein anderer Fall. Sie benötigten externe Informationen, die sie auf die Zielobjekte hinwiesen. Shu brachte ihre primitive Denkweise durcheinander, schickte sie in Spiralen wieder zu dem Hubschrauber zurück, der sie abgefeuert hatte.

»Raketen weit vom Kurs abgekommen«, meldete Williams. »Sie kehren zu Banshee Zwei zurück. Gegenmaßnahmen!«

Banshee Zwei feuerte backbord und steuerbord Köder ab, die Raketen folgten ihnen und rahmten den Tarnhubschrauber mit Explosionen ein. Er flog durch die Flammen hindurch, tauchte als schwarzer Umriss aus einer orange und rot leuchtenden Wolke auf, verlor schnell an Höhe, um das Auto unter Beschuss zu nehmen.

»Auf Schusswaffen umstellen«, sagte Nichols. »Nichts mit Zielsuche.«

Jane Kim nickte, übermittelte die Befehle.

»Verstanden«, sagte Williams, während Banshee Zwei tiefer ging. »Feuer!« Flammen brachen mit einem meterlangen Schweif aus der Mündung des Banshee.

Aus der Schnellfeuer-Maschinenkanone rasten dreißig Zentimeter lange Urankern-Granaten, regneten auf die Opal-Limousine nieder, rissen sie in Stücke. Das Fahrzeug sackte zusammen, als die Aufhängung versagte. Die Antenne löste sich bereits in der ersten halben Sekunde auf. Die Geschosse fanden den Motor und die Benzintanks. Funken sprühten vom Metall des Wagens auf die austretenden Gasdämpfe, wodurch das Benzin explodierte. Ein zwanzig Meter hoher Feuerball loderte auf und riss das Auto auseinander.

»Zielobjekt zerstört«, verkündete Williams.

Shu hätte den Hubschrauber fast zurückbekommen. Sie konnte ihn jetzt sehen, nur wenige Hundert Meter entfernt. Sie würde es schaffen und die Maschine dann gegen die zweite richten.

Geschosse prasselten auf das Auto nieder, rissen es in Stücke. Die Verbindung zum Hubschrauber brach sofort zusammen. Das Auto fiel auseinander, dann explodierte es. Shu beobachtete es mit grimmiger Miene aus dem Schatten des Meditationssaals. Sie hatten schon wieder versucht, sie umzubringen.

Mental griff sie nach Banshee Eins, der sich am äußersten Rand ihrer unverstärkten Reichweite befand. Sie konnte ihn kaum noch erreichen. Doch es klappte. Er antwortete auf ihre Gedanken. Sie würde ihn runterbringen, ihre Leute rausholen und dann diesen arroganten Amerikanern zeigen, mit wem sie es zu tun hatten.

O ja, sie würde es ihnen zeigen!

Doch dann wehrte sich Banshee Eins gegen sie.

»Banshee Eins reagiert«, sagte Kim.

Dann knurrte sie frustriert. »Er wehrt sich immer noch gegen mich. Es ist immer noch jemand drin, der sich mir widersetzt.«

Williams rief Informationen ab, um zu triangulieren. Banshee Zwei sammelte Datenpunkte, während er über dem Anwesen kreiste.

»Das Signal ist schwächer geworden, aber noch vorhanden«, sagte Williams. »Es kommt aus der Nähe der Gebäude. Wenn es von Shu kommt, ist sie noch am Leben.«

»Schalten sie Sie aus«, befahl Nichols.

»Raketenabschuss! Raketenabschuss!«, rief Williams. »Die RTAF-Kampfflugzeuge sind zurück. Vier Raketen in der Luft.«

»Verdammt«, sagte Nichols. »Ausweichmanöver. Und aktivieren Sie die Spinnen. Feuer frei! Schießbefehl auf Primärziele.«

»Verstanden. Feuer frei!«

Shu zog den Banshee zu sich. Die Signale von den Amerikanern widersetzten sich ihr, versuchten ihn zu wenden. Sie befahl ihm, die Flughöhe zu reduzieren. Die Amerikaner befahlen ihm zu steigen. Der Hubschrauber vollführte einen verrückten Tanz in der Luft, während sie um ihn kämpften.

Shu konnte hier nicht gewinnen, das wusste sie. Ihr Wagen war ein mächtiges Werkzeug gewesen, das sie nun verloren hatte. Ein so heftiger Kampf ohne seine Unterstützung würde sie umbringen. Die Nexus-Knoten übertrugen in Notstärke unter Nutzung jedes Watts Energie, das verfügbar war, weit über ihre Grenzwerte hinaus. Die Abwärme des Stromverbrauchs überhitzte ihr Gehirn. Der physische Kraftaufwand für diese Energieleistung zehrte die Glukose in ihrem Blutkreislauf auf, schwächte sie, entzog den Nervenzellen ihres Körpers die Nahrung.

Im Türeingang fiel sie auf ein Knie. Ein Mönch sah sie und kam ihr zu Hilfe. Sie musste damit aufhören.

Shu legte ihre ganze Kraft in einen letzten mentalen Angriff, drückte den Hubschrauber tiefer und noch tiefer, zog Kraft aus den Rotoren ab. Es war ihre letzte Chance, sie herauszuholen. Sie mobilisierte ihre Kräfte, schrie in ihre Gedanken.

Sam griff nach dem Steuerknüppel, als sich der Hubschrauber wieder drehte. Umsonst. Sie hatte überhaupt keinen Einfluss auf die Maschine.

Ein Feuerball stieg vom Kloster vor ihr auf. Etwas war explodiert. Der Hubschrauber erzitterte, bewegte sich unberechenbar. Sie waren fast da, sie überflogen jetzt den See am Fuß des Klosters. Der Banshee drehte nach rechts ab, ruckelte nach links zurück, sank, stieg, wendete in der Luft, geriet in Schräglage. Sam drückte mit ihren Händen verzweifelt auf die Steuerung, mit denen des Piloten, versuchte den Hubschrauber unter Kontrolle zu bringen. Egal, was sie tat, es änderte nichts. Es war völlig verrückt.

SPRINGEN SIE IN DEN SEE. DAS IST IHRE EINZIGE CHANCE.

Shu. Die Steuerung reagierte immer noch nicht. Der Hubschrauber war jetzt im Sturzflug, tänzelte immer noch wie ein Verrückter oder Betrunkener, ruckte hierhin und dorthin, verlor an Höhe. Der See am Fuß des Klosters war nur noch knapp zehn Meter unter ihnen. Der Hubschrauber pendelte sich ein, trudelte und stabilisierte sich. Sam hörte im Cockpit ein Piepen, sah das Licht.

RAKETENWARNUNG – KEINE ZIELERFASSUNG.

Es wurde höchste Zeit!

Feng hatte Kade von den Plastikhandschellen befreit und den Arm um ihn gelegt. Feng drückte auf den Notauslöser für die Türöffnung, und die Tür wurde nach draußen gesprengt. Die Nachtluft hieß sie willkommen. Am Himmel glühten zwei Punkte. Die Triebwerksflammen der Raketen. Sam hörte, wie das Warnsignal auf ZIELERFASSUNG wechselte.

RAKETENWARNUNG – RADAR-ZIELERFASSUNG.

Verdammt!

Die Sprengung der Tür hatte ihre Tarnung zerstört und ließ sie auf dem Radar aufleuchten. Feng sprang mit Kade. Sam griff instinktiv nach hinten, packte den SEAL, dem sie in den Ellbogen gestochen hatte, am Gürtel und zog ihn mit sich.

Einen Moment lang war alles still. Sie schwamm in der kühlen Nachtluft. Alles fiel von ihr ab.

Dann knallten die Raketen in den Hubschrauber über ihr, Explosionen erfüllten die Nacht mit den gequälten Schreien des Metalls und dem ohrenbetäubenden Zischen heißer Luft. Eine gewaltige Kraft drückte sie nach unten, während das Wasser hochkam und sich auf sie stürzte.

»Scheiße!«, fluchte Jane Kim.

Nichols hatte sie noch nie fluchen gehört.

»Banshee Eins ist getroffen. Ich wiederhole, Banshee Eins ist getroffen. Totalverlust.«

Nichols blickte auf den anderen Monitor. Banshee Zwei war den zwei Raketen ausgewichen. Den beiden Rudras mussten jetzt die Raketen ausgegangen sein. Sie hatten nur noch Schusswaffen.

»Bringen Sie ihn wieder in die Wolken«, brüllte Nichols.

»Sie beeilen sich, Chef«, sagte Williams. »Sie steigen ... und steigen. Vierhundert Meter bis zu den Wolken.«

Auf dem Monitor kehrten die RTAF-Kampfflugzeuge zu einem neuen Angriff zurück. Es war ein Wettlauf. Und die Kampfflugzeuge hatten einen klaren Vorsprung.

»Sichtkontakt mit den Rudras«, sagte Williams mit angespannter Stimme. »Sie eröffnen das Feuer.«

Auf dem Monitor brach Mündungsfeuer aus den Nasen der beiden RTAF-Kampfflugzeuge, die immer noch einen halben Kilometer entfernt waren. 200 Meter bis zu den Wolken.

Nichols verfolgte auf dem Monitor, wie die Geschosse auf Banshee Zwei einprügelten, das halbe Heck wegrissen, die Hauptrotoren zerfetzten. Die Maschine drehte sich wie verrückt, kippte um 45 Grad ab, rollte und verlor rasend schnell an Höhe. Sie fiel vom Himmel, heftig trudelnd, traf den Berg mit 150 Meilen pro Stunde. Der Rotor grub sich tief in den Berg, zerbrach, trieb Metallfragmente mit hoher Geschwindigkeit in den Hubschrauber, entzündete damit das Benzin. Ein riesiger Feuerball stieg auf, während Banshee Zwei als brennendes Wrack den Berghang hinunterrollte.

»Ich glaube, wir haben genug gesehen«, sagte die Stimme des U-Boot-Kapitäns. »Ich bringe uns wieder nach unten.«

Niemand widersprach.

In einem Schlafraum des Klosters erwachte in einer vor Kurzem belegten Zelle unter einem schmalen, harten Bett ein Slate wieder zum Leben.

VERBINDUNG WIEDER HERGESTELLT

14 MINUTEN VERBLEIBEN.

[49] Ungeziefer

Auf der Ladefläche eines Pick-ups, der eine steile und kurvenreiche Straße hinauffuhr, kam Kade wieder zu Bewusstsein. Er war in eine Decke gehüllt und klitschnass. Feng hatte den Arm um ihn gelegt. Der chinesische Soldat hatte unterwegs Jackett und Handschuhe verloren, trug nur noch ein durchnässtes weißes Anzughemd und die Hose. Auf der anderen Seite saß die kahlköpfige Sam in einem nassen Nonnengewand mit einer Waffe, die sie auf einen bewusstlosen Navy SEAL gerichtet hielt.

Kade hustete. Ein feuchter Husten, der diesmal vom Wasser und nicht vom Feuer kam. Vielleicht wurde er beim nächsten Mal lebend begraben. Oder ein Aufenthalt im luftleeren Raum. Ja, im Vakuum!

Sam erfasste seine Gedanken, gluckste leise. »Du bist am Leben, Kade. Freu dich!«

»Ich ...« *hust hust hust* »bin ...« *hust hust* »total ...« *hust hust* »begeistert!«

Sam und Feng lachten.

»Wir bringen dich zu einem Feuer, ja?«, sagte Feng.

Kade nickte. Das hörte sich gut an. Er zitterte sogar in der warmen thailändischen Luft.

Shu hatte oben auf sie gewartet. Die Freude war groß, sie zu sehen. Sie umarmte Feng, Kade und sogar Sam.

Feng trug Kade zur riesigen Kochstelle in der Küche. Überall im Kloster herrschte das Chaos. Mit Maschinengewehren und Mikroraketenwerfern ausgerüstete Armee-Laster waren eingetroffen. Ananda redete mit einem Offizier. Mönche schleppten die Bewusstlosen in den Meditationssaal, der als Lazarett diente. Sam schulterte den großen SEAL, was komisch aussah, und sagte, sie würde ihn dem thailändischen Militär übergeben, damit er versorgt wurde. Shu sagte, dass sie mit Ananda reden musste.

In der Küche war ein halbes Dutzend thailändischer Köche zugange. Sie bereiteten Tee in riesigen Kesseln zu und Suppe in noch größeren. Feng fand für Kade einen Stuhl, den er an den Herd stellte. Sehr behutsam setzte er Kade darauf. Ihm tat schon wieder alles weh.

Der Mann von der Konfuzianischen Faust fand zwei Becher, goss Tee für sie beide hinein und reichte Kade einen davon.

»Danke, Feng. Und danke, dass du uns gerettet hast. Ich bin dir was schuldig.«

Feng nickte und ging vor dem Herd neben Kade in die Hocke. »Du solltest dich bei Su-Yong bedanken«, sagte er. »Das wird sie teuer zu stehen kommen.«

Kade nickte. »Mache ich. Wie meinst du das?«

Feng blickte ins Feuer. »Den Bossen in China wird es nicht gefallen. Eine große Schweinerei. Zu viel Öffentlichkeit. Sie ... wie soll ich sagen? Sie hat sich zu weit aus dem Fenster gelehnt.«

Kade wusste nicht, was er sagen sollte. Er blieb stumm.

Feng wandte den Blick nicht von den Flammen ab.

»Weißt du noch, als wir uns kennenlernten, wie du mich einen Roboter genannt hast? Einen Sklaven?«

Kade nickte. »Ja.«

Feng nickte ebenfalls und starrte weiter ins prasselnde Feuer. »Ich bin frei. Dank *ihr* bin ich frei.«

Er nahm einen Schluck Tee. »Ich wollte meinem Land dienen. Aber mehr noch. Vor allem wollte ich *ihr* dienen.«

In diesem Moment trat Su-Yong Shu mit einem Lächeln herein. Sie strahlte Erleichterung und Entschlossenheit aus.

»Nur ein Toter«, sagte sie. »Einer der Mönche. Alle anderen werden sich erholen. Und die Thai stärken hier die Verteidigung. Die Amerikaner können das ohne eine Kriegserklärung nicht noch einmal wagen.«

Kade verspürte Atemnot. »Welcher?«

Shu blickte ihn fragend an, ohne zu verstehen.

»Welcher Mönch? Der eine, der gestorben ist? Wie hieß er?«

»Ach so«, sagte sie. »Ein Novize. Er wurde von einem Schuss getroffen und brach sich das Genick, als er die Treppe hinunterfiel. Bahn.«

Bahn ... Kade starrte auf seinen Tee. Wieder einer tot.

»Mach nicht so ein finsteres Gesicht«, begann Shu.

Dann nahmen ihre Augen einen entrückten Ausdruck an. Sie war weit weg. Kade und Feng schauten mit großer Sorge zu ihr auf.

Ihre Augen wurden wieder klar. Sie wirkte schockiert, verärgert. Sie starrte Kade an.

»Was hast du getan?«

Spinne BR-6-7-21 lauerte in einer Ecke des Raums. Vor 37 Minuten um 1.08 Uhr Ortszeit war der Kampfstatus initiiert worden. Das aktuelle Aktionsprotokoll hatte von »Beobachten« zu »Eliminieren« gewechselt.

Waffen freigeschaltet.

Primäre Zielpersonen finden und liquidieren.

BR-6-7-21 lief von der Ecke aus, wo die Wand auf die Decke traf, verstohlen um den Raum herum und identifizierte die Zielpersonen. Die Spinne war in diesem Modus, als die mögliche primäre Zielperson Gamma und die tertiäre Zielperson Sigma den Raum betraten. BR-6-7-21 kroch langsam die Decke entlang, um bessere Sicht zu bekommen. Ja, mit hoher Wahrscheinlichkeit handelte es sich bei den beiden menschenförmigen Objekten um die primäre Zielperson Gamma und die tertiäre Zielperson Epsilon. Noch während dies bestätigt wurde, betrat primäre Zielperson Alpha den Raum.

Die menschliche Einsatzzentrale war derzeit offline. BR-6-7-21 überprüfte noch einmal die Anweisungen und den Kampfstatus. Das aktuelle Aktionsprotokoll lautete »Eliminieren«. Die Zielpersonen waren korrekt. Die Waffen waren freigeschaltet!

Da sie keinen Zugang zur menschlichen Einsatzzentrale hatte, verglich sie die Daten mit ihren Schwestern, während sie sich langsam und heimlich den Zielpersonen näherte. Die Rückmeldungen kamen herein, als sie bereits im Feuerbereich war. Mehr als 95 Prozent der erreichbaren Schwestern stimmten mit ihren Schlussfolgerungen überein.

Spinne BR-6-7-21 stabilisierte sich an Wand und Decke, fuhr das winzige Abschussgerät für Neurotoxin-Mikropfeile aus, lud das Magazin und gab eine präzise Salve ab.

»Was hast du getan?«, wollte Shu von ihm wissen.

Aua! Etwas hatte Kade in die rechte Hand gestochen. Er blickte zugleich verärgert und überrascht nach unten, sah dort einen blutigen Einstich.

Feng war bereits in Aktion getreten. Er hatte die Herdplatte erreicht, einen riesigen Topf mit siedendem Wasser in den Händen. Er schleuderte das Wasser gegen etwas hoch oben an der Wand, sprang vorwärts, ließ den Topf mehrmals auf etwas herunterknallen, das zu Boden gefallen war.

Su-Yong Shu war zwischen Kade und der Herdstelle in die Knie gegangen. Seitlich an ihrem Hals war ein Blutfleck. Feng drehte sich zu ihr um. Nun war ein Blutfleck an seinem Brustkorb.

Kades Hand war taub. Er hatte kein Gefühl mehr.

»Neurotoxin«, sagte Shu sanft. »Rette den Jungen.«

Feng fuhr mit einem Hackmesser in der Hand herum. Ein riesiges Hackbeil. Kade riss die Augen weit auf.

»Feng, nein!«

Mit der freien Hand packte Feng Kade am Handgelenk. Er holte mit dem Hackbeil weit aus.

Kade versuchte ihm den Arm zu entreißen, als wollte er ihn aus stählernen Handschellen ziehen.

»Feng, nein!!«, schrie er. »Nein!!«

Der Feuerschein ließ das Hackbeil rot leuchten. Die Welt stand fast still. Kade hatte genug Zeit, um zuzusehen, wie ein Muskel in Fengs Gesicht ganz leicht zuckte und sich die Sehnen im Handgelenk anspannten. Dann versteinerte sich das Gesicht des Mannes, und das Hackbeil, das im Feuerschein funkelte, sauste in einem weiten Bogen herunter, bis es Kades Unterarm sauber durchtrennt und sich mit einem fleischigen, dumpfen Schlag tief ins Holz des Stuhls eingegraben hatte. Kade zuckte nach hinten. Sein Oberarm kam plötzlich frei.

Seine rechte Hand war weg, der ganze rechte Unterarm knapp unterhalb des Ellbogens.

Da war zunächst kein Schmerz, nur der Schock.

Was? Was? Was?

Kade schrie vor Entsetzen, als der Schmerz ihn überwältigte. Feng wickelte jetzt etwas um Kades Ellbogen. Seinen Gürtel. Er zog ihn fest, band ihm so die Arterien ab. Kade sah wieder das Tröpfchen Blut an der rechten Seite von Fengs Hemd.

Kade hörte auf zu schreien und blickte hoch. Auf der Armlehne des Stuhls lag seine Hand. Die Hand, die ihm gehört hatte, wurde grau. Die Finger zuckten.

Er drehte sich um, sah Shu. Sie wurde grau im Gesicht. Sie berührte seinen Geist. Der Schmerz wich. Der Schock blieb. Feng war nun bei ihr, saugte ihr die Wunde an der Seite des Halses aus, spuckte das Toxin aus, so schnell er es aus ihr herausziehen konnte. Es war sinnlos. Kade konnte es in ihrem Geist lesen. Er starrte nur.

Kade ..., schickte ihm Shu. **Sie wollten mich schon wieder töten.**

Ihre Gedanken waren schwach. Ihr Geist ließ nach.

Schon wieder.

Jetzt konnte er es sehen. Er verstand. Das Feuer, das ihren Mentor Yang Wei getötet hatte. Das Autowrack. Yang Wei auf dem Sitz neben ihr gefangen, wo ihr Mann hätte sein sollen. Er schrie, während er verbrannte.

Sie verbrannte ebenfalls. Ihr Haar stand in Flammen. Ihre Beine waren gebrochen, steckten im Autowrack neben Yang Wei fest. Ihre Haut wurde schwarz. Etwas hatte sich in ihrem Bauch eingenistet. Blut schoss heraus. Ihre Lungen füllten sich mit Rauch.

Das ungeborene Baby in ihrem Bauch. Nicht Ling. Ein früheres Kind. Ein ungeborener Sohn.

Auf dem Operationstisch. Der rasierte Kopf. Sie war nicht krank gewesen. Sie war tödlich verletzt worden. Sie starb an den Verbrennungen. Ihre Lungen füllten sich mit Flüssigkeit. Das Immunsystem setzte aus. Infektionen brachen in ihr aus.

Eine Verzweiflungstat. Die Arbeit, die sie, ihr Mann und Ted Prat-Nung verrichtet hatten. Die Naniten, die sich durch die Blut-Gehirn-Schranke und durch das Nervengewebe wühlten, um alles zu erfassen, ungeachtet der Schäden, die sie den Zellen in ihrem Eifer, Daten zu sichern, zufügten.

Der Prozess, der ihre Gehirnstrukturen digitalisierte. Der Prozess, der vor ihr jedes Mal misslungen war.

Keine Hoffnung für ihren Körper. Nur eine Chance für ihren Geist.

Zu spät für ihren ungeborenen Sohn.

Schmerz. Angst. Verwirrung.

Transzendenz.

Hass.

Man hatte versucht, sie umzubringen. Man hatte versucht, ihren Mann umzubringen. Stattdessen hatte man ihren Mentor umgebracht. Man hatte ihren ungeborenen Sohn umgebracht.

Man hatte etwas anderes aus ihr gemacht. Ein Wesen, das diese Leute verachtete, das sie vernichten würde.

Die Komplexität ihrer Gedanken löste sich in dünne Fäden auf.

Feng ..., sendete sie ihm. **Vertraue ... Feng.**

Nein!, erwiderte er. **Du sollst nicht hassen! Nein!**

Es war zu spät. Sie war tot. Dieser geklonte Körper war gestorben.

Feng war aufgesprungen und schrie auf Thai. Sein Mund war rot von Shus Blut. Das Blut war auch auf sein Hemd gespritzt. Da, wo ihn ein Neurotoxin-Pfeil getroffen hatte, war ein winziges Loch, aber er war noch am Leben.

Kade konnte die Worte, die der Mann schrie, zwar nicht verstehen, aber er reimte sich etwas zusammen: *Spinnen! Spinnen! Mörder! Findet sie! Vernichtet sie!*

Kade saß immer noch auf dem Stuhl vor der Herdstelle. Su-Yong Shus grauer, lebloser Körper auf seinem Schoß, der Stumpf seines Arms von Fengs Gürtel umschlossen, als Sam und Ananda ihn fanden.

Info

Die Fähigkeit von Nexus, weitverbreitete menschliche Wünsche zu erfüllen, verbunden mit einem unverfänglichen Wahrnehmungsvermögen, lässt vermuten, dass sich der Geist nur schwerlich wieder in die Flasche zurücksperren ließe, falls die Technologie jemals der breiten Masse zugänglich würde.

Nexus: Eine Risikoeinschätzung (2033)
ERD Library Series, 2039

[Einstufung: GEHEIM]

[50] Virale Distribution

Der Kampf um die Verteilung der Nexus-5-Dateien dauerte knapp 31 Stunden.

Es begann am Sonntag, den 29. April, um 14.21 Uhr EST. Ein anonymes Slate stellte eine Verbindung zum Netzzugangssatelliten ASIACOM her und begann mit dem Upload großer komprimierter Pakete an Filesharing-Dienste rund um den Globus. Es postete sie an Bulletin Boards, verteilte Links an wichtige News-Webseiten und an Tauschbörsen für wissenschaftliche Publikationen.

Automatisierte Zensur-Daemons in den Vereinigten Staaten entdeckten die neuen Files, bemerkten ihre Verbindung zu Terminologien, die auf den Watchlists standen, und die Geschwindigkeit, mit der sich die Dateien verbreiteten. Sie machten ihre Administratoren darauf aufmerksam und richteten temporäre Blockierungen an der North American Electronic Shield Firewall ein.

Auf dem Militärstützpunkt Fort George G. Meade, 15 Meilen südlich von Baltimore, erhielten die diensthabenden Administratoren der National Security Agency im 21 Stockwerke hohen Würfel aus Stahl und schwarz verspiegeltem Glas von ihren Daemons die ersten Alarmmeldungen.

Jemand verteilte Dateien, die angeblich demonstrierten, wie man Nexus 3 synthetisierte und wie man es in

Nexus 5 konvertierte. Die Daemons erhielten die Anweisung, die Übertragung der Dateien weltweit zu stoppen.

Ein Administrator markierte den Vorgang und leitete ihn an das Internationale Clearinghaus für Globale Technologische Gefährdungen weiter.

An Systeme in Europa, China, Russland, Japan, Indien und in achtzig weiteren Ländern wurden unverzüglich Bulletins versandt. Viele von ihnen waren über den Ausbruch bereits informiert und hatten ihre eigenen Maßnahmen eingeleitet.

Zwei Drittel der Netzwerkelemente auf dem Planeten stoppten die Verbreitung. Die Administratoren gratulierten sich.

Schnelles Handeln und internationale Zusammenarbeit hatten die Menschheit wieder einmal vor einer posthumanen Bedrohung gerettet.

Um 15.38 Uhr EST verpackte ein Teenager in Portland, Oregon, die Dateien neu. Er hatte sie vor der Sperre heruntergeladen und postete sie unter dem neuen Namen »Krasse Neuro-Scheiße von Axon und Synapse zum Ausprobieren« in einem Peer-to-Peer-Filesharing-Netzwerk.

Der Name spielte auf die Urheber der neuralen Software an, die in vielen Files enthalten war.

Andere Nutzer des Peer-to-Peer-Filesharing-Netzwerks luden sie nun herunter, verteilten die Dateien auf ihren Computern, wo sie wiederum anderen zur Verfügung gestellt wurden.

Um 16.08 Uhr EST fand ein Crossposting der Files an eine Musik-Fanliste in San Francisco mit folgendem Kommentar statt: »Ist das derselbe wie DJ Axon? Kann man Nexus wirklich so herstellen?«

Daemons, die seit über einer Stunde keine neuen Kopien der Dateien gefunden hatten, bemerkten diese erneute Verbreitung.

Die Daemons protokollierten die neuen digitalen Signaturen, nutzten ihre Sonderrechte für den Notfall, um auf die internen Systeme jedes Bandbreiten-Providers in den Vereinigten Staaten zuzugreifen, und setzten den Dateinamen auf die Sperrliste. Die digitalen Signaturen wurden umgehend weltweit an kooperierende Agenturen übermittelt, die alle mit den gleichen Zugriffsrechten versehen wurden. Die Verbreitung der Dateien wurde erneut gestoppt. Rund um die Welt hatten mindestens 450 Computer die Files heruntergeladen, möglicherweise auch mehr.

Administratoren piepten Manager an, griffen zum Telefon, um sich mit Fachkollegen in anderen Ländern zu beraten. Einsatzkräfte wurden ins Büro gerufen. Andere Filter- und Sperrprioritäten wurden gelockert, um mehr CPU-Zyklen und mehr menschlichen Augen Platz zu machen.

Der Zugriff auf neurowissenschaftliche Dissertationen und andere medizinische Artikel, die Synapsen oder Axonen erwähnten, wurde eingeschränkt. E-Mails, Texte und Online-Postings, die diese Begriffe verwendeten, wurden auf mysteriöse Weise entfernt oder verschwanden unauffällig, ohne je den Empfänger zu erreichen.

Um 18.11 Uhr EST sonnte sich ein Pornostar in Miami am Ende eines ausgiebigen Besäufnisses, das sich über das ganze Wochenende erstreckt hatte. Sie postete, sie hätte schon immer erfahren wollen, was ihre Liebhaber empfanden, wenn sie mit ihr vögelten, und so ließ es sich vielleicht machen. Sie postete einen Link zu den verbotenen Files. In den nächsten drei Minuten klickten 48 000 ihrer Fans auf den Link, nur um zu erfahren, dass der Zugriff verweigert wurde. Ein paar Hundert recherchierten jedoch weiter, fanden andere Links zum angeblichen Nexus-5-Download, merkten, dass keiner davon funktionierte, und fragten sich nach dem Grund. Ihre Spekulationen wurden wiederum von ihren Providern zurückgewiesen oder verschwanden, kurz nachdem sie gepostet wurden, was die Spekulationen weiter anheizte.

Um 21.44 Uhr EST posteten Verschwörungsseiten in Mexiko, dass amerikanische Zensoren im Internet neue Suchbegriffe und Dateien blockierten. Empörte Bürgerrechtler leiteten die Posts weiter.

Gegen 22.30 Uhr EST hatten Daemons und Administratoren der NSA über achtzig neue Verteiler der Originaldateien ausgemacht und ausgeschaltet. Jede dieser Dateien hatte zur Inhaltsbeschreibung einen neuen Namen erhalten, war komprimiert und in der Länge verändert worden, um die digitale Signatur zu verändern, was automatisierte Zensoren verwirren sollte. Den Daemons wurde das Recht eingeräumt, erst großzügig zu filtern und später Fragen zu stellen.

Die NSA war vorsichtig optimistisch. Die Files verbreiteten sich zwar, aber nur langsam. Es war nicht zu einer viralen Distribution gekommen. Noch ließ sich die Sache eingrenzen.

Dieser Optimismus hielt fast neun Stunden an. Montag früh um 7.28 Uhr EST berichteten die Daemons von vermuteten neuen Zugriffen, von Dutzenden neuen Zugriffen an unterschiedlichen Sicherheitsschwellen, von Hunderten vermuteten neuen Zugriffen, von Tausenden neuen Zugriffen, jedes Mal unter neuem Namen und mit neuer digitaler Signatur.

Ein bislang unbekannter Hacker namens Mutat0r hatte das ursprüngliche Paket in eine Fülle neuer Varianten verwandelt, indem er neue und irrelevante Daten hinzufügte, die bestehenden Files neu ordnete, den Anfang und das Ende mit Bibelzitaten, dem Kongressregister, beliebigen Seiten aus dem Internet aufblähte und das Paket unter Anwendung von Abertausenden verschiedenen Parameterkombinationen neu komprimierte.

Jedes Element dieser neuen Generation hatte einen neuen Namen, der manchmal unsinnig, mit eingefügten oder weggelassenen Buchstaben oder einfach falsch geschrieben war, der Synonyme, Slang-Ausdrücke und Zahlen anstelle des ursprünglichen Ausdrucks enthielt oder die Wörter vertauschte. Jedes hatte eine neue digitale Signatur.

Abertausende der betroffenen Maschinen spuckten nun die Dateien aus und erzeugten über eine Million Unikate. Sie griffen auf Peer-to-Peer-Filesharing-Seiten zu, auf die Webseiten von Medien, Nachrichten und wissenschaftlichen Archiven. Sie schickten E-Mails an jeden, der auf einer naturwissenschaftlichen Seite oder im Zusammenhang mit Drogen etwas gepostet hatte. Filter-Daemons erwischten über 90 Prozent davon. Zigtausende rutschten durch.

Jedes heruntergeladene Paket setzte beim Öffnen eine neue Generation von Distributionspaketen frei. Bald war das Internet von neuen Mutanten überflutet, die von den Varianten stammten, die es an den Filter-Daemons vorbeigeschafft hatten. Einige Varianten veranlassten die User, die das Paket heruntergeladen hatten, den Dateien neue Namen zu geben, die zur nächsten Generation führten. Die Evolution und die menschliche Klugheit nahmen es mit der Klugheit von Filter-Daemons auf. Bit für Bit setzte sich eine durch Crowdsourcing gespeiste Evolution durch.

Die Agenten der NSA begriffen nur langsam die gewaltigen Ausmaße des erneuten Ausbruchs. Als es so weit war, kappten sie den gesamten Peer-to-Peer-Filesharing-Verkehr innerhalb der USA, setzten systematisch jeden Computer in die Sandbox, der als Quelle für die jüngste Infizierung infrage kam, benutzten Hintertüren in E-Mail-Systemen, um neue Generationen der Dateien herauszufiltern.

Es war zu spät. Inzwischen hatten die Dateien und der Code, der neue pseudo-randomisierte Generationen hervorbrachte, weltweit über 30 000 Systeme erreicht. Innerhalb der Vereinigten Staaten konnten die Anstrengungen der NSA die Ausbreitung kaum zurückhalten. In Mexiko, Usbekistan, Brasilien, Algerien, in der Türkei, in Kroatien, Kenia, Indonesien, Südafrika, Vietnam und Dutzenden von anderen Ländern verbreitete sich Nexus 5 wie ein Flächenbrand.

Amerikanische, chinesische, europäische und indische Behörden kämpften weitere 14 Stunden lang gemeinsam gegen den Ausbruch. Durch bisher versteckte Hintertüren in fremden Systemen installierten sie Filter gegen die Files sowie massive Bots, um die Server abzuschalten, die die Files hosteten. In besonders problematischen Regionen zogen sie bereits zugewiesene Internet-Adressen zurück. Weite Teile des globalen Netzes wurden stundenlang lahmgelegt.

Der globale Handel kam zum Stillstand. Die Börsen crashten. Als die Leitsysteme ausfielen, kam der Verkehr ins Stocken. Stromnetze brachen zusammen. Automatisierte Fabriken und Bahnen standen still. Piloten steuerten fehlgeleitete Flugzeuge manuell und überfluteten die wenigen menschlichen Fluglotsen mit Unmengen von Anfragen.

Das war noch nicht alles. Stündlich tauchten noch mehr Varianten des Pakets auf, mutierten, replizierten sich.

Am Montag um 21.08 Uhr EST erklärte die NSA, dass man es nicht geschafft hatte, die Ausbreitung der Dateien außerhalb der USA unter Kontrolle zu bringen, und schickte das erschöpfte Personal, das fast 31 Stunden gegen die Plage gekämpft hatte, nach Hause.

Rund um den Erdball ließ der Kampf gegen die Verbreitung nach, gleichzeitig wuchs die Neugier auf das, was verbreitet worden war.

In Madrid las ein Psychiater die Beschreibung der Experimente mit großem Interesse. Eine Droge, die es dem Therapeuten ermöglichte, sich mit dem Patienten mental zu verbinden, konnte von großem klinischen Nutzen sein. War es wirklich möglich?

In Hyderabad brainstormten ein Multiunternehmer und ein Hightech-Financier über diese neue Technologie. Ließ sich damit Geld verdienen? Ließ sich daraus ein Geschäftsmodell entwickeln? Konnten sie sich durch ihre Vorreiterrolle einen Vorteil verschaffen? Wie könnten sie die Kopenhagener Beschränkungen umgehen? Wie hoch müsste die Investition sein?

Im San Fernando Valley bei Los Angeles grübelte ein Pornoproduzent über die Möglichkeiten nach, mit diesem neuen Medium Pornofilme zu machen und zu verkaufen. Nein, es ging nicht nur um Filme, sondern um Porno-Abenteuer. Ja, das musste ein Verkaufsschlager werden. Er griff zum Hörer, rief seinen Drogendealer an. Er brauchte etwas Nexus 3.

Auf der Insel Bali blätterte ein ausgebrannter deutscher Geschäftsmann, der das vergangene Jahr Haschisch rauchend am Strand und jedes Wochenende mit Ecstasy auf Rave-Partys zugebracht hatte, mit wachsender Begeisterung durch die Files. Das hörte sich geil an!

In einem Slum in Lahore dachte ein islamistischer Imam darüber nach, wie sich dieses Tool am besten einsetzen ließe, um den Dschihad voranzubringen.

Auf dem United States Army War College in Carlisle, Pennsylvania, verschickte ein Generalleutnant eine Notiz, worin er um eine Einschätzung über den Einsatz von Nexus 5 sowie der dazugehörigen Technologien für die erweiterte Koordinierung auf dem Schlachtfeld bat.

In Rio de Janeiro betrachtete ein 38-jähriger Anwalt nachdenklich seinen Mann. Konnte das ihre zwölfjährige Ehe retten?

In Paris sah die Mutter eines autistischen Jungen sehnsüchtig ihren Sohn an. Wie wäre es, wenn sie seinen Geist berühren könnte? War es überhaupt möglich? Könnte es die Mauern zwischen ihnen einreißen?

In Istanbul las ein Hochschulstudent immer wieder die zusammengefassten Syntheseanleitungen zu Nexus 3 durch. Im Chemielabor seiner Universität gab es die nötigen Rohstoffe. Konnte er den Autosynth hacken, um es herzustellen? Sein Cousin Hasan verstand viel von Software. Er griff nach seinem Telefon, wählte Hasans Nummer. Das könnte Spaß machen.

Rund um den Erdball fragten sich viele Tausende, was es mit diesem sogenannten Nexus 5 auf sich hatte. Innerhalb weniger Tage hatten es Hunderte ausprobiert.

In einem abgedunkelten Büro in Washington, D. C., betrachtete Martin Holtzmann das Nexus-Fläschchen in seiner Hand. Die Welt hatte sich verändert. Nexus 5 war nun eine allgemeine Tatsache geworden.

Einen großen Teil seines Lebens hatte er der Erforschung des Geistes gewidmet. Und nun würde diese Technologie Abertausenden, Millionen überall auf der Welt zur Verfügung stehen, trotz der großen Bemühungen seiner Organisation, das zu verhindern.

Er war es leid, abgehängt zu werden. Er war es leid, dem Fortschritt aus dem Abseits zusehen zu müssen.

Holtzmann öffnete die Ampulle, schüttete den Inhalt in den Mund und trank.

Hundert Meter entfernt saß Warren Becker an seinem Schreibtisch und blickte auf eine winzige grüne Pille.

Die Mitteilung von der Rechtsabteilung war an diesem Morgen eingetroffen. Es galt nun die Aufbewahrungspflicht für Unterlagen. Bis zur weiteren Untersuchung durfte er weder Dateien noch elektronische oder andere Aufzeichnungen vernichten.

Die Vorladung war am Nachmittag eingetroffen. Vom Untersuchungsausschuss des Homeland Security unter dem Vorsitz von Barbara Engels. In einer bevorstehenden Anhörung sollte er als Zeuge aussagen.

Er hatte verstanden. Er war das Bauernopfer in diesem Spiel. Und jetzt würde die Gegenseite ihn für ihre Zwecke instrumentalisieren. Sie würden ihn vor die Kameras zerren. Sie würden ihn benutzen, um den Präsidenten zu blamieren. Sie würden ihn benutzen, um das ERD zu blamieren. Sie würden ihn benutzen, um die Organisation zu schwächen, die am härtesten dafür kämpfte, sie alle zu beschützen. Die Organisation, die gerade in diesem Moment nicht geschwächt werden durfte.

Maximilian Barnes war als Letzter nach Feierabend gekommen, als es bereits still und dunkel im Büro war.

»Der Präsident weiß Ihre Loyalität zu schätzen«, hatte Barnes gesagt. »Er weiß Ihren Mut zu schätzen. Er möchte Ihnen für Ihre Dienste danken. Er wird sich um seine Leute und deren Angehörige kümmern.«

Natürlich. Die Freunde des Präsidenten würden sich um seine Familie kümmern. So wie immer. Seinen Mädchen würde es an nichts fehlen.

An nichts, abgesehen von einem Vater.

Becker hatte nicht einmal bemerkt, wie ihm Maximilian Barnes die Pille auf den Schreibtisch gelegt hatte. Aber da war sie nun. Er wusste verdammt genau, was für eine Pille das war.

Angeblich war es nicht nachweisbar. Ein sich schnell abbauender Auslöser eines Herzinfarkts. Der Wirkstoff wäre in weniger als einer Stunde aus seinem Blutkreislauf verschwunden. Es würde wie ein natürlicher Herzinfarkt aussehen. Das stand fest.

Schmerzlos, hieß es. Schnell.

Becker wusste sehr wohl, dass es gelogen war. Er hatte Männer, die diesen Ausweg gesucht hatten, mit schmerzverzerrten Gliedern gesehen. Ihre Zähne waren unter der Kraft zerbrochen, mit der sie sie zusammengebissen hatten. Umgekippte Stühle, kaputte Lampen, überall verstreute Sachen von dem unerwartet heftigen Todeskampf.

Weder schmerzlos noch schnell.

Er war versichert. Er wusste Dinge, die er nicht hätte wissen dürfen. Er hatte Einfluss.

Würde er davon Gebrauch machen, würde es diese Regierung und das ERD vernichten und somit alles, wofür er in den letzten neun Jahren gekämpft hatte.

Becker wandte sich seinem Terminal zu. Er nutzte seine Privilegien, Alarmsysteme auszuschalten, nutzte seine Vorrangbefehle, um die Firewalls zu reduzieren. Er gab die Netzadresse aus dem Gedächtnis ein, eine Adresse, die nur persönlich und streng geheim vergeben wurde, nur an Personen, die vielleicht eines Tages zum Schutz des Präsidenten hinter sich aufräumen mussten.

Er klickte auf den Link, bestätigte jede Sicherheitsabfrage.

Der Wurm würde verheerenden Schaden anrichten. Er würde ein neues Systemprotokoll starten. Es würde nicht nachweisbar sein, dass er selbst es veranlasst hatte. Dann würde er alles zerstören, was er fand, bis ihn jemand stoppen würde.

Becker holte aus der untersten Schublade eine Flasche und ein Glas, goss sich zwei Fingerbreit Laphroaig ein. Wenn er doch die Mädchen noch einmal sehen könnte. Sie drücken, ihnen sagen, dass er sie liebte. Claire sagen, wie sehr …

Er war ein guter Soldat. Das war er an erster Stelle.

Er legte sich die Pille auf die Zunge, spülte sie mit dem Whisky runter. Die bernsteinfarbene Flüssigkeit brannte beim Herunterschlucken. Es war kein Trost für ihn.

Becker goss sich noch zwei Fingerbreit ein und lehnte sich in Erwartung zurück, lehnte sich zum Sterben zurück.

[51] Schanghai

In einer Luxuswohnung achtzig Stockwerke über den Straßen Schanghais starrte ein kleines Mädchen namens Ling auf die Stadt hinab. Die Menschen bewegten sich wie Ameisen. Die Highways sahen wie Flüsse aus.

Ihre Privatlehrerin rief sie auf Chinesisch. »Ling, wir müssen jetzt mit dem Unterricht weitermachen.«

Ling beachtete sie nicht. Diese Frau konnte ihr nichts beibringen, was sie nicht doppelt so schnell, wenn nicht zehnmal so schnell aus dem Netz lernen konnte.

Sie hatte es auf sich wirken lassen, sie fühlte den Puls, den Flow, so etwas wie eine Urkraft. Es musste das *Qi* sein, entschied sie. Das *Qi* der Welt. Die Lebenskraft des Planeten waren Daten.

Diesen Gedanken vertraute sie niemandem an. Man hätte sie für ziemlich sonderbar gehalten, noch viel sonderbarer, als man es bereits tat. Ihrer Mutter jedoch hätte sie diesen Gedanken anvertraut. Ihrer Mutter vertraute sie alles an.

Ihre Mutter. Der Körper ihrer Mutter war gestorben. Ihr Geist lebte weiter, jedoch nur in eingeschränktem Maße. Die alten Männer, die dieses Land regierten, bestraften sie, indem sie sie von der Außenwelt abschnitten, sie von Ling trennten.

Ling mochte das nicht. Überhaupt nicht. Und sie wollte sich nicht damit abfinden.

»Ling?«, rief ihre Privatlehrerin. »Komm jetzt her!«

Ling setzte ihr süßestes Kleinmädchen-Lächeln auf, ein Lächeln, das ihre Zähne zeigte. Sie kehrte zur Lehrerin zurück. Es war wichtig, wenigstens *so zu tun*, als wäre sie ein Mensch. Das hatte ihre Mutter immer gesagt.

In einer geheimen Kaserne außerhalb von Schanghai stöhnten drei Dutzend gleich aussehende Männer unruhig im Schlaf, husteten und wälzten sich von einer Seite zur anderen. Sie träumten von Gewalt. Sie träumten von Feuer. Sie träumten vom Tod.

Sie erwachten in unsanften Wogen des Bewusstseins. Ihre Mutter war gestorben. Ihre Mutter war in Gefahr. Alle standen gleichzeitig auf, inspizierten ihre Waffen, prüften ihre Körper. Das beruhigte sie etwas, und sie kehrten in ihre Betten zurück und schliefen wieder ein. Ihre Mutter würde sie vielleicht bald brauchen.

In einer Geheimanlage unterhalb des Informatik-Campus der Jiaotong-Universität stand ein vornehm aussehender Chinese im Anzug, die Hände hinter dem Rücken verschränkt. Gedankenverloren starrte er durch das gepanzerte Isolierglasfenster in den riesigen Raum dahinter, wo reihenweise Quantenprozessoren in Flüssig-Helium-Druckbehältern eingetaucht waren. Matt blinkende rote und blaue Lämpchen zeigten den Status der einzelnen Computerteile an.

»Frau«, fragte Chen Pang leise, »was hast du getan?«

THAILAND BEHAUPTET, AMERIKANISCHE STREITKRÄFTE HÄTTEN KLOSTER ÜBERFALLEN, MÖNCH GETÖTET

Montag, 18.42 Uhr, Bangkok, Thailand
American News Network

Die Behörden in Bangkok legten heute umfangreiche Belege vor, die ihrer Meinung nach beweisen, dass amerikanische Streitkräfte ein Kloster auf thailändischem Territorium überfallen hätten. Die Belege umfassen Hubschraubertrümmer, Waffen, zahlreiche Leichen und einen Gefangenen, der behauptet, er sei American Navy SEAL Sergeant Jim Iverson.

Der thailändische Premierminister Chaowarat beschuldigte die Vereinigten Staaten heute früh in harschem Tonfall und drohte, Thailand würde das Kopenhagener Abkommen über Globale Technologische Gefährdungen aufkündigen.

Das Außenministerium hat die Behauptung, dass amerikanische Streitkräfte darin verwickelt seien, offiziell zurückgewiesen. Es sei »lächerlich«, die Belege seien »fingiert« und Thailand sei ein »wichtiger, aber irregeleiteter Verbündeter«.

Falls sich Thailand aus dem Kopenhagener Abkommen zurückziehen würde, wäre es erst das dritte Land seit …

WARREN BECKER, DIREKTOR DER ENFORCEMENT DIVISION DES ERD, TOT AUFGEFUNDEN

Dienstag, 7.12 Uhr, Washington, D.C.
Washington Post

Das DC Metropolitan Police Department bestätigte heute früh, dass Warren Becker, Direktor der Enforcement Division des ERD, vergangene Nacht spät in seinem Büro tot aufgefunden wurde. Er erlag offensichtlich einem Herzinfarkt.

Becker, 49, hinterlässt seine Frau Claire und zwei Töchter im Alter von 15 und 13 Jahren.

Die Polizei geht bisher nicht von Fremdeinwirkung aus. Ein gerichtsmedizinischer Bericht wird morgen erwartet.

Anonymen Quellen im Regierungsviertel zufolge sollte Becker bei den kommenden Anhörungen des Senatssonderausschusses des Heimatschutzministeriums aussagen. Mitarbeiter des Ausschusses verweigerten jeden Kommentar.

[Epilog] Scheidewege

Am dritten Morgen nach Shus Tod saßen Sam und Kade auf einer der Steinmauern des Klosters und sahen der aufgehenden Sonne zu.

Das Kloster hatte sich verändert. An der Stelle, wo Shus Wagen gestanden hatte, war nun ein Krater. Im Innenhof und in den Gebäuden wimmelte es von Soldaten der thailändischen Armee, ihren Jeeps, Schusswaffen und Raketenwerfern zum Schutz vor einem weiteren amerikanischen Angriff. Über der thailändischen Tiefebene sahen sie kurz einen Jet der Royal Thai Air Force auf dem morgendlichen Patrouillenflug. Der silberne Rumpf glänzte in der Morgensonne.

Sam und Kade saßen stumm da.

Was nun?, fragte sich Kade. Was werden die Menschen mit Nexus anfangen?

Es würde zu Gräueltaten kommen. Das stand für ihn fest.

Würde es auch positive Auswirkungen geben? Dessen konnte er sich nicht sicher sein, aber er konnte davon träumen. Er konnte wie Ilya von einer Welt träumen, in der es den Menschen freigestellt war, mehr zu werden, als sie waren. Er konnte wie Wats von einer Welt träumen, in der sich die Menschen besser verstanden, einer Welt, in der das gegenseitige Verständnis Frieden brachte. Er konnte wie Rangan von einer Welt träumen, in der jede Nacht Party war und alle Spaß hatten.

Die Gedanken brachten ihn zum Schmunzeln. Er hatte seine eigenen Träume. Viele Tausend Gehirne, die miteinander verbunden waren. Eine Million Gehirne, eine Milliarde. Welche Art von wilder Intelligenz konnten sie gemeinsam entwickeln? Was würden sie über sich selbst lernen, über den Geist und den Verstand, über das Universum um sie herum? Würden sie am Ende noch Menschen sein? Oder vielleicht viel mehr?

Kade blickte auf den Stumpf seines rechten Arms. Er war selbst nicht mehr ganz Mensch. Man hatte ihm dort Gecko-Gene in seine Zellen injiziert. Während der nächsten Wochen sollte dort etwas wachsen. In ein paar Monaten würde er vielleicht wieder eine Hand haben. Es könnten sich aber auch Tumore bilden. Es blieb abzuwarten.

Es gab kein Zurück mehr. An beiden Fronten kein Zurück mehr.

Ein Konflikt ist unvermeidlich, hatte Shu nach ihrem Abendessen gesagt. *Sie müssen sich entscheiden, ob Sie auf der Seite des Fortschritts stehen wollen ... oder auf der Seite der Stagnation.*

Ich stehe auf der Seite des Friedens, hatte er geantwortet, *und der Freiheit.*

Hoffentlich habe ich das Richtige getan, dachte er bei sich.

Nur ein Narr ist sich dessen immer sicher, hatte Ananda zu ihm gesagt.

Er warf einen Blick auf Sam zu seiner Linken. Sie starrte in die Landschaft, sah zu, wie sich das Licht der Morgendämmerung von den Bergen hinunter bis in die Täler ausbreitete.

Es war ein Wunder, dass sie ihn nicht hasste. Niemand verstand so gut wie sie die Gefahren, die er auf die Welt losgelassen hatte.

Sam sprach, ohne ihn anzusehen. »Es steht mir nicht zu, über dich zu richten, Kade. Du hast getan, was du für richtig gehalten hast, was deiner Meinung nach der Menschheit am meisten helfen würde. Ich denke, im Moment lässt sich nichts dagegen einwenden.«

Kade lächelte schwach. Sie hatte wieder seine Gedanken aufgeschnappt. Es passierte immer öfter. Nach allem, was sie zusammen durchgemacht hatten, nach den vielen Stunden der Meditation jeden Tag und jede Nacht ...

»Es ist wunderschön«, sagte Sam.

Kade lächelte.

»Brauchst du mich wirklich nicht?«, fragte sie.

Er nahm ihre Hand mit der, die er noch hatte. »Feng begleitet mich«, antwortete er. »Mit etwas Glück halten ihn die Chinesen für tot. Und du hast getan, was Wats verlangt hat. Du hast mich an einen sicheren Ort gebracht, bis ich Nexus freigesetzt habe. So wie er es wollte. Er dachte, es könnte die Welt retten.«

Eine Weile sagte keiner etwas. Sie saßen Hand in Hand da und sahen der Sonne zu, die am Himmel emporstieg.

»Hoffen wir, dass er recht hatte«, entgegnete Sam.

Es war Zeit zu gehen.

Sam half Kade von der Mauer hinunter, indem sie sich seinen linken Arm über die Schulter legte. Sie half ihm, zu den Autos zu hüpfen, wo Feng wartete.

Ananda hatte bislang für ihre Sicherheit gesorgt. Sie hatten gegenüber dem thailändischen Geheimdienst ihre Aussagen gemacht. Ananda hatte seine Beziehungen spielen lassen, damit sie nicht ins Gefängnis mussten und sie nicht in die Hände des Militärs oder der Polizei fielen. Das würde nicht ewig halten. Auch seine Freundschaft mit dem König hatte Grenzen. Es wurde Zeit, sich wieder in Bewegung zu setzen.

Sam half Kade, auf der heruntergelassenen Heckklappe des alten Pick-ups Platz zu nehmen. Feng war da. Er umarmte Sam, und zu Kades Überraschung umarmte sie ihn ebenfalls.

Nach einem langen Moment zog sich Feng zurück, ließ seine Hände an ihren Oberarmen, sah ihr in die Augen.

»Schaffst du es?«, fragte er sie.

Sam nickte. »Becker ist tot. Die Vereinten Nationen sind in Aufruhr. In Washington sind Anhörungen geplant. Die nächste Zeit wird man mich in Ruhe lassen. Für eine Weile bin ich in Sicherheit.«

Feng nickte. Er umarmte sie noch einmal. Sie hielten sich einen Moment lang fest und gingen dann auseinander.

»Pass auf ihn auf«, sagte Sam und zeigte auf Kade.

Feng grinste. »Darauf kannst du dich verlassen.«

Kade ließ sich von Feng auf die Ladefläche des Pick-ups helfen. Der chinesische Ex-Soldat klopfte an das Rückfenster der Kabine, rief etwas auf Thai, dann machten sie sich auf zu einer langen und holprigen Fahrt an die kambodschanische Grenze. Wohin es von dort aus gehen sollte, war noch unklar.

Sam blickte ihnen nach, bis sie die unterste Kurve der Bergstraße nahmen und nicht mehr zu sehen waren.

Sie drehte sich und blickte nach Süden. Dort in der Nähe eines kleinen Dorfes an der Grenze zu Malaysia gab es viele Kinder wie Mai. Dorthin führte nun ihr Weg.

Sie wandte sich wieder nach Osten, starrte in den Sonnenaufgang. Nach so vielen Regentagen fühlte sich die Sonne gut auf ihrem Gesicht an. Sam schloss die Augen, atmete die saubere Morgenluft tief ein und machte sich auf den Weg zu ihrer Mitfahrgelegenheit nach Süden.

VIDEO-TRANSKRIPT:
Ein letzter Gedanke: Ilyana Alexander

Aufgenommen: Sonntag, 19. Februar 2040, 01.18 Uhr
Simonyi Field, Kalifornien

<Ilyana Alexander blickt in die Kamera. Sie trägt ein blassgrünes Kleid mit einem hauchdünnen fliederfarbenen Schal um den Hals. Sie spricht mit leicht russischem Akzent. Im Hintergrund sind elektronische Musik und verschiedene Stimmen zu hören.>

Wenn Sie dieses Video sehen, hatte ich mindestens sieben Tage lang keinen Zugang zum Internet. Ich bin entweder tot, im Gefängnis oder verschollen, höchstwahrscheinlich jedoch in den Händen der amerikanischen Regierung.

Meine Eltern hatten mich in die USA gebracht, als ich zehn war. Sie waren vor dem Faschismus geflohen, der sich in meiner russischen Heimat etabliert hatte. Sie wollten unbedingt in die USA, weil sie dieses Land als tragende Säule der Freiheit und der individuellen Freizügigkeit betrachteten.

So war es damals. Jetzt ist es anders.

<Alexander senkt den Blick, schüttelt den Kopf.>

Das »Verbrechen«, weswegen man mich beseitigen ließ, war der Versuch, den Menschen die Möglichkeit zu geben, sich selbst zu stärken. Im Amerika des Jahres 2040 sind solche Aktivitäten nicht mehr willkommen. Unsere sogenannten Volksvertreter und ihre Bürokraten haben dem, was man »menschlich« nennt, Grenzen gesetzt. Jeder, der diese Grenze überschreitet, ist der Definition nach kein Mensch mehr, ist nicht mehr mit unveräußerlichen Rechten ausgestattet, wird nicht mehr vor den Launen derer, die an der Macht sind, geschützt.

<Alexander schüttelt wieder den Kopf, blickt in die Kamera.>

Es ist die gleiche unmenschliche Logik, wie sie in der Vergangenheit bei Sklaven, Frauen, Juden, Anhängern jeder Gruppe, die die Machthaber verfolgen wollten, angewendet wurde. *Sämtliche* Versuche im Verlauf der Geschichte, die Definition von Menschlichkeit einzuschränken, waren eine Vorstufe von Unterwerfung, Degradierung und Massakern an Unschuldigen. *Jeder* dieser Versuche.

Indem sie die Menschlichkeit einschränken, erklären die Machthaber jedem von uns, was wir mit *unseren* Gedanken, *unserem* Körper und im Interesse *unserer* Kinder tun dürfen und was nicht. Sie sagen, dass sie klüger sind als wir, dass wir ihren Schutz brauchen, um uns vor uns selbst zu schützen.

Es versteht sich von selbst, dass ich dem nicht zustimme.

Macht ist am besten, wenn sie möglichst weit gestreut wird. Das ist es, was man unter Demokratie versteht. Was man unter *Freiheit* versteht. Das Recht, über euer individuelles Schicksal zu bestimmen, gehört nur euch, niemandem sonst.

Die Gesetze, die menschliche Fähigkeiten begrenzen, sind Kontrollversuche. Sie haben ihren Ursprung in der Angst – der Angst vor der Zukunft, der Angst vor Veränderung, der Angst vor Menschen, die anders sind als wir selbst, die etwas Neues aus sich machen könnten. Das Ergebnis dieser Angst ist die Aushöhlung unserer Freiheiten, die Aushöhlung unseres Anrechts, unsere Zukunft selbst zu bestimmen, unser eigenes Schicksal selbst zu gestalten und das Beste für unsere Kinder zu tun.

Diese Aushöhlung hat Folgen. Wenn Sie das hier sehen, hatte es Folgen für mich.

<Alexander seufzt.>

Unsere Regierung ist durch den Chandler Act und andere Gesetze ermächtigt, Amerikaner und Ausländer ins Visier zu nehmen, sie auszuspionieren, festzunehmen, gefangen zu halten und sogar umzubringen, wenn sie beschuldigt werden, ihr Schicksal in die eigene Hand genommen zu haben. Dies darf unter völliger Geheimhaltung geschehen, ohne Geschworene, ohne ein faires Gerichtsverfahren außer einem kurzen Prozess mit einem Richter der NSA, dessen Name ebenfalls geheim ist.

Laut Gesetz ist nicht mehr nötig als eine von ein paar Politikern oder einem Bevollmächtigten erstellte Verfügung, um jemanden festzuhalten, aus dem Verkehr zu ziehen oder zu ermorden.

Wenn Sie das hier sehen, hat das ERD diese Gesetze bei mir zur Anwendung gebracht, um mich und die Menschen, mit denen ich arbeite, davon abzuhalten, anderen mehr Kontrolle über ihren Geist und ihren Körper zu geben.

Morgen holen diese Leute vielleicht jemanden ab, den Sie kennen.

Übermorgen holen Sie vielleicht Sie selbst ab.

<Alexander hält kurz inne, blickt in die Kamera, spricht entschlossen weiter.>

Das ist nicht mehr das Amerika, das ich kannte. Aus Angst vor Veränderung haben wir zugelassen, dass unsere einstigen Werte verloren gingen. Wir haben unsere Prinzipien verraten, um unsere Sicherheit zu stärken. Das ist nicht mehr das Amerika, das ich kenne und liebe. Das ist nicht das Amerika, in das meine Eltern aus Russland geflohen sind.

Benjamin Franklin schrieb einmal: »Wer die wesentliche Freiheit um einer zeitweiligen Sicherheit willen aufgibt, hat weder Freiheit noch Sicherheit verdient.«

Unsere Ängste haben uns dazu verleitet, einen schlechten Handel einzugehen. Ich glaube, wir haben wesentliche Freiheiten aufgegeben. Ich hoffe, Sie können mir das Gegenteil beweisen.

Wenn Sie das hier sehen, ist es wahrscheinlich zu spät für mich. Aber es ist nicht für alle zu spät. Wir dürfen nicht um der Sicherheit willen die Freiheit aufgeben. Wir dürfen nicht den Fortschritt aufgeben, um den Terror zu stoppen. Wir dürfen die Kontrolle über unser Leben nicht gesichtslosen Bürokraten und den Geheimdiensten überlassen.

<Alexander reckt die Faust in die Kamera. Sie hat Tränen in den Augen. Sie wirkt entschlossen und engagiert.>

Dieses Video wird über so viele Kanäle wie möglich rausgehen. Ich poste es auf Servern auf der ganzen Welt, nur für alle Fälle. Dennoch weiß ich nicht, ob es irgendjemanden von Ihnen erreichen wird. Wenn, dann leiten Sie es bitte weiter. Verändern Sie es, tarnen Sie es. Routen Sie es an den Filtern vorbei.

Wir sind nur so stark wie unsere Signale, nur so stark wie unsere Stimmen. Verlassen Sie sich nicht nur auf diese Nachricht. Nehmen Sie Ihre eigenen Gedanken auf. Schreiben Sie Ihre eigenen Essays. Äußern Sie sich! Kämpfen Sie für Ihre Rechte! Kämpfen Sie für das Recht auf Selbstbestimmung, wer und was für eine Person Sie morgen sein wollen, ganz gleich, was die anderen denken.

<Alexander hält inne. Mit noch immer erhobener Faust starrt sie entschlossen in die Kamera.>

Ich bin Ilyana Alexander und verabschiede mich zum letzten Mal. Geben Sie den Kampf nicht auf.

<Ende des Videos.>

Über den Autor

Ramez Naam ist Technologie-Experte und war an der Entwicklung von Microsoft Internet Explorer und Outlook beteiligt.

Er war Geschäftsführer von Apex Nanotechnologies, einer Firma, die Software für die Nanotechnologieforschung entwickelte, bevor er wieder zu Microsoft zurückkehrte.

Er hat einen Sitz im Beirat des Institute for Accelerating Change, ist Mitglied der World Future Society, Senior Associate des Foresight Institute und Mitglied des Institute for Ethics and Emerging Technologies.

Ramez Naam ist Autor von *More Than Human: Embracing the Promise of Biological Enhancement*. 2005 wurde ihm von der World Transhumanist Association der H.-G.-Wells-Preis für seinen Beitrag zum Transhumanismus verliehen.

Nexus ist sein erster Roman. Als nächster folgt *Crux.*

rameznaam.com
twitter.com/ramez

Die wissenschaftlichen Grundlagen von Nexus

Die Handlung dieses Buches ist frei erfunden. Aber so weit es mir möglich war, habe ich die Wissenschaft hinter der Science-Fiction absolut akkurat dargestellt. Die Idee einer Technologie wie Nexus, die es Menschen ermöglicht, von Geist zu Geist zu kommunizieren, mag weit hergeholt erscheinen, aber bereits heute gibt es Vorläufer einer solchen Technologie.

Erstmals wurde ich in den frühen 2000er-Jahren auf die Fortschritte aufmerksam, die mit Gehirn-Computer-Interfaces gemacht wurden. Das Experiment, das mein Interesse weckte, wurde an der Duke University unter der Leitung eines Wissenschaftlers namens Miguel Nicolelis durchgeführt, zum Teil finanziert durch die DARPA, eine Abteilung des amerikanischen Verteidigungsministeriums, das zukunftsweisende Forschungen unterstützt. Nicolelis und seine Mitarbeiter wollten Gehirnsignale anzapfen, um Menschen zu helfen, die gelähmt waren oder Gliedmaßen verloren hatten. Sie demonstrierten, dass sie Elektroden in das Gehirn einer Maus implantieren und der Maus beibringen konnten, einen Roboterarm zu steuern, indem sie lediglich daran *dachte*.

Das funktioniert folgendermaßen. Der Maus wurde beigebracht, dass sie in ihrem Käfig einen Hebel drücken musste, wenn sie Wasser trinken wollte. Der Hebel aktivierte einen sehr simplen Roboterarm, der das Wasser in den Käfig brachte. Die Elektroden, die die Wissenschaftler im Motorkortex der Maus implantiert hatten, dem Gehirnzentrum, das für die Bewegung von Gliedmaßen zuständig ist, zeichneten währenddessen auf, was dort geschah. Mit der Zeit fanden die Wissenschaftler das Signalmuster, das im Gehirn der Maus entstand, wenn sie den Hebel drückte. Der nächste Schritt war einfach: Sie schlossen den Roboterarm, der das Wasser brachte, an den Computer an, der die Signale von den Elektroden im Mausgehirn auslas, und *trennten* die Verbindung zum Hebel. Die Maus drückte weiterhin auf den Hebel, der aber nichts mehr bewirkte. Die Maus bekam Wasser, aber allein infolge ihrer Hirnaktivität.

Was als Nächstes geschah, ist noch viel bemerkenswerter. Die Maus lernte, dass sie gar nicht mehr den Hebel drücken musste. Mit der Zeit fand sie heraus, dass sie sich gar nicht bewegen, sondern nur an Wasser *denken* musste, worauf der Roboterarm es ihr brachte.

Dieser Artikel machte mich sehr neugierig. In den folgenden Jahren führten Nicolelis und sein Team ähnliche Experimente mit einem Affen durch, mit komplexeren Roboterarmen, die sich in mehrere Richtungen bewegen konnten. Sie gingen sogar noch viel weiter und ließen einen Affen über eine Internetverbindung einen Roboterarm steuern, der 600 Meilen entfernt war.

Zur gleichen Zeit gab es in Atlanta einen Wissenschaftler namens Phil Kennedy, der bei der FDA, der Lebensmittelüberwachungs- und Arzneimittelzulassungsbehörde der USA, die Genehmigung beantragte, eine ähnliche Vorrichtung in ein menschliches Gehirn zu implantieren. Sein erster Patient war Johnny Ray, ein 53-jähriger Trockenbauer und Blues-Gitarrist, der einen schweren Schlaganfall erlitten hatte. Seitdem war er vom Hals abwärts gelähmt und konnte nicht mehr sprechen und nur noch kommunizieren, indem er mit den Augen blinzelte.

Die FDA genehmigte das Experiment, allerdings unter einer Bedingung, die ein grundlegender Aspekt von Kennedys Vorhaben war. Das System musste *drahtlos* arbeiten. Das menschliche Gehirn ist eine sehr empfindliche Angelegenheit. Wenn Drähte hinein- und hinausführen, erhöht sich das Risiko für Infektionen. Um dieses Risiko zu vermeiden, hatte Kennedy sein System so konstruiert, dass es in das Gehirn eines Patienten implantiert werden konnte, worauf es dann drahtlos Funksignale von sehr geringer Stärke an eine Kappe sendete, die der Patient außerhalb des völlig wieder verheilten Schädels trug. Gleichzeitig versorgte diese Kappe das Implantat im Gehirn mit Energie.

Die Operation verlief erfolgreich. Das Implantat wurde in den Teil von Johnny Rays Motorkortex eingesetzt, mit dem er vor dem Schlaganfall seine rechte Hand gesteuert hatte. Mit der Zeit lernte Johnny, einen Cursor auf einem Computermonitor zu bewegen, indem er sich gedanklich vorstellte, seine Hand zu bewegen. Mit diesem Cursor konnte er Nachrichten an seine Freunde und Verwandten tippen – ein riesiger Fortschritt gegenüber dem Blinzeln. Als er später gefragt wurde, was er empfand, wenn er das System benutzte, tippte Johnny die Buchstaben »N-O-T-H-I-N-G« – »nichts«. Er dachte gar nicht mehr daran, seine Hand zu bewegen, er steuerte nur noch den Cursor.

Sein Gehirn hatte sich an das Implantat angepasst, als hätte er eine völlig neue Gliedmaße erhalten.

Andere Forscher auf diesem Gebiet erzielten beeindruckende Erfolge mit Sinnesdaten. Die am weitesten verbreitete Neuralprothese ist ein Gerät, das Audiosignale in direkte Nervenstimulation umsetzt – das Cochleaimplantat. Über 200 000 Menschen sind weltweit damit ausgestattet. Wenn Sie kein Cochleaimplantat haben und jemandem begegnen, der eins hat, könnte es Ihnen einfach nur wie ein sehr leistungsfähiges Hörgerät vorkommen. Aber es funktioniert ganz anders. Ein Hörgerät nimmt Audiosignale mit einem Mikrofon auf, verbessert die Tonqualität, verstärkt das Ganze und spielt es dem Träger des Geräts über einen winzigen Lautsprecher ins Ohr.

Doch dazu muss der Betreffende zumindest über einen Rest von Hörvermögen verfügen. Wenn sämtliche Haarsinneszellen im Innenohr abgestorben sind, kann das Ohr gar nichts mehr wahrnehmen. Man könnte 120 Dezibel in ein solches Ohr jagen, ohne dass etwas passiert. Ein Cochleaimplantat umgeht dieses Problem. Es empfängt Töne und verwandelt sie in *Nervensignale* – ganz bestimmte elektrische Signale, die den Hörnerv stimulieren. Das System ist keineswegs perfekt, aber Menschen, die zuvor gar kein Hörvermögen hatten, hören damit immerhin so gut, dass sie an normalen Unterhaltungen teilnehmen können.

Mitte der 2000er-Jahre fingen Wissenschaftler damit an, diese Technik auf das Sehvermögen zu übertragen. Der Forscher William Dobelle konstruierte die erste *visuelle* Neuralprothese, und mithilfe eines Neurochirurgen implantierte er sie ins Gehirn eines Mannes namens Jens Naumann, der zwanzig Jahre zuvor sein Augenlicht verloren hatte. Das System ist relativ einfach – eine Digitalkamera an einer Brille empfängt Bilder, die von einem einfachen Computer verarbeitet werden. Diese Bilder werden dann über Elektroden, die durch einen Stecker im Hinterkopf in das Gehirn führen, in den visuellen Kortex geschickt – das Gehirnzentrum, das für das Sehvermögen zuständig ist. Jens, der erste Patient mit diesem Implantat, konnte nicht annähernd so gut sehen wie vor dem Verlust seines Sehvermögens, aber es reichte aus, um Gegenstände zu erkennen und sie räumlich zuordnen zu können. In einem Video, das ich schon vielen Leuten gezeigt habe, kann man beobachten, wie Jens mit einem Mustang-Cabrio auf einem Parkplatz herumfährt und mithilfe seiner neuen Prothese Hindernissen ausweicht.

Seitdem hat sich die Richtung dieser Forschungen etwas verschoben. Gegenwärtig konzentriert man sich mehr darauf, die Daten nicht mehr tief ins Gehirn zu senden, sondern den Sehnerv hinter der Netzhaut zu stimulieren, aber das Prinzip ist dasselbe. Wir können Sinnesdaten in Nervenimpulse übersetzen, die vom Gehirn verstanden werden.

Wir können auch das genaue Gegenteil tun. 2011 hat eine Gruppe von Wissenschaftlern an der UC Berkeley unter der Leitung von Jack Gallant demonstriert, dass sie mit einem handelsüblichen MRT-Gerät (einem Hirnscanner, der die Aktivitäten im Gehirn aufzeichnet) ein Video erzeugen konnten, das die Bilder rekonstruiert, die von der untersuchten Person gesehen werden. Das Video ist sehr unscharf, aber es ist immerhin ein Anfang. Wir können nicht nur Sinnesdaten ins Gehirn schicken, wir können sie auch aus dem Gehirn herausholen.

Ein erstaunlicher Aspekt ist die sehr geringe Datenmenge, die bei all diesen Bemühungen zum Einsatz kommt. Die am höchsten entwickelten Hirnimplantate, die bis heute verwendet wurden – wie zum Beispiel das, mit dem Jens einen Teil seines Sehvermögens zurückbekommen hat –, arbeiten mit nur 256 Elektroden. Im Vergleich dazu ist das Gehirn mit etwa einhundert *Milliarden* Neuronen ausgestattet. Der visuelle Kortex und der Motorkortex verfügen jeweils über einige Milliarden Neuronen. Es ist verblüffend, dass mit einer so kleinen Datenmenge überhaupt etwas Brauchbares herauskommt. Die geringe Bandbreite ist der Grund, warum die Patienten nur körnige Bilder sehen, warum ihr Hörvermögen nicht ausreicht, um Musik zu genießen und so weiter. Aber ein Punkt, der in den letzten Jahren klar geworden ist, ist der, dass die Elektronik sehr schnell besser wird.

Einer der Pioniere der Neurowissenschaft, der verdiente Wissenschaftler Rodolpho Llinas, der das neurowissenschaftliche Institut der NYU leitet, hat sogar schon eine Möglichkeit vorgeschlagen, wie man Millionen oder noch mehr Elektroden ins Gehirn bekommt – mittels Nanodrähten. Kohlenstoffnanoröhren können Strom leiten, also kann man sie auch dazu benutzen, Signale zu übertragen. Und sie sind so klein, dass sich ein Bündel aus einer Million Nanodrähten mühelos durch die winzigsten Blutgefäße ins Gehirn schieben ließe, und darin wäre immer noch genug Platz für Blutkörperchen und Nährstoffe und alles andere. Llinas hält es für möglich, ein solches Bündel ins Gehirn einzuführen, worauf sich die Millionen Nanodrähte dann als Büschel im Gehirn verteilen, bis man mit einer Million Neuronen in den unterschiedlichsten Bereichen des Gehirns kommunizieren könnte. Ein solches System würde unsere Fähigkeiten revolutionieren, Informationen ins Gehirn zu schicken und herauszuholen, womit vieles von dem möglich wäre, was ich in diesem Buch beschrieben habe.

Natürlich ist das alles trotzdem Fiktion. Die bisherige Forschung war lediglich ein Beweis für die Machbarkeit. Sie hat gezeigt, dass ein Datenaustausch mit dem Gehirn erreicht werden kann. Sie hat gezeigt, dass wir diese Daten interpretieren können, dass wir verstehen können, was das Gehirn macht, und dass wir einem Gehirn Daten senden können, mit denen es etwas anfangen kann. Nun ist es eine unglaubliche Herausforderung für die Techniker und Mediziner, die mit diesem Machbarkeitsbeweis weiterarbeiten werden. Es geht darum, die Datenmenge zu vergrößern, die wir übermitteln können, diese größere Datenmenge zu decodieren und es so zu bewerkstelligen, dass die Sicherheit und Gesundheit der Menschen nicht beeinträchtigt wird. Die medizinischen Möglichkeiten sind der Ansporn für diese Arbeit den Blinden das Sehvermögen zurückgeben, den Tauben das Hörvermögen, den Gelähmten die Bewegungsfähigkeit und Menschen mit Hirnschäden die vollen mentalen Funktionen. Und es wird Jahrzehnte dauern, bis diese Arbeit Früchte trägt, wenn nicht länger.

Noch ein paar Kostproben: genetische Verbesserungen, um Kraft, Geschwindigkeit und Ausdauer zu verstärken, sind bereits jetzt möglich. Während des vergangenen Jahrzehnts haben Forscher nach Methoden gesucht, Muskelschwund, Anämie und andere Leiden zu heilen, und demonstriert, dass eine einzelne Injektion mit zusätzlichen Kopien ausgewählter Gene (übertragen durch ein gezähmtes Virus) lebenslange Auswirkungen auf das Leistungsvermögen von Tieren wie Mäusen oder Pavianen haben kann. Solche Therapien sind übrigens bei Menschen nahezu unmöglich nachzuweisen. Es ist durchaus möglich, dass einige Sportler sie bereits heute nutzen. Und die DARPA hat großes Interesse daran gezeigt, solche Verbesserungen künftig bei Soldaten anzuwenden.

Schließlich basiert die Nexus-Hintertür, die Kade und Rangan im Flugzeug programmieren, auf einem sehr realen Hack von Ken Thompson, einem der Entwickler des Unix-Betriebssystems. So stand Thompson und seinen Kollegen über mehrere Jahre hinweg eine Hintertür in jede Kopie von Unix zur Verfügung. Dieser Hack wurde nie entdeckt, bis Thompson bei einem öffentlichen Vortrag das Geheimnis lüftete, nachdem alle Programmversionen mit der Hintertür vom Markt verschwunden waren, mehr als ein Jahrzehnt später.

Wenn Sie mehr über das alles wissen möchten, besorgen Sie sich bitte ein Exemplar meines Sachbuchs *More Than Human: Embracing the Promise of Biological Enhancement*. Darin gehe ich ausführlich auf Gehirn-Computer-Interfaces ein, genauso wie auf die genetischen Verbesserungen, die Menschen erheblich stärker, schneller, intelligenter und langlebiger machen könnten. Außerdem beschäftige ich mich mit den politischen, wirtschaftlichen und ethischen Folgen solcher Entwicklungen – weitere Themen, die auch in *Nexus* angeschnitten werden.

Wenn man eine Sache versteht, gewinnt man die Macht, sie zu verändern. Wir machen große Fortschritte im Verständnis unserer eigenen Natur – unserer Gene, unseres Körpers und vor allem unseres Geistes. In den nächsten Jahrzehnten erwarten uns viel größere Wunder, als selbst die beste Science-Fiction vorhergesehen hat.

Danksagung

Schreiben gilt als einsames Handwerk. Für mich jedoch war die Abfassung dieses Buches mit der Erfahrung enormer Unterstützung, Ermutigung und konstruktiven Engagements anderer verbunden. Dieser Roman wurde als reine Freizeitübung im Schreiben von Literatur geboren, in einer lockeren Schreibgruppe, der Kira Franz, Gabriel Williams, Leo Dirac, Corrie Watterson-Bryant, Dana Morningstar und Scotto Moore angehörten. Diese sonntäglichen Treffen und diese Handvoll erster Leser gaben mir einen Grund zum Schreiben. Ihre Ermutigung und Kritik hat mir sehr geholfen.

Irgendwann verwandelte sich der Spaß in den tatsächlichen Versuch, einen Roman zu verfassen. Während des folgenden Schreibprozesses gewährte mir Molly Nixon wertvolle Unterstützung und ging weit über das hinaus, was ein Autor von irgendjemandem erwarten kann. Sie war die Testleserin und häufig sogar die nächtliche Leserin von Rohfassungen, sie war ein aufmerksamer Geist, mit dem man Ideen ausprobieren konnte, und ein unerschöpflicher Quell der Begeisterung.

Mehrere bereits etablierte Science-Fiction-Autoren halfen mir dabei, aus dem Manuskript ein druckreifes Buch zu machen. Brenda Cooper nahm sich die Zeit, einen umfangreichen zweiten Entwurf zu lesen, und ermutigte mich enorm. Greg Bear, David Brin, John Barnes, Alastair Reynolds, Dani Kollin und Daniel H. Wilson spornten mich in verschiedenen Stadien weiter an. Karl Schroeder gab mir klare, unverblümte Ratschläge, was ich tun musste, damit das Manuskript für eine Veröffentlichung in Betracht kommt.

Meine Agentin Lucienne Diver wagte es, sich auf die Einsendung eines literarischen Neulings einzulassen, der sie auf einer Convention angesprochen hatte. Mein Redakteur Lee Harris tat dasselbe. Dieses Buch hat die Leser erreicht, weil diese Menschen bereit waren, solchen neuen Autoren eine Chance zu geben.

Anne Zanoni, die angeblich meine Lektorin war, ging weit über das hinaus, was ihr Job war, indem sie Fakten, Logik, Stil und Folgerichtigkeit des Romans überprüfte.

Am meisten Dank bin ich den unglaublich vielen Leuten schuldig, die frühe Fassungen dieses Romans gelesen haben und sich die Zeit für Kommentare nahmen, über alle möglichen Dinge, von Neurowissenschaft über Geopolitik bis hin zu Dialogen.

Zu diesen Beta-Lesern gehören jene, die ich oben erwähnte, und zusätzlich Ajay Nair, Alexis Carlson, Alissa Mortenson, Allegra Searle-LeBel, Anna Black, Betsy Aoki, Beverly Sobelman, Brad Woodcock, Brady Forrest, Brian Retford, Brooks Talley, Cat Koehn, Coe Roberts, Dan Farmer, Dana Morningstar, Darci Morales, David Lockhart, David Perlman, Doug Mortenson, Elene Awad, Eric Schurman, Gabriel Williams, Grace Stahre, Ivan Medvedev, Jaime Waliczek, Jenna Udren, Jennifer Mead, Jessica Glein, Jim Jordan, Joe Pemberton, Kevin MacDonald,

Lars Liden, Lesley Carmichael, Linda Mortenson, Llew Roberts, Lori Waltfield, Mason Bryant, Mellington Cartwright, Michael Chorost, Mike Tyka, Miller Sherling, Ming Holden, Nat Torkington, Oliver Lange, Paul Dale, Peter Tiemann, Rob Gruhl, Robert Fisher, Rose Hess, Sean Daily, Simon Cooke, Simon Winder, Stephanie Schutz, Stuart Updegrave, Suzanne Picard und Thomas Park.

Der Input und die Unterstützung so vieler Menschen haben dieses Buch nicht nur besser gemacht, sondern es hat außerdem viel mehr Spaß gemacht, es zu schreiben. Ich danke euch allen.

R. N.